Villette

维莱特
Villette

Charlotte Brontë

〔英〕夏洛蒂·勃朗特 著 吴钧陶 西海 译

上海译文出版社

Charlotte Brontë
Villette
First Published 1853
由上海译文出版社有限公司与企鹅兰登（北京）文化发展有限公司联合出品
Simplified Chinese edition by Shanghai Translation Publishing House in association with Penguin Random House (Beijing) Culture Development Co., Ltd
Cover design and illustration Coralie Bickford-Smith

"企鹅"及相关标识是企鹅图书有限公司已经注册或尚未注册的商标。
未经允许，不得擅用。
封底凡无企鹅防伪标识者均属未经授权之非法版本。

图书在版编目(CIP)数据

维莱特／（英）夏洛蒂·勃朗特
（Charlotte Bronte）著；吴钧陶，西海译. —上海：
上海译文出版社，2023.9
（企鹅布纹经典）
书名原文：Villette
ISBN 978-7-5327-9414-0

Ⅰ.①维… Ⅱ.①夏…②吴…③西… Ⅲ.①长篇小说—英国—近代 Ⅳ.①I561.44

中国国家版本馆 CIP 数据核字（2023）第 142381 号

维莱特

[英]夏洛蒂·勃朗特／著　吴钧陶　西　海／译
总策划／冯　涛　责任编辑／徐　珏　美术编辑／张志全工作室

上海译文出版社有限公司出版、发行
网址：www.yiwen.com.cn
201101　上海市闵行区号景路 159 弄 B 座
苏州市越洋印刷有限公司印刷

开本 850×1168　1/32　印张 20.75　插页 6　字数 451,000
2023 年 10 月第 1 版　2023 年 10 月第 1 次印刷
印数：0,001—8,000 册

ISBN 978-7-5327-9414-0/I・5882
定价：138.00 元

本书版权为本社独家所有，未经本社同意不得转载、摘编或复制
如有质量问题，请与承印厂质量科联系，T：0512-68180628

目　录

译本序 ·· 1

第一卷

第 一 章　布列顿 ·· 3
第 二 章　波琳娜 ·· 11
第 三 章　游戏的伙伴们 ···································· 19
第 四 章　马趣门特小姐 ···································· 39
第 五 章　翻开新的一页 ···································· 49
第 六 章　伦敦 ·· 55
第 七 章　维莱特 ·· 69
第 八 章　贝克夫人 ·· 80
第 九 章　伊西多尔 ·· 97
第 十 章　约翰医师 ·· 110
第 十一 章　女杂务工的小房间 ······························ 119
第 十二 章　小盒子 ·· 127
第 十三 章　不合时宜的喷嚏 ································ 140
第 十四 章　圣名瞻礼日 ···································· 153
第 十五 章　暑假 ·· 188

第二卷

第十六章　往日的时光 …………………… 205

第十七章　台地别墅 ……………………… 223

第十八章　我们的口角 …………………… 235

第十九章　克娄巴特拉 …………………… 244

第二十章　音乐会 ………………………… 259

第二十一章　反应 ………………………… 285

第二十二章　一封信 ……………………… 305

第二十三章　瓦实提 ……………………… 317

第二十四章　德·巴桑皮尔先生 ………… 335

第二十五章　年幼的女伯爵 ……………… 352

第二十六章　葬礼 ………………………… 368

第二十七章　克莱西公馆 ………………… 386

第三卷

第二十八章　挂表链 ……………………… 407

第二十九章　先生的圣名瞻礼日 ………… 421

第三十章　保罗先生 ……………………… 438

第三十一章　树仙 ………………………… 451

第三十二章　第一封信 …………………… 464

第三十三章　保罗先生遵守诺言 ………… 475

第三十四章	玛勒伏拉	485
第三十五章	博爱	500
第三十六章	不和的金苹果	516
第三十七章	阳光	535
第三十八章	阴云	555
第三十九章	旧雨新知	587
第 四 十 章	幸福的一对	602
第四十一章	克罗提尔德郊区	611
第四十二章	尾声	629
附录 夏洛蒂·勃朗特生平大事记		635

译本序

1852年11月里寒冷的一天,在英国北部约克郡布拉德福市霍沃思村教区牧师巴特里克·勃朗特先生的寓所里,牧师的女儿,这时已经以笔名柯勒·贝尔蜚声文坛的夏洛蒂·勃朗特(Charlotte Brontë,1816—1855)写完了她的小说《维莱特》的最后一行。她搁下笔来,大大松了一口气。后来她写信告诉朋友说:"我写完后,作了一次祈祷。究竟写好了还是写坏了,我不知道;任凭天意吧!现在我要努力平静地等待结果。"

这时,夏洛蒂年方三十六,已出版了轰动一时的杰作《简·爱》(1847)和颇受欢迎的《谢利》(1849),年龄和事业都是如日方中之际,应该有漫长的锦绣前程等候着她,却不料《维莱特》已是她的绝唱和绝笔了。两年以后,她与副牧师亚瑟·贝尔·尼科尔斯(Arthur Bell Nicholls,1818—1906)结婚,结婚前后动笔写小说《爱玛》,未能完成,婚后只九个月便受疾病折磨,留下几章残篇,于春寒料峭的3月31日匆匆离开了人世,年仅三十九岁。

勃朗特一家的生活,原像多数乡村牧师家的生活那样,是清寒的;如果不是迭遭变故,倒也融融泄泄,乐在其中。但是,夏洛蒂六岁时,三十八岁的母亲便被癌症夺去了生命。姨母来家照料六个孩子,终未能慰抚孩子们丧母之痛。两个姐姐、夏洛蒂和一个妹妹被送往教士女儿学校住读,学校里恶劣的条件和过分严厉的管教,对幼小的心灵只能投下暗影。还不仅如此,两个姐姐不久以后都得了肺结核,先后夭折。这些,在《简·爱》一书里都有着令人伤心落泪的反映。夏洛蒂和妹妹艾米莉辍学回家以后,和弟弟勃兰威尔、最小的妹妹安妮一同长大。弟弟后来一事

1

无成，自甘堕落，浪掷了自己的才华，也辜负了家人的希望。夏洛蒂和她的两个妹妹对于写作诗歌和小说有着共同的爱好，终于都登上文坛，成为杰出的文学家。

三姐妹于1846年用笔名自费出版了《柯勒、埃利斯、阿克顿·贝尔诗集》。夏洛蒂的《简·爱》于1847年由史密斯—埃尔德公司出版以后，艾米莉的名著《呼啸山庄》和安妮的《艾格妮丝·格雷》也于同年由纽比公司以作者负担一部分费用的苛刻条件出版。第二年，安妮又出版了小说《女房客》。

命运之神似乎开始垂顾这一门三女杰的辛勤劳动，让她们可以采摘甜蜜的果实了，却不料从1848年的秋天到1849年的春天的八个月之内，勃兰威尔、艾米莉和安妮三人相继在青春年少时死于结核病。

夏洛蒂的《谢利》写到三分之二的地方，正是家中惨祸连连的时候，她不得不暂停写作，过了一阵才强忍悲痛，勉力续完。

在她写作《维莱特》的一年间，可以想见亲人们的死亡的阴影是如何时时出现在她的眼前。还要加上一句的是，他们的姨母也早已于1842年死于他们家中。人去楼空，教会提供的两层八间的牧师寓所里空空荡荡的，只剩下爱独居一室的父亲、一个女仆和夏洛蒂三人。在荒原深处，墓冢丛中，教堂对面，这样一个阴森森的屋子里，室外狂风呼啸，室内炉火闪忽，夏洛蒂伴着孤灯，形单影只，奋笔疾书，此情此景，该是什么况味！她们三姐妹原来有个习惯，在晚饭后绕着餐桌踱步，一个跟着一个，一面走，一面交流写作心得，互提意见。两个妹妹去世以后，夏洛蒂依然保持这一习惯，绕桌而行但已无人可以交谈，不闻欢声笑语，却只有自己的脚步敲击那石块铺成的冷冰冰的地板登登之声了。

这样的写作背景，这样凄凉寂寞的心境，不可能不反映到她的作品《维莱特》中来，何况这部书的内容比起夏洛蒂其他几部小说，带有更浓厚的自传色彩。

《维莱特》的女主人公露西·斯诺从许多方面看来，就是夏洛蒂·勃朗特本人的真实写照。露西的经历如果说并不完全等于夏洛蒂的经历，却应该说是经过艺术加工后的夏洛蒂的主要经历；同时，露西用第一人称对读者所说的话，应该看做夏洛蒂对世人倾吐的心声。

夏洛蒂把女主人公的姓氏称做"斯诺"是有含意的。1852年11月6日，作者致函出版公司的审稿人威廉斯说："说到女主人公的姓名，我几乎无法解释，是怎样一种微妙的意念使我决定给她起了一个冷的姓氏……她必须有一个冷的姓氏……因为她有一副冷冰冰的外表。"原来"斯诺"的原文Snowe(=Snow)是"雪"的意思。作者一度曾使女主人公改姓Frost，意为"冰霜"，同样是寒冷之意。参照作者的经历看来，当不仅指她的外表，很可能还指她的遭遇和她的内心。所以在同一封信里，夏洛蒂还说："除非我错了，这本书的情调将从头到尾是比较低沉的。……她也许会被看成是病态的、软弱的……而任何人如果过着她那种生活，都必然会变得病态的。"

书名"维莱特"的原文是法文Villette，乃"小城"之意，英国人用这个词指比利时首都布鲁塞尔。夏洛蒂用这个字暗指布鲁塞尔，正如她在书中用"拉巴色库尔"（Labassecour，"农家场地"或"晒谷场"）暗指比利时一样。原因当是作者要把故事的真实背景弄得模糊一点。从1842年到1844年，夏洛蒂在布鲁塞尔埃热夫人寄宿学校读书并兼任英语教员。这是夏洛蒂一生唯一的一次走出国门，来到欧洲大陆。初渡英、法之间的海峡的时候，是她父亲陪送她和艾米莉前去的，费用由姨母资助。不到一年，姨母病故，夏洛蒂和艾米莉奔丧回家。在埃热先生来信盛情催请下，夏洛蒂再次只身返回布鲁塞尔。前后两年，夏洛蒂在法语、德语和文学修养方面大有收获。意想不到的是，在感情问题上，竟然也给她留下了一段刻骨铭心、难以忘怀的恋情。她所以要写这部小说，所以要把这部小说叫做《维莱特》，显然是事出有因的。

这一段恋情,当时和后来都鲜为人知。如果不是一个戏剧性的插曲,可能会永远湮没无闻。据说,夏洛蒂去世以后不久,为她写出第一部传记的伊丽莎白·盖斯凯尔夫人,在向有关人士搜集资料时,对此事是知道的,但是为了不使尚活在世上的人难堪,为了不使她的朋友夏洛蒂本人的形象受损,故而在传记中略而不提。

事情是夏洛蒂在布鲁塞尔埃热夫人寄宿学校学习期间与康斯坦丁·埃热(Constantin Heger,1809—1896)先生之间发生的感情纠葛。

埃热先生的第一位夫人死于1833年,他的第二位夫人(娘家姓Parent)克莱尔·卓埃(Claire Zoë)·埃热(1804—1890)是夏洛蒂求学时的校长。埃热先生主要在学校东隔壁的一所布鲁塞尔王家中学担任文学教授(在比利时,对资深中学教师也称教授),同时也协助夫人治理自己的学校并且授课。埃热先生为人热情,充满活力,学识渊博,是一位第一流的教师,在夏洛蒂和艾米莉初来的时候,给予帮助,特为她们辅导功课。不久,夏洛蒂在学校里学习的同时,还担任了英语教师,并且为埃热先生和他的妻弟补习英语。从现有的材料看来,他们之间不过是如此这般的泛泛的关系。1842年5月,即夏洛蒂和艾米莉到达布鲁塞尔之后的三个月,夏洛蒂给她童年时的学友,后来成为终身挚友埃伦·纳西女士写的信里,这样形容埃热先生:"他是修辞学教师,一个智力雄厚的人,可是脾气异常暴躁易怒,一个矮小黝黑的丑八怪,一张脸上表情瞬息万变。有时他借用一只发疯的雄猫的模样,有时又借用一头癫狂的狼狗的神态;偶尔,但很罕见,他抛开了这些危险的诱人的表情,采用了一副距温文尔雅的绅士派头相去无几的风度。"从这些不大恭敬的言词看来,夏洛蒂这时不像对埃热先生有多少好感。但是,过了一年,夏洛蒂在给她的弟弟勃兰威尔的信上,抱怨在这个异乡异国人际关系"虚伪透顶",不懂什么是友谊的同时，却说："唯一一个例外是那个黑天鹅，埃热先生。"从"丑八怪"一跃而升为"黑天鹅"，岂不是像丑小鸭变成了白天鹅？这里，岂不是透露了一点什么信息吗？

另一方面，埃热先生比他的第二位夫人小五岁；那所学校看来又是这位夫人的资产；如此"屈居人下"，如果他感到"压抑"的话，便很有可能主动接近夏洛蒂，引为红粉知己。

当然，不能忘记，当时是十八世纪，当地是天主教国家的天主教学校。校长埃热夫人矮矮胖胖，彬彬有礼，但是神态冷峻，不苟言笑，一贯以严格的态度领导学校，以不断的监督对待师生。在《维莱特》里，夏洛蒂按照她的模型出色地创造出一位贝克夫人，可以想见埃热夫人管理下的学校的大致的环境氛围。因此，夏洛蒂和埃热先生之间的关系想必不是那种浪漫的师生之恋，而多半如夏洛蒂在《维莱特》里所描写的露西·斯诺和保罗·伊曼纽埃尔之间那种精神上的互相吸引、心灵上的彼此接近和沟通，但事实上是只有绝望和痛苦的那种交往。

夏洛蒂身材娇小瘦弱，但是性格坚韧刚毅，很有主见，再加上长期艰难和孤独生活的磨练，她是一位深情而又不易动情的人。她这时二十六岁，在来布鲁塞尔之前，曾经在家乡拒绝过两位求婚者，可是不知为什么却在这样一个不适当的地方向一位不适当的对象打开了心扉。恐怕只能说是盲目的爱神向她盲目地射出了一支金箭吧。

尽管夏洛蒂竭力自我克制，尽管表面上维持正常的师生关系，但是既然心中燃起了恋之火，总不免有外露的迹象。勃朗特研究家玛格丽特·莱恩在《勃朗特一家的故事》中写道："埃热夫人敏锐地注意到那个英国女教师对教授的反应过分冲动，过分带感情意味。她不喜欢热情，对这种歇斯底里，无疑也有过充分体验。……当然，两个女人之间的那种无以名状、不知不觉的妒意也在起作用。夏洛蒂随时随地都猜疑到对方的冷淡，正如埃热夫人随时随地都猜疑到对方的不适当的热情。"

大概是为了摆脱精神上的痛苦、处境的尴尬，避免埃热夫人猜疑和冷漠的目光，以及治疗那难以忍受的孤独之感、思乡之情，夏洛蒂于1843年10月向埃热夫人表达了离校回国的意愿。不料，一如夏洛蒂给埃伦的信上所说："埃热先生听说发生了什么事以后，第二天把我叫了去，怒冲冲地宣布了他的决定：我不能走。"直到这年年底传来消息，说夏洛蒂的父亲快要双目失明了，这才给了她脱身的充足的理由。

可是一颗动了真挚的感情的心，并不因为它的主人身在何处而情况有什么不同。对于夏洛蒂说来，回到家乡，从此永不相见，反而使思念之情加上生离死别之苦，一如火上加油，而更受煎熬。在这种情况之下，只有书信才能够慰情聊胜于无。这些信必须是可以公开的，因为是写给一位有妇之夫；但又必须让对方了解自己的渴念和爱恋，因为这才是写信的真正目的。夏洛蒂以自己非凡的才华尽力这样做，然而纸包不住火，从一些字句，从字里行间，明眼人和旁观者是容易知道此中深意的。不知这些信共有多少，但是极其偶然、极其戏剧性地被保存下来的是四封，流传后世，让人得知湮没了许多年的这段隐情，也让研究者和读者得知夏洛蒂写《维莱特》的背后，实际上有着这样一段不幸的背景。

信是写到埃热夫人寄宿学校去的，可见夏洛蒂并不有意避开埃热夫人的"监督"。后来埃热先生要求把信寄到自己任教的那所中学，可见他遇到了"麻烦"。夏洛蒂觉得这样做不妥，便从此中断了通信，可见她认为自己光明磊落，不想背着那位夫人暗诉衷曲，而且很可能当局者迷，她认为这些信只不过是普通的、或稍稍越过"普通"的师生间的通信而已。

四封信被保存下来的曲折经过是这样的。

据说，埃热先生接读夏洛蒂的来信以后，便撕作废纸，随手扔掉；埃热夫人却颇有心计地悄悄拾起来，用线缝缀并且裱糊好（从一本传记书上的一张图片上可以看出），藏在自己的首饰匣子里。埃热夫人死去多年之后，埃热先生才发现这些自己扔掉的信，很是惊讶，便再次扔去，却又被他的女儿拾起来珍藏。直到半个世纪以后，这时，夏洛蒂一家及埃热先生都已先后作古，埃热夫妇的子女也已到了老年，他们觉得这四封信是举世闻名的作家的珍贵手迹，便于1913年拿了出来，捐赠给不列颠博物馆。《泰晤士报》于同年7月29日将法文原信全文发表，并附英文译文。这时，已是这些信件书写日期的六十八年之后了。

夏洛蒂在信中说："日日夜夜，我既不能休息，也不得安宁。……我梦见你，老是疾言厉色，老是乌云满面，老是冲着我大发雷霆。……如果我的老师全部收回他对我的友谊，我就毫无希望了。""我曾经试图忘掉你，因为怀念一个你非常敬仰但又认为不复得见的人，是太令人伤神了。而当一个人忍受这种焦虑心情达一两年之久，只要能回复心情的宁静，他是在所不惜的。我什么办法都尝试过，我找事情做，禁止自己享受谈到你的快乐——甚至对艾米莉都绝口不谈。……我食无味，寝无眠，憔悴消损。"

夏洛蒂心中沸腾着多么热烈的感情，又忍受着多么痛苦的煎熬，真是跃然纸上。弗洛伊德派心理学者认为文艺是被压抑欲望的升华。厨川白村认为："生命力受了压抑而生的苦闷懊恼乃是文艺的根底。"这些话有多少道理，或许值得探讨，但似乎至少可以部分说明夏洛蒂写作这部小说《维莱特》的动机。

她的动机，其实在那四封信的第一封信里就初露端倪了。那是1844年7月24日给埃热先生的信，上面说："若是我能写作，我就不会感到空虚无聊。……我要写一本书，把它奉献给我的文学老师——我唯一的老师——奉献给你。"

不过，夏洛蒂从布鲁塞尔回到家乡霍沃思以后，开头做的是与妹妹们积极筹备在家中开办招收四至六名学童的寄宿学校的事。她去比利时求学，原来也是为自己办学当教师打基础的。无人报名，办学未果，她们才转向文学事业。在三姐妹诗集出版以后，夏洛蒂于1846年写成的第一部小说是《教师》，而不是《维莱特》。《教师》同样以布鲁塞尔为背景，写一位英国男青年前去做教师，与一位外国女学生恋爱而终成眷属。这部小说当是为献给老师而作的，可惜被认为失之平淡，不合人们流行口味而被出版公司六次退稿，后来又遭三次拒绝，夏洛蒂生前没有见到它的出版，直到1857年，即她逝世后两年，才得以问世。

《教师》受到的冷遇，终于由《简·爱》和《谢利》的巨大成功弥补了。但是夏洛蒂依然不能忘情于她在布鲁塞尔的那段经历。早在1847年12月14日，她就曾在信上对史密斯—埃尔德公司的审稿人威廉斯说："我的愿望是重写《教师》，尽量弥补其不足，删除一些部分，扩充另一些部分，把它变成一部三卷小说。"结果便是她这部动笔于1851年夏，完成于1852年冬，出版于1853年初的杰作《维莱特》。作者也许担心这部作品会像《教师》那样不受出版者欢迎，所以在完成之后作了祈祷，仿佛不那么有信心。

与《教师》比较起来，《维莱特》的篇幅增加了一倍有余，人物大大增加，内容也丰富复杂得多，已经完全不是局部的改写和增删，而是另一部有独创性的小说了。不过写的仍然是叫做"维莱特"的布鲁塞尔，仍然以一所学校中的师生关系为主要情节。把《维莱特》看做是一部李代桃僵的作者心心念念要奉献给她的老师埃热先生的一部作品，大概并不为过。

露西·斯诺是《维莱特》里最主要的人物，她自始至终向读者叙述故事，倾吐心曲。另一位主要人物保罗·伊曼纽埃尔，即在外表上和性格上都经过化装却仍然依稀可辨的那位埃热先生，在小说的第一、二卷里却不占主要地位，直到第三卷里才同露西和贝克夫人，即埃热夫人的化身，占据了舞台的中心，演出可歌可泣的一幕幕，直到悲剧性的终场。

在第一和第二卷里的主要人物，除露西和贝克夫人以外，则是约翰·格雷厄姆·布列顿医师、波琳娜·玛丽·霍姆小姐、姑妮芙拉·樊箫小姐和阿尔弗莱德·德·阿麦尔上校等等。他们之间交织着种种错综复杂的关系。露西暗暗地爱上了约翰医师；约翰迷恋的是姞妮芙拉；爱虚荣的姞妮芙拉却选中那位游手好闲的有贵族头衔的德·阿麦尔上校。到全书近尾声的时候，约翰与波琳娜（据知其原型是盖斯凯尔夫人的小女儿朱莉娅）结合成幸福的一对；姞妮芙拉与那位上校私奔远行。贝克夫人一贯不动声色地执行她明察暗访、严格管教的校长任务。露西遭受的则是命运对这位孤独无依的少女的种种折磨。

这第一和第二卷之中，同样反映了作者夏洛蒂的亲身经历。比如马趣门特夫人之死，使人联想到作者姨母之死；比如露西初至伦敦，渡海去"维莱特"时的感受；比如以一个信奉新教教徒的身份到天主教教堂里向神父忏悔的描写，在夏洛蒂于1843年9月2日给艾米莉的信上就有详细的叙述。这些地方，夏洛蒂和露西已不分你我了。至于用大量笔墨描绘的那位年轻有为、英俊文雅、惹人喜爱、责任心和事业心都强的约翰医师，据知同样是实有其人，呼之欲出的。此人便是出版过夏洛蒂几部作品的伦敦史密斯—埃尔德公司的业主乔治·史密斯先生。夏洛蒂是从布鲁塞尔回到英国以后，写作成功，才成为一名作家，并与史密斯先生有了交往的。但是在《维莱特》里，作者把这一段经历的时间、地点和背景都作了移花接木的艺术处理，搬到先于此时的"维莱特"去了。夏洛蒂生平五次去伦敦，或为文稿出版事宜，或受史密斯邀请参观博览会什么的。每次，这位出版家都盛情款待，有时夏洛蒂住在他颇为舒适讲究的家中。夏洛蒂性格内向，木讷寡言，不善也不爱交际，但是史密斯还是把她带领到一些社交圈中。她在此时认识了萨克雷、卡莱尔、盖斯凯尔夫人、罗杰斯等名作家、诗人，以及其他一些社会名流。宴会、观剧、参加音乐会、参观不列颠博物馆的画廊等等节目，主要也是这位史密斯先生的热心安排。他还与夏洛蒂去爱丁堡远游。交往密切，通信也频繁，看来夏洛蒂对乔治·史密斯颇有好感；史密斯先生的热心和殷勤似乎也超过一位出版公司业主同其投稿人之间的关系，因此外界有了一些猜测。不幸的是，史密斯的母亲对这样的关系不表赞同，夏洛蒂也觉得年龄不相配，对自己的容貌和家庭经济情况又有自卑感。1850年6月21日，夏洛蒂在致她的女友的信中，回答询问时说："乔治和我彼此十分了解，十分真诚地相互尊重。我们双方都明白，岁月在我们之间造成多么大的差距。……我年长他七八岁，更何况我绝不以美貌自居，如此等等，都是最安全的保障，哪怕同他一道去中国，我也无所顾忌。"

话虽如此，他们之间的感情并非一般，夏洛蒂的心中不免又添一层怅惘。不过，史密斯并没有像埃热那样使夏洛蒂产生伤感和痛苦的心情。在《维莱特》里，史密斯母子以布列顿母子的面貌出现，露西默默地爱慕着约翰·格雷厄姆·布列顿医师，但是祝福他能够与波琳娜永结同心，幸福地过一生。这一创作意图，夏洛蒂在将《维莱特》的第一卷和第二卷手稿寄交史密斯先生以后，于1852年11月3日的信上有明确的说明："露西不该嫁给约翰医师；他太年轻、英俊、开朗、和蔼；他是大自然和命运的'鬈发的宠儿'，应该从生活的彩票中抽得一张奖券。他的妻子应该年轻、富有而漂亮；他应该得到莫大的幸福。如果露西要嫁人，她应该嫁给那位教师……"

在这部小说里，夏洛蒂给波琳娜和姞妮芙拉都安排了各方圆满的结局，但是给主角露西安排的却是一个可悲的终场。这本来符合作者的创作意图，也符合作者当时的处境和心境。然而她的父亲却不以为然。他不喜欢一部小说最后在他心头留下凄凄惨惨的印象，要求他的女儿让露西也喜结良缘，幸福美满地过一生，就像童话故事里的公主和王子那样。夏洛蒂不忍违拗她世上仅存的亲人的心意，又不愿放弃自己原来的设想。结果便写成了读者现在看到的尾声。伊曼纽埃尔从西印度群岛回国，就在轮船驶近国门的时候，忽遇狂风暴雨，归舟不幸触礁沉没。这就完了。这位男主人公究竟遇救脱险没有？他和露西究竟得庆重逢、终成眷属没有？夏洛蒂放下笔来，不作交代。这个生死未卜、吉凶难定的悬念推给了读者，包括她的父亲。她在1853年3月26日写信给那位出版家史密斯先生说："反正总得在淹死和终成眷属之间进行可怕的抉择。那些慈悲为怀的读者……当然会选择前一种较为温和的命运——让他淹死，以便解除他的痛苦。相反，那些狠心肠的读者就会……残忍地、冷漠地让他同那个人……露西·斯诺——结婚。"

阅读一部文学名著会被它的不可抗拒的艺术魅力所吸引，即使对作者生平和创作背景不甚了了，也能够兴味盎然地尽情欣赏，正如《简·爱》问世，万众传阅，却还不知作者"柯勒·贝尔"是男是女。《维莱特》是作者呕心沥血之作，同样有着这样的艺术魅力。不过，《维莱特》更接近于作者后半生的自传，如果我们比较深入地了解夏洛蒂的生平故事，那就像游览名胜古迹事先作一番研究一样，会跟着我们所钦佩、所爱戴、所同情的作者同呼吸，共命运，想作者所想，爱作者所爱，悲作者所悲，乐作者所乐。

因此，译者不惜花费许多时间和精力，追踪和整理出夏洛蒂的心路历程来，觉得这样对于我国一般读者阅读此书将会有一些帮助。

夏洛蒂为她的妹妹艾米莉和安妮的作品再版，于1850年写过一篇关于她们的回忆录。其中写道："当烈日方中，农事正忙之时，耕耘者却在劳动中倒下了。"不料夏洛蒂本人也是这样倒下的。综观她的一生，有过事业成功，生命大放异彩的时期。她的爱情最后倾注到那位"不是富有诗意的"、但是真诚爱她的副牧师亚瑟·贝尔·尼科尔斯身上，并且在她这位丈夫的祈祷声中死去（据朱虹、文美惠主编《外国妇女文学词典》所载，夏洛蒂是患妊娠败血症病逝的）。她最后一年的生活也可以说夕阳辉煌，金光灿灿。这正如夏洛蒂在写《维莱特》的时候说的那样："（作者的)天空并不总是风和日丽,也并不——谢天谢地!——总是暴风骤雨。"然而,整个说来,夏洛蒂所尝味的人生是苦多于乐。面对死亡、长守孤独、恋情无所寄托,为寻找出路而拼搏。她心灵的负担实在是非常非常沉重。这些,在《维莱特》的许多篇章里都有催人泪下的反映。用血泪写成的文字最能打动人心,《维莱特》正是这样一部小说。西谚有云:"受创伤的牡蛎用珍珠来修补它的介壳"(It is the wounded oyster that mends its shell with pearl),《维莱特》正是这样一颗永放光彩的不朽的稀世之珍。

无怪乎盖斯凯尔夫人在为夏洛蒂写的传记中说道:"《维莱特》受到异口同声的一致欢呼。"女学者兼作家乔治·艾略特在书出版两星期以后便说:"我刚刚回到自己周围真实世界的感觉中来,因为我刚刚读完《维莱特》,这是一部比《简·爱》更了不起的书。"为勃朗特三姐妹编全集的玛丽·沃德说:"这种诗的想象力的伟大天赋,她从来没有像在《维莱特》里运用得这样好。"小泉八云[①]认为:"《维莱特》[比《谢利》]更好,说实在的,我常常禁不住要想,它甚至比《简·爱》还要好……"近代勃朗特研究家、作家玛格丽特·莱恩说:"在许多方面,这部小说更精彩、更成熟、更老练……也是唯一的一部几乎从头到尾显示出夏洛蒂·勃朗特在最佳时期所能达到的高度。"

《维莱特》自出版以来已有一个半世纪,在国外,对于读者和研究者一直具有强大的吸引力。我国翻译介绍当以伍光建的译本为首,那是1926年由商务印书馆出版的,书名为《洛雪小姐游学记》。另外,1987年湖南文艺出版社出版了谢素台翻译的《维莱特》。西海(杨之宏)先生和我合作的这个译本当为第三个译本。我们自1987年开始,孜孜矻矻,不觉经过了五六个寒暑。其

---

① 小泉八云(原名 Lafcadio Hearn, 1850—1904),日本作家、翻译家。生于希腊,长于爱尔兰,求学于英、法。19岁去美国,当记者,发表作品。1891年在日本与小泉节子结婚。1895年入日本籍。写作题材极广,有小说、游记、诗、散文、评论,并大量介绍和翻译日本风俗、宗教和文学。

间固然有其他审稿、译稿以及疾病等等事情干扰，不得不暂停译笔，但是原文本身不易翻译，必须仔细推敲斟酌，也是一个原因。萨克雷觉得夏洛蒂"比多数女士们更精通英语……文体可说极其浓郁，极其纯正"。盖斯凯尔夫人认为："她在选词用句上十分讲究。……一组词语，就是如实反映她思想的一面镜子，其他的词，不论含意多么接近，都不能取代它们……这种仔细推敲遣词造句，使她的文体显得像完美的镶嵌图案。每一个组成部分，不管多么细小，都安插得天衣无缝。"作为译者，面对这样一件精雕细琢、长达六百多页的艺术精品，要用另一种文字把它表现出来，说一声戛戛乎其难哉，至少对于我们来说，确实不过分。作者可以随心所欲、天马行空地写；译者则必须体察入微、亦步亦趋地译。中国的方块字有世界上绝无仅有的丰富的文化遗产为基础，其表达能力决不亚于任何其他文字。不过，要把夏洛蒂那样完美的西洋镶嵌图案惟妙惟肖地临摹出来，却不是一件轻而易举的事。读者看过这个译本，或许可以多少体会到译者所费的苦心。但是"天衣无缝"则是我们望洋文而兴叹的事。

西海先生和我分译互校。我译前面一半，并且担任全书中文润饰工作，以求笔调的一致。西海先生校正了我译文中的疏误之处。杨又才、吴成艺担任了枯燥的誊抄稿件的任务，在此谨表谢意。

书中注解是参考注释本原文和多家作品及中外文工具书编写的。

评论家认为，了解夏洛蒂的作品要和了解她的生平联系起来。为此，本书附有一份夏洛蒂生平大事记作为附录，以便读者参考。

这篇序言之中的某些引文引自国内有数的勃朗特研究家和译者杨静远女士和祝庆英女士、祝文光先生编译和翻译的作品。

吴钧陶
1992.7.2.

这部译稿全部审阅完毕，正待发稿之时，译者之一西海（杨之宏）先生不幸于1992年11月29日病逝，终年七十五岁。他和我从1955年起在平明出版社和新文艺出版社同事多年。后来反右时同被错划为右派分子。1958年，他们举家迁往宁夏。1981年，拨乱反正之后，他又和我同在上海译文出版社任编辑。他与我谊在师友之间，他的溘然去世，使我深感悲痛。杨之宏先生十六岁时到英国留学，二十一岁毕业于牛津大学。抗日战争爆发以后回国，曾任英语教官和大学英语教师。新中国成立以后进入出版界，译著有《天路历程》等文学作品。当年他们迁往宁夏，我们一别就是二十多载。在那些非常年代里，他先在中学当图书馆管理员兼为学校抄写教材，后来专司敲上下课的钟之职。"文化大革命"期间，被遣送到农村，在农田劳作整整十一年，常常食不果腹，健康遭到严重损害。然而，他仗着惊人的毅力和耐心，也许还仗着他的宗教信仰，一直坚持到"四人帮"垮台，全家才在上海团圆。他正直、清白、善良，待人坦诚、宽厚。凡认识他的人，都会认为这决不是溢美之词。愿他在天之灵得享安息！

"故人云散尽"，我想到林同济、孙瑜、孙梁、方重各位先生都已先后离开人间，"吾亦等轻尘"，我想到自己不知还能笔耕到几时。但是只要一息尚存，我将永远记着他们，并且学习他们孜孜不倦工作直到最后的精神。

杨之宏先生不能亲眼看见这部译书的出版了，但是他所费的心血将随同原作者所作的卓越贡献而遗留在世上。或许，这是一个文字工作者在活着的时候最足以自我安慰、也是死后他的追念者心中的悲痛和遗憾稍得以宽解的一件事。

吴钧陶
1992.12.1.

这个译本出版许多年以后，出版社计划重印。杨之宏先生的女儿又才女士(《大众医学》杂志执行主编)和我将全书看了一遍，作了一些修订。附录部分的"生平大事记"也稍作补充。

新千年的3月初，我突然患病住上海徐汇区中心医院两星期。住院期间断断续续阅读此书，不时想到两年多前的秋天(1997.9.20.)，同事三十余载的祝庆英女士正是在此医院大楼内病逝，不禁感慨系之。读者将会因为她翻译的《简·爱》、《爱玛》等名著而怀念她吧。

吴钧陶
2000.4.5.

第一卷

第一章
布列顿

我的教母住在整洁而古老的布列顿镇的一座漂亮的房子里。她的丈夫家好几代是那儿的居民，因此，说真的，就以他们的出生地做了姓氏——布列顿镇的布列顿。这是由于巧合，还是因为哪一位远祖曾经是一位相当重要的人物，因而把他的姓氏留给了这个地区，那我可不知道了。

我还是个小姑娘的时候，每年大约去布列顿镇两次，我很喜欢到那儿去做客。那所房屋和屋子里的人们特别让我中意。那一间间宁静的大房间，那布置得很好的家具，那干净的宽大的窗户，那外面的阳台，望下去是一条古色古香的街道，似乎星期日和节假日一直在那儿逗留不去，气氛是那么安详，人行道上是那么清洁——这些事物真叫我赏心悦目。

在一个都是成人的家庭里，对于独个孩子通常总是特别钟爱的；布列顿太太对我就是不动声色地格外给予照顾。我认识她以前，她已是一位寡妇，带着一个儿子。她的丈夫是一位医师，她还是个年轻漂亮的女士的时候，丈夫就去世了。

在我的记忆之中，她年纪已经不轻了，但是仍然漂亮，身材修长、匀称，并且虽然作为英国女子来说，肤色黑了一些，然而在她浅黑色的面颊上，一直带着健康滋润的样子，在那双美丽的含笑的黑眼睛里，露出轻松愉快的神色。人们感到极为可惜，她没有把自己的肤色传给儿子。儿子的眼睛是蓝色的——虽然还是个孩子的时候就显得目光非常敏锐——他的长头发，有着正如朋友们觉得难以归类的那种颜色，只是太阳照着的时候，才称为金黄色。然而，他继承了母亲的五官的线条，还有她那一副好牙齿，她的身材(或者说有希望长成她那样的身材，因为他还没有长到定型)，以及更好的是她的毫无缺陷的健康，她的那种状态和同等情况的精神，这对于拥有者说来，比一笔财产更好。

在这年的秋天——我正待在布列顿，我的教母亲自来认领我是她的家属，这时候正为我安顿永久的住处。我相信，她这时已经清楚地看到事情的预兆正在显现，我却想也没有想到，不过关于这事情的微小的疑虑已经足够把不肯定的悲哀传递给别人，并且使我乐于换换自然环境和社会环境。

在我的教母的身边，时间总是平静地流过——并不是哗哗地、迅速地流，而是平淡无奇地流，好比一条水位高涨的河静静地流过一个平原。我去拜访她，就像"基督徒"和"盼望"①逗留在一条可爱的小溪边，"绿树排列在两岸，百合花终年装点着青草地。"那儿没有丰富多彩的魅力，也没有小事情引起的激动；但是我那么喜欢安宁，那么不想找刺激，因而在刺激到来的时候，我差不多觉得那是一种烦扰，并且希望它还是远远离开我为好。

有一天，布列顿太太收到了一封信，其内容显然使她惊讶，并且有些担心。我起初觉得信是从家里寄来的，不禁一阵哆嗦，只怕是我所不知道的什么灾难性的信息。不过，并没有告诉我什么情况，阴云似乎过去了。

第二天，我作了长距离散步回来以后，走进我的卧室，却发现了料想不到的变化。除了我那张搁在光线阴暗的凹处的法国式卧床以外，屋角出现了一张有栏杆的儿童小床，床上蒙着白布；除了我那只桃花心木的五斗橱以外，我还看见一只青龙木小柜子。我站在那儿凝视着，脑子里在想。

---

① "基督徒"和"盼望"都是《天路历程》(The Pilgrim's Progress)中角色的名字。《天路历程》是英国作家班扬(1628—1688)在狱中写的著名讽喻小说。

"这些东西表明和意味着什么呢？"我自问。回答是明显的。"另一位客人就要来了。布列顿太太准备迎接另外一位客人。"

正要下楼去吃饭的时候，得到了解答。我被告知，一个女孩子马上就要来和我做伴，她是已故的布列顿医师的一位朋友兼远亲的女儿。还告诉我说，这个女孩子新近失去了母亲；然而，说真的，布列顿太太不久又添补了一句，说这一损失并不像起初看起来可能会有的那么严重。霍姆太太（好像是姓霍姆）过去非常漂亮，但却是一位轻浮、随便的女人，她对孩子漫不经心，又使她丈夫感到灰心丧气。他们远远不是情投意合的，这种结合必然导致的离异终于发生了——是双方同意的离异，没有办过任何法律手续。这一事件以后不久，这位女士在一次舞会上玩得过分卖力，患了感冒，发了烧，病了没有多少天便一命呜呼。她的丈夫天生是一位感觉十分敏锐的人，被这个太突然地传来的消息震惊得不知所措，这时，似乎很难使他不认为他在某些方面的过于严厉之处——某些欠缺耐心和纵容之处——对于加速她的死亡曾经起过一份作用。他闷闷不乐地想着这一点，直弄得精神上受到严重的影响；医生们坚持要他旅行，试图作为一种治疗方法，这时布列顿太太便提出照看他的小女孩。"我希望，"我的教母在最后加上一句说，"这个孩子可不要像她的妈妈——可不要成为一个疯疯傻傻的小调情者，弄得明智的男人情不自禁地要去娶她。因为，"她说，"霍姆先生正是一个有他自己特点的明智的男人，虽然他并不很讲实际。他喜欢科学，半生都消磨在实验室里搞实验——这是他的蝴蝶般的妻子既不理解、也不容忍的事情；不过，说真的，"我的教母承认说，"我自己也不喜欢这样的事情。"

在回答我的一个问题的时候，教母还告诉我，她已故的丈夫常常说，霍姆先生的一位舅舅是法国学者，他这种科学才能是从这位学者身上得到的。他的祖先似乎是法国和苏格兰的混血种，一些亲戚现在还住在法国，他们之中不止一个在姓氏前加上"德"

字，称自己是贵族。①

就在这天晚上九点钟，一个仆人被派去迎接我们的小客人预计会乘坐的那辆轿式马车。只有布列顿太太和我两人坐在客厅里，等候她的到来，因为约翰·格雷厄姆·布列顿不在家，他去看他的一位同学，当晚住在乡下。我的教母一面等候，一面阅读晚报。我在做针线活儿。这是个阴雨绵绵的夜晚，雨打在窗玻璃上，风一刻不停地怒吼着。

"可怜的孩子！"布列顿太太时不时地叹息着。"在这样的天气里长途旅行啊！我但愿她已经在这儿，平平安安。"

十点差几分钟的时候，门铃响起来，华润回来了。前门刚打开，我就已经奔下楼，来到厅堂里。地上放着一只大皮箱，几只圆筒形纸板盒②，旁边站着一个人，像是保姆，楼梯边则是华润抱着一个用围巾包裹起来的东西。

"这就是那个孩子吗？"我问。

"是的，小姐。"

我本想打开围巾，看一眼那张脸，但是孩子急忙避开我，把脸搁到华润的肩膀上。

"请你放下我，"华润打开客厅门的时候，那娇小的声音发出来，"还要拿掉围巾，"这孩子又说，用一只小手取下别针，以一种过分讲究的、急急忙忙的样子脱掉那堆不像样的包裹。这会儿出现在我们面前的小家伙，动作熟练地试着折好那条围巾，可是这件织品太重，太大，那双小手和胳臂可提不起，也舞不动。"请把这个交给海蕊特，"她发出了这样的指令，"她会把它放好的。"孩子说了这句话以后，转过身来，眼睛直盯着布列顿太太瞧。

"来呀，小宝贝，"这位夫人说。"来让我看看你是不是又冷又湿。来让我在壁炉边使你暖和暖和。"

---

① 法国名门出身的人，一般在姓氏前加一个介词"de"，中文一般译为"德"。
② 圆筒形纸板盒，用来盛放女帽或领圈等物的盒子。

孩子飞快地奔过来。她脱去了包裹以后，看起来是一丁点儿大，可是小身段却生得匀称、完美无缺，又轻灵，又小巧，又挺直。她坐在我的教母的宽大的裙兜上，只像是个洋娃娃。她的脖子像蜡制的那样细腻，丝线一般的鬈发覆盖在头上，我觉得更增加这种相似的程度。

布列顿太太一面用简短、亲爱的词句说着话，一面擦热孩子的手、胳膊和脚。刚开始，孩子若有所思地呆望着她，但是过了一会儿，孩子便向她露出微笑。布列顿太太一般说来并不是一个善于嘘寒问暖的女人。即使对待她宠爱至深的儿子，她的态度也很少热情洋溢，倒常常是相反。然而这位小生客向她微笑的时候，她吻了她，问道："我的小宝贝儿叫什么名字啊？"

"妞妞①。"

"除了妞妞之外呢？"

"波莱，爸爸这样叫她。"

"波莱乐意跟我住吗？"

"不一直乐意；不过乐意待到爸爸回家。爸爸出门去了。"她富于表情地摇摇头。

"他会回到波莱身边来的，或者派人来接。"

"他会吗，太太？你知道他会吗？"

"我想会的。"

"可是海蕊特不这样想——至少她认为不会很快来接她。他病了。"

她的眼睛湿了，从布列顿太太手里抽回自己的手，做出要离开她的裙兜的动作。起先没有得到同意，但是她说："请让我走。我可以坐在小凳子上。"

她终于被允许从太太的膝盖上滑下来。她把一张脚凳拿到光线很暗的角落里，坐了下来。布列顿太太虽然爱发号施令，在重

---

① 原文是 Missy，"小姑娘"或"小姐"的意思。

大事情上甚至是一个专断独行的女人，然而对于细枝末节的事情却常常听之任之。她允许这孩子自行其是，还对我说："这会儿可别对她瞧。"但是我却对她瞧着。我看着她一只小小的肘弯搁在小小的膝盖上，头枕在手掌上，发觉她从她小裙子的小口袋里掏出一块一两英寸见方的手帕，接着听见她哭泣起来。别的孩子伤心或感到疼痛的时候会大声嚷着哭，不怕难为情，也不忍着点儿；但是，这孩子却光流眼泪——只有最轻微的偶尔的欷歔声才能证明她动了感情。布列顿太太没有听见，这样倒很好。过了不久，说话声从那个角落里发出来，要求说："可以打铃请海蕊特来吗？"

我打了铃，保姆应声而来。

"海蕊特，我必须上床睡觉了，"她的小女主人说。"你必须问问我的床在哪儿。"

海蕊特表示她已经问过。

"问问是否你和我一同睡，海蕊特。"

"不，妞妞，"保姆说。"你要跟这位小姐同住一个房间，"她指着我。

妞妞没有离开座位，但是我看见她的眼睛转向我。她默默打量我几分钟之后，从她的角落里走出来。

"太太，我祝你晚安，"她对布列顿太太说，但是不声不响地打我身边走过去。

"晚安，波莱，"我说。

"没有必要说晚安，因为我们睡在一间寝室里，"她回答，说完便走出了客厅。我们听见海蕊特提出把她抱上楼去。"没有必要，"她又回答，"没有必要，没有必要。"于是她乏力地拖着小小的脚步走上楼去。

我一小时以后去就寝，发现她还没有睡着。她用枕头支撑她小小的身躯，形成坐的姿势。她的一只手握着另一只手，安静地搁在床单上，那种老式的镇静自若的样子，完全不像个孩子。我有一阵子避免和她说话，但是在熄灯之前，我劝她躺下去。

"稍待一会儿,"是她的回答。

"可是你会伤风的,妞妞。"

她从童床栏杆边的椅子上拿起一件小衣服,披在肩膀上。我容忍她去做她喜欢做的事情。我在黑暗中谛听一会儿,发觉她仍然在哭泣——安安静静、小心翼翼、忍气吞声地哭泣。

天亮了,我醒来,耳边只听得一股流水的声音。瞧啊!她踩在靠近盥洗盆的一只凳子上,费尽九牛二虎之力把那只有柄的大口水壶(她无力提起它)倾斜过来,以便把里面的水倒进脸盆里。瞧着她洗脸穿衣的样子,那么小,那么忙,那么悄没声儿,真是一件新鲜事儿。她显然不大习惯自己梳妆打扮;那些纽扣啊、带子啊、钩子和襻子啊,造成了种种困难,她坚韧不拔地去克服,瞧着真够味儿。她折好睡衣,把床罩弄得平平整整。她退到角落里,一片白色帘幕遮住了她,在那儿她没有声音了。我半支起身子,把头伸出去看看她在忙些什么。她跪在地上,双手捧着低下来的前额,我看出她正在做祷告呢。

她的保姆敲房门,她一下子站了起来。

"我已经穿好了,海蕊特,"她说。"我自己穿的衣服,但是我觉得不整齐。把我弄整齐吧。"

"你干吗自己穿衣服呢,妞妞?"

"嘘!小声点儿,别弄醒了那位姑娘。"(是指我,这时我已经躺下来闭上眼睛。)"我学学自己穿衣服,以防备你离开我的时候。"

"你要我走吗?"

"你闹别扭的时候,我许多回都想要你走,但不是现在。请把我的腰带系系直;把我的头发摸摸平。"

"你的腰带够直的了。你是个多么爱挑剔的小人儿啊!"

"腰带必须重新系过。请你系吧。"

"那么,好吧。等我走了,你必须请那位年轻小姐替你穿衣服。"

"无论如何不要。"

"为什么呢?她可是一位非常好的年轻小姐。我希望你注意对她要有规矩,妞妞,可别耍脾气。"

"她无论如何不会替我穿衣服的。"

"多可笑的小东西!"

"你没有把梳子笔直地挑过我的头发,海蕊特;那条线要变得弯弯曲曲的了。"

"哎,你可是难伺候啊。这样行了吧?"

"很好。我穿戴好了,现在该到哪儿去?"

"我带你去吃早餐。"

"那么,来吧。"

她们向房门口走去。她又站住了。

"哦,海蕊特,我真希望这是爸爸的房屋!我不认识这些人。"

"要做个好孩子,妞妞。"

"我是个好孩子,但是我这里痛,"她把手按在心坎儿上,一面悲叹,一面反复呼唤着:"爸爸!爸爸!"

我睁开眼睛,爬起床来,在这个场面还未扩大的时候来制止它。

"对这位年轻小姐说早安,"海蕊特命令她。

她道了声"早安",然后便跟着保姆走了出去。海蕊特在这天暂时离开,到她住在邻近的朋友们那儿去了。

我走下楼来,发现波琳娜(这孩子自己说叫波莱,不过她的全名是波琳娜·玛丽)在早餐桌旁,坐在布列顿太太身边。一大杯牛奶放在她面前,一小片面包塞在她手里,小手一动不动地搁在桌布上。她没有吃东西。

"我们怎样才能叫这个小家伙高兴呢,"布列顿太太对我说,"我不明白。她什么也不吃;看样子,她也没有睡好。"

我表示我相信时间和爱心终会发生效果。

"要是她对这屋子里的哪一个人喜欢起来,她就会立刻安心了,可是一定要到那时候才行,"布列顿太太回答说。

第二章
波琳娜

好几天过去了，看起来她不大会特别喜欢这幢房屋里的任何一个人。确切地说来，她算不上顽皮或任性，也远不是不听话；然而，要见到一个比她所表现出来的那样更不容易感到舒适，甚至更不容易安静下来的人，几乎是没有可能的。她闷闷不乐。没有一个成年人能够把这种不愉快的样子表演得更好；没有一个待在欧洲的对跖地[①]而怀念着欧洲的背井离乡的成年人那愁眉深锁的脸上曾经挂着比她那稚嫩的脸上更多明显可见的乡愁之情。她好像变得衰老了，魂不守舍了。我，露西·斯诺，对于她这样中邪，陷入一种过分热烈和零乱散漫的胡思乱想之中，自觉没有责任；然而，我每次打开房门，发现她独坐一隅，小小的手托着头，我便觉得这间房子不是住人的，而是闹鬼的。

另外，好多次月光明亮的夜晚，我醒来的时候，看见她穿着睡衣的明显的白色身影，直挺挺地跪在床上做祷告，像是某个天主教或者循道宗[②]的热心教徒那样——像一个早熟的盲信者，或者不当其时的圣徒那样——我简直不知道自己作何感想；但不管是什么，我那些想法有一种危险，那就是，几乎变得跟这个孩子心中当时必定如此的想法一样的不正常和不健康。

我难得听清她的祷告词中的一个词，因为她悄没声儿地说着。不错，有时候完全不是悄悄的，然而却是含混不清的声音。传到我耳朵里的不多几句话，至今仍然有沉沉的分量："爸爸，亲爱的爸爸呀！"我领悟到这是一种思想狭隘的性格的表现，暴露出顽固偏执的倾向，我一直认为这是最为不幸的事，无论男人或女人都会因此遭人咒骂。

这一烦恼要是不受抑制地继续下去，将会是什么结果，只能猜测。然而，突然的转折发生了。

有一天下午，布列顿太太把她从她角落里待惯的位置上哄出来，抱到窗边座位上，为了吸引她的注意力，叫她瞧着往来行人，数数看，在一定的时间里有多少女士们打街上经过。她开头无精打采地坐着，不瞧也不数，后来——我的眼睛紧盯着她的眼睛——只见她眼球虹膜和瞳孔的令人惊讶的改观。这种突然的、危险的本性——人们称之为敏感——提供了许多奇特的场面和奇异的想法给那些气质比较冷静因而并不在实际上参与其间的人。她那固定的、滞重的凝视游动起来，哆嗦起来，然后灼灼闪烁起来。她那愁云密布的小小的眉宇晴朗了；她那委琐浅薄、垂头丧气的面容亮堂了；她那不胜忧伤的脸色消失了，换上的是一种忽然出现的急切神情，一种强烈的期望面貌。

"就是这个！"她这样说。

像一只鸟，或者一支箭，或者任何其他快速的东西，她从室内转眼不见了。我不知道她是怎样把房屋的大门打开的；可能它本来就半开着；也许华润正好在那儿，服从了她的命令，这命令该是够迫不及待的。我——从窗口静静地望出去——看见她穿着黑色外衣，系着小小的镶花边的围裙（她对于围涎抱有反感），奔跑了那条街一半的路。我正要转过身来，轻声对布列顿太太报告说，孩子发狂似地奔出去了，得马上去追，这时候，我看见她被人一把抓起来，并且在我冷静的观察面前，在路人们惊讶的目光之下，被立刻抢走。一位绅士做了这件好事，这会儿，他正用自己的斗篷给她披上，走过来，打算把她送还到他刚才看见她打那

---

① 对跖地，地球上处于正相对位置的地区。欧洲及英国的对跖地是新西兰及澳大利亚一带。
② 循道宗，基督教新教卫斯理宗的别称。约翰·卫斯理（1703—1791）创立这一宗派，提倡循规蹈矩地行事为人，故得此别称。

儿出来的房屋里。

我断定他会把她交给一个仆人照管,然后退出去。可是他进来了;在楼下停留了一小会儿工夫,走上楼来了。

他受到接待;这一点立刻表明布列顿太太认识他。她是认出来了,正表示欢迎,然而又惶惶不安,惊诧得不知所措。她的神情和态度甚至像进忠言规劝一般。为了回答这种表情,而不是回答她的言语,他说:

"夫人,我无法可想。我发现不可能不亲眼瞧瞧她安置得怎么样便离开这个国家。"

"可是你会使她安不下心来。"

"我希望不至于此。爸爸的小波莱怎么样了啊?"

这一问题他是对波琳娜问的,他同时坐下来,把她轻轻地放在地板上。

"波莱的爸爸怎么样了啊?"这是回答,她说着偎依着他的膝盖,眼睛向上注视着他的脸。

这一场景并不是闹闹嚷嚷的,也不是喋喋不休的,对此,我很感谢。然而这一场景,感情洋溢得快要漫出来了,同时,正因为杯子里的气泡没有冒得很高,或者猛烈地泛滥出来,却更使人感到难受。在每一次热烈的情感失去控制而膨胀起来的时刻,一种不屑于此、或者对之嘲笑的感觉,都会使得厌倦的旁观者松快一阵。而我,却老是感到那种会自动屈服的感情——这种感情在理智支配之下成了一个了不起的奴仆——是极其沉重的负担。

霍姆先生是一位面貌严峻——或者不如说是面貌严厉的人。他的前额疙疙瘩瘩的,颧骨明显地高出来。他的脸很有苏格兰人的特征,不过眼睛里却含有感情,在他此刻焦虑不安的面容上露出激动的表情。他说话时的北方口音跟他的面相倒是和谐一致的。他既有一副骄傲的样子,同时又有一副亲切的样子。

他把一只手放在这孩子抬起来的头上。孩子说:

"吻吻波莱。"

他便吻了她。我希望她发出某种歇斯底里的哭叫声，这样我就可以觉得宽松自在了。可是她发出的是奇妙的极轻微的声音。她似乎已经得到她所要的东西——她所要的一切东西，而处于心满意足的恍惚之中了。不管是神态还是面貌，这个小东西都不像她的父亲，然而她却和他一脉相承。她的内心是从他灌注思想的，正好像酒杯从酒壶斟满一样。

无可争辩，霍姆先生具有男子汉的自制能力，虽然在有些事情上他也许心里有他的想法。"波莱，"他俯视着他的小姑娘说，"到厅堂里去，你会看见爸爸的大衣搁在一张椅子上。把手伸到衣袋里去，你会摸到一条手帕，把手帕拿来给我。"

她照这话去做，灵巧而又敏捷地去而复回。回来的时候，霍姆先生正在和布列顿太太谈话，她便拿着手帕等在一旁。瞧她那副样子，从某方面说，倒像是一幅画：那小小的身材，干净整洁的外表，站在他的膝盖旁。波莱看见他讲个不停，显然不知道她回来了，便抓住他的手，掰开那并不抗拒的手指，把手帕悄悄地塞进去，再一个手指一个手指地合上。他依然似乎没有看见或感到她在那儿，可是不久以后，他把她抱起，让她坐在他的膝盖上，她便偎依着。虽然在接下来的一小时里，他们谁也没有向对方瞧一眼，或者说一句话，我猜想他们俩都很满意。

用茶的时候，这个小东西的一举一动都像往常一样公然独霸全场。首先，看见华润在安排座椅，她便作指挥。

"把爸爸的椅子放在这儿，我的放在旁边，放在爸爸和布列顿太太中间：得由我来拿茶给他。"

她坐在自己的座位上，对爸爸招手。

"挨着我坐，爸爸，就像我们在家里一样。"

然后，她拦截了传递中的爸爸的杯子，正要搅动方糖，把鲜奶油加进去的时候，说道："爸爸，在家里，我一直替你做的。没有谁能做得这样好，连你自己也不行。"

整个进餐期间，她继续献着殷勤，一些动作是相当滑稽可笑的。方糖钳子对于她的一只手说来是太宽了,她不得不用两只手来对付。至于银质的鲜奶油罐、面包与黄油盘和一副杯碟的重量,可都难为了她那不能胜任的气力和动作的灵活程度。然而她却偏偏要举起这个,递去那个,幸运的是设法做完这一切倒什么也没有打碎。说老实话,我觉得她是一个爱管闲事的小家伙;但是她的爸爸就像其他做父母的一样视而不见,似乎完全满意于让她伺候,甚至还对她的照料感到说不出的心情舒展。

"她是我的安慰!"他禁不住对布列顿太太说。这位夫人有她自己的"安慰",而且在大得多的规模上完美无比,只不过此刻不在场。因此,她同情他的怪癖。

这第二位"安慰"是在这天黄昏期间出场的。我知道这天是预定他回来的日子,也晓得布列顿太太在整个黄昏一小时一小时地盼望着。我们围着炉火而坐,这时已用过午茶,格雷厄姆来参加了我们的圈子,我倒是宁可说破坏了这个圈子——因为,当然啦,他的到来引起了一阵忙乱,而且,格雷厄姆正在守大斋①,要去给他弄些吃的。他和霍姆先生一见如故;对于那个小姑娘却一时未加注意。

他的饭吃完了,回答了他母亲的接二连三的问题,便从餐桌转身来到壁炉边。他坐定下来,对面坐的是霍姆先生,他的胳臂肘边上则是那个孩子。我说孩子,是一个用词不妥和描述不当的说法——这一说法使人想起任何画面,却不会想到这位穿着连衣裙丧服和无袖白内衣的娴静的小家伙的样子,她这样子也许正适合一个相当尺寸的洋娃娃——这洋娃娃此刻被搁在一只架子旁的高椅子上,架子上放着她的白清漆漆过的玩具针线木盒。她手上拿着一块手帕的碎片,表示正打算镶边,用一根针坚持不懈地扎

---

① 大斋,亦称"禁食",在规定日期内,一天只有一顿饱食,其余仅食半饱。这是基督徒虔修方式之一。古代和中世纪教会所定大斋日期较多;近世以来一般只在耶稣受难节和圣诞节前一日守大斋。天主教和正教对于守大斋要求较严,新教一般无具体规定。

着眼儿，针在她的手指间看来几乎像一根串肉扦，时不时地刺伤她自己，在麻纱布上留下一行细微的红点点。这件乖张的武器——越出她的控制而突然转向——给她以比原来更深的一戳的时候，她才偶尔惊吓一下，不过仍然是那样沉静、勤勉、专心致志，像个妇人家一样。

格雷厄姆当时是一位十六岁的青年，有一副漂亮的、不老实的相貌。我说不老实的相貌，并不是因为他真的有一种极不忠诚的性情，而是因为这一表示特征的形容词使我觉得很适合于形容他那美貌的凯尔特人①(不是撒克逊人②)的特点。他那淡金棕色的鬈曲的头发，他那线条流畅的对称美，他那频频展露的微笑，既不缺少魅力，也不缺少玄妙(不是用其贬义来说)。他是那个时代宠坏了的、异乎寻常的小伙子！

"母亲，"他默默地瞧了面前那个小人儿一会儿之后，开口说——这时，霍姆先生暂时离开了房间，把他从半带着笑容的忸怩状态中(他所知道的羞怯仅至于此)解脱出来——"母亲，我在眼前的社交场合里看见一位年轻的女士，还没有人把我介绍给她呢。"

"我想你指的是霍姆先生的小姑娘吧，"他的母亲说。

"说真的，母亲，"她的儿子回答说，"我觉得你的话太不讲究礼节了。在冒昧地说到我所提起的那位高贵的女士的时候，我当然应该说霍姆小姐。"

"听着，格雷厄姆，我可不要人家跟那个孩子开玩笑。不要自鸣得意，认为我会容忍你把她作为你开玩笑的对象。"

"霍姆小姐，"格雷厄姆没有被他母亲的告诫威慑住，继续说，"既然似乎没有别人愿意屈尊替你和我服务一下，我可以有这

---

① 凯尔特人，西欧一民族的成员，包括古代的高卢人、布立吞人，以及现代的布列塔尼人、康沃尔人、盖尔人、爱尔兰人、曼岛人和威尔士人。
② 撒克逊人，日耳曼民族的一支。5世纪早期在德意志北部以及高卢和不列颠的海岸进行海盗活动。后来被法兰克帝国收服。

个荣幸来自我介绍一番吗？在下是你的仆人约翰·格雷厄姆·布列顿。"

她瞧着他站起身来颇为庄重地一鞠躬。她不慌不忙地放下顶针、剪刀和活儿，带着警惕的样子，从她那高位上降下身来，又以不可言传的严肃的神情行了一个屈膝礼，说道："你好？"

"很荣幸，我的身体十分健康，只不过由于旅途匆匆，感到有几分劳累。女士，我希望见到你安好。"

"还—算—安好，"这是这位小妇人的气派不凡的回答。现在她试图回到原来的高座上去，可是她发现不作一些费力的攀爬就做不到这一点——这要牺牲体面，不堪设想——而由于完全不屑于当着一位陌生的年轻绅士的面要人家帮助，她放弃了高椅子，坐到一张矮凳子上去。格雷厄姆把他的椅子向矮凳子挪过去。

"女士，我希望眼下的住处：我母亲的房子，在你看来是一个合适的住所，是吗？"

"并不特—别—这—么—一样。我要回家。"

"女士，这是个很自然的、值得称赞的愿望，但是尽管如此，却是我要全力反对的愿望。我指望能够从你那儿得到一点叫做娱乐的那种珍贵的东西，妈妈和斯诺夫人那儿都不能给与我。"

"我不得不过一阵就跟爸爸走。我在你母亲的家里待的时间不会很长。"

"不，不，我相信，你会跟我待在一起。我有一匹小马驹给你骑，看不完的图画书给你看。"

"你现在打算住在这儿吗？"

"是的。你觉得高兴吗？你喜欢我吗？"

"不喜欢。"

"为什么？"

"我觉得你古怪。"

"女士，是我的脸吗？"

"你的脸和你的一切。你的头发又长又红。"

"请勿见怪,这是金棕色头发。妈妈称之为金棕色,或者叫金黄色,她的朋友也全都这样说。不过即使我的'头发又长又红',"(他用一种洋洋得意的神情摇晃着他的长毛——他自己很清楚那是黄褐色的,对于这种狮子般的色彩他感到自豪)"我不可能比你这位小姐更古怪。"

"你说我古怪?"

"不错。"

(片刻以后)"我想我得去睡了。"

"像你这样的小家伙,在好几个小时以前就应该上床了。不过也许你迟迟不睡是为了期待看见我吧?"

"不是,真的。"

"你一定是希望享受我来做伴的乐趣。你知道我要回家,所以想等着看见我。"

"我迟睡是为了等爸爸,不是等你。"

"很好,霍姆小姐。我正在成为一个受宠爱的人,很快就会比你爸爸更受欢迎了,我想。"

她祝布列顿太太和我晚安。她似乎在犹豫,按照格雷厄姆的功过,是否有权利得到同样的关注。这时,他用一只手把她抓起来,并且就用那只手高举过头,保持平衡。她从壁炉上面的镜子里看见自己这样被人举在半空中。这一行动如此突然,如此放肆,如此无礼,真是太过分了。

"真丢人哪,格雷厄姆先生!"她怒气冲冲地大声喊着,"把我放下来!"等到重又站立着的时候,她说:"我不知道你会对我怎么想,要是我也这样对待你,用我这只手把你举起来,"(说着就去举那个庞然大物)"就像华润举那只小猫似的。"

说完她便走了。

第三章
游戏的伙伴们

霍姆先生耽搁了两天。访问期间,他不听别人劝说到外面去走走,而是整天坐在壁炉旁,有时沉默不语,有时聆听或者回答布列顿太太的闲聊漫谈。她谈的正是对一个心绪不佳的男人所应说的那一类话——不过分同情,但是也并非太不相宜和敏感;甚至还带点儿慈母的调子——她的年纪足够做他的长辈,这种调子是可以允许的。

至于波琳娜,这孩子既快乐,又缄默;既忙碌,又警觉。她的爸爸常常把她抱到膝盖上;她便坐在那儿,直到感觉或者想象他变得不耐烦了,然后,她这样说:

"爸爸,把我放下来。我的重量要教你累着了。"

于是这巨大的重荷滑到炉前地毯上来,在大地毯或者搁脚凳上占一席地位,正好在"爸爸的"脚边,白色的针线盒和鲜红色斑点的手帕便开始起作用了。这块手帕看来是打算送给爸爸作为纪念品的,必须在他离开以前完工,因而对于这位女裁缝的勤奋的要求(她在半小时之内大约完成二十针)很是紧迫。

这天晚上,由于格雷厄姆回归到母亲的屋檐下(他是在学校中度过白天的),我们被带到一个生气勃勃的状态之中——这一状态并不因为在他和波琳娜小姐之间相当肯定会扮演的景象而减弱。

他到来的第一个晚上施加给她的轻慢无礼的结果,是一种疏远和傲慢的举止。他对她说话的时候,她通常是这样回答的:

"我无法注意你的话;我有别的事情要操心。"被追问究竟有什么事情的时候,她便说,"正经事。"

格雷厄姆为了竭力吸引她的注意力,便会打开他的书桌,展现出五花八门的东西:图章、亮闪闪的封蜡条①、削鹅毛笔的小刀,以及纷然杂陈的版画——其中有些涂了鲜艳的颜色——这些是他时时留心积累起来的。这一强有力的引诱并非全然无效。孩子的眼睛偷偷地从她的针线活儿上抬起来,一次又一次朝那张写字台望过去,那儿散乱地放着许多图片。有一张蚀刻画,画着一个孩子正和一条布莱尼姆②长毛垂耳狗玩耍,碰巧飘到地板上。

"多好看的小狗!"她高兴地说。

格雷厄姆故意不加理睬。不一会儿,她悄悄地从她那个角落走近些,以便更仔细地察看这一珍宝。那条狗的大眼睛和长耳朵,那个孩子的帽子和羽毛是不可抗拒的哩。

"好画!"这是她的赞辞。

"嗯——可以送给你,"格雷厄姆说。

她似乎犹豫不决。占有的愿望是强烈的,但是接受下来就会有损尊严。不行。她放下图片,转身走开。

"波莱,这么说,你不打算要啦?"

"我还是不要的好,谢谢了。"

"要是你拒绝的话,可要我告诉你,我将怎么处理这张画吗?"

她侧过身子听着。

"我要把它剪成一条一条,用来点蜡烛。"

"不!"

"可是我要。"

"对不起——别这样。"

格雷厄姆听到这种求情的语气却变得毫不宽容,他从他母亲的针线盒里拿起一把剪刀来。

"瞧吧,动手了!"他说着做出一副威胁的架势。"正对着费

---

① 当时西欧用蜡把信件等封口。蜡制成条状,以便使用。
② 布莱尼姆,德国地名。

多的头剪过去,剪开小哈瑞的鼻子。"

"不!不!不!"

"那么到我这儿来。快快来,不然就剪开了。"

她犹豫着,拖延着,但是终于照办了。

"这会儿,你可要了吧?"她站在他面前,他便问道。

"请给。"

"但是我要报酬。"

"要多少?"

"一个吻。"

"先把画儿交到我手上。"

波莱说这话的时候,也显得相当不老实。格雷厄姆给了她,她却像一个欠债的人那样潜逃,飞奔到她父亲那儿,在他的膝盖上寻求庇护。格雷厄姆假装怒气冲冲地跟过来。她便把脸藏在霍姆先生的背心里。

"爸爸——爸爸——撵他走!"

"我是撵不走的,"格雷厄姆说。

她的脸仍然对着另一边,伸出一只手去阻挡他。

"那么,我来吻吻这只手吧,"他说。然而这时候小手已经变成了一只小拳头,付给他的报酬是一个小硬币,而不是吻。

格雷厄姆——就他来说,并不亚于他的小游戏伙伴那样诡计多端——显然是土崩瓦解地撤退了,沉沉地跌在一张沙发上,头枕着靠垫,躺在那儿,好像疼痛不已。波莱发现他没有声息了,不一会儿便对他偷看一眼。他双手蒙着眼睛和脸。波莱在父亲的膝盖上转过身来,焦急地对她的敌人望了好长一会儿。格雷厄姆呻吟着。

"爸爸,那是怎么一回事?"她悄悄地问。

"你最好问他,波莱。"

"他伤了吗?"(第二声呻吟。)

"听他的声音好像是受伤了,"霍姆先生说。

"妈妈，"格雷厄姆有气无力地说，"我想你最好请个医师来。哦，我的眼睛啊！"（又沉默，只是被格雷厄姆的叹气声打破。）

"要是我的眼睛瞎掉呢——？"最后他这么说。

他的惩罚者受不了这种提示，径直来到他的身边。

"让我瞧瞧你的眼睛。我刚才并不有意要碰它，我只不过要打你的嘴巴。也没有想到打得这么厉害。"

沉默是给她的回答。她的面色不对了——"我很抱歉，我很抱歉！"

接着来的是感情激动：结结巴巴，抽抽搭搭。

"格雷厄姆，你已经把这孩子弄苦了，"布列顿太太说。

"我的宝贝，这完全是胡闹，"霍姆先生大声说。

于是格雷厄姆又一次抓住她，把她高高举起，而她再惩罚了他。她一把揪住他的狮子般的头发的时候，把他称作——"从来没有过的最最顽皮、最最野蛮、最最坏、最最不老实的人。"

霍姆先生动身的那天早晨，他和他的女儿在一个窗户凹进处有一场悄悄话要谈。我听到了一部分。

"爸爸，我不能扎好箱子和你一起走吗？"她认真地轻声说。

他摇摇头。

"我会成为你的麻烦吗？"

"是的，波莱。"

"因为我很小吗？"

"因为你很小、很嫩。只有又大又结实的人才能旅行。不过不要露出悲伤的样子，我的小姑娘；这要叫我心碎的。爸爸不久就会回到他的波莱身边来。"

"一定，一定，我决不悲伤，完全不。"

"让爸爸痛苦，波莱会难受的，是不是这样？"

"比难受还要难受。"

"那么波莱一定要高高兴兴的,分别的时候不要哭,过后也不要发愁。她一定要向前看,盼望重逢的日子,在此期间努力快活起来。她能做到这点吗?"

"她要努力做到。"

"我看她会做到。那么,再会了。到了该走的时候了。"

"现在吗?——就是现在吗?"

"就是现在。"

她仰起发抖的嘴唇。她的父亲啜泣着,不过我注意到她没有哭。他把她放下地以后,和其余在场的人一一握手,然后离去了。

沿街的门关上以后,她跪倒在一张椅子上,叫着——"爸爸啊!"

声音低而长,是一种"你为何抛弃我?"的呼声。在随后多少分钟的时间里,我发觉她忍受着极大的痛苦。在她幼小的生命的这一短暂的片刻,她经受了有些人从来没有感受过的情感。那是她的天性使然;在她以后的日子里,还会有更多这样的时刻。没有人说话。布列顿太太,因为是一位母亲,流了几滴眼泪。格雷厄姆正在写东西,抬起眼睛来盯着她瞧。我——露西·斯诺,则很平静。

这个小东西就这样没有人去打扰她,在那儿做了没有别人能够做到的事——跟那种难以忍受的感情作斗争,而且不一会儿就在某种程度上抑制住了它。这一天她都不会从任何人那儿得到安慰,第二天也不会。她后来变得更为消沉。

第三天傍晚,她安安静静、无精打采地坐在地板上,这时,格雷厄姆走了进来,轻轻地把她抱起,一言不发。她并没有反抗,倒是偎依在他的怀里,好像很疲倦。他坐下来的时候,她把头靠在他身上,只有几分钟便睡着了。他把她抱到楼上的床上去。第二天早晨,她问的第一件事就是:"格雷厄姆先生在哪儿?"对此我不感到惊讶。

碰巧格雷厄姆没有到早餐桌边来,他得赶写这天上午要交的课堂作业，已经请他母亲叫人送一杯茶到书房里来。波莱自告奋勇去送：她非得为什么事情忙碌、为什么人操心不可。送这杯茶的任务交给了她，因为虽然她坐立不定，她还是仔细小心的。书房在早餐室的对过，那扇门面对过道，我的眼睛跟着她。

"你在做什么？"她停在门口，问道。

"写东西，"格雷厄姆说。

"你为什么不来跟你妈妈一起吃早饭？"

"太忙了。"

"你要吃点早饭吗？"

"那当然。"

"那么，这就是。"

她把杯子放在地毯上，好像一个监狱看守把囚犯的大水罐从牢房门洞送进去。她退去，不久又回来。

"除了喝茶，你还要什么——吃什么？"

"只要是好吃的就行。给我拿一些特别好的来，你是一位善良的小女人。"

她回到布列顿太太身边。

"夫人，请给你的孩子送些好吃的东西去。"

"波莱，你可以替他挑选。我的孩子要什么呢？"

她把桌子上凡是最好的东西都挑一份，不久，又回来用耳语要求弄一点桌子上没有的橙子皮果酱。可是格雷厄姆还是得到了橙子皮果酱（因为布列顿夫人对这一对人要什么给什么），不一会儿人们又听见他把她吹捧上天，许愿说，等到他自己有一幢房屋，一定请她做管家，而且也许——要是她显露有烹饪天才的话——请她做厨师。看到她没有回到餐桌来，我便走去找她，却发现格雷厄姆和她正在一对一地用早餐——她站在他的胳臂肘边上，分享他的食物，不过不吃橙子皮果酱，她体贴地不去碰它，我想这是免得使人看来，好像她搞来这东西一方面是为了他，一方面也是为了她自己。这孩子一直显露出这些微妙的感觉和体贴别人的本能。

如此建立起来的友谊同盟是不会匆忙解体的。相反，似乎时间和环境促使它巩固，而不是促使它松散。这两个人在年龄、性别、追求的目标等等方面都不相同，却不知怎么找到许多共同的语言。说到波琳娜，我注意到，除了和年轻的布列顿在一起的时候以外，她的小小的性格从来没有彻底地暴露出来。等到她安心住定，习惯于待在这幢屋子里以后，她充分表明对布列顿太太很顺从。不过她会整天坐在太太脚边的凳子上学做作业，或者缝纫，或者用一支画笔在石板上画人物像，但是一次也没有点燃起独创之火，或者显示她的性格的特点的一丝闪光。在如此情况之下，我不再注意她，她不使人感到兴趣。不过一旦格雷厄姆的敲门声在一个夜晚响起来，一种变化就发生了。她马上来到楼梯口，而她的欢迎通常是一种谴责，或者威胁。

"你没有把鞋子在垫子上好好擦干净。我要告诉你的妈妈。"

"爱管闲事的小人儿！你待在那儿吗？"

"不错——可是你碰不到我，我比你高。"（她从楼梯扶手的栏杆空隙处窥视，因为她不能在栏杆上面朝外看。）

"波莱！"

"我亲爱的孩子！"（这是她对他的称呼中的一种，是从他母亲那儿学来的。）

"我累得几乎要晕过去了，"格雷厄姆宣称，他靠在过道的墙上，似乎真的筋疲力尽了。"狄葛必博士"（他是校长）"交下过多的工作，可把我弄垮啦。快下来帮我把书拿上去吧。"

"啊！你在耍滑头！"

"完全不是那么回事，波莱——这完全是事实。我像灯心草一样软弱无力了。下来吧。"

"你的眼睛很安静，像猫的眼睛，不过你会跳起来。"

"跳起来？决不会这样：我可没有这力气。下来吧。"

"我也许下来——假如你答应我不要碰——不要抓起我，不要把我转圈圈。"

"我吗？我可做不了这事！"（他重重地坐到一张椅子上。）

"那么你把书放在第一级梯级上，离开三码远。"

格雷厄姆照办了以后，她小心翼翼地下楼来，眼睛一直不离开虚弱无力的格雷厄姆。当然啦，她一靠近，总是激起他一阵新的、突然发作的活跃，蹦跳欢闹的游戏是必然要做的。有时候她会发怒；有时候事情却准予顺利通过，我们便能听到她一面带他上楼，一面说：

"好吧，我亲爱的孩子，来用茶吧——我知道你一定要吃些东西了。"

瞧她坐在格雷厄姆身边的样子真够滑稽，当时格雷厄姆正在用餐。他不在的时候，她是个安静的小姑娘；可是跟他在一起，她就是个天下最好管闲事和坐立不安的小人儿了。我常常希望她会注意自己，变得沉静；可是不——她已经在他身上忘记了自己。格雷厄姆是很难伺候的，要做到周到地照顾他是很困难的；在她看来，他比土耳其皇帝还重要。她会把他面前各种各样的盘子逐渐集拢；而且，在别人认为他可能要的东西都在他手边的时候，她却发现其他什么东西。

"夫人，"她会对布列顿太太咬耳朵说，"你的儿子也许会喜欢吃点蛋糕——甜蛋糕，你知道的——那儿有一些。"（她用手指指餐具柜和食橱。）布列顿太太通常不赞成喝茶的时候吃甜蛋糕，可是这一请求又被催促着，"一小块嘛——只给他吃——因为他要到学校去。女孩子呢，例如我和斯诺小姐，不需要款待，不过他会喜欢吃的。"

格雷厄姆的确非常喜欢吃蛋糕，而且几乎一直吃得到。说句公道话，他会和她分享多亏她弄来的奖品的，不过这一点从来都办不到。要是他坚持这样做，那就惹得她整个晚上不高兴了。站在他的膝旁，独占他的谈话和注意，才是她所要的报酬——不是分享蛋糕。

她确实以一种难以理解的敏捷使自己适应使他发生兴趣的计划。别人会觉得这孩子没有自己的思想和生命,而必须在另一个人里面活着、活动,才有她的存在。现在她的父亲离开了她,她便偎依格雷厄姆了,似乎靠他的感觉来感觉,以他的生存来生存。她一转眼就记住他所有的同学的名字,背下从他嘴里说出来的他们的特征。对一个人只要一句描述似乎就足够了。她从来不忘记、或者弄错每个人的特性,会整个晚上同他谈论她从来没有见过的人,并且看来完全了解他们的外表、态度和性情。她还学着模仿某人的样子。有一位副院长,似乎有一些怪癖,少年布列顿对之颇为反感,她偶然间听到格雷厄姆的描写,便表演来让他开心。不过,布列顿太太对此不赞成,不允许。

这两个人很少吵嘴;然而有一天却发生了不和,使她的感情受到一次严重的打击。

有一天,正是格雷厄姆的生日,一些朋友来吃饭,他们都是像他自己那么大的小伙子。波琳娜对于这些朋友的来临感到很大兴趣。她曾经一再听到他们的事;格雷厄姆常常谈到的人当中就有他们。晚餐以后,只剩年轻的先生们待在餐厅里了,他们马上变得兴高采烈,喧闹非常。我偶然经过大厅,发现波琳娜一个人坐在楼梯的最低一级,眼睛一动不动地望着餐厅里油光水亮的镶板,那里面反映出来的大厅的灯闪闪发光。她的小眉毛深锁紧皱,在忧心忡忡地苦思冥想。

"你在想着些什么啊,波莱?"

"没想什么。我只不过希望那扇门是明净的玻璃门——好让我看到里面。那些男孩子好像非常快活,我要到他们那儿去;我要跟格雷厄姆在一起,瞧着他的那些朋友。"

"什么东西不让你去呢?"

"我感到害怕。不过你认为我可以试试吗?我可以敲敲门,要他们让我进去吗?"

我想他们也许不会反对接纳她作为一个游戏的伙伴,因此鼓励她这样做。

她敲门,开始轻得听不见,不过第二次尝试使门打开了;格雷厄姆的头探出来,他看来情绪高涨,然而很不耐烦。

"你要什么,你这个小猴子?"

"跟你在一起。"

"你是说真的吗?好像我愿意你来找麻烦似的!到妈妈和斯诺教师那儿去,叫她们把你弄上床睡觉去。"那颗金棕色的头和那张光彩奕奕、面颊绯红的脸都不见了——那扇门专横傲慢地碰上了。她不知所措地呆立在那儿。

"他为什么那样说话?他以前从来没有那样说话呀,"她惊魂不定地说。"我做了什么错事啦?"

"没有,波莱;不过格雷厄姆正忙着招待他的同学。"

"这么说,他喜欢他们胜过我!现在有他们在这儿就把我撵走!"

我想安慰她几句,想用一些哲学的格言来谆谆教诲,以改善这种局面。关于格言,我一直有相当的贮存,随时可以应用。然而,她阻止了我,我刚说出一两个字,她就双手蒙住耳朵,接着躺倒在垫子上,把脸贴着石铺地板。不论是华润还是厨师都无法把她从那种姿势中撬起来,所以就让她躺着,直到她自己愿意爬起来。

格雷厄姆当天晚上就忘记自己的不耐烦之举了。他的朋友们走了之后,他打算像平常那样走上前去跟她讲话,但是她从他手里挣脱出来,眼睛狠狠地闪着光,不肯跟他道声晚安,不肯对他的脸瞧一眼。第二天,他冷淡地对待她,她就变得像一块大理石。第三天,他逗弄她,想让她说出究竟是怎么一回事,她还是紧闭双唇。在他这一方面,当然不能感觉到真正的恼怒;这一对人在各方面都太不相称了。他试图抚慰和哄骗她。"她为什么那样生气啊?他做了什么错事啦?"不久以后,哄出了眼泪;他便亲热她,两人又成为朋友了。不过她是对这类事情不会忘怀的那种人,我注意到经过这番挫折以后,她决不去找他,或者跟着他,或者以任何方式招引他的注意。我有一次叫她把一本书或者其他什么东西拿给格雷厄姆,当时他正把自己关在书房里。

"我等到他出来再给,"她带着傲气说。"我不打算给他麻烦让他起身来开门。"

少年布列顿有一匹心爱的小马,他常常骑着外出,波莱总是待在窗前瞧着他离去和归来。她怀着奢望能被允许骑着这匹小马在院子里兜一圈,但是她决不会要求这样一种恩典。有一天,她走下楼到院子里来看他下马;她靠在大门上的时候,获得骑马乐趣的渴望在她的眼睛里闪闪发光。

"来呀,波莱,你要骑马慢跑一下吗?"格雷厄姆问,有一半漫不经心的样子。我猜想她觉得他太漫不经心了。

"不,谢谢你,"她说着以最冷漠的表情转过脸去。

"你还是骑上好,"他继续说。"你会喜欢的,我能肯定。"

"别以为我会有一点点兴趣。"这是她的回答。

"这不是真话。你对露西·斯诺说过你渴望骑一会儿马。"

"露西·斯诺是一个'碎纸盒'①,"我听见她这样说(她的不完美的发音是她身上所表现出来的早熟程度最少的东西),一边走进房屋。

格雷厄姆不久也走进来,对他的母亲说道:

"妈妈,我相信这个小东西一定是个'换来儿'②;是个十分怪僻的百宝箱。不过没有她我一定会觉得无聊,她使我感到很大的乐趣,胜过你,或者露西·斯诺。"

"斯诺小姐,"波琳娜对我说(夜里,只有我们两人待在我们

---

① "碎纸盒"原文为 tatter-box,可能本来应该是 chatter-box(饶舌者),作者为了表明孩子发音不准而写成上述一词。
② 换来儿,原文为 changeling,或译"丑婴儿"。据欧洲民间传说,仙女或精灵生的孩子都长得又丑又笨,她们便用自己的婴儿偷换别人的婴儿。

的房间里的时候,现在她养成了时不时地同我聊几句的习惯),"你可知道,一星期里哪一天我最喜欢格雷厄姆?"

"我怎么可能知道这样奇怪的事情呢?难道说,七天里边有一天他是跟另外六天两样吗?"

"当然啦!你看不出来?你不知道?我发现他在星期日最了不起,于是我们这一整天都和他在一起;他心平气和,而且,到了晚上,那么和蔼可亲。"

这个意见并不是完全没有根据的。星期日,要去教堂等等事情使格雷厄姆保持沉默,晚上,他则通常用来在会客室的壁炉旁作一种文静的、虽然是相当慵懒的享乐。他会躺在那张睡椅上,然后叫波莱来。

格雷厄姆这孩子并不很像别的孩子那样;他所有的乐趣并不在于活动;他有时会在间歇时间作一些沉思冥想,也会在读书中尝到滋味,而选择的书不是完全不分好歹的,在这选择中间,有具有特性的偏好,甚至是出于本能的口味。确实如此,他很少谈论他所看的东西,然而我看见过他坐在那儿凝思。

波莱挨近他,便跪在一个小垫子上,或者小地毯上,一场谈话就喃喃地开始了,虽然压低了声音,但不是听不见的。我时不时地听到他们谈话的大意。的确,比每天的影响更好、更细致的影响,在这种时候抚慰着格雷厄姆,似乎使他的心情变得无一丝不温柔。

"这一个星期里,你学过什么赞美诗了吗,波莱?"

"我学了一首极好的,有四节长。要我念吗?"

"那么念得好听些。不要急急忙忙。"

于是小小的吟唱声音背诵了、或者不如说半是唱出了这首赞美诗,这时候格雷厄姆就会对这种风格表示异议,进而给她上一堂背诵课。她学东西很快,善于模仿,还有,她以使格雷厄姆高兴为乐;她证明自己是一个敏捷的学者。背完赞美诗之后,接着会读些什么——也许是《圣经》中的一章。其中很少需要纠正,因为这孩子能够非常出色地阅读任何简单地叙述的章节，而且，在主题是她所能了解、并感到兴趣的时候，她的表情和强调语气都是十分恰当的。约瑟被丢在坑里①，对撒母耳的呼唤②，但以理被扔在狮子坑中③——这些是大家都喜爱的章节；特别是第一个故事，她似乎完全感受得到其中的悲怆情调。

"可怜的雅各啊！"她有时候会嘴唇抖动着这样说。"他多么爱他的儿子约瑟啊！就像，"有一次她还加上一句——"格雷厄姆，就像我爱你一样。如果你死了的话，"（她重新打开书来，找到那首诗，读着）"我一定'不肯受安慰，必悲哀着下阴间到你那里。'"④

她一边说这些话，一边把格雷厄姆搂在怀抱里，还把他长着一绺绺长发的头扳到她这边来。我记得，这一举动使我感到异常轻率，刺激我的感觉，就像一个人看见一头生性危险的野兽，还没有完全被人工驯养便太不留神地被爱抚起来的时候所经验的那样。我并不害怕格雷厄姆会伤害她，或者非常粗暴地制止她；然而我觉得她冒险招致如此漫不经心的、很不耐烦的拒绝，对她来说，几乎会比挨一下揍更坏。可是，她这些表演大体上是被动地受到容忍，有时候，对于她的诚挚的偏心，甚至于会有一种洋洋

---

① 据《圣经》故事，雅各（又名以色列）有子十二人，他最宠爱约瑟。兄长们乘在野外放羊之机，图谋杀害约瑟，将他丢在一个坑里。后来又把他从坑里拉上来，卖给前往埃及的过路商人。若干年后，约瑟做了埃及的宰相。在饥荒的年代里，约瑟救了父亲和兄弟们的性命。见《圣经·旧约全书·创世记》第37至45章。
② 据《圣经》故事，"以利的两个儿子是恶人，不认识耶和华"。他的第三个儿子撒母耳在一天夜里三次听见耶和华的呼唤。第四次，耶和华对撒母耳说："我曾告诉他（以利）必永远降罚与他的家，因他知道儿子作孽，自招咒诅，却不禁止他们。"见《旧约全书·撒母耳记（上）》第3章。
③ 据《圣经》故事，大利乌取得迦勒底国以后，立但以理为三总长之一。其他官吏嫉恨但以理，怂恿国王立禁令，凡敬神者必扔在狮子坑中。但以理坚信上帝，因而被罚。但是靠上帝护佑，狮子不伤害但以理。国王最后下令，"人就把那些控告但以理的人，连他们的妻子儿女都带来，扔在狮子坑中。他们还没有到坑底，狮子就抓住他们，咬碎他们的骨头。"见《旧约全书·但以理书》第6章。
④ 见《圣经·旧约全书·创世记》第37章第35节，原文是："不肯受安慰，说，我必悲哀着下阴间到我儿子那里。"

得意的惊异的神情闪现在他的微笑的、并非不和善的眼睛里。有一次，他说道：

"你喜欢我几乎就像你是我的小妹妹一样，波莱。"

"哦！我是喜欢你，"她说，"我是非常喜欢你。"

我被允许作这种性格研究的乐事的时间并不长。她在布列顿刚刚两个月，霍姆先生就来了信，表示他现在已经在欧洲大陆上他的母系亲戚中间安顿下来；还表示，因为英国对他说来已经变得完全不合口味，他可能许多年都不想回来；并且表示，他希望他的小女孩立刻到他身边去。

"我不知道她会怎样对待这个消息？"布列顿太太看了这封信之后说。我也不知道，不过我承担了传达这一消息的任务。

我走到客厅里来——在这宁静的、装饰精致的房间里，她喜欢一人独处；在这里，可以绝对信任她，因为她的手指什么也不碰，或者不如说，她手指碰到的东西什么也不弄脏——我发现她像一个奴婢①那样坐在卧榻上，旁边窗户上垂下的帷幔半遮着她。她看来很高兴，作为消遣的一切用具都在四周：白色的木针线箱、一两片破布条、一两段缎带头，为了改制成洋娃娃女帽而收集起来。那只洋娃娃戴着睡帽，穿着睡衣，躺在摇篮里，她正摇它睡觉哩，那副样子是完完全全地相信洋娃娃具有感觉和知道困倦的官能，她的眼睛同时全神贯注地看着一本摊开在她膝上的图画书。

"斯诺小姐，"她悄声说道，"这是一本奇妙的书。干大基②，"（这是格雷厄姆给洋娃娃取的名字，因为它弄得很脏的面容，的确显示出很像埃塞俄比亚人的样子）"干大基现在已经睡着了，我可

---

① 奴婢，原文为 Odalisque，指伊斯兰教国家的后宫里的奴婢。
② 干大基，古代埃塞俄比亚女王的名字。见《圣经·新约全书·使徒行传》第 8 章第 27 节："……有一个埃提阿伯〔即埃塞俄比亚〕人，是个有大权的太监，在埃提阿伯女王干大基的手下总管银库……"

以跟你讲讲这本书。我们俩必须轻声说话，只能这样，否则她就会惊醒的。这本书是格雷厄姆送给我的，讲的是一些遥远的国家，离英国很远很远，旅行的人不在海上航行成千上万英里，谁也到不了那里。斯诺小姐，那些国家里住着野人，穿的衣服和我们不一样。说真的，他们有些人几乎根本不穿衣服，这是为了可以凉快，你知道，因为他们那儿天气非常热。这张图画上有许许多多人聚集在一个荒凉的地方——一片沙石的平原——围着一个穿黑衣服的人，一个很好、很好的英国人，一个传教士；他正在一棵棕榈树下对他们讲道。"（她给我看具有这种意思的一张彩色小插图。）"还有这些图画，"（她继续说）"更甚奇怪，"（偶尔忘记了文法）①"比这个。这是奇妙的中国长城；这是一个中国女士，脚比我的更小。这是一匹鞑靼野马；这里啊，最最奇怪，是冰和雪的土地，没有绿色的田野、树林，或者花园。在这块土地上，他们找到一些猛犸象的骨头；现在可没有猛犸象了。你不知道它是什么，不过我能告诉你，因为格雷厄姆跟我说过。这是一个巨大的妖魔鬼怪，像这间屋子一样高，像那个大厅一样长；不过格雷厄姆认为它并不是一个凶猛的吃肉的东西。他相信，要是我在森林里碰到一个，它不会咬死我，除非我走到太妨碍它的地方；那时候它就要在灌木丛里把我踩烂，就像我会在打草场上不知不觉踩死一只蚱蜢一样。"

她就这样喋喋不休地说着。

"波莱，"我打断她的话，"你喜欢旅行吗？"

"眼下还不喜欢，"这是她审慎的回答，"不过也许在二十年以后，我长成一个大人，像布列顿太太一样高，我会和格雷厄姆一起去旅行。我们打算到瑞士去，攀登勃朗峰②；将来有一天，我

---

① "更甚奇怪"，原文是 more stranger，不合英文文法。
② 勃朗峰，法语意为"白峰"，是阿尔卑斯山脉的最高峰(4,807米)。阿尔卑斯山西起法国东南部，经瑞士和西德南部、意大利北部，东到奥地利的维也纳。但是勃朗峰在法国和意大利的边界。

们还会漂洋过海到南美洲去,走到钦姆钦姆—博腊索①的绝顶上去。"

"不过,要是你的爸爸跟你一起去,你现在可喜欢旅行呢?"

她的回答——停了片刻才作出的——显示出她所特有的料想不到的脾性变化的一种:

"说这种傻里傻气的话有什么好?"她说。"你为什么提到爸爸?爸爸跟你有什么相干?我刚才正开始在开心起来,不那么想到他了;这一切都要从头来一遍了!"

她的嘴唇抖动着。我急忙揭露已经收到一封信的事实,并且提出信上指示她和海蕊特必须马上和这位亲爱的爸爸重逢。"那么,波莱,你难道不高兴吗?"我加了这个问句。

她不回答,放下了书本,停止了摇晃洋娃娃,眼睛严肃而又认真地盯着我瞧。

"你不喜欢到爸爸那儿去吗?"

"当然喜欢,"她终于说,用的是她常常用来对我说话的那种尖锐的口气,这跟对布列顿太太的很不相同,跟专门用来对格雷厄姆的又不相同。我但愿把她的想法弄得更清楚些,可是不行,她不肯再谈下去了。她急忙跑到布列顿太太那儿去问她,而我的消息得到了证实。这一信息的分量和重要性使她一整天都严肃得不得了。到了傍晚,一听见格雷厄姆在下面走进大门的声音,我便发现她已经挨在我身边。她开始摆弄我挂在脖子上的小金盒的缎带,把我头发上的梳子取下来又放上去。她正忙着这样做的时候,格雷厄姆进来了。

"待一会儿告诉他,"她悄悄地说,"告诉他我要走了。"

在吃茶点的过程中,我作了她所希望的传达。格雷厄姆碰巧这时候为了他正在和别人竞争的某项奖学金弄得魂不守舍,这一

---

① 原文为 Kimkim-borazo,当为钦博腊索(Kimborazo)山,在厄瓜多尔中部,海拔 6,272 米,是厄瓜多尔的最高峰。

消息必须在讲了两遍以后，才引起他应有的注意，而且即使这样，他也只是关心了片刻工夫。

"波莱要走了吗？多么可惜！亲爱的小老鼠，失去她我可要难过呢。妈妈，她一定得再到我们这儿来。"

他草草吞咽了他的茶点以后，便拿了一支蜡烛，独自拥有一张小桌子，以及一些书本，马上便埋头于学习之中。

"小老鼠"悄悄地来到他身边，躺在他脚旁的小地毯上，把脸贴在地板上，不声不响，一动不动，一直占着那个地方，保持那种姿势，到上床的时候才止。有一次，我看见格雷厄姆——全然不知她就在边上——用他那常常在动的脚碰了她一下，她退缩了一两英寸。一分钟以后，一只原来捂住脸腮的小手，从下面偷偷抽出来，轻轻地抚摸着那只不在意的脚。她的保姆来叫她的时候，她爬起身来，向我们大家低声道了晚安，便非常乖地走了。

我不想说一小时以后我害怕去睡觉，然而我的确带着一种不安的心情，预料会发现那孩子睡不安稳。我的直觉的预先警告真是应验了，我发现她十分冷淡，极其警觉，像一只白色的鸟那样栖息在床沿上。我简直不知道如何去跟她搭话，她不像别的孩子那样可以对付得了的。可是，她却和我搭话了。我关上房门，把灯放在梳妆桌上的时候，她转过头来，这样说道：

"我不能——不能睡觉。这么一来，我不能——不能活了！"

我问她哪儿不舒服。

"痛—苦—得—很—啊！"她用可怜的、口齿不清的声音说。

"我去请布列顿太太来，好吗？"

"这是彻头彻尾的傻事，"她不耐烦地回答。的确不错，我很知道，要是她听见布列顿太太的脚步声一路响过来，她一定会像一只老鼠那样安安静静地畏缩在被子下面。在我面前，她往往不顾一切地大发怪脾气——对于我，她从来不表示出假装的感情——然而却从来不对我的教母显露出一点儿她的内心世界。在她看来，她不过是一个驯服听话的、又有些离奇有趣的小闺女。我仔细打量她：脸腮深红；瞪大的眼睛既困扰，又兴奋，同时又闪动不停得叫人难受。很明显，在这种情况之下，必须有人陪伴到明日天亮。我猜出来这究竟是怎么回事了。

"你要再和格雷厄姆说一声晚安吗？"我问。"他还没有回到他的房间里去。"

她立刻伸直双臂让我抱。我用一条围巾把她包起来，抱着她回到客厅里，格雷厄姆正从里面出来。

"她睡不着觉，除非看见你，再跟你说会儿话才行，"我说。"她想到离开你就不高兴。"

"我惯坏了她，"他说，高高兴兴地从我手里把她接过去，吻着她发热的小脸和发烫的嘴唇。"波莱，你对我比对你爸爸更关心，这会儿——"

"我是关心你，可是你一点也不关心我，"她轻轻地说。

她得到保证说，事实上正相反，又被吻了一下，交还给我，我便把她抱走。可是，天哪！她并没有镇定下来。

在我觉得她听得进我的话的时候，我说道：

"波琳娜，你不应该为格雷厄姆不像你关心他那样关心你而伤心。必须如此才是。"

她抬起的那双疑惑的眼睛问着为什么。

"因为他是一个男孩子，而你是一个女孩子。他十六岁，而你只有六岁。他的性格坚强而开朗，而你不是这样的。"

"可是我是那么爱他；他应该爱我一点儿。"

"他正是如此。他喜欢你。你是他的宝贝。"

"我是格雷厄姆的宝贝吗？"

"是的，比我所知道的任何小孩子更宝贝。"

这一保证使她镇定下来，她在十分痛苦中带着微笑。

"不过，"我继续说，"不要急躁不安，不要对他抱过多的期望，否则他会觉得你讨厌，那就一切都完了。"

"一切都完了！"她轻声重复着说，"那么我就乖乖的。我要努力做得乖乖的,露西·斯诺。"

我照顾她上床睡觉。

"他会原谅我这一次吗?"我脱衣服的时候,她问。我肯定地说他会的;还对她说,到目前为止,他一点也没有疏远她;说她只要将来多加注意就行了。

"没有将来了,"她说。"我就要走了。我离开英国以后,我还能——还能——再看见他吗?"

我作了一个带鼓励的回答。蜡烛熄灭了,静静地过了半个小时,我正在想,她已经睡着了吧,可是那小小的白色人影又一次在有围栏的儿童床上坐起来,小小的声音发问了:"你喜欢格雷厄姆吗,斯诺小姐?"

"喜欢他!不错,有一点儿。"

"只有一点儿!你可像我一样喜欢他呢?"

"我想不像。不,不像你那样。"

"你很喜欢他吗?"

"我跟你说过我有一点儿喜欢他。那样关心他有什么意思:他有许多缺点。"

"是吗?"

"所有的男孩子都这样。"

"比女孩子多吗?"

"很可能。聪明人说,认为任何人十全十美是蠢事;至于好恶爱憎问题,我们应该对所有的人友好,而对谁也不崇拜。"

"你是一个聪明人吗?"

"我打算努力做个聪明人。睡吧。"

"我睡不着。你这里不痛吗?"(她把小精灵一样的手放在小精灵一样的胸口上)"在你想到必须离开格雷厄姆的时候,你这里不痛吗?因为你的家可不在这儿呀!"

"当然痛,波莱,"我说,"不过,你马上就要和你爸爸在一起了,就不应该觉得那么痛。你忘记爸爸了吗?你不再希望成为他的小伴侣了吗?"

我问过这个问题以后,接下去的是死一般的沉默。

"孩子,躺下去睡吧,"我催促她。

"我的床冷,"她说。"我无法叫它暖和起来。"

我看见这小东西在发抖。"到我这儿来吧,"我说,心里但愿她会听从,可是简直不存希望,因为她是一个最奇怪、最任性的小家伙,在我面前尤其反复无常。不过,她却立刻来了,像一个小鬼魂一样溜过地毯。我把她抱进被子,她身上冰凉,我用胸怀暖着她。她神经紧张地颤抖着,我抚慰着她。如此这般地受到镇定和爱护的对待,她终于睡着了。

"真是天下少有的孩子,"我想,同时审视着忽明忽暗的月光照耀下的她的睡眠中的面容,用我的手帕小心翼翼地轻轻擦着她闪动的睫毛,以及泪水潸潸的脸腮。"她今后怎么应付得了这个世界,或者怎么同生活作斗争啊?她今后怎么经受得了打击和挫折、屈辱和孤独啊?而这些东西,书本和我自己的理智都告诉我,芸芸众生都会遇到的。"

她在第二天走了;离别的时候,像一片叶子那样哆哆嗦嗦,但是她努力克制着自己。

第四章
马趣门特小姐

　　波琳娜走掉以后，过了几个星期，我也告别了布列顿镇——当时很少想到自己永远不会再来访问了，永远不会再踏上镇里那一条条宁静而古老的街道了——径自回到已离开六个月的家。人们会猜想，我当然喜欢回到亲人的怀抱里。好啊！亲切的猜想没有坏处，因此可以安全地不受反驳。真的，我不但不会说不，而且允许读者把我描绘一下，在以后的八个年头里，我像一条帆船，静静地停在波平如镜的港湾里，在风和日丽的气候中——舵手伸手伸脚地躺在小甲板上，仰面朝天，闭目凝神，沉埋（如果你愿意这样说）在长时间的祈祷之中。许许多多妇女和姑娘被认为这样打发日子，我和其余的人为什么不这样呢？

　　那么，请把我描绘成慵懒的、沐着阳光的体态丰满、生活幸福的人吧，她伸手伸脚地躺在搁着软垫的甲板上，在恒定的阳光里感到温暖，在软绵绵的阵阵微风中摇晃。然而，不能掩盖的事情是，如果是那样，我一定会不知怎么一来便掉到水里去了，或者终于船沉人淹。我很清楚地记得那一次的——那很长的一次的——寒冷、危险和斗争。此刻，在我受着梦魇困扰的时候，重新又感觉到海水向我喉咙里一阵阵冲击和它的咸味，以及我的肺部受到波涛的冰冷的重压。我甚至知道有过一场暴风雨，下了不止一小时，也不止一天。因为有好多个日日夜夜都看不见太阳或星星；我们用自己的双手把索具抛到船外去；狂风暴雨袭击我们；我们会得救的一切希望都成泡影。到最后，船只沉没了，船员淹死了。

就我记忆所及，我没有对任何人抱怨过这些烦恼。真的，我能对谁去抱怨呢？说到布列顿太太，我已经很久没有和她见面了。别人竖起的障碍物，几年以前就已经阻挡了、并且中断了我们之间的交往。此外，时间也已经给她带来了变化。那笔可观的财产，曾经交给她替她的儿子保管，并且主要投资在某个合股企业里，听说已经销蚀到其原来总数的一小部分了。我偶尔听到传言，说格雷厄姆已经选定了一个职业，他和他的母亲两人已经离开了布列顿镇，据知，现在住在伦敦。这样说来，我就不再存在投靠别人的可能性，只能依赖我自己了。我不认为自己具有一种自力更生或者主动活跃的性格；可是环境逼迫我去自力更生和努力奋斗，就像逼迫千万个其他的人一样。所以，在那位邻居老闺女马趣门特小姐派人来找我时，我服从了她的命令，希望她或许能够向我提供我胜任得了的什么工作。

马趣门特小姐是一位女财主，住在一幢漂亮的住宅里；可是她却因风湿病而致残，手脚都不灵便，已有二十年之久。她一直在楼上坐着，客厅和卧室相连。我常常听到人家说起马趣门特小姐，以及她的怪癖（她的脾气非常古怪），不过直到现在我才看见她。我发现她满脸皱纹、满头白发，因孤独寂寞而阴沉严肃，因长期病痛而粗暴苛刻，而且急躁易怒，也许还疙瘩挑剔。看来似乎是因为一位女仆，或者说是一位陪伴更好，伺候她好多年之后，这时准备去结婚了，而她听说过我的孤女的命运，便派人来找我，认为我可以填补这个人的位置。午茶过后，只有她和我两人坐在壁炉旁的时候，她对我提出这个建议。

"日子不会过得很舒服，"她坦率地说，"因为我需要许多许多的照顾，你便常常离不开；不过，跟你近来所过的生活相对照，也许看来还受得了。"

我琢磨着，当然，应该看来还受得了，我心中自言自语；可是，不知道为什么，由于莫名其妙的命运，又会不是这样。住在这里，这间与外界隔绝的房间里，做这个病人的看守者——有时候也许是坏脾气的靶子——度过我的青春时代整个未来的日子,而整个已经逝去的日子至少可以说是不幸福的!我的心冷了片刻,然后又振奋起来,因为,虽然我强迫自己去领悟种种不幸的事,但是,我觉得,我太没有诗意,不能想象出不幸的事,不会把它们加以夸张。

"我的疑虑是不知自己是否有承担这份工作的体力,"我说。

"这正是我的顾虑,"她说。"你的样子像一个筋疲力尽的可怜虫!"

我的确是这样,我曾经在镜子里看见自己穿着一身丧服,一副面容憔悴、眼睛眍䁖的形影。然而我对于这一苍白无力的样子不以为意。我相信这种枯萎病主要是表面的,我仍然感觉到从生命的源泉涌出的生命力。

"你还想到别的什么事情吗——任何事情?"

"现在还没有清楚地想到什么,不过我或许会发现的。"

"你这样想吧:也许你是对的。那么,按照你自己的方式试试;要是不成功,试试我的方式。我提供给你的机会可以给你保留三个月。"

这是出于好意,我对她说了,并且表示了我的谢意。正在说话的时候,她一阵病痛突然发作,我便服侍了她,按照她的指示给予必要的帮助,等到她痛苦消失以后,一种亲切感已经在我们之间形成。在我这方面,从她忍受这阵袭击的态度,我看出她是一位坚定的、能忍耐的女人(是对于肉体上的痛苦能忍耐,虽然有时候也许对于长期精神上的烦恼容易激动)。在她那方面,从我救援她的好意,她发现自己能够影响我的同情心(尽管这没有什么稀奇)。第二天,她又派人来找我;接连五六天她都要求我去陪伴。较为接近的相识固然使缺点和怪癖逐渐显露出来,与此同时,也揭示了一种我所尊敬的性格的图像。她有时候是粗暴苛刻的,甚至很乖僻,但是我能够伺候她,能够平静地坐在她身边。在我们心中明白我们的态度、陪伴和接触使我们服务的对象高兴和安慰的时候，这种平静总是使我们觉得愉快的。甚至在她责骂我的时候——她不时责骂，骂得很凶——也都是那种样子：它不使人觉得屈辱，感到刺痛。它更像一位性情暴躁的母亲申斥她的女儿，而不大像一位严厉的女主人教训她的仆从。教训，说真的，她可不会，虽然她偶然会大发脾气。此外，她的激情里始终贯穿着一种讲理的气质，即使在狂热的时候，她也是合乎逻辑的。不久，一种逐渐增长的好感，使我对留下作她的伴侣这件事有了完全新的想法。又过了一个星期，我便同意留下来。

于是，两间又热又闭塞的房间变成了我的世界，而一位身患残疾的老女人则是我的女主人，我的朋友，我的一切。为她服务是我的责任——她的痛苦是我的磨难——她的缓解是我的希望——她的怒气是对我的惩罚——她的关心是对我的奖赏。我忘掉了在这间病房的被水蒸气弄得模糊的格子窗外还有田野、森林、河流、海洋和变化无穷的天空；我几乎满足于遗忘这些了。我内心的一切思想都变得狭小到纳入我的命运之中。我由于习惯而变得驯服和安静，由于天命而变得守纪律，我不要求在新鲜空气中散步，我的胃口所需要的无过于供给病人吃的那一点点饭菜。除此以外，她还将她的性格的本来面目供我研究；还有，我得加上，她始终如一的美德和她激情的力量让我羡慕；还有她的感情的真实让我信赖。这一切东西她都有，也是因为这些东西，我才牢牢地守着她。

因为这些东西，我原来会跟着她慢吞吞地挨过二十年的，假如她的生命的耐久性再延续二十年的话。可是另一种天命已经注定了。看起来，我必须被刺激得行动起来。我必须被刺痛、针砭、强迫得振奋起来。我的那么一点儿人类的爱心——我把它当做一颗质地纯粹的珍珠那样珍视——却必须像一粒融化的冰雹那样在我的手指间消融，并且从那儿溜掉。我所选定的小小的工作必须被人从我的容易满足的良心里夺走。我曾经想要和命运妥协，用屈从于整个一生的穷困潦倒和小痛苦的办法去逃避有时发生的巨大苦难。命运不会就这样被平息下来的；天意也不会赞许这种畏缩不前的懈怠和胆怯懦弱的懒惰。

2月里的一天夜晚——我记得很清楚——在马趣门特小姐住宅附近传来一阵声音，同屋子里的每一个人都听见了，但是或许只有一个人知道这是怎么一回事。过了一个平静的冬天以后，暴风雨正在为春天领路。我已经把马趣门特小姐安顿到床上，自己正坐在壁炉旁缝衣服。风在窗外呜咽着，已经哀诉了一整天了，然而，随着夜色转浓，风换了一种新的调子——尖锐刺耳，几乎可以听出它在说什么。这种悲叹在每一阵风里震颤着，使人抑郁沮丧。

"哦，别响！别响！"我在被搅乱的心中说，同时放下了针线活儿，尽力使耳朵不去听那种难以捉摸的尖叫声，可是办不到。在这之前，我也听到过这种声音，我不能不进行观察，对于它预兆什么不得不作出一种猜测。在我生活的道路上，曾经有三次，不测之事教导我，在暴风雨中的这些奇异的声调——这无休无止的绝望的呼叫声——意味着生活中不祥的运气将要来临的兆头。我相信，流行传染病的先驱常常是一阵气喘吁吁的、抽抽搭搭的、搅扰不堪的、长叹不已的东风。①我推测是这个缘故产生了报丧女妖的传说。②我还认为，我注意到——不过还不能像个哲学家那样明了，在各种情况之间是否有任何联系——我们常常同时听见在世界遥远的地方响起的火山爆发似的骚扰动乱，听见河流猛然涌起，越过河岸；以及听见异常的高潮巨浪汹涌澎湃地流入低洼的海滨。"我们的地球，"我曾经对自己说，"看来在这些时期被撕碎和搅乱；我们中间软弱的人在它的失调的、从热气腾腾的火山口冒出来的气息之中凋残枯萎。"

我谛听着，颤抖着。马趣门特小姐正在睡梦之中。

大约在午夜，闹了半小时的暴风雨转入死一般的沉静。壁炉

---

① 英国在春天送暖的风是西风。刮东风时却气候寒冷。
② 报丧女妖，英国古代民间传说中的精灵。据说是爱尔兰或高地苏格兰某些家庭中的家神，颇关心自己的兴旺，遇到它所在的家庭中有人死亡，便哀哀哭泣。

中的火曾经奄奄一息，现在又生气勃勃地燃烧起来。我感觉到空气改变了，变得寒冷刺骨。我拉起百叶窗和窗帘望出去，只见凛冽的霜冻在星光之下闪射着耀眼的光芒。

转过身来，我的眼睛见到的物体是醒来的马趣门特小姐，正从枕头上抬起头来，用不同寻常的诚挚的态度注视着我。

"这是一个美好的夜晚吗？"她问。

我作了肯定的答复。

"我想是这样，"她说。"因为我感到如此强健，如此舒服。帮我坐起来。今夜我觉得年轻了，"她继续说。"又年轻，又心情舒畅，又快乐。要是我的病痛将要来个转变，而我命里注定还要享受健康之乐，那会是怎么样啊？那可是个奇迹！"

"可是现在不是显奇迹的时候，"我自己心里想着，听到她这样说心里感到奇怪。她继续把谈话引向往昔，并且似乎特别清晰地回忆起往昔细小的事件、场景和人物。

"今夜我爱回忆，"她说。"我珍视她，好像是我最好的朋友一样。她现在正在给我以极大的快乐。她正在把现实的东西带回到我的心中，它们温暖而有美丽的生命——并不仅仅是空空的想象，而是曾经有一度是现实，这些，我早就以为已经凋谢了，溶解了，混合到墓地的泥土之中了。我现在正在拥有着我的青春时期的时间、思想和希望。我重新拥有了我的生命的爱——我的生命的唯一的爱——这几乎是它的唯一的真情；因为我不是一个特别好的女人，我不是和蔼可亲的。然而我曾经有过自己的感情，强烈而又专注；这种感情又是有对象的；这个独一的对象，是我的心中之宝，正如对于大多数男男女女来说，则是他们把心思浪掷其中的数不清的目标。在我爱的时候，在我被人爱的时候，我享受到怎样的生活乐趣啊！我能想得起来的那年是多么辉煌啊——它回到我眼前来是多么灿烂啊！多么生机勃勃的春天——多么温暖、欢快的夏天——多么温柔的月夜，把秋天的夜晚照得银光闪闪——那一年的冬天，在冰冻的河水和白雪皑皑的田野下面，蕴藏着怎样的希望的力量啊！那一年，从头到尾，我和弗兰克心心相印。哦，我的高尚的弗兰克——我的忠诚的弗兰克——我的好弗兰克啊！他比我好得多——在一切事物上，他的水准都高得多！下面这一点我现在能够看见并且说出来：如果很少几个女人曾经忍受到像我失去他的痛苦，那么也是很少几个女人曾经享受到我所享受到的他的爱情的快乐。那是比一般的爱情好得多的爱情，我不怀疑这点，也不怀疑他。他给予他所爱的女人的爱情是这样的一种，这种爱情使她快乐，也使她荣幸，受到保护，精神振奋。让我现在，就在此刻，我的心智如此奇异地清醒的时候，问一问——让我仔细想一想，为什么爱情离我而去了？我究竟犯了什么罪过，要在幸福地过了十二个月之后，非得受苦三十年不可啊？"

"我不明白，"她停了一停，继续说，"我弄不懂——弄不懂这个道理啊。然而在这一时刻，我能够诚心诚意地说我以前从来没有想过要说的话——不可思议的上帝啊，愿你的旨意成全！此刻，我相信死神将要把我归还给弗兰克。直到现在我才相信这件事。"

"这么说来，他已经死了吗？"我低声问道。

"我亲爱的姑娘，"她说，"有一年，在快乐的圣诞节前夜，我穿着打扮了一番，等待着我的情人，他不久就要成为我的丈夫了，他那天晚上要来看我的。我坐在那儿等候。我又一次看见了那一刻——我看见白雪映出的微光悄悄地透过窗户射进来，我故意没有放下窗帘，因为打算瞧见他打那条白色的小路骑马过来。我看见并且感觉到那柔和的炉火温暖着我，在我的丝绸衣服上闪动着，同时把镜子里我自己的苗条的身躯忽明忽灭地显示给我看。我看见那宁静的冬夜里的月亮，又圆，又明亮，又寒冷，飘浮在漆黑一团的灌木丛和我的庭院那银色草皮的上空。我等待着，脉搏里带着几分不耐烦的跳动，但是我心里并没有疑问。壁炉里的火焰已经没有了，不过里边仍然是红红的一团。月亮正在爬上中天，然而从格子窗前仍然看得见。时钟快指着十时了，他很少延迟到这个钟点以后，不过有一两次他曾经耽误到这么久。

"他会对我失信一次吗？不——连一次也不会。这会儿他来了——飞快地来了——以补偿失去的时间。'弗兰克！你这位猛跑的骑手，'我暗自说，满心欢喜，但是焦急地倾听着他策马奔来的声音，'你可要为此受到谴责。我要告诉你，你是在拿我的脖子冒风险，因为凡是任何属于你的东西，在更为甜蜜和亲切的意义上说，就是我的。'他终于来了，我看见了他，但是我想我已经热泪盈眶，视线模糊了。我看见了那匹马，听见马蹄声——我至少看见了一团东西，听见了一阵扰攘声。那是一匹马吗？还是什么沉重的、拖着什么物体的东西呢？它特别黑，正在越过那片草地而来。我怎么称呼眼前这个月光映照下的东西呢？或者，我怎么表达出在我心灵中生出的感情呢？

"我只能奔出去。那是一头大动物——果真是弗兰克的黑马——站在门前颤抖、喘气、打响鼻。有一个人拽着它，正如我所料，是弗兰克。

"'怎么回事？'我问。我自己的仆人汤玛斯提高嗓音紧迫地回答：'到屋里去，太太。'接着叫唤另一个仆人，她急急忙忙从厨房里跑出来，就像是被什么本能召唤来似的。'鲁思，马上把太太送到屋里去。'但是我那时正跪在雪地里，旁边有一个什么东西躺在那儿——我刚才看见被马在地上拖过来的——我把那个东西扶起来挨近我，它叹着气，在我胸前呻吟着。他没有死，没有完全失去知觉。我让人把他抬进来，拒绝仆人们的劝告，拒绝离开他。我已经相当镇定，不仅是我自己的女主人，而且是其余的人的女主人。他们已经开始试着把我当一个孩子那样对待，他们总是这样对待遭受上帝的手打击的人。但是我对谁也不让开我的地方，除了那位外科医生。等到他做完了他所能做的一切，我便抓住了我的奄奄一息的弗兰克。他还有力气把我抱在怀里，还有力气叫我的名字；在我用极轻柔的声音在他的上方祈祷的时候，他倾听着；在我温情地、疼爱地安慰他的时候，他抚摸着我。

"'玛丽亚，'他说，'我这是在天堂里死去。'他对我说了这些表示信赖的话，咽下了最后一口气。圣诞节这天的黎明时分，我的弗兰克和上帝在一起了。

"这件事，"她继续说，"是在三十年之前发生的。打那以后，我就一直忍受痛苦。我怀疑自己是否曾经最好地利用了我所有的不幸。不幸会把温柔与和蔼可亲的性格变得更圣洁；不幸会把强硬的邪恶的灵魂变成魔鬼；至于我，我只不过是一个受苦受难而又自私自利的女人。"

"你做过许多好事，"我说，因为她是以慷慨大方的施舍而著名。

"你是说，在可以减轻别人痛苦的地方，我没有吝啬金钱，这又怎么样呢？拿出钱来，我并没有费劲或者感到心痛。不过我觉得从今天开始，我差不多已经有了一种比较好的心情，去为自己准备和弗兰克重逢。你瞧，我仍然想着弗兰克比想着上帝多；而且除非人家认为我如此爱着一个人，这样深，这样久，又这样专一，是一点也没有亵渎造物主，那么我的灵魂得救的机会就极少。露西，对于这些事情，你是怎么想的呢？你就算是我的教士，对我说吧。"

这个问题我无法回答，无言以对。看来她却似乎认为我已经作了回答。

"很好，我的孩子。我们必须承认上帝是仁慈的，但是并非我们一直能理解的。我们必须接受我们自己的命运，不管那是怎样的命运，并且试着使得别人的命运幸福。难道不应该这样吗？好，明天我就要开始试着使你幸福。露西，我将要努力为你做些什么：做些在我死后能对你有益处的事情。我讲了太多的话，现在头痛起来了；不过我还是觉得幸福。去睡吧。钟已打了两下。你坐得这么晚了；或者不如说，我这样自私自利，叫你坐得这么晚了。不过现在去睡吧；不要再为我忧虑了；我觉得自己会好好安息的。"

她使自己镇定下来,好像睡着了。我也退回在她这间房间里的一个内室的我的小住处。夜晚静悄悄地过去。她的大限一定终于已经来到了:平静地、没有痛苦地来到了。到了早晨,她被发现已经咽气,差不多冰冷,然而完全是安宁的,没有挣扎。她先前精神亢奋,情绪变化是发病的前奏;这样长时间受痛苦损害的生命之线,一下打击就足以把它弄断。

第五章
翻开新的一页

我的女主人死了以后,我便又一次孤孤单单,必须寻找一个新的去处。大约在这时候,我的神经可能有一点——很轻微的一点——震动。应该承认我看起来算不上健康,正相反,我是形容枯槁,眼睛都眍䁖进去了,就像一个夜里给人照看孩子的人,又像一个工作过度的仆人,或者一个欠债的没有固定职位的人。不过,我并没有欠债,也不算很穷;因为虽然马趣门特小姐没有来得及加惠于我,如她昨夜所说打算做的那样,然而,在葬礼举行以后,我的工资由她的远房表弟如数支付给我了。他是她的继承人,是一个一看就知道很贪心的男人,鼻子尖而薄,颧颥狭窄,确实,好久以后,我听说他终于变成一个十足的守财奴,跟他大方的女亲戚形成鲜明的对照,是对她的回忆的反衬,那些穷苦的人至今都赞美地回忆她呢。于是,我这个持有十五英镑的人,持有虽然损耗却没有垮下来的健康的人,持有与上述情况相同的精神状态的人,比起许多人来,可能仍然会被认为具有一种值得羡慕的处境。然而,这同时是一种令人为难的处境,因为我在某一天强烈地感觉到在下个星期的那一天我得从现在的住处离开,而另一个住处我还没有找到。

在这一困境之中,作为最后的和唯一的办法,我去看望我们家的一个老用人,跟她商量。她曾经是我的保姆,现在在离马趣门特小姐家不远的一幢大宅第里当女管家。我同她在一起待了几小时,她安慰我,但是不知道如何给我忠告。仍然带着内心的一片漆黑,我大约在黄昏时分离开了她。面前伸展着两英里的路程。这是一个晴朗的严寒之夜。不顾自己的孤独、自己的穷困、自己的窘境，我这一颗受到一个还未到二十三岁的青年的活力所滋养和激励的心，轻轻地但不是柔弱地跳动着。不是柔弱地，我肯定，否则我准会对那条冷冷清清的路害怕得发抖。那条路穿过静寂的田野，既不经过村庄，也不经过农庄住宅，也不经过村舍。我准会因为没有月光而畏缩不前，因为我仅仅是依靠星光的指引而顺着模模糊糊的小径走去的。对于今夜在北边照耀的那种异常的精灵，一种流动的神秘事物——北极光①，我准会更要畏缩不前。不过这一庄严的怪物并非使我恐惧而影响我。它似乎带来了某种新的力量。我从在它的道路上吹过来的又凛冽又低下的风中吸入了精力。一个大胆的想法钻进了我的头脑，我的头脑变得坚强起来，接受了这个想法。

"离开这个荒野，"它对我说，"到别处去。"

"到哪儿去呢？"这是疑问。

我不必看得很远；在这英格兰的平展而富饶的中部，从这个乡村教区望出去——我在想象中看见了先前我从未用肉眼看见的地方近在咫尺。我看见了伦敦。

第二天，我回到那幢大宅邸，再次要求见女管家，我把我的计划告诉了她。

巴锐特太太是一个严肃而有见识的女人，虽然她对于世事的了解跟我差不多。然而，她虽然严肃而有见识，却并不责备我失去了理智；确实，我具有我独特的固定的习性，直到现在为止，这习性就像黑白毛交织的手织粗呢的斗篷和兜帽那样对我很合适；因为在它的福佑之下，我曾经有可能做到一些事情而不受惩罚，甚至于得到称赞，这些事情如果以一种激动的和变动不定的态度去做，在某些人心里就会认为我是一个梦想家和狂热者。

---

① 北极光，极光是常常出现于纬度靠近地磁极地区上空大气中的色彩瑰丽的发光现象。在南半球出现的称为南极光；在北半球出现的称为北极光。

那位女管家一面在弄橙子皮准备做果酱，一面慢慢地提出一些异议，这时候，一个小孩子从窗前奔过，跳进屋子里来。一个清秀的孩子，他笑着，舞着，向我跑来——因为我们并不陌生（说真的，他的妈妈和我也不陌生——他的妈妈是这家人家的已婚的女儿）——我便把他抱上我的膝盖。这个孩子的妈妈和我曾经是同学，当时我是个十岁的女孩子，她是个十六岁的年轻小姐，而现在我们的社会地位不一样了。我还记得她——长得漂亮，但是不聪明——比我的班次低。

我正在赞赏这男孩子的美丽的黑眼睛的时候，他的妈妈年轻的利伊太太进来了。那个好脾气、好相貌、但是智力不高的姑娘变成了一个多么娇美、多么和颜悦色的少妇了啊！妻子身份和母亲胸怀曾经如此改变了她，就像从那时以来，我见到这些东西改变了比她更没有出息的人那样。她已经忘记了我。我也改变了，虽然我怕是没有向较好的方向改变。我没有尽力使她回忆起我；何必呢？她是来找她的儿子陪她散步的，她后面还跟着一位抱着婴儿的保姆。我提到这件小事，只是因为利伊太太用法语同保姆谈话（顺便说说，是很差的法语，而且带着难以纠正的很差的腔调，更加强有力地使我回想起我们的学生时代），我因此发现这个女人是个外国人。那小男孩也流畅地用法语喋喋不休地说话。他们全部离开以后，巴锐特太太说，那位年轻的主妇是在两年前从欧洲大陆旅游回来的时候把那个外国保姆带回家来的；又说，对待她，差不多像对待家庭女教师一样，她不干什么，只不过抱抱婴儿外出散步，以及和查尔斯少爷说说法语；"而且，"巴锐特太太补充说，"她说在外国家庭里有许多英国女人起着像她一样的作用。"

我把这一则偶然听到的消息贮藏起来，就像细心的女管家们把一些看起来毫无价值的破布碎片贮藏起来一样，她们有先见之明，心中预知有一天可能要用上这些东西。我的老朋友给了我城里一家有名望的老派小旅馆的地址，说我的几位叔叔过去常常在那儿歇脚,这以后,我便离开了她。

前往伦敦,我所冒的风险和表明的胆识要比读者可能想到的要少。事实上,距离只有五十英里。我的钱财足够既供我到那儿去待几天,也供我回来,如果我发现没有什么能诱使我待下去的话。我把这看做对厌倦于工作的肌体准予一次短期的休假,而不是看做一次生死攸关的历险。把你所做的一切都作一个适中的估计,没有什么比这更好的了:这使得心身都镇静自若;而夸张的想法则容易驱使心身进入狂热的状态。

当时,五十英里是一天的行程(因为我说的是过去的时代;而我的头发,直到近期,都经受住了时间的风霜,现在终于洁白地披散在一顶洁白的帽子下面,好像白雪被压在白雪之下)。在2月份一个阴雨绵绵的夜里大约九点钟,我来到了伦敦。

我知道我的读者不会感谢我精雕细琢地把诗意的最初印象描写出来;这可正好,因为我既没有时间也没有心情来构思这种东西。在一个黑暗、阴冷的雨夜,这样晚的时候,我到达了一个巴比伦[①],到达了一个荒野,这荒野的空旷和陌生竭尽全力地折磨清醒的头脑和稳定沉着性格的全部能力,而这些特性,老天爷可能赐予了我,如果说它没有给我更多杰出的才能的话。

我下了公共马车的时候,车夫和等候在周围的其他众人的陌生语言,在我听来就像是外国话一样。我先前从来没有听见过英语像这样子被人切割。不过,我终于设法听懂,并且让别人听懂我的话,以致使我自己和行李箱安全送到那家开了多年的小旅馆,我有那家小旅馆的地址。我的出逃看来是多么困难,多么苦恼,多么迷惘啊!第一次到伦敦;第一次住小旅馆;旅途劳顿;黑暗扰人;手冻足僵;既无经验可以依靠,又无人来忠告我如何行动是好,然而——却不得不有所行动。

[①] 巴比伦,古代巴比伦王国首都,国王宫殿中曾建有世界七大奇迹之一的"空中花园"。城址在今伊拉克巴格达市之南。公元2世纪时已成废墟。后来用"巴比伦"泛指奢华淫靡的大都市。伦敦便有现代巴比伦之称。

我把事情托付到常识的手中。然而，常识正像我拥有的其他一切才能一样，是僵冷的，混乱的，只有在一种回避不了的需要的刺激之下，它才忽然发作似地履行它的职责。受到如此推动，它便付了脚夫的钱；考虑到情况紧急，我没有十分责怪它被人大大敲了竹杠；它还向侍者要了房间；它还畏畏缩缩地叫来女侍者；尤有甚者，在那位年轻女士应声而来的时候，它竟然经受住了她那种趾高气扬、目空一切的态度，而没有完全被她压倒。

我想到，就是这位女侍者，曾经是市镇上俊俏漂亮的典范。她的腰身、帽子、梳妆打扮是如此整洁——我真不知道这整个儿是怎样配制而成的。她的语言里有一种音调，其中那种装腔作势、伶牙俐齿似乎在居高临下地训斥我所说的语言。她的衣冠楚楚的装束飘然招展，在嘲笑我这身朴素的农村衣着。

"好吧，无法可想了，"我心中思索，"场景是新的了，环境也是新的。我要使情况好起来。"

我对这位傲慢的小女侍者保持着一种非常镇静的态度，随后又对那位牧师模样的、穿白衬衫黑外套的男侍者保持同样的态度，不久我就得到他们有礼貌的对待了。我相信他们起初以为我是一个仆人；但是很快他们就改变了想法，徘徊于屈尊俯就的架势和彬彬有礼的神态之间。

我很好地坚持着，直到吃了一些东西，在壁炉旁暖和一下身子，并且完全把自己关在房间里为止。然而，我一在床边坐下来，把头和双臂搁在枕头上的时候，可怕的忧郁感压上了我的心头。我的处境一下子像个魔鬼一样出现在我的面前。它立在那儿，奇形怪状，孤独无援，几乎完全没有希望。在这广大的伦敦，我赤手空拳在这里做什么好呢？明天我将怎么办呢？我在世界上有什么前途呢？我在这人间有什么朋友呢？我从哪里来？我到哪里去？我将怎么办呢？

我的泪水潸潸涌流，弄湿了枕头、双臂和头发。这阵宣泄之后，跟着来的是一阵最苦涩的感觉的黑暗时刻；但是我不后悔我采取了的步骤，也不希望缩回去。一个强烈的、模糊的信念在说前进比后退好，在说我能够前进——在说一条道路不论如何狭窄和艰难，总会及时展现出来——这一信念胜过了其他的感情；它的作用使其他的感情沉寂到那种程度，以致我终于变成安静得足以做祷告和就寝了。我刚刚熄灭了蜡烛，躺下来，便听见夜空里传来一声低沉洪亮的声响，起初，我不知道那是什么，但是它却响了十二下，在第十二下的巨大的轰鸣声和颤抖的钟声响着的时候，我说道："我睡在圣保罗大教堂①的阴影中了。"

---

① 圣保罗大教堂，英国圣公会伦敦主教座堂，在伦敦中区，卢盖山顶上。教堂高达365英尺。

第六章
伦　敦

第二天是3月1日,我睁开眼睛,起身拉开窗帘的时候,只见升起的太阳挣扎着穿过迷雾。在我头顶上方,在屋顶的上面,几乎高入云端,我看见一大团庄严的圆球,颜色深蓝,模模糊糊——大教堂的圆顶。我瞧着,内心一阵激动:我的心灵把它一直束缚着的翅膀抖开了一半;我突然感觉到,我似乎从来没有真正生活过,现在终于快要尝到人生的滋味了。这天早晨,我的灵魂像约拿的蓖麻①那样快地生长。

"我来得好,"我说,一面着手又快又小心地穿衣梳头。"我喜欢我感觉到在我周围的这个伟大的伦敦的精神。除了懦夫,还有谁愿意在小村庄里度过一生,让自己的才能在默默无闻之中腐蚀锈烂呢?"

梳理完毕,我便走下楼去。并没有风尘仆仆、筋疲力尽的样子,而是外表整洁、神清气爽。侍者把我的早餐端进来的时候,我设法镇静而愉快地和他搭话;我们谈了十分钟,在这段时间里,我们变得很有益处地互相了解。

他是一位白头发的上了年纪的人,看来在现在这地方已经生活了二十年。在确定了这一点以后,我相信他一定记得我的两个叔叔查尔斯和威尔莫特,在十五年以前,他们是常常到这儿来的客人。我一提出他们的名字,他完全记起来了,还怀着敬意。在表明了我的关系之后,在他的眼里看来,我的情况就清楚了,并且有了一个恰当的地位。他说我像我的叔叔查尔斯,我想他说得很对,因为巴锐特太太也常常这么说。一种乐于出现的谦和的礼貌现在代替了他原先令人不舒服的怀疑的态度；今后我不必在面对一个敏感的问题时不知道该用什么彬彬有礼的回答去对待了。

从我小小的起居室的窗户望出去的那条街道很窄，十分安静，但是并不肮脏；几个行人正如在乡下镇上看见的一个样；这里并没有什么难对付的东西；我觉得自己确实可以独个儿冒险闯过去。

用了早饭，我便外出。我的心中得意洋洋，其乐陶陶：独个儿行走在伦敦市里这事情本身看来就是一种冒险。不一会儿我发现自己来到派特诺斯特街上了——这是一个历史悠久的地段。我走进一家书店，是一个叫做琼斯的人开的，买了一本小书——这是一项我花费不起的挥霍；但是我想哪一天可以把书送给或者托人带给巴锐特太太。琼斯先生是一位干巴巴的生意人，站在办公桌后面，他像是最伟大的人物中的一个，而我却是最幸福的人当中的一员。

这天上午，我过的生活真是丰富多彩。我发现自己站在圣保罗大教堂前面了，便走了进去，攀登到大圆顶上：从那儿看见了伦敦，它的河，它的一座座桥梁，一座座教堂。我看见了古色古香的威斯敏斯特教堂，以及那翠绿的法律学会公园，被阳光照射着，上面是一片早春的明媚的蓝天；在公园和蓝天之间，则是一团并不太浓的雾霭。

下来以后，我随兴之所至，东游西荡地走着，仍然怀着自由和兴味盎然的喜悦，并且走进了——我不知道怎么会的——走进了城市生活的心脏。我终于看见和感觉到伦敦了。我走进了河滨马路；在康赫尔大街上一路走去；我同身边的生活混合在一起了；我敢于冒穿过马路的危险。敢于去做，并且完全单枪匹马地去

---

① 约拿的蓖麻，典出《圣经·旧约全书·约拿书》第 4 章第 6—11 节。耶和华嘱约拿前往尼尼微，宣告该城的倾覆。尼尼微人表示改恶从善，耶和华便不降灾祸。这使约拿不悦，便坐在城外一座棚里。耶和华使蓖麻迅速生长，遮蔽约拿；第二天又使它枯死。约拿更不悦。耶和华对他说："这蓖麻……一夜发生，一夜干死，你尚且爱惜，何况这尼尼微大城……有十二万多人……我岂能不爱惜呢。"

做，给了我也许是不合理的、然而却是真正的快乐。自从那几天以来，我已经看过了伦敦西区，一些公园和漂亮的广场，但是我爱市中心区远远胜过爱其他地方。市中心区似乎认真得多：它的业务、它的匆忙、它的吃喝，都是如此严肃的事情、景观和声响。市中心区在谋生——西区却在享乐。你在西区也许觉得有趣，但是在市中心区你是深深地感到激动。

到最后，我人软力乏，饥肠辘辘（我已经有好几年没有感觉到如此旺盛的饥饿了），便在大约两点钟的时候，回到我那黑暗、破旧和安静的小旅馆。我吃了两盆菜的餐食——一盆普通带骨的腿肉，一盆蔬菜，看来都非常精美。比起马趣门特小姐的厨娘老是送来给我那位死去的仁慈的女主人和我的少而精致的食品来，这要好多少啊！我们品尝那些食品的时候简直不能引起一半的胃口来。欣欣然之中我疲倦了，便在三张椅子上躺了一个小时（这间屋子里没有沙发可以夸耀）。我睡着了，然后醒来，想了两个小时。

我的心境，以及周围的全部环境，如今都好像极为支持我采取一个新的、大胆而果断的——也许是孤注一掷的——行动方针。我没有什么东西怕丢掉。难以言宣的对过去孤独凄凉的生活的憎恨不允许我走回头路。如果我现在计划从事的方针失败了，除了我自己，有谁会遭受痛苦呢？如果我客死他乡，远远地离开——家，我要说，然而我没有家——离开英格兰，那时，又有谁会哭泣呢？

我可能遭受痛苦；我是习惯于忍受痛苦的。我想，死神本身对于那些娇生惯养地长大的人所具有的恐怖，对于我可没有。在这之前，我曾经冷眼观察着关于死亡的思想。于是，准备面对任何结果，我构思出一个方案来。

同一天夜晚，我从我的朋友，即侍者，那儿得到消息，是关于轮船开往某一大陆港口布-玛琳纳①的事。我发现必须抓紧时

---

① 布-玛琳纳，原文法语，意为"海泥"，作者杜撰的地名，实指比利时西佛兰德省北部海港奥斯坦德。

间,当天夜里我必须弄个铺位。不错,我可能要等到明天早晨才能登船,但是可不能冒险错过时间。

"小姐,你最好立刻弄个铺位,"侍者劝告说。我同意他的话,便结清了账款,以一笔我现在知道是很慷慨的代价酬谢我的朋友的服务,这笔钱在他的眼里看来想必似乎是荒谬的——的确,他把钱放进衣袋里的时候,微微一笑,这一笑表明了他对于捐赠者的处世的手腕①的评价——然后,他着手去叫一辆轿式马车。他还把我托付给这位马车夫,同时发出指令,我想是叫他送我到码头上,而不要让我落到船夫们手中。对此指令,这位工作人员答应遵办,可是却自食其言;相反,他把我像祭品那样奉献上去,把我像油汁淋漓的烤肉那样端出来,让我在一群船夫们的中间下了马车。

这是一场令人不安的危难。这是一个没有星月的黑夜。马车夫一拿到车费便立刻赶车走了;船夫们开始争先恐后地争夺我和我的大衣箱。就在此刻,我还能听到他们的咒骂声,这种咒骂动摇了我的哲学,胜过这黑夜,或者这孤立无援,或者这生疏的场景所施加的影响。一个船夫抓住我的大衣箱,我一旁看着,不声不响地等待;但是另一个人抓住我的时候,我提高嗓子说话,甩开他的手,马上登上一条小船,严厉地要求大衣箱非得放在我的身边不可——"就放在这儿,"——这一点立刻就照办了,因为我挑选的这条小船的主人现在成为同盟者了。我被划走了。

河上黑得像一股墨水的急流,从周围一幢幢大楼射来的光线闪现在河水上,大船在它的胸怀上摇动着。他们把我划到几条大船边,我凭着提灯的光看见船名用白色的大字漆在深暗的底色上。"大洋"、"凤凰"、"伙伴"、"海豚",依次过去;然而"朝气"才是我要乘的轮船,它似乎停在更远的那边。

我们顺着黑黝黝的水流轻轻驶去;我想到围绕地狱的冥河,

---

① 原文为法语,以仿宋表示,下同。

想到卡戎把某个孤魂渡到阴曹地府。①一阵阴冷的风迎面扑来;午夜的乌云在我的头上降下雨来;和两个粗鲁的划手在一起,他们疯狂的咒骂声仍然折磨着我的耳朵:在这一奇异的情景之中,我问自己是否感到沮丧,或者感到恐怖。两者都不。在我的一生之中,处在比较安全的情况之下的时候,我倒常常有厉害得多的沮丧和恐怖之感。"怎么会这样的呢?"我说。"我想,我是生气勃勃、十分警觉,而不是垂头丧气和忧心忡忡的吧?"我不知道怎么会这样的。

"朝气"号终于从漆黑的夜里跳出来了,白得显眼。"你到了!"船夫说,立刻要我付六先令。

"你要得太多了,"我说。他便划离轮船,发誓说除非我照付,否则他决不让我上大船。一个年轻人,我后来知道是服务员,正在轮船边往外看,他露齿而笑,预料将要发生争执。为了使他失望,我付了钱。这天下午,有三次应该付先令的时候,我付了克朗②;但是我用这一想法来安慰我自己:"这是取得经验的代价。"

"他们敲了你竹杠!"我登上轮船以后,服务员喜溢言表地说。我不露声色地回答一句:"我知道。"便走到下面去了。

在女宾船舱里有一个外表温雅、服饰艳丽的健壮女人。我请她指出我的铺位在哪儿;她严厉地看着我,嘴里咕哝着说,在这个时候乘客上船来是少有的,好像倾向于不大礼貌。瞧她那张脸蛋儿——那么俏丽——那么傲慢,又那么自私!

"现在我既然上了船,我当然得歇在这儿。"这是我的回答。"我要麻烦你指出我的铺位在哪儿。"

她遵从了,可是面色好难看。我脱下软帽,整理什物,躺了

---

① 希腊神话中说,人世和地狱之间有一条冥河,河上有一个驾独木舟的艄公卡戎,在渡口接引由赫耳墨斯送来的死者,摆渡运至冥国的门口,并且收取死者口中的一枚钱,作为摆渡费。
② 克朗,英国旧硬币,上印王冠,一枚值五先令。

下来。一些困难已经克服了；某种胜利已经赢得了：我这无家可归、飘泊无系、又无依无靠的心已经又安闲自在，可以小休了。直到"朝气"号抵达港口，没有什么再需要我采取行动的了；然而，那以后呢……哦！我不能够向前看。我心怀忧虑，筋疲力尽，半昏半睡地躺着。

那个女服务员整夜闲聊；不是同我说话，而是同那个年轻的男服务员，他是她的儿子，一个模子里倒出来的。他在船舱里一直进进出出。一夜之间，他们辩论着、争吵着，又重新言归于好，共有二十次。她承认正在写一封家信——她说是给她父亲的。她高声念了几段，把我当做只不过一根木头——也许她认为我睡着了。有几段好像包含着家庭秘密，其中特别提到一个叫做"夏洛特"的妹妹，从信中的内容听来，她似乎就要结婚，而那是一桩浪漫的、轻率的婚事。这位姐姐反对这件讨人厌的结合的声明是毫不含糊的。这位必恭必敬的儿子却嘲笑母亲的书信。她为此辩护，对他直嚷嚷。他们真是奇怪的娘儿俩。她可能三十九或四十岁，生得丰满、年轻，像个二十岁的姑娘。她苛刻、喧闹、空虚、庸俗，心身两方面都似乎是坚如黄铜①，不可磨灭。我想，打从儿童时代起，她就准是在公共场所中生活；到了青春时期很可能当过酒吧女郎。

天快亮的时候，她的谈话围绕一个新的主题继续下去，那是"沃森一家"，看来是她所认识和正在盼望的一家子乘客；她对他们很尊敬，因为从他们给的小账里可以得到可观的好处。她说："每次碰到这家人，她总是像发一笔小财一样。"

黎明时分，所有的人都起床了；太阳升起的时候，旅客们登上船来。那位女服务员对"沃森一家"说的欢迎的话，吵吵嚷嚷的；为了这些大客人而弄得忙忙碌碌的样子，也真够瞧的。他们一共四个人，两男两女。除了他们以外，只还有一个乘客——一

---

① 原文为 brazen，又作厚颜无耻解。

个年轻的女人,由一个绅士模样的、虽然看来无精打采的男人陪同。这两组人形成鲜明的对照。沃森一家无疑是富有的,因为他们的举止中带有自觉有财产的那种信心。两个女的——都很年轻,其中之一就人体美所能达到的限度来说是十全十美的——她们的穿戴鲜艳华丽,在这样的环境里显得可笑地不相称。她们的软帽上插着鲜艳的花朵,丝绒斗篷和丝绸外衣似乎更适合穿了逛公园或在大街上散步,而不大适合登上一艘潮湿的定期班轮。两个男人生得矮胖、粗俗,不好看。那个年纪最大、相貌最一般、外表最油腻、举止最粗俗的人,我不久就发现他是那个美丽的姑娘的丈夫——我猜想还是个新郎,因为那姑娘很年轻。这一发现使我深感惊奇,而更感惊奇的是我看出她对于如此的婚配不但不极为懊丧,反而高兴得甚至浮躁轻佻。"她的欢笑,"我沉思着,"必定仅仅是失望后的狂乱。"然而,正当我站在那儿,静静地、孤单地倚着船舷,心中闪过这一思想的时候,她脚步轻快地向我这个完全陌生的人走来,手里拿着一张折凳,微微一笑,这微笑的轻浮使我迷惑和惊讶,虽然因此露出了一列完美的牙齿。她提供我使用这一器具的方便,我当然谢绝了,把我所有能表现出来的礼貌都表现在我的态度上;她不在意,轻飘飘地蹦跳着走开。她一定是个好性子的人;但是什么促使她嫁给那么一个家伙的呢?如果说他有一个人的样子,那么至少也可以说他像一只大油桶。

另外一个由绅士陪伴的女乘客完全是个年轻姑娘,漂亮、白净、潇洒地穿着朴素的印花外衣,头戴未加装饰的草帽,文雅地披着一方大披肩,形成十足的教友派①装束,然而对于她来说十分相称。在那个绅士离开她之前,我看见他对所有的乘客仔细地瞭了一周,仿佛要弄清楚这一来他的职责将会留给怎样的一帮人。他的眼睛中带着极不以为然的神色,从那两个佩戴着艳丽的鲜花的女人身上转开;他瞧着我了,于是对他的女儿,或者侄

---

① 教友派,又称贵格会或公谊会,是基督教新教的一派。

女,或者不论是他什么人说话。她便也朝我这边打量着,微微地撅撅她那薄而美丽的嘴唇。可能是因为我本人,也可能是我的简朴的晨服,引起了这种轻视的表情;更可能是两种原因都有。铃响了;她的父亲(我后来知道是她的父亲)吻吻她,便回到岸上去了。轮船启航了。

外国人说,只有英国姑娘才能如此得到信任可以单独旅行,外国人还对英国人的父母亲和监护人的大胆放心深感不解。至于"年轻小姐",她们的刚毅无畏被某些人断定为有男子气概和"不合习俗";另外一些人则认为她们是一种教育和神学制度的消极的牺牲品,这种制度荒唐地废除了应有的"监管"。眼下这位姑娘是否属于可以最放心地不需照管的一类,我不知道;或者应该说那时不知道;然而不久就看出来,孤芳自赏不是她的风格。她在甲板上来来回回踱了一两次;带着一点儿鄙视的憎厌的神色瞧瞧招摇的丝绸和丝绒服装,以及对之大献殷勤的两个粗鲁的男人,最后走来同我说话。

"你喜欢海上旅行吗?"她这样问。

我作了说明,对于海上旅行是不是喜欢,我还得经受经验的考核呢;我从来没有过这一经验。

"哦,那多好啊!"她大声说。"我很羡慕你这份新鲜感。你知道,初次印象有多么愉快。而我已经有过许多次,把初次经验忘得一干二净。对于大海和有关的一切,我完全是'玩厌了'。"

我不禁微微一笑。

"你为什么笑我?"她问,带着一种坦率的暴躁口吻,比起她其他的话语来,这更使我喜欢。

"因为要说对任何事情'玩厌了',你还显得太年轻。"

"我十七了。"(有一点生气的样子。)

"你看来简直不到十六呢。你喜欢一个人旅行吗?"

"呸!我一点也不喜欢。我一个人横渡英吉利海峡已经有十次了。不过我留心着,决不要一个人太久。我总是交朋友。"

"我想,这次旅行你决不能交到很多朋友。"(我对沃森那一伙人瞟了一眼,他们这时正在高声笑着,在甲板上闹得一片喧哗。)

"不会跟那些讨厌的男女交朋友,"她说。"这类人一定是三等舱的乘客。你是到学校去吗?"

"不。"

"你去哪儿呢?"

"我还没有一点儿主意——至少不知道到了布-玛琳纳海港以后该怎么办。"

她睁大着眼睛,然后漫不经心地侃侃而谈:

"我是到学校去。哦,我总是这所或者那所外国学校的学生!然而我差不多是个没有知识的人。我什么也不知道——真的什么也不知道——我不骗你;除了会玩,舞跳得好——还有法文和德文我当然懂,会说,但是却不能熟练地看书或写东西。你可知道,有一天,他们要我把一本容易的德文书中的一页译成英文,我却译不出来。爸爸真叫人怄气,他说,看来似乎德·巴桑皮尔先生——我的教父,他为我支付学校的一切费用——把钱都白扔了。因此,在学识方面——在历史、地理、算术等等方面,我简直跟婴儿一样;英文写作也很差——如此这般的拼写和文法呀,他们对我说。此外,我差不多已经忘了我的宗教信仰;你看,他们说我是新教徒,但是我确实不能肯定自己是不是。我不清楚罗马天主教和新教之间的区别。不管怎样,我对这事一点儿也不放在心上。我过去在波恩的时候是路德派[1]教徒——可爱的波恩!迷人的波恩!——那儿有许多漂亮的学生。我们学校里的每一个美丽姑娘都有一个追求者,他们知道我们出外散步的时间,几乎总是在散步场所碰上我们,经常听见他们说'Schönes Mädchen'[2]。在

---

[1] 路德派,遵奉宗教改革家马丁·路德(1483—1546)宗教思想的基督教新教教派。
[2] 德语:美丽的姑娘。

波恩的时候我开心得不得了!"

"你现在去哪儿呢?"我问。

"哦!正在——随便哪儿,"她说。

现在,姞妮芙拉·樊萧小姐(这是这位年轻人的名字)只是用"随便哪儿"这几个字来代替,把真的地名暂时忘却。她有这个习惯:在她谈话的每一个关键之处"随便哪儿"都会出现——她偶然在说任何语言的时候,对于任何略去的单词,这都是一个方便的代用词。法国姑娘常常这样做;她是从她们那儿学来这一习惯的。不管怎样,在这种情况下,我发现"随便哪儿"可以代替维莱特[①]——伟大的拉巴色库尔[②]王国的伟大首都。

"你喜欢维莱特吗?"我问。

"很喜欢。你知道,当地的人都是极其愚蠢、庸俗的;但是那儿有一些高尚的英国家庭。"

"你是在一所学校里读书吗?"

"是的。"

"很好的学校吗?"

"哦,不是!可怕的学校。但是我每个星期日都跑出去,一点也不把女教师,或男教师,或学生放在心上,并且把功课送去见鬼;(人们不敢用英语说这话,你知道,但是用法语听来就没什么不对。)我便如此顺顺当当地过来了……你又在笑我了?"

"没有——我只不过对自己心中的想法发笑。"

"你想些什么呢?"(没等我回答)——"好吧,你来告诉我你上哪儿去吧。"

"上命运带我去的地方去。我要做的是到一个我能谋生的地方去谋生。"

---

① 维莱特,原文为 Villette,法语中是"小城"的意思。英国曾流行用这个字来指称比利时首都布鲁塞尔。本书书名亦来源于此字。
② 拉巴色库尔,原文为 Labassecour,"农家场地"或"晒谷场"的意思,作者以此指比利时王国,可能暗示其疆域之小。

"谋生!"(大吃一惊)"那么,你很穷吗?"

"像约伯①一样穷。"

(她停了一会之后)"呸!多么不中听啊!不过我明白贫穷是怎么一回事:他们在家里是够穷的——爸爸、妈妈,以及他们大家。人家称爸爸为樊箫上尉,他是个领半薪的军官,但是出身很好,我们有些亲友是相当有地位的。然而我住在法国的叔叔兼教父德·巴桑皮尔是唯一帮助我们的人:他使我们女孩子受教育。我有五个姐妹,三个兄弟。不久以后,我们都将结婚——跟上了年纪的有钱绅士,我想是;爸爸和妈妈筹划这种事。我的姐姐奥古斯塔现在嫁给一个看上去比我爸爸大得多的男人。奥古斯塔很漂亮——不是我这种模样的——不过皮肤黑;她的丈夫戴维斯先生在印度得了黄热病,他现在的肤色还像畿尼②的颜色。然而他很富有,奥古斯塔因而有自备马车和产业,我们大家都觉得她过得再美满也没有了。嗯,正如你说的那样,这可比'自食其力'来得好。顺便问一下,你聪明吗?"

"不——一点也不。"

"你会玩儿、唱歌、说三四种语言吗?"

"完全不会。"

"我仍然觉得你聪明。"(一阵沉默,一个呵欠。)"你晕船吗?"

"你呢?"

"哦,厉害得不得了!只要我一看见大海,说真的,我就已经开始感觉到了。我要到下面去;我难道不愿意把那个讨厌的胖女服务员差来差去吗?幸亏我懂得如何差遣人。"她走到下面去了。

---

① 约伯,《圣经》中的人物。他原来非常富有。为了考验他对上帝的虔诚,魔鬼撒旦降祸于他,使他一贫如洗,并且浑身生疮,流血化脓。他经受住了种种艰难困苦的考验,仍然坚守他的信仰。最后,上帝赐福给他,使他比过去加倍富有,身体康健,又活了140岁。见《圣经·旧约全书·约伯记》。

② 畿尼,英国旧金币,1畿尼值21先令。

不久,其他的旅客们也跟着下去了。整个下午,我独自一人留在甲板上。每一次,我回想自己消磨那几个钟点,怀着那种恬静的、甚至是幸福的心情的时候,同时也回忆起自己被置于那种处境,回忆其冒险的——有人会说是毫无希望的——特点的时候,我觉得,就像:

> 石头墙壁并不都构成监狱,
> 铁栅栏也不都一定是——牢笼。①

危险、孤独、一个不肯定的未来,也不是令人压抑的不幸,只要身躯健朗,能力还能发挥,特别是只要"自由"把她的翅膀借给我们,"希望"用她的星星指引我们。

直到我们经过马盖特②好久以后我才呕吐;海风吹拂,我深深地陶醉在喜悦之中。我从汹涌的海峡的浪涛,从栖息在山脊上的海鸟,从昏暗的远处的白帆,从笼罩万物的寂静然而朦胧的天穹,汲取到神圣的快乐。我在幻想中自以为看见了遥远的欧洲大陆,像一个梦乡一样。阳光照在那儿,使得长长的海岸成为一条金色的线。挤在一起的城镇和白雪覆盖、闪闪发光的塔楼,大量密集的森林,参差不齐的山丘,平整的牧场和脉管般的河流,这些组成最细小的网眼工艺,像浮雕一样装饰闪着金属光亮的景色。作为背景,扩展着一片肃穆的、深蓝色的天空,同时,从北到南,横跨着一弯上帝拗成的彩虹,那是希望的拱门③——带有庄严许诺的伟大,又带有令人销魂的色彩的柔和。

读者啊,对不起,请把这整个情景都抹掉吧——或者更确切

---

① 引自英国诗人勒夫莱斯(1618—1658)所写《狱中致艾尔西娅》一诗的最后一段。
② 马盖特,英格兰肯特郡萨尼特区一城镇,在泰晤士河口湾南面。18世纪时已成为著名的海滨浴场。
③ 典出《圣经·旧约全书·创世记》第9章第13—15节:"神说……我把虹放在云彩中,这就可作我与地立约的记号了。……水就不再泛滥毁坏一切有血肉的物了。"

地说，让它留在那儿吧，并且因此引用一句佳言隽语——一句押头韵①的粗体正楷字的诗句：

空做白日梦是魔鬼的空想空欢喜而已。

我晕船变得十分厉害起来，便跟跟跄跄地走进船舱里。

樊箫小姐的铺位碰巧紧邻着我的；我很抱歉地说，在我们遭遇共同的烦恼的整个时间里，她都用一种毫不客气的自私来折磨我。她的性急和烦躁不安达到了极点。沃森一家也晕船晕得很厉害，那个女服务员怀着不知羞耻的偏心服侍他们，可是他们比起樊箫小姐来简直就是禁欲主义者了。此后我留意过许多次，发现姞妮芙拉·樊箫有轻浮草率的气质，有鲜艳娇弱的美，却完全吃不起苦。她这样的人好像雷雨天气时的淡啤酒一样，似乎在逆境中就发酸变坏了。一个男人娶了这样的女人为妻，就必须准备保证她一生一世都阳光灿烂才行。对于她的戏弄人的别扭劲，我终于感到愤慨，便不客气地要求她"不要乱嚼舌"。这一斥责对她很管用，而且看得出她喜欢我的程度并没有因此而减少一些。

接近黑夜的时候，大海变得汹涌澎湃了。较大的浪涛强劲地摇撼着船舷。细想那茫茫黑夜和一片汪洋包围着我们，感觉着海轮不顾喧嚣的声音、汹涌的浪涛和增长的暴风在没有道路的航线上勇往直前，真有一种奇异之感。各种用具开始翻倒，各处都是，必须捆绑在原地才行。旅客们变得比任何时候都更不舒服；樊箫小姐唉声叹气地说，她快要死了。

"现在可不会，漂亮的姑娘，"那个女服务员说。"我们刚刚进海港了。"因此，一刻钟以后，我们大家全都安静了下来；大约午夜时分，航行结束了。

---

① 押头韵，英诗的一种押韵方法。例如这句诗的原文：Day-dreams are delusions of the demon，其中重复用几个"d"开头的词押韵。

我心中不好受,是的,很不好受。我的休闲时间过去了;我的困难——我的紧迫的困难——重新开始了。我走上甲板的时候,冷风和夜晚的黑色的怒容似乎因为我放肆地来到我所在的地方而指责我。异国的海港城市的灯光在异国的港湾周围闪烁着,好像无数只恐吓的眼睛盯视着我。朋友们登轮欢迎沃森一家人;一大群亲朋好友簇拥着樊箫小姐,把她抢走;而我——然而我片刻也不敢细细琢磨,比较这不同的处境。

可是我上哪儿去呢?我一定得到什么地方去呀。穷了不能挑精拣肥。我把小账付给了女服务员——她拿到这枚硬币似乎感到惊讶,这枚硬币从这样的手里得来,其价值超过了她粗略的预计所料想到的。这时候,我说:

"劳您驾,请指点我一个安静的、体面的小旅馆,好让我去住一宿。"

她不但按照我的要求给我指出方向,而且叫来一位门警,嘱咐他照管我,——而不是我的行李箱,因为那件东西已经送到海关去了。

我跟着这个人沿着一条铺得很差的街道走去,这时,忽明忽暗的月光照着这条街道。他把我带到小旅馆。我给了他六便士,他拒不接受;我以为他嫌少,便改为给一先令,然而他也谢绝,用一种我听不懂的语言相当激烈地说着话。一位侍者走到小旅馆的走廊上灯光照亮的圈子里来,用拙劣的英语提醒我说,我的钱是外国钱,不是这里通用的货币。我又换了一个金镑[①]给他。这件小事办妥以后,我要求开一间卧室;我不能吃晚饭,因为仍然有晕船的感觉,心力交瘁,全身打颤。当一间非常小的房间的门终于把我和我的疲惫关在里边的时候,我是多么高兴啊。我又可以休息了;虽然,在明天,疑虑的阴云将会像往常一样深浓;尽心竭力的必要性更为紧迫,(贫穷的)危险更为接近,(为生存的)斗争更为严酷。

---

① 金镑,英国旧金币,1 金镑值 20 先令。

第七章
维莱特

第二天早晨，我醒来时勇气恢复了，精神又振奋起来；体力上的虚弱不再削弱我的判断力；我感到自己心中灵敏而又清晰。

我刚刚穿戴完毕，就听见响起了轻轻的敲门声。我说："进来，"心中以为是女侍者，却不料走进一个粗鲁的男人，说道：

"小姐，把你的钥匙给我。"

"为什么？"我问。

"给我！"他不耐烦地说。他半带抢夺地从我手中拿去钥匙的时候，添一句说："好啦！你马上就能拿到你的行李箱。"

幸运的是结果完全弄清楚了：这人是从海关来的。我不知道该到哪里去吃些早点；不过我还是犹豫不决地走下楼去。

我现在发现昨天夜晚我极端困倦的时候所没有注意到的东西，那就是说，这家小旅馆实际上是一家大宾馆。我一面慢慢地从宽阔的楼梯上走下来，每一级都停一停（因为我奇怪地不急于下楼），一面瞧着头顶上高高的天花板，瞧着四周油漆的墙壁，瞧着使这屋子充满光线的大窗子，瞧着我脚下的有纹路的大理石（因为梯级都是用大理石铺的，虽然没有加地毯，也不十分清洁），并且把这一切和指派给我作为卧室的小房间的面积相对照，和小房间的极其简朴的设备相对照，我陷入一种冷眼旁观的心情之中。

男女侍者们在分配给旅客以相称的住宿条件所表现出来的精明，使我大为惊讶。各处小旅馆的仆人们和轮船上的女服务员们怎么能够一眼就看出，比如说，我是一个没有社会地位的人，并且钱囊不丰呢？他们显然的确明白这一点。我很清楚地看出他们全都在片刻的衡量之后，便估算出我同样很少价值。这一事实在我看来是奇妙的和富于想象力的。我不打算欺骗我自己说不知道这一现象表明着什么，然而设法在那种压力之下很好地振作精神。

我终于下楼来到那巨大的大厅，那儿充满透过天窗射来的耀眼的光线，我走向一间后来弄明白是咖啡室的房间。不能否认，我进了咖啡室就有点儿颤抖，感到拿不定主意，孤孤单单，可怜巴巴，极其希望知道自己所作所为是对是错，深深感觉到这是错的，然而又无法可想。我本着宿命论者的精神，并且怀着那种平静的心情，在一张小桌旁坐了下来，一个侍者立刻送来一些早餐，我带着一种不是很考虑到照顾消化系统的心情尝了一点。咖啡室里其他餐桌旁有许多人在用早餐。要是在所有那些人之中能看见任何妇女的话，我准会觉得高兴得多；然而一个也没有——所有在场的都是男人。不过似乎没有谁觉得我在做什么特别的事；有一两位绅士偶尔朝我望一眼，不过他们谁也不莽撞冒失地瞪着眼睛；我猜想，目前情况中如果有任何异常之处的话，他们会用这个词来说明问题："英国人！"

早餐用过，我必须再出发——朝哪个方向呢？"到维莱特去，"我心中的声音这样响着；这声音无疑是被对这一轻微的句子的回忆激发出来的。樊箫小姐在和我道别的时候，曾经无意中随便说了这么一句：

"我希望你到贝克夫人的家里去；她养了些土拨鼠，你也许愿意照看。她需要一位英国家庭女教师，也许是两个月以前正需要一位。"

谁是贝克夫人？她住在哪儿？我不知道。我曾经问过，但是这个问题没有被听见。樊箫小姐当时被她朋友们催促着走开，没有回答我的问话。我推测维莱特是她居住的地方——我要到维莱特去。距离是四十英里。我知道自己不过抓着些稻草[①]；然而我

---

① 英文成语中 catch at a straw（抓住稻草）是比喻落水的人抓住靠不住的东西。

发现自己身陷茫茫的翻腾的深渊之中，我是连蜘蛛网都会抓的。我在打听了关于去维莱特的交通工具，并且在四轮公共马车上弄到一个座位以后，便离开此地，倚仗的是这样的粗略设想——是这么一个计划之幻影。读者啊，在你断定这一行为的鲁莽以前，请你先回过头去看看我从那里出发的地点吧；想想我已经离开的那片荒漠吧，注意我冒的危险是多么小：我的这种游戏其游戏者不可能输，却可能赢。

我否认自己有艺术家的气质；然而我必定具有艺术家的某种充分利用眼前的愉快的本领；就是说，在那种愉快是适合我的口味的时候。我欣赏那一天，尽管我们的车子走得慢，尽管天气寒冷，尽管还下着雨。沿着我们的旅程，一路上呈现的是多少有些光秃秃、平展展的不见树木的景象。路旁，一条条浑浊的沟渠蜿蜒着，好像半冬眠的绿色的蛇；外形整齐的截去树梢的一棵棵柳树为一马平川的田野镶边，田野翻耕得好像菜园的苗圃。天空也是十分单调的灰色；空气污浊，潮湿；然而在这一切令人窒息的影响之中，我的幻想却含苞欲放，我的心却阳光明媚。不过，这些感情被一种秘密的、没有停止过的意识很好地控制着，这是一种埋伏着等待愉快之事的焦急的意识，就像猛虎蜷伏在密林之中那样。这头食肉兽的呼吸一直在我耳边响；它的凶猛的心脏紧靠着我的跳动着；它在自己的兽穴里一动也不动，然而我感觉到它：我知道它就只等待日落，好从埋伏处贪婪地纵跳出来。

我本来希望在夜晚来到之前我们能够到达维莱特，这样我就可以逃脱更深的困扰——朦胧的景色似乎把这种困扰设置在刚刚到达一个未知境界的客人的周围。可是，由于我们缓慢的进程和长时间的停留，由于浓雾和绵绵细雨，在我们来到郊区的时候，那几乎可以触摸到的黑暗已经降临这座城市了。

据我就着灯光所能见到的，我知道我们穿过了一座城门，那儿有军队驻扎。然后，把满是污泥的车行道撇在后面以后，我们的车子在一条表面特别粗糙的、坚硬的铺石路上辚辚地碾过。四轮公共马车在一个机关门前停下来，旅客们都下了车。我第一件事便是去拿我的大衣箱；这件事微不足道，可是对我至关重要。我懂得，最好不要缠扰不休地，或者迫不及待地去要行李，而应该等待，不声不响地瞧着其他箱子分发出来，直到看见我自己的，随后立刻说明，并且取到手，因此我便站立一旁。我先前曾看见我那小小的手提包安全地堆放在马车上，便用眼睛紧紧盯着车子的那个部位，现在那儿又堆上了别的旅行袋和箱子。我看着一件件被搬开、放下来、提走。我确信这时候我的东西应该出现了，可是没有。我曾经用一根绿色的缎带扎上了寄发地址卡片，这样我一眼就能认出来。可是没有一丝或者一片绿色的东西可以看见。每一个包裹都搬开了；每一个铁皮箱子和牛皮纸包都拿开了；覆盖的油布已经掀掉；我清清楚楚地看到那儿并没有伞、斗篷、手杖、帽盒或圆筒形纸板盒。

我的手提包里装着几件衣服，一个皮夹子，我的十五英镑用剩下来的钱放在这皮夹子里，这些都到哪儿去啦？

我现在问这个问题，但是当时却无法问。那时候我什么都说不来，因为一个用于交谈的法文短语都没有掌握，而当时在我周围，整个世界似乎在喋喋不休地说的都是法语，而且只有法语。我能做什么呢？我向马车管理人走去，抓住他的手臂，指着一只大衣箱，然后指指那辆四轮公共马车车顶，试着用眼色表达我的问题。他却误会了，抓住那只大衣箱，准备提到马车那儿去。

"别碰它——行吗？"一个人用纯正的英语说。然后又改口说："你在干什么？那箱子是我的。"

不过，我已经听见了祖国的口音，这使我心中高兴，便转身向他：——

"先生，"我说，在困顿之中也顾不上看看这陌生人的样子，便向他求援，"我不会说法语。我可以恳请你问问这个人把我的箱子弄到哪儿去了吗？"

一时间，我没有辨认出自己抬起眼睛并且紧紧盯着瞧的是怎样一张脸，但是我感觉到那脸上表现出对我的请求半带惊讶，对这样的打扰是否明智半带疑问。

"请你问问他；换个位置，我也会替你这样做的，"我说。

我不知道他笑了，还是没有笑，但是他用绅士气派的声调说，这就是说，既不严厉也不咄咄逼人——

"你的大衣箱是什么样子的？"

我形容了一番，连那根绿色的缎带也讲了。他立刻把马车管理人置于掌握之下，在接下来刮起的一阵法语暴风雨之中，我感觉到他把他从头到尾猛扫了一通。不久，他走回到我这儿来。

"这个人断言车子装载过重，他承认，在你看见你的大衣箱装上去以后，他又把它搬了下来，和其他的包裹一起留在布-玛琳纳了。不过，他答应明天送到；因此，后天你会看见它好好地搁在这间马车管理所里。"

"谢谢你，"我说，但是我心头一沉。

这其间我该做什么好呢？也许这位英国绅士从我脸上看出勇气顿消的样子，他好心地问道：

"在这城市里你有朋友吗？"

"没有，而且我不知道上哪儿去好。"

对话停顿了片刻，这时候，由于他更多地朝他头上的灯光转过去，我看见他是一位气度不凡的漂亮的青年，据我所知，他可能是一位勋爵，我觉得上天使他高贵得足够做一个王子。他的脸非常可爱，气宇轩昂而不傲慢自大；丈夫气概而不架子十足。我准备转身走开了，心中深知从一位像他这样的人要求得到更多的帮助是完全没有理由的。

"你的钱全部都在大衣箱里吗？"他叫住我，问道。

能够用真话回答他我是多么感到欣慰啊——

"不。我的钱包里有足够的钱"（因为我有差不多二十个法郎）"可以维持我住在一个普通的小旅馆里，直住到后天。不过我对维莱特是相当陌生的，街道和小旅馆全都不认识。"

"我能提供你所要找的小旅馆的地址,"他说,"那儿离此处不远;按照我告诉你的去找,你会很容易找到的。"

他从笔记簿上撕下一页来,写了几个字,交给了我。我的确觉得他心地好;要是不相信他,或者他的忠告,或者他的地址,那我就几乎会不相信《圣经》了。他容貌中表现出善良,他明亮的眼睛里表现出正直。

"你的最近的路该是沿着林荫大道走去,穿过公园,"他继续说。"不过时间太晚,天太黑了,一位女士单身穿过公园不方便,我愿意陪你走到那一头。"

他朝前走去,我跟着,穿过黑夜和密密的小雨。林荫大道上阒无一人,人行道上泥泞不堪,从一棵棵树上雨水直往下淌,公园像午夜一样黑暗。树和雾的双重幽暗使我看不见我的向导,只能跟着他的脚步声。我一点都不害怕。我相信我能够跟着这个坦诚的脚步声穿过持久的黑夜,直到世界的尽头。

"现在,"走过公园以后,他说,"你可以沿着这条大街走到有台阶的地方,那儿有两盏灯会替你指示位置,你可以走下台阶,下面是一条较窄的街,顺着那条街走到底,就能找到你的小旅馆了。他们那儿说英语,因此,你的困难现在完全不存在了。再见。"

"再见,先生,"我说;"请接受我的最诚挚的谢意。"我们就此分别了。

我确信,他的容貌上闪射着对于一个没有朋友的人来说是十分亲切的光——在我的耳朵里响着他的声音,这声音表明一种性格,不但对年轻貌美的人,而且对贫穷软弱的人也有骑士风度——回想这些,在好久以后,对于我都是一种赏心乐事。他是一位真正的英国年轻绅士。

我往前走,匆匆忙忙穿过华丽的街道和广场,那儿四周都是豪华的房屋,房屋之中矗立起一个个高傲而巨大的轮廓,可能是宫殿,可能是教堂——我不得而知。我刚刚经过一个门廊,便有两个胡子拉碴的人忽然从圆柱后面窜出来。他们抽着雪茄烟,衣着打扮含有假冒绅士身份的意图,然而,可怜虫啊!他们的灵魂却非常鄙俗。他们说话傲慢无礼,虽然我走得很快,他们还是亦步亦趋,走了好长一段路。最后,我遇到可说是巡逻的人,于是我的可怕的狩猎者们转身走开,停止追猎了。然而他们已经把我赶过了我原来估计的地方,等到我能够镇定下来的时候,我已经不知道身在何处,那一段梯级我一定早已走过去了。我感到迷惑,而且气喘吁吁,全身血脉由于不可避免的激动而悸跳着,不知道回到哪儿去好。想起再会碰到那两个胡子拉碴的冷笑的笨蛋,心里害怕,然而必须在这街道上往回走,那段台阶必须找到。

我终于来到一段破旧的楼梯前,认为这当然就是那位绅士所指的台阶,便走了下去。下面那条街果然很狭窄,可是却没有小旅馆。我往前走。在一条非常安静的、比较干净的、路铺得平整的街道上,我看见一扇门上透出灯光,那幢房屋相当大,上面一层楼使它比周围的房屋显得高。到头来这也许就是那小旅馆了。我急忙赶过去,膝盖这时颤抖起来,我快要筋疲力尽了。

这儿可不是小旅馆。有一块铜牌装饰着那座巨大的能通过马车的大门,铜牌上镌刻着:"女子寄宿学校",下面刻着一个名字:"贝克夫人"。

我吓了一跳。片刻间大约有一百个想法闪过我的头脑。然而我什么打算也没有,什么考虑也没有:我没有时间。天意在说:"在这儿止步;这就是你的小旅馆。"命运把我掌握在它的强有力的手中,主宰着我的志愿,指导着我的行动:我便拉响了门铃。

在等待的时候,我不愿多想。我凝视着街上的铺石,门口的灯照在那上面;我数着铺石的数目,瞧着它们的形状,以及棱角上雨水的闪光。我又拉了门铃。大门终于开了。一个戴着漂亮帽子的女仆站在我面前。

"我可以见贝克夫人吗?"我问。

我相信,假如我说的是法语,她就不会允许我进去了。不过,由于我说英语,她推测我是个外国教师,是为了住宿学校的事情来的,因此即使时间这么晚了,还是让我进了门,一句不情愿的话都没有,也无片刻迟疑。

接下来我便坐在一间寒冷而光彩夺目的沙龙客厅①里,瓷砖贴面的壁炉里没有生火,有一些镀金的小摆饰,地板擦得很亮。壁炉架上搁着一只有钟摆的时钟,敲着九点。

一刻钟过去了。我躯体里的每一根脉搏都跳得多么快啊!我身上是怎样一会儿冷,一会儿热啊!我坐在那儿,眼睛紧盯着那扇门——一扇巨大的白色的折门,镶着镀金的花边。我注意看着那扇门将移动和打开。可是一切都寂静无声,连一只老鼠都没有动静,那白色的折门关得紧腾腾的,没有动静。

"你系英格人?"②就在我的手肘边响起了这一声响。我几乎要跳起来,因为这声音如此出乎意料之外;我刚才是如此肯定只有我一个人在这里。

没有鬼魂站在我身边,也没有任何具有妖魔鬼怪样子的东西出现,只有一位慈祥的、身材矮胖的女士,围着一块大披肩,穿着一件大罩衫,戴着一顶干净整洁的睡帽。

我说我是英国人,然后没有更多的开场白,我们便立刻进入最为奇妙的会话。贝克夫人(她正好是贝克夫人——她是从我背后的一扇小门进来的,穿着没有声响的鞋子,所以我没有听见她进门,也没有听见她走近我)——贝克夫人说"你系英格人"的时候,已经用完了她运用岛国语言的能力,于是开始滔滔不绝地用她自己的语言继续说话。我则用我的话回答。我的话她懂得一部分,但是因为我完全听不懂她的话,虽然我们两人闹闹嚷嚷(像夫人的那种善于言辞我那时候还从来没有领教过,或者想到过),我们仍然无法相互沟通。不久,她打铃求援,于是来了一位"女教

---

① 沙龙客厅,原文为 salon,这样翻译为了区别于书中的 parlour(会客室)和 drawingroom(客厅)。
② 原文为:"you ayre Engliss?"表明读音不准。

师"模样的人,她曾经在一所爱尔兰女修道院里受过不完全的教育,被认为是精通英语的行家。这位女教师是直率的、小模小样的人——从头到脚都像个拉巴色库尔女人。她是如何宰割英格兰的语言哟!不过,我还是跟她讲了简单的事实,她翻译出来。我告诉她,我如何离开了自己的国家,打算增长知识,赚取面包;我如何随时准备试着做做任何有用的事,只要不是坏事,或者可耻的事,我如何愿意做个孩子的保姆,或者做个侍女,也不拒绝甚至做力所能及的家务活。夫人听着这些话,我研究着她的表情,几乎以为这席话她听得入耳。

"只有英国女人才会做这种事,"她说。"这些女人有多大的勇气!"

她问了我的名字和年龄,坐在那儿审视我——并不是怜惜地,也不是饶有兴趣地。在会见过程中,没有丝毫同情的闪光或者怜悯的影子掠过她的面容。我感到她不是那种会被自己的感情移动一英寸的人。她直愣愣地望着,表情严肃,心里在盘算,在斟酌自己的判断,在研究我的叙述。这时铃响了。

"这就是晚祷的钟声!"她说着站起身来。她的翻译告诉我她希望我现在回去,明天早晨再来;可是这对我不合适,回到危险的黑暗之中,回到街道上,我受不了。我用力地、然而以自我克制的态度对她本人而不是那位女教师说道:

"夫人,我保证,你要是立刻就让我工作,我一定会好好为你服务,维护你的利益,而决不会损害你的利益。你会发现我愿意在工作中贡献出完全符合工资所得的劳动。如果你雇用了我,最好让我今夜就待在这儿,我在维莱特举目无亲,也不懂这个国家的语言,怎么能找到一个住处呢?"

"这是真的,"她说,"不过你至少能够拿出一份介绍信吧?"

"没有。"

她问起我的行李,我告诉她行李何时可到。她思忖着。这时,门厅里响起了一个男人的脚步匆匆向外面那扇门走去的声音。(我将采用仿佛我听懂、理解当时发生的所有事情那样的方法继续写我的故事的这一部分,因为虽然当时我简直听不懂,但是后来有人翻译给我听了。)

"现在这时候谁出去啦?"贝克夫人听着脚步声问道。

"是保罗先生,"那位女教师回答。"他是今天傍晚来的,指导一年级阅读。"

"此刻我最最希望看见的正是这样的人。请他来。"

那位女教师向大客厅的门跑去,叫住了保罗先生。他进来了,一个皮肤黑黑的瘦小的男人,戴一副眼镜。

"我的表弟,"夫人开口道,"我要听听你的意见。我们知道你会看相,现在用用这个本事。看看这个相貌。"

这个瘦小的男人的眼睛盯住我瞧。他的嘴唇坚定地紧闭着,眉毛深锁,似乎是在说他打算把我看透,一层面纱对他来说是遮盖不住的。

"我看过相了,"他宣称。

"你怎么说呢?"

"啊,很多问题。"便是他神谕似的回答。

"是好是坏?"

"毫无疑问,好坏都有,"那位占卜者继续说。

"别人能相信她的话吗?"

"你们是在商谈一件重要的事情吗?"

"她希望我雇用她做保姆,或者家庭女教师;她讲了一个很完整的故事,可是拿不出介绍信。"

"她是个异乡人吗?"

"你看得出的,一个英国女人。"

"她会说法国话吗?"

"一句也不会。"

"她懂法文吗?"

"不懂。"

"那么可以在她面前坦率直言了？"

"毫无疑问。"

他凝视着。"你是不是需要她的服务呢？"

"我可以要啊。你知道我讨厌斯未尼夫人。"

他仍然在打量着。判断终于作出来了，却像刚才的判断一样模棱两可。

"雇用她。如果善良在那个性格上占优势，此举就会带来它自己的报酬；而如果邪恶——啊！我的表姐，那样我们还是做了一件好事。"他鞠了个躬，说了声，"晚安。"我的命运的这位模糊不清的仲裁人便不见了。那位夫人于是就在这天晚上雇用了我——上帝保佑，使我免于不得不再往前走去，走到那孤寂的、无趣味的、具有敌意的街道上去。

第八章
贝克夫人

我被交给那位女教师安排以后,便由她带领穿过一条长长的窄过道,走进一间非常清洁又非常特别的外国式厨房里。这里似乎不具备烹调用具——既没有壁炉,也没有炉灶;我当时不知道那占满一个角落的黑色大炉子是这些东西的很有效的代替物。确实,自尊并没有已经开始在我的心中低语;然而,在我并没有像自己先前有点儿预料的那样被留在厨房里,却是被带领到前面一间叫做"小房间"的小内室去,这时候,我不免有一种欣慰之感。一位女厨师穿着短上衣和短裙,脚上一双木鞋①,给我送来了晚餐:这就是说——一些不知道是什么东西的肉,加了一种特别的、但是可口的酸调味汁,一些土豆块,用我不知道的什么东西,大概是糖醋拌的,味道不错,一块 tartine,或者叫一块抹黄油的面包,以及一个烤过的梨。我饿得慌,便感恩戴德地吃了。

"晚间祈祷"以后,夫人亲自前来,要再打量我一下。她希望我跟她上楼去。穿过一系列再奇怪也没有的小寝室——我后来听说那些曾经是修女们的小室,因为房屋建筑多少有些是属于旧时代的——再穿过祈祷室—— 一间长长的又低又暗的房间,靠墙挂着一个惨白的十字架,一对发着黯淡的光的细小蜡烛在守夜——夫人带我来到一间屋子,屋子里有三个小孩睡在三张小床上。一只暖烘烘的火炉使得这房间里空气闷热;而为了使情况有所改善,有一股与其说优雅的不如说强烈的气味散发出来。确实,在这个环境里,这股芳香完全是令人惊讶和出人意外的,因为这像是烟味和某种酒精味的混合——长话短说,这是威士忌酒的气味。

一张桌子上一支残烛的微光摇曳,在烛台的窝眼里正流淌着最后的烛泪。桌旁的椅子上酣睡着一位粗鲁的妇女,穿着一件宽条纹的耀眼的绸连衣裙,外加一条呢料围裙,显得很杂乱。为了把这幅图画描摹完整,并且使得关于事情的状况不留下疑点,要说明的是,在这位睡美人的手肘旁还搁着一只酒瓶和一只空酒杯。

夫人非常平静地注视这一动人的场面,既不笑,也不皱眉;没有恼怒、厌恶,或者惊讶的表情干扰她那严肃安详的神色。她甚至不去唤醒那位妇女。她静静地指着第四张床,表明那是给我睡的;然后她灭掉那支蜡烛,用一盏夜明灯来替代,便悄悄地穿过她刚才半开着的内室的门——进入她自己的套间。那是一间布置得很好的大房间;从半开的门望过去可以看得出来。

我在那夜的祈祷全部是感恩。从早晨起我就被奇怪地一路引导——又意想不到地被供给了食宿。我很难相信自从我离开伦敦到现在还不到四十八小时,这期间我除了像人家保护过路的飞鸟那样,没有别的保护,也看不到前途,只看见含糊不清的希望之浮云窗花格②。

我睡觉很容易惊醒;三更半夜时,我突然醒过来。一切都是静悄悄的,却见一个白色的人影站在房间里——是穿着睡衣的夫人。她毫无声息地走着,查看三张床上的三个小孩。她走近我,我假装睡着,她长时间地看着我。一场小小的哑剧接着发生,真是怪事。也许她在我的床沿上坐了一刻钟之久,直望着我的脸。然后她挨得更近一些,俯身紧对着我,轻轻地把我的睡帽往上挪,把花边翻转过来,好露出我的头发。她瞧瞧我搁在盖被上的一只手。做了这些以后,她转身走到床脚边的椅子那儿,我的衣服正放在那张椅子上。听见她摸着并且提起我的衣服,我便警惕

---

① 木鞋,法国、比利时等国家农民穿的木制的鞋。
② 窗花格,哥特式建筑中用各种图案组成以装饰窗子的棂条。棂条中间常嵌以彩色玻璃,形象繁复,光耀夺目。

地睁开眼睛,因为我承认,我当时觉得奇怪,想看看她调查研究的爱好究竟会使她走多远。倒是使她走得好远呢:她把每一件物品都检查了一遍。我凭直觉推测到这一行为的动机,那便是:打算从这些衣着形成对于其穿着者的一个判断,她的地位、资产、整洁与否,等等。其目的并不坏,然而手段却很难说是光明正大的和无可訾议的。我的连衣裙里边有个口袋;她把口袋兜底翻了过来;她数着我的钱包里的钱;她打开一本记事簿,不动声色地仔细察看内容,还拈起夹在书页之中的一小绺编成辫子的马趣门特小姐的灰白头发。我那三把一串的钥匙是开大衣箱、写字台和针线箱的,她给予特别的注意;说真的,她竟然拿着我的钥匙退回到她自己的房间里待了一会儿。我在床上轻轻地抬起身子,用眼睛跟踪着她。我的读者啊,这几把钥匙直到在隔壁房间里的梳妆台上的石蜡上留下了钥匙的齿印以后,才拿回来给我。这一切做得如此顺顺当当、有条有理以后,我的财产便被物归原位了,我的衣服便被小心地重新折叠好了。从这次仔细检查之中会推断出什么样的结论来呢?结论是良好的还是不好的?白费心思的问题啊。夫人的石雕般的脸(因为此刻在夜里看来像是石雕的;那张脸曾经是有人情味的,并且正如我在上面说过,在沙龙客厅里是慈母似的),没有透露出答案。

她的任务完成了——我觉得,在她看来这件事情是一桩任务——她站直身子,像影子一样无声无息,向她自己的套间走去。走到门口,却转过身来,眼睛紧盯着那位酒瓶女英雄,她仍然睡着,鼾声震耳。斯末尼太太(我推测这位就是斯末尼太太,英语或爱尔兰语则读做斯微内)——斯微内[①]太太的命运是在贝克夫人的眼睛里了——那双眼睛说出了一种不可改变的决心。夫人对于玩忽职守的制裁或许迟缓,然而却是必定无疑的。这一切都完全不是英国的样子:的确是这样,我正待在异国他乡嘛。

---

① "斯末尼"原文为Svini;"斯微内"原文为Sweeny。

第二天我进一步了解了斯微内太太。她似乎曾经对她现在的东家自我介绍说是一个家道中落的英国贵妇——说真的,她是米德尔塞克斯①人,却自称是用最纯粹的伦敦音说英语。夫人——她相信自己具有万无一失的及时发现事情真相的本事——具有一种临时雇用服务人员的非凡的果断(正像在雇用我这件事情上的确好像充分证明了那样)。她接受了斯微内太太做她的三个孩子的保姆兼家庭教师。我几乎不必向我的读者解释,这位贵妇实际上是爱尔兰人;我不能妄自确定她的身份;她公然宣称,她曾经"受到侯爵的子女所受到的教养"。我自己心中想,她很可能曾经是某个爱尔兰家庭里的食客、保姆、收养者,或者洗衣妇;她说话的口音闷声闷气,却奇怪地加上一层装模作样的伦敦腔的转调。她想方设法取得了、现在是占有了来路相当可疑的一批华丽的服装——价格十分昂贵的绸料长外衣,对她不大合身,显然是为另一种身材而不是它们现在所装饰的身材缝制的;还有一些用真正的丝带滚边的帽子,以及——一块真正的印度披肩——这一清单之中的主要项目,是她用来在整个家庭里引起相当敬畏的符咒,又镇住另外一些嗤之以鼻的家庭教师和仆人们,并且只要她的宽宽的肩膀披上这一气派豪华的折叠起来的绸缎,甚至对于夫人本人都起作用哩——"一块货真价实的克什米尔",②正如贝克夫人带着纯粹的崇敬和惊异的神色这样说。我很明确地感觉到,要是没有这块"克什米尔",她就不会在这所寄宿学校里落脚两天;正是靠这块东西的力量,也仅仅靠这块东西,她站稳脚跟达一个月之久。

不过,现在斯微内太太知道我是来接替她的位子了;在这时候,她来显示自己的力量了——在这时候,她用全部力量反抗贝克夫人——在这时候,用她聚集起来的力量向我袭击过来。夫人

---

① 米德尔塞克斯,英格兰一旧郡。1965年大部分划入大伦敦。曾有许多伦敦富商在此筑乡间别墅。
② 指"克什米尔披肩",是克什米尔地区生产的著名的羊毛披肩。后来有英、法的仿制品。

是如此妥善、如此克制地忍受了这一意料不到的祸事，使我非常惭愧，我除了沉着冷静以外，没有别的举动予以支持。贝克夫人离开这间屋子短短一会儿；十分钟以后，一位警察站在我们中间。接着斯微内太太和她的财产都被搬走了。在这场闹剧的过程中，夫人的眉毛没有皱一皱；她的嘴里没有吐出一个尖声叫喊的字。

早餐以前，这场小小的轻松的解雇事件便全部解决了：前进的命令已发出，警察已请来过，暴动者已被驱逐，"儿童室"已熏蒸消毒，打扫干净，窗户都打开来，这位有教养的斯微内太太的每一点痕迹——那幽雅的香气和超凡脱俗的芬芳，是她亵渎冒犯的主要部分如此微妙又如此不祥的象征，即使是这种气息——也都从福色特街上清除掉了。嗨，这一切都是从贝克夫人在套间里安安静静地坐下来倒第一杯咖啡，到她像曙光女神那样从套间里出来之间这段时间里完成的。

大约中午时分，我被召去为夫人梳妆打扮。（看来我的地位是在家庭女教师和侍女之间的一个混合体。）整个上午，她穿着大罩衫，披着披肩，拖着没有声响的拖鞋，在巡视整幢房屋。一个英国学校的女校长怎么可能赞成这样的习惯呢？

为她的头发梳理使我为难；她的头发浓密——红褐色，不杂白发——虽然她已经有四十岁了。她看到我觉得尴尬，便说："你在你自己的国家里没有当过侍女吗？"于是她从我的手中拿过毛刷，把我搁置一旁，不慌不忙、不失礼仪地自己梳理起来。在履行打扮的其他任务的时候，她半是指导我，半是帮助我，丝毫没有表现出发脾气或不耐烦的样子。注意——这是我第一次和最后一次被唤去替她梳妆打扮。从此以后，这一职务移交给了女杂务工罗芯妮。

打扮好了以后，贝克夫人看来是一个身材有些矮胖的人，不过仍然具有其独特的优美；这是说，从身体各部分的匀称得出来的优美。她的气色清新红润，但是并不红得过分；眼睛是蓝色的，清澈明亮；黑色的绸连衣裙很合身，那好像是只有法国女裁缝才能够缝制的合身衣服；她看来很不错，不过有一点中产阶级的样子；说到中产阶级，不错，她是的。我不知道遍布她整个身上的是什么样的一种和谐；然而她的脸呈现出一种对照：她的五官决不是平常人们所看见的跟如此柔和、清新、恬静的肤色联系在一起的那种，而是轮廓严峻的。她的前额生得高，但是窄；这表明有能力，并且有一定程度的仁慈心，但是却不开阔。①她那双温和然而警觉的眼睛也与心中燃烧的火或者从那儿流出来的柔情毫不相干。她的嘴样子强硬，可能有一点严酷，嘴唇很薄。由于她的敏感和才干，尽管也带有这些物质的温柔和轻率，我不知道为什么总觉得夫人真是一位穿裙子的弥诺斯②。

结果我发现她也是穿裙子的别的什么。她的名字是摩德斯特·玛丽亚·贝克，娘家的姓是金特，这名字本来应该是依格纳西娅。她是一位讲仁爱的女人，做过许多好事。从来没有哪一位主妇的统治是比她更宽厚的。我听见人家说，尽管难以容忍斯微内太太喝酒喝得醉醺醺、杂乱无章、老是粗心大意，她却一次也没有规劝过她；然而斯微内太太在她的离去变得合宜的时候便必须离去。我还听见人家说，在那所学校里，无论是男教师们还是女教师们都没有被找过碴儿，可是男教师们和女教师们却常常更换：他们不见了，另外一些人来取代他们的位置，谁也不能很好地解释究竟是怎么回事。

这所学校既是寄宿学校，又是走读学校。那些走读生，或者说日间学生，人数超过一百，寄宿生则大约有二十人。夫人一定具有高超的行政管理能力：她治理着这里的一切事务，包括四位女教师、八位男教师、七个仆人和三个孩子，同时设法完善与学

---

① 当时西欧流行颅相学，作者夏洛蒂很相信，这在她的其他作品中也有表现。狄更斯的小说中同样写到过。颅相学从人的头骨的外形判断人的性格。
② 弥诺斯，希腊神话中克里特国王。一般传说他是英明公正的君主，然而在雅典的传说里，他却是本土希腊的敌人。他曾因其子被雅典人杀死而要求雅典人每年进贡七对童男童女给半人半牛的怪物吞食。后来，他在西西里洗澡时，被西西里国王的女儿用开水烫死，死后成为阴间判官之一。

生们的双亲和朋友们的关系，而且没有明显的费劲的样子，没有手忙脚乱、疲劳不堪、兴奋激昂，或者任何过分激动的征兆。她总是有事在干——而忙忙碌碌却很少见。的确不错，夫人有她自己一套管理和控制这个大机器的制度；而且是非常巧妙的制度，我的读者在她把我的衣袋兜底翻过来，还偷看我的私人记录这件小事中已经看到其实例了。"监视"，"侦察"——这些便是她的口令。

但是夫人知道什么是诚实，并且喜欢诚实——这是说，在诚实没有用它笨拙的重重顾虑来妨碍她的意志和利益的时候。她尊重"英国"，至于"英国人"嘛，要是她有别的办法的话，她就会不要其他国家的女人照看她自己的孩子们。

晚上，她常常在整天策划和拟订对策、搞密探活动和听取密探们的报告以后，来到我的房间——她的前额上有着真正疲倦的痕迹——她会坐下来，在孩子们用英语对我说着短短的祈祷词的时候静听着。那是主祷文，其赞美诗的开头是"仁慈的主耶稣"，这几位小天主教徒被允许在我的膝盖旁跟着说。等到我把他们弄上床，她会跟我谈天（我不久就学会了足够的法语，能够听懂，甚至回答她的话），谈谈英国、英国妇女，以及为什么她很愿意把她们的一些品质称之为卓越才智和比较真实可靠的正直。她常常显露出非常明智的判断力；她常常提出非常正确的意见；她似乎懂得：把姑娘们限制在不信任的束缚之中，在盲目无知之中，在使她们没有时间、没有地方隐蔽的监视之下，都不是使她们成长为诚实和谦虚的女人的最好的方法；可是她又断定说，如果用任何别的办法施加于欧洲大陆上的孩子们，那么毁灭性的后果就会跟着发生。她们是那么习惯于束缚，以至于不论怎样谨慎小心，松弛都会被误解，并且被严重地误用。她会声称，她厌恶自己不得不采用的手段，然而却必须采用；她的说教常常是端庄优雅的，对我说教以后，便会趿着她那双"软拖鞋"走开，像鬼魂一样在整幢屋子里悄悄飘过，这里张张，那里望望，透过每一个钥匙孔窥探一下，藏在每一扇门背后偷听一会。

归根结底,夫人的制度并不坏——让我为她说句公道话。对于她的学生们的身体上的益处说来,没有什么能比她的整个儿的安排更好的了。没有谁要过分使用脑力;功课分配得很好,并且编排得对于学习者是再容易也没有的了;有娱乐活动的自由,有使得姑娘们保持健康的锻炼设备;伙食又多又好:在福色特街的任何地方既看不见苍白的脸,也看不见瘦小的脸。她从来不吝惜放假;允许有许多时间给人睡觉、穿着打扮、洗衣和吃东西;她对待这一切事情的方法是温厚的、大方的、有益的和合乎情理的;许多严厉的英国女校长要是仿效她,就会大有成就——而且我相信,要是严格的英国家长们让她们这样做的话,她们当中的许多人会乐于去做的。

由于贝克夫人靠谍报来治理,她当然有她的谍报人员。她完全了解她所利用的那些工具的性质,毫不犹豫地在肮脏的场合处理掉最肮脏的东西的同时——把这类东西像榨干汁的橘子皮那样扔掉——我也知道,她在为干净的用途寻找纯粹的金属这一点上是很挑剔的;一旦发现了一件没有血迹和锈斑的工具的时候,她就会小心爱护这好东西,用丝绸和棉布把它包裹起来。然而,不论是谁,要是倚赖她的程度,超过她可以让别人倚赖的利益一英寸,那就让他或她遭殃吧。利益是开启夫人的本性的万能钥匙——是她的动机的主发条——是她的生命的全部。我曾经看见人家求助于她的感情,我也曾经半带怜悯、半带藐视地对着那些人微笑。从来没有人通过那种渠道得以使她倾听意见,或者用那种手段动摇过她的决心。相反,谁要是企图打动她的心,必然会引起她的反感,使她成为一个潜在的敌人。事实证明,她没有一颗能被打动的心:这使她知道她在哪一方面是无能为力,形同槁木死灰。仁爱和怜悯之间的区别,再也没有比在她身上体现得更好的范例了。在欠缺同情心的同时,她有着足够多的合乎情理的慈爱:她会不假思索地施舍从未见过面的人——不过,与其说是给个人,不如说是给某些阶层的人。"为了贫穷的人们,"她慷慨解囊——

而对于穷汉，她则照例紧闭钱袋。为了全社会打算而筹划的慈善方案，她爽快地参加一份；没有个人的悲哀使她感动过，没有任何一颗心中的力量或集中在一起的受苦受难的重压能穿透她的心。客西马尼园①的痛苦，髑髅地②的死亡，都不能从她的眼睛里挤出一滴眼泪。

我再说一遍，夫人是一位非常伟大和非常有本事的女人。这所学校为她的能力提供的用武之地是太有限了；她理应统治一个国家：她应该是一个骚乱的下议院的领袖。没有谁能够把她吓唬住；也没有谁激怒过她的神经，耗尽过她的耐心，或者超越过她的机敏。她能够把首相和警察长的职务集于一身。聪明、坚定、不讲信义；秘密行事、手腕灵活、冷酷无情；时刻警惕、莫测高深；精明能干、麻木不仁——而且极其谦恭有礼——还能有什么缺点呢？

聪明的读者将不会以为我是在一个月之内，或者半年之内，得知这一切情况，然后为他浓缩在这里的。不是！我首先看见的，是一个兴旺的巨大教育机构的繁荣的外观。这里是一幢大房子，里面到处是健康活泼的姑娘们，全都衣着讲究，许多人都长得漂亮，从了不起的平易的方法学到知识，不必苦苦用功，或者无谓地浪费精力；也许没有在哪一方面得到很快的进步；是轻松自如，然而仍然总是在专心致志，而且从来也不感到压抑。这里有一套女教师和男教师班子，他们更为紧迫地工作着，因为一切真正用头脑的活计都由他们担当，以便节省学生们的精力，不过他们的职责是这样安排的：在工作极其繁重的时候，他们互相调剂，迅速接替。总而言之，这里是一所外国学校，其生活、动态

---

① 客西马尼园，原意为"榨油池"或"榨油房"。据《圣经》记载，是位于耶路撒冷附近橄榄山下的栽满橄榄树的一座花园。耶稣常和使徒们在园中祈祷。犹大在那里以接吻为号，出卖耶稣给搜捕者。见《圣经·新约全书·马太福音》第26章第32至50节。
② 髑髅地，又据音译为"各各他"（gulgulta），传说为古代犹太人的刑场，位于耶路撒冷西北处一座小山上。据《圣经》记载，耶稣在该地被钉上十字架，受苦而死。见《圣经·新约全书·马太福音》第27章第33至50节。

和变化,对于许多同样性质的英国学校说来,形成一个完全的、最为有趣的对照。

在房子的后面有一个大花园,到了夏天,学生们几乎生活在户外的玫瑰花丛和果树林里。许多个夏日午后,夫人会坐在葡萄藤蔓披盖起来的宽敞的绿廊之下,轮流招来各班级学生坐在她周围,做针线活和读书。这期间,男教师们来来去去,作一些简短和生动的讲话,却不是授课,学生们便把他们的教诲记下来,或者不记下来——高兴怎么做就怎么做。如果一时疏忽了,为了再得到,她们便会从同伴那儿抄记录。除了这项定期举行的每月外出以外,天主教的节日一年到头还带来一个又一个的假期。有时候,在一个晴朗的夏日早晨,或者温和的夏日黄昏,寄宿生们被带出去,长途步行到乡村,美美地享用华夫和白葡萄酒,或者新鲜牛奶和黑面包,或者面包卷和咖啡。这一切看来非常令人愉快,夫人显得是善良的化身;女教师们也不那么坏,然而实际上她们可能坏得多;至于学生们,也许有一点吵吵闹闹、疯疯傻傻,然而她们是健康和快乐的象征。

那个场景,我是通过距离起了作用看见的,就如此这般地显现出来。可是跟着来了距离在我眼前消失的时候——我被人召唤,便从育儿室里我的"瞭望楼"上走下来——直到这时候为止,我就是从这里作观察的——被迫和福色特街上的这个小世界作更密切的交往。

有一天,我像往常那样坐在楼上,听着孩子们念英语课文,同时为夫人翻改一件绸连衣裙,这时候,她慢慢地踱进房间,带着她有时带着的那种专心致志的神情和蹙眉苦思的样子,这使她的形象如此欠缺亲切感。她沉沉地坐在我对面的座位上,有好几分钟沉默不语。那位年纪最大的姑娘迪西蕾正在读巴鲍德夫人[①]的

---

① 巴鲍德夫人(1743—1825),娘家姓艾金,英国诗人兼散文作家,以赞美诗《生命!我不知道你是什么》闻名。编辑《英国小说家》50卷。

一篇短文给我听,她一边读,我一边让她当场从英文翻译成法文,以便确定她是否理解她所读的内容。夫人在一旁听着。

不久,她既无开场白,也无序言,便几乎用指责的语调说:"小姐,你在英国是一个家庭女教师。"

"不,夫人,"我微笑着说,"你弄错了。"

"这是你初次尝试教学吗——这次教我的孩子们?"

我告诉她确实这是第一次。她于是又沉默不语,然而在我从针插上拿一根针,抬眼一望的时候,我发现自己是一个正被研究的对象。她把我置于她的观察之下,似乎在脑子里把我翻来覆去地打量——打量我是否适合一个用途,掂量我对于一项计划的价值。在这以前,夫人曾经仔细检查过我所有的一切,我相信,她认为自己知道关于我的全部情况。不过,从那天起,在大约两个星期的时间里,她用了一些新的测试方法来检验我。我关上育儿室的门和孩子们在一起的时候,她在门外偷听;我和孩子们外出散步的时候,她小心地保持一段距离,跟在我后面,凡是公园里或林荫大道上的树丛能够提供足够好的屏障的时候,她便在听力所及的地方偷听。在如此奉行了一个严格的初步程序以后,她便采取了进一步的行动。

一天早晨,她突然光临,一副匆忙的样子,说她发现自己的处境有一点尴尬。那位教英语的男教师威尔逊先生没有及时到来,她只怕他是病了。学生们正等在教室里,没有人去上课,我是否不反对去上一堂短短的听写练习,就这一回?这样,学生们就不会说她们少上了一堂英语课了。

"在教室里上课吗,夫人?"我问。

"是的,在教室里,在第二班。"

"那儿有六十个学生,"我说,因为我知道这个数目,而由于我的一贯胆小怕事的恶劣习惯,我退缩到我的慵懒里,就像蜗牛退缩到硬壳里一样。我声称自己没有能力,无法照办,以此作为规避执行的托词。如果由我自主,我一准会听任这个机会失之交臂。我不敢冒险，不受跃跃欲试的雄心的搅扰，却能够安坐二十年，教幼儿角帖书①，翻改绸连衣裙，给孩子们缝衣服。并不是真正的心满意足使我这糊里糊涂的辞谢高就变得崇高；我眼前的工作既没有合我口味的诱惑力，也没有吸引住我的兴趣。不过它对于我似乎是一件至关重要的事物，可以使我免受忧心忡忡之苦，可以免除内心深处的磨难：剧烈的痛苦的不存在，便是通往我希望体味到的幸福的最便捷的门径。除此以外，我似乎还过着双重生活——思想中的生活和现实中的生活。只要前者用充分的、奇异的、妖术般的幻想乐趣来滋养，那么后者的特权也许依然局限于每天的面包、每小时的工作，以及一席栖身之地。

"来吧，"夫人说，这时我正弯着身子，比任何时候都更忙碌地剪裁一件孩子的围裙，"把那活儿放下来。"

"可是菲菲妮需要哪，夫人。"

"那么，菲菲妮必定是需要的了，因为我需要你。"

由于贝克夫人确实需要我，决心要我去——由于她久已不满意那位英语男教师，觉得他在严格遵守时间方面有缺点，而且在教学方法上马马虎虎——还由于不论我是不是缺少决心和实际行动，她可并不缺少这两种东西——她不再多费口舌，便使我放下了顶针和缝针，抓住我的手，把我带到楼下来。我们走到方形平台这介于住宅和校舍之间的一个方形大厅的时候，她停住了，放下我的手，面对着我仔细打量。我涨红了脸，从头到脚颤抖不已。不要在迦特讲这件事，但是我相信当时自己要哭出来了。②事实上，我面前的困难远远不是完全想象出来的，其中一些困难是够实在的。其中并非最不紧要的困难，在于我不精通教学所必须使用的语言。不错，我自从到了维莱特以后，曾经抓紧读法语：

---

① 角帖书，一种儿童识字板，把印有字母或数字的纸页裱在有柄的木板上，覆以透明的角片，作为保护。
② 迦特，中东古代城市名。《圣经·旧约全书·弥迦书》第1章第10节有这样一句话："不要在迦特报告这事，总不要哭泣。"

白天学习实际应用；晚上一有余暇便学习文法，直到按照这屋子通常所允许的点蜡烛的时间为止。然而我还远远不能相信自己有正确的口头表达能力。

"那么，"夫人严厉地说，"你是不是说你真的觉得太虚弱了？"

我本来应该说"是的"，然后回到育儿室的阴暗中去，也许在那儿消磨我的余生。可是，抬头看看夫人，我在她的脸上看见一种使我三思而行的东西。在这一刻，她的容貌不像是女人的，反而像是男人的。一种特别的力量在她整个模样之中强烈地显示出来，而那种力量可不是我的那种力量：它唤醒的情感既非同情心，也非融洽无间之感，更非乐意顺从之情。我站着——没有得到安慰，也没有被说服，更没有被压倒。看来像是两种相对立的天性之间的一场力量的挑战在展开，我突然感到自己的腼腆很不光彩——对自己的不求上进感到有点儿害怕。

"你准备向后退呢，还是向前走？"她说，先用手指着那扇和住宅相联系的小门，然后指着那通往班级或教室的高大的双扇正门。

"前进，"我说。

"可是，"她继续说，在我变得激奋起来的时候，她却冷静了，还继续那种严厉的神色，正是从对于这种神色的反感中我得到了力量和决心，"你能面对那些班级吗？或者你是不是过分激动了？"

说这句话的时候，她微微冷笑：神经质的兴奋可不大合乎夫人的口味。

"我跟这块石头一样地不激动，"我用脚尖敲着铺路石板说；"也跟你一样不激动，"我加了一句，回敬了她的眼色。

"好！不过我要告诉你，你去面对的可不是文静娴淑的英国姑娘。这些是粗鲁、直爽、迟钝而且有点儿顽固的拉巴色库尔人。"

我说："我知道；而且知道虽然自从我来到这儿以后用功读法

文,然而我还是说得太不流畅——太不精确,难以赢得她们的尊敬。我将会弄出许多错处,使我遭受最无知的人嘲笑。可是我仍然打算去上课。"

"她们一直拒绝胆怯的教师,"她说。

"这我也知道,夫人;我听说过她们如何对透纳尔小姐造反,给她出难题。"——一位可怜的、无依无靠的英国女教师,贝克夫人聘请了她,又轻易地解雇了她。她的可悲的经历我并不陌生。

"这是真的,"她冷冷地说。"透纳尔小姐没有管住她们,正像厨房的仆人管不住她们一样。她生性软弱,犹豫不决,既不老练,也不明智、果断,也不威严。对于这些姑娘,透纳尔小姐是完全不行的。"

我不予回答,却向那扇关着的教室门走去。

"你别打算从我,或者从任何人那儿得到帮助,"夫人说。"那会立刻把你看做力不胜任的。"

我打开房门,有礼貌地让她先进去,自己跟着。那里边有三间教室,都很大。派给我将要在那儿出头露面的第二班的一间,在相当程度上是最大的一间,比其余两间,适合于容纳更多的、更骚乱的人,其更加无法管理的程度简直难以形容。后来,在我较为清楚地了解了情况以后,我有时候常常想到(如果这种比较可以允许的话),把那文静的、优美的、温顺的第一班和粗野的、吵闹的、感情外露的第二班相比,等于把英国上议院和下议院相比。

第一眼就告诉我学生之中有许多人已经不像是姑娘了——可以说是少妇了。我知道她们有些人出身于名门贵族(就拉巴色库尔的名门贵族而言),而且我深信她们之中没有谁不知道我在夫人的家庭中的地位。我登上讲台(那是一座低矮的台,比地面高出一级),那里搁着教师的桌椅,这时候,我看到面对我的是预兆着狂风暴雨、恶劣气候的一排眼睛和前额——眼睛中充满傲慢的光,前额则像大理石一样严峻和不会因害臊而发红。欧洲大陆的"女性"和同样岁数及等级的岛国的"女性"相比,是完全不同的人:我在英国从来没有看见过这样的眼睛和前额。贝克夫人用冷淡的措辞为我作了介绍,便款步走出房间,让我独自留在我的春风得意时刻里。

我将永远不会忘记这第一堂课,也将永远不会忘记展现在我眼前的生活和人性的潜流。那时,我第一次开始正确地看见小说家和诗人理想中的"年轻姑娘"和上述真正的"年轻姑娘"之间的巨大区别。

坐在第一排的三位有贵族头衔的美女似乎已经预先决定,一个带小孩的保姆决不能给她们上英语课。她们知道,在这以前,她们曾经成功地驱逐了几位可恶的教师。她们知道,夫人会在任何时候把一个变得不受学校欢迎的男教师或者女教师抛弃掉——知道她决不扶助一个不胜任的职员保持他的位子——知道如果他没有力量斗争,或者没有本事打开一条道路,那就请便吧。她们瞧着"斯诺小姐",心中指望会获得轻而易举的胜利。

白兰抒、弗吉妮和安琪丽克三位小姐用一连串的吃吃傻笑和窃窃私语打响了这一战役。她们不久便把声音提高为嘟嘟哝哝,嘿嘿浅笑,坐得较远的学生听见了,便更响亮地回应。这种越来越强烈的六十对一的反叛,立刻变得令人十分难堪:我对法语的掌握是那么有限,又是在如此严酷的紧张状态之下使用。

要是我能够用本国语言说话,我觉得仿佛就能获得别人聆听的机会。这是因为,首先,虽然我知道自己看似一个弱小的人物,在许多方面也确实如此,然而上天却给了我一副嗓子,如果因激动而升高,或者因感动而深沉,它是能够教人听听它的意见的。其次,在平常环境里,我固然言语不流畅,只会结结巴巴、断断续续地说话,然而——一旦受到刺激,比如现在反叛的群众给予我的大量的刺激——我就能用英语立刻滔滔不绝地说话,抹黑她们的行为,正像这样的行为所应该被抹黑的那样。然后,对带头的几个予以讽刺挖苦,还加上些恶意的轻蔑;对那些较为软弱、但较少恶行的跟随者们，则说些温和的玩笑话，使她们放心。在我看来，这样至少有可能控制住这群野马，使它们驯服。但是，眼前我所能做到的，只是走向白兰抒——即德·梅尔西小姐，一位年轻的女男爵①——她在班里最大、最高、最漂亮，也最恶劣——我站到她的课桌前面，夺过压在她手下的练习簿，再登上讲台，从容不迫地朗读那篇作文，我发现她写得很无聊，然后，当着全体学生的面，同样从容不迫地把那张胡涂乱写的东西撕成两半。

这一行动有助于吸引注意力，制止喧闹声。只有一个多少处于幕后的姑娘用没有减退的能量坚持骚乱。我紧紧地盯着她瞧。她脸色苍白，头发像黑夜，眉毛又粗又浓，脸形轮廓分明，眼睛乌黑，透出桀骜不驯的阴险的神色。我注意到她的座位紧靠一扇小门，我很清楚这扇门里边是一间藏书的小房间。她正要站起来，为了更方便地使用能量来肆意吵闹。我打量她的身材，估算她的气力。她看来既瘦而高，又结实有力。不过，只要冲突是短暂的，袭击是出其不意的，我想我可以对付她。

我向房间那边推进，尽可能装得冷静和不在意的样子，总之是好像什么事情都没有的样子；我轻轻推那扇门，发现是虚掩着的。一转眼工夫，我猛孤丁地向她发起进攻；再转眼工夫，她就在那间小房间里了，门被我关上了，钥匙在我口袋里。

恰好这个名叫多萝蕾丝的加泰罗尼亚②种族的姑娘，是所有的伙伴都又怕又恨的一个角色；上述即决裁判的行动证明是大受欢迎的；看到这一壮举，在场的人没有谁不在心里暗暗高兴。教室里先是静默了片刻，然后一阵微笑——不是大笑——从一张课桌传到另一张课桌。然后——在我庄重地、镇静地回到讲台上的时

---

① 男爵是欧洲一种贵族称号，地位在伯爵或子爵之下。此处原文为 baronne，是指拥有男爵称号的女子。
② 加泰罗尼亚，西班牙东北角的一个三角形地带，与法国南部有较密切的联系，历史上曾被法国征服。

候，我客气地要求安静，开始口授听写，仿佛什么也没有发生过似的——一支支钢笔在纸上平静地滑动着，余下的功课在情况正常、勤勉努力之中完毕。

"这很好，"贝克夫人在我又热又有些筋疲力尽地从班级里出来的时候说，"这样就行。"

她刚才透过窥视孔从头到尾偷听并偷看了。

从那天起，我不再做保姆兼家庭女教师了，我成为一名英语教师。夫人给我加了薪水；但是比起她所要求于威尔逊先生的，她要我做三倍的工作，而只花一半的代价。

第九章
伊西多尔

我的时间现在是很充实,很有价值了。一方面要教别人,一方面自己又要抓紧学习,我简直没有片刻的空闲。这是令人愉快的。我觉得自己正在发展;没有躺下来呆呆地成为霉菌和铁锈的牺牲品,却磨砺了我的才能,由于不断的使用,把这种才能磨得刀刃锋利。某种经历展现在我的前面,规模并不狭小。维莱特是一个国际都市,这所学校里的姑娘们几乎每个欧洲国家的人都有,同样,在生活上有各种各样的等级。平等在拉巴色库尔实行得很不错;虽然没有采取共和主义的方式,然而在实质上已近乎此,因而在贝克夫人的学校的课桌旁,年轻的女伯爵和年轻的资产者肩并肩地坐在一起。你也不能老是凭外部的迹象来决定什么是高贵的,什么是平民的;除了——说真的——后者常常具有更为坦诚、更有礼貌的态度,而前者则由于把傲慢和诡诈巧妙而平衡地混合起来而出人头地。前者的身体里常常有活泼的法国血液,混杂着沼泽黏液①。我很遗憾地说,这种有活力的体液的效应,主要表现为更为油滑的伶牙俐齿,以此,奉承讨好和胡编虚构的话便从舌尖流出来,而神态则更为轻松,更为活跃,但是相当冷酷无情,缺乏真诚。

对任何人都要公正评价,诚实的土生土长的拉巴色库尔女人也有她们自己的伪善;不过那属于粗劣的级别,几乎骗不了人。每当她们需要说谎,她们就用完全没有受到良心谴责的轻松自若的气派说出来。在贝克夫人的整幢房子里,从厨房下手直到这位女指导者本人,没有一个是以说谎为耻的,他们觉得这是无所谓的事：虚构捏造严格说来也许不是美德，然而却是最可原谅的过失。"我说过好几次谎"形成了每一位姑娘和妇女的每月忏悔的项目，神父听了并不感到震惊，赦免也并不出于勉强。假如她们错过了去做弥撒，或者看了小说的某一章，便是另一回事了，这些事可就是罪恶，对于这种罪恶的谴责和悔恨是必不可免的。

在我对这一情况还半知半觉，对其结果还不明不白的时候，我在我的新天地里一帆风顺地过着日子。上最初几堂课是困难的，身处危境，站在精神的火山口的边缘，火山在我的脚下隆隆做声，把火星和热气直往我眼睛里灌，几课以后，就我个人来说，那种喷发的精神似乎已经平息。我的心十分向往成功：我不能容忍在我刚刚试图脱颖而出的时候，没有教养的不满情绪和肆无忌惮的不听教导就把我挫败了，一念及此，我便忍受不了。夜里，许多个小时，我常常睁眼躺着，思忖采取什么方法最好，对这些叛逆者加以可靠的控制，把这犟头倔脑的一帮子置于永久的影响之下。首先，我清楚地看到，无论如何不能指望从夫人那儿得到援助，她的理所当然的计划是对学生们保持一种完好无损的声望，不惜以任何公正或教师们的心情舒畅为代价。对于一位教师来说，在任何不服从管教的危机中寻求她的支持，那就无异于促成自己的解职。在夫人和她的学生们交往之中，她自己只喜欢那些愉快的、亲切的和博得好感的事；而对于每一个棘手的危机，如果采取恰当的果断行动会不得人心，她便声色俱厉地考验她的副官们的能力。如此，我只能依靠我自己了。

首先——像白昼一样清楚，这一大群蠢猪似的人是不能用蛮力驱使的。对她们得因势利导，非常耐心地容忍她们。一种虽然平静但是有礼的态度会使她们印象深刻；一句难得露一手的挖苦

---

① 沼泽黏液，原文为 marsh-phlegm。传自阿拉伯的欧洲中世纪医学和生理学称人体内有一种"体液"（humour），根据不同的体液可以把人分为多血质、黏液质、胆汁质和忧郁质四种。属于黏液质的人性格冷淡、迟钝，不易动感情。至于"沼泽黏液"，可能指住在低温地区的人的特性。

话也很管用。严格的或者连续不断的刻苦用功,她们不能、或者不愿忍受;对于记忆、推理、注意力的不轻松的要求,她们便直截了当地回绝。要是一位英国姑娘,她的能力和温顺程度不超过一般水平,却能心平气和地接受一个题目,努力去完成理解和精通它的任务的话,一位拉巴色库尔姑娘却会当面嘲笑你,把任务掷还给你,嘴里说着——"天哪,这多么难!我不想做。这太令人厌烦了。"

一位懂行的教师遇到这种情况会立刻把它收回,不加犹豫,不作争论,也不给忠告——却着手用更为逾常的小心去撸平每一点困难之处,把它降低到她们的理解力的水平,如此修改以后,再把任务还给她们,并且毫不留情地加以讽刺。她们会觉得刺痛,也许因而有一点退缩;不过她们对于这种攻击并不怀恨在心,只要嘲笑并不是刻薄的,而是好心的,是用清晰的精巧的黑体字写上她们的无能、无知和懒惰,对着她们高高举起,让她们随跑随读①。上课要是多上三行,她们就会起哄,然而我从来没有听说过她们为了自己的自尊心受到伤害而造反;她们所具有的那么一点儿自尊心,受着被压碎的训练,它喜欢的是坚定的脚后跟的压力,而不是其他的压力。

渐渐地,在我学会流畅自如地运用她们的语言,能够把这种语言的更为简练刚劲的成语运用得竟然切合她们的具体情况以后,那些年纪较大的、比较聪明的姑娘开始按照她们的方式有些喜欢我了。我注意到,一旦一个学生的心灵被唤醒去体会有价值的竞争带来的激动或者真诚的羞耻心的刺激,从这一天起,她就被争取过来了。假如我能够有一次使她们的(通常是大大的)耳朵在油光水滑的浓发下发烧,一切就都比较好了。不久以后,一束束鲜花开始在早晨放在我的讲台上;作为感谢这一小小的外国敬

---

① 引自《圣经·旧约全书·哈巴谷书》第 2 章第 2 节:"他对我说,将这默示明明的写在板上,使读的人容易读(或作随跑随读)。"

意，我在消遣的时候，往往挑选几个人一起去散步。在谈话之中，有那么一两次，我临时起意，打算矫正她们对某些原则性问题的异常歪曲的想法，特别是我表达了自己的观念，认为说谎是邪恶的和卑劣的。一不留神，我脱口而出，在两种过错之中，我觉得撒谎比偶尔不去教堂更糟糕。那些可怜的姑娘们都受过训练，不论信奉新教的女教师讲过些什么话都要汇报到"天主的耳朵"里去。于是训导的结果跟着发生了。有什么东西——一件看不见、说不准、讲不清的东西——悄悄地来到我自己和我这些最好的学生们之间。花束继续送来，不过交谈从此变得难以进行了。我在庭院小径上踱步，或者坐在绿廊里的时候，只要有一个姑娘来到我的右边，同时就有一位女教师仿佛变魔术一样出现在我的左边。而且，说来也怪，夫人的静寂无声的鞋频繁地把她带到我的背后，那么迅速，那么悄没声儿，出人意料，就像游荡的微风一般。

关于我的宗教信仰的前景，我的天主教朋友有一次多少有些天真地对我表白了她的意见。有一天，一位我曾经为她做过一点小事的寄宿生，坐在我的身边，大声说道：——

"小姐，多么可惜，你是一位新教徒！"

"为什么，伊莎贝尔？"

"因为，你死的时候，马上就在地狱里燃烧。"

"你相信吗？"

"我当然相信：谁都知道这事；而且神父也这样说。"

伊莎贝尔是一位直来直去的小怪物。她压低了嗓子又说：

"为了你在天上得救，他们在地上把你燃烧就好了。"

我笑出声来，因为，说真的，不可能不那样做。

我的读者可曾忘记姑妮芙拉·樊箫小姐了？如果忘记的话，必须允许我把这位小姐作为贝克夫人学校里的颇有成绩的学生再介绍一遍；因为她正是这样。在我突然地安顿在福色特街两三天以后，她也到了这里，碰到我的时候，几乎一点儿也不感到惊讶。她的血管里一定流着名门望族的血，因为从来没有一位女公爵比她更完全地、彻底地、真正地漫不经心；她所懂得的对于奇事的激情，不过是短暂的微微一惊而已。她的其余的官能，多半似乎也处于同样薄弱的情况之中：她的喜好和厌恶、爱和恨，都仅仅是蜘蛛网和游丝而已；然而她身上有一种东西似乎足够坚固和持久，那就是——她的自私。

她并不傲慢，而且——虽然我是一个孩子的保姆——她会愿意立刻把我当成朋友和知己一类的人。她缠着我诉苦，说了千百件索然寡味的学校里的吵架和家庭里的经济问题，还说烹调不合她的口味；她周围的那些人，包括教师和学生，她认为都是卑鄙的，因为她们是外国人。我耐心听她咒骂星期五的腌鱼和白熟蛋①——听她指责那种汤、面包、咖啡——耐心听了一段时间；不过到最后，这种反复唠叨使我厌倦，我便变得强硬起来，使她情绪恢复正常；其实我一开始就应该这么做，因为有益的责骂对她一直是相宜的。

在要求我为她做种种事情方面，我忍受的时间更长久得多。她的全部服装，就其外表穿着的品种来说，是既好又雅的；不过其他一些服饰则置备得不是那么周全；她那些东西经常需要修补。她本人厌恶针线活儿的苦差事，便会把成堆的长统袜子等等塞给我来补。我顺从地做了几个星期，眼见要导致成为一种固定的难以忍受的麻烦了——我终于跟她讲清楚，她必须下决心自己缝补自己的衣服。她得到这一通知的时候哭起来，责怪我中断了和她的交情，但是我坚持我的决定，听任那种歇斯底里发一阵子过去以后平静下来。

虽然有这种种瑕疵，还有种种无需谈起的其他情况——不过无论如何不属于高尚的或崇高的性质——她仍然是多么美丽！在

---

① 天主教徒在每星期五奉守斋戒，不进肉类食物。

一个阳光灿烂的星期日早晨,她走下楼来,衣冠楚楚,兴致勃勃,穿着淡紫丁香色的绸衣,金色的长波浪鬈发披在白皙的双肩上,那模样又是多么迷人!星期日是她常常跟住在市中心的朋友们一起度假的日子。在这些朋友当中,她迫不及待地要我了解的,是一位愿意使关系变得更深一层的人。从她对我使的眼神、给的暗示,从她神情举止的整个儿的飘飘欲仙的神态看来,很快便证明,她享有那种热烈的仰慕——也许是真正的爱情。她把她的追求者叫做"伊西多尔①";不过,她说这不是他的真名,而是她喜欢加给他的一个名字——她暗示说,那人自己的名字是不"怎么好听"的。有一次,她在夸耀"伊西多尔"迷恋她的热烈程度的时候,我问她是否也那样猛烈地爱他。

"就是那么回事,"她说。"他长得漂亮,他又爱我爱得发狂,因此我感到很高兴。这就够了。"

由于她的口味非常多变,我发现她对此事并没有像我所预料的那样持续很久,有一天,我毅然决然严肃地问她,那位先生是不是她的双亲、特别是她的姨父——她看来正依靠他——很有可能会赞成的那种人。她承认这是很有疑问的事,因为她不相信"伊西多尔"有许多钱。

"你鼓励他吗?"我问道。

"有时候是强烈地,"她说。

"在没有肯定你会被准许跟他结婚的情况下?"

"哦,你真有点背时!我不想结婚。我还很年轻呢。"

"不过假如他真像你说的那样爱你,然而结果却是一场空,那他一定会给弄得很悲惨。"

"当然他会心碎的。要是他不这样,我倒要吃惊和失望了。"

"我怀疑这位伊西多尔先生是不是个傻子,"我说。

---

① 历史上曾有一位基督教神学家、大主教叫做伊西多尔(约560—636),他还是一位著名学者,百科全书编纂者。这里的"伊西多尔"在后面几章中可知是指约翰医师。

"牵涉到我的事，他是个傻子；不过对于别的事情他很有头脑，人家都这么说。肖尔蒙德莱太太认为他绝顶聪明，说他一定会靠他的天分闯出一条道路来，亨通无阻。而我所知道的只不过是，在我的面前，他除了唉声叹气以外，就没什么了，还知道我能随心所欲地摆布他。"

这位因爱情而神魂颠倒的伊西多尔先生的处境，在我看来一点也不安全，关于他我希望有一个更明确的印象，我请这位小姐把他的模样描述一下。可是她不能描述：她既没有那么多单词，也没有能力把单词组织起来变成形象生动的片语。她甚至于似乎没有好好地打量过他：他的外表，他的面貌上的变化，都一点也没有触动过她的芳心，或者长留在她的记忆里——那句他是"好看，不过与其说是漂亮，还不如说是好人"，便是她所能肯定的一切。要不是某一件事，听她讲话我的耐心常常会消失，我的兴趣会减弱。在我想来，她无心讲出的所有的线索，她提供的所有的细节，全都不知不觉地证明伊西多尔先生的温顺臣服是极为审慎、极为尊敬地奉献的。我简单明了地告诉她，我相信对她说来，他是太好了，又用同样简单明了的话表明我的印象，说她不过是一个爱虚荣的卖俏姑娘。她大声笑着，从眼睛前甩开鬓发，一蹦一跳地跑开，仿佛我对她说的是恭维话。

姞妮芙拉小姐的学业聊胜于无。只有三件事她是认认真真地干的，那就是音乐、唱歌和跳舞，此外还有在精制的麻纱手帕上绣花，她买不起现成的绣花手帕，至于像历史、地理、文法和算术方面的功课这类琐事，她置之不顾，或者叫别人代做。她的许多时间都花费在串门子上。夫人心里明白现在她待在学校里已为时有限，不论她有没有长进，这一期限都不会延长，因此对她特别宽容。肖尔蒙德莱太太——她的年长女伴[①]——是一位服饰漂亮的时髦女士，每次家里有朋友的时候都邀请她来，有时候还带她

---

① 年长女伴，过去西方国家在交际场合陪伴并监护少女的妇人。

到朋友们的家里去参加晚会。姞妮芙拉十分赞赏这一行事的模式；它只有一桩麻烦事，即她非得穿戴得漂漂亮亮的不可，却又没有钱去置办各式各样的衣服。她的思想全部都转向这个困难问题；她的灵魂整个儿都被采取什么措施解决这一难题的想法所占领。目睹她在其他状态下慵懒的心智在这一点上却十分活跃，瞧着她被需要的感觉和炫耀的欲望刺激得敢作敢为、刚毅勇猛的样子，真是妙事。

她不客气地乞求肖尔蒙德莱太太——我说不客气，指的是她不用一种不情愿有的难为情态度说话，而是用这种口气说：

"我的亲爱的肖尔蒙德莱太太，我没有一件合适的衣服能穿了去参加你下星期的宴会；你必须给我一件书本麦斯林纱①做的连衣裙，还有一根天蓝色腰带。给吧——你是个天使！给吗？"

那位"亲爱的肖尔蒙德莱太太"起初是答应的，然而后来发现这种请求在给予满足的时候就又增加了，她不久便不得不像樊萧小姐所有的朋友一样，对侵占行为产生对抗阻力。过不多时，我就不再听到肖尔蒙德莱太太给她送礼物的事情，不过到处访问的活动仍在进行，绝对需要的服饰继续得到供应，还有许多昂贵的"等等"小东西——手套啦，花束啦，甚至戒指之类的小饰物。同她的习惯甚至性格相反——因为她不是一个深藏不露的人——这些东西有一个时候被她百般小心周到地藏在别人看不到的地方。但是有一天晚上，她准备去参加一个大型宴会，需要特别注意服装的适度和高雅，这时候，她情不自禁地来到我的房间，展示最最灿烂辉煌的自己。

她的模样真美：那么年轻，那么鲜艳，而且皮肤细嫩，体态柔韧，完全是英国人的样子，这在欧洲大陆的女性的魅力项目中可找不到。她的新衣服价值昂贵，完美无缺。我一眼就看出，这身打扮不缺少任何至善至美的细节，这种细节是那么重要，又在

---

① 书本麦斯林纱，一种精致的纱布，裁成衣料出售时折叠成书本状，故名。

整体效果方面渲染了如此一种高品位的完美气派。

我把她从头到脚打量了一番。她风度翩翩地转动身子，好让我从各个侧面仔细观察。她知道自己的魅力，兴致好到了极点，她那双有些偏小的蓝眼睛兴高采烈地闪着光。她打算赏我一个吻，用她那女学生的方式来表示她的欣喜之情，但是我说道："镇定！让我们保持镇定，并且了解我们在干什么，明白我们的庄重华贵有些什么意义。"如此我就伸直手臂，推开了她，要她接受比较冷静一些的审查。

"我能行吗？"她问道。

"行？"我说。"'行'有种种不同的方式；我说，我不懂你的方式是什么。"

"我是说我看来怎么样？"

"你看来衣着漂亮。"

她觉得这一赞美不够热烈，便把我的注意力引向她的装束上各种各样的装饰细目上来。"瞧这一副首饰，"她说。"这枚饰针、这对耳环、这对手镯。学校里没有一个人有如此一套东西——连夫人本人也没有。"

"我全都瞧见了。"（暂停片刻。）"这些珠宝是德·巴桑皮尔先生送给你的吗？"

"我的姨父与此毫无关系。"

"这些可是肖尔蒙德莱太太送的礼物呢？"

"不是，确实不是。肖尔蒙德莱太太是一个卑鄙的吝啬鬼，她现在什么东西也不给我了。"

我不想再问下去，便突然转身走开。

"喂，老顽固——老第欧根尼[①]，"（这些是在我们发生龃龉

[①] 第欧根尼·拉尔修（约公元前 400—前 325），古希腊犬儒学派的主要代表。他生活简朴，以折磨自己的肉体来锻炼自己的意志。曾栖身于大桶内，叫站在他面前的亚历山大大帝不要遮住他的阳光。他的见解对于后来的斯多葛学派有相当影响。

时,她的亲密的术语),"你这是怎么啦?"

"你请便吧。我没有兴趣观赏你或者你的那副首饰。"

片刻间,她似乎猛孤丁地吓了一跳。

"究竟怎么啦,智慧老太太?我得到这东西并没有负债——我是说没有为珠宝,也没有为手套,也没有为花束负债。我的衣服当然是不花钱的,不过德·巴桑皮尔姨父会付账款的,他从来也不注意细目,只不过看一看付款总数,而且他那么富有,不在乎多或者少几个畿尼。"

"你走不走?我要关门了……姑妮芙拉,人们会对你说,你穿了这身跳舞服装非常漂亮,可是,在我的眼睛里,你永远也不会像我初次见到你的时候那么美丽,那次你穿着方格花布长外衣,戴一顶朴素的草帽。"

"别人并没有你这样的清教徒爱好,"她气愤地回答。"此外,我看不出你有权利对我说教。"

"当然啦!我没有什么权利;而你呢,也许更没有权利跑进来,在我的房间里舞衫弄裳,摇头摆尾——只不过是一只鲣鸟身上插着借来的羽毛罢了。樊箫小姐,我一点也不敬仰你的羽毛,特别是你把孔雀的翎斑叫做一副首饰。这些是很漂亮的东西,假如你是用自己的钱,并且是富余的钱买来的话;可是在现在的情况之下,那就完全不漂亮了。"

"有人找樊箫小姐!"女杂务工这样通知,于是她轻快地跑走了。

这半带神秘的一副首饰,直到两三天以后,才解开疑团,这时她走来自愿向我坦白。

"你不必对我不高兴,"她这样开始说,"认为我正在使什么人,例如爸爸或者德·巴桑皮尔先生,债台高筑。我决不瞎说,除了我最近得到的几件衣服之外,没有什么还欠着;其余全部都付清了。"

"这里,"我心中琢磨,"有神秘之处。试想:那些衣服不是肖尔蒙德莱太太送给你的，而你自己的收入又被限定为几个先令，我知道你对这项收入是极其看重的。"

"听着！"她继续说，身子挨近我，用她最最体己的温和声调；因为我的"不高兴"对她不方便，她愿意我带有一种既能谈又能听的心情，即使我谈的时候会大声呵斥，听的时候会悻悻咒骂也罢。"亲爱的爱发牢骚的人！让我把情况一五一十地讲给你听，那么你就会看出这整个事情不但是多么正当，而且处理得是多么聪明。首先，我必须到外面去。爸爸亲口说，他希望我去见见世面。他特别对肖尔蒙德莱太太说，虽然我是够可爱的人儿，可是我具有相当多的孩子气和女学生气。这种东西，他特别希望我在被介绍到这里的社交界的时候能够去掉，然后在英国正式进入社交界。那么，好，如果我到外面去，我就必须打扮。肖尔蒙德莱太太已经变得很吝啬，不会再给我什么东西了；要是叫姨父为我所需要的一切东西付款，那又太难为他。这一点你不能否定——这一点正符合你自己的说教。好，可是有那么一位听见我（很偶然，我决不瞎说）对肖尔蒙德莱太太抱怨我的苦恼的处境，以及为了一两件装饰品，我是陷入怎样的窘境——那么一位送人礼物远远不是勉强，而是想到人家允许他奉献某种小东西而高兴非凡。你要是看见他第一次开口提出来的时候那副生手的样子，该有多好。他是多么犹豫不决，涨红了脸，生怕遭到拒绝而确实颤抖不已。"

"这就够了，樊箫小姐。我想我该明白伊西多尔先生就是那位施主；你是从他那儿接受一副贵重的首饰；也是他供给你花束和手套的，是吗？"

"你的话说得那么不中听，"她说，"别人简直不知道如何回答是好。我所要说明的是，我不过是偶尔允许伊西多尔有此愉快和荣幸，让他奉献一件小东西来表达他的敬意。"

"结果是一回事……瞧，姞妮芙拉，说句实实在在的话，我不很了解这类事情，但是我相信你这么做是非常错误的——是严重的错误。不过，也许你现在确实觉得自己可能会跟伊西多尔先生结婚；你的双亲和姨父已经同意，再说，在你这方面，你是全心全意地爱着他，是吗？"

"一点也不！"（她准备说些特别没有心肝的乖张的话的时候，常常求助于法语。）"我是他的王后，他可不是我的王。"

"请原谅，我必须认为这句话不过是胡说八道，卖弄风情。你没有什么伟大之处，然而你不止是在利用一个男人的好脾气和钱包，这个男人你觉得对他毫无兴趣。你爱伊西多尔先生比你感觉到的、或者愿意承认的深得多。"

"不。几天前的一个晚上，我还跟一个年轻的军官跳舞呢，我爱他胜过爱伊西多尔一千倍。我常常不明白，自己为什么对伊西多尔的感情是那么冷得要命，因为大家都说他长得英俊，别的女郎都爱慕他，可是，不知道什么缘故，他叫我厌烦。让我此刻想想是怎么回事吧……"

于是她似乎在努力回想。对此，我鼓励她。"对啦！"我说，"试着把你的心情理出个清楚的头绪来。我看那似乎是一大团乱糟糟的东西——像一个装破布的袋子那样乱七八糟。"

"事情是这个样子的，"不久，她便高声说道："这个人太多情，又太痴情，他希望我具有超过我觉得对自己相宜的东西。他认为我十全十美，具备所有种种高贵的品质和完全的美德，而这一类东西我从来也没有，也不打算有。瞧，人家在他面前无法不相当艰苦地证实他的良好的评价果然不错，而假装正经、言必及义可真叫人受不了——他还真的认为我很明智呢。跟你在一起，我是轻松自在得多，我的老妇人——你啊，你这个亲爱的脾气古怪的人——在我最差的方面衡量我，并且知道我爱卖弄风情，还有愚昧无知，还有轻浮挑逗，还有反复无常，还有傻头傻脑，还有自私自利，以及其他一切你我都同意是我的性格的一部分的可爱的作风。"

"你说的一切都很好，"我说。她的别出心裁的坦率直言使我的庄重严肃有动摇的危险,我竭力保持着。"可是这并不改变关于礼物的肮脏交易。把东西包扎起来,婼妮芙拉,像个诚实的好姑娘那样,把东西送回去吧。"

"说真的,我不干,"她一口回绝。

"那么,你是在欺骗伊西多尔先生。合情合理的情况是:你接受他的礼物,是让他理解为:他将来有一天会收到你同等的回报……"

"不过他不会收到的,"她打断我的话。"他现在已经得到了同等的回报:看见我佩戴他的礼物,他感到高兴——对于他来说,这就很足够了。他不过是个中产阶级市民罢了。"

这句用愚蠢的傲慢口气说的话,相当多地治愈了我一时的柔弱状态,这种状态刚才曾使我的语气和神情和缓下来。她喋喋不休地继续说下去:——

"我现在的工作就是享受青春,而不考虑因海誓山盟而被这个或那个男人束缚住。我初次看见伊西多尔的时候,便相信他能够帮助我享受青春。我相信他会感到满足,我既然是个漂亮的姑娘,我们便会像两只蝴蝶那样相遇,分离,飞到东,飞到西,其乐融融。哦,瞧啊!我后来发现他时不时地像个法官那样严肃,并且深情不露,思虑万千。呸!严肃、热烈而热情的人不合我的口味。阿尔弗莱德·德·阿麦尔上校对我合适得多。给我漂亮的花花公子和好看的流氓!欢乐与享受万岁!让严肃的调情和严格的礼节见鬼去吧!"

对此长篇大论,她期待一个响应。我却不动声色。

"我喜欢英俊的上校,"她继续说。"我一点儿也不喜欢他的对手。我绝不会当一个中产阶级市民的妻子,决不!"

我此刻表示我的房间迫切需要解除她翩然惠临的荣幸;她哈哈笑着走了出去。

第十章
约翰医师

贝克夫人是一位最实实在在的人,她能容忍全世界,却对世界上什么东西都没有柔情。她自己的孩子们无法使她偏离她那种克己无欲的平静而稳定的生活进程。她心中记挂着家人,对各人的物质利益和身体安康无时或忘;然而她似乎从来也不感觉到有一种欲望,要把她的孩子们抱在膝上,吻吻他们玫瑰红的嘴唇,把他们亲切地拥抱在一起,把慈祥的爱抚和慈爱的话语温柔地洒落在他们身上。

我看见她有时候坐在花园里,远远地瞧着小家伙们跟着保姆忒芮奈特在远处的庭院小径上散步,神色中流露出关心和顾虑重重的样子。我知道她常常焦急地思考她所谓的"他们的将来";但是,假如那个体质柔弱、但是很可爱的最小的孩子碰巧看见了她,从保姆身边跑开,摇摇晃晃地沿着走道急急忙忙地、又笑又喘地跑来,抓住她的膝盖,夫人便会只是温和地伸出一只手,以便阻止由于这孩子突然攻击所引起的惹麻烦的震动。"小心,我的孩子!"她会这样不动声色地说,耐心地允许孩子挨近她站几分钟,然后,既不笑,也不吻,也不说动听的只言片语,便站起身来,把孩子领回到忒芮奈特那儿。

她对长女的态度则是同样有个性的另外一种表现。长女是个脾气恶劣的孩子。"这个迪西蕾多么讨厌!这孩子简直是个小魔鬼!"这是对她的评语,不论在厨房里还是在教室里夫人都这样说。这孩子的种种天赋之中,在招惹是非的艺术方面,她自负技能精湛,有时候能把保姆和仆人们弄得几乎发疯。她会偷偷地溜到顶楼上,打开她们的抽屉和箱子,胡作非为地扯坏她们最好的帽子,弄脏她们最好的披肩。她会伺机爬上餐厅里的餐具架,砸碎瓷器或玻璃杯——或者到贮藏室的食橱那儿偷吃蜜饯食品,喝甜酒,摔瓶子,甩罐子,而且想尽办法把受怀疑的包袱栽在厨师和帮厨女仆身上。贝克夫人看见这一切的时候,以及她得到关于这一切的报告的时候,她用无比宁静的口气说出的唯一的评语就是:——

"迪西蕾需要特别的看管。"于是,她把很多这种有希望的橄榄枝①保留在迪西蕾这一边。我相信,她从来没有一次切实地指出她的缺点,讲明如此恶习的坏处,表明因此必然要引出的结果。严加管束应该起到整个治疗的效果。可是当然失败了。迪西蕾被管住和仆人们疏远一些,然而她却来纠缠和掠夺她的妈妈。放在夫人的工作台上或者梳妆台上不管什么东西,凡是她拿得到的,她都要偷去藏起来。夫人眼见到这一切,可是仍然熟视无睹,她不具有正直的心灵去面对这孩子的缺德行为。一样东西丢失了,假如其价值表明有追回它的必要,这时候,她会声言,想来是迪西蕾拿去玩了,便求她归还。迪西蕾不是那么容易受哄骗的,她已经懂得用撒谎来补救偷窃,她会否认曾经碰过饰针、戒指,或者剪刀。做母亲的为了继续推行这套空洞的方法,会平静地装出一副信任的样子,然后不断地监视和尾随这孩子,直到跟踪到她的窝藏地点——花园围墙的某个洞里——屋顶层或者外屋的某个裂口或者隙缝之中。做到这一点以后,夫人会叫迪西蕾跟她保姆出外去散散步,利用她不在的时候去盗劫那个盗劫者。迪西蕾发现东西不见了以后,决不允许自己无论是面容还是举止流露出一

---

① 据《圣经》记载,耶和华"后悔造人在地上","要把他们和地一并毁灭",便使洪水泛滥;但命挪亚一家及各种生物乘方舟避难。他们在水上漂泊一百多天以后,挪亚放出鸽子试探落脚之地。鸽子叼回新摘下来的橄榄叶,因知洪水退落,登陆有望。见《圣经·旧约全书·创世记》第6至8章。"有希望的橄榄枝"当出于这一典故。又《诗篇》第128篇第3节:"你妻子在你的内室,好像多结果子的葡萄树。你儿女围绕你的桌子,好像橄榄栽子。"

丝受到屈辱的样子,她以此证明自己确实是她的精明的母亲的女儿。

第二个女儿叫菲菲妮,据说长得像去世的父亲。果不其然,虽则母亲把她健康的体格、蓝蓝的眼睛和红红的脸腮给了她,但是她的精神气质却不是得之于母亲。菲菲妮是一个诚恳的令人愉快的小人儿,同时是一个热情奔放、容易兴奋、忙忙碌碌的小东西,并且很可能常常无意间闯入危险和困难之中的那种人。有一天,她忽然让自己从一段陡峭的石头台阶的顶上跌到底,夫人听见了从餐厅里传来的声响(她总是能听见每一种声响),跑去把她搀扶起来,并且平静地说:——

"这孩子的骨头断了。"

起初,我们希望情况不是这样。然而,不幸这是事实,一只胖胖的小手臂无力地垂下来。

"让小姐"(指我)"照看她,"夫人说;"叫人马上去喊一辆马车。"

她乘上一辆法国出租小马车,即刻——不过沉着冷静得令人称羡——去请一位外科医师。

看来,她在那位外科医师家里没有找到他;不过这不要紧,她东寻西找,直到抓住一位她中意的替身,把他带回来。与此同时,我已经把这孩子的衣袖从那只手臂上剪掉,替她脱了衣服,安顿她上床睡觉。

我想我们之中没有一个(这里的我们我是指保姆、厨师、女杂务工和我自己,这些人此刻全都聚集在这生了炉子的小套间里),在这位新大夫走进来的时候,非常仔细地打量他。至少我是在承担尽力抚慰菲菲妮的事,她的哭喊声(因为她的声音响亮)听来吓人。这位生客走近她的卧床的时候,哭喊声加倍激烈起来;当他抱起她的时候,"放开我!"她用拙劣的英语尽情叫喊(因为她像其他的孩子们一样说英语)。"我不要你,我要皮吕尔医师!"

"皮吕尔医师和我是非常好的朋友，"他用纯正的英语回答。"他正在三里格①外的一个地方忙着，我是代他来的。好吧，我们现在平静一点了，必须开始工作，我们马上就会把这条不幸的小胳膊用绷带绷好，使它恢复正常。"

于是他要了一杯糖水，喂了她几茶匙（菲菲妮是一个毫不隐讳的美食家，任何人都可以通过她的嗜好赢得她的心），答应她等手术结束以后再喂她吃，便立刻干起来。需要助手，他要求那位身强力壮胳膊粗的女厨师担任。可是她，还有女杂务工和保姆都一下子逃掉了。我不喜欢去碰那条痛苦的小手臂，然而想到别无他法，我的手已经伸出来去做需要做的事了。有人抢在我的前头：贝克夫人已经伸出自己的手，那只手坚定不移，而我的手颤抖不已。

"这个更好，"医师说着从我这儿转向她。

他的选择显示了他有头脑。我的手将会是假装的坚忍不拔，勉强的刚毅坚定。她的手则既非勉强，也不假装。

"谢谢，夫人，干得好，非常好！"施手术者做完手术以后说道。"这是及时的镇定，值得一千次误用的情感的冲动。"

对于她的坚定，他很高兴；对于他的恭维，她亦如此。也有可能是他整个儿的总体外貌，他的声音、风度和行为举止造成了对他有利的印象。的确如此，在你仔细瞧着他的时候，在一盏灯拿进来的时候——因为此刻已是傍晚时分，暮色渐浓——你便看出这一点来，除非贝克夫人缺少女性特点，否则便决不可能是另外一种情况。这位年轻的医师（他是年轻的）仪表非凡。在这个小套间里，在这一群荷兰体格的妇女中间，他的形象看来高大而雄伟；他的侧影清秀而富于表情。也许他的眼睛，从这个人的脸看到那个人的脸，看得太活泼、太快，也太多了一点，然而那双眼睛有着最令人愉快的特点，他的嘴也是如此。他的下巴生得丰

---

① 里格，长度名，一里格约为3英里或3海里。

润，有一条中缝，希腊式的，很完美。至于他的微笑，一个人不能立即下决心作出它应得的形容词定语。这微笑里有某种令人高兴的东西，不过又有某种东西令人想到一个人所有的性格上的缺点和弱点，这种种缺点和弱点可以使一个人遭受嘲笑。然而菲菲妮喜欢他这种含义不明确的微笑，并且觉得这微笑者亲切和气，尽管他刚才弄痛了她，她还是伸出手来，向他友好地道晚安。他体贴地拍拍那只小手，然后和夫人一同走下楼去。她的情绪高涨到了顶点，口若悬河地谈起来，他则带着一种温顺和蔼、善解人意的神态聆听着，这神态里混杂着一种无意中流露的、我觉得难以描摹的调皮捣蛋心理。

我发现，虽然他法语说得很好，英语却说得更好。他还有英国人的肤色、眼睛和外貌。我发现更多的情况。在他离开房间，走过我身边的时候，他朝我这边把脸转过来一会儿——并非对我寒暄，而是对夫人说话，不过他那样站着，我几乎不得不对他瞧——自从我头一瞬间听到他的声音那时起，我头脑中曾经努力要形成的回忆忽然完整地跳出来了。他就是那位曾经在那个马车管理所里同我说话的绅士；是他帮助我解决大衣箱的事；是他带我穿过那座黑暗的雨中的公园。他现在沿着长长的门厅走去，走到街上的时候，我听着，辨别出了这正是他的脚步声，我在滴着雨水的大树下面跟着走的，就是这同样坚定均匀的迈着大步的声音。

按说，这位年轻的外科医师的第一次访问福色特街就该是最后一次。那位可尊敬的皮吕尔医师既然被人预料第二天就能回家，看起来便没有理由解释为什么他这位临时的替身还必须再代表他。但是命运三女神①却写下了相反的判决书。

---

① 命运三女神，希腊神话中，宙斯和忒弥斯所生之女：克洛托、拉刻西斯和阿特罗波斯。人们想象中的形象为三个有些跛足的老妇，以示命运变化之慢。

皮吕尔医师被人请去看一位年老而富有的忧郁症患者，病人住在布坎—摩瓦西的古老的大学城里，并且，根据皮吕尔的嘱咐要易地疗养，旅行治病，他就被留住陪伴这位胆小的病人去作几个星期的旅游。因此，这倒是留住了这位新医师继续到福色特街来。

他来的时候，我常常看见他，因为夫人不放心让忒芮奈特照看那位小病号，便要求我花许多时间待在育儿室里。我觉得他心灵手巧。菲菲妮在他的治疗下迅速恢复了健康，不过即使孩子的康复也没有加速他的被解雇。命运和贝克夫人似乎结成联盟，双方决定他必须从容不迫地熟悉福色特街上的那个门厅、那道专用的楼梯，以及楼上那几间套间。

菲菲妮刚刚从他的双手摆脱出来，迪西蕾就宣称自己病了。这位魔鬼附身的孩子具有装病的天才，又被病房里那种备受关切和纵容娇惯的情形所迷惑，她便得出结论，认为生一场病会完全适合她的口味，因而赖在自己的床上了。她装得很像，她的母亲则更胜一筹，因为尽管对这整个情况贝克夫人洞若观火，她还是用一种令人惊讶的郑重其事和完全相信的态度来对待。

叫我吃惊的是，这位约翰医师（这位年轻的英国人教菲菲妮如此称呼他，我们也都跟着菲菲妮的叫法用这个名字称呼他，直到后来习惯成自然，他在福色特街没有别的称呼了）——这位约翰医师心照不宣地同意采用夫人的策略，并且赞成她的部署。确实，他有时泄漏了滑稽的怀疑表情，把目光从那孩子到那母亲迅速地投射一两下，沉浸在暗自思量的间歇之中，不过最后他还是使自己欣然服从于在这场笑剧里扮演自己的角色。迪西蕾像一只大渡鸦那样吃，没日没夜地在床上欢蹦乱跳，用床单和毛毯搭起帐篷来，像一个土耳其人那样懒洋洋地躺在枕头和软垫中间，把自己的鞋子扔向保姆，对两个妹妹做鬼脸，以此自娱——总之，浑身充满了不配有的健康和邪恶的兴致；只有在她的妈妈和那位医师每天来看她的那时候，她才神疲意苶。我知道贝克夫人愿意不惜任何代价让她的女儿待在床上,以免她调皮捣蛋;可是我奇怪约翰医师对于这事竟然会乐此不疲。

每一天,他都利用这个不过是出于某一个动机的借口,准时前来护理。夫人总是用同样的热诚来接待他;给他的是同样的风和日丽,给她的孩子是同样的令人赞叹的虚情假意的关心。约翰医师替病人开了服之无害的处方,用机灵的闪亮的眼睛瞟着她的母亲。夫人接受他投过来的嘲笑的眼神,不以为忤——对此,她有着极为明智的判断。这位年轻的医师尽管似乎是唯唯诺诺的样子,人们却不能轻视他——他选定这一软绵绵的角色显然不是企图讨好他的雇主。虽则他喜欢自己在这寄宿学校的职务,并且不可思议地在福色特街各处流连忘返,他却是独立的,几乎不把自己在那儿的风度放在心上。然而,他也常常现出若有所思的样子。

也许我没有理由去观察他的一举一动,或者探索其奥秘、根源,或者目的,可是,我既然身处此地,便无法不这样做。他把自己暴露在我的观察之下,对于我在屋子里的存在,他所给予的注意在程度上正与我这种外表的人在一般情况下会得到的一样。这就是说,大概等于人家对待不显眼的家具、拙劣的细木工制作的椅子,以及花样不精彩的地毯那样。他在等待夫人到来的时候,常常会像一个人以为自己孤身独处那样沉思、微笑、守望,或者倾听。此时此刻,我便自由自在地努力思索着他的容貌和态度,猜想在这种特别的兴趣和依恋之中可能有什么含意——他这种兴趣和依恋是和疑问及新奇感混合在一起,并且被某种统辖一切的魔力莫名其妙地统治着——这使他和这所半似女修道院的学校难解难分,这所学校在首都的建筑群的中心闹中取静。我相信,他从来没有想到我的脑袋上长着眼睛,更想不到我的眼睛后面长着脑子。

他本来也许决不会发现此事,可是有一天,他正坐在阳光里,而我正在观察他的头发、络腮胡子和皮肤的色泽——他整个形状是这样一种基调:就像有一束强烈的光带着有点儿可怕的力量把它映射出来(的确,我回想当时自己硬要在思想中把他的光彩四溢的头跟尼布甲尼撒王①曾经树立起来的"金像"相比较)——这时候,突然一个新的惊人的想法以一种压倒的力量和诱人的魅力使我集中了注意。直到今天,我也不知道自己是怎样看他的;惊讶,以及确信无疑的力量当时使我忘记了自己,而我恢复平常的意识的时候,只是在我看见他的注意力被吸引住了,并且那面安在窗凹边的椭圆形小明镜反映出他已经注意到我的行动的时候——夫人就是常常靠这面镜子的映照暗中监视在下面花园中走动的人们的。约翰医师的性格虽然是那么欢快和乐观,却并不是不具有一定程度的神经质的敏感,这使他在这种直接的、探查的凝视下感到不自在。他这样当场逮住了我,便转过头来开口说话,声调虽然亲切有礼,但是其中却含有正足以表达些许烦恼同时又给他的话语加上非难性质的干巴巴的嗓音:

"小姐没有放过我。我并不愚蠢得竟然以为,是自己的优点吸引了她的注意;那么,必定是什么缺点吧。我能大胆地问一声吗——是什么呢?"

正像读者猜想得到的那样,我狼狈不堪,不过倒并没有惊慌失措得不可收拾,这是因为我意识到,自己招致这一责备,并非由于轻率的羡慕的激情,也不是带着一种不能为之辩护的寻根究底的神气。我本来可以当场洗清自己,但是我不愿意这样做。我不吭声。我不习惯同他说话。于是,我听任他不论怎么想,高兴怎么谴责我都行,便自顾自继续做我刚才放下的活儿,在他待在那儿的其余时间里一直埋下头来干着。有一种逆反心理,被误解

---

① 指尼布甲尼撒二世(约公元前630—前562),新巴比伦王国国王,曾攻陷并彻底破坏耶路撒冷,消灭犹太王国,俘虏犹太国王;将大批犹太人囚禁在巴比伦,这些被囚禁者史称"巴比伦囚房"。又曾远征埃及,建"空中花园",完成七层大寺塔(可能即《圣经·旧约全书·创世记》中所述的通天塔或巴别塔)的建造。这一大塔的顶上修有四角镀金的小庙,庙里供有马都克神的金像。

所激起的反倒是平静多于愤怒；在我们决不能被人正确理解的地方，我想我们乐意被人完完全全地忽视。一个诚实正直的人被人随便怀疑为破门而入的抢劫犯，对此误会，他怎么会不觉得好笑多于恼怒呢？

第十一章
女杂务工的小房间

这是个非常炎热的夏天。贝克夫人的最小的孩子娇姞特生病发热。这时,迪西蕾的小病忽然治好了,和菲菲妮一起被打发到住在乡下的保姆那儿去,以防传染。现在真正需要医师的帮助,尽管皮吕尔医师已经回到家里一个星期,夫人仍然祈求他的英国竞争对手继续来出诊。寄宿生们当中有一两个人自诉头痛,同时在另一些方面似乎有点儿感染了娇姞特的病。"好了,到头来,"我想,"皮吕尔医师一定要请回来了,这位谨小慎微的女指导者决不会冒险允许如此年轻的人来照料学生们的。"

这位女指导者是非常谨慎的,然而她也能勇猛地冒险。她竟然把约翰医师介绍给院内的学校部门,并且安置他照料那位骄傲而漂亮的白兰抒·德·梅尔西和她的朋友,那位爱虚荣的轻佻的安琪丽克。我觉得,约翰医师对这一信任的迹象表示相当的满足,而且,如果行为举止的老成持重能够证明夫人所采取的步骤是正确的话,那么,约翰医师该是充分地证明了此举的正确。不过,在这个女修道院和告解室①的土地上,像他这样的风度翩翩,是不会被相安无事地容忍于"少女们的寄宿学校"之中的。学校里咕咕呱呱,厨房里叽叽喳喳,城里传开了流言蜚语,做父母的写信和来访,表示抗议。如果夫人是软弱的,这时就会不知如何是好,有一打竞争的教育机构随时准备利用这使她一败涂地的走错的一步——假如这确实是走错的一步的话。可是夫人不是弱者,虽然她可能是个小阴谋家,然而这一次我瞧着她能干的举止、精明的处理手段、中庸适度和坚定不移的态度,我不禁在心中为之鼓掌,在心中喊道:"好啊!"

她以一种客客气气、从容不迫的风度对待那些惊慌失措的父亲母亲们,因为在我不知道是否可以说具有或者装做某种"一个好而简朴的妇女的毫不拘束的自由自在"方面,没有人能和她较量。这种风度在各种各样的场合能够达到既定的目标,获得立竿见影的完全成功,而严肃庄重的态度,一本正经的条分缕析,却有可能遭致失败。

"这可怜的约翰大夫!"她会格格笑着,高高兴兴地搓着她那双白白胖胖的小手说。"这可爱的年轻人!世界上最好的人!"并且接着解释她如何碰巧雇请他照料自己的孩子,她们那么喜欢他,一想到别的医师就会拼命地尖声喊叫;还说,她既然为自己的事信任他,便觉得当然能为别人的事信任他,此外,这只不过是天下最最临时的应急措施:白兰抒和安琪丽克患了周期性偏头痛症;约翰医师已经开了处方,就是这么回事!

那些做父母的嘴巴都被堵住了。白兰抒和安琪丽克高声吟唱着赞美她们的医师的二重唱,以此解除了夫人其余所有的麻烦事。别的学生们随声附和,众口一词地宣称,她们生病的时候,只要约翰医师,不要别人。于是,夫人笑呵呵,做父母的也笑呵呵。拉巴色库尔人一定有一个爱子女的大器官,至少对子女的娇生惯养已经被他们推行到过分的程度,孩子们的意志就是大多数家庭的法规。夫人现在由于这一次曾经以一种慈母般的偏爱精神行事而出了名,结果她大获全胜,人们比以往任何时候都更喜欢作为女指导者的她。

直到今天,我也不完全清楚,她为什么要为约翰医师如此以她的利益冒风险。人们曾经说些什么,我当然很明白,整个屋子里的人——包括学生们、教师们、工友们在内——都肯定说她打算同他结婚。他们就是如此解答问题的,而年龄上的相差在他们眼

---

① 告解室,天主教神父聆听教徒忏悔告罪的房间。

睛里似乎并不成为障碍：事情应该这样。

必须承认的是，表面迹象并不完全不支持这一想法：夫人看来是如此决心要保留约翰医师的工作，如此彻底地忘记了她从前的被保护人皮吕尔。而且，她还如此重视，对他的出诊都亲自接待，对他的态度始终如一是那么兴致勃勃、其乐融融和情意绵绵。尤有甚者，大约就在这时，她明显地注意起衣着打扮来，早晨穿戴的家便服、睡帽和披肩都被弃之不顾，约翰医师每天早早地来出诊时，经常发现她红褐色的发辫漂亮地梳理盘绕起来，绸连衣裙整洁合身，精致的系带子的半截女靴代替了拖鞋。总之，这整个化妆，完美无缺得犹如一位时装模特儿，又鲜艳得犹如一朵鲜花。不过，我简直想不出，她这样做，除了仅仅对一位非常漂亮的男人显示一下自己不像是个难看的女人以外，还有什么其他目的。她确实并不难看。虽然相貌不美，身段不优雅，然而她讨人喜欢。她不年轻，没有青春的活泼轻松的风度，然而她高高兴兴。别人决不会厌倦于看见她，她决不是单调的，或者乏味的，或者没有色彩的，或者平淡无奇的。她那没有变白的头发，那双闪射柔和蓝光的眼睛，以及那水果似的健康红润的面颊——这些东西令人感到的喜欢并不非常强烈，但又是恒久不变的。

她果真抱有飘浮不定的幻想，要选择约翰医师做她的丈夫，把他引入她那陈设考究的家中，把自己的据说有相当数量的积蓄奉送给他，让他舒舒服服地度过下半辈子吗？约翰医师可曾怀疑到她有这样的幻想呢？我碰到过他和她见面以后出来，嘴角上挂着顽皮的若有若无的微笑，眼神中仿佛闪射着喜滋滋、乐陶陶的男人的虚荣心。尽管他相貌好，性格好，他却完全不是十全十美的。假如他滑头地鼓励自己认为根本不可能成功的目标的话，那他必定是个非常不完美的人了。然而，他难道不想那个目标成功吗？人们说他没有钱，完全靠本事吃饭。夫人——虽然也许比他年长十四岁——却是那种永远不会变老、永远不会枯萎、永远不会衰弱的女人。他们当然关系很好。他也许并不在恋爱，可是这个世界上究竟有多少人是在恋爱,或者至少为恋爱而结婚的呢?我们等待着结果。

他在等待着什么我可不知道,也不知道他在注视着什么,然而他的行为举止的异常之处,他的期望的、警戒的、全神贯注的、一心向往的神色,却永不减弱,反而增强了。他从来也不曾真正落在我的洞察力的范围之内,我倒是觉得他身处这个范围之外的远而又远的地方。

有一天早晨,小娇姞特发热发得更厉害了,因此脾气也更暴躁,她哭闹着,哄也哄不停。我认为,给她服用的个别药物对她不合适,怀疑是否应该继续服用。我焦急地等待医师的到来,以便同他商量。

门铃响了,他被请了进来,我心中肯定这一点,因为我听见他跟女杂务工说话的声音。他习惯于径直登楼到育儿室来,大约一步跨三级梯磴,像一次令人愉快的偷袭那样扑向我们。五分钟过去了——十分钟过去了——可是关于他,我什么也没有看见和听见。他可能在做什么呢?也许在下面走廊里等着吧。小娇姞特依然尖声奏响她的哀鸣,用她的亲密的字眼向我呼吁:"明妮①,明妮,我身上很不舒服!"直叫得我心痛。我走下楼去查明他为什么没有上来。走廊里空无人影。他到哪儿去了呢?他是跟夫人一起在餐厅里吗?不可能,我离开夫人到现在不过很短的时间,她在自己的套间里梳妆打扮呢。我倾听着。三个学生当时正在三间邻近的房间里的三架钢琴上努力作着练习——那是饭厅、大客厅和小客厅,在这些房间和走廊之间只有女杂务工的小房间,这间跟沙龙客厅相通,原来打算做闺房用的。再过去一些,在祈祷室里的第四件乐器那儿,全班十二三个人正在上歌咏课,当时正在合唱《威尼斯船夫曲》②(我想她们是这样称谓的),关于那首歌我现

---

① 明妮,女子名玛丽的昵称。
② 意大利威尼斯平底船船工唱的歌曲。

在还记得这些字眼："清新的微风"和"威尼斯的"。在这种情况之下，我能够听见什么呢？确实，能够听见很多；只要那是切合实际需要的。

不错，我听见一阵轻浮的最高音部的笑声从上述小房间里传出来，我正站在它的门口——那扇房门半掩着。一个男人的声音用温和的、深沉的、祈求的语调说着什么，对此，我只听到一声带起誓的命令："看在上帝的份上！"于是，在停息了一秒钟以后，约翰医师走出来了。他的眼睛光彩四射，然而既不流露高兴，也不带有得胜的神色；他的白皙的英国人的面颊红到耳根；他的眉宇间表示出一种困惑、痛苦、焦虑而又温柔的心意。

打开的房门成为我的屏风；不过如果我面对面遇见他，我相信他也会正眼不瞧地走过去。某种屈辱、某种强烈的苦恼占有了他的心灵；或者更确切地说，现在按照我当初得到的印象写下来，我应该说，那是某种令人伤心的事，某种遭受了不公正对待的感觉。我并不怎么认为他的自尊心受到的损害像他的感情受到的伤害那么多——我觉得他的感情严重地受到了伤害。不过谁是折磨他的人呢？这幢房屋里有什么女人能够这样随意支配他呢？我相信夫人是在自己的套间里，而约翰医师从那里走出来的小房间是给那个女杂务工独用的。她叫萝芯妮·玛脱，是个虽然生得漂亮却不讲节操的法国小女工，生性轻浮，反复无常，好打扮，爱虚荣，贪小利——那么，约翰医师似乎已经受到的磨难，肯定不是她的手掌所施展的吧？

然而在我沉思默想的时候，她的虽然有些尖锐刺耳的清脆的嗓子，忽然唱起一支轻松的法国歌曲，颤动的歌声从依旧半掩着的门内飞旋出来，我朝里边一瞧，不禁怀疑起自己的知觉来。她坐在桌旁，穿着一套漂亮的"玫瑰红薄棉布"的连衣裙，戴着一顶金色的小帽，这间屋子里，说真的，除了玻璃缸里几条金鱼、花盆里几株鲜花，以及一道明晃晃的7月阳光以外，除了她自己，就没有活的生命了。

这里有问题，但是我必须赶上楼去，问明那个药物的事。

约翰医师坐在娇姞特床旁的椅子上，夫人站在他面前，已经检查过，安抚过那位小病人了，现在小病人正安静地躺在她的有围栏的童床上。我进去的时候，贝克夫人正在谈论那位医师自己的健康情况，指出他的气色里某种真实的或者想象中的变化，责怪他工作过度，劝告他注意休息，换个地方疗养。他静静地听着，心平气和，但是笑嘻嘻的，不以为然，并且告诉她说，她"太仁慈了"；还说觉得自己身体好得不得了。夫人向我求助——约翰医师跟随她的动作，慢慢地望我一眼，眼光中似乎表示出无精打采的惊讶神色，觉得夫人对如此无足轻重的事竟然还要咨询别人。

"露西小姐，你觉得怎么样？"夫人问道。"他不是脸色差一些、人瘦一些了吗？"

在约翰医师面前，我很少有几次说出比单音节的词更多的话。他是那种人，跟他在一起，我很有可能永远保持他认为的那种模棱两可、消极被动的东西。不过，现在我可以放肆地用言语来回答，并且故意把话说得意味深长。

"他此刻看来有病容，不过也许这是由于某种暂时的原因。约翰医师想必为什么事烦恼不安，或者困扰不宁了。"我不知道他对这句话感受怎样，因为我从来不从他脸上来寻找信息。娇姞特这时开始用拙劣的英语问我，她是否可以喝一杯糖水。我用英语回答。我想这是他第一次注意到我说他的语言；迄今为止，他一直把我当做外国人，称呼我为"小姐"，并且用法语作出关于儿童治疗的必要的指示。他似乎就要说出一番话来，但是转念一想，把话咽了下去。

夫人重新开始劝告他，他摇摇头，笑笑，站起身来向她道别，谦恭有礼，然而依旧带着那种心不在焉的神态，就像一个人在被太多的过分关注所娇纵和宠坏的那样。

他走了以后,夫人沉沉地坐在他刚刚坐过的椅子上,手托着下巴。一切有生气的、和蔼可亲的表情都从她的脸上消失了,她看来冷酷而严峻,几乎是心情抑郁、闷闷不乐的样子。她叹气,叹了一声,然而是深深的一口气。晨课的钟声响亮地敲起来。她站起身来,在走过有镜子的梳妆台的时候,顾影自怜一番。她编成辫子的栗褐色头发里有一根白发,她惊骇得颤抖起来,把它拔掉。在这夏季的光天化日之下,她脸色虽然依旧红润,可是却能明显地看出,已经失去了青春的气质;那么,青春的轮廓又在哪儿呢?啊,夫人!你虽然聪明,可是连你也懂得什么是弱点了。我过去从来没有怜悯过夫人,然而她从镜子跟前黯然神伤地转过身子的时候,我为她而心软鼻酸。灾难已经降临到她的头上,那个叫做"失望"的女妖正在用一声可怕的"万福"来向她致意,而她的内心却拒绝这种亲热劲。

可是那萝芯妮!关于她我的迷惑非言语所能形容。那天,我五次抓住机会走进她的小房间,目的在于仔细观察她的魅力,从而发现其发生影响的秘密。她生得俊俏,年纪轻,穿一套做工精湛的衣服。这一切都是非常不错的特点,我想,完全足以向任何一个有头脑的人说明,一位像约翰医师那样的男青年任何程度的痛苦和神魂颠倒是什么缘故引起的。不过,我还是无法不寻找出半个希望,但愿这位医师是我的弟弟,或者至少他有一位姐姐或母亲,能够好心地开导他。我是说半个希望;在它变成一个希望之前,我打碎了它,抛弃了它,因为及时发现其愚不可及。"也许,"我向自己争辩,"有人也对夫人开导关于她的年轻医师的事;这有什么好处呢?"

我相信夫人开导了她自己。她的举止没有显得软弱,没有弄得自己现出任何荒谬可笑的样子。确实,她既没有必须克制的强烈的感情,也没有会使自己痛苦不堪的娇嫩的感情。同样确实的是,她有着一项重要的职务,一桩占满她的时间、转移她的思想、分化她的兴趣的真正的事业。尤其确实的是,她拥有一种纯粹的健全的理智,这不是苍天赋予所有的男男女女的东西;凭借这些配合协同的优点之力,她举止聪明——她举止得当。贝克夫人,再一次向你喝彩,好啊!我看出你在和一种偏心的亚玻伦①相抗衡;你英勇善战,你胜利了!

---

① 亚玻伦,据《圣经·新约全书·启示录》第 9 章第 1 至 11 节:"第五位天使……开了无底坑,便有烟从坑里往上冒……有蝗虫从烟中出来……蝗虫的形状,好像预备出战的马一样,头上戴的好像金冠冕,脸面好像男人的脸面,头发像女人的头发,牙齿像狮子的牙齿。胸前有甲,好像铁甲。他们翅膀的声音,好像许多车马奔跑上阵的声音。有尾巴像蝎子,尾巴上的毒钩能伤人五个月。有无底坑的使者作他们的王。按着希伯来话,名叫亚巴顿,希利尼话,名叫亚玻伦。"亚玻伦即《圣经》中无底坑或地狱中的使者、撒旦、恶魔的名字。

第十二章
小盒子

在这幢房屋后面的福色特街上有一座花园——就其地处城市中心来说算是大的,并且我今天回忆起来,也似乎是景色喜人的。时间就像距离一样,给某些场景施加了如此温柔的影响;在这四周都是石头、没有门窗的墙壁和发烫的铺石路的地方,一丛灌木林显得多么可贵,一圈围起来的栽花植草的土地又是多么可爱!

有一个说法流传,说贝克夫人的房子从前曾经是一座女修道院。传说在过去的年代——多久的过去我不知道,但是我想是几个世纪前吧——在城市扩展到这一地区以前,这里还是耕种的土地和林荫路,如此绿叶幽深的僻静,理应环抱一所宗教的建筑,传说就在这个场所发生过某件事,令人毛骨悚然,引起恐惧不安,这里便成为鬼怪故事的渊薮。有一个关于"黑与白修女"的模糊的故事流传着,说往往在一年的某个夜里或许多个夜里,人们看见她在附近出没。这个鬼怪想必是在许多年前被编造出来的,因为现在四周都是房屋了。不过相当多的女修道院的遗迹,以巨大的果树的形状表现出来,依旧使这片土地显得神圣;其中一棵——一棵梨树的玛土撒拉①,已经死了,只有几根粗枝还活着,在春天,仍然忠实地重新开放它们的芬芳的白雪,在秋天,则挂下它们的甜蜜的耳环——在这棵树底下,刮去在半裸露的树根之间长着青苔的泥土之后,你会看见稍稍露出的光滑而坚硬的黑色石板。传说流传着,既没有人证实,也没有人信以为真,可是仍然在传播,说这是一个地下墓穴的入口,在花花草草的表面之下，泥土深处，禁锢着一位姑娘的骸骨，那是可怕的中世纪的一个修道院秘密会议作出的决定，认为她违背了誓言，犯了罪，把她活埋在这里的。她可怜的躯体化为尘土以后的漫长的年代中，颤抖不已的人们所害怕的，就是这位姑娘的阴魂；在畏畏葸葸的眼睛看来，她的黑长袍和白面纱，在穿过花园灌木丛吹过来的夜风中起伏飘荡的时候，月光和树荫也跟着模仿。

不过，排除这种浪漫的荒谬，这座古老的花园也自有其魅力。夏天的许多个早晨，我常常很早起身，独自欣赏美景；夏天的傍晚，则孤单地流连徘徊，遵守和上升的明月的约会，或者尝试一下傍晚的微风的轻吻，或者，与其说感觉倒不如说想象露水降落时的清新味。草地一片青翠，碎石铺成的小路一条条白道，光辉灿烂的一簇簇旱金莲在老朽的巨大果树的根部四周开着美丽的花。那里有一座大绿廊，笼罩在一棵金合欢树的浓荫之中；还有一座小一些的、更为隐蔽些的凉亭，偎缩在葡萄藤之中，葡萄藤沿着一道灰色的高墙一路攀援过来，卷须卷拢成好看的结，一大串一大串逗人喜爱的葡萄在这洞天福地各处挂下来，四周的茉莉花和常春藤跟它们相会，难解难分。

毫无疑问，到了正午时分，这普通而又平凡的一天的半中央，贝克夫人的巨大的学校这时候欢蹦乱跳地倾巢而出，走读生和寄宿生们四处散开，用嗓子和四肢作着肆无忌惮的公演，同近在咫尺的男子专科学校里的人们相竞争——毫无疑问，这时候，完全可以把这座花园称为用旧了的、踩坏了的地方。不过在太阳落山，或者在敬礼仪式的时刻，走读生都已回家去了，寄宿生都在静静地做功课；此时，沿着和平宁静的庭院小径漫步，听着圣

---

① 玛土撒拉，《圣经》中的长寿者。见《圣经·旧约全书·创世记》第 5 章第 25 至 27 节："玛土撒拉活到一百八十七岁，生了拉麦。玛土撒拉生拉麦之后，又活了七百八十二年，并且生儿养女。玛土撒拉共活了九百六十九岁就死了。"这里指梨树，形容它是一株古木。

徒施洗约翰①教堂的钟乐传来悦耳、柔和、庄严的声音，真令人精神愉快。

有一天傍晚，我在这样散步，那越来越深沉的宁静，那沁人心脾的凉爽，那阳光得不到而现在经露水的哄劝却散发出来的花朵的芬芳气息，使我在黄昏的境界内比平时勾留得时间更长一些，比平时走得更远一些。凭借祈祷室窗内的光线，我看见天主教家庭这时聚集在一起做晚祷——我作为一个新教徒，不时避免参加这一仪式。

"再多待一会儿吧，"孤独和夏天的月亮轻声耳语，"同我们一起逗留吧。此时一切都是真正地安静了；再多待一刻钟，别人是不会发现你不见了的。白天的炎热和忙碌使你疲倦了；享受这宝贵的十几分钟吧。"

建造在这座花园里的一幢幢房屋，背面都没有窗户，特别是某一边的整个地方，由一长排房子的后面部分隔成一个分界线——那是紧邻的高等学院的寄宿生宿舍。不过，这后面部分也都是没有门窗的石壁，只有顶楼高处有某些透光孔，那是在女仆们睡觉的房间里开的孔，还有在较低一层的地方，有一扇竖铰链窗，据说那扇窗里是一位男教师的套间或者书房。然而，纵然如此安全，有一条与花园这一边非常高的墙平行的庭院小径还是禁止女学生们行走。这条小径的确是所谓的"禁止行走的小径"，任何姑娘涉足其地，就会使她自己受到贝克夫人的学校宽容的校规所允许的严厉惩罚。女教师们确实可以到那儿去而不受处分；不过，由于这条走道很窄，两旁无人照看的灌木丛又长得非常浓密，而头顶上枝杈和树叶交织成的拱顶，只准许阳光稀少地、斑斑点点地穿透进来，因此，即使在白天，也很少有人行走，黄昏

---

① 圣徒施洗约翰，《圣经》中的人物，犹太人先知，曾在约旦河畔劝人悔罪，为人施浸水洗礼。耶稣也接受他的洗礼。犹太王希律·安提帕娶其弟妇希罗底为妻，他往谏，却被捕入狱后遭斩首。见《圣经·新约全书·路加福音》。

降临以后，人们更是小心避开。

从一开始，我就被诱惑着要去打破这个回避的规则：那条走道的僻静幽秘和昏暗朦胧吸引着我。有好长时间，对于似乎异常的事物的恐惧总要把我吓跑；但是后来人们渐渐熟悉了我和我的习惯，知道这种怪癖仿佛已经深深糅合在我的性格之中了——这种怪癖，确实不足以引起人们的兴趣，或许也不是突出得足以使人去冒犯，然而，它生来就在我心中，在我身上，并不比我的本性更容易与我分离——逐渐，逐渐，我变成了这条又直又窄的小径的常客。我使自己成为一名园丁，护养生长在小径旁密密排列的灌木丛中的那些没有色彩的花朵；清扫层层叠叠地积压在小径尽头那张粗木椅上的过去许多个秋天的遗物。我从女厨师高滕处弄来一桶水，借来一把板刷，洗干净了这粗木椅。夫人看见我在洗刷，微笑着表示嘉许。是否真诚，我可不知道；不过她似乎是真诚的。

"瞧啊！"她大声说，"这位露西小姐不是多么整洁吗？那么，小姐，你喜欢这条小径吗？"

"是的，"我说，"这儿清静，荫凉。"

"这很对，"她带着一种仁慈的样子嚷道，并且好心地劝我在这儿爱待多久便待多久，说，因为我没有被委以监视的责任，所以我不必费心和女学生们一起散步；还说，不过我该允许她的孩子们到这儿来，跟我学说英语。

在上述的那天夜里，我正坐在那张隐蔽的清除了真菌和霉菌的椅子上，倾听着似乎是从远处传来的城市的声音。要说远处，事实上可不是这样，因为这所学校处在城市的中心。因此，从那儿去公园不过五分钟的路，去琼楼玉宇的建筑群几乎不到十分钟。近在咫尺的，是一条条宽阔的街道，灯火辉煌，此刻正充满着生气；马车在街上来来往往，奔向舞会，奔向歌剧院。在我们的女修道院敲响了晚钟声，熄灭了每一盏灯，每一张卧榻周围放下了帐子的这同一个时间里，我们身边这个欢欢喜喜的城市也敞响了召唤人们去寻欢作乐的钟声。不过,我没有想到这两种情形的对照:我的性格里几乎没有欢欢喜喜的天赋;我从来也没有参加过舞会,也没有听过歌剧;虽然我常常听到别人所作的描述,甚至希望开一开眼界,然而这种愿望却不是那种只要能够参加就想分享一份乐趣的愿望,不是那种只要觉得自己宜于在某个光辉的遥远的领域里大放异彩就想去排除困难达到目标的愿望。我的希望不是热衷于得到,不是饥不择食,而只不过是想冷眼旁观新事物的一种平静的愿望而已。

月亮挂在空中,不是一轮圆月,而是一弯上弦月。透过我头顶上的那些树枝之间的一块空间,我看见了月亮,以及月亮旁边依稀可见的星星,在其他一切都很陌生的地方,月亮和星星却不是陌生的东西:我在童年时代就认识了它们。在过去很久的岁月里,在古老的英格兰,在一块古老的田野的最高处的古老的荆棘丛边,我曾经看见那金黄色的形迹,新月的曲线里是一个暗黑色的圆球,依托着那一片碧空,正像它现在在这个欧洲大陆的首都,在一座宏伟的尖塔旁依托着碧空一样。

哦,我的童年时代啊!我具有感受能力:虽然我活得消极被动,沉默寡言,貌似冷漠,但是我一想到过去的日子,我是能够感受的。至于现在呢,还是苦乐无动于衷为好;至于将来呢——我的那种将来——还是死灰槁木为好。可是这时,在僵直麻木和一种死一般的恍惚状态之中,我却努力保持住我的性格中的敏感。

那时候,不论什么能够使我激动的事物我都记得真切——例如天气的某些突变,几乎使我害怕,因为突变唤醒了我一直使它昏昏欲睡的心灵,惊动了我无法使其满足的渴望的呼唤。有一天夜里,猛然间雷雨大作,可以说是飓风震撼着睡在床上的我们,信天主教的人都惊恐万状地爬起来,向她们的圣徒们作祷告。至于我呢,暴风雨蛮横暴虐地控制住了我,我被粗鲁地弄醒,又不得不活下去。我起床,穿衣,从近在我的床边的竖铰链窗爬出去，坐在外面窗台上，双脚搁在毗连的低一些的房屋的屋顶上。外面是湿天湿地、狂风暴雨、漆黑一团。在集体寝室里，她们惊慌失措地围聚在夜明灯周围，高声祈祷着。我不能到这寝室里去，因为同这种狂野荒唐的时刻待在一起的乐趣太教我无法抗拒了：黑暗中雷声隆隆，不停地鸣响出如此伟大的颂歌，语言从来也没有对人类这样表达过——一道道令人头晕目眩的白色闪电劈开和刺穿块块乌云，这景象是太可怖，太辉煌了。

当时和以后的二十四小时里，我的确曾经悲痛地渴望有什么东西能够带我离开我现在的生存状态，带领我直上青冥和一往无前。对于这种渴望以及一切跟它相类似的东西，是需要迎头痛击的。我象征性地这样做了，仿效雅亿对付西西拉①的样子，把钉子打穿它们的鬓角。不过不像西西拉，它们没有死，只不过一时晕厥过去，每隔一段时候，就会用反叛的扳手对抗那根钉子，这时，鬓角就真的流血，头脑从深处战栗不已。

今天夜里，我既不那么杀气腾腾，也不那么忧心忡忡。我的西西拉静静地躺在帐篷里，睡意正浓；如果他在睡梦中还感到痛苦，就会有一个像天使的东西——空想的事物——跪在跟前，把香油滴在疼痛缓和了的鬓角上，拿着一面魔镜放在闭拢的眼睛前面，魔镜中甜蜜而又庄严的景象在梦中被重复映现，并且从它的月光的双翅和长袍上把反射光投射到那个被钉穿的沉睡者身上，投射到帐篷的入口，投射到展现在外面的全部风景上。那位严酷的妇女雅亿坐在一旁，对她的俘虏多少起了怜悯之心；不过更倾向于专心忠诚地盼望希百回家来。我用这些话旨在说明：这夜晚的阴凉的宁静和露水淋淋的甜蜜，使我充满了一种希望的心情；

---

① 雅亿和西西拉均为《圣经》中人物。西西拉是迦南王耶宾手下的将军，与以色列人巴拉交战，全军覆灭，只身逃匿于"基尼人希百之妻雅亿的帐棚。……西西拉疲乏沉睡，希百之妻雅亿取了帐棚的橛子，手里拿着锤子，轻悄悄的到他旁边，将橛子从他鬓边钉进去，钉入地里，西西拉就死了。"事见《圣经·旧约全书·士师记》第4章。

并不是对于任何明确的目标的希望,而是一种受到鼓舞和心情舒畅的笼统的感觉。

难道如此甜蜜、如此宁静、如此难得的心情竟然不是好事的先驱吗?唉,它却没有带来好事!立刻,粗鲁的"现实"就莽撞地闯了进来——正像"现实"十分常见的那样,是完全邪恶的、卑躬屈节的、令人反感的。

从极为宁静地俯视着这条走道、树木、高墙的那一堆石头建筑之中,我听见一个声响:那是一扇竖铰链窗(这里的窗子都是这种安在铰链上开动的窗子①)在吱呀吱呀响。我还来不及抬头看看究竟是哪儿、在哪一层楼,或者是谁打开的时候,我头顶上的树枝晃动起来,仿佛被一个发射物击中了似的;有一样什么东西掉落在我的脚边。

圣徒施洗约翰教堂的钟正在打九下;白天正在消逝,然而天还不黑:弯弯的月亮几乎没有什么光亮,不过太阳最后的余晖在天空那边映出的深色的金光,以及头顶上辽阔的空间的水晶般的清澈,维持着夏日的暮色;即使在我这儿黑暗的走道上,凭着走近一处开阔的地方,我也能设法阅读小字体的印刷文字。因此很容易看出那个发射物原来是一个盒子,一个用白色和涂了色彩的象牙制成的小盒子。我拿在手上打开松动的盒盖,里边放着几朵紫罗兰,紫罗兰下严实地压着一张折叠得仔仔细细的粉红色的纸,那是一张字条,上面写着:"给灰色的连衣裙。"我的确是穿着一袭浅色的连衣裙。

很好。这是一封情书吗?我曾经听到过这种东西,不过迄今为止,还没有看到过或处理过这种东西的荣幸。此刻,我手指间捏住的就是这类东西吗?

---

① 这句原文为 all the windows here are casements。查"window"是采光和通气的一般窗子的统称,其窗扉有的可以向上、向下、向左、向右推动。"casement"则特指装有窗框,并在竖窗框边安上铰链,装上可以向内或向外拉推闭开的窗扉的窗子。本书中译者将"casement"译为竖铰链窗,以便与"window"有所区别。

不至于；我从来没有梦想过。我的思想中从来没有想到过追求者或者爱慕者。所有的女教师都梦想有一位情人；其中有一位（不过她生来是一位容易受骗的人）总相信会有一个未来的丈夫。所有十四岁以上的女学生都结识了一位未来的新郎；有两三位已经由她们的双亲为她们订婚了，是从童年时代就订的。但是我的沉思默想一次也没有得到许可去闯入这样的前景所打开的感情和希望的境界，而我的假设和推测更没有闯入。如果其他女教师到市中心去，或者在林荫大道上散散步，或者只不过去望弥撒，她们肯定（依据带回来的故事）要去会晤某一位"异性"，这个人的销魂摄魄、真心诚意的凝视，向她们保证她们具有打动人和吸引人的力量。我不能说自己在这方面的经历是和她们一模一样的。我去教堂，我也散步，然而我深深知道没有人注意我。在这条福色特街上，没有一位少女，或妇人，不能证明，或没有证明曾经在这一次，或那一次，受到过我们那位年轻的医师的蓝眼睛投来的爱慕的目光。我却不得不把自己除外，不管这听来多么寒碜。就我个人来说，这双蓝眼睛是无恶意的，宁静得像天空一样，颜色似乎也相像。事情就是这样发生的：我听着别人的谈话，常常惊讶于她们的愉快的神情、安全感和自鸣得意的样子，但是我自己，却没有费神去沿着她们似乎那么肯定要走的道路查看和凝望。那么，这不是情书了；于是我带着定下心来确信这是相反的事物的心情，安静地打开了它。纸上这样写着——我翻译如下：——

我的梦中的天使啊！千恩万谢，遵守了诺言。我几乎不敢希望这会被遵守的。的确，我过去认为你是半开玩笑；而且当时你看来觉得那个计划是被那么大的危险所缠绕——在如此不适当的时间，如此全然与世隔绝的庭院小径——你说那条龙①，那个英国女教师常常在那儿出没——une véritable bégueule Britannique à ce que vous dites——espèce de monstre, brusque et rude comme un vieux

---

① 龙在英语里又有"凶暴的人"和"年轻女子的监护人"（多指老太婆）的意思。

caporal de grenadiers, et revêche comme une religieuse.①(我的读者会原谅我谦虚地允许让这一段对于和蔼可亲的我本人所作的奉承讨好的描写保留原文的轻飘的面纱。)那珍贵的真情流露继续说:你知道小古斯塔夫因为生病已经给搬到一位男教师的套间里去了——那间受到优待的套间的格子窗俯视着你们的监狱般的场地。我,世界上最好的一位叔叔,被容许到那里去看望他。我是怎样浑身颤抖着走到窗前,看一眼你们的伊甸园啊——是我的伊甸园,虽然是你们的沙漠!——我多么害怕看到空无一人,或者上述的那条龙!在我透过忌妒的树枝的缝隙,立刻看见你的雅致的草帽的闪光,以及你的灰色连衣裙的飘拂的时候,我高兴得心脏跳得多么厉害啊!——那件连衣裙我就是在一千件之中也能够辨认出来。可是,我的天使,你为什么不抬头看看呢?真残酷,连那双可敬慕的眼睛的一线光亮也不肯投给我!——那目光的一瞥就如何能够使我精神振奋啊!我是在火烧火燎中匆匆写此。在医师替古斯塔夫诊治的时候,我抓住机会把纸装在一只小盒子里,加上一束鲜花,是开放的鲜花中最可爱的——然而比不上你那么可爱,我的仙女②——我的非常娇媚的人儿啊!永远是你的——你很知道是谁!

"我希望我真知道是谁,"这是我的评语。这一希望倒是更多地关系到这一精妙的文件是写给谁的,胜过关系到其作者究竟是谁。也许是一位订婚的女学生的未婚夫写来的,假若是那样的话,就没有干出或企图干出什么大坏事了——只不过一项小小的越轨行为而已。姑娘们有几个,确实说是大部分,有兄弟或者堂兄弟、表兄弟在紧邻的专科学校里念书。可是,"灰色连衣裙,草帽,"这里必定是一个线索——一个非常混乱的线索。草帽是普通

---

① 法语:从你说的看来,确实是个英国伪君子,一种怪物,既粗暴又严厉,像掷弹兵的老下士,又像一个修道女那样乖戾。
② 原文为 Peri(佩里),波斯神话中堕落天使的后代,须先赎罪方可进天堂。

常见的遮头的东西，除了我本人以外，有二十来个人都戴的。至于灰色连衣裙，也差不多没有提供更为明确的指示。现在，贝克夫人本人通常就穿着一件灰色连衣裙；另外一位女教师和三位寄宿生曾经买过灰色连衣裙，深浅和质地都跟我的连衣裙一样，这是一种日常穿的衣服，碰巧在那时候变得时髦起来。

在我仔细琢磨的时候，我知道自己必须进屋去了。在集体寝室里移动着的烛光说明祈祷已经结束，学生们正要上床睡觉。再过半个钟头，所有的门都要锁上——所有的灯光都要熄灭了。前门这时还开着，以便让夏夜的凉意进入炎热的屋子里。附近女杂务工的小房间里亮着一盏灯，照出长长的门厅，门厅一侧的二折的客厅门，以及遮断景物的通往街道的大门。

忽然之间，门铃声急促地响了——急促，但是并不响亮——一种小心翼翼的丁零声——一种告警的金属的喃喃声。萝芯妮从小房间里箭一般地窜出来，奔过去打开大门。她让进来的那个人跟她站在那儿会谈了两分钟：看来有某种意见不一致，有某种拖延。萝芯妮走到花园门口，手里拿着灯。她站在台阶上，举起灯来，出神地东张西望。

"怪事！"她撒娇地笑着喊道。"那儿没有人来过。"

"让我过去，"我耳熟的声音这样恳求。"我只要五分钟。"于是一个熟悉的身影，高大而雄伟（一如福色特街上的我们都认为的那样），穿过屋子走出来，在花坛和走道之间大步走着。这是亵渎神圣的——此时此地，一个男人竟然闯进来。不过他知道自己是被赋予特权的，而且也许他信赖这个友好的黑夜可以依靠。他沿着庭院小径走去，这边瞧瞧，那边看看——他消失在灌木丛中，边搜寻边践踏着走去，弄断了树枝——最后他钻到这条"禁止行走的小径"上来。我就在这儿遇见了他，我想是像遇见个什么幽灵一样。

"约翰医师！那东西找到了。"

他没有问是谁找到了，因为他的敏锐的目光已经发觉我手里正拿着它。

"不要出卖她,"他说,同时那样瞧着我,仿佛我真是一条龙似的。

"如果我确实那么喜欢背信弃义,我也不能出卖我所不知道的东西啊,"这是我的回答。"念念这张字条吧,你就会知道它泄露的东西多么少。"

"也许你已经念过了,"我心里这样想;然而又不能相信这是他写的。这不像是他的作风,而且,我太傻了,竟然认为他对我如此污蔑,其中还会有某种程度的难言之隐。他自己的表情为他作了辩护:他念的时候激动起来,脸色绯红。

"这真是太过分了;残酷,丢脸,"他嘴里说出这些字眼来。看见他如此动容的时候,我觉得这是残酷的。不论他是否应该对此负责,在我看来,必定有一个人更应该对此负责。

"这件事你打算怎么办呢?"他问我。"你要告诉贝克夫人,你找到了什么,然后引起一阵骚动——一桩丑闻吗?"

我想我应该告诉,并把这想法说了出来,接着说,我不相信会引起骚动或者丑闻。夫人非常小心谨慎,决不会把那种关系到她的学校声誉的事情声张开来。

他站在那儿,眼睛朝下看,心中琢磨着。他的自豪感和荣誉心都强烈得使他不愿意恳求我在责任心显然命令我传达的时候保守秘密。我希望做得正确,然而厌恶使他难过,使他受伤害。恰好这时候萝芯妮从打开的门望出来。她看不见我们,虽然在树丛之间我可以清楚地看见她,她的连衣裙是灰色的,像我的一样。这种情况和先前的种种交易联系起来,使我想到,这件事不管怎样可叹,也许是一件无论如何我也没有责任去管的事。因此,我说道:

"如果你能向我保证,贝克夫人的学生里没有一位跟此事有牵连,我就非常愿意置身事外,毫不干涉。把这个小盒子、这束花和这张便条拿去吧,对于我来说,我乐于忘掉这整个事情。"

"瞧那边!"他的手拿住我给他的东西的时候,他忽然轻声这样说,同时在树枝间指着。

我瞧过去,看见了贝克夫人,她围着披肩,穿着大罩衫,趿着拖鞋,轻轻地走下台阶,像一只猫儿那样偷偷地绕着花园溜过来,两分钟之内,她就会逼近约翰医师了。不过,如果说她像一只猫,那么他就像是一头豹:只要他想那么做,就没有什么能比他的脚步更轻的了。他盯着瞧,在她转过一个拐角的时候,他蹦了两蹦就隐没在花园里。她重新出现了,他却已经溜掉了。萝芯妮帮了他的忙,立即在他和他的猎手之间掩上了大门。我本来也可以跑掉,但是我宁愿堂堂正正地去和夫人见面。

虽然在花园里消磨黄昏是我时常的、众所周知的习惯,然而直到今天以前,我从来也没有稽留到这么晚。十分肯定的是,夫人刚才找不到我——肯定她是来寻找我,而现在正计划出其不意地扑向缺席者。我料想会有一顿严厉的申斥。却没有。夫人太好了。她甚至连一句规劝的话也没有;也没有表示一点惊讶的样子。她那种炉火纯青的老练,我相信,从来没有人在这方面胜过她;她就以这老练的神态,甚至声言,她只不过是出外来享受一下"夜晚的微风"。

"多美的夜晚!"她大声说,抬头仰望星星——月亮这时已经落在圣徒施洗约翰教堂的宽阔的塔楼后面了。"天气多么好!空气多么新鲜!"

同时,她不送我进去,却留住我跟她沿着那条主要的庭院小径转了几圈。我们两人最后再回进来的时候,她和蔼可亲地靠在我的肩膀上,作为登上前门的台阶的支撑。分别的时候,她把面腮贴到我的嘴唇上,"晚安,我的好朋友,睡个好觉!"便是她这个夜晚的亲切的告别辞。

我眼睁睁地躺在床上胡思乱想的时候,发觉自己笑了起来——笑贝克夫人。她的举止中的那种柔情蜜意,那种谦恭温和,对于一个了解她的人提供了一个确切的征兆,说明某种怀疑正在她的头脑中忙个不亦乐乎。她从某个观察孔，或者观察高处，透过分叉的树枝，或者打开的窗户，无疑，她刚才或远或近，不很可靠或很有启发地，瞥见了那些黑夜中的交易。对于监视的艺术，她是那么娴熟精通，在发生了那个小盒子扔进花园里，或者一个闯入者越过她的走道去寻找小盒子这样的事情之后，她几乎一定会根据那摇动的树枝、那一晃而过的阴影、那异常的脚步声，或者那寂静中的悄悄声（虽然约翰医师对我说话只低低地说了几句，可是他那男人的哼哼声我觉得传遍了整个女修道院的场地），我是说，她一定会觉察发生在她的深宅大院内的那些异乎寻常的事情。究竟是什么事情，她也许丝毫没有看见，或者在那时候不可能发现；但是，一个绝妙的错综复杂的小阴谋在那儿引诱她去解开疑团；而在这中间，她被一圈又一圈地包围在蜘蛛网之中，难道她会不把笨拙地卷进去、像一只愚蠢的苍蝇那样的"露西小姐"牢牢抓住吗？

第十三章
不合时宜的喷嚏

在上一章描摹的小小的场景之后的二十四小时之内,我又有机会笑——不,该说嘲笑夫人了。

维莱特的气候变化无常,虽然不像任何英国城市那样潮气重。在那个阴郁的日落以后,接着是强风劲吹之夜,第二天一整天则是干燥的大风暴——阴暗的彤云密布,然而没有雨——街道都被从林荫大道上卷过来的沙尘弄得朦朦胧胧。我想,即使是好天气,也不会引诱我到昨天我曾经消磨过应该用于读书和娱乐的傍晚时间的地方再去消磨。我的庭院小径,以及说真的,花园中所有的走道和灌木丛已经具有一种新的、但是并不令人愉快的趣味。它们的隐秘现在已经变得惊险莫测;它们的宁静——已很不安全。像雨似的落下一封封短简的那扇竖铰链窗,使得它所俯瞰的一度令人觉得可爱的角落,变得庸俗粗鄙了;同时在另一处,花朵的眼睛已经能瞧见东西,树干里的节疤则像秘密的耳朵那样窃听着。说真的,那儿有些植物,在约翰医师搜寻和匆匆忙忙、漫不经心的走动中被他踩倒了,我希望把那些植物支撑起来,浇浇水,使之复苏。他还在花坛上留下了一些脚印,不过,在这天一清早,我不顾强劲的大风,抢在一般人的眼睛发现之前,抽一点时间去把这些脚印抹掉了。带着一种思虑万千的满足,我在书桌前坐下来,学习我的德语,这时候,女学生们安静下来上晚课,其他的女教师们则拿起针线活儿来。

食堂经常是"晚课"的场所,那是比三个班级或者教室中的任何一个都小得多的房间;因为这里除了寄宿生之外,谁也不让进来，而寄宿生的人数只有二十位。两盏灯从天花板上吊下来，照着两张桌子。灯是在黄昏时刻点亮的，点亮就是一个信号，表明学校课本该放在一边了，要摆出一副庄严的样子，强迫大家肃静无哗，然后便开始"精神的读物"。我不久就发现，上述"精神的读物"设想出来，主要是作为"才智"的一种有益的禁欲，"理性"的一种有用的屈辱；并且作为"常识"的如此一服药物：让它在闲暇时可以消化，并借以使自己尽最大可能不断丰富起来。

拿出来的书（从来也不更换，不过在念完了以后重新开始）是历史悠久的书，像山脉一样古老——像市政府一样灰白。

我愿意出两个法郎以得到机会用手捧一次那本书，翻翻那神圣的、发黄的纸，查明其书名，亲眼仔细察看一下那些庞大的虚构的事物，而我作为一个不足取的异教徒，却只允许我用迷惑不解的耳朵来尽情领略这些事物。这本书包含圣徒们的传奇。好上帝啊！（我是虔敬地这样说的，）那些传奇可妙了。圣徒们如果首先夸耀这些功绩，或者捏造这些奇迹，他们必定是多么爱吹牛的无赖。不过，这些传奇只不过是僧侣一般的夸夸其谈，对此，人们暗自窃笑；除此以外，还有教士的事情，这本书中所写的教士权术比其中关于僧侣生涯的坏得多。我无法避免地听到的时候，直听得两耳发烫。我听到的是：罗马教廷实施的精神殉教的故事；忏悔者们令人不寒而栗的自我吹嘘，他们自夸曾经邪恶地滥用他们的职权，糟蹋出身高贵的仕女，使她们深深堕落，把一些女伯爵和贵族夫人弄成天底下最受痛苦折磨的奴隶。这些故事就像康拉德和匈牙利的伊丽莎白[①]的故事一样，尽管罪恶得可怕，残暴得使人恶心，不虔诚得昏天黑地，还是一再翻来覆去地发生。

[①] 即匈牙利的圣伊丽莎白（1207—1231），匈牙利公主，图林根领主路易四世之妻。路易参加十字军东征死于瘟疫后，伊丽莎白成立济贫院，终身为贫民和病人服务。关于她的传说甚多。据说她在行善途中与亡夫之灵相遇，她所带的面包变成蔷薇花。英国诗人兼小说家金斯利（1819—1875）曾据以写过诗剧《圣徒的悲剧》。康拉德是诗剧中的一个修道士，伊丽莎白的宗教导师。

这些故事都是使人感到压抑、困顿和烦闷的梦魇而已。

有一些夜里,我在上这"精神的读物"的时候,在一旁尽最大努力坐到结束,并且尽可能地保持安静。只有一次,我把我的剪刀尖弄断了,那是我无意之中把剪刀尖戳进我面前的被虫子蛀坏的桌板里。不过,到头来我无法再坐下去了,因为这"晚课"使我热不可耐,五内如焚,而我的太阳穴、我的心脏和我的手腕这儿,脉搏都跳得极快,以致后来我睡ään时兴奋得不断醒来。从此以后,"精明练达"劝告我,一到那本罪行累累的书拿出来的时候,我这个人就该迅速撤离现场。媚丝·赫德里格在她作不利于博斯韦尔中士①的证言的时候,感到的必要性也比不上我感到的那么强烈——我感到非常必要对于这种罗马天主教教皇制度的"精神的读物"坦率地说出我的看法。不过,我不知怎么还是设法勒紧马缰绳,尽力控制了。而且,虽然在萝芯妮刚刚进来把一盏盏灯点亮的时候,我总是立刻就飞也似地逃离房间,我也还是无声无息地这样做。我总是抓住那死一般的静默到来之前的小小的骚动的有利时机,在寄宿生把她们的书本收起来的片刻,消失得无影无踪。

我消失了——消失在黑暗之中;蜡烛是不许带着到处走动的,撤离饭厅的女教师,这时候只有以不点灯的大厅、教室,或者寝室作为避难所。在冬天,我专找长长的几间教室,在教室里快步走,好使得身子暖和——如果月亮照着,如果只有星星,而能立刻适应它们暗淡的微光,或者甚至适应它们完全被遮蔽的情况,这是幸运的。在夏天,天色从来也不十分黑暗,于是我便上楼,到长长的集体寝室里找自己的住处,打开我自己的竖铰链窗(这间屋子有五扇像巨大的门一样大的竖铰链窗透进光来),凭窗眺望花园外面的城市,聆听从公园或者宫殿广场那儿飘来的乐队

---

① 英国作家司各特(1771—1832)的小说《修墓老人》中的两个人物。博斯韦尔中士要求貌似虔诚的长老会教友媚丝·赫德里格宣布与教友间盟约脱离关系;媚丝却觉得非要作证反对他不可,因而慷慨陈词,斥责他不忠于信仰的行为。

演奏的音乐，同时，在我自己的静静的幽暗的世界里，想着我自己的心事，过着我自己的生活。

这天傍晚，在罗马教皇和他的作品面前，我像往常一样逃亡，登楼，向集体寝室走去，静悄悄地打开那扇总是小心关严的门，那扇门像这幢房子里所有其他的门那样，在铰链上上足了油，因而毫无声息地旋转开来。我还没有看见什么东西之前，我就感觉到这通常是空空的大房间里有个有生命之物存在。既不是有什么动静或者呼息，也不是有什么窸窸窣窣的声音，而是"真空"不足，"寂静"不在家。所有的白色的床铺——它们被诗意地称为"天使床"①——那儿一眼就能看出，没有一个人睡在床上。一个非常小心地拉开抽屉的声音传入我的耳朵。我向一侧挪动一点，我的目光四处搜寻，并没有被下垂的帐子阻碍。这时，我望着自己的床铺，以及我自己的梳妆台，那上面有一个上了锁的针线箱，那下面则有几个上了锁的抽屉。

好得很。一个矮小肥胖的慈母般的人影，披着相当好的披肩，戴着干净得不能再干净的睡帽，站在那张梳妆台前，辛辛苦苦地干活，显然是在给我帮忙，"收拾收拾"那个"有抽屉的柜子"。针线箱的盖子打开着，最上面的那个抽屉打开着。下面挨个儿每一个抽屉也同样被打开着，抽屉里的东西没有一件不被拿起来，翻开来，没有一张纸不被过目一阅，也没有一个小盒子不被揭开盒盖。其熟练灵巧真是漂亮，其完成搜查的小心谨慎真是堪称典范。夫人像一颗真正的星星那样行事，"不慌不忙，又无休无止。"②我不否认自己在盯着她瞧的时候，心中暗暗欣喜。假若我是一位绅士，我相信夫人会得到我的欢心，她所做的一切事情都是那么手脚麻利、干净，有些人的动作松松垮垮，笨手笨脚，叫人恼火，而她的动作呢——漂亮简练，叫人舒心。总而言之，我着

---

① 天使床，即一种帆布床。
② 引自德国诗人歌德(1749—1832)的诗句："像一颗星星，不慌不忙，无休无止。"

魔似地站在那儿。不过,作出努力来祛除这一魔力是需要的;我必须撤退。那位搜查者有可能转过身来看见我;要是这样,唯一的结果就是一个尴尬场面。她和我就不得不突然相撞,彼此刨根问底,种种常规礼数都得破产,种种伪装都得一扫而光,我会盯着她的眼睛瞧,她也反过来盯着我的——我们将会明白,不再能合作共事,今生今世得从此永别。

惹出这样一场大祸有什么必要呢?我当时并不感到愤怒,也一点儿都不打算离开她。我不大可能找到另外一个雇主其马车的轭是如此轻省,如此宽松;①而且,说真的,不论我对她的原则可能有什么想法,这位夫人的第一流的头脑使我喜欢她。至于她的行事方法嘛,这无害于我,她尽可以心满意足地按照她那种方法对付我,那种行动不会有什么收获。我既没有情人,也不期待爱情,我的内心的贫穷使我不怕暗探,正像囊空如洗的乞丐不怕窃贼一样②。于是我转身溜走,用迅捷无声的步履走下楼梯,正像在此同一时刻沿着楼梯扶手奔下去的一只蜘蛛一样。

来到教室里以后,瞧我是怎么笑的吧。我恍然大悟,她一定曾经看见约翰医师在花园里了;我知道她想些什么了。一种多疑的性格产生的景象竟然被它自己的虚构引入歧途到如此地步,真使我忍俊不禁。不过,笑过以后,一种激怒之情油然而生,接着是一阵苦味,犹如"击打磐石"以后米利巴的水在流出来③。我从来没有像那天晚上那样,在一个小时里感到如此奇特和矛盾的内心骚动。痛楚和大笑,热情和悲伤,同时占据了我的心。我热泪

---

① 语出《圣经·新约全书·马太福音》第11章第29至30节:"我心里柔和谦卑,你们当负我的轭,学我的样式,这样,你们心里就必得享安息。因为我的轭是容易的,我的担子是轻省的。"
② 出自英国谚语:The beggar may sing before the thief.(乞丐能在窃贼面前唱得欢。)
③ 据《圣经》记载,摩西率领六十万以色列人离开埃及,行至叫做"汛"的沙漠,干渴无水,众人争闹。耶和华乃命摩西用杖击打何烈的磐石,便有泉水从磐石中流出,供众人饮用。摩西给该处起名为玛撒,意为"试探";又叫米利巴,意为"争闹"。见《圣经·旧约全书·出埃及记》第17章第1至7节。

盈眶，并非因为夫人猜疑我的缘故——她的猜疑我丝毫不放在心上——而是因为别的理由。复杂的、难以平静的思绪破坏了我的天性的整个的安宁。不过，这场波动还是平息了下来，第二天，我又是露西·斯诺了。

我重新去开我的抽屉的时候，发现全都锁得好好的，随后作了最仔细的检查，也未能发现有一件东西在原来的地方变了样子，或者明显地给弄乱了。我的几件连衣裙折叠得跟我放在那儿的时候一个样；有那么一小束白色紫罗兰是一位陌生人有一次一言不发地送给我的（对我来说，是个陌生人，因为我们从来没有交谈过），我把它晒干了，夹在我折叠起来的最好的连衣裙里，以保存香气，那束花依然在那里，没有动过；我的黑色的丝披肩、花边胸衣和衣领也没有弄皱。假如她弄皱过哪一件东西，我承认，要原谅她，我一定会觉得困难得多。可是，既然发觉一切都井然有序，我便说："让过去的事情过去吧。我既然没有受到损害，又何必记恨呢？"

有一件事情使我迷惑不解，于是，头脑中寻找一把解答这一哑谜的钥匙，我苦苦思索，差不多就像夫人在我的梳妆台抽屉里寻找一个有用的消息的线索。如果约翰医师不是把那只小盒子扔到花园里去的从犯，他怎么会知道那个东西扔下去了呢？他又怎么那么快出现在那里去寻找呢？我要想弄清楚这一问题的愿望是那么强烈，以致我开始考虑这一大胆的建议：

"如果我得到机会的话，为什么我不可以请约翰医师本人解释这件巧合的事呢？"

只要约翰医师不在眼前，我就真的相信自己会有勇气提出这样的问题来考查他。

小娇姞特现在已经复元，因此她的医师很少前来诊视。确实，他本来可以一次也不来，只不过夫人坚持请他偶尔来出诊，直到这孩子彻底痊愈。

有一天晚上，我刚刚在育儿室里听过娇姞特咿咿呀呀、断断续续的祷告以后,夫人进来了,把娇姞特弄上床。她捏着这小家伙的一只手,说道:——

"这孩子总是有点发烧。"一会儿以后,对我瞧了一眼,目光比她平常那副沉着的眼睛要敏锐:"最近约翰医师来看她没有?"

当然,比起这幢屋子里的任何人来,她对此知道得更清楚。"好吧,"她继续说,"我正要出去,坐马车去办些事情。我将去访问约翰医师,叫他来看看这孩子。我要他今儿晚上就来看她。她的双颊绯红,脉搏跳得快。你得接待他——至于我呢,我将不在家。"

这孩子现在是够健康的,她身上热,只不过由于7月的天气热罢了。这不需要找一位医师来开处方,几乎就像不需要找一位神父来施行临终涂油礼一样。夫人也很少像她自己说的那样,在晚上"赶路"。此外,偏偏挑约翰医师来出诊的时候,自己却不在场,这还是第一次。整个安排显露出有一种计谋;我看出这一点,不过我丝毫也不焦急。"哈!哈!夫人啊,""无忧无虑的乞丐"心里大笑着说,"你的神机妙算可出错儿了。"

她走了,打扮得非常漂亮,披着一条价格昂贵的披肩,戴着某种葱绿色的帽子——至于它的颜色,对于任何肤色不如她那么洁白的人来说都是刺目的,但是对于她本人却不见得不相配。我不知道她打算干什么:她是否真的要派人去请约翰医师来;而医师是否真的会来。他可能另外有事呢。

夫人刚才吩咐我不要让娇姞特睡觉,要等医师来了再睡。因此我得为她讲讲童话故事,胡诌些小孩子的语言,有够我忙的事情。我喜欢娇姞特,她是一个伶俐的可爱的孩子,把她放在我的膝盖上,或者抱在怀里,对于我来说都是一件乐事。今天夜里,她要我把头枕在她的小床的枕头上,甚至用两只小手臂抱住我的脖子。她的拥抱,以及把小脸贴在我的脸上这小鸟依人的举动,使我几乎怀着一种温柔的痛苦哭出来。无以名之的感觉充斥在这幢屋子里:从清纯的源泉里沁出的这颗颗清纯的小水滴,真是太甜美了；它深深地渗透，征服了我的心，使热泪涌上了我的眼眶。

半个小时，或者是一个小时过去了。娇姞特用轻柔的儿语喃喃地说她要睡了。"你该睡了，"我想，"尽管是夫人和医生……，假如他们过十分钟还不来，你就睡吧。"

听！门铃响了，再是脚步声，迅速地拾级而上，震响着楼梯。萝芯妮领着约翰医师进来，她带着一种随便的态度待在那儿，这种态度并不完全是她特有的，而是一般维莱特的用人都有的特性；她要听医师要说的话。夫人在场的话，她会吓得回到她那门厅和小房间的领域里——至于我在场，或者任何其他女教师，或者学生在场，她是毫不在乎的。她站在那儿，一副漂亮、整洁、时髦的样子，双手各插进她那花哨的女工围裙的一只口袋里，瞟着约翰医师，就像他是一幅画，而不是一位活生生的绅士那样，既不害怕，也不害臊。

"这淘气鬼没有什么毛病，不是吗？"她用下巴指指娇姞特说。

"没有什么，"则是回答，这时，这位医师正在用铅笔匆匆忙忙、龙飞凤舞地开着某种吃不坏的处方。

"呃！"萝芯妮继续说，径直走到他跟前，他正在放好铅笔。"至于那只盒子——你拿到了吗？那天夜里，先生走掉，就像一阵风，我来不及问。"

"是的，我找到它了。"

"那么，是谁扔的呢？"萝芯妮继续问。我是那么想说，却没有本事或勇气说出口的话，她竟然自由自在地说了出来。有些人走那么短的路便能达到目的地，对于另一些人说来，却似乎是难以达到的！

"那也许是我的秘密，"约翰医师简短地回答，不过并不带有傲慢的神态。他似乎很了解萝芯妮或者女工的这种性格。

"可是，"她继续说，一点也不难为情，"既然先生走来寻找它，那当然是知道它给扔下来了——是怎么知道的呢？"

"我在邻近的学院里看一个小病人的时候,"他说,"看见那东西从他的套间的窗户里抛出来,因此走过来拾的。"

这整个解释是多么简单啊!那张便笺上曾经提到一位医师当时正在给"古斯塔夫"作体格检查。

"啊!"萝芯妮又说,"那么这后面没有什么,没有秘密,比方说,没有爱情的事?"

"不比我的手掌有更多的东西,"医师摊开手掌回答说。

"多么可惜!"女工回答道:"而我却开始想着许多想法。"

"的确,你费尽苦心,"则是医师的冷冷的答辩。

她撅起嘴巴。医师瞧着她做出的"撅嘴"的样子忍不住笑出声来。他笑的时候,容貌中有一种特别温厚和蔼的神情。我看见他想要把手伸进衣袋里去。

"上个月里你为我开门共有多少次?"他问。

"先生想必数过了,"萝芯妮脱口而出地说。

"仿佛我就没有更好的事情可干似的!"他答辩说。可是我看见他给了她一块金币,她毫无顾忌地拿了,接着听到门铃响,她跳跳蹦蹦地跑去应门,这时门铃每隔五分钟便响一次,因为各方仆人来接搭伙走读生①。

我的读者决不要把萝芯妮想得很坏。整个说来,她并不是那种坏人,也没有一种概念认为捞取自己能够捞到的东西会有什么难为情,或者像一只喜鹊那样喋喋不休地对基督教徒之中最好的绅士说话会有什么厚颜无耻之处。

除了关于那只象牙盒子以外,从上述的情景中,我还知悉了一些事情。那就是说,使约翰医师心碎这一罪责,不能推在穿粉红色或灰色轧光棉布②长袍的人身上,也不能推在穿有衣袋的花边围裙的人身上。这些打扮的细节,正像娇姞特的小小的蓝色罩衫

---

① 搭伙走读生,指搭伙食而不寄宿的学生。
② 原文为法文 jaconas,即英文 jaconet,一种原产于印度的平纹浅漂轧光棉布。

一样,显然是无辜的。如此就更好。不过,这样说来,谁是嫌疑犯呢?理由是什么?——起因是什么?——这整个事情的完完全全的解释又是什么?有些问题已经弄清楚了,可是还有多少仍然像黑夜一样模糊不清啊!

"不管怎样,"我对自己说,"这究竟不是你的事。"于是我转过头,不去瞧那张我刚才不知不觉中带着满腹疑团的神色盯着瞧的脸,却透过窗户,俯瞰那座花园。这时候,约翰医师正站在床边,慢慢地戴上手套,眼睛瞧着他的小病人。小病人已闭上双目,张着红红的嘴唇,正要入睡。我等着,直到他会像往常那样告辞:迅速地一鞠躬,含糊不清地道一声"晚安"。就在他拿起帽子的时候,我正凝望着形成这座花园的界限的那几座高楼,我的眼睛忽然看见那扇已经使人永志不忘的格子窗小心翼翼地打开来,从里边伸出一只手,挥舞着一块白手绢。我不知道这个信号是否得到从我们的住处望不见的一隅的响应,但是不久以后,格子窗里就飘下了一件东西,白色的,分量轻轻的——当然啦,是第二张短简。

"瞧那儿!"我不由自主地脱口喊叫。

"哪儿?"约翰医师神情振奋地问,径直向窗口走去。"那是什么?"

"他们不见了,可又做了那件事,"我回答说。"一块手绢挥舞着,一件东西扔了下来。"我指着那扇此刻已经关上,假装一副漠然不动声色的样子的格子窗。

"马上去把它拾起来给我,"他立即发出指令;又加上一句说:"没有人会注意到你:而我则一定会被人看见的。"

我立刻跑下去。找了不多一会,就找到一张折起来的纸,那是掉在灌木丛的一处较矮的树枝上的。我拿了它直奔约翰医师。我相信这一次连萝芯妮也没有看见我。

他把这张短简撕成碎片,连看都没有看。

"你必须记住,这一点儿也不是她的错,"他瞧着我说。

"谁的错?"我问。"那是谁?"

"这么说,你还不知道哇?"

"一点儿都不知道。"

"你没有猜测过吗?"

"没有。"

"要是我对你有较多的了解,我也许会冒风险吐露一些秘密,那样你就会成为一个最天真和杰出,但是多少有些涉世不深的人的监护人。"

"做一个女陪伴①吗?"

"是的,"他心不在焉地说。"她的四周是怎样的陷阱啊!"他若有所思地加上一句。这时候,他想必是头一次审视我的脸,无疑是急于看看我的脸上是否有一点忠厚的表情,能够使他据以把某个轻灵微妙的人物委托给我来照看和娇惯,而这个人物正在遭受黑暗势力的暗算。我觉得自己并没有特殊才能来承担监护轻灵微妙的人物的工作。但是回想到过去在马车管理所的情景,我似乎欠了他的情。如果我能够,我就会帮助他,不过这不能由我来决定怎样帮助。于是我尽可能做到不勉强地表明:"我很愿意尽力照看他可能有兴趣的任何人。"

"我跟一个旁观者一样不感兴趣,"他说,带着一种我觉得看起来很美妙的谦虚的态度。"我碰巧认识那个相当无聊的人,此人现在已经两次从对面屋子里侵犯这个圣洁的地方了。我也在社交场合里遇到过被这些下流的企图作为目标的那个人。她的优美卓越的神态和生来高尚的品质,人们会觉得,理应吓退她根本想不到的那种鲁莽的言行。可是事实不是那么回事;因此,像她那样从不猜疑别人的单纯的人,我愿意尽可能保护她,不受邪恶侵犯。可是,我本人不能做任何事,因为我无法接近她。"说到这儿他停住不说了。

---

① 女陪伴,西班牙或葡萄牙家庭中或社交场合中照看和陪伴少女的年长妇女。

"嗯，我很愿意帮助你，"我说，"就请你告诉我，该怎么办吧。"同时，我在自己的心里急急忙忙地翻找我们同屋子里的人的名单，寻觅这位尽善尽美的人物，这位无价之宝，这位无瑕之玉。"这是夫人，"我下了结论。"在我们所有的人当中，只有她才有这种装出一副出类拔萃的样子的高明手段。不过说到不猜疑别人、涉世不深等等，约翰医师对此不必考虑太多。不管怎样，这只是他的奇思怪想而已，但是我也不愿意反驳他。对他该顺着点儿，他的安琪儿应该是个安琪儿。"

"就请你告诉我，我该朝哪儿倾注我的关心，"我正正经经地继续说；不过心里想到要奉派去监护贝克夫人，或者她的任何一位学生，不免暗自窃笑。

不料约翰医师却有着敏感的神经系统，他立刻本能地感觉到较为粗心大意的人所不能发觉的事，那就是我有一点觉得他好笑。他涨红着脸，勉强笑笑，转身去拿帽子——他要走了。我的心责备着我。

"我愿意——我愿意帮助你啊，"我急忙说道。"我愿意做你希望我做的事。我愿意护卫你的安琪儿，我愿意照顾她，就请你告诉我她是谁吧。"

"不过你必定知道，"于是他认真地说，然而声音很轻。"如此纯洁无瑕，如此心地善良，如此难以言宣地美丽！一幢屋子里不可能藏有两个像她那样的人。当然啦，我指的是——"

这时候，贝克夫人的套间的门（通到这间育儿室来的），那扇门上的插销忽然克嗒一响，仿佛握住它的那只手微微痉挛了一下；那里突然响起了一声控制不住的压低了的喷嚏。这类小小的偶然事件我们大多数人都会发生的。夫人——这位杰出的女人！这时正在值勤哪。她刚才静悄悄地回到家里，踮着脚尖，偷偷地走上楼来，此刻是在她的套间里。要是她没有打喷嚏，就会听到所有的话了，我也可以听到了。可是那个倒霉的喷嚏击溃了约翰医师。在他吓得呆若木鸡地站在那儿的时候，她却机警地、若无其事地朝前面走来，神采奕奕，而又极其镇静。每一个对她的习惯陌生的人，都会以为她不过刚刚进屋，都会认为她曾经把耳朵贴在钥匙孔上至少有十分钟的这一说法是荒唐可笑的。她假装又打喷嚏，宣称自己"伤风"了，然后开始口若悬河、一五一十地谈她的"坐出租小马车去的地方"。祈祷的钟声响起来的时候，我便和医师一起离开了她。

第十四章
圣名瞻礼日[①]

娇姞特身体刚刚恢复健康,夫人就把她送到乡下去了。我感到遗憾。我爱那个孩子,她不在跟前,使我比过去处境更差。不过我决不该抱怨。我生活在一幢充满勃勃生机的房屋里;我可以找到朋友,然而我却选择了孤独。女教师们大家轮流向我提出建立特别亲密的关系的建议;我接触了每一位。有一位我觉得她诚实、正派,然而她却是个心胸狭窄、感觉粗鄙、自私自利的人。第二位是个巴黎女士,外表温文尔雅——内心却道德败坏——没有虔诚,没有原则,没有爱心;你要是透过这个人物的端庄的外壳看去,就会发现那下面是一汪泥潭。她对于礼物具有异常的热情;在这一点上,那第三位女教师和她非常相似——而在其他方面,则是个没有个性的猥琐卑微的人。最后提到的这一位还有另一种突出的特性——那就是贪婪。为金钱本身而对金钱的热爱统治着她。只要一看见金子,她的眼睛里就会闪出发绿的光,这真是罕见的事。有一次,仿佛是给我一种高级礼遇,她带我上楼,打开一扇秘密的门,给我看一个宝库——一堆外形粗糙的大硬币——大约值十五块畿尼的五法郎一枚的金币有许多。她爱此宝库犹如鸟儿爱其生的蛋一样。这些是她的积蓄。她会跑来跟我谈论这些钱,带着一种又糊涂又固执的过度偏爱的样子,看见这种样子出现在一个还不到二十五岁的人身上,叫人好生奇怪。

另一方面,那位巴黎女士则奢侈浪费,放荡恣肆(这是说在性情上;至于行为我却不了解)。她的行为只有一次对我展示了它的

153

蛇头，它非常小心地探出头来。从我投去的一瞥判断起来，它像是一种稀奇古怪的爬行动物。它的新奇的样子刺激了我的好奇心。如果它是大模大样地出现的，我也许就通达明智地固守我的阵地，冷眼旁观那条长长的东西，从它叉状的舌头直看到鳞状的尖尾巴。可是它仅仅在一部拙劣的小说的书页中沙沙作响，一遇到一阵急急忙忙、莽莽撞撞的愤怒的示威，便发出嘶嘶的声音，退缩回去，消失得无影无踪。她从那天起就憎恨我。

这位巴黎女士老是欠债；她预支薪水，不但花在衣着上，而且花在买香水、化妆品、糖果点心和调味品上。对于所有的事情，她是一个多么冷酷无情的享乐主义者啊！我现在还能看见她出现在我的眼前。她的脸和身材都是瘦瘦的，面色灰黄，面貌端正，牙齿整齐洁白，嘴唇犹如一条线，下巴大而突出，大大的眼睛，但是冷冰冰的眼神，闪着既渴求什么又忘恩负义的光。她对工作恨得要命，对她所谓的享受则爱得非常，真是一位索然寡味、无情无义、没有头脑的游手好闲的人。

贝克夫人对这位女士的性格非常了解。她有一次和我谈论到她，语气中奇妙地混合着不屑、冷漠和反感的味道。我问她为什么把她留在学校里。她坦率地回答说："因为这样做符合我的利益。"她还指出我已经注意到的事实，那就是圣彼埃尔小姐在一种几乎是独一无二的程度上具有一种力量，能够在她的学生们自由散漫的队伍之中维持秩序。有那么一种使人乖乖就范的影响力跟随和围绕着她。不用热情、吵闹，或者强制手段，她便能制止她们，就像无风的严寒空气可以使哗哗响的河流静下来一样。至于就传授知识而言，她却没有多大用处，但是对于严格管制和维护守则来说，她倒是个无价之宝。"我知道她没有原则，或许也没有道德。"夫人坦白地承认，但是又贤明理智地加上一句："她在学

---

① 圣名瞻礼日，天主教的圣徒纪念日，以这一圣徒的名字为自己命名的天主教徒把它视为自己的第二生日。又意为"喜庆日"或"节日"。

校里的行为总是恰当的,甚至充满了一定的尊严,总是恰到好处。学生们和家长们都很满意,因此我也满意。"

这所学校是一个奇特的嘻嘻哈哈、吵吵闹闹的小世界。人们费尽心机用鲜花掩盖镣铐;天主教的一种难以捉摸的精髓渗透到每一项事务之中。作为对于要求人们在精神上绝对忠实这一点的补偿,大量的感官上的放纵(不妨这样说)是允许的。每一个心灵都在奴役之中培养起来。但是为了防止人们细细思量这一事实,每一项起调节身体作用的借口都被紧紧抓住,并且被尽量利用。在那儿,就像在别处一样,教会努力把它的孩子们教养成躯体健壮、灵魂柔弱、脑满肠肥、红光满面、精神抖擞、喜气洋洋、愚昧无知、没有思想、不会提问的人。"吃吧,喝吧,活得痛快!"它说。"照顾好你们的躯体;你们的灵魂则交给我。我来使灵魂得救——引导它们的进程。我保证它们最后的命运。"这是做交易,每一位真正的天主教徒都以为自己是这项交易的得益者。魔鬼提出的正是同样的条件:"这一切权柄荣华,我都要给你。因为这原是交付我的,我愿意给谁就给谁。你若在我面前下拜,这都要归你。"①

大约在这个时候——在赤日炎炎的盛夏——贝克夫人的这幢屋子变得非常热闹,一所学校这样的场所可能出现的热闹情况充其量不过如此了。那许多宽阔的双扇门和双扇竖铰链窗都整天大开着。稳定不变的阳光仿佛和空气融为一体了。白云在远处,正飘浮到大海的那边,毫无疑问,是要去栖息在那亲爱的云雾缥缈的土地——例如英格兰那样的海岛的周围,完全撤离了这片比较干燥的欧洲大陆。我们生活在屋子里的时间少,生活在花园里的时间多得多。我们在"大绿廊"里上课和吃饭。此外,学校里还洋溢着一种准备度假期的气氛,几乎使得自由变成了放纵。只不

---

① 引文见《圣经·新约全书·路加福音》第4章第6至7节。当时耶稣在旷野里受魔鬼试探四十天。四十天中耶稣没有吃什么。魔鬼领他上了高山,把天下万国指给他看,说了上述那些话。

过还有两个月就要放暑假①了。但是在这之前,一个重要的日子——一个重要的典礼——那就是夫人的圣名瞻礼日——等待着举行庆祝。

筹备这次圣名瞻礼日活动主要归圣彼埃尔小姐负责。夫人自己由于应该回避,所以超然事外,对于为了向她祝贺可能在进行的什么事,都毫不知情。特别是,她决不知道,连一点儿都没有想到过,每一年都要向全校人员集款,大家凑份子去买精致的礼物。至于在夫人自己的套间里进行的、关于此事的一段简短的秘密协商,我的读者懂礼貌,识大体,一定会欣然同意作为例外处理。

"你今年要什么呢?"她的巴黎副官问她。

"哦,没关系!别管它。让那些穷孩子们留着法郎自己花吧。"夫人现出一脸宽厚仁慈、端庄优雅的样子。

这时候,圣彼埃尔就会扬起下巴来。她非常了解夫人。她一直把她的"仁慈"的架势称之为"怪模样"。她甚至连假装尊敬这种架势都不肯,片刻都不肯。

"快!"她会冷冷地说。"讲出你要的东西吧。是珠宝呢,还是瓷器,是缝纫用品呢,还是银器?"

"啊,好吧!两、三把银调羹和叉子吧。"

结果是一只美观大方的盒子,里边装着价值三百法郎的餐具。

圣名瞻礼日活动的节目包括:赠送餐具、校园茶话会、戏剧演出(由学生们和教师们担任演员)、舞会、晚餐。就我牢牢记得的说来,我觉得整个效果似乎非常精彩。翟丽·圣彼埃尔对这些事情很在行,办理得有条不紊。

戏剧演出是主要节目。一个月以前就需要排练了。挑选演员

---

① 原文是:the autumnal long vacation(秋季长假),比利时天主教学校中,暑假从 8 月 15 日到秋季 10 月 2 日。第十五章《暑假》原文为 Long Vocation。

也需要懂行和费心。然后是教舞台发声法和演技课，然后是令人困乏的无数次的排演。对于这一切，正像人们料想的那样，圣彼埃尔是不能胜任的。这里就必须有别人的安排，必须有别人的才能了。能够满足这些要求的，便是一位叫做保罗·伊曼纽埃尔先生的人，他是教文学的教授[①]。我从来没有运气去旁听他给演员上的课，但是常常看见他穿过 carré（一间在宿舍和校舍之间的方形大厅）。我还听见他在暖和的傍晚，开着教室门讲课。他的名字和他的轶事从各个方面传到人们的耳朵里。特别是我们过去的朋友姑妮芙拉·樊箫小姐，她被挑选在这出戏里担任一个重要的角色——她把她大部分闲暇时间都赏给我，老是频频提及伊曼纽埃尔的言谈举止来点缀自己的高论。她认为他难看得吓人，惯于自称一听见他的脚步声或说话声便吓得几乎发狂。他确实是一位皮肤黑黑的小个子男人，性情泼辣和严肃。即使在我看来，他也像是一个严厉的幽灵：那黑发剪得短短的头、那宽阔的灰黄色的前额、那瘦削的双颊、那微微翕动的大鼻孔、那一眼望到底的目光，以及那急急忙忙的举止。他容易激动；在他激烈地发出呼唤，要那"一小帮笨蛋"听命于他的时候，就可以听出来。有时候，他会对这些不熟练的业余女演员们失去耐心，情绪激动地大喊起来，指责她们领会错误，缺乏情感，拙于表达。他会喊道："听着！"于是他的声音像喇叭一样穿过整个建筑物。然后传来跟着模仿的姑妮芙拉、玛苔尔德、或者白兰抒的小笛子的声音，这时候，人们就会明了，为什么对于这种有气无力的回声的反应，是一声表示轻蔑的低沉的哼声，或者是一声表示愤怒的强烈的嘘声。

"你们都是娃娃吗？"我听见他雷声隆隆地吼叫。"你们没有热情，没有感觉吗？你们的肉变成雪，你们的血变成冰了吗？我要看到有火焰，有生命，有灵魂！"

白费心思的决心啊！他最后终于发现这的确是白费心思的时

[①] 在比利时，"教授"称谓不限于指大学教授；中学中有资历的教师也称教授。

候，他便突然中断了这整个计划。到这时为止，他一直在教她们排演一出大悲剧；他便把这出悲剧撕成碎片，第二天带来一场结构紧凑的喜剧小玩意儿。她们对此接受得比较好一些；于是，没有多久他便把这出戏全部灌输到她们那又圆又柔嫩的脑袋里去了。

圣彼埃尔小姐一直出席伊曼纽埃尔先生的课，我听说她优美的风度、她表面看起来的专心听讲、她斯文得体的举止，都给这位绅士留下了非常好的印象。确实，在一定的时间之内，她具有一种使她愿意讨好的人喜欢的艺术；然而这种感情不能持久，一小时以后，它就会像露水那样干掉，像游丝那样消失。

夫人的圣名瞻礼日的前一天，像圣名瞻礼日当天那样，也是一个假日。这一天被用来清空三间教室，打扫干净，布置装饰一番。整个屋子里都是欢快至极的忙乱喧闹，一个性格沉静、孤僻的人，不管在楼上还是楼下，都不能为自己找到一个落脚之地①；因此，就我来说，我把花园作为避难所。我整天独个儿在那儿徘徊或小坐，在阳光里暖和一下，又在树荫里待一会儿，还在自己的思想里找到了伙伴。我记得很清楚，那一天，我跟别人只交换过两句话。我并不感到孤单；我喜欢安静。作为一个旁观者，只要这样就足够了：在那几间房间里穿过一两次，看看有了哪些变化；一间演员休息室②和一间化妆室是如何设计的；一座带布景的小舞台是如何搭起来的；保罗·伊曼纽埃尔先生如何与圣彼埃尔小姐共同指挥一切事宜，而在他的支配之下，那伙热情洋溢的女学生，其中有姞妮芙拉·樊箫，如何兴致勃勃地干活。

那伟大的一天来到了。火辣辣的太阳升起，万里无云，而且一直到傍晚都是火辣辣的，万里无云的。所有的门窗都大开着，给人一种夏日的自由开放的愉快景象——而最完全的自由开放，似乎确实是这天的秩序了。女教师和女学生们穿着晨衣，卷着卷

---

① 语出《圣经·旧约全书·创世记》第 8 章第 9 节："但遍地上都是水，鸽子找不着落脚之地，……"
② 原文为 green room（绿室），由于欧美早期剧场演员休息室用绿色装饰，故名。

发纸走下楼来用早餐;她们"高兴地"期待着傍晚时分的化妆,似乎在这天上午就在不修边幅的放浪形骸之中享受着乐趣;仿佛高级市政官员们准备赴宴之前先斋戒一下似的。大约在上午九点钟,一位重要的工作人员:理发师驾到了。说来是亵渎神圣的,他竟然把他的大本营设在祈祷室里,在这儿,在圣水盆、蜡烛和十字架面前,他的奥妙的手艺变得庄严起来。所有的姑娘都挨次被唤来经过他那双手摆弄,然后就出现平滑得像贝壳一样的头,由一丝不乱的白线在横向里缠着,由希腊式的、光亮得仿佛涂了清漆似的发辫盘绕。我和其余的人也挨个儿理发,过后我拿起镜子欲知究竟的时候,我简直不能相信镜子传来的消息。编成绦辫的褐色头发那样豪华地装饰起来,真使我吃惊——我怕这不完全是我自己的,等到拉扯了几下才相信它完全是我自己的。我这时终于承认这位理发师是一位第一流的艺术家——这个人确实把普普通通的东西摆弄出了最新奇的花样。

祈祷室的门关了,集体寝室变成了精雕细作地沐洗、打扮和花里胡哨地装饰的场地。她们怎么竟然花了那么多时间做那么少的事情,对于我来说曾经是、也将永远是一个谜。其操作过程似乎很仔细、很复杂、拖得很长,其结果却很简单。一袭洁白的麦斯林纱的连衣裙,一条蓝色的饰带(一尘不染的颜色),一副白色或者稻草色的小山羊皮手套——如此这般就是盛装制服了,为了这种设想便要这满屋子的女教师和女学生们花费烦死人的三个钟点。不过虽然简单,却必须承认那种穿着打扮是十全十美的——在式样时兴、剪裁合身和颜色鲜艳方面十全十美。每一个人的头也都非常精致地用一种紧密严整的形式梳理起来——正适合拉巴色库尔人的外形丰满、端正的清秀风貌,虽然相对于任何比较流动飘逸、富有弹性的美的风格来说,这是太刻板了一些——不过就整体来看,总效果是值得称赞的。

瞧着这打扮得精致,总体看去是一片白色的人群,我清楚地记得,我觉得自己只是一片亮光的海洋中的一个小黑点。我没有穿上一件透明洁白的连衣裙的勇气,然而我必须穿一件薄衫——天气热,房间里热,穿质地厚实的衣料做的衣服叫人受不了,所以我曾经在十几家店铺里找遍了,最后偶尔找到一件紫灰色的绉绸似的衣料——这种颜色,总之像开花的荒原上笼罩的暗褐色的雾。我的裁缝曾经好心地尽力缝制好这件衣服,因为她很有见识地看出它是"那么阴沉——那么不鲜艳",便更为迫切需要注意式样了。她对此事这样看待好得很,因为我没有鲜花,也没有珠宝来补救;尤有甚者,我脸上没有天然红润的血色。

在每天忙忙碌碌、周而复始的常规事务中,我们对这些缺陷变得熟视无睹,但是在美必将大放光芒的那些华丽的场合,缺陷就要强迫我们正视其令人不愉快的破绽。

不过,我穿着上述这件黯然无光的长外衣,还是觉得无拘无束、自由自在;如果穿上任何比较耀眼夺目的衣服,我就不会有这么舒服了。贝克夫人也给我保留面子,她的连衣裙差不多像我的一样素净,只不过她戴了一只手镯,别了一枚大饰针,金晃晃的、精致的宝石闪闪发光。我们在楼梯上相遇,她对我点点头,表示嘉许地微微一笑。并不是她觉得我看起来漂亮——这一点不见得能引起她的兴趣——不过她认为我打扮得"恰当","合适",这两者是夫人所崇拜的两尊沉静的神。她甚至停下来,把戴着手套的手搁在我的肩膀上,手上拿着一方洒过香水的绣花手帕,嘴对着我的耳朵,吐露一句挖苦其他女教师的话(她刚才还在她们面前说恭维话呢)。"没有什么比这更荒唐的了,"她说,"成年妇人竟然'把自己打扮得像十五岁的姑娘'——至于圣彼埃尔,她的样子像一个卖弄风情的老妇人装成一个单纯的少女。"

由于比任何人都至少早两小时打扮完毕,我觉得很愿意前往——不是到花园里去,仆人们正在那儿忙于支撑起一张张长桌,安排座位,铺桌布,为茶话会做准备——是前往教室,那儿现在一间间都空着,安静、凉爽、干净。墙壁是新刷上颜色的,木质地板是新冲洗过的,还没有干透;鲜花是新采摘的,插在花瓶里,装饰着一个个壁凹；帷幔也是新挂上去的，美化着那些大窗户。

我退避到第一班的教室，这个房间比其他房间小，比其他房间整洁，我有那个玻璃书橱的钥匙，便取出一本照书名看来是有些使人感兴趣的书，坐下来阅读。这间教室，或者叫做讲堂的玻璃门通往一个大绿廊，金合欢树的粗枝抚摩着它的窗格玻璃，又一直伸展过去，和在对面的门楣旁盛开的玫瑰花丛相会；花丛中，蜜蜂们忙碌而快乐地嗡嗡唱。我开始看书。就在这时候，这静悄悄的嗡嗡声、这树叶遮蔽的荫蔽处、我这个藏身之地的温暖而又孤独的宁静，开始把字句的意思从书本上悄悄带走了，把形象从我的眼睛前面悄悄带走了，并且引诱我沿着梦幻的轨道进入梦乡那幽深的山谷之中——就在这时候，沿街大门的最刺耳的铃声一下子使我惊醒过来；那个经受过许多考验的"乐器"从来也没有这样战栗过。

喏，这个门铃曾经响了一上午，因为那些工作人员，或者仆人，或者理发师，或者裁缝来来往往，干这干那。而且，由于大约有一百位走读生要乘四轮马车或者出租小马车来，预料整个下午铃声不断也是有充分理由的。即使在傍晚的时候，也不能指望铃声停下来，那时家长们和朋友们会蜂拥云集来看戏。在这些情况之下，一阵铃声——即使是刺耳的铃声——是一种理所当然的事。不过这一阵特别的响声有着它自己的特点，它驱散了我的好梦，惊吓得我把书从膝盖上掉了下来。

我正要弯身去拾书的时候——坚定、迅速、直接——正在穿过前厅——沿着走廊，走过方形大厅，穿过第一班、第二班、大厅——响起了大步流星的脚步声，又快，又有规则，又有目的。这第一班的教室里——我的庇护所——关着的门并没有成为屏障。它被猛然打开了，一袭宽松外衣和一顶希腊式无边圆帽填满了门框；还有两只眼睛，开头是没有表情地望着、然后是饿狼似的直盯着我瞧。

"是的！"一个声音说道。"我认识她；是那个英国女人。更糟糕。可是英国人,所以尽管她装作正经,她得救我脱离困境,否则我要知道为什么。"

于是,他带着一种冷冰冰的有礼貌的样子(我猜想他以为我没有听明白他刚才粗鲁的咕哝声的大意),用一种前所未闻的最令人讨厌的行话说:"——小姐,你必须去演,我栽在那儿了。"

"你要我做什么事,保罗·伊曼纽埃尔先生?"我问。他正是保罗·伊曼纽埃尔先生,正处于相当激动的状态。

"你必须去演。我决不让你退缩,或者皱眉,或者假装正经。你来的那天夜里我就观察过你的颅骨,我看出你的才干;你能演,你必须去演。"

"不过怎么演呢,保罗先生?你的意思是什么呢?"

"不能再浪费时间了,"他继续说,这时是用法语说的。"让我们把所有的不情愿、所有的借口、所有的傻笑都逼入墙角吧。你必须担任一个角色。"

"是在那轻松歌舞剧里吗?"

"是在那轻松歌舞剧里。你说得对。"

我透不过气来,吓得发抖。这矮小的男人究竟在说什么?

"听着!"他说。"事情会说清楚的,那时你就要回答我'是'或'否',然后根据你的回答,我将作出今后对你的评价。"

他那最容易激动的天性的难以抑制的冲动,使他的面颊绯红,使他两眼闪射着锐利的光芒;这种天性——这种欠考虑的、讨人嫌的、迟疑不决的、愁眉苦脸的、装模作样的、尤其是不屈不挠的天性,可以迅速地转变成狂暴的难以和解的脾气。沉默和加以注意乃是对症下药的最好的镇痛剂,我于是倾听着。

"整个事情要垮台了,"他开始说。"露易丝·凡德克考夫生了病——至少她的可笑的妈妈硬是这么说的。在我看来,我觉得只要她愿意她就肯定能演。这里只是缺少善意罢了。她担任一个角色,这你知道,或者不知道——反正都一样,而没有这个角色,这出戏就演不成了。现在只有几个钟点来熟悉它;这所学校里却没有一个姑娘懂道理,来接受这个任务。当然啰,这不是一个有趣的、不是一个可爱的任务。她们那讨厌的自高自大——这种卑劣的品质妇女身上真多啊——会对此发生反感。英国妇女在女性之中不是最好的就是最坏的。上帝知道我通常憎恶她们像憎恶瘟疫那样。"(这句话从他那泄露秘密的牙齿缝中吐了出来。)"我请求一位英国女士救助我。她的回答是什么——是'是'还是'否'?"

千百种反对的理由涌上我的心头。比如外语呀,时间有限呀,大庭广众前露面呀……"爱好"退缩了,"能力"摇晃不稳了,"自尊心"(这"可恶的品质")颤抖了。所有这些东西说道:"不行,不行,不行!"但是我抬眼看着保罗先生,在他那双苦恼的、火烧火燎的、到处搜寻似的眼睛里,看见在充满威胁的背后,有一种恳求的神色,于是我的嘴唇吐出一个字:"是。"他的严峻的面容立刻松弛下来,满意地抖动了一下。不过,他又迅速地皱起眉头,继续说——

"快去工作!剧本在这里;这是你的角色;念吧。"于是我念着。他没有称赞一声;念到某些段落,却又瞪眼,又跺脚。他教训了我,我勤勤恳恳地模仿他。我承担的是一个令人讨厌的角色——演一个男人——一个没有头脑的纨袴子弟。我无法把整个心灵投入其中。我憎恶这个角色。这出戏——只不过是个无聊的东西——主要是写一对情敌费尽心机去赢得一位漂亮的卖弄风情的女郎以身相许。一位情人叫做"乌尔斯[①]",是一位侠义心肠、但是粗鲁无文的好人,像一颗未加工的钻石。另一位情人则是一只花蝴蝶,一个碎嘴子、一个薄情郎。我便要扮演那只花蝴蝶、碎嘴子和薄情郎。

我尽力而为——我知道自己念得不好,使保罗先生恼怒。他发了火。我竭尽全力做出我最好的水平。我推测他相信我主观上是想做好的。他承认了部分满意。"这还可以!"他喊道。这时从

[①] 原文为法语 ours,意为熊,孤僻、粗野的人。

花园里开始传来说话声,几件洁白的连衣裙在树丛间飘拂,他接着说:"你必须撤退,你必须独自一个人练习这个戏。跟我来。"

不允许有时间或力量考虑,我便发现自己在此同时被护送着,仿佛卷在一种旋风之中,沿着楼梯飞上了两段梯级,不,实际上是三段(因为这位火暴性子的矮小的男人似乎在任何地方都本能地熟悉路径)。我被带到了这间孤僻的顶楼高处,送了进去,上了锁。钥匙是插在门上的,他取下了那把钥匙带在身边,便不知去向了。

顶楼不是一个舒服的地方;我相信他并不知道这儿是多么叫人不舒服,否则他决不会如此不客气地把我锁在里边。在这夏天里,这儿热得像非洲一样;到了冬天,这儿又经常冷得像格陵兰①。顶楼里塞满了箱子和破破烂烂的东西。旧衣烂衫挂在没有刷上颜色的墙上——蜘蛛网张在没有打扫过的天花板上。这儿是出名的老鼠、蜚蠊、蟑螂居住的地方——不仅如此,传闻还肯定地说那个幽灵般的花园修女有一次让人看见在这里出现。黑暗使顶楼的一头看不清楚,再望过去,仿佛是更为深沉的神秘,一幅铁锈色的旧帷幔张挂着,用以遮蔽一排色调阴森的冬装斗篷,每一件斗篷都垂吊在一根钉子上——好像一个坏人吊在绞架上一样。这个修女据说就是从这些斗篷之间,在这幅帷幔的后面出现的。我不信此说,因此也不担惊受怕。不过我倒是看见了一只非常大的黑老鼠,长着一条长尾巴,从那个肮脏的壁橱里溜出来。除此以外,我的眼睛还看见地板上斑斑点点的许多蜚蠊。也许,这样说是通情达理的,即比起破破烂烂的东西和这里的闷热,以及灰尘来,这些蜚蠊更使我不安。要不是我想方设法打开了天窗,把天窗撑了起来,放进一些新鲜空气的话,闷热立刻就会变得无法忍受了。我把一只大空柜子推到天窗下面,柜子上搁了一只小一些的箱子,抹掉这两件东西上的灰尘,我便提起我的连衣裙(读者想

---

① 格陵兰,世界最大岛屿,全岛三分之二在北极圈以北,气候严寒。

必记得这是我最好的衣服，因此是理所当然得小心对待的东西），非常仔细地提搂在身上，登上这样一个临时王位，坐上以后，便开始执行任务。我一面练习，一面没有忘记十分警惕地监视着那些蜚蠊和蟑螂，我相信，比起老鼠来，这些虫子甚至更使我如坐针毡，怕得要命。

最初，我的印象是自己承担了确实不可能完成的任务，而我只不过决心尽最大努力，然后听任以失败告终。但是，我不久便发现，在这样短的作品中的一个角色，只不过是花几个小时的功夫记忆就能够掌握的东西。我一遍又一遍地念着，开头悄没声儿地念，然后大声念。知道完全不会被人类观众看到，我便在这类"顶楼害虫"面前扮演起我的角色来。我带着一种由藐视和不耐烦的心情激起的精神进入了这个角色的空虚、轻浮和虚伪之中，用尽可能把他演得愚蠢可笑的办法，来报复这个"蠢驴"①。

下午就在这样的练习中过去了，白天渐渐转变成黄昏。我吃过早饭以后，什么也没有吃，觉得饿得发慌。这时，我想起那个茶话会，毫无疑问，她们此时正在下面花园里的远处狼吞虎咽地吃着。（我刚才在门厅里看见满满一篮子的奶油小馅饼，在我看来，在烹调术的整个领域内，再也没有什么比这更好的了。）一块馅饼，或者一块方蛋糕，在我看来会来得正是时候。由于我对这些美味的食欲在增长，而我却必须斋戒和监禁来度我的假日，事情开始显得有些苛刻了。顶楼虽然远离沿街大门和门厅，然而这里还是隐约可闻一直在玎玲作响的铃声，还有在备受折磨的铺石路上不停地碾过去的车轮声。我知道这幢房子和花园里挤满了人，下面到处洋溢着欢乐愉快。而这里却开始昏暗下来，蜚蠊渐渐从我眼前消失了。我颤抖着，只怕它们偷袭我，在我看不见的时候爬上我的王位，并且在我没想到的时候侵犯我的裙子。我焦躁不安，忧心忡忡，开始仅仅为了消磨时间而排练我的角色。刚

---

① 原文为 fat，英语"肥肉"、法语"自命不凡的傻瓜"之意。可能语意双关。

好在我快要结束的时候,延迟了很久的钥匙开锁的咔嗒声传到我的耳朵里——这可不是不受欢迎的声音。保罗先生(我还能在昏暗中看出那是保罗先生,因为光线还稽留着足以映照出他的头发剪得很短的头颅的天鹅绒般的黑影,以及他那带灰黄色的象牙色的前额)往里边探望。

"好哇!"他嚷道,把门推开,握住把手,站立在门口。"我都听见了。够好了。再来一遍!"

我一时间迟疑不决。

"再来一遍!"他严厉地说。"再不要做怪脸!不要怕难为情!"

我便又扮演了一遍那个角色,但是没有我独自一人时念得那么好,一半也没有。

"她终于明白了,"他有些不满意地说,"不过在这种情况下,人们不能过分挑剔或者过分要求。"然后他接着说:"你还有二十分钟好准备,再见!"他打算走了。

"先生,"我鼓起勇气大声喊道。

"啊,什么事情,小姐?"

"我饿得发慌。"

"怎么,你饿了!茶话会怎么啦?"

"我对此一无所知。我给关在这里,没有看见。"

"啊,真的,"他嚷道。

一转眼工夫,我离开了我的王位,顶楼空了出来,刚才促使我来到顶楼的那股子劲,现在反过来立即促使我往下——往下——往下直奔到厨房里。我觉得我真会直奔到地下室里去呢。厨师被紧急命令弄吃的东西,而我同样被紧急命令去吃。我十分高兴的是这份食物只有咖啡和蛋糕,我本来怕是我不喜欢的葡萄酒和甜点心。他怎么猜到我会喜欢一客奶油小馅饼,我不明白,然而他却走出去从什么地方弄来给我。我相当津津有味地又吃又喝,把这份小馅饼当作最好的一块留到最后吃。保罗先生监督我的饮食,几乎强迫我咽下超过我的饭量的东西。

"这就对了,"他嚷道,这时我表示自己真的不能再多吃了;我举起双手,恳求免去再吃一个他刚才在上面抹了黄油的面包卷。"你会把我看成一种暴君和蓝胡子①,把妇女关在顶楼上挨饿。其实,我到底不是那种家伙。好吧,小姐,你可觉得有勇气和力气出场呢?"

我说我觉得如此,虽然,说真的,我心慌意乱之极,简直弄不清楚自己是什么感觉。可是这位矮小的男人是那样一类人:你无法反对他,除非你具有一种占压倒优势的力量能立刻把他摧毁。

"那么来吧,"他伸出手来说。

我把手让他握着,他便迅速地迈开步子走去,我则不得不在他旁边跑着跟上他的脚步。来到方形大厅里的时候,他停了片刻。这里亮着巨大的灯盏;一间间教室的宽大的门开着;一扇扇同样宽大的通往花园的门也开着;一些橘子树栽在木桶里,高高的花枝插在花瓶里,装饰着这些入口的两边;一群群女士们和先生们穿着晚礼服,在鲜花之间或站立或行走。在里边,一间间教室的长长的远景呈现出一片人头济济、起伏波动、喃喃低语、花枝招展、川流不息的人群,全都穿着玫瑰红、天光蓝和半透明的雪一样白的衣衫。头顶之上,玻璃架枝形吊灯光辉灿烂;在那边远处搭了一个舞台,拉上庄严的绿色帷幕,亮着一排脚灯的光。

"这难道不美吗?"我的朋友问道。

我应该说一声这是美的,可是我的心跳到喉咙口了。保罗先生发现了这个情况,对于我的痛苦他却报以斜眼鄙视,微微摇头。

"我会尽力去做,但是我希望事情已经过去,"我说。然后又问道,"我们要穿过那一群人走过去吗?"

---

① 蓝胡子,法国诗人兼童话作家佩罗(1628—1703)所著童话故事《蓝胡子》中的人物。这一人物生性残暴,杀死过几个妻子。最后一个妻子法蒂玛无意中发现蓝胡子的罪行,也被蓝胡子威胁处死,但终于得救,而蓝胡子被人杀死,得到应有的下场。

"决不。我把事情安排得比这好。我们从花园里穿过去——来吧。"

一会儿工夫,我们就来到门外。凉爽、安宁的夜晚使我多少恢复了精神。抬头不见月亮,但是从许多灯火辉煌的窗户中照射出来的光把庭院照得一片明亮,连那一条条庭院小径也依稀可见。天上万里无云,它的那些颤抖着的活跃的星星点点使它显得庄严伟大。欧洲大陆之夜是多么温柔啊!是多么醇美、芬芳、安全啊!没有海上的迷雾;没有阴冷的潮湿;像中午一样没有烟雾蒙蒙,又像早晨一样清新爽朗。

我们穿过庭院和花园,来到第一班教室的玻璃门前。门开直着,正像这天夜晚所有其他的房门一样。我们走进去,然后我被领到一间小房间里,这个小房间把第一班教室和大厅分隔开来。里边满室灯光,使我目眩;里边人声嘈杂,简直震耳欲聋;又热又闷,拥挤不堪,使我呼吸不畅。

"秩序!肃静!"保罗先生喊道。"这是个混乱世界吗?"他问道;于是大家静了下来。他说了十几句话,做了同样多的手势,撵走了在场的一半的人,迫使余下的人排起队来。这些留下来的人全都穿着戏装,她们都是参加演出者,这里便是演员休息室。保罗先生把我向大家作了介绍。她们全都睁大眼睛看着我,有些人还吃吃地笑。这是出人意外的事,她们没有想到一个英国女人竟然会在一出轻松喜剧里演出。姞妮芙拉·樊箫为她担任的角色打扮得花枝招展,模样儿漂亮得叫人心旌摇荡,她转过那一双圆睁着像珠子似的眼睛直对我瞧。我情绪好到极点,没有因为害怕或者害羞而慌乱,想到将要在几百个人面前露上一手我确实高兴——我在她兴高采烈之际走进屋子,看来用令人惊讶之举把她吓呆了。她本来会惊叫一声的,但是保罗先生制止了她和所有其余的人。

他对全班人马审视和鉴定了一番,然后转向我。

"你也必须去为你担任的角色装扮一下。"

"装扮——装扮得像一个男人!"翟丽·圣彼埃尔冲向前来高声嚷道,又大献殷勤地加上一句,"我自己来替她装扮。"

装扮得像一个男人并不使我高兴,也不适合我。我刚才同意过用一个男人的名字,同意过担任这个男人的角色;至于男人的衣着装扮——决不干!不。我情愿保留我自己的服装,不管可能会发生什么事。保罗先生可能会暴跳如雷,可能会怒气冲天,但是我情愿保留我自己的服装。我就这样说了,声音很低,却主意坚决,不过也许在语调上不坚定。

他没有像我十拿九稳地料想的那样马上暴跳如雷或怒气冲天,却是一声不吭地站在那儿不动。翟丽又插进来。

"她会把一个花花公子演得惟妙惟肖。这里是服装,完全——完全齐备;稍许大了一些,不过我会把这些都处理好。来吧,亲爱的朋友——美丽的英国人!"

于是她讥诮地笑笑,因为我并不"belle"。她抓住我的手,要把我带走。保罗先生不可逾越地站在那儿——态度不明确。

"你决不要拒绝,"圣彼埃尔继续说——因为我是在拒绝。"你会把一切都弄糟的——毁坏这出戏的欢快气氛,毁坏朋友们的欣赏乐趣,使一切都成为你的自尊心的牺牲品。这就会太坏了——先生是决不会允许的吧?"

圣彼埃尔盯着他的眼睛瞧。我同样密切注视着他将投向我怎样的一瞥。他对她望了一眼,接着对我望了一眼。"住手!"他慢慢地说,阻止仍然企图把我拉走的圣彼埃尔。大家都在等待着他的决定。他并没有生气,也没有显得不耐烦;我看出了这一点,于是鼓起勇气来。

"你不喜欢这些衣服吗?"他指着一些男式服装问道。

"我不反对其中几件,但是我不愿意全套都穿上。"

"那么,该怎么办呢?接受了演一个男角色,怎么能穿着女人的衣服出现在舞台上呢?不错,这是一场业余演出——一场寄宿学校的演出;某些更改我可以批准,然而你必须穿些什么来显示你属于一个较高贵的性别。"

"我会的,先生;不过这必须按照我自己的方式来处理。谁也不得干涉,这些事情一定不能强加于我。只要让我自己来装扮就行。"

这位先生不再言语,便从圣彼埃尔手上拿过衣服,交给了我,允许我走过去进入化妆室。等到我孤身独处的时候,我逐渐安静下来,集中精神去工作。我保留了我的女式服装,一点也没有脱掉什么,只不过另外穿上一件小上衣,戴上一个硬领,打上一条领带,外加一件小茄克。这全套东西都是一个学生的弟弟的衣服。我把编成辫子的头发松散开来,把后面的长发弄得很短,把前刘海刷到一边,然后把帽子和手套拿在手上,走了出来。保罗先生和其他的人都在等着。他瞧着我,发表意见说:"在一所寄宿学校里,这样可以过得去了。"接着又不是不怀好意地加上一句:"勇气,我的朋友!更镇定些——要沉着,露西恩先生,一切会好的。"

圣彼埃尔以她那种冷酷的蛇一样的神态又冷冷一笑。

由于兴奋,容易激动,我不禁冲着她说,假如她不是一位女士而我真是一位绅士,我就想要向她挑战了。

"演完戏再说,演完戏再说,"保罗先生说。"到那时我一定会把我那一对手枪分给你们两位,咱们一定会按照正式规则来解决纠纷:这将不过是法国和英国早就有的争吵而已。"

不过现在已经快到演出开始的时候了。保罗先生把我们叫到他的面前,简短地训示一番,就好像一位将军对将要出击的士兵们发表演说一样。除了忠告每个人都要深深记住她本身是无关紧要的这一点之外,我不知道他还说了些什么。上帝知道我认为这一忠告对于我们当中某些人来说是多余的。铃声玎玲玲响了。我和另外两个人被领到舞台上来。铃声又玎玲玲响了。我必须说开头的几句台词。

"不要看观众,也不要想到他们,"保罗先生轻声对着我的耳朵说。"想象你自己是在顶楼上，对着老鼠演戏。"

他走掉了。幕布拉了上去——缩拢到天花板上。那明亮的灯光，长长的房间，花团锦簇的人群，都突然出现在我们眼前。我想着那些蜚蠊、那些破旧的箱子、那些虫蛀的办公桌。我拙劣地说了我该说的话；但是总算说了。这开头的台词是不容易说的；它向我表明了这样的事实，即我害怕观众并不像我害怕自己的声音那样厉害。外国人和陌生人这样的观众对我说来不算什么。我也没有想到他们。一旦我的舌头无拘无束，我的声音达到正确的音高标准，找到了自然的声调，我便只想到我所扮演的人物——还有保罗先生，他正在舞台的边景旁听着，瞅着，为我们提词。

不一会儿，我感到真正的力量来了——泉水的内部要求奔涌升腾——我变得泰然自若，注意起我的同台演员们来。她们之中有些人演得非常好，特别是姞妮芙拉·樊箫，她必须在两个追求者之间打情骂俏，她处理得恰到好处。事实上这对于她是如鱼得水。我观察到她有一两次把某种明显的宠爱和显然的偏心表现在她的神态里，传递给我这个纨袴子弟。她恩赐给我的是如此鲜明和生动，她射向下面倾听着、鼓掌欣赏着的观众的是如此的目光，对我说来——我深知其人——这很快变得十分显然，她正是在向某个人做姿态。我跟随着她的眼睛、她的微笑、她的举止望去，不久便发现她为她的箭镞至少选中了一位漂亮出众的靶子。阻挡在一支支羽箭经过的道路的中央站着一位比其他观众高大因而更有把握要中箭的人，态度沉静，聚精会神，一个熟知的形体——那就是约翰医师。

此情此景不知怎么似乎颇有意思。约翰医师的眼神中含有语言，虽然我说不出他说的是什么。他的眼神鼓舞了我。我从其中引出一段往事；我把脑子里所想的灌注于我正在扮演的角色之中；我把它表现在我对姞妮芙拉的求爱里。在"乌尔斯"或者说忠诚的情人的身上，我看见了约翰医师。我像往昔那样可怜他吗？不，我硬起心肠，和他竞争并且战胜他。我知道自己不过是个纨袴子弟，可是凡是他被驱逐的地方，我就感到快活。这时，我知道自己表演得似乎渴望并且决心赢得胜利、征服别人。姞妮芙拉支持着我，在我们之间，我们相当多地改变了角色的性格。把它从头到脚镀了一层金。在间幕，保罗先生对我们说，他不明白我们被什么鬼迷住了，他半带劝导地说："这也许比你原先该表演的更好，"又说："但它不是你的角色。"我也不知道究竟是什么鬼迷住了我，可是我的渴望不知怎么就是要盖过那个"乌尔斯"，即约翰医师。姞妮芙拉是柔弱稚嫩的，我除了像骑士般豪侠英武以外还能是别的什么样子吗？我保留了台词，却毫无顾忌地篡改了角色的精神。要是没有这么一颗心，没有这么一种兴趣，我完全不能扮演这个角色。它必须这样扮演——加进这种渴望的调味品——如此调味，我便演得津津有味。

那天夜里我所感受到的和我所做过的事情，我可不想再去感受，再去做了，正像我不想在迷迷糊糊的状态中被提升到七重天①上去一样。我冷淡、勉强、提心吊胆地答应扮演一个角色来使别人高兴，不一会儿，我却热情洋溢，变得兴致勃勃，精神抖擞，扮演这个角色来使自己高兴。然而到了第二天，我把这事重新想了一遍的时候，我却很不赞成这种业余演出。虽然我为自己答应了保罗先生的请求以及试过了一次我自己的力量而感到高兴，可是我下定决心，再也不让别人拖到这一类事情里去了。我的性格中有着对于戏剧表现的强烈兴趣，这一点已经显露出来。培育并锻炼这一新发现的才能也许会给我带来许多许多乐趣，然而，对于一个仅仅是生活的旁观者来说，这是没有益处的。这股子劲和这种渴望必须搁在一边；我把它们搁在一边了，而且用一把决心的锁把它们锁起来，无论是"时间"或者是"诱惑"从此都没有撬开过这把锁。

这出戏一结束，并且成功地结束的时候，那位性格急躁、独

---

① 七重天，中世纪中东奥秘教义术士认为上帝和最高级别的天使待在七重天上。

断独行的保罗先生便立刻经历了一次变形。他作为管理人应该负责任的时刻已经过去，他便立刻把他的管理人的严肃抛在一边。不一会儿，他就站在我们之间，生气勃勃，亲切友好，善于交际，同我们全体逐一握手，一个一个道谢，还宣布他的决定，要我们每个人在将开始的舞会上挨个儿做他的舞伴。他要求我同意的时候，我告诉他我不会跳舞。"这一次我一定要你跳，"这是他的答复。要不是我溜到一旁，不让他看到，他一定会强迫我演这第二出戏了。可是这一个晚上我表演得已经够了，现在是我退隐到我自己和我的日常生活中去的时候了。我的暗褐色的连衣裙外面罩上一件茄克，出现在舞台上曾经是相当不错的，可是穿来跳华尔兹或者四对舞就不合适了。我退缩到一个静静的角落里，我可以从这个不被注意的地方留心观察那场舞会；它的灿烂辉煌，它的兴高采烈，像一个奇景那样在我眼前晃过。

姞妮芙拉·樊箫又一次成了群芳之首，场上最美丽和最活跃的人。她被挑选来开始舞会，她的外貌非常可爱，舞姿非常优美，笑容非常欢快。这样的场景简直是她的凯旋式——她是喜乐的宠儿。工作或者苦难使她心疲神茶和垂头丧气，四肢无力和叫苦不迭；热闹欢乐则把她的蝴蝶翅膀展开，照亮翅膀上的金粉和明亮的小圆点，使她像一颗珠宝那样闪光，像一朵鲜花那样开放。她看到一切家常食物和普通饮料会撅起嘴来，但吃起奶油和冰淇淋来，就像蜂鸟吃蜜糖似的。甜葡萄酒是她的基本要素，甜蛋糕是她的每日面包。姞妮芙拉在舞厅里过着她丰富多彩的生活；在别的地方她就蔫然无生气了。

我的读者，请不要以为她如此鲜花般盛开和火花般闪光仅仅是为了她的舞伴保罗先生之故；也不要以为她在那天夜晚大肆展露她的最佳风姿只不过是为了开导她的同伴们，或者是为了启发布满方形大厅和围着舞厅一个挨一个的父母亲们和祖父母们；在这样乏味的和有限的环境之下，姞妮芙拉决不会怀着这样没有生气和趣味的动机，降低身份去走那么一场四对舞，厌倦和烦恼本来会代替生气勃勃和兴味盎然,不过她了解是什么发酵剂催使所有与会者在这本来应是庄重的节日弥撒时春风满面。她尝到了给舞会添加风味的佐料;她看出来她有理由展示自己最出众的魅力。

的确,在舞厅里,人们看到男性旁观者没有一个不是已婚的、做了父亲的——除了保罗先生——这位绅士也是男性之中仅有的一位被允许领着一位女学生跳舞。他被破例准许担任这个角色,一部分是由于陈规旧习(因为他是贝克夫人的亲戚,并且受到她高度信任);一部分是因为他很随心所欲,想干什么就要做什么;还有一部分则是因为——尽管他可能固执、急躁、偏心——他却是个心灵高尚的人,可以把一大群最美丽、最纯洁的姑娘信托给他,一百个放心,在他的领导之下她们决不会受伤害。有许多姑娘——也许可以附带说一下——完全不是良心纯洁的人,实在是另外一种样子,但是她们都不敢在保罗先生面前暴露出天性中卑劣的一面,正像不敢故意揭他的疮疤,不敢在他大喊大叫的时候冲着他笑,不敢在一张有智力的猛虎的面具罩在他脸上、他随时会大发雷霆的紧要关头高声说话。所以,保罗先生可以同他挑中的人跳舞——而打乱他的舞步的障碍物,一定要倒霉!

其余的人被允许在那儿旁观——带着(只是表面上)不情愿的样子,那是通过请求,依靠关系,受到限制,仰仗特别地和困难地运用了贝克夫人的宽厚善良的天性而被允许的。这整个夜晚,贝克夫人——由她亲自监视——使他们远远地待在那间方形大厅的最远、最无趣、最冷、最阴暗的一边——他们是小小的一帮被遗弃的"年轻人",都出身于名门世家,是到场的母亲们的长大成人了的儿子们,他们的姐姐或妹妹则是这所学校里的学生。这整个夜晚,夫人都在这些"年轻人"身边值班——像一位妈妈那样留心他们,却又像一个凶狠的监护人那样严厉。有一条警戒线那样的东西划在他们前面,他们刺刺不休地恳求她让他们越过,为了活动活动自己,跟那位"金发美女"、或者那位"美丽的浅黑型女子"、或者"头发乌黑的动人的小姑娘"跳一次舞。

"别吵!"夫人会这样威风凛凛、铁面无私地回答。"除非跨过我的尸首,你别想过去,你别想跳舞,除非是跟花园里的修道女跳。"(暗指那个传说故事)。于是她高视阔步地沿着他们那条闷闷不乐的、心急火燎的界线,来来回回地走动,就像一个穿着一身鼠灰色绸长袍的矮小的拿破仑·波拿巴一样。

夫人对于世情是有所了解的;夫人对于人性是知之甚多的。我想维莱特的别的女指导者决不敢允许一个"年轻绅士"进入她的校园之内;但是夫人知道,由于在像现在这样的场合,给予了如此的入场许可,一个大胆的想法也许能成功,并且一个重大的目的也许能达到。

首先,那些做父母的人们已经被弄得成为这一事实的帮凶了,因为只有让他们介入这件事才能做成。第二,允许这些如此迷人、如此危险的响尾蛇入场,起到了按照夫人最强的性格把她自己描绘出来的作用——那是头等的监督人的性格。第三,他们的到场给这次招待会提供了最使人兴奋的滋味。那些女学生们知道这一点,看到这一点,而这样的一些金苹果①在远处闪闪发光,使她们生气勃勃,精神振奋,这可不是其他场合所能激发出来的。孩子们愉悦之情扩散到做父母的人身上;生气和欢乐迅速地在舞厅四处播散。那些"年轻人"自己虽然受到限制,却也都兴味盎然;因为夫人决不允许他们感到索然寡味——如此,贝克夫人的圣名瞻礼日每年都能保证获得成功,这是国内任何其他女指导者的圣名瞻礼日都未曾有过的。

我注意到约翰医师首先被允许随随便便地穿过一间间教室;

---

① 金苹果,典出希腊神话。提坦神阿特拉斯的果园中有一棵金苹果树。大力神赫拉克勒斯为完成交给他的艰巨任务,杀死看守金苹果的毒龙拉冬,得到三只金苹果。另一神话说,不和女神厄里斯因为在色萨利国王珀琉斯与海上女神忒提斯结婚时未被邀请赴宴,便把一只刻有"给最美丽者"字样的金苹果抛入宴席。天后赫拉、爱神阿佛洛狄忒和智慧女神雅典娜都认为自己最美,争夺这只金苹果。最后金苹果判给了阿佛洛狄忒,引起另外两位女神的深刻不满,从而导致特洛伊战争。

他身上有一种男子气概的、一本正经的样子，这种样子弥补了他的青春年少，抵偿了他的漂亮英俊。不过跳舞一开始的时候，夫人就跑到他跟前来。

"来吧，野狼；来吧，"她一面笑一面说。"你披着羊皮，但是尽管如此，你还是必须离开羊群。来吧，我在这方形大厅里有一座可容纳二十位的挺不错的动物园，让我把你安置在我的收藏物之中吧。"

"不过你先要容忍我和我选中的一位女学生跳一次舞。"

"你竟然有脸要求这样的事情？这是发疯；这是离经叛道。出去，出去，而且要快些。"

她把他往前赶，不久便把他关在警戒线之外。

姞妮芙拉走出来在我退避的地方来找我，我想她是跳舞跳累了。她一下子在长凳上我的旁边坐下来，并且（没有这种热烈行动我倒是很自在）用双臂抱着我的脖子。

"露西·斯诺！露西·斯诺！"她用有几分抽泣的声音、差不多是歇斯底里的样子喊道。

"这究竟是怎么一回事？"我冷冷淡淡地问。

"我的外表怎么样——我今天夜里看来怎么样？"她问道。

"跟平常一样，"我说，"不合情理地虚有其表。"

"刻薄的东西！你从来没有说过我一句好话；可是不管你以及所有其他的嫉妒的诬蔑者怎么说，我知道自己漂亮。我感觉到这一点，看到这一点——因为化妆室里有一面大的穿衣镜，我可以从头到脚看见自己的模样。你现在愿意跟我去，让我们两人站在镜子面前照照吗？"

"我愿意，樊箫小姐；你会被惯得叫你无法无天了①。"

化妆室离得很近，我们走了进去。她挽着我的手臂，把我带

---

① 这句原文 humoured to the top of your bent，源自莎士比亚的《哈姆莱特》第3幕第2场末的一句话：They fool me to the top of my bent(他们愚弄我，叫我忍无可忍了)。

到镜子跟前。我既不抗拒,也不规劝,更不发表意见,只站在那儿,让她顾影自怜,感到心满意足,得意洋洋;我真想看看这种自我欣赏能够吞咽下多少东西——看看把这种自我欣赏喂得饱饱的是否有可能——看看顾念他人的悄悄声息是否能够有一点儿沁透到她的心里,使它的虚荣的得意忘形减少一些。

完全不能。她把我和她自己转过身来,把我们两个从各个侧面打量一番。她粲然一笑,她甩甩鬈发,她重整一下她的饰带,她展开她的连衣裙,最后,她放开我的手臂,用一种模拟的尊敬的样子行了一个屈膝礼,说道:——

"给我一个王国我也不愿意变成你。"

这句话太天真幼稚,我一点儿也不觉得愤怒;我只说了一句:——

"很好。"

"那么你愿意拿什么来变成我呢?"她问道。

"一个六便士的臭钱都不愿意——这话听起来也许让你觉得奇怪,"我回答说。"你不过是一个可怜的东西。"

"你心里可不是这样想。"

"不错:因为在我心里你根本没有地位。我只不过偶尔想到你。"

"嗯,不过,"她用一种告诫的语调说,"听我说一说我们两人之间处境如何不同吧,然后看看我是多么幸福,而你是多么可怜。"

"往下说,我听着。"

"首先,我是一位名门世家的绅士的女儿,虽然我的父亲并不富有,但是我有继承一位叔父很多遗产的希望。其次,我刚到十八岁,这是可能有的最美好的年华。我已经受过欧洲大陆的教育,虽然我不会拼写,但是我有许多才能。我确实长得漂亮,你可无法否认;我要有多少爱慕者就有多少。就在今天夜晚,我已经使两位绅士心碎了,刚才他们中的一个还对我投来渴望的目光,这使我高兴非凡。我是那么喜欢看见他们脸上红一阵白一阵的，彼此怒目相向，投射冒火的视线，而对我则投来含情脉脉的目光。这就是我——幸福的我；至于你啊，可怜的人儿！

"我猜想你是个没有地位的人的女儿，因为你当初到维莱特来的时候，是照看小孩的。你没有亲戚；你二十三岁的年纪，不能还说自己年轻；你没有能够吸引人的才能——没有美丽的容貌。至于说到爱慕者，你简直不知道什么是爱慕者；你甚至无法谈论这个话题：在别的女教师列举她们所征服的男人时，你哑巴似的坐在一边。我相信你从来也没有恋爱过，将来也决不会；你不知道那种感情，不过这样更好，因为虽然你也许让你自己的心被弄得破碎了，你却永远不会使一个活生生的男人的心破碎。这难道不是千真万确的吗？"

"你说的这些话有许多就像基督福音一样正确，而且还很尖刻。姞妮芙拉，你如此诚恳地说出来，心地必定是善良的。那条蛇翟丽·圣彼埃尔就说不出你刚才说的话。不过，樊箫小姐，尽管照你所揭示的那样，我很倒霉，我仍然不愿意花六个便士来买你的躯体带灵魂。"

"就因为我不聪明，而聪明却是你考虑的一切。世界上只有你看重聪明。"

"正好相反，我认为你是聪明的，以你那种方式——的确非常机灵。不过你刚才谈到心碎的事——这种使人受到教育和启发的娱乐，我可没有领略过它的美妙之处；请教在今天夜晚，你的虚荣心指引你觉得已经在谁的身上实行了这件事？"

她把嘴唇凑到我耳朵边——"伊西多尔和阿尔弗莱德·德·阿麦尔两位都在这儿，"她悄悄地说。

"哦！他们都在？我倒想见见他们。"

"到底是个可爱的东西！你的好奇心终于被激发起来了。跟我来，我把他们指给你看。"

她满怀骄傲地带路——"不过你从教室里看他们看不清楚，"她转过身来说，"夫人把他们挡得太远了。让我们穿过花园，从走廊那儿进去,打后面接近他们。要是我们被发现,我们会挨骂的,不过没关系。"

这一次,我什么也没有放在心上。虽然我们穿过花园走去——从一个幽静的隐蔽的入口走进走廊,接近方形大厅,然后待在走廊的阴影中,从一个近距离观察那帮"年轻人"。

即使无人指点,我相信我也能认出那位无往不胜的德·阿麦尔。他生得鼻如悬胆,五官十分端正,是个小纨袴子弟。我说小纨袴子弟,是因为,虽然他的身材并不低于中等标准。但是他的整个轮廓是小的,手和脚也是小的。他长相漂亮,皮肤光滑,像一个洋娃娃那样整洁。衣服穿得那样精致,头发卷得也那样精致,那样穿着靴子,戴着手套,打着领带——他的确有魅力,我要说。"多么可爱的人儿!"我喊道,并且热情地称赞姞妮芙拉的眼力。我还问她,刚才她弄碎了德·阿麦尔的心,那么她认为德·阿麦尔可能怎样处理了那些宝贵的碎片呢——是不是放在一个小玻璃香水瓶里,浸在玫瑰香精之中了?我还带着嘉许的非常喜悦的心情说,那位中校的双手并不比樊箫小姐的双手大多少,并且指出这种情况也许有方便之处,因为他在紧迫的时候能够戴上她的手套。关于他的可爱的鬈发,我对她说我很偏爱;对于他那希腊式的低眉,以及那优雅的古典式的帽子,我承认它们十全十美,我无法用语言恰当地给予描述。

"假如他是你的意中人呢?"极度耀武扬威的姞妮芙拉提出来。

"哦!天哪,这真是太福气了!"我说。"不过樊箫小姐,请不要太残忍。把这种想法塞进我的头脑,就像叫那位可怜的被驱逐的该隐①看一眼遥远的天堂一样。"

"那么,你喜欢他吗?"

---

① 该隐,《圣经》中记载的人类始祖亚当和夏娃所生的长子。该隐是种地的,他拿地里的产物供奉给上帝,上帝看不中,却看中了他的牧羊的弟弟亚伯所供奉的羊。该隐因而怒杀了亚伯。上帝将该隐从原地逐出,要他"流离飘荡在地上"。见《圣经·旧约全书·创世记》第4章。

"就像我喜欢糖果、果酱、蜜饯和温室里的鲜花一样。"

姞妮芙拉欣赏我的口味,因为这些东西全都是她所喜欢的,她于是立刻相信这些也都是我所喜欢的东西。

"现在谈谈伊西多尔,"我继续说。我承认自己有一种想看见他的好奇心,比想看见他的情敌更强烈;但是姞妮芙拉却全神贯注在后者身上。

"阿尔弗莱德今天夜晚能到这儿来,"她说,"是通过他的姨母男爵夫人德·多罗多特的关系。现在,你已经看见他了,难道你还不明白这整个晚上我为什么如此兴致勃勃,表演得这么好,如此精神抖擞地跳舞,现在又为什么像一位王后那样快乐吗?上帝啊!上帝啊!先看他一眼,然后再看另一个一眼,叫他们两个都发疯,这是多么有趣的事啊。"

"可是那另一个——他在哪儿?把伊西多尔指给我看。"

"我不愿意。"

"为什么?"

"我替他感到难为情。"

"为了什么原因呢?"

"因为——因为"(悄悄地)"他有着如此——如此一部络腮胡子,橘黄色的——红色的——就在那儿!"

"真相大白啦,"我接上去说。"不要紧,还是指给我看看吧。我保证不会晕倒。"

她四面看看。就在这时候,一个说英国话的声音在她和我的背后响起来。

"你们两位站在风口上了;你们必须离开这走廊。"

"这儿没有风,约翰医师,"我转过身去说。

"她很容易着凉,"他极其慈心善意地望着姞妮芙拉,继续说。"她弱不禁风,必须得到照顾;给她拿一条披肩来吧。"

"请允许我为自己拿主意,"樊箫小姐傲慢地说。"我不需要披肩。"

"你的衣服单薄,你刚才跳了舞才觉着热。"

"老是说教,"她没好气地说;"老是要我当心这个当心那个,婆婆妈妈的。"

约翰医师本来应该作出的回答并没有说出来;他心上受了伤,这一点在他的眼神里变得明显了。他神情阴郁,愁眉苦脸,向一边转过去一点儿,不过还耐着性子。我知道近在咫尺就有许多披肩,便跑过去拿了一条来。

"如果我是有力量叫她听话的,那么她应该披上这条披肩,"我一面这么说,一面把披肩平整地围在她的细布连衣裙上,小心地披盖着她的脖子和双臂。"那位就是伊西多尔吗?"我悄悄问道,语气稍稍有点儿激烈。

她翘起嘴唇,微笑着点点头。

"那位就是伊西多尔吗?"我重复问道,摇撼着她;我简直要摇她十几下。

"这就是他,"她说。"和那位中校-伯爵比较起来,他显得多么粗鲁!而且——哦,天哪!——那部络腮胡子!"

约翰医师这时走了过去。

"那位中校-伯爵!"我重复她的话说。"那可怜的低等的东西——洋娃娃——玩偶——木头模特儿罢了!只配做约翰医师的仆从:做他的男用人,做他的小听差!这位优雅、大方的绅士——漂亮得像个女人——把他那体面的手和勇敢的心奉献给你,许诺在人生战斗的风雨中保护你娇弱的身躯和并不卑劣的心——而你却踌躇不前——你嘲笑他,刺激他,折磨他,这难道是可以的吗!你难道有权利这样做吗?谁给了你这个权利的?这个权利在哪儿?它倚仗的是你的美丽——你的又红又白的脸蛋儿,你的黄头发吗?是这个把他的灵魂绑在你的脚上[①],把他的脖子压在你的轭下

[①] 原文为 bind his soul at your feet,语出《圣经·旧约全书·民数记》第30章第2节,原文是:to bind his soul with a bond.("要约束自己。")这一句下面:"压在你的轭下",也出自《圣经》。

吗？是这个替你买到了他的感情，他的温柔，他的思想，他的希望，他的兴趣，他的高尚而诚挚的爱情——而你却不想要吗？你嘲笑这份爱情？你只不过是在装模作样；你的态度不认真；你爱他；你恋着他；但是你玩弄他的心，以此来更加牢靠地把他抓在手里，是不是？"

"呸！瞧你说个不停！你的话我根本听不懂。"

在这以前，我已经把她带到了花园里。此刻，我把她按在一张凳子上坐好，跟她说不许动，要她承认她究竟打算要谁——是人还是猴子。

"你把他叫做人的，"她说，"是资产阶级的、沙色头发的、名叫约翰的人吗？——这就够了，我不要他。德·阿麦尔中校则是一位有许多了不起的朋友、举止极文雅、外表很可爱的绅士，他的面貌苍白而有趣、头发和眼睛像意大利人的。再说，他还是可能有的最令人愉快的伙伴——一位和我很合得来的人。他不像另一个那么敏感和严肃，而是一位我能够立于平等地位与之交谈的人——他不用那种我不感兴趣的莫测高深的事情，以及激情、天才之类的东西来折磨我、麻烦我、骚扰我。行了，行了。别把我抓得这么紧。"

我松了手，她飞快地走开。我无意去追她。

不知何故，我控制不住自己，要再一次回到走廊那儿去，去对约翰医师再看一眼。不过我碰见他站在花园的台阶上，从一扇窗扉射出来的光，把那儿照得很亮。他那长得很匀称的身材是不会被看错的，我不信在那儿集会的人之中还有一个和他长相一样的人。他手上拿着帽子，他的头、脸和轮廓优美的前额都是最漂亮、最英俊的。他的面貌不像女人家的那么纤丽，那么娇小，而且也不冷酷、轻佻和柔弱。五官虽然端正，却不那么斧凿留痕以至失去了从刻板的匀称之中得来的力量和意义。许多感情时时在面部表露出来，更多的感情在他的眼睛里默默蕴藉。至少我是如此想象他的；对我说来，他似乎完全是这样。我对这个人瞧着的时候,一种难以言喻的奇怪的感觉占据了我,我暗想,他是不能被轻视的。

我并不打算在花园里接近他,或者跟他寒暄,我们之间的交情并不认可这样一步。我刚才只准备在人群里观察他——而我自己不被他瞧见。现在如此单身一人地碰到了他,我便往后退缩。可是他却正在等待着我,或者不如说等待着刚才和我在一起的她。因此,他走下台阶,跟随我沿着庭院小径走去。

"你认识樊箫小姐吧?我时常希望问问你是否认识她,"他说。

"不错,我认识她。"

"很亲密吗?"

"正如我所愿意的那样亲密。"

"你刚才对她干了些什么?"

"我岂是看守她的人么?①"我觉得自己想这样问,但是我只回答说:"我刚才着实把她摇过了,本来会把她摇得更彻底些,可是她逃脱了我的手掌,跑掉了。"

"能劳你驾吗?"他问,"请你今天照看她一个晚上,注意她不要做出什么粗心大意的事情来——比如说,在跳舞以后,不要立即跑到户外夜里的冷空气里去。"

"既然你要我做,也许我可以稍稍照顾她一点。不过她太喜欢自行其是,不会毫不犹豫地俯首听命。"

"她是那么年轻,那么毫不矫饰,"他说。

"对我说来,她是一个谜,"我回答说。

"是吗?"他问道——非常感兴趣。"怎么回事呢?"

"要说怎么回事会是困难的——至少跟你说怎么回事是困难的。"

"为什么对我是困难的呢?"

---

① 语出《圣经·旧约全书·创世记》第4章第9节:"我岂是看守我兄弟的么。"

"你是她这么好的朋友,我奇怪为什么她并不因此而感到更加高兴。"

"不过她一点也没有想过我这个朋友对她有多么好。这恰恰是我无法使她明白的要点。我可不可以问一问,她曾经对你说起过我吗?"

"她常常谈到你,把你的名字叫做'伊西多尔'。不过我必须加上一句,只不过是在十分钟之前我才发现你和'伊西多尔'原来是同一个人。约翰医师,只是在这么短的时间之前,我刚刚知道,在这所学校里,姞妮芙拉是你好久以来便感到兴趣的人——知道她是把你吸引到福色特街来的磁铁,知道你是为了她的缘故,冒险溜进了这座花园,寻找情敌扔下来的匣子。"

"你全都知道了吗?"

"我就知道这些。"

"我在社交场合见到她已经不止一年了。她的朋友肖尔蒙德莱太太是我的一位熟人;因此我每个星期日都见到她。不过你说她常常假借'伊西多尔'的名字说起我,我可不可以——并不请求你泄露秘密——问一问,她是以什么语调、什么感情说到我的吗?我有点儿急于想知道,因为我拿不准她对我的看法,我觉得有点儿苦恼。"

"哦,她变化多端,像风那样一时东,一时西。"

"不过,你还是能够归纳出某种总的看法吧?"

"我能够,"我心中想道,"可是把这总的看法传递给你,不解决问题。此外,假如我说她不爱你,我知道你是不会相信我的。"

"你不说话,"他继续说。"我猜想你没有好消息惠告。不要紧。如果她对我感到绝对冷淡和嫌恶,这就是我不值得她垂青的征兆。"

"你怀疑你自己吗?你想你自己比德·阿麦尔中校差吗?"

"我爱樊箫小姐远远胜过德·阿麦尔爱任何世人,而且会比他更好地照顾她和保护她。关于德·阿麦尔,我怕她是被幻想迷住了。这个人的特性我是了解的，了解他的全部经历，他的全部困境。他不值得你那位年轻美丽的朋友爱慕。"

"我的'年轻美丽的朋友'应该知道这一点，并且知道或者感觉到谁值得她爱慕，"我说。"如果她的美貌或者她的头脑不能使她明白这些，那么她便该活受到深刻的经验教训。"

"你难道不是太严厉一点儿了吗？"

"我是极其严厉的——比我让你看到的更为严厉。你倒是应该听听我惠赠给我的那位'年轻美丽的朋友'的谴责，只不过对待她那种娇滴滴的性格，我缺乏温柔体贴，会使你感到说不出的震惊。"

"她是那么可爱，人们只能对她怀着爱心。而你——每一位年纪比她大的女人，都一定会以一种慈母般的，或者姐姐般的喜爱来体谅这样一位单纯的、天真的、小姑娘似的仙女。超凡脱俗的小天使啊！在她对着你的耳朵倾诉她那些纯洁的、孩子般的推心置腹的话的时候，你的心难道不对她眷恋不已吗？你得到多么大的特别优待啊！"他唏嘘叹息。

"我时常多少有些粗暴地打断这些推心置腹的话，"我说。"不过原谅我，约翰医师，我可以把话题暂时转换一下吗？那位德·阿麦尔是多么貌如天神啊！他的脸上长着怎样的鼻子——十全十美！你可以用油灰或者泥土照样捏一个，可无法做得更好、更直，或者更端正。再说，如此古典式的嘴唇和下巴颏儿——以及他的一举一动——是多么庄重。"

"德·阿麦尔除了是一个非常胆小的英雄以外，还是一个难以言喻的自负的青年。"

"约翰医师，你，以及每一个不如他那么神态优雅的人，一定对他抱有一种羡慕的感情，正像战神玛尔斯①和比较粗鄙的那些

---

① 玛尔斯，罗马神话中的战神，相当于希腊神话中的阿瑞斯。据说，阿瑞斯最喜欢的事就是争吵和打仗，是凶残和好战的化身。

神灵可能会对那位年轻优雅的阿波罗①抱有这样一种感情。"

"一个没有原则的、投机冒险的、自高自大的小子!"约翰医师直截了当地说,"只要我高兴,不管哪一天,我都能用一只手抓住他的裤腰带把他拎起来,把他摔倒在街旁的沟渠里。"

"可爱的撒拉弗②啊!"我说。"这是多么残酷的念头哪!约翰医师,你难道不太严厉一点儿了吗?"

此刻我停住不说了。这天夜里,这是我第二次有失常态了——冒昧地超越了我看作自己的天生习惯——用一种没有预先考虑过的、一时冲动的语气讲话,在我收住并回想一下的时候,我自己都奇怪地感到吃惊。我在那天早晨起床的时候,可曾预料到,那天黄昏,自己竟然会在一出轻松喜剧里扮演一个轻佻的情人的角色,而在一小时以后,又坦率地跟约翰医师谈论他的不幸的求爱问题,还嘲笑他那些幻想呢?我未曾预见到如此的丰功伟绩,正像我未曾期望乘氢气球升空,或者航海到合恩角③一样。

这位医师和我沿着小道踱着步以后,现在正往回走。从窗户里反射出来的灯光又一次照亮了他的脸:他微笑着,但是他的眼睛是忧郁的。我多么希望他内心能轻松自在啊!他痛苦不堪,而痛苦是那种原因引起的,我感到多么难过啊!他,具有极大的优点,却偏偏在恋爱上空梦一场!我当时还不明了,挫败后的沉思苦想对于某些心灵来说是最好的状态;也没有想到某些药草:"完整时虽无香气,研碎时却芬芳四溢。"

"不要闷闷不乐,不要难过,"我打破沉默说。"假如姞妮芙拉身上有一点点值得你爱慕之处,她就会——她一定会产生一种

---

① 阿波罗,希腊神话中最重要的神祇之一,为太阳、音乐、诗歌、健康等的守护神。它的形象是个端庄、匀称、长发、无须的少年。英语中可作"美男子"的代称。
② 撒拉弗,《圣经》中的六翼天使,是最高位的天使。《圣经·旧约全书·以赛亚书》第6章第2节中描绘众撒拉弗:"各有六个翅膀,用两个翅膀遮脸,两个翅膀遮脚,两个翅膀飞翔。"
③ 合恩角,南美洲最南端合恩岛上陡峭的南角,属智利,是大西洋和太平洋的交汇处。

热诚来回报。高兴起来吧，抱着希望吧，约翰医师。如果不是你，还有谁应该怀有希望呢？"

对于这句话的回报，我得到的——对此，我必须设想自己是应该得到的——是一副惊讶的样子。我还想到某种不赞成的样子。我们分手了，我走进了那幢屋子，感到非常寒冷。一个个时钟都敲响了，教堂钟声敲报半夜时分。人们正在快快离开，这个圣名瞻礼日过完了，灯火正在暗下来。一个钟头以后，所有的住宅和整个儿寄宿学校都一片漆黑，无声无息。我也上了床，但是还未入睡。对我来说，在过了如此精神兴奋的一天以后，是不容易睡着的。

第十五章
暑　假

贝克夫人的圣名瞻礼日之前的三个星期放松了一阵子，在当天短暂的十二个小时里大家放浪形骸地狂欢个痛快，第二天又不免软瘫瘫、懒洋洋，在这之后便是恢复和加强秩序的时期。那是两个月的实实在在的用功，是紧张而刻苦的学习。由于这两个月正是"学年"的最后阶段，所以确实是这一年之中仅有的真正工作的月份。为奖学金分配之前的考试做准备的主要工作量——男教师、女教师和学生们在这段时间里集中精力工作——都被拖延到这两个月里来完成。奖学金的候选者们此刻必须认认真真地读书了。男女教师们必须勤奋工作，在背后鞭策鼓励，积极地帮助并训练那些较有希望的学生。一种自我炫耀的论证——一种说明问题的展示——必须准备好给大家看看，而为了达到这一目的，任何手段都是正当的。

我几乎没有注意到其他女教师们是如何工作的，我有自己的工作要关心呢。我的任务繁重得很，因为我得在大约九十副头脑里印上关于英语这一门她们觉得是最复杂最困难的学科的恰当概念；还要训练九十根舌头，教她们对于她们说来差不多是不可能的发音——英伦三岛的齿间擦音和齿龈擦音。

考试的日子到了。可怕的日子啊！带着焦虑不安的心情为之做好准备，以沉默的、迅速的动作为之草草打扮——现在可没有什么云绕雾罩或者飘飘欲仙的感觉了——没有白色的薄纱或者天蓝色的飘带了；严肃、保守、简洁是这一天的服装的要求。照我看来，我在这一天特别倒霉——在所有的女教师之中，主要的重担和考验偏偏只落在我身上。其他的人都没有被要求主持她们所教的学科的考试；文学教授保罗先生自己承担了这个责任。他，这所学校里的专制君主，把各种各样的控制权统统集中到他一个人的手掌心里。他不愿意接受任何帮助，火冒三丈地拒绝任何一位同事。夫人自己显然很想负责地理课的考试——地理是她喜爱的学科，她教得很好——却被迫屈服，顺从了她的专横跋扈的男亲属的指示。保罗先生把全体男女教员都撇在一边，独自站在主考者的讲台上。使他恼恨的是，他不得不允许有一个例外。他不能对付英语，因而不得不把这一学科的教学工作让给教英语的教师；他这样做的时候心里不免产生过一刹那天真的忌妒。

坚持不懈地肃清除了他自己以外的每个人的"自尊心"，是这位能干的、然而性格火爆、紧抓不放的矮个子的怪癖。他具有一种以他本人代表公众的强烈爱好，但是却极其厌恶任何别人有相似的表现。要是他能够做到，他便镇定下来，克制自己；要是他做不到，他便像一阵郁闷已久的暴风雨那样发作。

在考试日的前一天晚上，跟别的教师们和寄宿生们一样，我正在花园里散步。伊曼纽埃尔先生在"禁止行走的小径"上和我走在一起，他嘴里咬着雪茄烟；他的宽松外套——那件样子毫不特别却最具有个性的外套——黑黢黢的，形象可怕地披挂在身上，那顶希腊式无边圆帽的流苏威严地遮住他左边太阳穴。他的黑络腮胡子像发怒的猫的胡子那样翘着；他的蓝眼睛的闪光之中有一片云翳。

"啊，"他猛然面对着我，挡住我的路，说，"你会像女王一样登上宝座——明天在我旁边登基？毫无疑问，你预先尝到权力的美好滋味。你有说不出的容光焕发，你这个小野心家！"

可是事实却是他碰巧完全弄错了。我并不——也无法——像他那样估计明天的观众赞赏什么或者对什么有好评。要是那些观众中我个人的朋友和熟人数目有他的一样多，我可不知道那会是什么样子。我现在谈的是实际情况。教学方面的成功只在我身上照上一道冷冷的光泽。我曾经疑惑——现在还疑惑——怎么教学方面的成功,对他似乎就像壁炉里的温暖和壁炉里的火光那样照射着。他也许对此过分关心,而我,可能过分不关心了。不过,我像他那样,也有我自己的爱好。比方说,我喜欢看见伊曼纽埃尔先生吃醋,这照亮了他的天性,唤醒了他的精神,把种种奇妙莫测的光和影投射到他那阴沉沉的脸上,投射到他那双紫里透青色的眼睛之中(他常常说他的黑头发和蓝眼睛是"他的美貌之一")。他的怒气之中有一种味道,那是没有矫饰的、真诚的、相当没有道理的,然而却决不是虚伪的。他说我骄傲自满,那时我没有说一句话加以否认;我只不过问他,英语考试是在什么时候——是在一天开头还是一天结束的时候?

"我还拿不定主意,"他说,"那究竟该在一开始,许多人到来之前,不让你的雄心勃勃的天性由于有许多观众而感到满足的时候呢,或者该在快要结束,大家都很疲乏,只有一种腻烦和倦怠的注意力供你差遣的时候。"

"你是多么苛刻呀!"我佯装垂头丧气地说。

"人们应该对你'苛刻'。你是属于那种必须被压服的人。我了解你!我了解你!这幢房子里其他的人看见你走过去,觉得那是一个没有色彩的影子晃过去了。至于我呢,我曾经仔细看过你的脸,只要这样仔细看一次就够了。"

"你了解我,你感到满意吗?"

他不直接回答,却继续说:"你在那出轻松喜剧里得到成功的时候,你不感到高兴吗?我注意过你,在你的面相里看出一种由于得胜而兴奋不已。目光里注入了怎样的火哪!不仅仅是光,而且是火焰:我认为这是警告。"

"先生,我在那时候所怀有的感觉——原谅我,假如我说你把这事的性质和分量两者都大大夸张了——是相当抽象的。我不曾对那出轻松喜剧感兴趣。我讨厌你要我扮演的角色。我对台下的观众连一点同情心也没有。毫无疑问,他们都是好人,可是我认识他们吗？他们对于我有任何关系吗？我能愿意明天再被人带到大庭广众之前吗？难道考试对我说来不是一项任务——一项我希望快快结束的任务吗？"

"我能把这件事从你手里接过去吗？"

"衷心欢迎；只要你不怕失败就行。"

"不过我一定会失败。我只知道三个英文短语和几个单词：譬如，太阳，月亮，星星——说得对吗？我的看法是，最好完全放弃这件事情，根本没有英语考试，你说呢？"

"假如夫人赞成的话，我也赞成。"

"打心底里吗？"

"完全打心底里。"

他沉默不语地吸着雪茄烟。他忽然转过身来。

"把手伸出来给我，"他说，怨恨和妒忌的神色从他的脸上化掉了，转而闪射出一种宽厚的善意。

"行了，我们将不是敌对者，我们将会是朋友，"他继续说。"考试必将举行，我会选择一个好时机。我不会再像十分钟以前那样感到很恼怒，感到想设置障碍——我有着打孩提时代起就一直有的坏脾气——我将会诚恳地助你一臂之力。说到底，你孤独无助，人地生疏，你得走出一条路来，找到谋生之道。你要是出名，那会是件好事。我们将成为朋友，你同意吗？"

"真心实意地同意，先生。我喜欢成为别人的朋友。比起喜欢得胜来，我更喜欢成为别人的朋友。"

"可怜的姑娘！"他说着便转过身去，从庭院小径上走开。

考试顺利地结束了；保罗先生信守诺言，尽最大努力减轻我的负担。第二天举行发奖仪式，这也过去了。于是学校放假；学生们回家，现在便开始了漫长的暑假。

那回的暑假啊！我难道会忘记吗？我想不会。假期的第一天，贝克夫人到海滨去跟她的孩子们待在一起。三位教师大家都有双亲或者好友可以投奔。每一位教授则都离开了这座城市，或去巴黎，或去布—玛琳纳。保罗先生则出发去罗马朝圣。这幢屋子走得空空如也，只剩下我、一个仆人、一个可怜的畸形的低能学生，她是一种呆小病患者①，她的住在远处一个省里的继母不许她回家。

我的心几乎像槁木死灰，痛苦的渴望抽紧了心弦。9月份的这些日子多么漫长啊！多么寂静，又多么没有生气！这些无人的房屋多么大，又多么空！弃置一边的花园多么凄凉——现在是因为一座城市的人去避暑而扬起的灰尘把它弄成灰色的了。在这八个星期的开头展望将来，我简直不知道如何过到底。我的精神本来早已逐渐消沉，现在，专心工作的支柱被抽掉了，我的精神迅速一落千丈。即使向前看也不是去希望什么：那哑然无声的未来没有预言佳境，没有提供希望，也没有引导人去信赖未来的善而忍受目前的恶。一种悲凉的对于生存索然寡味的心情，常常压迫着我——那是一种绝望的听天由命的心情，但愿早日走到这尘世的一切事物的尽头。啊！在我有充分的闲暇来观察生活，就像生活必定会被像我这样的人观察的时候，我发现，生活只不过是一片没有生命的荒漠：漫漫黄沙，不见绿色的田野，不见棕榈，不见泉水。青年人所珍视的希望，支持并且引导着青年人前进的希望，我不了解，也不敢了解。假如那些希望有时候叩击我的心扉，那么一根不好客的把门的闩必然会在里面闩上。在希望被如此拒绝而转身走开的时候，伤心的眼泪有时夺眶而出；然而这无法可想，我不敢招待这样的客人住宿。对于专横无理这样的罪过和弱点我害怕得要命。

笃信宗教的读者啊，关于我刚才写的那些东西，你会长篇大论地对我谆谆劝诫一番吧；道德家，你也会这样；还有你，严格的贤人；还有你，禁欲主义者②，会颦眉蹙额；还有你，玩世不恭

---

① 呆小病是一种甲状腺功能减退症，始于胎儿期或出生不久的婴儿。患者智力低下，生长迟缓，身材矮小，面容呆板。

② 禁欲主义者，原文为 stoic，源出 stoics（斯多葛学派）。这一学派约在公元前300年由古希腊哲学家基底恩的芝诺创立于雅典的斯多葛画廊，故名。主张人应该克己制欲，顺从命运，与自然一致地生活，健康或疾病，富贵或贫贱皆可漠然置之度外。

者，会冷嘲热讽；还有你，享乐主义者，会笑不可抑。嗯，你们这些人，随你们的便吧，我接受你们的讲道、不满、冷笑和笑声。也许你们是对的；也许，处在我的境况，你们就会像我一样错。确确实实，这头一个月对于我是一个漫长、黑暗、沉重的一个月。

那个呆小病患者看来并非不愉快。我尽力使她吃得好，穿得暖，她也只要求食物和阳光，没有阳光的时候，则要求炉火。她的弱智赞成迟钝怠惰，因而她的头脑、眼睛、耳朵、心脏就都怡然自得地沉沉入睡。它们不能醒来工作，所以嗜眠症就是它们的天堂。

那个暑假的头三个星期，天气晴热干燥，不过第四个和第五个星期却是狂风暴雨，天气阴湿。我不知道为什么大气中的这种变化使我产生一种令人痛苦的印象，为什么这猛烈的暴风和狂打的雨点用一种更为要命的瘫痪症状压倒了我，这比我在天空晴朗的时候所经受到的厉害。可是事实如此，而我的神经系统简直难以承受曾经在许多个日日夜夜在那幢空空荡荡的大房子里经历过的种种事情。我是如何常常祈祷上苍给我安慰和支持的啊！我被多么可怕的力量紧紧抓住，不得不相信，"命运"是我的永恒的敌人，决不会与我和解。我在心底里并没有为此责难上帝的慈悲或公正。我断定这是上帝的伟大的计划的一部分，即某些人活在世上必须深受痛苦，我不寒而栗，认定在这些人之中，我就是一个。

那个呆小病患者的姨妈是一个善良的老妇人，有一天，她来把我的患病的朋友接了去，这时候我感到轻松了一些。这不幸的人儿曾经时常是个沉重的负担。我不能把她带到花园之外去，我也不能离开她一分钟，因为她的可怜的心正像她的可怜的身体一样，是扭曲的，具有作恶的癖好。一种木然的调皮捣蛋的倾向，一种漫无目的的恶作剧，使得常备不懈的警戒成为不可缺少的事。由于她很少开口说话，却一连几个小时坐在那儿扮怪相，装鬼脸，挤眉弄眼的，做出一副无法形容的丑模样，我觉得与其说自己是和一个人待在一起，倒不如说是和什么奇怪的、难以驯养的野兽关在一起。我还必须对她进行个别的精心照顾，而这是对医院护士的心智所提出的要求。我的毅力受到考验，有时陷入极端的厌烦之中。这个任务本来不应该落在我身上，一个仆人离开了，直到现在还没有回来，而暑假开始后人们在匆忙之中离开学校，没有指定谁来代替这仆人履行职务。这个重担和磨难决非我生平受到的最小的一种。尤有甚者，这些事情可说是卑下的、乏味的，然而我在精神上受到的痛苦则更使我深深感到损耗和困乏。服侍这位呆小病患者常常使我失去狼吞虎咽地吃饭的能力和欲望，使我在去呼吸新鲜空气或者到庭院中的井边或喷泉边去的时候都无精打采。不过这一任务决没有使我心痛如绞，或者热泪盈眶，或者以热得像铁水一样的泪珠炙伤自己的脸腮。

呆小病患者既然走了，我便可以自由外出了。开始时，我缺少勇气远离福色特街去探奇，但是逐渐逐渐我摸到了城门，走到城外，然后沿着车行道一路漫游到远处，穿过田野，越过天主教徒和新教徒的公墓，越过农场，走到小路上，小树林里，走到不知是哪儿。一种刺激驱使我前进，一阵狂热禁止我休息，一种找伙伴的渴望一直存在于我心灵之中，好比饥饿至极的人渴望食物。我常常整天步行，从赤日炎炎的中午，到干旱逼人的下午，到暮色苍茫的傍晚，再踏着月光回家。

我形单影只地漫游的时候，有时会在心中想象别人——我所认识的人目前可能会处于什么情况。我仿佛看见贝克夫人在景色宜人的海水浴场，身边是她的孩子们、她的母亲，还有一大群寻求同样的休养场所的朋友们。翟丽·圣彼埃尔则在巴黎，和她的亲戚们待在一起。别的教师们各在自己的家里。姞妮芙拉·樊箫呢，她的某个亲戚带她到南方去作愉快的旅游了。在我看来，姞妮芙拉是最快活的人。她正在风景优美的旅途上，9月的阳光为了她照耀在肥沃的平原上，柔美的光照下，谷物和葡萄都成熟了。在远山的轮廓起伏形成的蓝色的地平线之上，金色的、水晶般的月亮冉冉升起,映照着她的身影。

不过这一切都没有什么;我同样也感觉到秋日的阳光,也看见秋分前后的满月,我几乎希望自己被深深地掩埋在大地和草皮里,不受日月的影响,因为我不能在它们的光辉之中生活,也不能使它们成为我的伙伴,也不能对它们产生感情。可是姑妮芙拉身上却有一种精神,使她能给人以恒久的力量和安慰,使白昼欢乐,使黑暗芬芳①。护佑人类的好神灵之中最好的神灵用翅膀为她遮挡,用弯下的身躯庇护着她的头。姑妮芙拉被"真正的爱情"跟踪追逐,她永远无法孤独。她对这一客观存在是毫不知情的吗?在我看来这是不可能的,我无法理解如此麻木不仁。我想象她心中暗暗欢喜,此刻正在有保留地爱着;但是打算有一天让人知道她体验过多少爱情。我在心中描摹她的忠诚的英雄若明若暗地意识到樊箫小姐对他那种腼腆的喜欢,并且因为这样的意识而感到欣慰;我想象他俩之间有一根能引起共鸣的带电的心弦,有一根互相理解的细链条,横贯一百里格的间隔,维系着交往——用祈祷和祝愿越过丘陵和山谷传递着信息。姑妮芙拉对于我渐渐变成了像是一个女英雄了。有一天,我发觉自己这一日见增长的幻想,便说:"我确实知道自己的神经正在变得过分紧张了。我的心受苦受得太多一点儿了。心上正在长着一种疾病——我该怎么办呢?我如何才能保持良好的状态呢?"

在这种情况之下,确实没有办法保持良好的状态。终于,一天一夜的特别苦恼的抑郁烦闷之后,接着是生理上的疾病,我不得不卧床休息。大约此时,晚秋的晴暖天气②已过,二分点风暴③开始;我卧躺了九天,都是阴沉沉的霪雨连绵的日子,这些日子

---

① 原文为 embalm darkness,出自英国诗人济慈(1795—1821)的《夜莺颂》中的 embalmed darkness(芬芳的黑暗)。
② 原文为 Indian summer,有译作"印第安夏"或"小阳春"者。英国、美国中部和东部,以及欧洲部分地区在10月末或11月中有时出现的干燥和温暖气候的时期,往往持续一周以上。欧洲当地称为"万圣夏"或"老婆子夏"。
③ 二分点风暴,英国和北美洲地区常在春分和秋分时节出现的风暴。

里，时序女神们①以一副十足的骚动不安、两耳失聪、披头散发的样子往前直闯——被呼号咆哮的飓风弄得晕头转向——我躺在那儿，神经和血液奇怪地发热，睡神远走高飞。我常常在夜里爬起来，四处寻找她，诚心诚意地恳求她归来。回答我的只有窗子的咔嗒声和强风的呼啸声——睡神永远不来临！

我错了。她来过一次，不过是怒冲冲地来的。她对我的纠缠不休失去了耐心，便带着一个报复的梦来。圣徒施洗约翰教堂的钟声告诉我，这场梦延续还不到十五分钟——一段短暂的时间，可是已经足够以不可名状的痛苦折磨我整个身躯，足够给予我难以形容的体验，这种体验具有永恒的天谴那种色彩、模样、恐怖，以及丝毫没有异样的调子。那天夜里十二点钟和一点钟之间，有一只杯子硬塞到我嘴唇边，黑色的、浓重的、怪味的，不是从井里舀上来的，而是从深无底、广无垠的大海翻腾着灌注进去的。忍受那种在世俗的或者能够计算的量器里酿成、为凡人的嘴唇调制的药剂的苦味，决没有像尝这种苦味那么难受。我喝下去，醒了过来，只觉得一切都完了，死亡来了又走了。我惊恐地战栗着——这时恢复了知觉——想呼喊什么人来救助我，只是心中知道没有人在附近能够听到我的疯狂的召唤——高滕在远处她的顶楼上，听不见的——我坐起来跪在床上。使我惊恐的几个钟头捱过去了，我心中感到无法形容的撕痛、绞痛和压痛。在这场噩梦的恐怖之中，我觉得最坏的一点就在这里。我觉得亲爱的人死了，他生前曾经深爱我，梦中却和我在别处相会，显得疏远。使我苦恼不堪的是我内心深处带有一种前途无望的不可言宣的感觉。我为什么竟然还要努力恢复健康，或者祈愿活下去呢？这样的动力已经没有了啊。然而很难忍受的是那种无情而傲慢的声

---

① 时序女神，又译荷赖。希腊、罗马神话中司自然次序的诸女神。古希腊将一年分为两季，荷赖也有两个：塔罗和卡耳波（春花和夏果）。赫西俄德则说荷赖有三个，是主神宙斯和忒弥斯的女儿，名为欧诺弥亚（法规）、狄刻（正义）和伊瑞涅（和平）。以后的作家把荷赖增至四个。

音,死神用这样的声音向我挑战,要我接受其别人所不知道的恐怖。我试作祈祷的时候,只能说出这样的话:

"打我少年时代起,我便怀着苦恼的心情忍受着您的恐怖。①"

这是千真万确的事。

第二天早晨,高滕替我送早点来的时候,敦促我请一位医师来。我不要,我觉得没有一位医师能治愈我的病。

有一天晚上——这时我并未谵妄不清,却是神志清醒,我起床——穿着和梳理一番,疲软无力,摇摇晃晃。那长长的集体寝室的孤寂和沉静叫人无法再忍受了。那一张张鬼一般的白色的床铺都变成了幽灵——每一张床上的花冠饰物都变成了一个死者的头颅,好大,被太阳晒得好白——它们大大地张开的眼窝里冻结着一个较老的世界和较强的种族的死去的梦。这天晚上,我的心灵里比任何时候都更坚定地确立了信念,认为"命运"是石头做成的,"希望"则是一尊虚假的偶像——是瞎眼的、没有血液的内心是花岗石的。我还感觉到,上帝曾经派定给我的磨难正在达到高潮,现在必须用我自己一双可以说是软弱无力、颤抖不已的有热情的手把它扭转过来。外面还在下雨,风也不停,不过,我觉得比起整天的狂风暴雨来说,已经缓和多了。黄昏正在降临,然而我相信它的影响可怜。从格子窗望出去,我看见夜晚的云彩飘来,低低地拖曳着,好像旌旗那样垂落。在我看来,此时此刻,苍天在上,正为下界尘世间遭受的一切痛苦怀着悲悯之情。我的噩梦的重量减轻了;那种难以忍受的不再有人爱我的想法,那种不再有所归属的想法,有一半让位给相反的希望了;我肯定这个希望会更清楚地闪光,只要我从这幢房子的正在像墓板那样粉碎的屋顶下走出来,走到这座城市之外,走到很远很远的原野中某一座静静的小山上。于是,我披上了一件斗篷(我不可能是谵妄

---

① 语出《圣经·旧约全书·诗篇》第88篇第15节:"我自幼受苦,几乎死亡。我受你的惊恐,甚至慌张。"

的，因为我还有理智和记忆来披上一件暖和的衣服），就出发了。走过一座教堂的时候，钟声吸引了我的注意力，钟声似乎召唤我进去参加圣体降福仪式，我便进去了。任何庄严的仪式，任何诚心诚意的礼拜的壮观场面，任何祈求上帝的良机，这时对于我就像面包对于极端穷困的人那样受欢迎。我跟别人一起跪在铺石板上。那是一座古老的、庄严的教堂，透过晦暗的玻璃射进来的光线，把四处弥漫的朦胧不是照得金光灿烂，而是染成紫气迷蒙。

聚集的礼拜者很少，而且仪式一过，半数都走了。我不久就发现那些留下来的人是留下来作忏悔。我没有动。教堂的每一扇门都小心地关上了，一阵神圣的寂静落下来，一片庄严的阴影笼罩在我们四周。过了一会儿，一位在祷告中凝神屏息、耗尽精力的忏悔者走到告解室跟前。我注视着。她喃喃地说着供认的话，她的忏悔被对方喃喃地回答，她得到了安慰，转身走了。另一位走过去，接着又是一位。一位跪在我近边的面色苍白的妇女用低低的、亲切的声音说：

"你先去吧，我还没有准备好。"

我机械地服从，起身走过去。我明白自己在干什么，我心里已经闪电般迅速地审查了自己的意图。采取这一步不可能使自己比过去更不幸；也许还会抚慰我的心。

待在告解室里的神父连瞧都不瞧我一眼，他只是静静地把耳朵对着我的嘴唇。他也许是一位好人，可是他的职务对于他已经变成了一种形式，他带着习惯形成的冷淡履行职责。我迟疑不决，忏悔的程式我一无所知，我没有用惯用的开场白开始，却说道：——

"我的神父，我是新教徒。"

他猛然转过头来。他不是生在本地的神父，那种类型的人的面相特征，几乎一成不变的是奴颜婢膝的样子。我从他的侧面和前额看出他是法国人，虽然头发花白，已属老年，但是我觉得他并不缺少热情或智慧。他并非不友善地问我，既然是一位新教徒，为什么要来找他呢？

我说我没命地渴望得到一声劝告或者一点安慰。我十分孤独地生活了几个星期了。我病过一阵。我心里感受到一种痛苦的压力，精神上再也承受不住这个重量了。

"那是一种罪恶，一件犯罪的事吗？"他有些吃惊地问道。

对于这一点，我使他放心，并且就我所能地让他了解我的经历的最简略的轮廓。

他现出若有所思的、惊讶的和迷惑的样子。"你给我出了一个意想不到的题目，"他说。"我过去没有遇到过像你这种情况。一般地说，我们熟悉我们的常规事务，心中有数，可是这一次告解的通常程序被大大地打破了。我简直提不出适合这种情况的忠告。"

当然，我并不曾料想他会提得出来，不过，只要能把心里的想法向人诉说对我就是一种宽慰，只要能把心里想说的话传送到一个有同情心的人神圣的耳朵里去——只要能把长期郁积、长期抑制的痛苦的一部分倾吐到一个容器①里，而不再扩散开去——这就已经使我舒服了。我已经得到了安慰。

"我必须走了吗，神父？"看到他一声不响地坐着，我问他。

"我的女儿，"他仁慈地说——我肯定他是一位忠厚长者，他的眼睛是富于同情心的样子——"暂时你最好走，不过我向你保证，你的话打动了我。告解像别的事情一样，容易因为习惯而流于形式，变得琐碎。你来了，把你心里的话掏出来了，这是少见的事。我很愿意把你的情况好好想一想，并且把它带到我的祈祷室去。要是你和我们的信仰一致，我就会知道说些什么——如此烦恼不安的心只能在静修默想当中、在虔诚的严守时刻的仪式之中找到平静。众所周知，这个世界没有为哪一个类型的性格准备的苦行赎罪②。虔诚的信徒们曾经嘱咐像你这样的忏悔者们用苦

---

① 容器，基督教中喻人是接受某种精神或影响的容器。
② 苦行赎罪，基督教中耶稣基督的替世人赎罪。

行、自我牺牲和艰难的善行来促进他们向上的道路。这里，给了他们眼泪充当吃的和喝的——痛苦的面包，痛苦的水，[1]他们在来世就会得到回报。我个人确信，你为之感到苦恼的这些印象，都是上帝派来的使者，要把你带回到真正的教会里来。你生来应该信仰我们的信仰；包管没错，只有我们的信仰能够治疗和帮助你——对你来说，新教完全是太枯燥、冷酷和乏味了。我越是进一步观察这件事，我越是清楚地看出这全然是异乎寻常的事情。我决不能不再看见你。暂且去吧，我的女儿；但是你要再回来看我。"

我站起身来向他道谢。我正要走开的时候，他招手让我回去。

"你决不要到这座教堂里来，"他说。"我看出你是病了，这座教堂太冷。你必须到我家里来，我住在——"（他给了我他的地址）。"明天上午十时到那儿去。"

我只是用鞠躬来回答这个约会。我拉下面纱，包紧斗篷，静悄悄地走了。

读者啊，你猜想，我可曾打算冒险再到那位可尊敬的神父那儿去呢？要是那样的话，我倒不如考虑走入巴比伦的烈火的窑[2]里去。这位神父有着能够影响我的怀抱，他天性仁慈，具有一种充满柔情的法国人的善心，对于他的好言好语我知道自己不会是完全无动于衷的。要是不尊敬某些种类的感情，那么在所有各种感情中就简直没有任何一种在现实中有根底的是我可以完全依靠自己的力量来抵挡了。假如我到他那儿去了，他会以诚恳的那种教皇制度的迷信观念来向我指出一切慈悲的、安慰的和亲切的事

---

[1] 语出《圣经·旧约全书·以赛亚书》第30章第20节："主虽然以艰难给你当饼，以困苦给你当水，你的教师却不再隐藏，你眼必看见你的教师。"

[2] 巴比伦的烈火的窑，典出《圣经·旧约全书·但以理书》第3章。巴比伦王尼布甲尼撒造了一个他自己的金像，立在杜拉平原。为金像行开光礼这天，聚集了许多高官和"各方、各国、各族的人民"。传令者大声传令说："你们一听见角、笛、琵琶、琴、瑟、笙和各样乐器的声音，就当俯伏敬拜尼布甲尼撒王所立的金像。凡不俯伏敬拜的，必立时扔在烈火的窑中。"

物。然后,他会试图点燃、吹起和拨旺我心中的做好事的热情。我不知道这一切会怎样结束。我们大家都认为自己在某些方面是坚强的;我们大家都明白自己在许多方面是软弱的。可能的结果是,假如我在约定的日子和钟点到占星术士街十号去拜访,那么此时此刻我便可能不是在写这本异教徒的故事,而是在维莱特的克莱西林荫大道上的某座加尔默罗会修女①的修道院的修道室里数我的念珠了。这位宽厚的老神父有点儿像费奈隆②的样子;不管他大部分的教友怎样,也不管我可能怎样看待他的教会和教义(这两者我都不喜欢),对于他本人,我必须一直保留一种愉快的回忆。正当我需要仁慈的时候,他是仁慈的;他很好地对待了我。愿上苍保佑他!

在我从那座阴森森的教堂里走出来以前,黄昏已经过渡到黑夜,街上的路灯已经点亮了。对于我,现在回去变得可能了;要想跑到远处没有城墙的小山上③去呼吸这10月的风的狂野的渴望,已经不再是一种迫切的冲动,而是软化成一种"理性"能够对付得了的愿望了。"理性"把它镇压住了,于是我一边脑子里这样想,一边转身向福色特街走去。可是我已经在这座城市的陌生的地区变得晕头转向了。这是在旧城区,到处是小街小巷,两旁一幢幢富于诗情画意的古老颓败的房屋林立。我太虚弱无力,不能非常泰然自若;我又依然太粗心大意,不去留心自己的利益和安全。我渐渐变得惶惑不安;我被纠缠在不知名的回环转折的网络之中。我迷失了方向,却下不了向哪一位过路行人问路的决心。

假如说暴风雨在日落时曾经缓和了一下,那么现在它可弥补了失去的时间。大股的风从西北到东南猛烈地、雷鸣般地横扫

---

① 加尔默罗会修女,天主教于12世纪在叙利亚加尔默罗山上建立的加尔默罗会的修女。
② 费奈隆(1651—1715),法国天主教大主教,文学家。
③ 原文为:little hill far without the city-walls,语出亚历山大(Cecil Frances Alexander)的《儿童赞美诗》中的一句:There is agreen hill far away, / Without a city wall. (远处有一座青山, / 那儿没有城墙。)

着，带来的雨像水花似的，有时候又像冰雹一般锐利地打来，这股风使我觉得刺骨的寒冷。我低下头来顶风前进，可是它把我直往后吹。在这场冲突之中，我心里一点也不害怕，只是但愿自己生出一对翅膀，能够飞在大风之上，张开我的羽翼，凭借它的力量，不用费力地翱翔，一路向前猛冲，向前掠过。①就在我这样祈愿的时候，我忽然觉得原来感到冷的地方更冷、原来感到乏力的地方更软弱无力了。我试图走到近处一幢大建筑物的门廊那儿，但是房屋正面的一大片，以及那巨大的尖塔变黑了，从我眼前消失了。我没有像我打算的那样跌在台阶上，却似乎一头栽倒在深渊里，便不省人事。

第 一 卷 完

---

① 原文为：repose my pinions on its strength，出自英国诗人拜伦(1788—1824)的长诗《恰尔德·哈洛尔德游记》第 3 章第 73 节。

第二卷

第十六章
往日的时光

我不知道自己晕过去的时候灵魂飘往何处去了。在那个奇异的夜里，不论灵魂看见了什么，或者在她恍惚之中不论她漫游到了什么地方，她都严守着秘密，决不悄悄地对"记忆"透露一个字，而是用一种不会溶解的沉默使人无法想象。她也许曾经升往高处，望见了她的永恒的居处，而此刻正在希望远走高飞，得到休息，正在认为自己那种与物质的痛苦的结合终于解体。就在她这样想的时候，一位天使也许曾经警告她离开天堂的门槛，并且领着她哭泣着落下来，又一次把颤抖不已的、十分不愿意的她捆绑到我这个又冷又瘦的可怜的躯壳里，而对于这个躯壳的伙伴关系，她已经变得不止是疲惫不堪了。

我知道她是带着痛苦、带着无可奈何之情、带着一声悲叹和一阵长时间的颤抖重新进入她的樊笼之中的。"精神"和"物质"这对离了婚的配偶难以重新结合了；他们不是用拥抱，而是用斗争这种折磨人的方法彼此问候。视力复苏的知觉忽然来到我身上，红彤彤的，好像这知觉是浮游在鲜血之中；暂时中止的听觉雷声隆隆似的冲撞回来；意识在恐怖之中再生了；我惊骇万状地坐起来，不知道自己正在醒过来进入什么区域，身处在什么陌生的生物之中。开头，我认不出自己看见的东西：墙壁不是墙壁——灯不是灯。我本来会像知道最普通的东西一样，知道我们叫做鬼的东西：这是表明我的眼睛所看到的一切东西都觉得仿佛是鬼的另一种说法。不过官能不久便各就各位了，生命机器立刻恢复它的习以为常的和有规则的运转。

然而我还是不知道自己在哪儿,只不过经过一段时间以后,我看出自己已经被人从我跌倒的地方搬开,我不是躺在门廊的台阶上,黑夜和暴风雨已经被墙壁、窗子和天花板排除在外面。我已经被抬到某所房屋里——可是这是什么房屋呢?

我只能设想这是福色特街上的寄宿学校。我仍然在似梦非梦的状态之中,艰难地试图发现他们把我弄到哪间房间里,是较大的集体寝室还是小寝室中的一间。我迷惑起来,因为我无法把隐隐约约地见到的家具和我对这些房间中任何一间的印象协调一致。一张张雪白的无人的床铺看不到了,还有那长长的一溜大窗户也是。"没错,"我这样想,"他们没有把我抬到贝克夫人自己的套间里!"于是,我的目光落在一张铺着蓝色锦缎的安乐椅上。别的配着软垫的座椅都逐渐使我明白了,最后我完全接受了这是一间令人愉快的会客室的事实。明净闪亮的壁炉中烧着一堆柴火,一块地毯上的鲜蓝色的蔓藤花纹映衬着暗暗的黄褐的底色。灰白色的四墙上,细微的、但是没完没了的天蓝色勿忘我①花环,在不计其数的金叶瓣和卷须之间迷惑困顿地、不知所措地蔓延开去。用蓝锦缎窗帘宽松地遮住的两扇窗户之间,有一面镀金边的大镜子填满了空处。我从这面镜子里看见自己躺的不是床,而是一张沙发。我的样子像个鬼,和我的瘦削的、灰色的面庞对照起来,我的眼睛显得更大,更眍䁖,头发比生来的更黑。显然,不但从家具来看,而且从窗户、门和壁炉的位置来看,这是一幢我不知道的房屋中的我不知道的一个房间。

差不多同样清楚的是,我的头脑还没有镇定下来,因为在我盯着那张蓝色的圈手椅瞧的时候,它似乎变得熟悉起来;某一张涡卷形的卧榻也是这样,还有放在中间的那张圆桌同样如此,那张圆桌上铺着用秋天霜叶花纹滚边的蓝色桌布。尤其是那两张罩着绣花套子的小脚凳,以及一把黑檀木框架的小椅子,那把椅子

---

① 勿忘我,紫草科勿忘草属植物,花白、粉红或蓝色。

的座处和靠背处也在暗底色上绣着一簇簇色彩鲜明的花朵。

我认出了这些东西以后,作了进一步的探测。说来奇怪,故人旧交全在我的周围,"往日的时光"从四面八方冲我微笑。壁炉台上有两帧椭圆形的小画像,我非常熟悉那两个做得高高的、搽了发粉的"发式①"上挂的珍珠;熟悉那环绕在白色脖子上的天鹅绒、那蓬松的纯正平纹细布头巾、那有花边的衣袖皱纹的图样。壁炉架子上搁着两只瓷花瓶,一些像瓷漆一样光滑、像鸡蛋壳一样薄的微型茶具的残片,以及一个放在中间的白色摆设,那是用玻璃罩保护起来的一座雪花石膏的大艺术家群像。对于这一切东西,我都能够说出其特色,历数其瑕疵或裂隙,就像任何一位视力超人的人一样。特别是,那儿有一对团扇扇面,用铅笔工笔绘制,精巧得就像线雕铜版画②一样。我重新看到这些东西,回想到我的眼睛曾经耗费许多时间,跟随自己那握着一支使人倦怠的、软弱无力的、过于讲究的女学生的铅笔的、现在这样像枯骨一般的手指,一划又一划,一笔又一笔地刻画着,我的眼睛痛起来了。③

我在哪儿呢?要问的不仅仅是指在这世界上的哪一个地方,而且是指在我主耶稣的哪一年呢?因为这一切事物都属于往日,属于一个遥远的国家。十年以前,我向它们道别的,自从我十四岁起,它们和我就从来没有相逢过。我喘息着出声地说:"我在哪儿呢?"

我到此刻为止没有注意到的一个身影忽然动起来,站起来,走向前来了。这个身影跟周围环境不协调,只能使得难解的谜更为复杂。这不过是一种当地的女仆的样子,头戴一顶平常的女仆

---

① 发式,原文为 heads,即 head-dresses,指妇女花哨的擦了发粉和润发脂的头发式样。
② 线雕铜版画,铜版画是 15、16 世纪起流行于欧洲的用刀或针在铜版上制作的画。一般先在铜版上涂防腐蜡,画雕成后用腐蚀液腐蚀,雕刻处即成凹线。线雕铜版画则只用雕刀刻版,不用腐蚀液。
③ 作者夏洛蒂曾经打算从事艺术工作,画过微型画,因而损伤了视力。

帽，穿一身印花连衣裙。她说的既非法语，也非英语，从她那里我无法得到消息，听不懂她说的土话。可是她用一些香气扑鼻的凉水润湿我的太阳穴和前额，然后把我倚靠的软垫抬高，做手势叫我不要说话，便回到沙发那一头的她的位子上。

她正忙着编结活儿，这使她眼睛不朝我看，而我能不受干扰地盯着她瞧。我极其诧异她究竟怎么到这儿来的，或者她在这场景之中能够做些什么，或者对于我的少女时代发生了什么影响。我更为惊奇的是，那些场景和时日对于我现在能够发生什么影响。

我软弱无力得不能周密地细察这一神秘的事，便试图把它说成那是一场误会，一个幻梦，一阵发高烧，以此自解；然而我知道这不可能是误会，我并没有睡觉，而且我相信自己是神志清楚的。我希望这个房间不是这样灯火通明才好，这样我才不至于如此清晰地看见了这些小绘画、摆设、扇面、雕花的椅子。这一切东西，以及用蓝锦缎铺罩的家具，事实上在每一个最微小的细节上都跟我如此记得牢的那些东西一模一样，而我在布列顿我的教母家中的时候，跟客厅里的那些东西是如此亲密。据我看来，只不过房间换过了，因为比例和面积都不同。

我想到了白莱定·哈桑，他在睡梦中被妖怪从开罗送到大马士革的城门外。①是不是像这篇东方故事里所说的，有一个妖怪展开他的黑暗的翅膀，飞扑我被其压倒的暴风雨，把我从教堂的台阶上抱起来，"高高地升到空中"？是不是他把我带过大地和海洋，静悄悄地把我放在古老的英格兰的一个壁炉边？然而不对，我知道那个壁炉里的火在它的拉瑞斯②面前已经不再燃烧了——它

---

① 典出《天方夜谭》（即《一千零一夜》）中的一篇故事：《开罗的诺莱定·阿里和他的儿子白莱定·哈桑》。埃及苏丹欲娶某大臣之女，大臣以女业已许人，不允。苏丹怒，命其将女嫁给驼背马夫。结婚之夜，妖怪将马夫倒立门外；将新娘的情人白莱定·哈桑送来完婚。黎明前，妖怪又把睡梦中的白莱定·哈桑送往大马士革城门外。
② 拉瑞斯，古罗马人的家神，极受崇敬，认为他不仅保护家宅，而且在旅途、农事、战争中都保护户主。古罗马人每餐都用小盘盛食物供奉拉瑞斯神像。

早已熄灭了,家庭守护神已经被转移到别处去了。

那位女仆又转过头来打量我,看见我睁大眼睛,认为(我想是)我眼睛神色慌张和激动,便放下了编结活儿。我瞧着她在一张小桌子跟前忙碌片刻,倒了一些水,从药瓶里量好药水滴进去,她拿着玻璃杯向我走来。她现在给我服用的深色的药水会是什么东西呢?是什么妖怪的长生不老药,或者麻葛①的仙水吗?

去问她为时已晚——我已经被动地一口气咽了下去。现在一阵平静的思潮和缓地涌来抚摸我的头脑,潮水越来越温柔地升上来,伴随着比香膏更平滑的懒洋洋的起伏波动。软弱无力的痛苦离开了我的四肢,我的肌肉都麻痹了。我失去了动弹的力量,不过,由于同时失去了希望,这就并不难受了。那位好心的女仆搬来一扇屏风为我遮住灯光。我看见她起身去做这件事,但是不记得是否看见她回到她的位子上去。在这两个动作的间隙,我"就睡了"②。

哟!醒来的时候,一切又都改变了。假日的光线笼罩着我;说真的,那不是暖热的夏天的光线,而是寒飕飕的、狂风呼啸的秋天的铅灰色的光线。我现在感到自己肯定是在寄宿学校里——根据雨打玻璃窗而肯定;根据树林中狂风的"呜呜"声表明室外是一座花园而肯定;根据我躺在其中的寒冷、白色一片和孤独而肯定。我说白色一片——这是因为在一张法国式的床前挂下来的凸纹条格细棉布帐幔限制了我的视线。

我掀开帐幔向外望。我的眼睛期望看见一间长长的刷石灰水的大房间,这时候迷惑地眨巴着,因为看到的是面积有限的小房

---

① 麻葛(Magi),或译"穆护",古波斯祭司阶层的称号。古波斯定琐罗亚斯德教(袄教)为国教后,逐渐形成麻葛教阶制度,由各级祭司负责祭祀等宗教活动。后来 Magi 一词指来自巴比伦王国的术士和占卜者。
② 语出《圣经·新约全书·使徒行传》第13章第36节:"大卫在世的时候,遵行神的旨意,就睡了。"

间——四墙是海水绿的小房间。还有，我看到的不是五扇没有窗帘的宽阔的窗子，而是一扇高格子窗，用麦斯林纱做的有穗边的窗帘遮住。我看到的不是二十四个油漆小木桌，每一个上面都搁着一只盥洗盆和一只大口水壶，而是一张梳妆台，打扮得像一位穿着白色长袍、粉红裙子的要去参加舞会的贵妇人；梳妆台上端是一面精光锃亮的大镜子，一个美丽的有丝带褶边的针插作装饰。这张梳妆台加上一把罩以绿白相间的磨擦轧光印花棉布①的矮小的圈手椅、一张大理石面的配以淡绿色器皿的脸盆架，就满满地装备了这小小的房间。

读者啊，我感到惊慌不已！你会问：为什么呢？这朴素的、多少有些漂亮的小卧室里究竟有什么东西吓坏了最胆小的人呢？仅仅是因为这一点——这一件件家具不可能是真的：实实在在的圈手椅啊、镜子啊、脸盆架啊——这些必定是这一件件家具的鬼魂。而如果这一想法被认为是太荒唐的假设而排斥掉——尽管我惊慌失措，我确实认为这是荒唐的假设——那么只剩下一种结论了，那就是我自己刚才陷入了一种不正常的精神状态。总之，我是病得很重，精神错乱了。不过，即使是那样，我所见到的虚幻景象是精神错乱症所曾加害于一个牺牲者的最奇怪的一种。

我认识——我怎能不认识——那小圈手椅的绿色磨擦轧光印花棉布、那把舒服的小椅子本身、那面镜子的雕成叶片形的黑框架。那小桌子上的光溜溜的乳白翠绿色的瓷器，还有那张小桌子本身，它的灰大理石面断裂了一角——这一切迫使我去认出来，去打招呼，就像昨天夜里我必然要认出并招呼那间会客室里的黄檀木、锦缎和瓷器一样。

布列顿！布列顿！那面镜子里反映出十年以前的景象。为什么布列顿和我的十四岁时的年月要如此纠缠着我呢？如果它们竟

---

① 磨擦轧光印花棉布，又称印度印花布，一种轧光平纹棉织物，通常在浅底色上加印各种颜色。

然来了，那么为什么不完完全全地回来呢？为什么在我的不正常的视觉前晃动的仅仅是家具，而一个个房间和环境却都不见了呢？至于那个大红缎子做成、用金珠装饰、用麻纱带子做褶边的针插，我同样有权利知道它，正像我有权利知道那对团扇一样——那是我亲手做的。我从床上跳起来，拿起那个针插仔细瞧着。那上面有用金珠组合成的姓名首字母"L.L.B."，围以一个用白丝线绣成的椭圆形的花环。那是我的教母的名字的大写首字母——路易莎·露西·布列顿①。

我是在英国吗？我是在布列顿吗？我咕哝着说，同时急忙把遮住格子窗的百叶窗往上拉起，向外看去，想要弄明白自己究竟在哪里；有一半心理准备指望看到的是那些宁静的古老而美丽的建筑，以及圣安妮街上洁净的灰色铺石路，还想看到街尽头的那座大教堂的一座座楼塔。如果看不到这些，我便充分期望看见某一片城镇景物，看见维莱特城的一条路，假如不是古老而令人愉快的英国城市中的一条街的话。

可是相反，我透过围绕在高格子窗四周的叶簇的框框望出去，望到一片绿油油的草坪似的平地，那是一块草坪台地，树木从更远处较低的土地上露出头来——那些是高大的森林树木，是一种我许多时日都没有看见的那种。这时，树木在10月的大风中呻吟着，我遥望并追寻树干之间一条林荫路的痕迹，路上枯叶成堆，是堆积而成，风吹而成的，也有个别被西风扫荡得旋舞着。不论在更远处会是什么样的风景，都必定是平川旷野，但是被这些高大的山毛榉遮挡住了。这里看来是与世隔绝的，对我很陌生，我完全不认识。

我再一次躺下来。我的床是放在一个小墙凹处的，我把脸转向墙壁的时候，这个房间，以及它的令人迷惑的附属物，就变得是外在之物了。外在之物吗？不！因为我怀着这一希望调整我的

---

① 这一姓名的原文是：Louisa Lucy Bretton。

姿势的时候，瞧吧，在往两边分开、用绳圈吊起的帷幔之间的绿色空间，挂着一个镀金大画框，画框里是一幅肖像画。画得很好，虽然不过是一幅速写——那是用水彩画的头像，一个男孩子的头像，色彩鲜嫩，栩栩如生，表情丰富，呼之欲出。他像是个十六岁的少年，肤色白皙，面颊红扑扑的，透出健康的样子。长头发不是黑色的，却有一层太阳的光泽。聪明的眼睛，弯弯的嘴巴，欢悦的微笑。总之，那张脸叫人看来是最愉快不过的，特别是那些有权利得到那位少年的感情的人——比如双亲、或者姐妹。任何多情的小女学生都可能爱上画框里的人。那双眼睛看来仿佛他年纪再大一点的话就会闪射出回应爱情的光芒。我不知道这双眼睛是否贮藏着忠实而稳定的光。因为尽管在外形上感情太容易和他联系在一起，他那两片嘴唇却美丽地、但是确定无疑地兆示着任性和轻视。

我努力对每一种新发现尽可能保持平静，悄没声儿地对自己说——

"啊！那幅肖像过去是挂在早餐室里壁炉台之上的，在我看来太高了一点。我清楚地记得自己如何老是要爬到一个钢琴凳子上，想把它从画钩上取下来，拿在手里，向那双眼睛的美丽的水井深处探望；在那淡褐色的睫毛下，那目光像是用铅笔画出来的笑容。而且我很喜欢注视那面颊上的红晕和嘴巴上的表情。"我简直不相信想象力还能把那个嘴巴的曲线增添一分，那个下巴也是如此。即使以我的无知，也知道这两处都很美，并且迷惑不解地反复思考这个疑问："如此迷人的东西，怎么能够同时又是如此使人心痛不已的东西呢？"有一次，为了测验一下，我拉住小妞妞霍姆，把她抱在怀里，叫她看看这幅画。

"你喜欢这幅画吗，波莱？"我问道。她一声不吭，但是久久地凝视着，最后，她的敏感的眼睛里颤颤抖抖地掠过一阵阴云，同时说道："放我下来。"我便把她放下来，我对自己说："这孩子也感到这一点了。"

此刻，我思索着这一切的时候，加了一句："他有他的缺点，但是很少有比他更好的性格了：大方、温和、多情善感。"我的沉思在出声地叫出一个名字后结束："格雷厄姆！"

"格雷厄姆！"床边突然跟着响起一个声音。"你要格雷厄姆吗？"

我瞧着。情节实在是变得复杂起来，不可思议的事实现在是达到极点了。假如说看见墙上那幅记得真切的画出来的形象是件奇怪的事，那么，更奇怪的是，我转过脸来，在对面看见了同样记得真切的那个活生生的人——那是个女的，一位夫人，再真实、再实在也没有，高个子，衣着考究，穿的是寡妇黑绸，戴的是那样一顶帽子，看上去最适合她的主妇和母亲的发辫式样。她的脸也很姣好，也许现在就美丽而言，嫌太露；但是就感觉和品格来说，却不是这样。她没有什么改变；只是显得较为严厉一些，较为健壮一些——然而她正是我的教母：依然是布列顿夫人的清清楚楚的形象。

我保持沉默，可是在心里，我却是非常激动。我的脉搏剧烈地跳动，我的脸颊没有血色，变得冷冷的。

"夫人，我在哪儿呀？"我问道。

"在一个非常安全的避难所里，眼下得到很好的保护。你安下心来吧，等到你觉得好一点儿再说。今儿早上你看来是病了。"

"我真给弄得完全糊涂了，一点都不知道自己是否还能相信自己的知觉，或者，是否知觉正在每一个细节上都使我弄错了。但是你说英语，是吗，夫人？"

"我应该想到你可能听得懂英语。用法语作长篇大论的讲话会使我说不清楚。"

"你不是从英国来的吧？"

"我是最近从那儿来的。你在这个国家里待的时间长吗？你好像认识我的儿子吧？"

"我认识吗，夫人？也许我认识。你的儿子——那边那幅画像画的是他吗?"

"那是他少年时的肖像。你刚才瞧着,叫出了他的名字。"

"是格雷厄姆·布列顿吗?"

她点点头。

"你是布列顿太太,原本在某某郡的布列顿城的那位吗?"

"完全正确。你呢,我听说是这里一所外国学校里的英语教师。我的儿子认出你,这样说的。"

"夫人,我是怎样被人发现的呢?是谁发现的呢?"

"待一会儿我的儿子会告诉你的,"她说。"不过眼下你心里很乱,人很疲软,不宜交谈。试着吃点早饭,然后睡一觉吧。"

虽然我经受了这一切——体力上疲乏不堪,精神上焦虑不安,还遭受了风吹雨打——可是我仍然似乎好了一些。发热,这曾经折磨我的躯体的真正的疾病,正在减轻,因为,在过去九天里,我没有吃过固体食物,而且连续忍受口渴之苦,可是这天早晨,早餐送来的时候,我有了渴求营养的感觉。那是一种内在的昏眩,促使我急急忙忙去喝这位夫人递给我的茶,去吃她允许我就着茶吃的一块烤面包片。只有那么一口,但是这就足够维持我的力气,直到大约两三个钟头以后,那位女仆端给我一小杯肉汤和一块饼干。

黄昏的天开始暗下来,不肯停歇的大风依然狂吹,冷气袭人,大雨滂沱,倾盆而泻,这时候,我觉得厌倦起来——非常厌倦我的床。这个房间虽然漂亮,却很小,我觉得很局促,渴望改变一下。那渐渐增强的寒冷和越来越浓的暮色也使我感到压抑。我想要看见——想要感觉壁炉的火光。此外,我老是想着那位高大的主妇的儿子。我什么时候能看见他呢?当然啰,只有离开我这个房间才行。

那位女仆终于来为我铺床睡觉了。她打算用一块毛毯把我包起来,放在那把摩擦轧光印花棉布的小椅子上。但是我谢绝了这番厚意,开始穿起衣服。这件事刚刚做完,我正要坐下来喘一口气的时候,布列顿太太又一次出现了。

"穿起衣服来!"她直嚷嚷,脸上现出我是那么熟悉的微笑——虽然不是柔和的,然而却是令人愉快的微笑——"那么你是好得多啦?相当有力气啦——呃?"

就像她过去经常那样说话的口气,她对我说着,使我差不多以为她开始在认出我了。在她的声音和态度里,有着同样的一种保护人的气派,在我还是个小女孩的时候,我就一直从她那儿感受到——一种我服从的、甚至于喜欢的保护人气派。那不是建立在优越的财富和地位这习以为常的基础之上(在地位这方面,从来没有任何差异之处,她的等级就是我的等级),而是建立在天然形成的实实在在的优势之上:那就像大树给予小草以庇护一样。我没有再讲究什么礼节,提出了一个要求。

"让我到楼下去吧,夫人。我在这里感到这么冷,这么乏味。"

"要是你有力气能够受得了换个地方,那是我再高兴不过的事了,"她这样回答。"那么,来吧,挽住我的胳臂。"她把胳臂伸出来给我挽住,我们走下一段铺着地毯的梯级,走到一个楼梯平台,那儿一扇高大的门开着,让我们走进一个用蓝色缎子装饰起来的房间。处在这洋溢着尽善尽美的家庭安乐的氛围之中,是多么令人愉快啊!在这琥珀色的灯光和朱红色的炉火辉耀之中,又是多么叫人感到温暖啊!为了使这一幅图画十全十美,茶点已经摆在桌子上了——那是英国式的茶点,那全部精光锃亮的茶具,从古老式样的纯银大暖壶①、纯银大茶壶,直到薄胎瓷茶杯(这些茶杯因为是紫色的,还上了金色釉彩而色暗),都亲昵地瞧着我。我熟悉这种芷茴香饼②,那是用特殊的模子焙制出来的特殊外形的饼,在布列顿家里茶桌上一直占有一席地位。格雷厄姆喜欢吃,那里就像往昔那样——放在格雷厄姆的餐盘前面,餐盘边

---

① 大暖壶,原文为 urn,是一种煮茶或咖啡,或使这类饮料保温的金属大壶。为了与一般的壶(pot)有所区别,这里译做大暖壶。
② 芷茴香饼,含有或撒有芳香种子(芷茴香、芝麻等)的糕饼。

上则放着银刀银叉。这样看来格雷厄姆是要来吃茶点的。格雷厄姆现在也许正在这幢屋子里,要不了多少时候我便可以看见他了。

"坐下吧——坐下吧,"在我有点儿摇摇晃晃地走到壁炉那儿的时候,我的女指导说。她让我坐在沙发上,但是我不久便走到沙发背后,说炉火太热了。在它的遮蔽处,我找到另一个较为适合我的座位。布列顿太太从来不习惯对任何人或任何东西作不必要的忙乱,她不来劝阻,而是容忍我自行其是。她弄好茶水,便拿起报纸。我喜欢注视我的教母的一举一动,她的动作全部都显得那么年轻。她现在想必已经五十岁左右,然而不论她的体力还是精神似乎都还没有被年龄所锈蚀。她虽然胖,却很灵活;虽然性情沉静,有时候却容易激动——身体健康、性情极好使她保持青春,就像她年轻的时候一样。

她一面看报,我发觉她一面侧耳倾听——倾听她的儿子来了没有。她决不是那种会承认自己心中忧虑不安的女人,可是外面暴风雨还没有暂停,假如格雷厄姆在那种刺耳的狂风中滞留在外的话——狂风依然不满地吼叫着——我很清楚他母亲的心一定会在外面跟他在一起。

"他迟到十分钟了,"她看看表,说道。然后,过了一分钟,她从报纸上抬起眼睛,头微微侧向门口,表明她听见了什么声音。她立刻舒展愁眉。接着,即使我的耳朵比较不熟悉,也听见了关上大门的铁器碰撞声、沙砾上的脚步声、最后是门铃声。他已经来了。她的母亲从大暖壶里把茶倒在茶壶里,把用填料塞得鼓鼓的、用椅垫垫得软软的蓝色的椅子拉近壁炉——那当然是她自己的椅子,但是我看出有那么一个人会泰然自若地篡夺了去的。那个人走上楼梯——我想,风雨之夜使他必须先着意梳洗一下,然后上楼,并且大步流星一直走进来,这时候——

"是你吗,格雷厄姆?"他的母亲掩饰着欢喜的微笑,用简简单单的话问道。

"妈妈,还会是谁呢?"这位不准时者毫不客气地窃据了退出的王位，问道。

"你既然来晚了，难道不该喝冷茶吗？"

"我不会得到我该得的惩罚，因为这只大暖壶嘘嘘地唱得欢呢。"

"懒孩子，把你自己移到桌子边上来。除了我的座位，再也没有适合于你的了。你要是懂得一点儿规矩，你就会一直把那把椅子留给老妈妈。"

"我会这么做的，只不过亲爱的老妈妈一定要把它留给我。妈妈，你的病人怎么样了？"

"她可以走过来自己谈谈吗？"布列顿太太转过头来冲着我这一角落说，我便应邀走过去。格雷厄姆礼貌周到地站起来向我致意。他站在壁炉旁，身材高大，那样的体形，真是怪不得他的母亲为之流露出不加掩饰的骄傲。

"你果然下楼来了，"他说。"那么你一定好些了——好得多了。我的确没有想到我们竟会这样、或者在这里遇见。昨天夜里我惊讶不小，假如我不是非得赶去抢救一位垂死的病人不可，我肯定不会离开你的。不过我的母亲本人就有些像位女医师，玛莎则是一位极好的护士。我看出你的病情是一种昏厥，不见得有危险。是什么引起的，我还要诊断一下，还要了解所有详情；在这同时，我相信你的确已经觉得好些了。"

"好得多了，"我平静地说。"好得多了，我谢谢你，约翰医师。"

因为，读者啊，这位高个子青年——这位可爱的儿子——这位我的主人——这位格雷厄姆·布列顿，正是约翰医师，是他，而不是别人。而且，我弄清楚这是同一个人的时候，简直不感到惊奇。而且，在我听见楼梯上格雷厄姆的脚步声的时候，我就知道进来的会是什么样子的身影，我的眼睛准备看见的是谁的容貌。这不是今天的发现，它的萌芽早就渗入我的感觉之中了。我当然清楚地记得年轻的布列顿；而且虽然十年（从十六岁到二十六岁）

也许大大地改变了这孩子,使他变为成人,然而十年却不能带来如此截然的不同,以至于完全足够蒙住我的眼睛,或者迷惑我的记忆。约翰·格雷厄姆·布列顿医师依然保留着十六岁的少年的吸引力。他有着他的眼睛,他有着他的一些面貌特征,那就是说面庞下半部的所有极好的轮廓。我立刻认出他来。我在几章以前写过,我第一次认出他来是在那个时候,当时我的未加掩护的凝视曾经给自己招来一种含蓄的指责,使我受到一种屈辱。我接下来的观察在每一点上都进一步证实了这初步的猜测。我在他的成人的姿势、态度和习惯里追踪他孩子时的一切可能发展的样子。我在他现在的低沉的声调里聆听那往日的口音。某些用语的说法是他过去特有的,这时依然是他特有的。同样如此的是那双眼睛和两片嘴唇的许多把戏、许多微笑,以及在他很有特性的前额之下从虹膜里射出的许多突然的光彩。

对这一话题说任何话,对我的发现暗示一下,都不合我的思想习惯,也不与我的情感系统相一致。相反,我倒是宁愿把这件事放在心里。他正站在我面前,一股特殊的照明光线照着他,光线在他的头上的所有部位亮着,在他的双脚周围颤抖着,而且局限于这个范围。这时候,我真想进入他本人没有看穿的云障雾罩中的他的精神灵气之中。

要是我向前走去,声称:"我就是露西·斯诺!"我很清楚,这不会使情况有什么两样。因此,我继续待在我的教师的地位上,而且因为他一直没有问我的名字,我也一直没有告诉他。他听见我被称为"小姐"和"露西小姐",他一直没有听见我的姓"斯诺"。至于自己忽然认出来——虽然我也许变化比他更小——这种想法既然从来没有进入他的头脑,我又为什么要提醒一声呢?

用茶点的时候,约翰医师很客气,这是他天性使然。吃完点心,撤掉餐盘以后,他把软垫在沙发的一角弄得妥妥帖帖,硬要我躺在其中。他和他的母亲也挨近炉火坐下,我们坐了还不到十分钟,我看见他的母亲的眼睛直愣愣地盯着我瞧。女人家肯定在某些方面比男人敏感。

"喔,"她立刻喊了起来;"我很少看见模样更相像的了!格雷厄姆,你注意到了吗?"

"注意到什么?什么事情现在叫老妈妈不好过了?你瞧你的眼睛瞪的,妈妈!人家会以为你得了什么千里眼的病呢。"

"格雷厄姆,你倒说说看,这位年轻小姐使你想起谁来着?"她指着我。

"妈妈,你叫她很尴尬了。我常常跟你说叫人猝不及防是你的缺点。真的,你要记住,她是你的生客,不了解你的脾气。"

"喏,她往下看的时候;喏,她侧过脸来的时候,她像谁呢,格雷厄姆?"

"说真的,妈妈,你既然提出了这个谜语,我觉得应该由你来解答!"

"你说,你已经认识她有一段时间了——打从你刚刚开始在福色特街上的学校上学的时候起——可是你一直没有对我提起过如此少有的相似!"

"我不能提起自己从来没有想到过的事情,也不能提起自己现在也没有认识到的事情。你究竟在说些什么呢?"

"傻孩子!你瞧瞧她。"

格雷厄姆果然瞧着我,可是这叫人受不了,我看出结果一定会是怎么样的,因此我想最好是抢先一步。

我说:"约翰医师要做和要想的事情太多了。自从他和我上次在圣安妮街上握手告别以来,那就是说,几个月以前,我很容易地认出了格雷厄姆·布列顿先生,我却从来没有想过他会认出露西·斯诺来。"

"露西·斯诺!我刚才就是这么想的!我知道是的!"布列顿太太喊道。她立刻从壁炉前走过来吻我。有些女士们遇到如此大发现的时候也许会闹闹嚷嚷,但在实际上却并不特别感到高兴,而闹闹嚷嚷不是我的教母的习惯,她宁愿做出那种浅浮雕的样子来表达感情。所以她和我只用几句话和吻一吻脸便结束了惊讶的表情。不过我相信她满心欢喜,我知道自己也是这样。在我们重叙旧情的时候,格雷厄姆坐在对面,静静地消解掉他突然发作的惊奇心情。

"妈妈把我叫做傻孩子,我觉得自己是这样,"他终于说。"因为,我以名誉担保,虽然我曾经常常看见你,我却决没有一次猜疑到这个事实。然而现在我完全明白了。露西·斯诺吗?没错!我完全想起她来,而她正坐在那儿,决无疑问。但是,"他又说,"你肯定始终不知道我是一个老朋友,也从来没有提起过这件事。"

"我是知道的,"这是我的回答。

约翰医师对此不加评论。我猜想他认为我知道这件事而不提它是反常的,但是他避免指责别人,总是采取宽容态度。我还认为,他会觉得,详细地盘根究底,问我缄默不语的原因是鲁莽无礼的。而且,虽然他也许觉得有一点好奇,但是这件事情的重要性决没有大到足以诱惑好奇心去侵犯谨言慎行。

至于我这方面,我只冒昧地问了他一句是否记得我有一次目不转睛地盯着他瞧的情形;他当时流露出来的轻微的受搅扰的表情,依然是留在我心中的疙瘩。

"我想我记得!"他说。"我想我甚至曾对你不高兴了。"

"你那时也许认为我有一点鲁莽吧?"我问道。

"完全不是。我仅仅觉得,你们一般的风度是害羞和退缩的,我的身上或脸上究竟有什么大罪,对于你通常是回避的眼睛具有如此大的吸引力。"

"你现在懂了那是怎么回事了吧?"

"完全懂了。"

说到这里,布列顿太太插进来,问了关于过去的许多许多问题。为了满足她,我不得不叙述一番过去的艰难困苦,解释一下外表上的离群独处的原因,略表一些赤手空拳地与生、与死、与不幸相争战的事。约翰医师倾听着，很少说话。接着他和布列顿太太告诉我他们所经历的变化。即使他们也不是一切都顺利的，命运之神曾经削减了她一度厚施的礼物。不过一位如此英勇的母亲，有她的儿子这样的维护者，是很能胜任同这个世界狠狠地打一场战斗，而且最终取得胜利的。约翰医师本人就是生来便肯定有吉星高照的那种人。厄运也许会把她最严酷的正面对着他，而他却是那种带着微笑把她打倒的男人。又强壮，又愉快，又坚定，又彬彬有礼；并不轻率，却很勇敢；他是那种追求者，他向命运女神本身求爱，从她那石雕的眼珠里赢得爱的光波。

他在所选择的职业上的成功十分明显。在过去的三个月内，他买下了这幢房屋（他们对我说是一幢小别墅，大约在克莱西门之外半里格），这一乡村地点是为了他的母亲的健康而选择的，城市里的空气现在对她不相宜。他邀请了他母亲来住，他母亲离开英国的时候，把她原来住的圣安妮街上的宅第里的家具，凡是她认为不应当卖掉的所有保留下来的东西，全都带来了。因此才有我的对于那些椅子的幽灵、那些镜子、大暖壶和茶杯的阴魂的困惑不解。

钟敲十一下的时候，约翰医师打断他母亲的说话。

"斯诺小姐现在必须就寝了，"他说。"她的脸色正逐渐变得很苍白。明天我将斗胆问一些关于她健康不佳的原因的问题。今年7月，我看见她劲头十足地扮演一个妙不可言的绅士，打那时起，她的确改变很多。至于昨夜那场变故，我肯定其中必有原因，不过咱们今儿晚上别再问了。晚安，露西小姐。"

于是他好心地把我带到门边，手里拿着一支蜡烛，为我照亮走上一段楼梯。

我做完祷告、脱掉衣服躺下来的时候，我感到自己仍然拥有朋友。这些朋友并不表现出热情洋溢的依恋的样子，并不给人以良缘佳偶和至爱亲朋般的温柔的慰藉；因此，在他们身上只能要求有节制的感情，对于他们只能形成有节制的期望。然而，对于他们，我的心本能地柔软温和起来，并且怀着一种一再涌现、纠缠不休的感激之情思慕着，这种感激之情我只有恳求"理智"来及时控制住。

"不要让我想他们想得太多，太频繁，太天真，"我哀求说。"让我满足于在这条生活之河流中的不过分的一饮一啄吧。让我不要变得口渴难忍，从而热情奔放地请求得到河流中的可以随意饮用的水吧。不要让我幻想能在这水里尝到比地球上的泉水所能有的更甜美的滋味吧。哦！但愿仰仗上帝，我或许有可能得到充分的感受，这种感受是由一种偶然的、亲切的交往所维持的，这种交往不多，又短暂，并不迷人，平静无波，非常的平静无波！"

我重复着这句话，侧身拥枕而卧；我一而再、再而三地重复这句话，泪水湿透了这个枕头。

第十七章
台地别墅

这些向天生的性格和心灵的强烈的天然倾向所作的斗争看来也许是没有用处,毫无结果的,不过到头来却有好处。这种斗争有助于(不论力量是多么微弱)给行为举止以一种特色,这种特色为"理智"所赞成,而也许太经常地为"情感"所反对;这种斗争肯定给一个生命的总趋向造成了一点变化,使这个生命有可能被调整得比较好,比较均衡,在表面上更为恬静;一般人的目光将仅仅落在这个表面上。至于潜沉在表面之下的东西,就都托付给上帝了。人啊,像你一样软弱,而且不宜于作为你的审判者的一个同类,可以因此被排除在外,把此事交给你的造物主吧——把造物主所赐与的精神的秘密袒露给造物主——问问他,你将如何忍受他派定给你的痛苦——跪在他的面前,虔诚地祈祷在黑暗中出现光明,祈祷可怜的软弱里产生力量,祈祷在极端的穷困中能够忍耐。可以肯定,在某一时刻,虽然或许不是你的时刻,那等待着的水将会激荡起来;以某种形式,虽然或许不是你所梦想的、你所心爱的、你的心为之流血的形式,那位救治创伤的使者将会降临,跛子、盲人、哑巴和魔鬼附身的人将会被带去沐浴。[①]使者啊,快来吧!千万个人躺在那水池四周哭泣,绝望地看到池水经过缓慢的年月还是停滞不动。苍天的"时间"是漫长的,安琪儿使者们的运行轨道对于凡人的视觉来说似乎是辽阔的,这些运行轨道可能长年循环不息,一次往而复回的周期可能长到数不清的世代。尘土燃烧起来,那生命是短暂而受苦受难的生命,然后经过痛苦再复归为尘土,这时候可能已经一而再、再而三地泯灭于记忆之外了。对于几多千百万残废者和哀伤的人的第一位和唯一的一位下凡的神仙使者,东方人称他为"阿兹拉伊来"[②]。

第二天早晨我尽力爬起来,一面穿衣,一面一次又一次地从脸盆架上的玻璃水瓶里倒冷水喝,企图打起精神,驱散那使我抖抖索索、使我穿衣如此困难的软弱无力。就在这时候,布列顿太太进来了。

"这真是瞎胡闹!"她早晨打招呼用这句话。"不行啊,"她加上一句,立刻用她自己的粗暴有力的方式处置我——这种方式我过去常常欣喜地看见她运用在她的儿子身上,而她的儿子则强劲地反抗——她在两分钟之内把我作为俘虏押送到那张法国式的床上。

"你在这儿睡到下午,"她说。"我的孩子在出门以前留下命令,因此必须照办,而且我可以肯定地对你说,我的儿子是主人,非得服从他不可。你马上就得吃早饭了。"

她马上端来了食物——用她那双能干的手亲自端来——没有让仆人们来为我服务。我吃的时候,她坐在床上。现在,并不是每一个人,即使是在我们所尊敬的朋友和重视的熟人之中的什么人,我们都喜欢他来接近我们,喜欢他来守护我们,伺候我们,以一位护士接近病人的态度来接近我们。并不是每一位朋友的眼睛都像是病房里的一盏明灯,他的到来都是那里的安慰,然而,对于我来说,布列顿太太就是所有这一切,而且从来就是。饮食从来没有像经过她亲手给我的那样合我口味。我不记得有哪一次她走进房间里来的时候,没有使那个房间比原来愉快。我们的性格具有同样奇怪的偏爱和憎恶感。对于某些人我们暗暗退缩,我

[①] 典出《圣经·新约全书·约翰福音》第5章第2至9节:"在耶路撒冷,靠近羊门有一个池子,……旁边有五个廊子。里面躺着瞎眼的、瘸腿的、血气枯干的,许多病人。在那里有一个人病了三十八年。耶稣……就问他说,你要痊愈么。病人回答说,先生,水动的时候,没有人把我放在池子里……耶稣对他说,起来……那人立刻痊愈……"

[②] 阿兹拉伊来,伊斯兰教的四大天使之一,专司死亡事宜,人死时由其取命。

们本身会避之唯恐不及,虽然理智承认他们是好人。对于另外一些人,他们很明显地有着脾气等等方面的缺点,我们在他们旁边却过得怡然自得,仿佛他们周围的空气对我们有益。我的教母的灵活的黑眼睛和光洁的浅黑色的双颊,她的温暖、敏捷的手,她的自己靠自己的心情,她的干脆利落的举止,全都对我有益,就像某种有益于健康的气候下的空气一样。她的儿子习惯于称她为"老妈妈",我怀着惊喜的心情注意到,二十五岁时的那种利索和力量仍然在她身上散发着,围绕着。

"我真会把我的活儿拿到这儿来,"她把我的空茶杯拿走的时候说,"整天陪你坐着,要不是那位架子十足的约翰·格雷厄姆否决了这样的做法的话。他临走的时候说:'那么,妈妈,留神别用唠唠叨叨的话把你的教女折腾得疲惫不堪。'他还特别要求我好好地待在自己的地方,别来做你的好伙伴。露西,他说他从你的脸色判断,认为你曾经生了一场神经方面引起的热病——是不是这样呢?"

我回答说我不大清楚自己曾经生了什么病,不过我肯定病得很厉害,特别在精神上。此外,关于这个问题,我觉得仔细研究是不可取的,因为我曾经遭受的事情的细节,是属于我的生活的一部分,这一部分我从来没有期望我的教母来参预。如此的内心秘密将会把那位精神矍铄的、一帆风顺的人带到什么样的新的领域里来啊!形容她和我之间的不同,或许可以这样相比:一方面是一艘堂皇华贵的大船在风平浪静的大海上航行,船上载着足额的全体船员,一位船长既快乐又英勇,既敢作敢为又深谋远虑。另一方面则是一条救生艇,一年之中大部分时日都枯干地、孤单地躺在一个破旧的、黑暗的船库里,而投放到海中,只是在狂风暴雨大作使波涛冲天的时候,是在乌云压迫海水的时候,是在危险和死亡两者瓜分那伟大的深渊的统治权的时候。不,那艘路易莎·布列顿号在那样的夜里,那样的场面中是决不会开出海港的,它的全体船员无法理解此事;因此,那条半沉半浮的救生艇上的人不暴露自己的意图,也不编造海外奇谈了。

她离开了我,我怡然自得地躺在床上。格雷厄姆在出门以前念叨着我,这很好。

白天我过得孤孤单单,但是即将到来的美好黄昏使白天变短,变得愉快。再说,我还感到疲软无力,休息看来是好事。上午的几个小时过去了——这几个小时,即使对于当然的无所事事者来说,也总是带来一种有事要办、有任务等待完成的景象,带来一种必须做完某种工作的模糊印象——在这个忙忙碌碌的时间过去以后,下午降临的寂静使女仆蹑手蹑脚地走在楼梯上,走在房间里,这时候,我便进入并非不愉快的梦幻般的心情之中。

我的安静的小房间不知怎么看来像是大海里的一个洞穴。它没有什么颜色,除了那白色和淡绿色,使人联想到泡沫和深深的海水。发白的上楣用贝壳状的装饰品装饰着,天花板的角落里画着好像海豚的白色花边。即使那只红缎子的针插上的可以看见的一点颜色,也带着近似珊瑚的颜色;即使那面颜色深暗的闪光的镜子也可能映照出一条美人鱼来。我闭上眼睛的时候,只听见一阵风势终于已经减退的大风,撞击着房屋正面,就像一阵平静下来的巨浪撞击着礁石一样。我听见大风刮过来,又往远处、更远处刮回去,就像潮水从天上世界的海滩上退落下来一样——那个世界在上面是那么高,以至于它的最大的波涛的冲击,它的最凶猛的浪花的冲撞,传到这海底下的家中,听来只能像是阵阵低声细语和一首催眠曲。

黄昏在这种种梦境之中来临了,于是玛莎拿来一盏灯。在她的帮助下,我很快地穿好衣服,现在比早上身体强壮些,便不靠人扶持,自己下楼走到蓝色沙龙客厅里去。

约翰医师似乎已经比平时早地结束了他各处走一圈的出诊任务。我踏进客厅的时候,第一眼看见的就是他的身影。他站在门对面的窗口凹进处,正在阅报,就着那将逝的白天还能供给的微弱光线看排得密密麻麻的小字。壁炉里的火光明亮,但是桌子上的灯没有点燃，茶点还没有送来。

说到我的好动的教母布列顿太太——后来我发现她整天待在室外——这会儿半躺在她的深深的铺软垫的椅子里，竟然瞌睡得不知不觉。她的儿子看见了我，便走过来。我注意到他步步小心地走着，不要惊醒那位睡眠者。说话也压低声音，他的圆润的嗓音里一点也没有严厉的语调；调节成目前这样，是为了要安抚睡眠，而不是惊扰睡眠。

"这是一幢安静的小别墅，"他请我坐在一扇竖铰链窗跟前，讲述道，"我不知道你散步的时候是否注意到这幢房子。不过，说真的，从 chaussée 上是看不到的。离克莱西门一英里之外，你转身沿着一条小路走，那条小路不多远就变成一条林荫路，引导你穿过一片草地和树荫，一直到这幢房屋的门口。这不是一个时髦的地方，而是多少有些按照下城区的老式风格建造的。说它是一幢别墅，倒不如说是一座乡间别墅。他们把它叫做'台地'，因为它的正面高耸在一片广阔的铺草皮的步道之上，从步道那儿有石级往下通过一个芳草萋萋的斜坡，直到那条林荫路。你看那边啊！月亮升起来了，她从树干之间露出来，很好看。"

说真的，月亮在哪儿露出来会不好看呢？不论是局促的还是开阔的风景，如果她的圆脸不使之神圣，那还成为什么风景？是玫瑰红，或者是火红，她这会儿爬到了不远处的一道堤岸之上；就在我们凝视着她脸色绯红地升腾的当口，她忽然变成清澈的金黄色，在非常短暂的时间里，便明净无瑕地飘浮在静谧的天空之中了。月光是不是叫布列顿医师心肠变软，心情悲伤了呢？月光是不是用浪漫的情调打动他了呢？我想是的。纵然他并没有要叹息的情绪，他望着月光却叹息起来，静悄悄地自思自叹。不需要深究这叹息的原因和过程，我知道它是被美唤醒的，我知道它追踪的是姞妮芙拉。知道了这一点，一个想法压到我心上，那就是我负有某种责任把他在沉思默想的名字说出来。当然，他对于这个话题是有准备的，我从他的脸上看出一种极为丰富的说明、疑问和关心的神情，那是一种语言和情感的压缩，只是因为，我觉得，不知如何开口是好才被压制着。使他免于这种窘迫是我最好的、实在也是唯一的用处。我只要讲出那位偶像的名字，爱情的温柔的祷文就会绵绵不断地流淌出来。我找到了适当的措辞："你知道樊箫小姐已经跟肖尔蒙德莱一家人一起旅行去了。"我正要张口这样说出来的时候，他却开始了另外一个话题，打乱了我的计划。

"我今天早晨的第一件事，"他把感情包藏起来，掉头不望月亮，坐下来说。"便是走到福色特街，告诉那位女厨师说你平安无事并且受到很好的照料。你可知道，我竟然发现她甚至还没有觉察到你不在那幢屋子里，她以为你是安然待在那个大集体寝室里呐。想必人家曾经以什么样的漫不经心来伺候你！"

"哦！这一切都是非常可以理解的，"我说。"高滕不能为我做什么事，只能给我送来大麦茶和一份干面包片，上个星期我经常拒绝这两样东西，以至于那位好女人厌倦于从住宅的厨房到学校的宿舍之间的无用的往返奔波了，她只在每天中午来一次，给我铺铺床。不过，请相信，她是一位性格温厚的人，要是我有胃口的话，她会乐意给我烧羊排的。"

"贝克夫人为什么要把你一个人留下来呢？"

"贝克夫人不会预见到我生病的。"

"你的神经系统也遭受很多折磨了吧？"

"我不大清楚我的神经系统怎么样了，但是我感到精神委靡得很。"

"这就使我无法用药片或者药剂来帮助你了。医药不能给任何人带来好的精神。我的医道在疑病症①的门槛前止步不前了，它只对里面张望，并且看见一个受苦受难的房间，但是既不能说什

---

① 疑病症，神经疾病的一种，患者经常自疑身体某处或某几处疼痛不适，疾患严重，实际上却并无器质性病变。

么，也不能做什么。高高兴兴的社交会是有用的；你必须尽可能少地孤身独处，你必须多做健身运动。"

这一席话之后，跟着来的是默许和休止。我觉得这些话说得很对，带有习惯的力量，以及应用得陈腐了的印记。

"斯诺小姐，"约翰医师重新开始说——包括我的神经系统在内的我的健康状况，使我多少有些宽慰的是，现在已经讨论完毕——"可以允许我问一声你的宗教信仰是什么吗？你可是一位天主教徒？"

我有些惊讶地抬起眼睛望着——"天主教徒？不是！你为什么提出这样的想法呢？"

"昨天夜里别人把你交托给我的样子，使我怀疑这一点。"

"我被交托给你了？不过，确实，我倒是忘了。我还没有问问我是怎么落到你的手上的。"

"怎么，那是在使我迷惑不解的情况下发生的。昨日一整天我在照料一个特别使人感兴趣的症状危急的病例。那种病是罕见的，治疗的方法是否有效还说不准。我曾经在巴黎一家医院里看见过相似的但是更典型的病例。不过你不会对此感兴趣。最后，那位病人的最紧急的症状减轻了（剧烈的疼痛是这种病症的伴随症状之一），使我得以脱身，我就打点着回家去。我的最近的捷径是穿过下城区，同时因为那天夜里雨暴风狂，天昏地暗得不行，我便走了这条路。我骑马经过一座属于贝居安修女①社团的古老的教堂，凭借教堂入口处的门廊或者深拱门上亮着的灯光，我看见一位神父举着双臂捧着什么东西。灯光亮得足够清楚地照出这位神父的脸，我认出了他。这个人我原先常常在病床边遇见他，富人和穷人的病床边都有他在，主要是穷人的。我想他是一位善良的老人，比这个国家里他那个阶层中的大多数人好得多，的确，在

---

① 贝居安修女，12 至 16 世纪流行于荷兰和比利时等国的天主教女修道会的成员。其修女不发终身大愿，可随时还俗。

每一方面都出类拔萃,更有学问,而且更忠于职守。我们两人的目光相遇,他叫我停下来,他捧抱着的是一个女人,是昏过去的或者生命垂危的女人。我便下了马。

"'这个人是你的女同胞,'他说,'要是她没有死,救救她吧。'

"检查之下,发现我的女同胞原来是贝克夫人的寄宿学校的英语教师。她已经完全不省人事,完全没有血色,接近冰凉。

"'这是怎么一回事呢?'我查问道。

"他告诉了我一个奇特的故事,说你那天傍晚曾经到他那儿的告解室里去过,谈到你那精疲力竭、备尝艰辛的面容,联系到你所说的一些事情——"

"我所说的事情?我倒想知道是些什么事情!"

"毫无疑问是可怕的罪孽,不过他没有告诉我是些什么。喏,你知道的,告解室的封条制止了他的饶舌和我的好奇心。不管怎么说,你吐露的心曲并没有使那位好神父敌视你。他看来被深深打动了,还对你竟然在那样的夜里独自外出感到十分抱歉,因此,在你离开教堂以后,他觉得作为一个基督徒,有责任去看看你,并且设法不要失去你的行踪,直到你肯定走到家门口。也许那位可尊敬的人有一半不自觉地在这一行为中掺进了他那个阶层的人的一点点心机奥妙;有可能他决意要知道你的家在哪儿——你在忏悔的时候讲了吗?"

"没有。正相反,我小心翼翼地避免任何一点点在这方面的提示。至于说到我的忏悔,约翰医师,我猜想你会认为我采取这样的步骤是疯了,然而我无法不这样做;我猜想这完全是你所谓的我的'神经系统'的过错。我无法用言语说明这一情况,可是我的日日夜夜变得越来越受不了。残酷的凄凉孤独之感刺痛着我的心。有一种感觉企图打开一条路,喷涌而出,或者要我的命——就像(这一点你会理解的,约翰医师)流过心脏的血,如果动脉瘤或者任何其他致病原因阻碍了它的自然的通道,它就要寻找反常的出口。我需要同伴，我需要友谊，我需要忠告。在小房间里或者套间里这些东西我一点也找不到，因此，我走出去，在教堂里、在告解室里寻找。至于说我说了些什么，那没有秘密，没有情由。我没有做一点错事，我的生命未曾活跃到足够会发生任何坏事，不管是浪漫的还是现实的。我所倾吐的一切都是一种悲哀的、悲观失望的诉苦。"

"露西，你应该去作六个月左右的旅行。你看，你的冷静的性格已经越来越容易激动了！那个可恶的贝克夫人！难道那个体态丰满的小寡妇没有心肝，竟然判定她的最好的教师关单独禁闭吗？"

"那不是贝克夫人的错，"我说。"这决不是哪个活着的人的错，我不愿意听见任何人受到责备。"

"那么是谁的错呢，露西？"

"是我——约翰医师——是我；以及一位伟大的'抽象'，我希望在它那宽大的肩膀上放上山一样多的责备，这两个肩膀雕刻出来就是为了承受。是我和命运。"

"这个'我'今后必须得到更好的照料，"约翰医师笑着说。我想他是笑我的差劲的语法。①

"换换空气——换换环境：这些就是我的处方，"这位讲求实际的年轻医师继续说。"不过言归正传吧，露西。迄今为止，尽管希拉斯神父做事练达得体（他们说他是一位耶稣会会士②），但是他并不比你想象的更聪明。因为，你没有回到福色特街去，你发着烧漫无目的地走——当时你必定发了高烧的——"

"不对，约翰医师，发烧是在那天夜里开始的——这会儿，你可别理解为我当时神经错乱了，因为我知道不是这么一回事。"

---

① 这一段和上一段的几个"我"字原文用的都是宾格 me，不合语法。
② 耶稣会会士，耶稣会的成员。耶稣会一名"耶稣连队"，天主教修会之一，16世纪时成立，是欧洲反对宗教改革运动的主要集团。会士绝对效忠教皇，无条件执行教皇一切命令。

"没错!你当时思想集中就像我本人此刻一样,毫无疑问!你漫无目的地走,已经朝着与寄宿学校相反的方向走去了。接近贝居安修女教堂处,在雨骤风狂的困顿颠沛中,漆黑一团的迷茫困惑里,你昏厥过去,跌了下来。神父跑来救援你,接着是医师,正如我们看到的那样,跟着来了。由我们两人通力合作,叫了一辆出租小马车把你带到这里来了。希拉斯神父尽管年迈,他原来要把你抱上楼,亲手把你放在那张卧榻上。他确实会留下来陪你,直到你假死状态消失,元气恢复过来。我也是这样。可是就在这当口,一个送信的人匆匆忙忙地从我刚离开不久的垂危病人那儿赶来——要求尽最后的责任了——医师的最后出诊,神父的最后仪式。终敷①是不能延缓的。希拉斯神父和我一起离开了,我的母亲那天傍晚正在旁处消磨时光,我们便把你交给玛莎看护,吩咐了注意事项,这些看来她执行得很成功。我问你一声,你是位天主教徒吗?"

"现在还不是,"我微笑着说。"千万不要让希拉斯神父知道我住在哪儿,否则他会设法使我改信天主教。不过请你看见他的时候,带给他我的最好的和最诚挚的谢意,要是哪一天我富有了,我一定会送钱捐助他的慈善事业。你瞧,约翰医师,你的母亲醒来了,你应该打铃叫茶点了。"

他打了铃;布列顿太太坐了起来——对自己屈服于沉睡感到惊讶和恼恨不已,同时做好充分准备,要否认自己竟然睡着过——她的儿子高高兴兴地走来冒犯她了:——

"乖乖地睡吧,妈妈!再睡一觉。你熟睡的时候看来是一幅天真烂漫的画。"

"我熟睡的时候?约翰·格雷厄姆!你在说些什么呀?你知道我在白天从来不睡觉,那只可能是稍微打了个盹儿。"

---

① 终敷,天主教和东正教"圣事"的一种。在教徒病危时由神父用橄榄油敷抹病人的耳、目、口、鼻、手和足,以减轻其痛苦,赦免其罪过。

"完全正确！那是撒拉弗的小小的失误——一场仙女的梦。妈妈，在这种情况之下，你常常叫我想起提泰妮娅①。"

"那是因为你，你本人是那么像波顿②。"

"斯诺小姐——你可有哪一回听到过像我妈妈这样机智风趣的话？她是在像她那样的身材和年龄的女人之中最最轻松活泼的女人。"

"你还是把这些恭维话自己收起来吧，先生，而且不要忽略了你自己的身材，在我看来，它在大大地增长呢。露西，他不是很有些初期约翰牛③的气派吗？他本来一直像一条鳝鱼那样苗条，可现在我相信他身上有一种变成巨龙的倾向——一种酒囊饭袋④的趋势。格雷厄姆，可要小心啦！要是你长胖了，我就要声明和你脱离母子关系。"

"仿佛你无法更快摆脱你自己似的！露西，对于这位老妈妈的幸福来说，我是不可或缺的。假如她没有我这个罪过的六英尺之躯供她责骂，她就会在发青和发黄的忧郁之中憔悴下去。⑤责骂使她保持生气勃勃——责骂维持了她的精神中有益于健康的发酵剂。"

这两个人现在正各在壁炉的一边面对面站着，他们的言词并不很亲切，但是他们相互的表情却补偿了话语上的不足之处。至少，布列顿太太的生命中最宝贵的东西，无疑珍藏在她的儿子的胸膛里，她的最亲爱的脉搏在他的心脏里跳动。对于他来说，当然有另外一种爱情同他的亲子之爱分享着他的感情，而且毫无疑问，由于这种新的爱情是最近发生的，因此，他把自己的情感中

---

① ② 提泰妮娅，莎士比亚戏剧《仲夏夜之梦》中的仙后的名字。她在睡梦中被仙王奥布朗派来的大臣迫克在眼睑上滴下"爱汁"，醒来时便爱上了第一眼见到的套上驴头的织工波顿。波顿是在睡觉的时候被奥布朗套上了一个驴头。

③ 约翰牛，又译约翰·布尔，英国或英国人的绰号。源出英国数学家兼物理学家约翰·阿巴斯诺特(1667—1735)在他的作品《约翰·布尔的历史》中创造的人物形象。后来漫画家把这一人物定型为头戴大礼帽、足蹬长统靴的矮胖愚蠢的绅士。

④ 原文为 beef-eater，照字面意思是"吃牛肉者"，喻饱食终日无所事事者。

⑤ 语出莎士比亚剧本《第十二夜》第2幕第4场："他因相思而憔悴，疾病和忧愁折磨着她。"（据朱生豪译文）

的便雅悯①份额分配给这种爱情。姞妮芙拉!姞妮芙拉!布列顿太太现在已经知道她自己的年轻的宝贝儿拜倒在谁的脚下了吗?她会赞成这一选择吗?我不知道。不过我可以有把握地猜想到,如果她知道樊箫小姐对待格雷厄姆的行为——一会儿冷若冰霜,一会儿挑逗撩拨,一会儿拒人千里,一会儿引诱媚惑;如果她竟然能够感觉到樊箫小姐曾经使格雷厄姆遭受的痛苦;如果她能够像我所看见的那样看见格雷厄姆的美好的精神遭到挫伤、受到折磨,看见比他低下的人更讨她喜欢,看见他的下级成为使他蒙受屈辱的工具——那么,布列顿太太就会宣称姞妮芙拉是个低能的人,或者反常的人,或者两者都是。是啊——我也这样想。

第二天傍晚就像第一天傍晚那样令人愉快地过去了——说实在的是更愉快。我们享受着更为无拘无束的思想交流的乐趣;旧有的苦恼不再被提及了,友谊更增强加固了。我感到更为幸福,更为自在,更像在家中一样。那天夜里——我没有再哭着睡去——而是沿着一条由轻松愉快的心情拓宽的小径一路走进梦乡。

---

① 便雅悯,《圣经》中的人物,雅各与四个妻、妾所生的十二个儿子中的最小的一个。与便雅悯同母所生的约瑟被其他兄弟陷害,卖到埃及。若干年后,约瑟竟被法老赏识,做了大官,治理埃及全地。饥荒年代,雅各遭众子到埃及求助粮食。约瑟给了他们钱粮,并设宴款待。"约瑟把他面前的食物分出来,送给他们。但便雅悯所得的,比别人多五倍。"见《圣经·旧约全书·创世记》第35章至第43章。

第十八章
我们的口角

我待在那幢台地别墅里的最初的日子里,格雷厄姆从来不坐在靠近我的位子上,也不在进行频繁的室中踱步的时候走近我端坐的一隅,也不露出若有所思的样子,也不比平常更为严肃庄重,但是我却想到樊箫小姐,并且等待她的名字从他的嘴里蹦出来。我把自己的耳朵和心保持在常备不懈的状态,准备应付这一敏感的题目。我的耐心接到命令要长期备战,我的同情心被要求把它的聚宝角①重新斟满,并且准备随时倾倒出来。最后,有一天,我看到他经过一点儿内心斗争之后(我尊重他这种内心斗争),闯入了这个话题。那是巧妙地、事实上是不指名道姓地提出来的。

"我听说,你的朋友正在旅行,度她的假期,是吗?""朋友,说的倒好!"我心中暗自思忖;不过否认这一点却不行;他是一定要照他的想法说话的;我必须承认这一温和的指控②,朋友就朋友吧。为了证实一下,我还是禁不住问道,他说的是谁呀?

他已经在我的裁缝台旁坐了下来,这时正拨弄一个线团,满不在乎地动手把绕得好好的线抽开来。

"姞妮芙拉——那位樊箫小姐,陪伴肖尔蒙德莱一家去作穿越法国南部的旅游去了,是吗?"

"是的。"

"你和她通信吗?"

"你要是知道我从来没有想到去要求这份殊荣,一定会感到惊讶。"

"你看见过她写的信吗?"

"看见过；那是几封写给她姨父的信。"

"那些信不会缺少机智和纯朴吧？她的心灵里有那么多的火花，那么少的技巧。"

"她写给德·巴桑皮尔先生的信，都是写得够概括的；他跑着都能读得懂③。"（事实上，姞妮芙拉写给她的有钱的亲戚的书信，一般都是商业文件而已，毫不含糊地索取现金。）

"那么她的书法呢？一定是漂亮、纤细、如贵妇人的笔迹，我想定然如此吧？"

他说是这样的，我也这样认为。

"我真心地相信凡是她做的什么都非常出色，"约翰说。他看到我对于这个评价并没有急于唱和的意思，便又说："你了解她的，你能举出她哪一点有缺陷吗？"

"她在某几方面很出色。"（"尤其是打情骂俏，"我在心里添上这句话。）

"你看她什么时候能回到城里来？"他立刻问道。

"请原谅，约翰医师，我必须解释一下。承蒙你如此看得起，把我归于跟樊箫小姐亲密无间的等级，对此我却无福消受。我从来都不是她的计划和机密的保管员。你将会在我以外的别的范围里找到她的特别好的朋友，比如说，在肖尔蒙德莱一家人当中。"

他竟然认为我像他本人一样，受到忌妒的痛苦的蜇伤！"原谅她吧，"他说，"宽厚地评价她吧。时髦社交界的闪闪亮光引导她误入歧途，但是她不久就会发现这些人是华而不实的，不久就会带着增多的依恋和增强的信任回到你身边。对于肖尔蒙德莱一家人我略有所知，他们是浅薄的、好炫耀的、自私自利的人。相信

---

① 聚宝角，希腊神话中的一只山羊角，这只山羊角的持有者可以要什么有什么。这头山羊名叫阿玛尔忒亚，曾为婴儿时的宙斯哺乳。宙斯成为第三代神王以后，把阿玛尔忒亚化为星宿。
② 语出英国戏剧家谢里丹（1751—1816）的剧本《情敌》第 5 幕第 3 场中的一句："我承认这一温和的指控。"
③ 原文为成语：he who runs may read，通俗易懂的意思。

我的话，姞妮芙拉内心里尊重你，胜过许多他们那样的人。"

"谢谢你的好意，"我简短地说，舌尖却燃烧着一股火焰，要想否认加在我身上的这种柔情话，但是我熄灭了它。我屈从于被看做光芒四射的樊箫小姐的一个受屈辱的、被丢弃的、如今正在衰弱的知心女友。但是，读者啊，这却是难以忍受的屈从呢。

"然而，你瞧，"格雷厄姆继续说，"我在安慰你的时候，却不能同样安慰我自己。我无法指望她会公平地对待我。德·阿麦尔是个最没有价值的人，然而我怕他讨得了她的喜欢。可悲的幻觉啊！"

我的耐心真的垮下来了，连一点预兆也没有，突然崩溃。我想大概是病体虚弱使我的耐心损耗掉了，并且变得一碰就碎。

"布列顿医师，"我脱口而出，"并没有像你自己所说的那种幻觉。除了一件事以外，你在一切方面都是一位男子汉，坦率、健壮、见解精确、目光清晰。可是在这件例外的事情上，你却不过是个奴隶。我断言，只要是和樊箫小姐有关，你的言行都不值得受到别人尊敬；也得不到我的尊敬。"

我站起身来，非常激动地离开了这个房间。

这场小小的闹剧是在早上发生的；到了傍晚我必须再次见到他，这时我看出自己伤了他的感情。他不是用普通的泥土捏成的，也不是用低劣的材料凑合起来的；他的性格的基本轮廓倒是由宽宏大量和富有魄力的气质形成的，然而其细部却包含着几乎是女性的纤巧的工艺；比你预想会见到的更细致，更细致很多；比你即使认识他多年以后相信他天性中所具有的更细致，更细致得多。确实，除非某种与他的神经过于尖锐的接触产生效果，泄露了他的神经的敏锐的感受性，这种精细的结构必定会被人忽略。特别是由于他的交感神经官能不显著，情形就更是如此。去感受，和去迅速地捕捉住别人的感情，是两种不同的特性。少数构造兼有这两种，而有些构造则两者全无。约翰医师具有其中之一，而且十分精致完美；而由于我刚才认定了他在另一种特性上并没有同等程度的天赋，所以我的读者将会考虑周到地不让自己走到一个极端,宣称他是一个没有同情心的、冷漠无情的人。正好相反,他既善良,又慷慨大方。你要是有所需求,他随时会助人一臂之力。你要是有苦欲诉,他不会充耳不闻。你能期望得到由理解产生的美妙,由直觉感知的奇迹,并且理解失望是怎么回事。这天夜晚,约翰医师进入房间,晚上的灯光照到他时候,我一眼就清楚地看出他整个心理状态。

对于一个曾经说他是"奴隶",而且在所有各方面都禁止他受尊敬的人,他此刻必定是怀着特殊的感情的。那称号也许是得当的,那禁止也许是合理的;他没有表现出要否认这是事实的样子,他心中甚至坦白地盘算着这令人沮丧的情况变成现实的可能性。他在这项指责里寻找自己失败的原因,这个失败对他心灵的平静造成的伤痛是巨大的。由于沉陷在一种自我谴责的独白的苦恼之中,他对待我和他的母亲两人的态度似乎很严肃,也许很冷淡。然而他脸上的表情却没有闷闷不乐、没有耿耿于怀、没有忿忿不已、没有猥猥琐琐的样子。即使显得消沉,也因为具有最美的男子汉的面貌而看来很美。我抢先于仆人,急急忙忙地把他的椅子放在桌子边,又颤颤巍巍、小心谨慎地把他的茶递给他,这时候,他开口说:——

"谢谢你,露西,"还是我一直乐于听到的那种充满愉快的嗓音发出的和蔼可亲的声调。

对于我来说,只能采取一个方针:那就是必须因这种该受责备的过分热情而谴责自己,否则我这天必然夜不成寐。这可完全不行,我受不了:我认为自己没有资格在这个立足点上作战。学校里的孤独、女修道院似的寂静无声和死水一潭——这一切看来都胜过同约翰医师别别扭扭地相处。至于说到姞妮芙拉,她尽可以插上一只鸽子或者其他飞禽的镀白银的翅膀飞起来,[①]直上九

[①] 语出《圣经·旧约全书·诗篇》第68篇第13节:"你们安卧在羊圈的时候,好像鸽子的翅膀镀白银,翎毛镀黄金一般。"

天，翱翔于最高处的星辰之间，她的情人的想象力所能达到的最高境界便是要把她的魅力的星座固定在那里；阻止这种安排决不再是我的事了。我试图引起他的注意已有多时，他的目光一次又一次遇到我的目光；但是，他无话可说，目光缩了回去，使我受窘。茶点过后，他忧伤地静坐着看书。我真希望自己能够有勇气走去坐在他近旁，可是看来如果我冒险走出这一步，他必定会表现出敌意和愤慨。我十分想说出来，但不敢低声吐露。他的母亲离开了房间，于是我在一种难以忍受的后悔心情推动下，就那么喃喃地吐出几个字来："布列顿医师。"

他从书本上移开视线，仰望着我，目光既不冷淡，也不带恶意，嘴部也没有冷嘲热讽的表情。他准备、并且愿意聆听我可能要说的话。他的心情就像陈年佳酿那样，又醇又酽，不会在一声晴天霹雳之中变得酸溜溜的。

"布列顿医师，原谅我一时冲动的话，请，请原谅我的话。"

我这样说的时候，他微笑着。"也许你说得对，露西。要是你不尊敬我，我确信这是因为我不值得受尊敬。只怕我是个笨头笨脑的傻瓜，一定在某些方面处置失当，因为我原想使人高兴的事情，似乎并没有使人高兴。"

"对此，你可不能肯定；即使情况是这样的，那么这是你的性格上的缺点呢，还是另一个人的感觉上的问题呢？不过，现在让我收回我发火时说过的话吧。在某一方面，也在无论哪一方面，我都深深地尊敬你。假如你想到自己不够一点，想到别人又太多一些，那么，这除了是优点以外，还能是什么呢？"

"太多地想到姞妮芙拉，这是我能做到的吗？"

"我相信你可能如此，而你则相信你不可能。让我们同意各持己见吧。让我得到谅解吧，我所祈求的便是这件事。"

"难道你认为我会对一个热诚的字眼抱有敌意吗？"

"我知道你不会、也不能如此。但是请就这样说一声：'露西，我原谅你！'说这句话，就能缓解我心里的难受。"

"抛开你的难受,正像我抛开我的难受那样。因为你有一点使我受伤了,露西。此刻,在伤痛已经过去之际,我不止是原谅;我还觉得很感激呢,就像对一位真诚的表示良好祝愿的人那样。"

"我的确是你的真诚的表示良好祝愿的人;你说得不错。"

我们的口角就这样结束了。

读者啊,如果你在这部作品之中发现,我对于约翰医师的看法经历着一种变化,请原谅这表面上的不一贯。我当时怎样感觉,我就照样倾注怎样的感情;我描写人物性格的面貌,是按照性格表露出来的时候的样子照实描写的。

在这场误会之后,他比过去待我更为亲切,这显示了他的本性的精粹之处。而且,唔,这场照我的看法必定在某种程度上使我和他疏远的小纠纷,却确实改变了一些我们之间的关系,不过并不是像我所痛苦地预料的那样改变的。曾经有过一种看不见但冷冰冰的东西,非常单薄、非常透明,但是非常寒冷——一种冰的薄层,到目前为止,在我们两个人的全部生活当中,蒙在我们借以彼此交往的媒介上。那几句热烈的话,尽管只不过是怒气冲冲的热烈,却在这弱不禁风的造成隔阂的冰霜制品上哈了一口气。大概就在这时候,出现了融化的迹象。我觉得是从这天开始,在我们继续我们的友谊的日子里,他就再也没有在和我谈话中拘泥于礼仪性的话题。他似乎知道,他只要谈论他自己,谈论他最感兴趣的事,那么我所期待的东西便得到了,我的愿望便永远满足。于是,自然而然地,我继续听到了许多"姞妮芙拉"。

"姞妮芙拉!"他觉得她是那么美丽,那么善良;谈起她的风韵,她的甜蜜,她的天真无邪,他是那么情意绵绵,以致尽管我对于真实情况具有朴素的了解,一种光圈也已经开始笼罩在我关于她的概念上了。而且,读者啊,我此刻可以没有顾虑地表白,他常常谈些荒谬的话;然而我却努力怀着无穷无尽的耐心聆听着。我已经得到了经验教训,明白了这一点:使他遭受挫折,使他伤心，或者使他失望，对于我来说，是多么严重的痛苦。在一种奇怪的和新的意义上，我变得极为自私，并且没有力量来阻止自己从迁就他的脾气和曲意奉承他的意志之中得到乐趣。他顽固不化地疑神疑鬼的时候，心灰意冷于最终自己是否有能力赢得樊箫小姐的芳心的时候，我仍然觉得他是很傻的。一种想法比任何时候都更固执地在我自己的心里变得根深蒂固，即认为她搔首弄姿只不过是为了挑逗他，认为她在心里渴望得到他的每一句话，每一个眼神。有时候，尽管我决心耐着性子听他说话，他还是给了我很大的折磨。往往在如此耐心聆听时产生的无法形容的带有苦味的愉快中间，他在我坚硬的打火石上猛然敲击，以致一再地敲出了火星。有一天，为了平定他的焦躁情绪，我肯定地说，我觉得有把握，樊箫小姐到最后一定会倾心相许。

"有把握！谈何容易，可是我有什么依据能相信如此自信的话呢？""有最好的依据。"

"那么，露西，请说出来吧！"

"对此你像我一样清楚。而且，约翰医师，既然清楚，你竟然还不能完全坦诚地信任她的忠诚，真叫我吃惊。在这种情况之下，怀疑已经近乎侮辱了。"

"你现在开始话急气短了。请说得再快一点，气再急一点，直到你作出解释为止——作出一个圆满的解释，我一定要知道。"

"你会知道的，约翰医师。有时候，你是一位过分慷慨大方的人；你是一位随时准备奉献供品的崇拜者。要是希拉斯神父曾经使你改教，你一定会给他大量施舍去救济他的穷苦人；你一定会向他的祭坛提供蜡烛，而你所宠爱的圣徒的神龛，你一定会尽心尽力地去装饰。那是姞妮芙拉，约翰医师——"

"嘘！"他说，"不要说下去了。"

"嘘，我可不愿意；我可要说下去。姞妮芙拉的双手曾经从你的双手中得到满满的东西，次数比我数得出的更多。你曾经为她搜求最昂贵的鲜花；你曾经殚精竭虑要设计出最精致的礼物，人们会觉得如此精致只有女人才会想象得出来。除此以外，樊箫小姐拥有一副装饰品，买这副东西，你的慷慨大方一定曾经濒临奢侈浪费的边缘了。"

那位端庄优雅的姞妮芙拉本人从来没有在这件事情上表示出什么，此刻却在她的爱慕者的脸上完全泛滥出来了。

"荒谬！"他说，同时拿起我的剪刀，破坏性地把一绺丝线剪断。"我送那些东西是为了使自己高兴；她接受那些东西使我觉得荣幸。"

"约翰医师，她所做的比荣幸更多：她是用了她的名誉作抵押，保证她会给你一些报答。假如她不能用爱情来偿付你，那么她就应该拿出一种实实在在的等价物来，给你若干卷[①]金币。"

"可是你不了解她。她对我的礼物太不感兴趣，不放在心上；思想又太单纯，对这些礼物的价值一无所知。"

我笑出声来，我亲耳听见过她给每一件珠宝评估一个价钱；而且我很清楚，虽然她还年轻，金钱的拮据、金钱的筹划、金钱的价值，以及尽力设法保证物质供应，多年来却已经为她的脑筋提供了最频繁的、也是她所喜好的刺激因素。

他继续说下去："我每次把小东西放在她的裙兜上的时候，你真该看见她的样子，那么冷淡，那么不为所动。她没有兴致去拿，甚至不高兴看一眼。只是出于好心，不情愿使我伤心，她才允许把花束放在她身旁，也许答应收下来。或者，假如我成功地在她那象牙般的手臂上套上一只手镯，不管这件小装饰品可能是多么漂亮（我总是仔细挑选我觉得漂亮的东西，当然那也不是不值钱的东西），可是那闪闪的亮光从来也没有眩惑过她那双明亮的眼睛。她会正眼也不瞧一下我的礼物。"

"这么说来，她既然不看重，当然就会打开礼物，把它还给你啰。"

---

① 卷，原文为 rouleau，此处指包着一些硬币的纸卷。

"不；她天性善良，不会采取这样的拒绝手段。她会做出好像忘记我做了什么事情的样子，并且以大家闺秀的缄默和不着痕迹的健忘态度留下那件奉献给她的东西。在这种情况之下，一个男子汉怎么能依据他的礼品被接受了就认为那是一种受宠的征兆呢？就我而言，如果我把自己所有的一切都奉献给她，她也接受了，那是她不被肮脏不洁的关心所左右的一种表现，因而我不敢相信这笔交易使我前进了一步。"

"约翰医师，"我开始说，"爱情是盲目的。"可是就在这时候，从约翰医师的眼睛里斜射出一道忧郁的、难以捉摸的光。这使我想起了过去的日子，这使我想起了他的画像。这相当多地使我猜想，至少他声称的信念中的一部分，即樊萧小姐是天真无邪的那一部分，是假装的。这使我犹豫不决地推测，尽管他为她的美丽所倾倒，也许他对她的性格上的弱点的实际评价，比起他的一般语言所给人的印象，可能较少错误，而较多英明正确。不过，这毕竟有可能只不过是偶然投射的目光呢，或者最多不过是暂时的印象的表露而已。不论是偶然还是故意，真相还是想象，总之，它结束了这场谈话。

第十九章
克娄巴特拉[①]

我在台地别墅里的耽搁延长了两个星期,超过学校假期结束的日子。布列顿太太亲切周到的安排使我这次能够延长休息。她的儿子有一天发表诊断意见,说:"露西的身体还没有恢复健康,还不能回到一所寄宿学校那种窝里去。"于是布列顿太太立即坐车到福色特街,会见了那位女主管,借口延长休息和改换环境对于完全康复很有必要,从而获得了这一恩准。于是,跟着来的是我本来不会得到的关照,那就是——贝克夫人的殷勤有礼的探望。

那位女士——那是个晴朗的日子——竟然乘了一辆出租小马车一直来到这座别墅。我猜想她是决定要来看看约翰医师居住的地方是什么样子。显然,这令人赏心悦目的地点和干净整洁的内部超出了她的预料。她称赞她所见到的一切,把那间蓝色的沙龙客厅称做"一间华丽的房间,"毫不吝惜地祝贺我得到一些好朋友,"如此神气、亲切和体面,"也说了一句讨好我的得体的恭维话,在约翰医师走进来的时候,她用轻快活泼到极点的步伐直奔过去,同时口中喷出如此快速的语言之火,火星四溅,闪亮着她关于他这座别墅的祝贺的言语和言之凿凿的论断——"他的母亲,神气的女主人",还有关于他的脸色的一些话;他的脸色的确非常红润,而且此刻又被一种温厚而带着兴趣的微笑增添了光彩;他聆听着贝克夫人的流畅而又花哨的法语时脸上总是带着这种微笑。总之,这一天,贝克夫人亮出了她的最好的侧面,她走进走出,活像一个凯瑟琳车轮[②],对人赞美不绝,叫人高兴,叫人觉得和蔼可亲。我跟她走到马车那儿,一半是特意送行,一半是为了问一些关于学校事务的问题，在她落座并关上车门以后，我朝里边望望。就在这样短短的片刻时间里，发生了怎样的变化！一刹那之前，火星四溅，笑话连篇，而现在她却以那副样子坐在那儿，比法官更严厉，比圣人更庄重。多么奇怪的小女人哪！

我走回去，跟约翰医师逗趣说，贝克夫人多么喜欢他。瞧他乐得合不拢嘴！他回想起她的一些称赞的话，模仿她那滔滔不绝的唇舌，学着说出来的时候，他的眼睛里如何闪闪发光，一副兴味盎然的样子啊！他有着敏锐的幽默感，是天下最好的陪伴者——这是指在他能够忘掉樊萧小姐的时候。

据说，"坐在静谧舒适的阳光里"③对于体弱的人们是非常好的事，这给他们带来生命力。在小娇姞特·贝克病体逐渐恢复健康的时候，我常常抱着她，并且和她一起一个钟点又一个钟点地在花园里散步，在攀满被南方的阳光催熟的葡萄的那堵墙下散步。阳光抚育着她那苍白的小身子，正像阳光使那一簇簇果实成熟和长大起来一样，很有效果。

有一种人性情温和、热心、亲切友好，在其影响范围之中，对于生性懦弱的人面对生活有好处，正像身体虚弱的人沐浴在正午的阳光中有好处一样。在具有这些优良性格的一类人之中，当然要算上布列顿医师和他的母亲两位。他们乐于给别人以幸福，就像有些人喜欢使别人遭苦受难一样。他们这样做乃出于本能，总是不声不响，显然很少自觉，而给人愉快的办法自然而然地在

---

① 克娄巴特拉（公元前68—前30），埃及著名美艳女王。曾勾引罗马皇帝恺撒。后又与罗马将军安东尼结婚。安东尼死后，她再试图降服罗马将军渥大维而未成，害怕被押去游街，自杀身死。
② 凯瑟琳车轮，圣凯瑟琳是被罗马皇帝马克西米安（？—310）用棘轮车酷刑碾死的殉教基督徒。后来这种轮圈外缘装有倒钩的东西便被称做凯瑟琳车轮。这里所指的是由此衍化来的一种用手转动的像车轮一样旋转的焰火。
③ 这句引自爱尔兰诗人托玛斯·莫尔(1779—1852)的长篇故事诗《拉拉·洛克》中"拜火者们"一篇里的一句。

他们的心里产生出来。我跟他们待在一起的时候，他们每一天都提出某种结果有益身心、使人愉快的小计划。约翰医师的工作时间虽然排得满满的，他还是设法利用每一个短暂的间隙顺道来陪伴我们。我真弄不懂他是怎么安排他的预约的；预约多得不得了，然而凭借办事有规律的力量，他把事情处理得井井有条，这使他每天都给自己保留了一段自由的时间。我常常看见他工作辛苦，可是很少劳累过度，更从来没有焦躁不安、手忙脚乱，或者愁眉苦脸。他所做的事，都是怀着十分饱满的精力，从容不迫、优雅得当地完成的；是怀着高昂和毫不松懈的干劲，慷慨大度、兴致勃勃地完成的。在那愉快的两个星期里，在他的引导之下，比起我先前整整八个月住在维莱特，我看到更多关于这座城市的情形：它的环境，以及它的居民。他带我到城里有趣的各处去看看，这些地方的名字我以前连听都没有听到过。他兴高采烈地说给我听许多值得一听的事情。他一点都不像是觉得跟我谈话是件麻烦事，而我也肯定一点都不认为听他谈话是个任务。他不是那种冷冰冰地、含含糊糊地谈话的人；他很少泛泛而言，从来不平淡无味。他似乎喜欢有趣的细节，差不多就像我自己喜欢的一样。他似乎对个性有敏锐的观察力，而且不是表面的观察。这些特点使他的谈话含有趣味盎然的品质。他的谈话是从他自己的聪明才智来的，不是从书本上借来或偷来的——不是这里一句干巴巴的事实，那里一句陈词滥调，再是哪里一句听腻了的见解——这一情况保证了它的新鲜感，由于其稀罕而很受欢迎。同时，在我的眼前，他的安排似乎还展示了另外一种景象：开始新的一天也就是在一个新的和更为壮丽的黎明中奋发向上。

他的母亲具有一种很发达的仁慈外相[①]，然而他本人所有的则更好，也更大。在陪伴他到下城区——这座城市里的贫穷拥挤的地区——去的时候，我发现他在那里的使命，既是一位医师的、又

---

① 这是作者用颅相学的观点所作的描述。

是一位慈善家的使命。我不久就了解——他本人高高兴兴、习以为常、专心致志，并没有意识到使自己的作为引人注目的任何特殊功绩——他正在那些非常不幸的居民中间积极主动地做出许多许多好事。下层阶级的人都很喜欢他；躺在那些医院里的他的贫穷的病人可以说是热情洋溢地欢迎他。

不过且慢——我一定不能从一个实事求是的叙述者堕落成为一个偏心袒护的颂诗作者。我清楚地、十分清楚地知道约翰医师不是一个完美无缺的人，正像我自己不是一个完美无缺的人一样。人类易犯错误这一特点也影响了他；我跟他在一起度过的时间里，他没有一个钟点、几乎没有片刻，在言谈举止或神色面貌上，不流露出某种凡人的弱点。一个神不可能有约翰医师那种极度的虚荣心，也不可能有他那种有时冒出的轻率。没有一位不朽的神会像他那样偶然地忘却一切，只知道当前——像他那样对于当前具有一时的热情。他的热情并不因专注在物质享乐上而显得粗俗，却由于他从这一时的热情中汲取凡是能产生对他男性的自负提供营养的任何东西而显得自私。他的快乐在于满足那种贪婪的柔情，而不考虑饲料的价钱，也不在乎使它一直毛色光润和养尊处优所费几何。

我请求读者注意我曾加在格雷厄姆·布列顿身上的两种好像互相矛盾的观点——公开的和私下的——露天的和室内的观点。第一种，在公开场合，他表现出忘我无私，正像他的能力在使用时十分认真那样，他的能力在展露时也十分谦虚。第二种，好比壁炉边的画面，他明显地表示出他意识到他拥有什么和他是何等人物，对于敬意便感到欣喜，激动起来便轻举妄动，得到虚荣便有些飘飘然。这两种肖像画都正确无误。

要想悄悄地、秘密地施惠于约翰医师，那简直是不可能的。在你自以为某种专为他使用的小东西已经成功地、不被人注意地制成，而他像别的男人们那样，在随手拿起使用并且一点都不问它是从哪儿来的时候，他却含笑吐露一两句评语，证明他的眼睛曾经自始至终注意到那件作品,证明他曾经注意其设计,跟踪其进展,眼见其大功告成,这真叫你吃惊。对于别人这样为他效劳,他是高兴的,他让他的喜悦之情闪射在眼睛里,飘舞在嘴角周围。

假如他不是这样任性地对待别人如此厚道和不引人注目的施惠以偿付他所谓的欠账,那本来是非常好的事。他的母亲为他干活的时候,他用比他悦乐的、嘲弄的、打逗的、多情的习惯在内容上更为丰富的充沛的精神活跃在他母亲周围,作为酬劳。如果他发现露西·斯诺着手干这类活儿,他便策划某种令人愉快的娱乐,作为回报。

他关于维莱特城的知识常常使我感到惊讶。他所知道的,不只限于维莱特的各条街道,而是深入到它所有的画廊、大厅和密室。对于每一扇关住一件值得一看的事物的门、对于每一家博物馆、对于每一座供献给艺术或者科学的会场,他似乎都掌握"芝麻,开门!"①我从来没有一个科学的头脑,只有一种愚蠢的、盲目的、不现实的本能使我倾向于艺术。我喜欢去画廊,我特别喜欢单身一人逗留在那里。要是有人做伴,我的怪脾气便会阻碍我看得很多,或者有任何感受。要是有不熟悉的人做伴,又必须把关于眼前事物的滔滔不绝的话题维持下去,那么肉体上的疲倦和精神上的完全瘫痪这种混合压力,半个小时就会把我弄垮的。受过良好教养的孩子,更不用说受过教育的成年人,碰到社交中健谈者关于绘画、历史名胜、著名建筑物或者任何大众感兴趣的"狮子"②的考问的折磨,在举止中却能持续地表现出聪明才智,对于这样的人,我还从来没有看见他能够不使我感到羞愧。布列顿医师是位深得我心的 cicerone③。他会在画廊还很空的时候,早

---

① "芝麻,开门!",是《一千零一夜》中《阿里巴巴和四十大盗》故事里的一句咒语。阿里巴巴口念这一咒语,一个暗藏珍宝的石窟的门便打开了。
② 原文为 lions,旧时伦敦人常陪同乡下来客参观关在伦敦塔中的狮子,于是"狮子"便成为"名胜"的代词,see the lions 便是"游览名胜"之意。
③ 意大利文,导游者。此字源于古罗马政治家兼演说家西塞罗(公元前106—前43)的名字,指导游者具有他那样的古文化知识和口才。

早把我带去,让我独自待上两三个小时,等到他把自己的预约都处理好以后,再来接我。这时候,我感到欣喜,并不总是因为赞赏而欣喜,而是因为观察、探究,以及得出种种结论而欣喜。在这类参观的开头,有一些误解和因之而起的斗争产生在"意志"和"能力"之间。"意志"官能硬要我对那些被认为理所当然该赞赏的作品给予嘉奖;而"能力"官能则叫苦连天,它全然没有本领支付这个税款。于是,它受到了自己的嘲笑,被激励起来,要去提高自己的审美力,增强自己的艺术趣味。然而,它越是被呵叱,它越是不肯唱赞歌。我逐渐发现,从这种真心实意的努力之中,产生了一种奇怪的疲劳之感,便开始思索自己是否可以不要费这样大的精力,到头来得出结论是行的,所以便在百分之九十九的展出的画框面前眼望四天地陷入一种心平气和的乐趣之中。

在我看来,一幅有独创性的好画,正像一本有独创性的好书那样稀少;终于,站在某些具有伟大姓名的杰作面前,我也不曾战战兢兢地对我自己说:"这些作品丝毫不像大自然。大自然的日光从来也没有那种色彩,从来也没有给弄得这样浑浊不清,不管是给暴风雨还是乌云弄的。而那幅画中就是在湛蓝的天空下展开这片景色。那种湛蓝却不是苍天,而厚厚地涂抹其上的色彩暗淡的杂草也不是树林。"有几个描绘得很好,神采怡然自得的胖乎乎的妇女使我觉得决不是她们看起来认为自己应该是那种样子的女神。有许多许多制作得极为完美的佛兰德斯①小绘画,还有许多许多素描,要是用在时装录上,展示最漂亮的衣料制成的各种服装倒是好得很。它们使人看到了那种值得称道的、别出心裁地运用了的辛勤劳动。然而,此处彼处都可见到一些真实性的吉光片羽,使人心智上感到满足;还有一些才艺的闪光,使人视觉上觉

---

① 佛兰德斯,指佛兰德斯美术。这是从16世纪至19世纪尼德兰南部(现在的比利时和法国一小部分)美术的通称。原为尼德兰美术的一个组成部分,1579年荷兰独立后,即称佛兰德斯美术。这派美术作品以生气蓬勃的写实主义和高超的艺术技巧著称。

得欣悦。大自然的神力在这儿的高山暴风雪中爆发出来;她的光辉又在那儿的南方艳阳天里展现眼前。这幅肖像画的表情说明了对人物性格的清晰的洞察力;而那幅历史题材的油画中的一张脸,其栩栩如生,酷肖其父母,使你惊讶地想起使它得以诞生的天才来。我爱这些特殊例子的作品:它们像朋友一样渐渐变得亲切可爱。

有一天,在很早的宁静的时刻,我发现自己几乎是孤身一人待在某个画廊里,那儿有一幅大得惊人的油画,放置在光线最好的地方,前面有一道保护线拦着,不远不近处安置着一条有软垫的长凳,以供仰慕的鉴赏家们坐观,他们目不转睛地站着看得两腿发麻之后,可能会欣然乐意坐下来完成这项工作。照我看来,这幅画似乎自以为是这里的收藏品之冠。

画上画的是一个女人,我觉得比真人要大得多。我估量,这位贵妇人要是放在一个能容纳庞然大物的巨型磅秤上,重量准保会在十四英石①到十六英石之间。她吃的东西确实是好到极点了:许多鲜肉——更不必说面包、蔬菜、流质食品——她一定是大吃大喝了才达到这样的宽度和高度,这样的肌肉发达,这样的肉体丰腴。她半倚半靠在一张长沙发上,为什么如此则很难说。她的周围闪亮着大天白日的光,身体看来十分强壮健康,足以担当起两个普通的厨师的工作。她不能辩解说脊椎骨直不起来,照理应该站起来,或者至少是直挺挺地坐着才是。她没有理由在一张沙发上懒洋洋地躺着,混过中午。而且她还应该穿上得体的衣服,一袭合身的长外衣,但是情况却不是这样。用了大量的衣料——我看足有二十七码长的绸缎——她却设法制成了不得体的衣服。此外,她周围那种乱七八糟的情况,也没有什么理由可说。一些坛坛罐罐什么的——或许我应该说花瓶和酒杯——在画的前景里东倒一个,西歪一个,纯属废物的鲜花则混杂其间;一大堆胡闹的凌乱的

---

① 英石,英制重量名,称人的体重时,1英石等于14磅或6.35千克。

帷幕装饰品闷住了那张长沙发，妨碍了在地板上的行走。我翻阅目录以后，发现这件令人注目的作品的题目是：《克娄巴特拉》。

嗯，我坐着，对那幅画左思右想（既然长凳搁在那儿，我想我何不利用它的方便），同时琢磨着画上某些细部描绘——比如玫瑰花、金酒杯、珠宝等等，画得都很漂亮，而从整体看来，这是一幅哗众取宠的庞然大物。这时候，本来差不多是空荡荡的展览厅，不知不觉已经开始人头济济了。我几乎没有注意到周围环境（因为这确实和我无关紧要），仍然占有着座位，与其说为了从这里好欣赏这位庞大的、皮肤黝黑的埃及女王，倒不如说为了休息休息。对于这位女王，说真的，我不久便已厌倦，转而凝视一些十分精美的静物小画来恢复精神，看看那些野花、野果、青苔覆盖的木制鸟窝、装在盒子里的蛋，那些蛋就像透过清澈的绿色海水看到的珍珠一般。这些画全都谦让地悬挂在那幅粗俗而不合理的油画的下面。

忽然之间，我的肩膀上被人轻轻敲了一下。我吓了一跳，转过头来便看见低下来对着我的一张脸，这是一张皱着眉头的差不多是神色惊慌的脸。

"你在这里干什么？"一个声音问。

"嗯，先生，我在看着玩。"

"你在看着玩！请问，你在看什么？不过，首先，请你为我站起身来，挽上我的胳臂，让我们走到另一边去。"

我不折不扣地按照吩咐去做。保罗·伊曼纽埃尔先生（正是他）从罗马回来，他现在是个见过世面的人了，然而比起给他头上加封这一荣誉称号之前的情况来，他现在对于倔头倔脑的行为的容忍，不像是较少一些。

"请允许我把你带到你的同伴那儿去，"我们穿过展览厅的时候，他说。

"我没有同伴。"

"你不是一个人在这儿的吧？"

"我是一个人,先生。"

"难道没有人陪你来吗?"

"不是,先生。布列顿医师送我来的。"

"想必是布列顿医师跟他的母亲布列顿夫人吧?"

"不是,布列顿医师一个人。"

"那么是他叫你看那幅油画的吗?"

"完全不是,是我自己看到那幅画的。"

保罗先生的头发剪得像大渡鸦的绒羽那样短,否则我想准会在头上直竖起来。此刻,我开始察觉到他的意向了,我存心以不动声色来刺激他,不免暗自感到几分高兴。

"使人震惊的岛国居民的胆大妄为!"这位教授叫喊起来。"这些英国女人真古怪!"

"怎么一回事啊,先生?"

"怎么一回事!你年纪轻轻的,怎么竟然敢带着一个男孩子的泰然自若的神情,如此冷静地坐下来,观赏那样一幅画啊?"

"那是一幅很难看的画,但是我完全不能明白我为什么不可以观赏。"

"好了!好了!别再说它了。不过你不应该一个人待在这儿。"

"可是,如果我不善交际——没有同伴,像你所说的那样,怎么办呢?而且,不论我是单身一个人,或者是有人陪伴,那又有什么关系呢?并没有人干涉我啊。"

"别说了,请坐下!"他把一张椅子重重地放在一个特别阴暗的角落里,那儿挂着一系列非常非常枯燥乏味的"画框"。

"不过,先生。"

"不过,小姐,请坐,别动,听见了吗?直到有人来找你,或者得到我的同意。"

"多讨厌的角落!"我提高嗓音说,"多难看的图画!"

确确实实,那些画真是"难看"。一组有四幅,在目录上题目为"一个女人的一生",是用一种相当引人注意的风格画的——平淡、死板、苍白、循规蹈矩。第一幅描绘的是一位"年轻的姑娘",她正从一座教堂的大门口走出来,手上拿了一本弥撒书,衣着十分正经、整洁,眼睛向下垂视,嘴巴往上撅起——一个拙劣至极的早熟的女性小伪善者的形象。第二幅是一位"新娘",她披着一条长长的白面纱,在她的闺房里跪在一个祷告台前,双手合十,以一种最为激怒的样子露出眼白。第三幅是一位"年轻的母亲",她神情忧伤地俯身望着一个黏土似的胖婴孩,婴孩的脸像一轮委靡不振的满月。第四幅则是一幅"老妇",画着一个全身着黑丧服的妇女,手搀一个穿黑衣服的小女孩,两人专心致志地打量着竖立在某个 Père la Chaise① 一角里一座典雅的法国式墓碑。这四位"天使"全部都像夜盗贼那样狰狞和幽暗,像鬼魂那样阴冷和生气全无。要人家容忍什么样的女人啊!矫揉造作、怒形于色、愚钝笨拙的一无是处的人!她们所具有的糟糕劲,正像那位懒散的吉卜赛女巨人克娄巴特拉所具有的糟糕劲。

把一个人的注意力长期集中在这些杰作上是不可能的,因此,我渐渐改变了兴趣,观察这个画廊。

这时候,挤得密密层层的参观者已经聚集在那头"母狮"的周围,我刚才正是从那里的邻近地区被放逐的。几乎有一半的围观者是女士们,但是保罗先生后来对我说,她们是"夫人",而她们很适合仔细观赏任何"小姐"都不应瞟上一眼的这幅画。我直截了当地坚持说,我不能苟同这一教条,也看不出其理由何在。于是,他以那一贯的专制主义态度只要求我保持沉默,同时也指责我的鲁莽加无知。占据教师交椅的人,从来还没有哪一个比得上这个矮小的保罗先生这样专横了。说来有趣,我注意到他自己倒是在心安理得地欣赏那幅画,而且看了很长的时间。不过,他可没

---

① 法语:拉雪兹神父墓地。按:拉雪兹神父(1624—1709)曾任法国国王路易十四的听忏悔神父 30 多年,死后其墓地为巴黎一名胜地。

有忘记时不时地对我这边瞟一眼,我想是为了肯定我是不是在服从命令,没有越过雷池一步。不久以后,他再次过来跟我说话。

"我没有生过病吧?"他想证实一下:"他知道我病过。"①

"病过,不过我现在很好了。"

"我在哪儿度假的呢?"

"主要在福色特街。部分时间跟布列顿夫人待在一起。"

"他听说我被人孤孤单单地留在福色特街;是不是这样的呢?"

"不完全孤单;玛丽·勃洛克"(那位呆小病患者)"跟我在一起。"

他耸耸肩膀,脸上飞快地变换着各种各样互相矛盾的表情。保罗先生很了解玛丽·勃洛克。他从来没有给第三班讲过课(第三班容纳成绩最差的学生),因此他也没有机会给他造成彼此尖锐对立、互相矛盾的印象。她的个人的外表、她的令人厌恶的行为举止,以及她的常常难以应付的性格,使他情绪激动,使他发生强烈的反感。一旦他的口味给弄得不对劲,或者他的意志被拂逆,他很容易产生这样的感情来。在另一方面,玛丽的不幸却构成了一种强烈的要求他忍耐和同情的权利——这种要求,实际上是他的天性所不能拒绝的。其结果,此后差不多每天都以不耐烦和厌恶为一方,以怜悯和正义感为另一方,在两者之间引起战争。在这种战争之中,应该说他是值得赞扬的,不耐烦和厌恶的感情很少占过上风。不过,万一这两种感情占了上风,保罗先生便露出他性格上具有的令人恐怖的一面。他的激情是强烈的,他的嫌恶感和恋慕之情同样泾渭分明。控制这两者时他所使用的力量,丝毫没有使一个旁观者减轻对于这两者激烈程度的感觉。由于他这样的性情,料想他常常在一般人的心中激起惧怕和反感便不足为

---

① 这句原文为:"Had I not been ill? ...he understood I had."这里"I"实为"you"、"he"实为"I"的意思。下文同此。后面伊曼纽埃尔或约翰与露西对话时,多处出现这一表达方式,可能是为了表示亲密。

怪了。然而惧怕他乃是个错误。再也没有什么像提心吊胆和疑虑重重的心灵的战栗会驱使他近乎疯狂的了;再也没有什么像掺和着脉脉温情的推心置腹会使他欣慰安静了。然而,要引出这样的柔情便需要透彻地了解他的性格;可是他的性格却是一种难以被人了解的东西。

"你和玛丽·勃洛克两人合得来吗?"沉默了几分钟以后,他问道。

"先生,我尽力而为了;不过跟她单独在一起真可怕啊!"

"那么,你生性太软弱了!你缺乏勇气,还可能缺乏仁爱心肠。你可不具备那种可以成为一位慈善姐妹会①成员的品质。"

[他是一位按照他的方式行事的笃信宗教的小个子。天主教的克己和自我牺牲那部分精神支配着他的灵魂的忠诚。]

"我不知道,真的。我曾经尽自己最大努力来好好照顾她。不过,她的姨妈来把她带走以后,叫我大大松了一口气。"

"啊!你可是个利己主义者。有许多妇女曾经护理过医院里住得满满的类似的不幸者呢。你却办不到吗?"

"先生自己办得到吗?"

"当得起妇女这个称号的人,在执行这样的任务的能力方面,都应该无限地超过我们这样粗心、易错、而又任性的男人。"

"我替她洗身子,我总是使她干干净净的,我喂她吃饭,我想方设法叫她高兴。可是她不开口,却对我龇牙咧嘴的。"

"你以为自己做的事情很伟大吗?"

"不。不过是尽我力所能及的那么大。"

"那么你的能力很有限了,因为单是照料一个傻子你就病倒了。"

"先生,并非因此之故。我那时生的是神经系统的病,我是

---

① 慈善姐妹会,1827年创建于爱尔兰首都都柏林的一个教育慈善组织。也泛指一般护士组织。

精神上病了。"

"真的！你真没用。"你可不是从一个英雄的模子里浇铸出来的。你的勇气不足以支持你处在孤独的环境之中，它只不过给了你轻率劲儿，使你冷静沉着地眼睛盯着看《克娄巴特拉》那类画而已。

面对这个矮个子男人冷嘲热讽、咄咄逼人的声调，本来会使人怒气一触即发的。然而，我到此时为止还从来没有对他发过脾气，这时也不打算开个头。

"克娄巴特拉！"我冷静地重复这个名字。"先生刚才也在看着克娄巴特拉；敢问你对她是怎么想的呢？"

"这毫无价值，"他回答道。"一个漂亮的女人——女皇的身材，朱诺①的体形，可是我希望妻子、女儿、姐妹都不要成为这样的人。你也不要再朝那个方向看一眼了。"

"不过先生正在说话的时候，我已经对她看了许多许多次啦。从这个角落我看她能看得很清楚。"

"把脸对着墙壁，研究研究你这四幅女人的一生的画吧。"

"请原谅，保罗先生。这些画太糟糕了。不过假如你欣赏的话，请允许我让出座位，让你来仔细观赏吧。"

"小姐，"他说，一面颦眉蹙额，半笑不笑，或者他本来打算笑，然而这笑容只难看地一晃而过。"你们这些新教喂养大的宠儿们真叫我吃惊。你们这些不谨慎的英国女人们泰然自若地行走在炽热的犁铧之间，②而又能避免给烧着。我相信，要是你们中间哪些人给扔进尼布甲尼撒烧得最旺的窑③里，你们也不会沾上一点烟火气味，而且会安然出险。"

"请问先生能好心地往一边移动一步吗？"

---

① 朱诺是罗马神话中的天后，也借指气派高贵的美人。
② 语出英国诗人骚塞（1774—1843）长诗《圣女贞德》第 3 章中的一句："在炽热的犁铧之上使我高兴地蹦跳。"
③ 尼布甲尼撒烧得最旺的窑，见第 117 页注①及第 200 页注②。

"怎么啦!你现在在瞧什么了?在那一群年轻的男子当中,你没有认出什么熟人吧?"

"我想我认出了——不错,我看见那边一个认识的人了。"

我实际上是瞧见一眼一个人的头,这个漂亮的头不可能属于别人,而只能是那位令人望而生畏的德·阿麦尔中校的。那是一颗多么一丝不乱、油光水亮的小脑袋啊!那个身段又是多么干净整洁、衣冠楚楚啊!那双脚,那双手,又是多么像女人的啊!他把单片眼镜举到他一只眸子上的时候又是多么优雅大方啊!而盯着那幅《克娄巴特拉》瞧看的时候又是带着多么赞赏的神情啊!接着,他对身边的一位朋友吃吃暗笑、窃窃私语的时候,又是多么神采迷人啊!哦,那位精明练达的人啊!哦,那位品味高超、老练异常的高雅的绅士啊!我对他打量了约莫有十分钟,察觉到他已经被那位黝黑肥胖的"尼罗河的维纳斯"吸引得失魂落魄了。对他的举止我是如此感到兴趣,从他的外貌和动作来探测他的性格我又是如此专心致志,一时间我竟然忘记了保罗先生。在此期间,有一群人来到了这位先生和我当中;或者,可能是由于我此刻看得出神的样子使他的疑虑受到另一次的而且是更坏的震动,因而他自动撤离了。不管怎么说,我再次回头一望的时候,只见他已经走了。

我的眼睛跟踪搜索,没有找到他,却看到了另一个不同的身影,在人群之中很容易看见,因为那身高和风度一样,两者都说明了它的特征。约翰医师朝这边走来了,其容貌、其外形、其色调都不像那位黧黑的、粗暴的、刻薄的、矮小的教授,正如赫斯珀里得斯[①]的果实想必不像野丛林里的黑刺李的果实一样;正如勇猛无畏但又驯服听话的阿拉伯马不像粗野而又桀骜不驯的设德兰[②]

---

① 赫斯珀里得斯,原意为"赫斯珀里得斯的女儿们",她们是希腊神话中看守金苹果树的三(一说为四)仙女。此字又转义为"金苹果园"。
② 设德兰群岛,在不列颠群岛最北部,由一百多个岩岛组成,大部分岛屿无人居住。首府勒威克产名马。

矮种马一样。约翰医师正在找我，但是还没有来探索那位男教员刚才把我送来的这个角落。我保持沉默，我还要再观望一下。

他朝德·阿麦尔走去，在他跟前停步。我想他有兴趣看看他的头。布列顿医师也盯着《克娄巴特拉》瞧了。我怀疑那幅画是否合他的口味。他不像那位小伯爵那样假笑；他嘴上的表情看来是挑剔的，目光冷淡，不作任何表示便站到一边，让出地方给别人走上来。我这时看出他正在等我，我便站起身来，走到他那儿。

我们沿着画廊转了一圈，跟格雷厄姆一起转这样一圈是很愉快的事。不论是关于绘画还是书籍，凡是他说的话，我都一直非常喜欢听。这是因为他并不以鉴赏家自居，他总是讲出他的想法，这肯定是不落俗套的，而且多半也是公正和简洁的。跟他谈一些他所不知道的事情同样是愉快的事——他那么诚恳、那么虚心领教地听着，并没有一本正经，没有顾虑他这样低下光洁漂亮的头，聆听一个女人颇为含混的结结巴巴的言语会危害他的男子汉的尊严。等到他回过来对我谈论见解的时候，那确是真知灼见，清楚明白，能把他的每一个字清晰地铭刻在别人的记忆之中。他给予的每一种解释，他叙述的每一件事情，我全都永记不忘。

我们离开画廊的时候，我问他对那幅《克娄巴特拉》有什么看法（在此以前，我曾告诉他，伊曼纽埃尔教授如何把我撵走，并且带他去看伊曼纽埃尔劝告我注意的那一组可爱的画，引起他一阵大笑）。

"啐！"他说，"我的母亲比她更漂亮。我刚才听见那边几个法国纨袴子弟把她称做'性感型'；假如是这样的话，我只能说'性感'简直不合我的口味。把那位黑白混血儿跟姞妮芙拉比一比吧！"

第二十章
音乐会

有一天早晨，布列顿太太一阵风似的走进我的房间，要我打开橱柜，把我的衣服拿给她看。我一声不响地照办了。

"好了，"她翻看了那些衣服以后，说道。"你必须添一件新衣服。"

她走了出去；不久便带了一位裁缝回来。她让我量了尺寸。"对于这件小事情，"她说，"我要按照我自己的喜好，根据我自己的设想来做。"

两天以后送到家的是——一件粉红色的连衣裙！

"这可不该是给我穿的，"我急急忙忙地说，心里感到自己几乎还不如穿上一件中国高贵仕女穿的衣服为好。

"我们会考虑这件衣服是否该给你穿，"我的教母答复说，还以她那种不容抗拒的决断的口吻加了一句："注意我的话。就在今天晚上你必须穿上它。"

我认为自己一定不能穿；我认为没有哪个人能够有力量迫使我穿上它。一件粉红色的连衣裙哪！我不认识它。它也不认识我。我不要穿它。

我的教母继续颁布命令说，今晚我得跟她和格雷厄姆一起去出席一场音乐会。她说明这是很隆重、很盛大的音乐会，在最主要的音乐团体的巨大的大厅或者说大厅堂里举行，由音乐学院出类拔萃的高才生演出；接下来还有"慈善"有奖抽彩；更了不起的是：拉巴色库尔的国王、王后和王子都将出席。格雷厄姆在送入场券来的时候，曾经叮嘱注意服装，这是为了恰当地对王室表示尊敬。他还告诫说,要在准七点以前一切准备就绪。

大约六点钟的时候,我被带到楼上去。我发现自己在完全没有任何逼迫的情况下,被另一个人的意志引导着,影响着,没有商量过,没有说服过,就那样静静地被制服了。总之,粉红色的连衣裙穿上身了,一种黑花边的打褶的装饰织物使它颜色柔和一些。我被告知这是重要场合,要我照照镜子。我怀着某种恐惧和震颤照办;怀着更多的恐惧和震颤我转身走开。钟敲七下,布列顿医师已经来了,我的教母和我走下楼去。她穿的是褐色丝绒衣服;在她的身影下亦步亦趋的时候,我是多么羡慕她那些表现庄重、暗黑的威严的起伏皱褶啊!格雷厄姆已经站在会客室的门口。

"我真的希望他不会认为是我自己打扮起来去惹人注意的,"我惴惴不安,热切地希望着。

"露西,拿着这些鲜花,"他说着递给我一束。他对我的衣服除了给以亲切的微笑和满意的颔首以外,没有给予更多的注意。他的微笑和颔首立即使我腼腆的感觉和受嘲笑的惧怕平静下来。至于其他方面,这件连衣裙做得再朴素也没有,既无荷叶边,亦无花哨的装饰,使我惊吓的只是它的质地轻薄和颜色鲜艳而已。既然格雷厄姆不觉得它有哪一点可笑之处,我自己的眼睛也就立刻同意变得瞧着舒服了。

夜夜出入公共娱乐场所的人们,我想是很难体会到那些难得欣赏一次歌剧或者一次音乐会的人们所怀有的那种新鲜的节庆般的感觉吧。我现在不能肯定当时我是否预期从音乐会得到非常大的愉快,因为我对音乐会的性质只有一点模糊的印象,但是我确实喜欢坐上马车到那儿去。在一个虽然晴好但是寒冷的夜晚坐在那关得严严的马车里所得到的安稳和舒适,跟那么兴致勃勃、和蔼友好的同伴们一起外出的愉快,我们沿着林荫路驱车向前的时候星星穿过树荫闪闪烁烁的景象,然后在我们来到空旷的车行道上的时候那豁然见到的较为开阔的夜空,那穿过城门的通道,那点燃着的灯火,在那儿布岗的警卫,那要求我们服从又叫我们感到十分有趣的一本正经的检查——这种种小事，以其新奇感，全都曾对我产生一种特殊的使我兴奋不已的魅力。这究竟有多少是因为散布在我周围的友好气氛所造成的，我不清楚；约翰医师和他的母亲两人都情绪极佳，一路上彼此唇枪舌剑地争论个没完，同时把我当做他们的亲属那样真诚而又亲切地对待我。

我们的路途要穿过维莱特的一些最漂亮的街道，街上灯火通明，此时比正午时分有生气得多。店铺看来多么明亮辉煌！沿着宽阔的人行道川流不息的生命潮流又是多么欢畅、快乐和丰富！我一面观看，一面想起福色特街来——那围以高墙的花园和校舍，那一间间黑暗的巨大"课堂"，我习惯于每天在此时此刻到那里去漫步，完全是孤身一人，透过那些没有窗帘的高窗凝望着繁星，倾听着从食堂里传来的祈祷书朗诵者遥远的声音，他在单调刻板地奉行那"虔诚地读经"。不久以后，我必须重新这样倾听和漫步，于是，这种未来的阴影带着及时的清醒悄无声息地掠过这光彩夺目的现实。

这时候，我们已经驶入一股全都朝着一个方向奔去的马车的潮流，不一会儿，一座宏伟的灯火辉煌的建筑的正面便光芒四射地出现在我们面前。我将会在这座建筑物内部看见些什么呢？正如我以前表白过的，我只有不完全的概念，因为我还从来没有过跨进一个公共娱乐场所的幸运。

我们在有圆柱的门廊下下了车，那里人声鼎沸，拥挤不堪，不过我已经记不清楚更多的细节，直到我发现自己正在登上一道气派非凡的楼梯，拾级而上，只见又宽又平缓，铺着厚厚的、软软的猩红色的地毯，通到上面一扇庄严肃穆地紧闭着的非常高大的门前，门的镶板上也蒙着猩红色的织物。

我简直没有看清楚这门是用什么魔法开启的——约翰医师设法使门轴转动；门总之是开启了，展现出里边一个大厅堂——宏伟、宽广、高大，其向两边延伸的环形墙壁，以及拱形天花板，在我看来全都像是冷冰冰的黄金（黄金是如此被精美的艺术弄得黯然失色了），衬托着上楣柱、凹槽装饰和花环状装饰，或者像金子被抛光过那样发亮，或者像雪花石膏那样雪白，或者白色和金色错杂在镀金的叶片和洁白无瑕的百合花组成的花圈装饰之中。凡是挂着帷幔的地方，凡是铺着地毯的地方，或者放着靠垫的地方，所用的唯一的颜色都是深重的猩红色。从圆屋顶上吊下来的吊灯闪耀着一大团火光，使我眼花缭乱——我想，那是一大团水晶，有许多小平面在闪闪发光，有许多水珠在流泻出来，有许多星星在灼灼燃烧，而且有着融化了的珠宝的露滴一般、或者闪烁不定的彩虹碎屑那样的斑斓色彩。读者啊，它不过是枝形吊灯而已，然而对我来说，它仿佛是东方魔怪的作品了。我当时的神态几乎是在注意地看着是否会有一只黑暗的、云遮雾绕的大手——那位"神灯的奴隶①"的大手——翱翔在这个圆顶下的流光溢彩的和馥郁芬芳的空气中，护卫它的奇珍异宝。

我们向前挪动——我全然不知道去哪儿——但是在一个拐角处，我们忽然碰见另外几个人从对面走来。有那么一会儿工夫，他们在我眼前闪现。一位是穿着深色丝绒的漂亮的中年妇女；一位可能是她的儿子——我觉得那是我所见过的最英俊的脸蛋儿，最美妙的体形；第三位则穿着粉红色的连衣裙和黑花边的披风。

我注意着他们全体——注意那另外两位，也注意那第三位——在一个瞬间，认为这些人我都不认识，于是对他们的外表接受一种不带偏见的印象。但是，在我有一点儿感觉到并且固定这一印象之前，我忽然意识到自己正面对着占有两根柱子之间的空间的一面巨大的镜子，这一意识便驱散了上述印象。那几个人原来就是我们自己。这是我一生中的第一次、也许是唯一的一次，能享有这种"本领②"，竟然像别人观看我那样观看自己。不必细谈其

---

① 神灯的奴隶，典出《一千零一夜》中《神灯》故事：阿拉丁得到一盏神灯，在灯上一擦，便出现自称为"神灯的奴隶"的魔怪。
② "本领"原文为"giftie"，苏格兰语。这一句源出苏格兰诗人彭斯（1759—1796）《致虱子》中的一句诗："但愿神明赐我们本领／看见自己像别人看见我们！"（袁可嘉译文）

效果如何。它带来了不调和的刺激，后悔的痛苦。这不是一种使我高兴的效果，然而，我毕竟应该感谢：它本来可能更糟糕呢。

我们终于坐了下来，座位居高临下，可以一览无余地眺望那个巨大而又光彩夺目、温暖而又喜气洋洋的大厅堂。那儿已经坐满了，坐满了一群光彩照人的观众。我并没有看出那些女士们个个都很美丽，然而她们的衣着都无懈可击。那些外国人即使在私宅暗室里不那么风度翩翩，却似乎具有在大庭广众之中表现得温文尔雅的技巧。她们在家中披着梳妆披布，头上满是卷发垫纸，每天操持那些家务，不管是多么粗鲁愚钝和闹闹嚷嚷，却总是很好地保存着头部和双臂的滑动、弯曲和某种姿态，以及一种嘴唇和眼睛的表情，留作欢庆盛会之用——总是以盛装浓抹的模样出现，并且及时地戴上"一副首饰"。

有一些美人儿分散在各处，她们是有特殊风格的美的典型，那种风格我想在英国是绝对见不到的：一种结实的、形状坚固的、雕塑一般的风格。这些形态都没有棱角，是一种几乎像是容易弯曲的大理石女像柱①一般；是一尊某类恬静和端庄的不能更完美的菲迪亚斯②的女神像。她们的容貌就像荷兰画家们画的那些圣母马利亚的容貌：那是低地国③的古典的容貌，匀称，但是圆润；端正，但是呆板。至于她们那种毫无表情的娴静和毫无热情的安详的奥妙，便只有北极的白雪茫茫的大地能够提供一种范本。属于这一等级的女人们是不需要装饰品的，她们也很少佩戴。那光滑的头发紧紧地编成辫子，与更为光滑的面颊和前额作出充分的对照。衣裳则越简朴越好。浑圆的手臂和完美无缺的脖子既不必

---

① 女像柱，一种既是支柱，又是女性雕像艺术品的建筑支撑物。最早于公元前550年至前530年出现于希腊特尔斐的建筑中。
② 菲迪亚斯（Phidias），古希腊雅典雕刻家，活动时期约在公元前490年至前430年。著名的巴底农神庙建筑工程艺术指导，塑造了庙中最重要的神像。历史上雅典卫城的三座雅典娜雕像也是他的作品。
③ 低地国，此处指荷兰。荷兰国土大部分为平原，百分之二十四的面积低于海平面，三分之一的面积高出海平面只有一米。此外，比利时和卢森堡也是低地国。

戴上手镯,也不必挂上项链。

我曾经荣幸而惊喜地跟这些美人儿当中的一位极为熟悉。她表现出来的那种一往情深的爱情的惯性力量是很奇妙的。只有她那突出的对于任何其他活生生的人都漠不关心的样子,才超过她这种表现。她的冷冰冰的静脉不能让血液流通;平静的淋巴充满了、并且几乎阻塞了她的动脉。①

如我所述的这样一位朱诺②正坐在那儿,我们看得清清楚楚——那是一种众所瞩目的对象,她对此也很了然于心,但是对于那样地盯着瞧或者瞧一眼的磁性影响力却又能毫无感应,无动于衷。她冷漠、丰满、金发碧眼白皮肤,美丽动人,就像竖立在她身边的柱头镀金的白色圆柱那样。

我看出约翰医师的注意力大部分被吸引到她那边,便压低着嗓音请求他说:"看在老天的份上,请把他的心好好保护起来吧。你不必爱上那位女士,"我说,"因为我预先跟你说,你会死在她的脚下,而她不会再爱你。"

"很好,"他说,"可是你怎么知道,她那种颇为壮观的冷漠无情的样子,对于我不会是想去致敬的最强烈的刺激呢?我觉得,绝望的痛苦对于我的感情是一种奇妙的刺激剂。不过,"(他耸耸双肩)"这类事情你一无所知,我要自己去跟我母亲讲。妈妈,我现在处境危险了。"

"我对这个才不感兴趣呢!"布列顿太太说。

"啊!我的命好苦啊!"她的儿子回答道。"从来没有谁的母亲比我的母亲更麻木不仁的了。她好像从来也不想到这样的灾难有朝一日会降临到作为儿媳妇的她身上。"

"要是我没有想到的话,决不是因为缺少这样的'灾难'悬在我的头上。过去十年来,你老是以此威胁我。在你还没有怎么脱

---

① 当时西欧人认为过多的淋巴是一个人思想和行动迟缓的部分原因。
② 朱诺,罗马神话中的女神,相等于希腊神话中的赫拉,最高天神朱庇特(相等于希腊神话中的宙斯)的第七个妻子,是妇女的保护神,生性善妒。

去茄克衫之前,你就嚷嚷开了:'妈妈,我马上就要结婚了!'"

"不过,母亲,不久的将来这就会成为现实了。在你正在认为自己再安全也没有的时候,突然之间,我就会像雅各或者以扫①,或者任何别的族长那样出发,去讨个老婆来,也许讨个农家的女儿来。②"

"你自己承担风险,约翰·格雷厄姆!就是这么回事。"

"我的这位母亲决心要我做一个老单身汉了。这是一位多么善妒的老妇人哪!可是这会儿你就看看那位光芒四射的人儿吧,她穿着一身淡蓝色的缎子连衣裙,头发的褐色更是很淡,闪着'缎子般的反光',跟她的罩袍一样。妈妈,假如有一天我把那位女神带回家来,把她介绍给你,说这位是小布列顿太太,难道你会不感到自豪吗?"

"你不得把一个女神带到台地别墅来,那个小别墅不能容纳两位主妇,特别是如果那第二位在身高、体型和腰围方面像是一个用木头、石蜡、小山羊皮和绸缎做成的巨大的洋娃娃的话。"

"妈妈,她坐在你那张蓝色的椅子上将会多么讨人喜欢!"

"坐在我的椅子上吗?我反对这个外国篡位者!她应该坐的是糟糕的椅子。不过,别做声了,约翰·格雷厄姆!管住你的舌头,睁大你的眼睛吧。"

在上述小冲突进行当中,我刚才在入口处觉得似乎已经客满的大厅堂,继续让一批又一批的人进来,直到舞台前面的半圆形剧场里出现密密麻麻的人头,从地板斜着排到天花板。舞台上,或者不如说那个比任何舞台都大的宽广的临时平台上,半小时以

---

① 雅各,以扫,《圣经》中的人物。他们是孪生兄弟,一个抓住另一个的脚跟先后出世。以扫是兄,雅各是弟。及长,雅各骗得父亲的宠爱,受到祝福,以扫欲杀之。父亲乃命雅各远赴他乡舅父家娶妻。雅各娶两个表妹为妻,又两个使女为妾,生了众多子女。见《圣经·旧约全书·创世记》第25章至第30章。

② 语出《圣经·旧约全书·创世记》第27章第46节:"利百加对以撒说,我因这赫人的女子,连性命都厌烦了。倘若雅各也娶赫人的女子为妻,像这些一样,我活着还有什么益处呢。"

来都空空的，现在也生气勃勃。一大群音乐学院的学生，穿着洁白的衣裳，已经寂静无哗地鱼贯而入，围绕着两架差不多放在舞台中央的平台式钢琴。正当格雷厄姆和他的母亲忙于讨论那位蓝缎衣美女的时候，我已经注意到她们在舞台上集合，并且饶有兴味地瞧着她们排列和整顿的过程。有两位绅士在统率着这支娘子军。这两位我都认识。第一位外表是艺术家的样子，留着胡子，蓄着长发，他是维莱特的著名钢琴家，也是第一流的音乐教师，每星期两次来贝克夫人的寄宿学校，教几个学生，这几个学生的家长很富有，能够让女儿得到跟他学习的享受。他的名字是约瑟夫·伊曼纽埃尔先生，乃是保罗先生的异母兄弟，保罗先生的强有力的个性这时可以看见正体现在那第二位绅士身上。

保罗先生使我觉得有趣。瞧着他，我不免暗暗好笑。他完全一副得其所哉的样子——令人注目地站在大庭广众之前，安排着、管束着、威慑着大约一百名姑娘。而且他又是那么一丝不苟——那么精力充沛，那么全神贯注，尤其是那么专断独行。可是，他到那儿去干什么呢？他跟音乐或者音乐学院有什么相干呢？他是简直分辨不清这个音符、那个音符的。我心里明白他到那儿去，是因为爱表现，爱权力——这种爱不叫人讨厌，仅仅因为那是如此天真无邪。不久，情形就变得很明显，他的弟弟约瑟夫先生和那些姑娘一样处在他的控制之下了。从未见过如同保罗先生这样一位像一只小鹰的人！不一会儿，几位著名的歌唱家和音乐家出现在平台上。由于这些明星的升起，那位彗星般的教授便落下去了。所有臭名远扬或者大名鼎鼎的人物对他来说都是难以容忍的，在他不能胜人一筹的地方，他就溜掉了。

现在一切准备就绪了，但是大厅堂里的一个包厢还在等待来客——这间包厢就像豪华的楼梯和门一样，也是用猩红色铺起来的，还设置了塞满填料、放上软垫的长凳，搁在两张王室座椅的两边，那两张座椅威严地放在一个华盖之下。

信号发出了，门打开了，观众全体起立，管弦乐队鼓乐齐鸣,在合唱队高唱欢迎曲声中,迈入了国王、王后,以及拉巴色库尔宫廷随从一行。

直到那时以前,我还从来没有亲眼见过活灵活现的国王或者王后。因此可以想象我是如何尽量使用我的眼力来一睹这些欧洲王室的标本。无论是谁,凡是第一次看见陛下,都一直会经验到一种模糊的近乎失望的惊奇之感,觉得眼前的这个人并不会永久地坐在王位上,头戴王冠,手上拿着一根权杖。我望眼欲穿,想看看一位国王和王后,不料看到的却只不过是一位中年士兵和一位相当年轻的女士而已,我不免产生半是受骗、半是兴味盎然之感。

我此刻还能清楚地回想起那位国王——五十岁的人[①],背有一点佝偻,头发有一点灰白。在全体观众之中,没有一张脸像他的脸。关于他的性格或习惯,我从来没有读到过、也从来没有听人谈起过一点。开头,在他的额角上、眼角周围、嘴角旁边,那些仿佛用铁的小剑刻出来的象形文字般深深的纹路,使人本能地感到迷惑不解。不过,不久之后,如果说我还是不了解,我至少是感觉到那些不是用手写出来的文字了。坐在那儿的原来是一位默默无言的受难者——一位神经紧张、意气消沉的人。那双眼睛曾经看到过某一个鬼魂的造访——曾经长久等待那个最不可思议的幽灵"疑病症"的忽隐忽现。也许他这时就看见那个幽灵出现在舞台上,面对着他,待在那一大群花团锦簇的人们中间。"疑病症"具有那种习惯,它在千万人中间产生——像"噩运"那样黑暗,像"疾病"那样苍白,又几乎像"死亡"那样强烈。它的伙伴兼受害者在一时间觉得快乐逍遥——"并不是那样,"它却说,"我来了。"它便把他心里的血冻结起来,把他眼睛里的光遮暗。

有些人可能会说,国王的额角上有那些特别的、痛苦的皱

[①] 作者夏洛蒂于1843年12月在布鲁塞尔参加过音乐会,当时比利时国王利奥波德一世(1790—1865)52岁。

纹，是因为那顶外国王冠沉沉下压所致。还有些人可能会说，那是他早年丧失亲人的结果。①更有可能是两种原因都有，而这两种原因所造成的后果又被人性的最阴暗的仇敌——生来固有的忧郁症所加重。他的妻子即那位王后对此了然于心；在我看来，她的丈夫的痛苦以一种减弱了的暗影的形式反映在她自己的仁慈的脸上。那位公主看来则是一位温和的、善于体谅人的、文雅端庄的女人；不算漂亮，一点也不像在一两页之前描写的那位具有严肃的魅力和大理石般感情的女人。她的身段还算是苗条的；她的面貌虽然是够引人注目的，但是却太使人想到占统治地位的朝代和王室家系，而不能给人以绝对的愉快。蒙在那张侧面像上的表情，在此时此刻是可人的；然而你却不可避免地把它跟记忆中的模拟像联系起来，相似的线条出现在卑贱状态的那些模拟像上；或柔软，或肉感，或狡猾，皆视情况而定。不过，这位王后的眼睛却有其自己的特色；怜悯、善良、温柔的同情心更使那双眼睛闪着最神圣的光辉。她的举止不是君王气派的，而是一位贵妇人的——和蔼、慈爱、雍容华贵。她的小儿子拉巴色库尔王子，这位年幼的丁都诺②公爵，陪伴着她，倚靠在母亲的膝盖上。那天的整个晚上，我都看见她在时时观察她身边的那位君主，觉察到他愁云缭绕，心不在焉，总是想把他的注意力引到儿子身上，使他摆脱忧烦，振作精神。她常常低下头来倾听那个孩子说的话，然后带着微笑对陛下重复说一遍。那位闷闷不乐的国王猛然一惊，侧耳倾听，盈盈含笑，但是他的善良的天使一停止言语，他便毫厘不爽地故态复萌。此情此景真是使人伤心欲绝，耐人寻味不已！这一点，并不因为拉巴色库尔的贵族阶层和正派的中产阶级双方都似乎完全没有见到而程度减轻。全场的人之中，我不能发现有

---

① 当时的比利时国王利奥波德一世的第一个妻子是英国女王储夏洛特，他们结婚不到一年，夏洛特便于1817年死于生育。1832年，国王又与一位法国公主结婚。
② 丁都诺，原文为Dindonneau，"小火鸡"之意。现实中的比利时国王的长子是勃拉班公爵（1835—1909），于1865年继承王位，成为利奥波德二世。

哪一位是被触动了,或者感动了。

跟随国王和王后进来的是他们的宫廷人员,包括二三名外国使节;跟随他们进来的则是当时住在维莱特的外国知名人士。这些人待在猩红色的长凳那儿,女士们都坐下,大多数男的都站着,他们那一排黑貂皮的行列,形成了背景,看来仿佛一种深色的衬托物,衬托陈列在前面的那一片花团锦簇。这一片花团锦簇也并不是没有千变万化的光彩、暗影和层次。中距离处满是身穿丝绒和缎子衣服、佩戴羽毛和宝石的名门命妇。前景中,王后右首的长凳看来清一色招待了年轻小姐——维莱特的贵族阶层之花——或者,我不如说是蓓蕾。这里没有珠宝,没有头饰,没有丝绒的软毛,或者丝绸的光泽;统治这处女地带的是贞洁、单纯和飘飘欲仙的优美。年轻的脑袋上都简单地扎着辫子,有着美丽的身段——我本来打算写"气精①"般的身段,不过这会是相当不真实的;这一群"小姐们"之中的几位,不过十六七岁的样子,对于自己外形结实粗壮得像个胖墩墩的二十五岁的英国妇女而洋洋得意——那些美丽的身段都外裹着白色、淡玫瑰红或雅静的蓝色衣裙,使人想到天堂和天使们。在这些"白皙而红润的"人类样品之中,我至少认识两位。那是贝克夫人的一对过去的学生——玛苔尔德和安琪丽克小姐。这两位学生最后一年在学校里的时候,应该在第一班级,可是她们的脑袋瓜子却从来也没有使她们超越过第二班。我曾经亲自教她们英语课,让她们合乎情理地翻译一页《威克菲尔德的牧师》②都是一件难事。在三个月期间内,我还跟她们当中的一位面对面就餐,她在"第二餐"③时习以为常地一扫而光的家常面包、黄油和火煨水果的分量真是个世界奇迹——

---

① "气精",一种据说生存在空气里的没有灵魂、但有生死的精灵。此说为15至16世纪德国著名医师帕拉切尔苏斯(1493—1541)所倡。此字又转义为"身材苗条的妇女"。
② 《威克菲尔德的牧师》,英国作家哥尔德斯密斯(1730—1774)的一本出版于1766年的著名小说。常作为外国人学习英语的教材。
③ "第二餐"原文为"second déjeuner",指午餐。

超过这一奇迹的只有她竟然还把吃不下的几片食物装入口袋里这件事。这是实情,而且是有益于身体健康的实情哪。

这些撒拉弗①之中我还认识另外一位——最美丽的,或者不管怎么说是这一帮人之中最不庄重的、一副虚伪模样的人。她坐在一位英国贵族的女儿旁边,这位姑娘虽然神色傲慢,但看来倒也很善良。她们两人是跟英国使节的随员一起进来的。她(即我认识的那位)体态有一点柔软,完全不像那些外国闺女的身段。她的头发也没有编成紧紧的辫子,却像一只贝壳,或者一顶缎子便帽。它看来像头发,在头上波动着,又长又鬈曲,飘垂荡漾。她滔滔不绝地说个不停,看来完全是那种对自己和其地位心满意足的轻浮的人。我没有对布列顿医师瞧,但是我知道他也看见了姑妮芙拉·樊箫。他已经变得那么沉默了,回答他母亲的问话是那么简短了,他强忍住的叹息是那么频繁了。他为什么要叹息呢?他曾经承认有兴趣在困难的环境下追求爱情,这里完全可以满足这种兴趣啊。他的情人从高出于他的某个天地朝他微笑;他无法走近她;他不能肯定自己能够赢得她美目一盼。我注意观察,看她是否会对他有所表示。我们的座位离猩红色的长凳不远,像樊箫小姐的眼睛那么尖,又波流光转的,我们必定是不可避免地被她从那里瞧见。果然很快她那双明眸就瞧着我们;至少是瞧着布列顿医师和她的母亲。我不愿意被人立刻认出来,一直待在比较阴暗的、别人看不见的地方。她直直地盯着约翰医师看,然后举起望远镜打量他的母亲。一两分钟以后,她笑着跟她旁边的人咬耳朵。正当演出开始,她的分散的注意力便被吸引到平台上去了。

至于音乐演奏我就不必详述了。读者不会想知道我关于那档子事的印象如何的,而且,也的确不值得记下来,因为那些不过是一种愚昧无知的印象而已。音乐学院的姑娘们由于非常怯场;在两架平台式钢琴上作了很是哆哆嗦嗦的表演。在她们弹琴的时

---

① 撒拉弗,六翼天使,见第186页注②。

候，约瑟夫·伊曼纽埃尔站在她们旁边，可是他不具有他的亲戚那样的机敏或影响力。他那位亲戚在类似的情况之下，一定会强迫他的学生以英雄主义的和沉着冷静的神态来行事的。保罗先生会把这些歇斯底里的初出茅庐者置于两把火之间——惧怕观众和惧怕他本人之间——并且会使她们惧怕他本人变得比惧怕观众厉害得无可比拟，以此来激发她们背水一战的勇气。约瑟夫先生就办不到这一点。

在身穿白色麦斯林纱裙的两位女钢琴家之后上来的，是一位风度优雅、完全成熟、神情严肃的穿白缎衣裳的女士。她表演唱歌，歌声恰像一位魔术师的戏法那样影响我。我不明白她怎么会做到这一点——她怎么能使她的声音高上去，低下来，并且如此美妙地欢蹦弹跳。不过一个粗鲁的街头音乐家演奏的一曲纯朴无华的苏格兰音乐，常常更为深刻地感动我。

然后是一位绅士走出来，他朝着国王和王后的方向深深鞠躬，并且频频把他戴白手套的手按在心脏部位，对着某一位"负心的伊莎贝尔"喷发出一阵痛苦的呼唤。我觉得他似乎特别要祈求王后的同情心，可是，除非我大错特错，否则王后陛下如此注意聆听与其说带着浓厚的兴趣，倒不如说实在是出于冷静的礼貌。这位绅士的心态非常悲惨可怜，他终于结束他那同样悲惨可怜的音乐展览的时候，我感到高兴。

一些激动人心的合唱我认为是这次晚会中最精彩的节目。到场的有从所有省份里最好的合唱社团来的代表。他们是真正的圆桶体形的土生土长的拉巴色库尔人。这些杰出的人物唱起来毫不装腔作势，他们的精神饱满的努力至少具有这一良好的结果——耳朵因此领略到一种令人满意的力量。

贯穿整个演出过程——胆小羞怯的器乐二重奏、华而不实的声乐独唱、洪亮的合唱——我的注意力只把一只眼睛和一只耳朵给予舞台，另外一只眼睛和一只耳朵则经久不变地保留着为布列顿医师服务。我忘不了他，也止不住地问他觉得怎样，想些什么,是兴味盎然呢,还是相反。他终于开口了。

"这一切你觉得怎样,露西?你非常沉默啊,"他用他那种愉快的声调说。

"我沉默,"我说,"是因为我非常、非常感到兴趣。不仅是对这音乐,而且是对周围的每一件事物都感到兴趣。"

于是他继续往下讲一些话,说得那么冷静沉着、泰然自若,使我开始认为他真的没有看见我所看见的人,因此我低声说:

"樊箫小姐在场,你注意到了吗?"

"哦,看到了!我发现你也注意她。"

"她是跟肖尔蒙德莱太太一起来的,你说是吗?"

"肖尔蒙德莱太太跟一大帮人在那儿。不错,姞妮芙拉是在她的随从人员里边,而肖尔蒙德莱太太又是在某某夫人的随从人员里边,而这位夫人又是王后的随从人员。假如这不是结构紧密的欧洲小小朝廷之一——这些朝廷的繁文缛节并不比随便的言行一本正经些,其节庆般的豪华壮观只不过是有如星期日的装扮的家庭常事——那么,就会令人觉得简直太好了。"

"我想,姞妮芙拉看见你了吧?"

"我也这样想。你把目光收回去以后,我曾经对她看了几次。我还荣幸地目睹你所没有注意到的小小的场面。"

我没有问那是什么,等待他自愿交代,他接着就说了。

"樊箫小姐,"他说,"跟她一位朋友在一起——一位名门闺秀。我碰巧曾经见过莎若小姐,她的贵族母亲叫我去看过病。她是一位骄傲的姑娘,不过一点也不蛮横无理,我怀疑姞妮芙拉想通过嘲弄她的相距不远的人们来获得莎若小姐的尊敬是不会有效果的。"

"什么相距不远的人们?"

"只不过是指我自己和我的母亲。对我来说,这完全是非常自然的。我想,我这个年轻的中产阶级医师是最好的猎物;然而我的母亲可不是这样啊!我以前从来没有看见她被人嘲笑过。君知否，那撅起的嘴巴，那如此对着我们瞧的具有讥讽意味地平举着的望远镜，引起我一种最奇怪的感觉。"

"别把它放在心上，约翰医师，那不值得。如果姞妮芙拉正像她今天夜里突出地表现出来的那样情绪浮躁轻率，那么她也会毫不犹豫地嘲笑那位娴静的、沉思的王后，或者那位郁郁寡欢的国王。她并不是受到坏心肠的驱使，而是由于纯粹无心的放荡使然。对一个头脑轻率的女学生来说，没有什么东西是不可侵犯的。"

"可是你忘了，我还未曾习惯于把樊箫小姐看作一个头脑轻率的女学生。她难道不是我的神灵——我的生活道路上的天使吗？"

"呒！你可弄错了。"

"说老实话，不带任何虚假的夸张，或者装出来的浪漫，在六个月以前，的确有那么一个时候，我把她视若神明。你可还记得我们之间关于那些礼物的谈话？当时讨论那个题目，我对你没有完全开诚布公，你谈此话题时的热情使我感到有趣。为了使你的光芒得到充分的发挥，我当时允许你认为我比我实际上更不了解情况。是那些礼物的考验首次证明姞妮芙拉是个凡人。不过她的美貌仍然保有着迷人的魅力，三天——三小时以前，我还完全是她的奴隶。今天夜晚她昂首挺胸、美丽动人地走过我身旁的时候，我的感情对她表示了臣服之意；要不是那一场不幸的鄙视，我一定至今还是她的仆人之中最谦恭的一个。她也许嘲弄了我，同时，她虽则损伤了我，却还不会马上疏远我；她通过我的母亲在一分钟之内所做到的事情，通过我本人，她用十年时间也做不到。"

他沉默了一会儿。我过去从来没有看见约翰医师那双蓝色的眼睛里像现在这样闪射出如此多的火光，如此少的阳光。

"露西，"他重新开始说，"好好儿看看我的母亲，不要怕也不要捧地说，在你看来，她现在是什么模样的人。"

"就像她从来都是的那样——一位中产阶级的英国有身份的女士。嗯，虽然在穿着上庄重严肃，但是习惯于不受装模作样的支配，本质上从容不迫，兴致勃勃。"

"我也是这样看待她——上帝保佑她！快活的人会跟妈妈一齐欢笑，只有愚钝的人才对她嘲笑。她决不该被人嘲笑，至少是我决不同意；而嘲笑她，也决不会不受到我的——我的藐视——我的憎恶——我的……"

他不再说下去；而这正是时候——因为他越来越激动，激动得似乎有点儿过分。我那时并不知道他已经亲眼看见对樊箫小姐不满的双重原因。他脸上涨得通红，鼻孔张大，鄙视的心情使他秀丽的下嘴唇作出显眼的弧线形，这些表示他正处在一种引人注目的新状态之中。然而生来是温和沉静的人的这种罕见的激动，可不是一种令人愉快的景况，而且我也不喜欢看见通过他年轻健壮的身躯的那种带报复性的战栗。

"我叫你害怕吗，露西？"他问。

"我不明白你为什么气得这么厉害。"

"原因在这里，"他在我耳边咕哝着说。"姞妮芙拉既不是一个纯洁的天使，也不是一个心灵纯洁的女人。"

"胡说八道！你过分夸张了。她不是个工于心计的坏人。"

"对我来说已经够受的了。我能看见你所视而不见的地方。现在不谈这个题目了。让我来和妈妈开玩笑以自得其乐吧。我敢说她正在精神不振。妈妈，请你自己打起精神来。"

"约翰，要是你不表现得好一点，我肯定要把你赶出去。你跟露西能安静下来，让我听唱歌吗？"

这时她们正在高声合唱，如雷贯耳，刚才所有的对话都是在这合唱声响掩护之下进行的。

"你竟然听着演唱，妈妈！好吧，我要用我这副真饰钮①来和你的假胸针打赌——"

"我的假胸针吗，格雷厄姆？好不恭敬的孩子！你明白这是昂贵的宝石。"

---

① 饰钮，过去西装衬衫的袖口等处用的一种装饰纽扣，贵重者用金子做成。

"哦！这可是你的迷信之一。你过去在这桩交易中受骗上当了。"

"我受骗上当的事情可比你想象的要少。约翰，你怎么有机会认识宫廷里的年轻闺秀的？我刚才注意到有两个人在过去半小时之内对你的兴趣可不小。"

"我但愿你没有注意她们。"

"为什么不注意？难道因为其中一个带讽刺意味地对准我举起望远镜吗？她是一位漂亮的傻乎乎的姑娘。不过你可理解，她的吃吃傻笑会使我这个老妇人感到狼狈吗？"

"敏感而又可敬的老妇人啊！母亲，对于我来说，你比十个老婆都好。"

"不要那么感情冲动，约翰，不然我要晕倒了，那你就得把我抬出去。要是这个包袱真的加在你身上，你就会完全改变你最后一句话，叫喊说：'母亲，对于我来说，十个老婆都不大会比你更糟糕！'"

音乐会结束了，接下来是"为了穷人的利益"的抽奖。两场的间隙时间，是一次遍及全场的解放，以及尽想象所能的最令人愉快的骚乱和动荡。那一群白衣裙已经从平台上消失了，代之而拥挤在平台上的是一大帮忙忙碌碌的先生们，安排抽彩的事。这些人中间重又出现了——最忙碌的一位——某个人们熟知的身影，个儿不高，但是活力满身，生气勃勃，精力和行动抵得上三个高大的男人。保罗先生是如何在工作的啊！他是如何发出指示，同时自己也拼命推动促进啊！有六个助手听从他的指挥在搬动大钢琴等等东西。没关系，他一定会把自己的力气添加给他们。他的机敏灵活的过剩能量，一半使人着恼，一半使人好笑。我心里则对这种忙乱劲儿的大部分并不赞赏，在暗自嘲笑。不过，在成见和感到烦扰当中，我眼睛里瞧着，却又不可避免地在他所做所说的一切里面，察觉到某种并不令人讨厌的天真质朴。我也不能对他的面相上某种虎虎有生气的特征视而不见。在那一大片比较温顺的脸对比之下，他的面相此刻显得令人注目。他那双眼睛里有着深沉的、专心致志的激情；他的苍白的宽阔而又饱满的前额表明能力——他那张再柔韧不过的嘴表明灵活。他缺少力量的沉着冷静，然而他大大地发挥力量所产生的动作和火一般的热情。

在此期间，整个厅堂里是一片骚动，大部分人都为了调剂一下，从座位上起身，并且就站在那儿。有些人则走来走去，大家都在说呀笑的。那边猩红色的包厢里出现一种特别活跃的景象。一长排云集的绅士，分散成东一堆，西一块，跟命妇闺秀们的彩虹线混合在一起。两三位长官模样的人走到国王面前谈些什么。王后离开椅子，沿着一排年轻的女士们轻步走过去，她经过的时候，少女们全体起立。作为回礼，我看见王后对每一位都赐与某种亲善的表示——一句谦和的话、一个青睐，或者一个微笑。对那两位漂亮的英国女郎莎若小姐和姞妮芙拉·樊箫，她说了好几句话。她离开以后，两位小姐，特别是后者，看来激动不已，喜不自胜。过后，几位女士凑上去跟她们搭话，又有一小圈绅士们聚拢在她们周围。其中——最靠近姞妮芙拉的——站着那位德·阿麦尔伯爵。

"这间屋子又闷又热，"布列顿医师说，忽然不耐烦地站起身来。"露西——母亲——你们可愿意来呼吸一下新鲜空气？"

"露西，跟他去，"布列顿太太说。"我宁可坐在这儿。"

我也情愿坐在自己的座位上，然而格雷厄姆的愿望必须优先于我自己的愿望，便陪他去了。

我们发现那天夜里寒风凛冽，或者至少我个人这样感觉，他似乎并无同感。不过周围十分静谧，星星密布的夜空万里无云。我裹着一条毛皮围巾。我们在铺石路上走了几个来回；在一盏灯下经过的时候，格雷厄姆的目光偶然和我的相遇。

"露西，你好像有心事；是为了我的缘故吗？"

"我只是在忧虑你被伤了心。"

"完全没有。所以还是高兴起来吧——像我一样。露西，不管我什么时候死掉，我认为自己决不会死于心中创伤。我也许会被刺痛，我也许会有一个时候看来委靡不振，可是迄今为止，还没有情感上的痛苦或者疾病曾经侵害过我的全身。你不是一直看见我在家里快快活活的吗？"

"通常如此。"

"她嘲笑了我的母亲，我感到高兴。用一打美人儿换这位老夫人我都不肯。那种鄙视给了我天下最大的好处。谢谢你了，樊箫小姐啊！"他举起帽子，露出波浪形的鬈发，做了一个开玩笑性质的致敬的动作。

"不错，"他说。"我感谢她。她已经使我感觉到我的内心的十分之九都一直极为健康，十分之一则仅仅由于刺伤而出血，这种针扎转瞬之间就会痊愈的。"

"你正在怒火冲天，愤愤不平。明天你就会有不同的想法和感觉的。"

"我怒火冲天，愤愤不平吗！那你就不了解我了。正好相反，我的火气已经没了，现在就像这个夜晚一样清凉——说起来，这个夜晚对你也许太清凉了。我们回去吧。"

"约翰医师，这个变化很突然。"

"不是这样。或者如果是这样的话，那么对此是有很好的理由的——有两个很好的理由，我已经告诉过你一个。不过现在让我们再进去吧。"

我们要回到原来的位子上却不容易。抽彩已经开始了，全场都兴奋激动，乱成一团。人群阻塞了那样一种我们不得不经过的"走廊"，因此必须稍停片刻。我偶尔朝四面一望——我的确有些觉得听见有人唤我的名字——我看见不远处那位无处不在的、那位让人无法逃避的保罗先生。他正在严肃地凝视着我。凝视着我，或者不如说凝视着我的粉红色的连衣裙——他的眼睛里闪射着对这件衣裳的冷嘲热讽的评论的神色。说起来，这是他的习惯，老是爱对贝克夫人学校里不论是女教师还是女学生的衣着严厉批评——这种习惯至少使女教师们认为是无礼的冒犯，不过我至今还没有感受到这一苦恼——我平日的装束颜色深暗，从不适合于成为引人注意的东西。今天夜里我可不想招来任何新的侵犯，因此与其承受他的取笑，倒不如当作没有看见他为好，我便一直把脸转向约翰医师的上衣袖子看着，觉得在这个黑色的衣袖上找到一片景色，比那位黝黑的矮小教授的不可爱的面貌所给予人的更为温馨愉快，欣慰安适，更为和煦宜人，亲切友好。约翰医师低下头来看着我，用温和的声音对我说话，仿佛在不知不觉中批准了我的这种选择。

"行，紧靠在我的身边吧，露西。这些挤挤碰碰的市民们对谁都是这样。"

可是，我却不能忠实于自己。我屈从于某种催眠术一般的、或者某种别的影响力——某种讨厌的、恼人的、但是很有效力的影响力——便又转过头来看看保罗先生是否已经走了。没有，他还是站在原来的地方，看来不动声色，但是眼色变了。他已经看透了我的想法，明白我希望避开他。他那嘲笑的、但是并非不高兴的凝视，转变成了一种颦眉蹙额，而我抱着和解的意图鞠了一躬的时候，我得到的回报只不过是最僵硬、最粗暴的几下点头礼。

"你刚才把谁惹恼了，露西？"布列顿医师微笑着悄声说。"你的那位一脸野蛮相的朋友是谁？"

"是贝克夫人的学校里的一位教授，一位脾气非常不好的矮个子男人。"

"他刚才看来发了很大的脾气，你什么地方得罪他了？这一切是怎么回事啊？啊，露西，露西！告诉我这是什么道理吧。"

"没有什么秘密，我向你保证。伊曼纽埃尔先生是非常苛求的，因为我瞧着你的上衣袖子，而没有对他屈一屈膝和稍蹲一蹲，[1]

---

[1] 语出拜伦长诗《别波》第 65 段："她对有些人屈一屈膝，对有些人稍蹲一蹲。"

他认为我没有对他表示敬意。"

"那位矮个子——"约翰医师开始说。我不知道他还会说些什么，因为就在这时候，我几乎被人推得跌倒在人群的脚下了。保罗先生鲁莽地推挤着走过去，用胳臂肘儿开路，如此丝毫不顾四周人群的便利和安全，结果便造成了这一非常不舒适的推挤。

"我想他就是那种他自己会叫做'讨厌'的人，"布列顿医师说。我也是这样想。

我们沿着过道慢慢地、艰难地挤过去，终于回到原来的座位上。有奖抽彩的抽签活动持续了差不多一个小时，这是一个热热闹闹的有趣的场面。由于我们每个人都持有彩票，轮盘每转一次，我们便随之分享着时而希望有得，时而害怕有失的情绪。有两位五六岁的小姑娘抽取号码，平台上便及时公布中奖号码。得奖机会很多，虽然奖品价值很小。结果是约翰医师和我每人各得一件。我的是一个雪茄烟盒，他的是一个妇女用的头饰——一顶飘逸至极的蓝色和银白色相间的头巾式女帽，在一边有一根羽毛飘饰，像一朵雪白的云。他迫不及待地要来个交换，可是他却无法使我服从他的道理，因此直到今天我还保留着我这个雪茄烟盒，瞧着它的时候，可以使我想起过去的时光，以及一个快乐的夜晚。

至于约翰医师呢，他用两根手指头捏着他那顶头巾式女帽，伸直手臂瞧着，脸上一副又崇敬又窘迫的表情，引人真要笑出声来。他仔细打量过以后，打算安安静静地把这件精致的织物放在他的两只脚之间的地上。他似乎一点主意也没有，不知道如何妥善处理或收藏这件东西，假如他的母亲没有来营救的话，我想他最后会把它夹在夹肢窝下压扁，像一顶夜礼帽[①]似的。他的母亲把它重新放在那个硬纸盒里，它就是从那里面取出来的。

格雷厄姆在整个夜晚都是兴高采烈的，他那副高兴劲儿看来

---

① 夜礼帽，一种可折扁的黑绸男用高礼帽。

是自然的,而不是勉强的。他的举动,他的样子,都难以描摹,其中总有些特别之处,同时就其本身特点来说,还是古怪的。我从那儿看到的不是一般的感情控制,那充沛的深刻而健康的力量,没有费一点大力气,便压倒了"失望",并且拔去了它的利齿。他这时的态度使我想起我曾经注意到的他的品质,那是他在下城区里,在穷人、罪犯和受苦的人之间行医出诊的时候,他的样子既坚决果断,又坚持不懈,而且心地温和。有谁能够不喜欢他呢?他没有暴露出弱点来,这种弱点会使你寝食不安,老是想到它很不可靠,多么需要支撑。他没有爆发出急躁脾气来,这种脾气会惊扰宁静,熄灭欢乐。他的嘴唇里没有漏出过锋利刺骨的刻薄话。他的眼睛里没有射出过闷闷不乐的箭,这些箭是冰冷的、生锈的、有毒的,飞来刺穿你的心脏。在他身旁的是憩息和隐蔽——在他周围的是抚育万物的阳光。

然而,他既没有原谅,也没有忘记樊箫小姐。我怀疑,假如布列顿医师一旦发怒了,会不会马上和解下来——一旦与人疏远了,是否还会回心转意。他不止一次地对她看着,并不是偷瞧,或谦卑地瞧,而是大胆而又公开地观察。德·阿麦尔现在是她旁边的一件固定附着物了。肖尔蒙德莱太太坐在近旁,他俩和她都全神贯注在交谈、欢快和激动之中,这样一来,这些猩红色的座位上就像这个大厅堂里的任何平民坐区一样闹哄哄的了。在某种显然很热烈的讨论过程中,姞妮芙拉又一两次举起手臂来,只见一副漂亮的手镯在手臂上闪光。我看见那东西的闪光在约翰医师的眼睛里闪烁着——把其中那种嘲弄的和忿怒的火花扇旺了。他笑出声来。

"我想,"他说,"我要把这顶头巾式女帽供奉在我惯于去供奉祭品的圣坛上了。在那儿,不管怎样它必定会得到垂青的。可没有哪一位女店员具有更为容易接纳祭品的本能了。多么奇怪啊!因为,说到底,我知道她还是位名门闺秀呢。"

"不过,约翰医师,你不了解她所受的教育,"我说。"她长到这么大,一直都在从这所外国学校转到那所外国学校,颠来倒去的,她有理由以缺乏教育的托词来减轻她的大部分过错。此外,听她所说,我相信她的父母所受的教育差不多跟她所受的教育一样。"

"我一直知道她没有财产继承,我过去想到这点还曾经觉得欣慰。"

"她对我说,"我回答,"他们家里很穷。对于这类问题,她谈起来一直很坦率。你从来不会发现她说谎,而这些外国人常常说谎。她的父母生了很多子女。他们处于如此的地位,又有着如此的社会关系,照他们看来,是需要夸耀自己的。环境造成的迫切要求与素质上生来固有的轻率粗心结合起来,便产生了为获得能维持体面外表的资财的那种鲁莽轻率、肆无忌惮的作风。这就是事情的真相,也是她从童年时代起所一直看到的唯一的事情的真相。"

"我相信这一点——我曾经想把她铸造成更好一些的人。可是,露西,实实在在地说,今天夜里我看见她和德·阿麦尔以后,就已经感到有新的情况。在注意到针对我母亲的无礼行为以前,就感到了这一点。我看见他们两人进场以后,彼此立即交换了一个眼色,这在我的心灵上投下了最不愉快的闪光。"

"这话怎讲?难道你早就发觉他们维持着这种眉来眼去的关系吗?"

"哎,眉来眼去!那可能是一种天真无邪的女孩子气的诱惑真心的情人的诡计。不过我所指的不是眉来眼去。我指的是一种表示双方有着共同秘密的默契的眼色——既非女孩子气的,也非天真无邪的。没有一个女人,即使她像阿佛洛狄忒[1]一样美丽,她要是能够做出或者接受这样的一瞥,那么我就决不会向她求婚。我宁可跟

---

[1] 阿佛洛狄忒,希腊神话中的女神,即罗马神话中的维纳斯,爱神,以"美貌女神"、"爱情之母"等等著称。但对丈夫不忠,声名狼藉。

一位穿短衬裙、戴高帽子的农妇结婚——如果确信她是贞洁的。"

我忍不住笑了,确实感觉到他此刻是夸大其词了。我敢肯定姞妮芙拉是够贞洁的,不管怎么轻浮。我对他这样说了,他却摇摇头,说他不是能把自己的荣誉信托给她的那种男人。

"这倒是你唯一可以放心地信托给她的东西,"我说。"她可能会肆无忌惮地毁坏丈夫的钱包和财产,鲁莽轻率地考验他的耐心和脾气,但是我不认为她可能会损害,或者让第三者来损害他的荣誉。"

"你倒是变成她的辩护律师了,"他说。"你希望我把断掉的链条再接起来吗?"

"不。我很高兴看到你自由了,并且确信你将会长期保持自由。然而,与此同时,要公正。"

"我正是这样,露西,公正得像剌达曼托斯①一样。我一旦被完全疏远了,就无法不苛刻起来。你看哪!国王和王后站起来了。我喜欢那位王后,她的容貌很美。妈妈也累得不得了啦,要是我们再待一会儿,就怎么也不能把这位老太太送回家去啦。"

"我累了吗,约翰?"布列顿太太大声说,她看起来至少像她的儿子一样精神抖擞,清醒得很。"我就是现在还可以保证能比你坐更长的时间。让我们两人在这里待到明天早晨,到日出时分我们一定能知道究竟是谁露出最无精打采的样子来。"

"我决不愿意进行这一试验,因为说实话,妈妈,你是常绿树里边最不会凋零的常绿树,你是老妇人当中最娇嫩的老妇人。因此,我提出正式请求,让咱们快些休会,那必定是以你的儿子神经太脆弱、体质太虚弱为借口。"

"懒散惯了的年轻人!毫无疑问,你最好躺在床上;我想不能不顺着你了。这儿还有露西呢,她看来也已经筋疲力尽了。露

---

① 剌达曼托斯,希腊神话中宙斯和欧罗巴之子,弥诺斯之兄弟。他因惧怕弥诺斯,逃至俄卡勒亚,成了著名的公正的法官。死后,宙斯使他与埃阿科斯和弥诺斯成为阴间三判官。

西，多难为情啊！我在你那样的年纪，做一个星期的夜游神我的脸色也不会苍白一点儿。走吧，你们两个。你们可以尽情笑话我这个老婆婆，但是就我来说，我却要掌管这个硬纸盒和里面的头巾式女帽。"

她就按照她所说的做了。我提出替她拿着，但是被她以亲切的藐视态度推开，我这位教母认为我照顾自己就已经够费劲的了。于是便不拘礼仪，夹在轻松欢快的"紊乱上加紊乱"①之中，跟在国王和王后的退场之后，布列顿太太走在前面，迅速为我们在人群中间打开一条通道。格雷厄姆跟在后面，发出呼语，称他的母亲是他从未有幸见到过的保管一个硬纸盒的精神最饱满的女工。他还希望我注意他母亲对那顶天蓝色头巾式女帽的喜爱之情，声言他深信她有意在将来某一天戴上那顶帽子。

夜现在已经非常寒冷，非常黑暗了，不过只耽搁了一会儿，我们便找到了那辆马车。我们很快便挤坐在车厢里，就像在壁炉边一样温暖舒适，我觉得坐车回家比坐车出席音乐会是更为愉快的事。的确是愉快的事，即使那位马车夫——我们听音乐的时候，他在一个"卖酒的商人"的店里消磨了一段时间——沿着那条冷僻而又黑暗的 chaussée 为我们赶车，已远远离开了通往台地别墅的拐角。我们只顾说呀笑的，没有留意到这误入歧路的情况，直到布列顿太太终于宣布说，虽然她过去一直觉得那座别墅是个僻远幽静的场所，但是她不认为那是处在世界的尽头，她声称现在似乎情况大不一样，因为她相信，我们在路上已经走了一个半小时，可是到此刻还没有拐过通往那条林荫路的转角。

于是格雷厄姆对车外望着，只看见模模糊糊伸展开去的田野，以及一行行不知名的截去了树梢的树和椴树，那些树沿着一块块田野的隐篱②排列着，要不是有那些树，隐篱就看不见。他开

---

① 引自英国诗人弥尔顿(1608—1674)的长诗《失乐园》第 2 卷第 996 行。
② 隐篱，造在界沟中不阻断视线的篱笆或暗墙。

始推测究竟是怎么一回事,然后叫马车停下来,他下了车,爬上驭者座,亲自手执缰绳驾车。多亏他,我们在延误大约一个半小时以后,总算安全抵达家屋。

玛莎没有忘记我们。令人愉快的炉火在燃烧着,餐室里摆开了清爽可口的宵夜。对这两件事我们很高兴。在我们回到自己的房间里之前,冬日的黎明竟然正在降临。我脱掉粉红色的连衣裙和黑花边的披风,心情比我穿上这些东西的时候所体验到的更为快乐。也许,并不是所有在那场音乐会里打扮得花枝招展的光芒四射的人都能够这样说,因为并不是所有的人都对友谊感到满足——对友谊的宁静舒适和包含有节制的希望而感到心满意足。

第二十一章
反 应

还有三天,过后我就得回到寄宿学校去。我几乎望着时钟计算这些日子的分分秒秒。我多么希望时间过得慢些;可是我守着它的时候,它却滑过去了;我还在害怕它的流逝的时候,光阴已经过去了。

"露西今天不会离开我们,"在吃早点的时候,布列顿太太哄着说。"她知道我们能获得第二次延期。"

"即使我开口就能得到,我也不愿意开这个口,"我说。"我渴望说声再见,回到福色特街去安定下来。今儿早上我就得走,我马上得走。我的箱子已经收拾好,而且捆扎起来了。"

然而我的离开似乎要取决于格雷厄姆。他说过他会陪我去,但是他当天正好要忙一整天,直到傍晚才回家。继之就是一场辩论。布列顿太太和她的儿子都要留我再过一夜。我差不多要哭出来了,因为我很急躁不安,并且迫切要走。我渴望离开他们,就像犯人在断头台上渴望斧头快点落下来一样。也就是说,我要痛苦快点结束。他们不懂我是多么希望这样,而在这些问题上,我的心情他们是没有经历过的。

约翰医师把我从停在贝克夫人门前的自备马车上扶下来的时候,天色已经黑了。安在门上面的灯已经点亮。毛毛雨下了一整天,正像 11 月的雨那样。灯光在潮湿的铺石路上闪耀着。我在不到一年前第一次来到这个门口的时候,也是这样的夜晚,也是这样的情景。我记得当时我意兴阑珊地望着铺路石的各种形状,怀着剧烈跳动的心,站在那儿等待着面前的门打开——那时我是一个孤独的求助的人。也是在那天夜晚,我匆匆一瞥,遇到现在正站在我身边的这个人,我有没有提醒他那次遭遇,或者向他解释呢?没有,也一点不想这样做。这是一个在我自己心里的令人愉快的回忆,最好是保存在那儿。

格雷厄姆摁了门铃。门马上打开了,因为走读生正是在晚上这个时候回家去——所以萝芯妮很警惕。

"别进来,"我对他说;但他还是走进了灯光明亮的门厅,在那儿站了一会儿。我不要他看到我"热泪盈眶"[①],因为他的性格是太仁慈,没有必要让他见到这种痛苦的迹象。他总是要医治——要减轻痛苦——然而,尽管他是医师,他也许没有力量治愈或者缓解这种痛苦。

"别泄气,露西。想想我的母亲和我都是你真正的朋友。我们不会忘记你。"

"我也不会忘记你们,约翰医师。"

我的箱子被拿了进来。我们已经握了手,他已经转身要走了,可是他不满意:他还没有做够或者说够,以满足他的宽宏的气度。

"露西,"——他朝我走过来——"你在这儿会觉得很孤独吗?"

"开头我会。"

"那么,我母亲不久会来看你;在这期间,我告诉你我将做些什么。我将写信——写任何我想起来的令人高兴的无聊的东西——你要我写吗?"

"好得很,侠义心肠!"我心里这样想,但是却摇摇头,笑着说,"决不要这么想,别把这种任务强加在你自己身上。你给我写信吗!——你不会有时间的。"

"哦!我会找出或者挤出时间。再见!"

---

① 原文为:"the water stood in my eyes"(水留在我的眼睛里),是英国16世纪时常见的说法。

他走了。沉重的门砰的一响：斧头落下来了——我体验到痛苦。

我不让自己有时间去想或者感觉——只是吞下泪水，好像那是酒似的——走向贝克夫人的起坐间，去做一次必要的礼节性的问候。她用表露得极为完美的热诚接待我——这种热诚甚至让你觉得是她的感情外露，虽然她的欢迎是短促的。十分钟以后，她把我遣走。我从公共餐厅走到食堂，学生们同教师们都在那儿上晚自习。我又受到一次欢迎，这次我想不是空洞的。这事结束以后，我就轻松地回到集体寝室里去了。

"格雷厄姆真的会写信来吗？"我一面心里自问，一面因为疲倦，而沉沉地坐到床沿上。

理智悄悄地通过那又长又暗的房间的一片朦胧来到我身旁，在我耳边安静地低语着——

"他会来一次信。他的性格是那么仁慈，会促使他作一次努力。但是不可能继续下去——不可能重复。如果把希望建筑在这种诺言上，那就太傻了——要是错认那暂时积蓄雨水的潭，把只含浅浅的一汪水，看作终年四季汨汨流淌的泉水，那就是轻信到疯狂的程度了。"

我低下头来，坐着又默想一个钟头。理智仍然向我低语，把干枯的手放在我肩膀上，用老年的冷得发紫的嘴唇贴在我的耳朵上，冰凉刺骨。

"假若，"理智咕哝着，"假若他竟然写来，那又怎么样呢？你期望在写回信中获得愉快吗？啊，傻瓜！我警告你！回信要简短。别盼望有什么快乐——心里也不会舒服；不会开心的——没有一个官能能够舒畅；甭想有友谊的交流，甭想促进思想感情的交流……"

"可是我和格雷厄姆谈过，你没有责备我，"我辩解着。

"没有，"她说，"我不需要责备你。谈话对你来说是很好的训练。你的会话很不完善。你说话时，总忘不了自卑感——你不能鼓励自己去幻想。你的话语中免不了有痛苦、艰难和贫穷的印记……"

"可是,"我又抢着说,"纵然互相见面是软弱的,互相说话也是卑微的,然而用文字作为表达工具,以便比嗫嚅木讷的嘴唇把事情办得好些,这难道有错吗?"

理智只是回答说:"你抱着这种想法,或者让它的影响激励你写的所有的东西,你自己去承担风险吧!"

"但是如果我有感觉,我绝对不应该表达吗?"

"绝对不!"理智宣告。

在她那使人寒心的疾言厉色下我哀吟着。绝对不——绝对不——哦,严峻的字眼啊!理智这个女巫不让我抬起眼睛,或者微笑,或者希望。除非我被完全压碎、吓坏、屈服和打垮,她不会停止工作。根据她的看法,我生下来只不过为了赚取一片面包,为了等待死亡的痛苦,为了一辈子持续不断地经受失望之苦。理智也许是对的;难怪我们时常乐于反抗她,从她的棍棒下拔脚奔逃,逃脱一个钟点,把它献给"想象"——她的这位温柔和光明的敌人,我们的可爱的帮手,我们的神圣的希望。我们会而且必须不时冲破界限,尽管等待我们的是可怕的报复。理智就像魔鬼那样爱报复:对我来说,她总是像个继母那样恶毒。假定我曾经服从她,那主要是由于害怕,而不是出于爱。要不是为了那位我暗地里发誓对之忠诚的仁慈的上帝,我早就因为她的虐待而死去了:她的吝啬、她的冷漠、她的光溜溜的铺板、她的冷冰冰的床、她的野蛮和不断的打击。理智常常使我在仲冬的半夜里,在雪地上,为了生活而扑向一根狗啃过以后扔下的骨头。她严峻地宣布她的仓库里再也没有更多的东西给我了——她粗暴地拒绝我要求较好的东西的权利……然后我抬起头来,看到天空中一个头像被众星围绕着,在最当中也是最亮的一颗星闪射出同情和关心的光芒。一位比人类的理智更温柔、更好的精灵静静地从天而降,落到这荒凉之地,带来了从永恒的夏天那儿借到的一大团空气；带来了不会凋谢的花的香气，那是会结出生命之果的树木的芬芳；带来了纯净的微风，那是从一个白天不需要太阳去照亮的世界里带来的微风。这位好天使用食物来满足我的饥饿，这种又甜又奇怪的食物由天使们拾起来，在极好的天气的一天凌晨收集她们白如露水的收成①；她温柔地平息了那耗费生命本身的难以忍受的泪水——仁慈地给极度的疲倦以休息——慷慨地给瘫痪的绝望以希望和动力。神圣的、富于同情心的、乐于救助的力量啊！除了上帝以外，我只愿跪在你的洁白的长着翅膀的脚边，你的脚在山上和平原上何等佳美②。人们为太阳建造了庙宇，为月亮修筑了祭坛。哦，更大的荣耀啊！却没有手为你建造什么，也没有嘴尊崇你。然而人们的心啊，都世世代代忠诚地崇拜你。你有个住处，大得没有墙壁能围住，高得没有圆顶能盖住——你的庙宇的地板就是空间——你的礼仪的种种神秘在众多星球的和谐面前受到激发而透露出来！

十全十美的君主啊！就忍耐来说，你有一大群殉难者；就成就来说，你有一批杰出的人物。毫无疑问的神明啊，你的精华挫败腐朽！

这位天堂的女儿今天晚上记起了我；她看见我流泪，便跑来安慰我。"睡吧，"她说，"甜甜地睡吧——我把你的梦涂成金光灿灿的！"

她遵守了诺言，整夜守着我的睡眠。可是一到黎明，理智就解除了守卫。我惊醒过来；雨点打在玻璃窗上，风一阵阵发出焦躁不安的吼叫声。亮在宿舍正中间的黑色圆灯座上的夜明灯行将熄灭。天已破晓。我多么可怜那些人。他们的精神痛苦使他们不

---

① 指《圣经》中所说神赐的食物"吗哪"。见《圣经·旧约全书·出埃及记》第16章第13至14节："早晨在营四围的地上有露水，露水上升之后，不料，野地上有如白霜的小圆物。"第31节："这食物，以色列家叫吗哪。"
② 语出《圣经·旧约全书·以赛亚书》第52章第7节："那报佳音、传平安、报好信、传救恩的，对锡安说：你的神作王了。这人的脚登山何等佳美。"

知所措,而不是精神紧张!这天清早,醒来时的剧痛像一只巨人的手那样把我抓下床来。我多么迅速地在黎明的寒冷中穿上衣服!我多么痛快地喝了玻璃水瓶里冰冷的水!这一直是我的兴奋剂;像其他爱浅斟慢酌的人在这种情况下会喝酒一样,我在因懊丧而心神不定的时候,总要这样喝水。

不一会儿,起床的铃声响彻整个学校。我已经穿好衣服,便独自下楼到公共食堂去,那儿炉子已经点燃,空气温暖;这所房子的其他部分都是冷飕飕的,因为欧洲大陆的冬天寒冷刺骨,尽管现在只不过是11月初,北风这么早就把冬天的阴冷天气带到欧洲来了。我记得初来的时候对于那种黑火炉不大满意,可是现在我开始把它们和一种舒服感联系起来,而且喜欢它们,就像我们在英国喜欢壁炉那样。

我在这黑色的安慰者面前坐下来,一会儿就深深陷入跟自己的辩论之中,谈的是生活和生活中的机遇,以及命运和她的判决。现在我的头脑和昨天夜晚相比,已经平静一些,坚强一些了,它对自己订出了迫切的规则,不准对已往的幸福作任何懦弱的回顾,否则处以重罚。同时命令自己耐心地走过目前的荒野,责成自己依赖信仰——眼望着那些云柱①,它们既带路又使我驯服;既照亮,又使我害怕——使自己对于一直喜爱的偶像崇拜冲动平息下来,制止自己对遥远的希望之地的渴想,那儿的河流也许除了在垂死的梦境中,是永远达不到的,那儿可爱的草地只能在荒凉的坟墓似的尼波山顶上才看得见。②

---

① 典出《圣经·旧约全书·出埃及记》第13章第21至22节:"日间耶和华在云柱中领他们的路,夜间在火柱中光照他们,使他们日夜都可以行走。"
② 典出《圣经·旧约全书·申命记》第34章第1至4节:"摩西从摩押平原登尼波山,上了那与耶利哥相对的毗斯迦山顶。耶和华把基列全地直到但、拿弗他利全地、以法莲、玛拿西的地、犹大全地直到西海、南地,和棕树城耶利哥的平原,直到琐珥,都指给他看。耶和华对他说,这就是我向亚伯拉罕、以撒、雅各起誓应许之地,说,我必将这地赐给你的后裔。现在我使你眼睛看见了,你却不得过到那里去。"

于是,一种力量与痛苦交织的混合感觉,渐渐缠绕着我的心,支撑住或者至少抑制了它的跳动,使我能够做当天的工作。我抬起头来。

就像我前面说过的,我靠近火炉坐着,火炉嵌在公共食堂和方形大厅之间的墙下半边,所以能够使两间都暖和。就在火炉近旁的墙上有一扇窗,可以看见方形大厅;我一抬头就看见一顶带穗的帽子、一方前额和两只眼睛填满了玻璃窗的一格方框。那两只眼睛一动不动的视线正好接着我的目光,是正在观察我呢。直到这时,我才知道自己已经泪流满腮,我现在才感觉到了。

这幢房子很奇怪,那儿没有一个角落可以不受别人打扰,也没有什么地方可以流泪或者沉思而不被附近一个暗探注意和猜测。这个新出现的、隔墙窥视的、男性的密探,究竟为了什么事情要在这不平常的时间到这间屋子里来呢?他有什么权利来打扰我呢?除了他,没有哪一个教授胆敢在上课铃响之前跨越过方形大厅的。伊曼纽埃尔先生却不管什么钟点、什么权利。他要去第一班的图书室去找一本他正需要查考的工具书;这样他就经过公共食堂,他的眼睛非常习惯于前顾后盼,东张西望,①便透过这扇小玻璃窗看见了我——他这会儿打开了公共食堂的门,站在那儿。

"小姐,你很悲哀。"

"先生,我完全有这个权利。"

"你闷闷不乐,人不舒服,"他继续说,"你一面心酸欲绝,一面心怀不满。我看见你脸上挂着两滴泪珠,我知道那是像两颗火星那么滚烫,又像两个海水的结晶那么咸。我说话的时候,你奇怪地看着我。要不要我告诉你,在我瞧着你的时候,我想起了什么呢?"

"先生,我马上就要被叫去做祷告了;我在这个钟点里,谈

---

① 语出《圣经·新约全书·启示录》第4章第6节:"宝座中和宝座周围有四个活物,前后遍体都长满了眼睛。"

话的时间非常少,非常短暂,——请原谅——"

"我原谅一切,"他打断我的话。"我现在很心平气和,不论是冲撞也好,或者,也许是侮辱也好,都不会激怒我。你当时使我想起一只幼小的野生雌性动物,刚被人抓住,还未被驯服,带着怒火与恐惧瞧着驯兽者第一次闯进来。"

这样唐突地来跟我说话是多么不应该!——如果对一个学生这样讲话,那是既鲁莽又粗野;要是对一个教师这样子,那更是不能接受的。他以为会引出我一句激烈的答复;在这之前,我看见过他使易于激动的人火冒三丈。可是在我身上,他的恶意得不到满足;我坐着,一声不吭。

"你看上去,"他说,"就像一个人宁愿一把抢去一服甜蜜的毒药,却厌恶地拒绝有益于健康的苦啤酒。"

"我的确从来不喜欢喝苦啤酒,我也不相信那是有益于健康的。不论什么甜的东西,毒药也罢,食物也罢,你至少不能否认它固有的好吃的特性——甜美。比起长久地拖延味同嚼蜡的一生来,也许还是愉快的早死来得好。"

"然而,"他说,"要是我有力量执行的话,就要让你每天按时吃苦药。至于那可爱的毒药,我也许会砸烂装它的杯子。"

我迅速转过头去,朝别处看,一半因为他在我面前,全然使我不快,一半因为我要逃避他的问话:惟恐在我目前的心情中,努力回答他的问题,会使我失去自制力。

"喂,"他更温柔地说,"告诉我真话——你是因为和朋友们分别而感到悲伤——不是这样吗?"

这种讨好的温柔并不比那种审问似的好奇更容易使人接受。我保持沉默。他走进房间里来,在离我约两码远的一张长凳上坐下,长时间地,并且对他来说,耐心地坚持着,设法引我谈话——他的企图理所当然是无效的,因为我实在无法和人交谈。最后,我请求他走开。我请求的时候,声音颤抖,我的头垂到搁在桌上的双臂上。我痛苦地流泪,尽管是不出声的。他继续坐了一会儿。我既不抬头,也不说话,直到关门的声响和他走远的脚步声告诉我他已经走了。这些泪水使我轻松了一些。

在早饭前,我还有时间去洗洗眼睛,我想,就餐时我显得跟其他的人一样安详,不过,没能像坐在我对面的那位小姐那样欢乐。她高兴地用一对有些小而闪亮的眼睛盯着我瞧,并且真诚地隔着桌子伸长一只雪白的手来跟我握手。樊箫小姐的旅游、寻欢作乐和调情逗趣对她非常合适;她变得丰满,面颊看起来圆圆的,像苹果。上次我看到她穿着漂亮的晚礼服。她现在穿着校服,我觉得也同样迷人,校服是一种深蓝色料子做的宽松便服,用黑色的方格呢做披肩,显得暗淡和郁闷。我甚至认为这种微黑的轻便晨衣更加增添了她的妩媚,因为这和她的白皙的皮肤、青春的活力以及美丽的金黄色头发形成对照,相得益彰。

"我很高兴看见你回来了,泰门,①"她说。泰门是她给我取的一打名字当中的一个。"你不知道,在这个沉闷的洞窟里,有多少时候我需要你。"

"哦,真的吗?那么,你如果需要我,想必是有事情给我干,也许是补袜子吧。"我从来不认为姞妮芙拉有丝毫无私的动机。

"你总是这样脾气乖张,说话刻薄!"她说。"我也料到了;要是你不奚落人,那就不是你了。可是,喂,老祖母,我希望你跟以往一样,爱喝咖啡,而不爱吃奶油小面包;你想同我交换一下吗?"

"就按你的办法做吧。"

她习惯于利用我来给她方便,这个办法便是由此而来的。她不喜欢早餐的那杯咖啡;学校里煮的咖啡不够浓也不够甜,不合她的口味。可是她的胃口好得很,像任何健康的女学生,因为早上的奶油小面包或面包卷都是刚出炉的,非常好,每人只有一

---

① 泰门,莎士比亚所著剧本《雅典的泰门》中的人物。泰门是一个挥金如土、慷慨大方的雅典贵族。后来遭到不幸,他受到朋友冷眼相待,性格变得愤世嫉俗。泰门原是实有其人,为公元前5世纪雅典著名的厌恶人类者。

份。我可吃不下那一份，就分一半给姞妮芙拉。我总是优先给她，尽管许多其他的人垂涎我多余的部分。作为交换，有时候她就将她那份咖啡给我。今天早上，我很欢迎这份饮料，我一点儿也不饿，倒是口渴得很。我不明白自己为什么宁愿把面包给姞妮芙拉，而不给别人。我也不明白，要是像有时候那样，两人合用一只杯子喝饮料——譬如，我们到乡下去远足，在农场歇下来进茶点的时候——我为什么总是设法跟她搭档，而且宁愿让她多吃一些，不管是白啤酒、甜酒或者新鲜牛奶。然而，事情就是这样的，而且她也知道这一点。所以尽管我们天天闹别扭，却从来不疏远。

早餐以后，我通常来到第一班级的教室里，单独在那儿坐着看书，或者思考（多数时间是思考），直到九点钟的铃声一响，所有的门都被猛然打开，一大批走读生和搭伙走读生蜂拥而入，这铃声就是开始忙碌和喧闹的信号，直到下午五点钟才平息和安静下来。

我今天早晨刚刚坐下，就听到轻轻的敲门声。

"对不起，小姐，"一个寄宿生轻轻走进来，说道。她从自己的桌子里取出所需要的书本和纸张以后，就踮着脚尖退了出去，经过我身边的时候，低声喃喃地说道："您多么忙啊！"

忙，的确是这样！我面前摊放着一堆勤勉用功的工具，可是我什么也没有做。原来就没有做，也不打算做。世界就是这样为了我们所没有的功绩而奖给我们荣誉。贝克夫人本人认为我是一个名符其实的女学者，常常严肃地警告我别太用功，"以免血液都流到我的头脑里。"确实，福色特街所有的人都盲目相信"露西小姐"是个有学问的人。只有伊曼纽埃尔先生是明显的例外，他通过自己独特的方法，一种我猜不出的方法，对于我真正的资格得到一个并非不准确的印象。他常常暗地里瞅准机会，带着不怀好意的欣喜的口气，对着我的耳朵吃吃暗笑他们的评估失误。就我这方面来说，我从来都不因为这种失误而烦恼。我十分爱好琢磨自己的一些想法；我从看一些书——不是很多的书——之中得到莫大的乐趣。我总是爱看那些其风格或者情感里明显地印上了作者的独特个性的书，而对于没有特征的书，不管写得多么聪明，多么值得称赞，我都不可避免地感到兴味索然。我看得很清楚，就我的头脑而言，上帝限制了它的智力和活动——我相信，我感谢上苍赐给我的才能，但是我对于更高的天赋并没有奢望，也不寝食不安地渴求更高的文化。

那个彬彬有礼的学生刚刚走开，就来了一个不讲礼貌的、门也不敲的第二个入侵者。我即使是个瞎子，也知道这是谁。我天生的不苟言笑的态度，对于我的同在一所学校里的人的态度，到这时已经起了一种有益的、对我来说是方便的作用。现在我已经难得受到别人粗鲁的、或者横加侵犯的对待。我初来的时候，时不时有个直率的德国人在我肩膀上拍一下，问我要不要参加赛跑；或者一个胡闹的拉巴色库尔人抓住我的手臂，把我向运动场上拖去；还有人迫切地建议我去荡"回旋塔①"，或者去参加一种欢闹的捉迷藏的游戏，叫做"一、二、三"。这种事在过去是经常发生的；不过这种小殷勤在前一段时间里已经停止——而且是不需要我费劲去直截了当地打断的时候就已经停止。我现在不必害怕或者忍受任何放肆的表示，除了从一个方面；由于那是来自一个英国人的放肆，所以我还能忍受。有时候，我走过方形大厅，姞妮芙拉·樊箫会毫无顾忌地抓住我，强迫我跟她转圈儿，跳一个华尔兹舞，并且打心眼里高兴她的办法引起了我精神上和肉体上如此狼狈不堪。眼前，正是这个姞妮芙拉闯入了我的"博学的悠闲"②。她胳膊下夹着一大厚本音乐书。

"你去练习你的音乐吧，"我立即对她说。"快到小沙龙客厅

---

① 回旋塔，即英语中的 giant stride，一种体操器械，可以握住吊绳绕杆柱旋转。亦称旋转秋千。
② 原文为："learned leisure"，可能戏仿弥尔顿《沉思的人》一诗中的"retired leisure"（退休的悠闲）一词。

里去!"

"要等我同你说完话才走,亲爱的朋友。我知道你在哪儿度过假期,也知道你开始向美惠三女神①献祭,而且像其他美人儿一样享受人生。那天晚上我在音乐会上看见了你,实际上,你打扮得跟任何人一样。谁是你的女裁缝?"

"真荒谬,多么好的开头!我的女裁缝!胡说八道!喂,去你的吧,姞妮芙拉。我真的不要你做伴。"

"可是我非常需要同你在一起,孤僻的天使,那么你这小小的不情愿能说明什么问题?感谢上帝!我们知道如何对付我们的天才同胞——博学的'英国熊'。那么,熊崽子,你认识伊西多尔吗?"

"我认识约翰·布列顿。"

"哦,别做声!"(她用手指塞住耳朵)"你的粗鲁的英国式语言把我的耳膜都震破了。不过,我们那位受人热爱的约翰怎么样?你一定要把他的事说给我听听。这可怜的人儿一定很伤心吧。他对我那晚上的举止说了些什么吗?我不是很残酷吗?"

"你以为我注意你了吗?"

"那是一个叫人很开心的晚上啊。哦,那个多么神气的德·阿麦尔!再看看远处其他紧绷着脸的死气沉沉的人,还有那位老太太——我将来的婆婆!不过,我恐怕我和莎若小姐拿着单片眼镜窥探她,有点儿鲁莽吧。"

"莎若小姐根本没有拿着单片眼镜窥探她。至于你所做的,一点不要因此而不安:尽管受到你的嘲弄,布列顿太太还是会活得好好的。"

"她可能会这样:老太太们都很健壮;可是她那个可怜的儿子呀!你务必告诉我,他说了些什么?我看出他非常不高兴。"

---

① 美惠三女神,即卡里忒斯,希腊神话中三位名叫阿格拉亚、欧佛洛绪涅和塔利亚的女神。年轻貌美而且谦逊,是优雅的化身。

"他说,你的样子就好像内心里已经是德·阿麦尔夫人了。"

"真的吗?"她高兴得叫起来。"他注意到这一点了吗?多么可爱啊!我料想他会嫉妒得发疯的!"

"姞妮芙拉,你真的跟布列顿医师一刀两断了吗?你要他放弃你吗?"

"哦!你知道他不能那么做;不过他不是气疯了吗?"

"相当疯,"我赞同她的话;"就像3月里的野兔那样疯。"

"嗨,你到底怎样把他送回家的?"

"到底怎样,真的!你难道对他的母亲和我没有恻隐之心吗?想想看,我们在马车里把他使劲按住,而他坐在我们两人之间胡言乱语,够叫所有的人都发狂了。甚至于不知怎的那个马车夫都把车子赶错了地方,叫我们迷了路。"

"不至于吧?你在取笑我。唉,露西·斯诺……"

"我保证这是事实——布列顿医师不肯待在马车里,这也是事实。他挣脱我们,宁愿坐在车厢外面。"

"后来呢?"

"后来吗——他回到家的时候——那情景可无法形容了。"

"哦,但是你还是形容一下吧——你知道这该多么有趣!"

"对你有趣吗,樊箫小姐?可是,"(我非常严肃地说)"你知道这句成语:'对一个人是玩笑,对另一个人可能是死亡。'①"

"说下去,好泰门。"

"凭良心说,我不能,除非你向我保证你有心肝。"

"我有——你不知道,我的心肝有多好!"

"好啊!既然这样,你可以想象格雷厄姆·布列顿医师最初拒绝吃晚饭——仔鸡啊,小牛胰脏啊,为他准备的,放在桌子上,他却碰都不碰。然后——不过,多谈这些折磨人的细节,没有什

---

① 引申自拜伦长诗《唐璜》第5章第52节:Death to his publisher, to him'tis sport.(这在他很开心,却愁死了出版家)(据查良铮译文)。

么意思。只要说一下,在他还是个婴孩,在吵闹得最厉害的时刻,他的母亲都没有像那晚那样,替他把被子四面掖好。"

"他不肯安静地躺下来吗?"

"他不肯安静地躺下来,就是这么回事。被子是掖好了,问题是必须不停地往里掖。"

"他说了些什么呢?"

"说了些什么!难道你不能想象吗?他要他的神仙姞妮芙拉,他诅咒那个魔鬼德·阿麦尔——胡言乱语什么金头发、蓝眼睛、白胳臂,以及金光闪闪的手镯。"

"真是这样吗?他看到了手镯?"

"看到了手镯?是的,就像我一样看得那么清楚;而且,也许他还第一次看到那手镯压出的印子,那在你的胳臂上留下圆圆的一圈。姞妮芙拉,"(我站起身来,改变了声调)"唉,让我们结束这场谈话吧。你去练习音乐去。"我把门打开。

"可是你没有把全部情况都告诉我。"

"你还是别等我竟然把全部情况都告诉你为好。这种额外的通报不会使你愉快。开步走!"

"难对付的家伙!"她说;可是她服从了。没错,一班的教室是我的领土呢,她没有理由拒绝我发出的了结此案的通知。

然而,说真的,我对她从来没有比那时候更感到不满意了。想起真实情况和我的描述之间的差别,我很高兴——我想起约翰医师当时高高兴兴地坐车回家,晚饭吃得很香,而且带着基督徒的恬静安宁去睡觉。只有在我看见他真正不快活的时候,我才对引起他受苦的那个美丽、脆弱的根源真正感到恼火。

两个星期过去了;我再次逐渐习惯于学校的束缚,从生活变化造成的使我动情的痛苦转而陷入常规旧套的麻木状态之中。有一天下午,我走过方形大厅,准备到一班的教室里去担任"风格与文学"这一课的助教,这时候,我看见女杂务工萝芯妮站在一扇又长又大的窗户附近。她的态度同往常一样,是若无其事的样子。她总是"悠闲地站着";一只手放在围裙口袋里,另一只手此时拿着一封信凑近眼睛。这位小姐在冷静地端详信上的地址,并且仔细地研究火漆封印。

一封信!在过去七天里,类似这封信的形状老是在我的思想深处徘徊不去。昨天夜里我就梦见一封信。现在,那强有力的磁力把我向这封信吸引过去。然而,我不知道自己该不该冒昧要求萝芯妮让我瞧瞧那正中有红封蜡的白信封。不,我想我会偷偷地走过去,唯恐遭到"失望"的打击。这时我的心怦怦直跳,好像已经听到了她走来的脚步声。神经质的错误!那是文学教师的敏捷的步履在走廊中响动。不等他走到,我先逃走了。只要我能在他来到之前静静地坐在我的课桌旁,叫班级里的学生们有纪律地准备好,也许他不会注意到我。但是,如果我给他瞧见我逗留在方形大厅里,我肯定会受到他一顿训斥。在伊曼纽埃尔先生猛烈地震动插销和门板闯进来,过度地深深一鞠躬,预示怒气冲天之前,我有时间就座,强迫全班肃静无哗,把我的教材取出来,在训练有素的毫无声响的寂静中开始工作。

同往常一样,他雷鸣般地闯了进来。不过,他并不闪电般地从门口直驱讲台,而是半路上停在我的课桌边。他面对着我和窗户,背向着同学们和教室,他看了我一眼——那副样子好像授权给我可以挺身站起来,责问他是什么意思——那一种怒目相向的不信任感。

"瞧!给你的,"他说,随手从背心里掏出一封信,放在我的课桌上——就是我刚才看见萝芯妮手里拿的那封信——那封信的表面是瓷釉般雪白,加上库克罗普斯①的朱红色的独眼,那么清晰而完美地印在我内在感觉的视网膜上。我认得它,我觉得那正是

---

① 库克罗普斯,希腊神话中的独眼巨人族,独眼长在前额正中,在有的艺术品里,除额上独眼以外,还有双眼。此处喻红封蜡。

我寄予希望的信,正是我的愿望的果实,我的疑虑的解脱,我的恐惧的赎金。保罗先生以他那种不可原谅的干预习惯,从女杂务工那儿把这封信拿了来,现在亲自交给了我。

我本来也许会发怒,然而连一秒钟的时间也没有了。嗳,我手中拿的不是一张简单的便条,而是肯定至少装有一张信纸的信封。感觉上不是轻飘飘的,而是硬硬的、厚厚的,令人满意。信封上的笔迹干净利落,匀称而又刚劲,写着:"露西·斯诺小姐"。再就是用坚定的手指灵巧地盖上的又圆又丰满的火漆封印,清晰地印着首字母"J.G.B."。我体验到一种幸福的感觉——一种欢乐的情绪温暖了我的心,并且活跃地流遍我的四肢百脉。这一次,我的希望实现了。我手中握着真正的、实实在在的一小份欢乐,不是一个梦,不是脑子里的一个印象,不是想象所勾画出的那种模糊的机会,那种使人类渴望而不能靠它生存的可能有的东西。也不是我刚才沉闷地颂扬过的一顿吗哪①——它开头的确是以一种说不出的不可思议的甜蜜融化在嘴唇上,可是到头来我们的灵魂完全肯定会厌恶它,而发狂地渴望天然的从土里生长的食物,狂热地祈祷天上的精灵收回他们自己的甘露和精华——尽管这是天赐的食物,然而对于人类却是致命的。我偶尔碰到的既不是甘美的冰雹,也不是微小的芫荽子——既不是松脆的薄饼,也不是香甜的蜂蜜,而是猎人的一顿可口的野味,这种肉食富于营养,有益健康,是在森林中喂养的,在沙漠里长大的,很新鲜,能增强体质,能维持生命。那是垂死的年老的族长向他儿子以扫要的东西,答应在临终时给他祝福作为报答。②那是天赐的;我从内

---

① 吗哪,源于希伯来文,"这是什么?"的意思。据《圣经·旧约全书·出埃及记》第 16 章载,摩西率领以色列人出埃及时,在旷野绝粮,耶和华使鹌鹑飞来降下白色细粒,形如芫荽子的东西。以色列人不识,互相问道:"吗哪?"后来便以此指神赐的食物。

② 见《圣经·旧约全书·创世记》第 27 章记载:以撒年老,嘱长子以扫用弓箭去猎取野味给他吃,他便在未死之前,为他祝福。以撒的妻子利百加偏袒以扫的孪生弟弟雅各,用肥山羊制成美味,嘱雅各抢先送给父亲,骗得了祝福。

心里感谢把它赐给我的上帝。表面上，我只谢谢人，高声说道："谢谢你，谢谢你，先生！"

这位先生歪歪嘴唇，凶恶地瞧我一眼，便大步走到他的讲台上去了。保罗先生完全不是一个善良的小个子男人，尽管他有他的优点。

我有没有当时当地就看了那封信呢？我有没有迫不及待地吃我的野味，好像以扫的箭每天都飞出去一样呢？

我知道该怎么做。带有地址的信封——火漆印上有三个清晰的字母——此刻对于我就是丰富的恩惠。我偷偷走出房间，拿到白天总是锁着的那间大集体寝室的钥匙。我匆匆走到我的写字台前，带着一种急急忙忙、战战兢兢的样子，唯恐贝克夫人蹑手蹑脚地走上楼来，暗中监视我。我拉开一只抽屉，用钥匙打开一个小箱子，再取出一只盒子——又一次对那信封愉快地看了一眼，并且羞怯地带着敬畏和喜悦的心情吻了那火漆印——我把这尚未尝过的、仍然完美无损的珍品用精致的白色薄纸包了起来，放到盒子里，关上小箱子和抽屉，再关上集体寝室的门，上了锁，然后回到班级里来，心中感到仿佛神话故事是真有其事的，神仙的礼物也不是梦幻。多么奇特、多么美妙的蠢事啊！而这封信，我的欢乐的源泉，我还没有看过，还不知道信上有几行字呢。

我又走进教室的时候，看见保罗先生正在像洪水猛兽那样气势汹汹！有一个学生刚才说话的声音太轻，或者是不够清楚，不适合他的耳朵和他的要求，现在，她和其他的学生都在哭，他却在讲台上大发雷霆，几乎脸色发青。说也奇怪，我一到来，他却向我发作了。

"难道我是这些姑娘的女教师吗？难道我宣布过要教她们适合小姐身份的行为举止吗？——难道我允许过，而且，他①毫不怀疑实际上如此，鼓励她们把本国语言在她们的喉咙里闷死，再用

---

① 此处原文为 he（他），实际上是指本人"我"。下同。

牙齿咬碎、嚼烂,仿佛她们有什么不体面的原因,对自己的语言感到羞耻吗?难道这就是端庄娴淑吗?他知道是怎么回事。这是一种恶劣的矫揉造作——是邪恶的产物或先驱。他宁可把她们作为一批无法忍受的小女主人丢在一边,宁可限定自己只教第三班的娃娃们 ABC,而不愿屈服于这种对高贵的语言胡搅蛮缠,装腔作势,弄得怪模怪样,也不愿屈服于这第一班学生们的这种普遍的做作和讨厌的固执。"

对于这一切,我能说什么呢?真是无话可说。我希望他允许我保持沉默。风暴又开始了。

"对他的提问拒绝作任何回答吗?在那个地方似乎是这样考虑的——在一个第一班的自命不凡的闺房里,有着一些自以为了不起的书橱,一张张绿色桌面呢的课桌,一些无聊的花盆架,一批放在框框里的图画和地图就像垃圾,以及一个外国女学监,当然啦!——在那个地方似乎流行一种想法,认为文学教授的问题不值得回答!这是新观念啊,他毫不怀疑这是从'大不列颠'直接进口的哪,具有岛国的傲慢自大的味道哪。"

第二度暂停——对任何其他老师的训斥从未流过泪的姑娘们,如今在伊曼纽埃尔先生的烈焰怒火面前,却像雪人那样完全融化了。不过我还没有被撼动,我坐下来,大胆地继续我的工作。

不知是什么——或者是因为我一直保持沉默,或者是因为我的手在做缝纫动作——使伊曼纽埃尔先生终于忍耐不住了;他竟然从讲台上跳下来,袭击靠近我的课桌的火炉。那扇小铁炉门几乎被碰得脱离铰链而掉下来,燃料被弄得飞出炉外。

"你是否有意要侮辱我?"他用低沉而狂怒的声音对我说,一面假装拨弄火炉以掩盖他的怒气。

有可能的话,现在到了该使他平静一点的时候了。

"不过,先生,"我说,"我无论如何也不想侮辱你。我记得很清楚,你曾经说过,我们应该做朋友。"

我并不愿意自己的声音变得结结巴巴的,但是事实上却正是这样。我想，这多半是由于刚才的高兴而引起的激动，却不是因为当前的恐惧而发生的痉挛。不过保罗先生的愤怒里面肯定有什么东西——一种激情的冲动——这特别会催人泪下。我不是不快活，也并不很害怕，可是我哭了。

"得啦，得啦！"他立刻说，并且环顾四周，只见一片汪洋，洪水成灾。"我肯定是个怪物，又是个暴徒。我只有一块手绢，"他接下去说，"假使我有二十块，我会给你们每人一块。你们的女教师做你们的代表吧。给，露西小姐。"

他取出一块干净的丝手帕递给我。要是有一个人对保罗先生不了解，对他以及他的冲动不习惯，那么当然会使这个奉献大煞风景——会拒绝他的手帕——等等。可是我十分明白这样做绝对不行：丝毫的犹豫就会破坏刚生效的和平协定。我站起来，走向前去，得体地接过手绢，擦擦眼睛，又回去坐下，手里拿着这一面停战旗放在膝盖上。在这一课的其余时间里，我特别小心翼翼，既不碰引线针，也不碰顶针箍；既不碰剪刀，也不碰平纹细布。保罗先生一次又一次地用妒忌的眼光看看这些家常用具；他对这些东西恨得要命，认为缝纫是涣散对他应有的注意力的源泉。他这一课讲得滔滔不绝，精彩纷呈，而且一直到结束都很和善和友好。课还没有上完，乌云已经散了，阳光又灿烂地照耀着——眼泪已经变成微笑。

他离开教室的时候，在我的课桌前再一次停住脚步。

"你的信呢？"他问道，这一次不怎么凶狠了。

"我还没有看过，先生。"

"啊！马上就看太可惜了。所以你把它存放了起来，就像我在孩提时，常常舍不得吃看来鲜艳欲滴的桃子那样吗？"

他的猜测很接近真实，我不禁由于他如此泄漏了天机而脸上突然涌上一股热潮。

"你要给自己留下一个愉快的时刻去看这封信，"他说，"你要等你独个儿的时候把它打开——对吗？啊！微笑作了答复。

嗨，嗨！一个人不能太苛刻；'青春不再来。'"

"先生，先生！"他转身要走的时候，我大声地，或者，不如说是轻轻地对他说，"别带着误会走开。这只是一封朋友的信。我不看也能保证。"

"我明白，我明白：'朋友'意味着什么。再见，小姐。"

"不过，先生，这是你的手帕。"

"拿着，拿着，等你看完信以后再还给我。我将从你的眼睛里看出这封短信的主要意思。"

他走了以后，学生们也已经从课室里蜂拥而出，到绿廊去，再从那儿走到花园里和庭院里，利用下午五点钟吃晚饭之前的时间，去作她们惯常的消遣，我却站着默想片刻，心不在焉地把那块手帕绕在胳臂上。不知道是什么原因——我想是童年时代的金黄色的闪光突然回到心中使我兴高采烈，是童年时代无忧无虑的活泼心情的一种罕见的复活使我精神振奋，以及下课后的自由自在使我轻松愉快，尤其是心里明白楼上抽屉里小箱子的盒子里藏着那件珍宝使我感到乐滋滋的，不胜安慰。所以我把那块手帕当做一个皮球那样玩弄起来，把它抛到空中，等它落下来时又一把抓住。这个游戏不是由我的手，而是由别人的手使它停止的——这只手从一件宽松外套的袖子里伸出来，越过我的肩膀，接住了那件临时的玩具，并且把它拿走，同时说了这样闷闷不乐的话：

"我看得很清楚，你瞧不起我，以及我的东西。"

这个小个子男人实在可怕；他纯粹是个反复无常和无所不在的鬼魂；别人永远无法知道他的怪念头，也无法知道他的踪迹。

第二十二章
一封信

这整座房子完全安静下来了；晚饭已经用过，喧闹的娱乐时间已经结束；天黑了下来，公共食堂里供学习用的柔和幽静的灯已经点亮了；走读生们都回家去了，这个晚上不会再有门的碰撞声和铃的吵闹声了；贝克夫人和她的母亲以及一些朋友安适地坐在餐厅里了；这时候，我悄悄地走到厨房里，由于一件特殊的事情，去商借一支蜡烛，使用半小时。我的朋友高滕答应了我的要求，亲手拿给了我，说道："当然啰，亲爱的，你愿意的话，可以拿两支。"于是，我手里拿着蜡烛，无声无息地登楼来到集体寝室。

发现这大房间里有个学生因不舒服正躺在一张床上，我的懊丧真不小——我从用麦斯林纱镶了一圈边的睡帽之中认出姞妮芙拉·樊箫小姐的"愁眉苦脸"，这时候，我的懊丧就更大了。不错，这时她的确是仰卧着——可是她肯定会醒来，并且喋喋不休地跟我说话，使我受不了，在这种时候来打扰我，是最不能接受的。说真的，在我注意观察她的时候，看见她的眼睑微微闪动，这警告我，她目前表面上的安眠可能是个诡计，为了掩盖她对"泰门"的行动的偷偷的监视。我不能相信她。我本来非常希望只有我独自一个人，好安安静静地看那封宝贵的信。

好了，我必须到教室里去。我在小匣子里找到了我的珍贵的东西以后，便走下楼去。可是不巧的事却紧跟着我。按照每周一次的习惯，教室里正在点着蜡烛进行大扫除。长凳都堆放在课桌上，空气里弥漫着灰尘，潮湿的咖啡渣子（拉巴色库尔的女仆们把它作为茶叶的代用品）弄得地板上黑黑的：一切都是乱七八糟的。

我感到不顺利,但是并不垂头丧气,我退了出来,从来没有下这么大的决心要在哪个地方找一个僻静的所在。

我拿了一把我知道那是贮藏间的钥匙,一连登上三段楼梯,来到一个又暗又窄的寂静的楼梯平台上,推开一扇虫蛀的门,一头没入那个又黑又冷的深深的顶楼里。没有人会跟踪我到这儿来,没有人会打扰我——连贝克夫人也不会。我关上顶楼的门,把蜡烛放在一个摇摇晃晃、龌龊霉烂的五斗橱上。因为空气冰冷刺骨,我披上披肩,取出我的那封信,心里乐滋滋的,又是迫不及待的,禁不住浑身颤抖起来。我拆掉了信上的火漆印。

"信会是很长的吗?——或者是很短的吗?"我心里想,一面用手拂去眼前白蒙蒙的雾气,这是和煦的南风带来的阵雨所引起的。

是一封长信。

"信会是冷淡的吗?——或者会是亲切的吗?"

是亲切的。

对于我这样有控制、有约束和有戒心的期待来说,这封信看来是非常亲切的。对于我的渴望和殷切的盼望来说,这封信看来也许比实际上还要亲切。

我希望的并不多,而我却害怕得很,所以我现在尝到了果实的甜美而满腔喜悦——这种喜悦很多人可能一生都没有经历过。我这个可怜的英国女教师,待在冰冷的顶楼里,借着在寒风中摇曳的暗淡的烛光,看一封只是客气的信——没别的,只是客气而已,然而那种客气这时对于我便如同上帝般的了——只觉得比大多数王宫中的王后还要幸福。

当然啰,从这种肤浅的来源得到的幸福只能是短暂的;可是,在它持续的时间里,它确是纯真的,而且是高雅的。一个泡影——然而是一个甜蜜的泡影——是真正的甜汁蜜露制成的。约翰医师终于给我写信了;他是怀着愉快的心情给我写的;是带着一种亲切温和的心情写的,心中亮堂而又满意地娓娓细谈曾经在他和我的眼前掠过的那一幕幕景色——我们一同去过的地方——我们彼此谈过的话题——一句话,过去几个星期的美好时光里所有细枝末节的事情。不过,他那欢乐而又亲切的字里行间充分透露出一种使我坚信的消息,便是这欢欣的真诚的核心,乃是倾吐出来并非仅仅为了使我高兴——而是为了使他自己满足。这种满足,他可能永远不再期望,也永远不再寻找——这是一个从无论哪一方面看来都是接近事实的假设;不过,那是将来的事情了。就目前来说,没有痛苦,没有瑕疵,也没有匮乏;而是充实、纯洁、圆满,这使我深深地感到幸福。一个路过的六翼天使似乎停歇在我的身旁,向我的心靠过来,把它那柔软的、清凉的、能治疗创伤的、圣洁的翅膀轻轻地覆盖在我的悸动的心上。约翰医师啊,你后来给了我痛苦;所有的打击都可以原谅——无偿地原谅——就为了那一次珍贵的记忆!

是否有邪恶的没有人性的东西妒忌人类的幸福呢?是否有恶的势力出没于空中,给人类带来毒素呢?在我近旁的是个什么东西呢?……

在这间偏僻的很大的顶楼里,有某个东西发出奇怪的响声。十分清楚,十分肯定,我听见了,仿佛是在地板上悄悄走动的脚步声。是一种从黑暗深处轻轻溜出来的脚步声,那黑暗深处正是那些穿斗篷的坏蛋经常出没的地方。我转过身去,烛光暗淡,房间又长——可是,千真万确!我看见在这阴森森的房间中央,有一个人影,全黑或者是全白的颜色。裙子是笔直的、窄窄的、黑色的;头上用布裹着,罩着面纱,是白色的。

读者啊,你爱怎么说都行——说我是神经过敏或发疯也好;肯定我是由于那封信而兴奋得心神不定也好;宣称我是在做梦也好。但是我发誓——那天晚上——在那个房间里——我看到一个形象,像是——一个修女。

我大声喊起来,我浑身难受。如果那个形象向我走来,我很可能晕倒。可是它向后退。我赶快向门口走去,连自己也不知道究竟怎样奔下那一道道楼梯的。我本能地避开公共食堂，选定方向，直奔贝克夫人的起居室而来。我闯了进去，说道：

"顶楼上有个什么东西。我刚才在那儿，我看见有个东西。快去看看吧，你们都去看一下！"

我说"你们都去"，是因为我觉得房间里坐满了人，而实际上只有四个：贝克夫人、她的母亲金特夫人（她身体不好，当时来看她的女儿，住在那里）、她的弟弟维克多·金特先生，另外还有一位绅士，我进屋的时候，这位绅士正背朝着门，跟老太太谈话。

我极端的恐惧和虚弱必定使我的脸色非常苍白了。我冷得直哆嗦。他们全都惊愕得站起来，围住我。我催促他们赶快到顶楼去。看到这两个男人使我心宽，给了我勇气。好像身边有了男人就有了帮助和希望。我转身走向房门，招手要他们跟我去。他们要阻止我，可是我说他们一定得去。他们必须看看我所看到的东西——顶楼中央站着的怪物。现在这时候，我想起了我的那封信，跟蜡烛火一起留在五斗橱上了。那封宝贵的信啊！为了它，不论是肉体还是精神都必须不顾了。我飞奔上楼梯，由于知道他们跟在后面，他们非来不可，我奔跑得更快。

瞧！我来到顶楼门口的时候，里面像深渊一样漆黑；蜡烛火已经熄灭了。幸亏有个人——我想是贝克夫人，她经常都是冷静而有理智的——从房间里带来了一盏灯。因此，他们一上来，灯光很快就透过那浓厚的黑暗。熄灭的蜡烛仍然在五斗橱上，可是信到哪儿去了呢？我现在要找的是那个东西，而不是那个修女了。

"我的信！我的信！"我气喘吁吁地抱怨着说，几乎要发狂了。我在地板上摸索，又疯了一般使劲地绞扭双手。多么残酷的厄运啊！在我还未尝到我的那一点安慰的滋味时，它就被不可思议地夺走了！

我不知道其他的人在干什么；我无法注意他们。他们问我话，我也不回答；他们找遍了每个角落，同时对于那些斗篷这里或那里被弄得乱糟糟的、天窗那儿有了一道缝或者裂口，以及我所不知道的其他什么情况空发了一阵议论。他们很有把握地说:"不知是什么人或者什么东西进来过。"

"哦!他们把我的信拿走了!"到处趴着、到处摸索着的偏执狂患者喊着说。

"什么信,露西?我亲爱的姑娘,什么信?"一个我熟悉的声音在我的耳朵里响。我能相信自己的耳朵吗?不;我把头抬起来看。我能相信自己的眼睛吗?我分辨得出那个声调吗?我现在正朝着就是写那封信的人的脸上看吗?在这个阴暗的顶楼里,站在我旁边的绅士难道就是约翰·格雷厄姆——布列顿医师本人吗?

不错,正是他。那天晚上,老金特夫人的什么病发作了,约翰医师被请来开个药方。我闯进餐厅里去的时候,他就是待在那儿的另外一个绅士。

"是我的那封信吗,露西?"

"是的,是你写给我的那封信——我把它带到这儿想安静地念一念。我找不到另外一处可能让我单独待着的所在。我一整天都没有拆开——直到晚上才把它拆开来,只粗略地看了一下。要是丢了,我受不了。哦,我的信!"

"嘘!别喊叫,也别为这事过分痛苦。这封信有什么价值呢?嘘!走出这间冷冰冰的房间吧。他们已经去叫警察来作进一步的调查了。我们不必留在这儿——来吧,我们下去吧。"

一只温暖的手握着我冰冷的手指,带领我到那生着炉火的房间里去。约翰医师和我坐在火炉前。他跟我谈话,并且用难以言传的善意来安慰我,答应再写二十封信来弥补那丢失的一封。如果世上有话语和冤屈像刀子一样,它所造成的深深的伤口永远也无法愈合,它切割出的伤痕和侮辱带有一种锯齿形的滴着毒素的边缘,那么,世上也有一种实在太优美的安慰人的语调,使人听了不能不喜欢并且永远记住它的回声。抚慰人的仁慈——这些仁慈的言行被人珍惜,在整个一生之中都存留心间,被人回忆时,它们的温柔也不减弱,并且带着从预示死神来临的乌云中射出来的毫不减弱的光辉回应别人的呼唤。后来，我听人说，布列顿医师远不像我以为的那么完美，他真实的性格缺乏深度、高度、广度和耐力，而这些在我的看法中却是他的特征。我真不懂，他对我的好处就像一口井对于一个渴得要命的赶路人——就像太阳对于一个冻得直打哆嗦的囚犯。在我的记忆之中，他是一个英雄。就在这一刻我也还是认为他是一个英雄。

他微笑着问我，为什么这样喜欢那封信。我心里想，但是没有说出口，我珍视这封信就如珍视我的血管里的血一样。我只回答说，我的来信是那么少，所以很珍惜。

"我肯定你没有看那封信，"他说，"不然的话，你就不会把它当回事！"

"我看过那封信，不过只看了一遍。我要再看一遍。把它丢了我感到非常遗憾。"我忍不住又哭起来。

"露西，露西，我的可怜的小教姐①（要是有这种关系的话），这里——这里是你的信，拿去吧。可惜它没有那么好，不值得你那样流泪，不值得你那么温情地、过分地信任它！"

奇怪而独特的计谋呀！他的敏锐的眼睛早就看到我在地板上寻找的信了。他的手则敏捷地把它拾起来，藏在背心口袋里。要是我的烦恼减少一丝丝紧张状态和真实性，我怀疑他是否会承认，或者把信再还给我。我流淌的眼泪的温度要是稍低一度，就只会使约翰医师觉得这事情好笑而已。

重新拿到这封信的欢乐使我忘了应该责备他开的玩笑给我带来了痛苦。我是太高兴了，完全不能把它掩盖起来；然而我想我的脸色比话语更多地暴露出这一点。我说得很少。

"你现在满意了吗？"约翰医师问。

我回答说我——感到满意和幸福。

"那么，"他接着说，"你的身体怎么样？觉得平静些了吗？

---

① 原文为 god-sister。书中约翰医师的母亲是露西的教母，故有此称呼。

不很像，因为你仍然像一片叶子那样颤抖哩。"

可是，我觉得自己是够平静的了。至少我不再感到害怕了。我表示自己很镇静。

"那么你应该能够告诉我，你刚才瞧见了什么？你讲得很模糊，你知道吗？那时你的脸色跟纸一样白。你只是说有'某种东西'，却没说明白到底是什么东西。那是一个人吗？那是一只野兽吗？到底是什么东西呢？"

"我怎么也说不清楚自己看到了什么，"我说，"除非有另一个人也亲眼看到，那样我就能加以确证；不然的话，人家不会相信我，并且指责我说我在做梦。"

"告诉我吧，"布列顿医师说；"我会以医师的身份来聆听。我现在正从职业的观点来看待你。也许我能看出你要掩盖的一切——从你的眼睛里能看出，那双眼睛是出奇的活跃和不安；也可以从你那没有血色的面颊上看出来；还可以从你那无法镇定的手看出来。咳，露西，对我说吧。"

"你会笑——？"

"你要是不告诉我，你就不会再收到我的信了。"

"你现在已经在笑了。"

"我会重新把那仅有的一封信拿走。既然是我写的，我认为我有权利收回。"

我感觉到他话里的玩笑。这使我严肃起来，默不出声，但是我把信折好，藏起来，不让他看见。

"你可以把信藏起来，然而我随时都可以把它弄到手。你不知道我的手法多么高明。我愿意的话，就可以像一个魔术师那样玩花样。母亲有时也说我的舌头和眼睛是我的协调一致的资产。不过你从来没有看到我身上这一点——是吗，露西？"

"说真的——说真的——你只是个孩子的时候，我曾经看到你的舌头和眼睛有很好的协调，比现在强得多——因为你现在很强壮，而力量就不需要精巧。不过，约翰医师，你还是有这个国家

311

里人们叫做'顽皮的样子'的东西,这谁都看得出来。贝克夫人也看得出来,而且——"

"而且喜欢,"他笑着说,"因为她自己也有这种东西。不过,露西,把信给我——你并不是真的喜欢它。"

我没有答复这挑逗性的话。不能太迁就格雷厄姆高兴时的心境。就在这时刻,他的嘴唇上浮现出一种与原来不同的微笑——非常甜蜜,可是不知怎的却使我痛苦——他的眼睛里也闪射着一种与原来不同的光彩。不是敌对的,可是也不能使人放心。我站起来要走——我有点伤心地向他告别。

他的敏感——他那不同一般的聪明的、善于察言观色的本领——马上意识到我没有说出口的埋怨——那种几乎没经过思考的指责。他小心翼翼地问我有没有生气。我摇摇头,表示没有。

"那么,请允许我在你走之前,稍微认真一点地跟你谈谈。你是在高度紧张的状态之中。不管你控制得多么好,从你明显的外表和态度看来,我觉得可以肯定,你今儿晚上单独在那间又凄凉又寒冷的坟墓般的顶楼里——那个你永远不该闯进去的铅皮屋顶下的土牢,那儿充满潮湿、发霉的气味,充满肺结核和黏膜炎的毒菌——你瞧见了,或者自以为瞧见了一个幽灵,它故意要出现,好印在你的想象之中。我知道你不、从来也不害怕实质上的恐怖,如怕强盗等等——我却不敢说,鬼怪这类东西的出现不会动摇你的心灵。现在冷静下来吧。我懂得,这完全是神经上的问题;不过,你就具体说说看到些什么吧。"

"你不会告诉别人吗?"

"不会——绝对不会。你可以无保留地相信我,就像相信希拉斯神父那样。的确,两者之间,也许还是向医师坦白更稳妥一些,尽管他头发还没有白。"

"你不会笑我吗?"

"也许我会,为你好,而不是奚落你。露西,我觉得对你是友好的,虽然你的羞怯的性格使你不容易相信别人。"

他现在看来是友好的。那无法形容的微笑和光彩已经消失了;那令人望而生畏的弯弯的嘴唇、鼻孔和眉毛都沉下去了。沉静表现在他的态度之中——注意力凝固了他的外表。他既然赢得了我的信任,我便如实地告诉他我所见到的一切。在这之前,我曾经告诉他关于这座房子的传说——那是在10月里一个温暖的下午,我跟他一起骑马穿过池边森林,为了消磨一个钟点的时间而对他说的。

他坐着沉思起来,正在他沉思的时候,我们听到他们都走下楼来的声音。

"他们会来打扰吗?"他说,一面带着厌恶的表情看看房门。

"他们不会到这儿来,"我回答说。因为我们是在夫人晚上从来不去的小沙龙客厅里,十分凑巧,那儿的炉火还余热未尽。他们在门外经过,向餐厅走去了。

"现在,"他接着说,"他们会议论到小偷、窃贼等等。让他们去谈吧——可你要记住什么都不要说,决心不对任何人描述你的那位修女。也许她还会对你出现;可别害怕啊。"

"那么,"我说,心中暗暗恐惧着,"你认为她是从我的脑子里跑出来的,现在又回到我的脑子里去了,将来在想不到的日子,不知道的时辰,①趁我没有注意的时候,她还会溜出来,是不是呢?"

"我认为这是一种鬼怪幻觉的病例——恐怕是长期连续不断的内心冲突之后的结果。"

"哦,约翰医师——一想到我竟然有产生这种幻觉的倾向,我简直抖了!看来果真是那么回事。难道没法医治了吗?——没法预防了吗?"

"幸福就是特效药——乐观的心理就是预防。你要培养这两

---

① 引自《圣经·新约全书·马太福音》第24章第50节:"在想不到的日子,不知道的时辰,那仆人的主人要来……"

种东西。"

在我听起来,世界上没有比叫我培养幸福更为空洞无谓的玩笑了。这种劝告有什么意义呢?幸福可不是土豆,能够种在松软的泥土里,再加上肥料和耕作。幸福是从遥远的天堂里射下来照着我们的荣耀。它是神赐的甘露,灵魂在某一个夏天早晨发现这甘露从乐园里的不凋花和金色的果实上滴落下来,滋润着它。

"培养幸福!"我简短地对这位医师说,"你培养幸福吗?请问你怎么培养?"

"我天生是个乐观派;同时'不幸'从来没有紧紧盯住我不放。'灾难'从我和母亲旁边吼叫一声,擦身而过,可是我们蔑视它,或者不如说对它笑笑,它就走开了。"

"这里面完全没有什么培养。"

"我可不让自己意志消沉。"

"消沉过;我曾经看见你被忧郁的感情压倒。"

"那是关于姞妮芙拉·樊箫的事——是吗?"

"难道她不是有时候使你苦恼吗?"

"呸!废话!胡说!你瞧我现在好多啦。"

如果一双闪射着活泼亮光的含笑的眼睛、一张容光焕发的脸,以及健康的活力能够证明他是好多了的话,那么他确实是好多了。

"你看起来是没有什么不顺当,身体也没有什么大问题,"我承认。

"唉,露西,你就不能像我这样表现和感觉吗——活泼开朗、敢作敢为,能够向基督教世界所有的修女和卖俏者挑战。如果能够看到你满不在乎地打榧子,我愿意立刻拿出黄金来。试试这个伎俩吧。"

"假如我这会儿把樊箫小姐带到你跟前来,你会怎么样呢?"

"我发誓,露西,她不会感动我;或者,她只会在一件事情上感动我——那就是,对了,真实而热烈的爱。我在那样大的代价面前才会原谅她。"

"真的吗！可是不久以前，她的一个微笑对你来说就是一大笔财富呀。"

"情况改变了，露西，情况改变了！你要记得，你曾经把我叫做奴隶！然而我现在是个自由人了！"

他站起来，他的头的姿势，他整个身子的仪表，以及他的发亮的眼睛和面容，都显示出一种比泰然自若更胜一筹的自由的神态——一种对他过去的束缚加以蔑视的心情。

"樊箫小姐带领我走过的感情的一个阶段已经结束，"他接着说。"我已经进入了另外一种状态之中。我现在已经倾向于十分精确地以爱情换取爱情——以热情换取热情——而且差一点都不行。"

"啊，医师！医师！你说过，你的天性是要在艰难险阻的情况下追求爱情——宁愿被骄傲的麻木不仁蛊惑住。"

他笑了，回答道："我的天性变化不定。有时候，前一小时的情绪，在下一小时看来就成为可笑的事。唉，露西，"他戴上手套，"你看那位修女今儿晚上还会来吗？"

"我想不会。"

"万一来的话，请代我向她致意——约翰医师向她致意——并且请求她恩准，等待他来求见。露西，她是个漂亮的修女吗？脸蛋儿讨人喜欢吗？关于这一点，你还没有告诉过我，而这一点却是真正重要的事。"

"她的脸用一块白布遮住了，"我说，"不过她的眼睛闪闪发光。"

"让她的妖怪的服饰见鬼去吧！"他毫不恭敬地说。"不过她至少有一双漂亮的眼睛——又明亮，又柔和。"

"又冷酷，又凝滞，"我回答说。

"不，不，咱们别管她那一套。她决不会缠住你的，露西。要是她再来的话，就跟她握握手。你想，她受得了那个吗？"

我想，对于一个鬼魂来说，那是太仁爱，太亲切了，她受不了；而伴随约翰医师那一声"晚安"的，正是那样仁爱和亲切的微笑。

　　那间顶楼里到底有什么东西呢？他们发现了什么呢？我相信，在仔细检查以后，他们找不到什么东西。最初，他们说到斗篷给人动过了，可是贝克夫人后来告诉我说，她觉得那些斗篷原来就是那样挂着。至于天窗上的碎玻璃，她很肯定，那个窗孔难得有一两块玻璃不碎或者没有裂缝。再说，前几天还下过一场大冰雹。夫人非常仔细地询问我看到了什么，我只说见到一个穿一身黑的模糊的人影。我谨慎小心地不提起"修女"这两个字，因为我肯定这个字眼马上会使她想到什么浪漫故事和胡思乱想。她吩咐我对所有的仆人、学生或者教师别提起这件事，并且高度赞扬我的谨慎，来到她私人的餐厅，而不把这个吓人的故事带到学校里的公共食堂去传播。这桩事就这样搁置下来了。我只好暗自在心里苦苦地思索，这件怪事到底是人世间的呢，还是阴曹地府的呢，或者是否真的不过是一种疾病的产物，而我正是这种疾病的患者。

第二十三章
瓦实提[1]

我不是说过苦苦地思索吗？不；有一股新的力量开始影响我的生活，把苦恼推拒在相当远的距离。想象一个小山谷，隐秘地深陷在森林之中；周围是朦胧的雾霭，草地是阴湿的，草本植物都是蔫蔫的、湿淋淋的。不知是风暴还是斧头在橡树林里劈开了一个大缺口，一股微风吹拂进来，太阳也照射进来，那忧郁而又寒冷的小山谷变成了一个盛满光泽的深深的大杯子。炎夏从美丽的天空中把蓝色的荣耀和金色的光辉倾泻下来，这饥饿的凹地迄今为止还从来没有见过这些东西。

我有着新的信念——对幸福有了信心。

顶楼上的奇遇已经过去了三个星期，我在楼上的抽屉里的小箱子里的匣子里，除了第一封信以外，还藏有四封信，信上用同样坚挺的笔法写的字，用同样清晰的印章加的封，也同样充满给我以生命力的安慰。当时，对我来说是给我以生命力的安慰。许多年以后，我又看了这些信，觉得写得是够亲切的——是一些使人愉快的信，因为那是由一个心情很愉快的人写的。在最后两封信的最后三、四行里，洋溢着半是欢乐、半是温柔的"被感动的而不是被征服的感情"。亲爱的读者啊，时间已经使它们变成性质温和的软饮料了。可是，在我第一次品尝到从那么尊贵的山泉里涌流出来的清新的甘露的时候，它似乎就是天上酿制的玉液琼浆，一种女神赫柏[2]斟的、也是诸神都赞许的酒。

还记得前几页里说的事情的读者，也许会问我怎么答复这些信的。是在干巴巴的理智处处掣肘的控制之下写的呢，还是跟随感情的自由而充沛的冲动写的?

说实话,我采取的是折衷的办法。我侍候两个主人;我在临门庙③中屈身,同时却把心献给另一个祭坛。我对这些来信写了两封信——一封是为了宣泄自己的感情写的,另一封则是写给格雷厄姆看的。

开头,感情和我把理智逐出门外,加上门闩插好插销。然后我们坐下来,把纸摊开,迫不及待地把笔蘸饱墨水,不胜欣喜地把我们心里真诚的话语尽情倾诉出来。我们写完以后——两大张纸上密密麻麻地落满了一个追随者的强烈情感的语言,这时候,油然而生一种根深蒂固而又生动活跃的感激之情——(我在这儿仅此一次爽爽快快地插一句话:对于任何人暗暗猜疑存在所谓"更热烈的感情",我满怀极其藐视的心情予以否认。女人们都不怀有这种所谓的"更热烈的感情",因为在交一个朋友从开始直到最后的整个过程中,她们决不会被骗掉这样一种信念,即:谁要是怀着"更热烈的感情",那便是干了荒谬绝伦的事;一个人除非已经看见或者梦见在爱情的波涛汹涌的海洋中升起了希望之星,否则,他决不会贸然下水,投身爱海的)——言归正传吧,那时,我表达了紧紧依恋而深深尊敬的情感——这种情感要把对方的命运中所有的痛苦都吸引过来,作为自己的命运。要是有可能的话,它甚至会将所有的风暴和闪电吸收并且引导它们离开对方那用渴望的激情看待的生活——那时,恰恰在那一刻,我的心的门扉竟

---

① 瓦实提,《圣经》中亚哈随鲁王的后。一次亚哈随鲁王宴请波斯和玛代的权贵,嘱美貌的瓦实提赴宴。瓦实提不肯遵命,王怒而废除她的后位,改立以斯帖为后。见《圣经·旧约全书·以斯帖记》第1、2章。
② 赫柏,希腊神话中的青春女神,在奥林匹斯山上为众神端送神食琼浆。她的形象是头戴花冠、手持金碗的少女。
③ 临门庙,见《圣经·旧约全书·列王纪下》第5章第18节。临门是巴比伦的主管暴风雨的神。亚兰王的元帅乃缦患大麻风,被神人以利沙治好,从此愿不信其他神祇,只信耶和华。但是他要求:"唯有一件事,愿耶和华饶恕你仆人。我主人(即亚兰王)进临门庙叩拜的时候,我用手搀他在临门庙,我也屈身。我在临门庙屈身的这事,愿耶和华饶恕我。"

会摇撼起来,插销和门闩竟会打开来,理智竟会生龙活虎地跳进来报仇雪恨,抢去写得满满的信纸,念信,冷笑,删改,撕碎,重写,折起来,用火漆封好,把地址写好,最后是送去了草草写成的只有一张信纸的短笺。它做得对。

我并不是仅仅靠信件过日子,我还有客人来访,还有人照顾我。每星期都有人把我接到"台地别墅"去一次,大家对我总是很殷勤。布列顿医师没有忘记告诉我他为什么那么仁慈,"离那个修女远远的。"他说,"他①决心和她争夺她的牺牲品。他非常讨厌她,"他宣称,"主要因为她脸上遮了那块白布,以及她那双阴冷的灰色的眼睛。他一听到这些讨厌的情况,"他肯定地说,"一种极端厌恶的感情便驱使他反对她。他决心跟那个修女比一比高低,但愿他在场的时候,她会再一次出现在我②的面前,可是她再也没有出现。"总之,他用科学的眼光把我看作一个病人,并且通过一个热心而又关心的疗程,在发挥他的职业技巧的同时,还满足了他自己的天生的善心。

12月1日的晚上,我独自在方形大厅里踱步。当时是六点钟,教室的门都关上了,可是这是傍晚活动时间,学生们在里面欢蹦乱跳,正在模拟一场小规模的混乱。方形大厅里是漆黑的,只有炉子的下面和四周发出红红的亮光。宽阔的玻璃门和长长的窗玻璃上都结了冰,亮晶晶的星光在这块白茫茫的冬天的薄幕上斑斑点点地遍撒着,并且用散漫的光点刺破那层灰白色的装饰物,用这些来证明这是一个清澈的夜晚,尽管没有月亮。我竟然敢于在黑暗中单独留下来,说明我的神经已经恢复到健康状态。我想起了那个修女,可是几乎并不怕她,虽然那道楼梯就在我的背后,它穿过黑魆魆的不辨东西的夜晚,从一个楼梯平台到另一个楼梯平台,一直通到那间闹鬼的顶楼。但是我承认,在我突然

---

① 原文为 he,实际上指"我"。下同。
② 原文为 me,实际上指"你"。

听见呼吸声、衣服的窸窣声,一个转身,便在阶梯的投影中看到了一个更为阴暗的影子——一个在移动、在走下楼来的人形,这时候,我的心脏颤动不已,我的脉搏怦怦直跳。人形在教室门前停了一会儿,然后从我面前滑过去。与此同时,远处响起门铃的叮当声。这栩栩如生的声音替我带回来了栩栩如生的感觉,我觉得这个人形太圆又太矮了点,不像我那个瘦削的修女。那只不过是贝克夫人在巡夜呢。

"露西小姐!"萝芯妮手里拿着灯,忽然从走廊那儿闯进来叫我,"有人在沙龙客厅里等你。"

夫人瞧见了我,我也瞧见了夫人,萝芯妮则瞧见了我们两个人;我们彼此之间都没有打招呼。我直奔沙龙客厅去,我承认自己期望见到谁,在那儿我果然见到了——布列顿医师,不过他穿了一套夜礼服。

"马车等在门口,"他说。"我的母亲派车来请你到剧院去。她原先打算自己去,可是来了客人去不成了。她不假思索地说:'让露西代替我。'你去吗?"

"马上就去吗?我没有穿戴整齐哩,"我大声说,沮丧地对自己的黑羊毛衫瞥了一眼。

"你可以花半小时去换衣服。我应该早些通知你,但是我在五点钟的时候才决定去的,因为听说有一位出名的女演员露面,会真正叫人大饱眼福。"

他提起一个使我激动的名字[①]——在当时能够使整个欧洲都激动的名字。可是现在人们不再提起了,它昔日无休无止的回声现在完全平静下来了。多年以前,她和她的盛名已经进了坟墓,

---

[①] 此处实指拉歇尔夫人(1820—1858),原名爱丽莎·费立克丝,当时最著名的法国女演员,父母是德国犹太人,家境贫寒。她曾在法国大城市街头卖唱,后来天才被人发现,在大歌剧院中演出。这一章《瓦实提》主要是对拉歇尔夫人的描写。作者夏洛蒂曾于1851年6月在伦敦应出版商史密斯先生邀请两次观看她的演出。书中不少情节当可视作夏洛蒂与史密斯母子实际情况的反映。

黑暗和忘却早就把她吞噬了；可是，那时候正是她的日子——天狼星①当头的日子——达到其高度、亮度和温度的顶点。

"我去，只要十分钟就准备好，"我保证，说着即刻就飞快地走开，一点都没有考虑一下，读者啊，也许这会儿会使你考虑的问题，那就是：没有布列顿太太在场，跟随格雷厄姆去任何地方都是不妥当的。我当时无法在头脑里产生这种思想，更不要说向格雷厄姆吐露这种思想——这种顾虑——而不冒引起暴虐的自我轻贱、点燃起内心的羞惭之火的危险，而这种羞惭之火是那么无法扑灭，那么具有燎原之势，以至我想会很快把我血管里的生命烧干。此外，我的教母，由于了解她儿子，也了解我，比起担心地注意着我们同进同出的接触来，更愿意把我们视作哥哥和妹妹相伴随。

目前不是摆阔的场合；我那件暗褐色的薄绸绸衣就能对付过去，于是我就在那挂着不下四十件衣服的集体寝室里的橡木大衣柜里翻找这件衣服。可是情况有了变化和改良：不知是哪位革新家把这放得满满的衣柜整理了一番，把若干件服饰搬到顶楼上去了——我的那件绸绸衣也在其中。我非得去找它不可。我拿了钥匙，毫无畏惧地、几乎是毫不思索地走了上去。我打开门锁，一头闯了进去。读者啊，信不信由你，我突然走进去的时候，那间顶楼并不是本来应有的那么漆黑一团。从一个地方射出一线阴森森的亮光，就像一颗星星似的，不过比星光明亮些。它是那么清楚，以至于那块遮住深深的壁龛的色泽晦暗的大红帷幕的一部分都能看见。可是那道光在我眼前即刻又无声无息地消失了，帷幕和壁龛也看不见了，顶楼的那一端全部都变得像深夜那样黑了。我不敢去探究，既没有时间，也没有这个愿望。我抓住所要的衣服，它幸亏在靠近门口的墙上挂着。我奔了出去，抖抖索索、慌

---

① 天狼星，夜空中最亮的恒星。古罗马人认为，一年中最热的季节同天狼星的偕日升落相联系。

慌张张地锁上房门,箭也似的飞身下楼,溜进集体寝室里。

可是我浑身颤抖得无法穿好衣服,也无法梳理头发,或者用颤抖的手指把搭钩扣在钩眼里,因此我喊来萝芯妮,贿赂她帮我一把。她喜欢受贿,所以尽量把我的头发梳得油光水滑,扎成发辫,一点也不比理发师做的差,还把花边衣领弄成像数学那样有条有理,又把颈子上的缎带结得一丝不苟——总之,只要她愿意,她就能像心灵手巧的费利斯①一样干活。她给了我手绢和手套以后,拿着蜡烛替我走下楼照亮。我还是把披肩给忘了。她跑回去取,我和约翰医师站在门厅里等着。

"怎么回事,露西?"他眼睛朝下仔细打量我说。"又发生了那件刺激你的事情了。哈!修女又出现了吗?"

可是我完全否认这种责问;他怀疑我第二次头脑中产生幻觉,我为此感到烦恼。他一直不相信。

"她肯定来过了,就像我活着一样,"他说。"她的身影从你的眼前掠过,在你的眼睛里留下了特别的闪光和表情,这绝对错不了。"

"她没有来过,"我坚持说,因为我的确能够老老实实地说她刚才并没有显现过。

"老症状都明摆着,"他肯定地说。"你脸上有那种特殊的苍白,苏格兰人叫做'起毛'的样子②。"

他是那么固执,我觉得,还是把我真的曾经看到了什么东西告诉他为好。当然啰,在他看来,那是同一种原因的另一种结果;全然是光幻视——一种神经方面的疾病,等等。我一点也不相信他的诊断;可是我不敢反驳,医师们都是固执己见的,都对

---

① 费利斯,希腊神话中色雷斯国王吕库尔戈斯之女。她爱上希腊英雄忒修斯之子得摩丰,并和他结婚。后来她被得摩丰遗弃,投海自尽。弥尔顿的叙事诗《欢乐的人》第2章中写了心灵手巧的费利斯。
② 原文为"raised"look,出自司各特的小说《帕思丽人》第36章:"他的面貌粗野,形容憔悴,高度兴奋,正如苏格兰语所说的那样,'起毛'得很。"

于自己那种干巴巴的唯物的观点毫不动摇。

萝芯妮拿来了那块披肩,我便被塞进了马车。

戏院里坐满了人——满得一直达到屋顶。王室和贵族都在座,王宫和旅馆里住的人都倾巢而出,来到这一排排的座位上,如此密集,又如此肃静无哗。我深感荣幸,自己能得到在戏台前占一席之地的待遇。我引颈盼望看到那个人物出场,她的才能我久已耳闻,因而我怀有特殊的期望。我不知道她是否名实相符,我带着不平常的好奇心,带着庄重严肃的神情,然而又是带着全神贯注的兴趣等待着。她是我的眼睛迄今尚未遇见过的那么一种性质的研究对象:她是一颗伟大的新行星;可是究竟属于什么类型的呢?我等待她升上天际。

她在那年12月的晚上九点钟升起来了。我看见她来到地平线之上。如今她还能带着苍白的荣华和稳健的力量放射光芒,可是这颗星已经到了末日的边缘。从近处看——是一团混沌景象——空洞、消磨殆半;一个消灭了的或者正在消灭的天体——一半是熔岩,一半在发出红红的光焰。

我听人说这位女士"容貌平凡",我预料会看到瘦骨嶙峋得刺目和严峻的形象——棱角分明、肤色灰黄的可说是大高个子的人。然而我看到的却是一位王族的瓦实提的影子:一位王后,曾经像白天那样美丽,如今却变得像黄昏那样暗淡,像蜡在火焰中融化。

有一会儿——长时间的一会儿——我觉得她只不过是一个女人,尽管是一个独一无二的女人,在大庭广众前颇具魅力而又仪态万方地走动。渐渐,我认识到自己的错误了。瞧啊!在她身上,我发现了一种既不属于男人也不属于女人的东西:她的两只眼睛里都各坐着一个魔鬼。这种邪恶的力量在整个悲剧中支持着她,使她维持住她那微弱的气力——因为她只不过是个柔弱的人物而已。在剧情发展到高潮、更深入地激动人心的时候,那些邪恶的力量用它们那地狱里的激情在多么疯狂地震撼她啊！它们在她的端正而傲慢的前额上写下"地狱"两个字。它们使她的声音带着痛苦的调子。它们把她庄严的脸扭曲成恶魔的假面具。她站在那儿，完全是一个仇恨、暗杀和疯狂的化身。

那是一个了不起的情景：一个非凡的启示。

那是一个低级的、可怕的、不道德的场面。

武士们用剑互相刺杀，死在竞技场的黄沙上，倒在血泊之中。一些公牛用牛角把一些马牴伤，弄得肠子都露了出来，这给观众却是一个较为温和的情景了——比起瓦实提被七个恶鬼撕碎①，对于人们的味觉说来，这只是一个比较温和的调味品了。折磨瓦实提的那些魔鬼大声喊叫，把它们作恶的对象撕碎，可是它们仍然拒绝被驱逐出去。

痛苦已经袭击到那个舞台皇后的身上来了；她在观众面前对痛苦不让步，不忍受，也不在有限的范围之内表示怨恨。她站在那儿，跟痛苦作难解难分的斗争，不屈不挠的抵抗。她站着，不是穿戴整齐，而是用古色古香的浅色布在身上披几层，又长，又有规则，就像是雕刻品。背景、周围环境，以及地上，都是深红色的，把她突出地衬托出来，而她像雪花石膏一样白——像银子，或者，不如说，像死亡。

创造克娄巴特拉的艺术家在哪儿呢？让他到这儿来坐下，研究研究这个迥然不同的景象。让他在这儿寻找他所崇拜的强健的膂力、肌肉、充足的血气以及饱满的肉体吧。让所有实利主义者走到跟前来看看吧。

我说过她不怨恨痛苦。不；这个字软弱无力，会使这句话变得不真实。对她来说，凡是加给她的伤害马上会被她兼并掉；她把它看作是一种可以被打击、被吞下肚去、被撕成碎片的事物。

---

① 典出《圣经·新约全书·路加福音》第8章第1至2节："耶稣周游各城各乡传道，……和他同去的有十二个门徒，还有被恶鬼所附、被疾病所累、已经治好的几个妇女，内中有称为抹大拉的马利亚，曾有七个鬼从他〔她〕身上赶出来。"

她自己几乎没有实体,却与那些抽象的事物扭打在一起。在灾难面前,她是一头母老虎,她撕毁她的苦恼,用强有力的憎恨使忧愁发抖。在她看来,痛苦没有好的结果;眼泪不能浇灌出智慧的果实。她用反抗者的眼光去看待疾病,甚至看待死亡。她也许是邪恶的,但她又是坚强的。她的坚强战胜了美丽,制伏了典雅,并且把这两者系在她的身旁,作为完美无瑕的俘虏,既美而又温驯。即使处在精力的极端昂奋状态之中,其每一个酒神女祭司①般的动作仍然维持着庄严、堂皇、昂视阔步的神态。她的头发蓬松地飞动着,就像在狂欢或战争中似的,仍然是天使的头发,并且在一圈光环下熠熠生辉。尽管沦落、起义、流放,她仍然记得她所反叛的天堂。天堂上的光亮在她流亡的时候照耀着她,照穿了她流亡的疆界,揭示出那疆界的孤寂凄凉和辽远。

现在把克娄巴特拉或者任何其他动作缓慢的东西放在她面前,作为障碍吧,我们就会看到,像撒拉丁②的短弯刀劈开绒毛软垫那样,她把那一团肉糊糊的东西斩断。让保罗·彼得·鲁本斯③从死者中复活,让他去掉寿衣爬起来,把他画的那一大群胖女人带到这儿来吧。魔术的力量,或者先知的德行,赋予摩西④的小杖以功能,只要一挥,就能使被咒语分开的海水解除魔法而重新汇

---

① 酒神女祭司,希腊神话中酒神的女信徒,又称巴科斯的狂女,或酒神的伴侣。常举行疯狂的宗教仪式。在英文中转义为异常激动的女人,或疯狂的女人。
② 撒拉丁(1138—1193),中世纪埃及、叙利亚、也门和巴勒斯坦的苏丹,阿尤布王朝的开国君主,最著名的穆斯林英雄,库尔德人。曾率军攻进耶路撒冷,数次打败十字军的进攻。司各特的历史小说《护身符》(一译《十字军英雄记》)第27章描写撒拉丁在理查王面前用弯刀轻轻一割便割开一个软垫,以显示自己的刀法。
③ 保罗·彼得·鲁本斯,原文有误,应为彼得·保罗·鲁本斯(1577—1640),比利时人,佛兰德斯画家,作品有《智者朝圣图》、《农民的舞蹈》等,对欧洲绘画发展有重大影响。
④ 摩西,《圣经》故事中犹太人的古代领袖,他曾经率领数十万以色列人逃离埃及,避免奴役和杀戮。过红海时,上帝使他用木杖把海水分开。待以色列人从当中走过去以后,又用木杖叫海水合拢,把埃及的追兵全部淹死。见《圣经·旧约全书·出埃及记》第7章至第14章。

合,并且用溃决海塘的倾泻而下、排山倒海的"墙垣"①来淹没那一支大军。

人家告诉我,瓦实提并不好,我刚才说过她看上去也不好。她虽然是个幽灵,然而却是个从托非特②里出来的幽灵。那么,既然由下面能升起如此之多的邪恶的力量,那么,难道有一天不会从上面降下来一种从神圣的本质里涌流出来的东西吗?

格雷厄姆医师对这个人有什么看法呢?

在很长的时间里,我忘了看看他在做什么,或者问问他有什么想法。天才的强大的魅力把我的心从惯常的轨道上吸引出来。向日葵从南方转向一道强烈的光源,那不是太阳的光——而是一团火红的、奔驰着的、彗星似的光——在视觉和感觉上都是火辣辣的。我以前看过演出,可是从来也没有看到过像这样的演出。从来也没有什么东西像这样使"希望"震惊,使"欲望"沉默;使"冲动"被超过,使"概念"苍白无力。这"概念"并没有用它可能做到的想法来纯粹是刺激一下想象力,同时因为它没有做到而使人的神经兴奋得发烧,它却是揭示出一股力量,像上涨的深深的冬天的河流,如同瀑布那样雷声隆隆地咆哮,载着灵魂,像载着一片叶子似的,以雷霆万钧之势飞流直下。

樊箫小姐运用她平常那种成熟的判断力,宣称布列顿医师是个严肃的充满热情的男人,只是太正经了、太多情易感了。我可从来也不这样看待他;我可不能指责他有这种缺点。他天生的习性不是爱好沉思的,他天生的情怀也不是多愁善感。他就像起涟漪的水那样容易感受,可是也几乎跟水一样不容易打动。微风、

---

① 典出《圣经·旧约全书·出埃及记》第 14 章:摩西带领以色列人逃离埃及,行至海边,"水在他们左右作了墙垣。"埃及军兵追到,"叫水仍合在埃及人并他们的车辆、马兵身上。"
② 托非特,原指耶路撒冷以南希伦谷中的神坑。希伦谷又称火焚谷及凶杀谷。古希伯来人在此虐杀儿童以祭摩洛神。后为垃圾焚化场,火焰不绝,遂喻之为地狱,或称"地狱之门",传说它的下面即"深不可测,燃烧着永火的七层地狱"。

太阳能够感动他——而金属的东西却不能镌刻他，火也不能给他打上烙印。

约翰医师能够思考，并且很会思考，可是他是一个着重于行动的人，而不是一个偏注于思想的人。他能够感觉，而且以他的方式来强烈地感觉，可是他的心上却没有一根热情的弦。面对欢快的、柔和的、甜蜜的影响，他的眼睛和嘴唇会流露出欢快的、柔和的、甜蜜的欢迎神情，看上去美丽得就像玫瑰红与银白、珍珠白与绛紫的染料浸润在夏天的云彩之中。因为凡是属于狂风暴雨的东西，凡是属于疯狂的和剧烈的东西，危险、突然，以及火烧火燎，他都不同情，对之都没有感情上的交流。在我慢慢想起来，重新打算看他一眼的时候，发现他眼睁睁地瞧着那个阴险的王后瓦实提，不是带着惊叹的眼光，也不是带着崇拜的或者惊愕的眼光，而只不过单纯怀着强烈的好奇心，这使我感到有趣，并且心中忽然明白过来。瓦实提的痛苦没有使他难受，她的狂野的呻吟——比尖叫还吓人——也不怎么感动他。她的暴怒使他有点儿讨厌，却谈不上感到恐怖。这位冷静的年轻的布列顿啊！他的英格兰的灰白色悬崖峭壁俯瞰着海峡里的潮汐，那样子也比不上那天晚上他眼睁睁地瞧着那个皮提亚①的灵感时那么冷静。

看着他的脸，我非常想知道他确切的意见，我终于向他提问以便引他发表他的看法。他听到我的声音的时候，好像如梦初醒；因为他一直以他自己的方式在思考，在聚精会神地思考他自己脑子里的问题。"他到底喜欢瓦实提吗？"我希望知道。

"呣——呣，"是他第一次声音勉强清晰的、然而是有表情的回答。然后，在他的嘴唇周围漾起了一种不可思议的微笑，那么带批判意味的微笑，那么差不多是无情的微笑！我想，对待那种性格的人，他的心确实是无情的。他用几句简短的词句告诉我他

---

① 皮提亚，希腊神话中特尔斐城的阿波罗神庙中宣示阿波罗神谕的女祭司。她坐在三脚架上，精神迷醉地回答男预言者提出的问题。

对于那位女演员的看法和感觉。他不把她看作一位艺术家，而是看作一个女人，这是一种别具一格的判断。

那天晚上，在我的生命册中，已经不是用白颜色的、而是深红色的十字记了下来。①可是这还没有结束，其他的备忘录还会注定用抹不掉颜色的字写下来。

接近午夜的时候，悲剧深入发展到死亡的阴暗的场面，所有的人都屏息凝神，甚至格雷厄姆也咬住了他的下嘴唇，颦眉蹙额，愣愣地静坐不动——整个戏院鸦雀无声，所有的眼睛的视线都集中在一点上，所有的耳朵都倾听那一个地方——什么也看不见，只见到一个穿白衣的人颓然坐在椅子上，在同她那最后的、最憎恨的、但是显然比她强大的死敌作斗争而颤抖不已——什么也听不见，只听见她垂死挣扎的声音，她的喘息声，她那仍然反叛的、依旧对抗的急促的呼吸声。看来仿佛有一个极为强烈的意志在一个行将灭亡的躯壳之中抽动不已，硬要使它跟命运和死亡进行决战，正在寸土必争地搏斗，耗尽每一滴血，反抗到最后一刻，动员每一个官能的力量。这意志要看见，要听见，要呼吸，要在一定的范围之内活下去，直到十分接近于超过死神对所有的知觉和所有的存在物说出这样一句话的时刻：

"到此为止，不能再远！"

就在这个时候，舞台场景的幕后忽然窸窸窣窣地响起了一阵混乱声，充满了不祥的预兆——能听到脚步奔跑声和叽叽喳喳的说话声。这是怎么啦？整个戏院在询问。一道火光、一阵浓烟的气味作了回答。

"失火了！"顶层楼座喊声大作。"失火了！"重复喊着，回响着。然后，说时迟，那时快，发生了惊慌万状的你推我挤、争先恐后的场面——既盲目，又自私，又残酷的大混乱。

---

① 典出《圣经·新约全书·启示录》第 3 章第 5 节："凡得胜的，必这样穿白衣，我也必不从生命册上涂抹他的名。"

至于约翰医师呢？读者，我到现在还能瞧见，他的样子是恰如其分地英勇无畏，并且是发自内心地沉着冷静。

"我知道，露西会安静地坐着的，"他说，同时眼睛朝下对我望了一眼。我过去在他的母亲的壁炉前那安全、和平的气氛里坐在他身旁的时候，他的眼睛里那种平静安详的善意和泰然自若的坚定神态，现在又出现在他的眼睛里。是的，被这样一恳求，我想我会在摇摇晃晃的巉崖之下稳坐不动的。不过，说真的，在当时的情况之下静静地坐着正是我的本能，并且，即使以我的生命作代价，我也不愿意因为移动而给他添麻烦，违背他的意志，或者要求他来照顾我。我们是坐在楼下正厅前座里，有几分钟，我们周围发生过非常可怕的、毫不留情的挤压。

"这些妇女真是被吓破了胆！"他说，"不过，要是这些男人不也同样被吓坏了的话，秩序本来还可以维持的。这是一幅叫人难受的情景。此刻我看见五十个自私自利的畜生，若是我在近处，我会有意识地把他们一个一个击倒。我看有些妇女比有些男人还勇敢些。那边有一个——天啊！"

格雷厄姆说话时，在我们前面的一个姑娘，本来平静安稳地靠在一个绅士身上，却忽然被一个高大的、屠夫般残忍的家伙撞倒，使她从保护人的胳臂中一下子跌在人群的脚下。她不见了还不到两秒钟，格雷厄姆便奔了过去；他和那个头发灰白却有气力的绅士协力把人群推开。她的头和长发从绅士的肩膀上垂下来，看上去已经失去了知觉。

"把她交给我吧，我是个医师，"约翰医师说。

"要是你没有跟哪位女士一起来，就这样吧，"绅士回答。"抱住她，我会挤出一条路来。我们必须把她带到空气新鲜的地方去。"

"我跟一位女士来的，"格雷厄姆说。"不过她不碍事，也不是累赘。"

他用眼睛向我招呼；我们离开一段路。由于决心要跟上他，我穿过人墙,在不能挤过去或者越过去的地方,我就蹲下来钻过去。

"把我牢牢抓住,别松手,"他说,我服从了他的话。

我们的先锋证明是强壮而又灵敏的。他像一个楔子似的把密密层层的人群分开。他用耐心和努力终于凿通血肉组成的岩石——那么坚固,那么热而令人窒息——把我们带到那空气新鲜、冰冷刺骨的夜空下。

"你是英国人吗?"我们走到街上的时候,他忽然转过头来问布列顿医师。

"我是英国人。我是在跟一位同胞说话吗?"他这样回答。

"对。麻烦你在这儿待两分钟,等我去找我的马车。"

"爸爸,我没有受伤,"一个女孩子的声音说。"我是不是跟爸爸在一起?"

"你是跟一个朋友在一起,你父亲就在旁边。"

"告诉他我没什么,只是肩膀受了伤。哦,我的肩膀!他们踩了我肩膀这儿。"

"也许是脱臼了!"医师咕哝着说。"希望没有更糟糕的伤。露西,请你这会儿助我一臂。"

我前去帮忙,让他把衣服和姿势调整一下,好使她舒服一些地承当他那受罪的负担。她抑低呻吟声,安静而有耐心地躺在他的双臂上。

"她非常轻,"格雷厄姆说,"像个孩子呢!"他又对着我的耳朵问道:"她是个孩子吗,露西?你刚才注意到她的年龄吗?"

"我不是个孩子——我已经是个十七岁的人了,"病人正经而严肃地回答。接着马上又说:

"叫爸爸来;我不放心。"

马车驶来了,她的父亲接替了格雷厄姆。可是在从一个人换到另一个人的手臂上的时候,弄痛了她受伤的地方,于是又一声声呻吟起来。

"我的宝贝!"她的父亲温柔地叫她;然后朝着格雷厄姆说:"先生,你刚才说你是位医师,是吗?"

"是的,我是台地别墅的布列顿医师。"

"好啊。请坐上我的马车,好吗?"

"我自己的马车就停在那儿。我去找来,跟你一起走。"

"那么,请跟随我们。"他说出他的地址:"克莱西街的克莱西公馆。"

我们跟着走,马车赶得很快,我和格雷厄姆都陷入沉默。这似乎像是一次奇遇。

我们寻找自己的马车和车夫的时候,费了一些功夫,也许比这两位陌生人晚了十分钟左右到达公馆。那是一家外国人所说的公馆①:是一组连在一起的住宅,而不是一家客栈——那是巨大的、高耸的一堆,朝街的是一个大拱门,通向一条覆盖着拱形天棚的路,直到一个四周都是建筑物的广场。

我们走下马车,登上一座又宽阔又漂亮的公用楼梯,走到第二层楼梯平台,在二号房间前停步。格雷厄姆告诉我,二楼上有我不知道的某个"俄国亲王"的住处。我们在第二扇巨大的门外拉了铃,就被引进一套非常漂亮的公寓房间。一个穿制服的仆人向主人通报了以后,我们就走进了客厅,那儿的壁炉是英国式的,正熊熊燃烧着,四周墙壁上镶着外国的镜子,闪闪发光。靠近壁炉,只见围着一堆人:一个娇小的身子陷入一把大扶手椅中,一两个妇人正在为她忙着,那个铁灰色头发的绅士正焦急地在一旁望着。

"海蕊特在哪儿?我希望海蕊特到我身边来,"女孩子用有气无力的声音说。

"赫斯特太太在哪儿呢?"那位绅士不耐烦地、几乎有些严厉地问引我们进来的那个男仆。

---

① 公馆原文为 hotel,英语中是"旅馆"的意思;法语中可作"公馆"解。

"先生，很遗憾，她已经离开这个城镇了。我的年轻的小姐答应她请假，明天才回来。"

"是的——我让她去的——我让她去的。她要去看她的妹妹，我同意她去，我现在记起来了，"年轻的小姐插话说。"不过我很遗憾，因为我的话曼侬和路易荪一句也听不懂，她们把我弄痛了，尽管不是有意。"

约翰医师和那位绅士这时互相寒暄几句。他们用几分钟时间谈论病状的时候，我走到扶手椅跟前，察看那位瘫软无力的姑娘需要什么帮助，我就帮她一帮。

我还在忙着服侍她的时候，格雷厄姆走来。他的外科不比内科差，在检查了病人以后，他认为对于这个病例自己可以处理，不需要再请教别的大夫。他吩咐把病人抬到她的房间里去，一面轻声对我说：

"露西，跟那两位妇女一起来；她们看来很迟钝。你至少可以指导她们如何动作，使病人少受点痛苦。必须很轻很轻地碰她才行。"

房间里挂着浅蓝色的帐幔，显得幽暗，又拉上了平纹细布的窗帘和帷幕，望去雾气濛濛的。那张床在我看来就像雪堆和迷雾一般——一尘不染，又软又轻如薄纱。我叫两位妇女站开一点，动手把她们的小姐的衣服脱下来，不要她们好意的、但是笨手笨脚的帮助。我这时候心情还不够完全镇定，无法以分散的清晰感觉去注意我脱下来的服装的每一个细部，但是我却得到一个精致、文雅和完美的个人修养的总印象。事后回想起来，这些品质，跟我对姑妮芙拉·樊箫小姐的陈设所保留的记忆，恰恰是个鲜明的对照。

这个姑娘本人是个苗条而又娇嫩的人儿，可是长得像个模特儿。我把她那一头浓密而细软、光泽如此好、护理得如此精心的秀发往后拢去时，眼下只见一个年轻、苍白、疲倦、可是有教养的脸蛋。额头饱满而明朗；眉毛清秀而柔和，在鬓角边逐渐变成细得只是一道痕迹；一双眼睛是天赐的宝贵的礼物——秀美而又圆润，又大又深沉，似乎对于较为微小的从属的五官来说，居于支配地位——在另一个时间里，在其他的情况下，比在此时此地，可能会有很大的重要性，而目前却是无精打采，痛苦难耐。她的皮肤十分白净，脖子和手的纹理细得就像花瓣一般。这个娇嫩的外表却被涂上一层傲慢的薄冰，她的嘴唇弯弯的——我不怀疑那是生来的，不是有意识的，但是，如果我第一次见到这种情况，是在她健康和正常的状态之下，那么我会认为那是没有道理的，只是说明小姑娘的人生观以及她对自己的重要性有很不正确的看法。

在接受医师治疗时，她最初的举止引人发笑。那不是孩子气的样子——总的说来，而是忍耐和坚定的——不过，有一两次她突然直截了当地对他说，他把她弄痛了，必须设法减轻她的痛苦。我还瞧见她那双大眼睛睖睁睁地望着他的脸，就像一个心中疑惑的美丽可爱的孩子的那双严肃的眼睛。我不知道格雷厄姆有没有感觉到这种审问的目光，要是他已经感觉到的话，那么他是在特别小心，不要用报复性的目光去遏制，使她不安。我认为他是以极度的细心和温柔在工作，尽量使她少受痛苦。他治疗完毕的时候，她用这些话，表示了感激之情：

"医师，谢谢你，晚安。"这是真心说出的感谢的话。不过，在她说出口的时候，重又带着那种我认为含有特别庄重认真和聚精会神意义的严肃和直接的凝视。

伤处看上去不严重，她父亲听到这个保证笑逐颜开，既高兴又感激，几乎把说这话的人当作朋友。他现在用适合于一个英国人对待一个为他服务，然而仍旧陌生的人的真诚，向格雷厄姆道谢；同时，还请他第二天再来。

"爸爸，"一个声音从罩了帐子的卧榻那儿发出，"也谢谢那位小姐。她在这儿吗？"

我微笑着揭开帘幕，看着她。现在她比较舒服地躺着，尽管苍白，但模样美丽。她的面庞是精雕细琢的样子，如果说初看起来很傲慢，我相信，看惯了会觉得它是温和的。

"我真诚地感谢这位小姐，"她父亲说。"我认为她对我的孩子非常好。我觉得我们简直不敢告诉赫斯特太太，谁替代了她的工作；她知道的话，既会觉得难为情，又感到妒忌的。"

我们就这样在最友好的气氛中彼此说了告别的话。他们很客气地端来了点心，不过我们由于时间已晚，就婉言谢绝，并且离开了克莱西公馆。

我们在回去的路上又经过了那家戏院。那儿已经寂静无声，黑暗无光。那喧闹着东冲西撞的人群完全不见踪影——灯光以及不久前未酿成灾害的火已经熄灭了、被人遗忘了。第二天早晨的报纸上作了说明，讲那只不过是火星落到没有完全挂牢而垂下的帷幕上，烧了起来，但是很快就被扑灭了。

第二十四章
德·巴桑皮尔先生

那些退休的人们，生活在与世隔绝的学校里或者其他四周围墙、警卫森严的住所里，他们的朋友们，这是说比较自由的世界里的居民们，很容易忽然地、并且长时间地把他们抛在脑后。这也许无法解释：紧接着特别频繁地交往了一段时间——这种交往是在有点儿使人兴奋的情况下的聚会，其自然而然的后果本来似乎应该是加速而不是中止来往——却忽然降临了寂静的暂停、一阵沉默不语、一段长期遗忘的空白。这段空白往往是不间断的，既完整，又不可理喻。曾经频繁的函简完全停止了；以前是间歇的访问，已经不复重现；书籍、纸条或者其他能表明想念的象征，也一概无影无踪。

一个隐士其实应该知道，这种种间断总是有很好的理由可以说明的。尽管他在他的静修室里足不出户，然而在外界的他的那些社会关系却在生活的旋涡中旋转不已。对他来说，那段空白的间歇是过得那么慢，好像连时钟都停了摆，而没有了翅膀的时间[①]就像疲倦的流浪者老是要在每个里程碑前歇一歇脚那样踌躇着——那同一段间歇，也许对于他的朋友来说，却是充满了各种事件，忙忙碌碌，气喘吁吁。

隐士——如果他是一位明智的隐士——就会把自己的想法束之高阁，在内心的冬天的这许多个星期里，把自己的感情锁起来。他会知道命运派定他有时候要模仿榛睡鼠[②]，他就会适应这个角色，把自己卷成一个圆圆的球，爬进生活的大墙的一个洞孔里，毫无怨言地容忍雪花吹进来，不久便把他堵在里面，再把他保存在冰块里,度过寒冬季节。

他应该说:"这是对的;应该这样,因为事情就是这样。"也许有一天,他那座冰雪的坟墓会打开,春天的柔情会回来,阳光和南风会找到他;树篱的发芽、鸟儿的鸣啭声,解冻的溪流的潺潺声会仁爱地呼唤他复活。也许事情会是这样,也许不是。冰霜可能深入到他的心里,再也不融化了。春天来临的时候,一只乌鸦或者一只喜鹊可能从那个墙洞里只是衔出他那榛睡鼠的骨头来。那么,即使是这样的话,一切也都会是对的。因为他应该一开始就知道,自己是会死的,有一天一定会走世人必走的路,③"迟早都一样"④。

在那戏院的多事的晚上以后,我过了七个星期空白得像七张白纸那样的日子。每张纸上都一个字也没有:没有一个人来访,也没有一点征兆。

这段时间过了差不多一半,我就胡思乱想,在台地别墅的我的朋友们大概发生了什么事情了。在一个孤独的人看来,这空白的中间一段总是云雾缭绕的疑点。他的神经因长期盼望而紧张,而痛楚。在这之前被赶走的怀疑,现在聚集成一大堆——因积累而增强了——以带有报复意味的力量向他反扑回来。夜晚也变成了可怕的时间,睡眠和他的心灵不相协调,莫明其妙的惊醒和挣扎使他的卧榻都成了折腾烦扰之处。一连串不祥的噩梦;带着大难临头的恐怖,而首先感受的是一种被完全抛弃的令人揪心的惧怕,这些,都结成联盟,同他作对。可怜的人哪!他尽最大努力去忍受,不过尽管如此,他还是个可怜巴巴的、苍白无力的、虚

---

① 原文为 wingless hours,语出英国诗人雪莱(1792—1822)的长诗《解放了的普罗米修斯》第1章:"他们的没有翅膀、慢慢爬行的时序女神。"
② 榛睡鼠,形同松鼠,然而夜出活动。以嗜睡闻名。在秋天,榛睡鼠体内储存大量脂肪,冬天大部分时间睡眠,可睡半年之久,只偶尔醒来吃些储备的食物。
③ 原文:go the way of all flesh 为英文成语,意为"死亡"。源出《圣经·旧约全书·约书亚记》第23章第14节:"我现在要走世人必走的路……"
④ 语出司各特的小说《罗伯·罗伊》第18章。

弱消瘦的不幸的人。

快到这漫长的七个星期的尽头的时候，我承认了六个星期以来自己一直小心翼翼地排斥的信念——那就是这些空白是不可避免的；那是环境的产物，命运的法令，我一生的运气的一部分，而且还是——尤其是——绝对不能去追究其原因的一件事，对它所带来的痛苦的后果也决不能口吐怨言。当然，我并不因为受罪而责难自己；感谢上帝，我具有高于此的真正的正义感，而不去愚蠢地过分自我谴责。至于说到责怪别人的沉默呢，我的理智使我很清楚，他们是没有过错的，而我的心也承认这一点。然而我跋涉的道路是坎坷不平的、艰难曲折的，我渴望较好的日子来临。

我想尽种种办法来支撑和充实我的生活。我开始编织一块精心细作的网眼针织物，非常用功地学习德文，并且着手安排一段时间经常阅读图书馆里的最枯燥的最厚的书籍。在所有的努力之中，我都按照自己所知道的正统做法去做。这样做是不是有什么错误呢？很可能有。我只知道这结果就仿佛啃锉刀以充饥，或者饮盐水以止渴一般。①

邮递员来的时间就是我痛苦的时间。不幸的是我太熟悉这个时间了；我试图欺骗自己说不知道，尽管费尽心机，却徒劳无功。我心里害怕盼望所带来的痛苦和失望所带来的精神崩溃，这两种情况每天在那十分耳熟的铃声之前和之后都会出现。

我猜想，那些关在笼子里的动物，由于喂得不够，总是处在饥饿的边缘，它们等待食物，就像我等待来信一样吧。哦！——如果说实话，如果抛开那种要长期维持而使人忍受不了的假装镇静的调子——在那七个星期里，我经受了难挨的惧怕和痛苦、奇特的内心考验、可悲的失去希望，以及难以忍受的绝望对我的侵犯。最后一种感觉有时候来得那么近，它的气息都能穿透我的身

---

① 夏洛蒂于1845年11月18日给埃热先生的信上说："我什么办法都尝试过：我找事情做；禁止自己享受谈到你的快乐……"与这一段参照，可知这一段及前后其他段落实是作者心灵的自白。

体。我以前曾经感觉到，它像是有害的气息或者叹息，渗透得很深，能使我的心脏停止跳动，或者只不过是在难以言宣的压制之下跳动。信啊——我的心爱的信——不会来了，而它却是我生活中所盼望的唯一的乐趣啊。

在极端的困苦之中，我不得不一再乞灵于那个盒子里的一小扎东西——那五封信。那个月份的天空曾经看见升起了这五颗星星，那是多么灿烂辉煌的月份啊！我总是在晚上去找它们，由于不敢每晚都到厨房里去要一支蜡烛，我就买了一根小蜡烛和火柴来点燃。在自习的时间里，我偷偷溜到集体寝室里去，用巴尔米赛德①的面包皮来充饥。这可不能使我得到营养，却使我变得憔悴，瘦得像个幽灵；除此以外，我没有什么病。

有一个夜晚，我看信看得很迟，感觉到自己渐渐失去阅读的能力了——因为由于不断细读，信已经失去全部新鲜汁味和深长意味了。在我眼前，我的金银财宝萎缩成了枯枝败叶了，我正在因幻想的破灭而感到悲伤的时候——突然听到有人奔上楼来的那种轻快的脚步声。我知道这是姞妮芙拉·樊箫的脚步声。她那天下午在镇上吃饭，现在已经回来，要到这儿来把披肩等等放到衣橱里去。

她果然进来了，穿着鲜艳的丝绸衣服，披肩从两肩垂下来，鬈发由于夜间的潮气而半带松散，随便地、沉沉地垂到脖子上。我几乎来不及把我的珍藏品放回到盒子里锁起来，她已经来到了我的身边。她似乎不太高兴。

"今儿个晚上真没意思。他们都是蠢货，"她开始说。

"谁？肖尔蒙德莱太太吗？我以为你总是觉得她的家很可

---

① 巴尔米赛德，《一千零一夜·裁缝的故事·理发匠第六个兄弟的故事》中的一个富翁的名字。此人爱开玩笑，常以并不存在的盛宴美酒待客。理发匠的第六个兄弟沙卡巴克在向他乞讨时，也受到这样的对待。但是沙卡巴克假装吃得津津有味，并假装喝得酩酊大醉，乘势搧了富翁一巴掌。富翁却原谅了他，真的拿出美味佳肴款待他，并且让他当了侍从。

爱,不是吗?"

"我没有到肖尔蒙德莱太太的家里去。"

"真的!你结交了新朋友了吗?"

"我的姨父德·巴桑皮尔来了。"

"你的姨父德·巴桑皮尔!难道你不高兴吗?——我还以为他是你所喜欢的人呢。"

"你想错了。这人够讨厌的,我恨他。"

"这是因为他是一个外国人吗?或者是其他同样重要的原因?"

"他不是一个外国人。天晓得,他是个地道的英国人。三四年前,他用的一直是英国的姓;不过他的母亲是个外国人,一个德·巴桑皮尔家的人。她的家族里有几个人死了,把财产、爵位、还有这个姓留给了他,现在他可是个相当了不起的人了。"

"那么你是不是为了这个缘故恨他呢?"

"难道我不知道妈妈怎么说他的吗?他不是我父系的 uncle①,而是他跟妈妈的妹妹结了婚。妈妈痛恨他,说他待姞妮芙拉姨母不好,把她折磨死了。他看上去像一只熊②。这么一个阴郁的夜晚!"她继续说。"我决不再到他的大公馆去了。你想想看,我独自一人走进一个房间,一个五十岁的大个子男人朝我走来,谈了几分钟的话以后,竟然转身把背朝着我,接着就突然走出了房间。你看怪不怪!我想是他的良心责备他了,因为家里所有的人都说我长得非常像姞妮芙拉姨母。妈妈常常说我们相似得简直可笑。"

"你是唯一的客人吗?"

"唯一的客人?对啦。还有我的表妹妞妞,这位娇生惯养的被宠坏了的小东西。"

---

① 此处原文为:He is not my own uncle,意思是"他不是我的叔父(而是姨父)"。英文中叔父和姨父都用 uncle 一字,句中难以区分,故作如此处理。
② 熊,原文为 bear,在英文里还有"鲁莽粗暴的人"之意。

"巴桑皮尔先生有个女儿吗?"

"不错,不错。别拿问题来逗弄我。哦,天哪!我累死了。"

她打了个呵欠,毫不客气地倒在我的床上,又添一句说:"看起来,几星期以前剧院里发生的那场骚动,把那位小姐几乎压成了肉饼。"

"啊!确实如此。他们是住在克莱西街上一家大公馆里吧?"

"正是这样。你怎么知道的?"

"我到过那儿。"

"哦,你去过?真的吗?你这一阵子到处跑。我想是布列顿老太太带你去的吧。她和埃斯枯拉皮俄斯[1]有资格进出德·巴桑皮尔的公寓。看来,'我的儿子约翰'在妞妞发生事故的时候照料了她——事故吗?呸!完全是做作!她那副高傲的样子,我认为她该受人家挤压,还远远没有受够呢。现在他们之间可亲热呢,我听到一些关于'往日的时光[2]',以及诸如此类的话。哦,他们所有的人都多么愚蠢呀!"

"所有的人!你刚才说你是唯一的客人。"

"我说过吗?哎,你瞧,我忘了提起一个老妇人和她的孩子了。"

"今天晚上,那位医师和布列顿太太也在德·巴桑皮尔先生的家里吗?"

"在,在!千真万确;妞妞当女主人。多么自高自大的一个娃娃呀!"

樊箫小姐闷闷不乐,无精打采,开始解释自己感到沮丧的原因。刚才,他们对她烧的香削减了,敬意和注意都转移了,或者干脆完全没有了,她卖弄风情也不起作用,虚荣心不免受到打

---

[1] 埃斯枯拉皮俄斯,罗马神话中的医药之神。希腊神话中写作 Asclepius。
[2] 往日的时光,原文为苏格兰语:auld lang syne(= old long since),有"经久的友谊"之意。苏格兰诗人彭斯(R. Burns,1759—1796)曾以此为题写了一首著名诗篇,并被谱为歌曲,流行至今。本书第16章章名也源出于此。

击。她躺在那儿，气呼呼的，一脸阴云。

"德·巴桑皮尔小姐现在很好了吗？"我问。

"毫无疑问，跟你、我一样好。不过她是个很会做作的小东西，为了吸引大夫的注意，她假装有病的样子。看到那位老年贵妇人叫她躺在卧榻上，以及'我的儿子约翰'叫她不要激动等等——呸！那种样子真叫人恶心。"

"要是受照顾的对象换了，是你，而不是德·巴桑皮尔小姐的话，那你就不会恶心了吧。"

"不见得！我恨透了'我的儿子约翰！'"

"'我的儿子约翰！'——这称呼你指的是谁？布列顿医师的母亲从来不这样称呼他。"

"那么她就应该这样称呼。约翰是个小丑一样的人，熊一样的人。"

"你这样说是侮辱了真实；我心里现在已经忍无可忍了，因此我断然要求你从床上爬起来，给我走出这个房间。"

"热情洋溢的东西呀！你的脸色是虞美人花①的颜色。我不知道为什么一提起大个子约翰你就要如此恼火。约翰·安徒生，我的情人，约翰！'②哦，了不起的名字啊！"

我愤怒得直发抖，但是如果爆发出来，那就是彻底的愚蠢——因为同那个没有实体的轻飘飘的羽毛、那只翅膀上有细粉的飞蛾争辩是没有什么意义的——于是我把那根小蜡烛吹灭，锁上我的写字台，离开她，因为她不肯离开我。尽管她是个微不足道的东西，却变成尖酸刻薄得使人受不了。

第二天是星期四，放半天假。吃完早饭，我退出来，走进第一教室。那可怕的时间，邮递员到来的时间快到了，我坐等着，好像一个装神弄鬼者等待幽灵出现一样。来信的可能性极少，不

---

① 虞美人花，即红罂粟花。
② 引自彭斯一首诗的篇名：《约翰·安徒生，我的情人》。

过我仍然坚持,我不能使自己忘记那是可能的。时间快过去了,比一般更厉害的烦躁和恐惧袭击了我。那一天刮的是冬天的东风[①],我现在已经有一段时间跟风向及其变化发生闷闷不乐的伙伴关系,健康的人是很少知道、也不能懂得这些的。北风和东风具有可怕的影响,会使种种病痛更剧烈,会使种种忧伤更可悲。南风能使人安静,西风有时会鼓舞人心,可不是吗,除非它们的翅膀上沉重地承载着带有雷电的云,在这种雷云的重量和温度之下,所有的精力都消失干净。

我记得,尽管这一个正月里的一天又寒冷,又阴暗,我离开了教室,头上没戴软帽,跑到那座长长的花园的尽头,然后,在光秃秃的矮树丛中徘徊,妄想在邮递员的铃声或许响起来的时候,我已经在这个听不见铃声的地方,这样,我就可以避免一阵战栗,我的某一根或者某一些神经,被一个固定的想法的牙齿不断地咬啮,快要咬断了,已经变得完全无法支持这种战栗。在我仍然不害怕自己的失踪会引起别人注意的时候,我尽量延长闲荡的时间。我把围裙蒙住头,掩住耳朵,生怕听到折磨人的铃声,以确保这样一来,紧接着的一段时间对于我将是一片寂静,是一种荒芜的真空。最后,我鼓起勇气,重又走进第一教室,由于还不到九点钟,还没有让一个学生进来。我一眼就看到我的黑色的书桌上放了一个白色的东西,那是一个白色的扁平的东西。邮件果然送来了,我却没有听见。萝芯妮曾经到我这个小地方来过,并且就像哪位天使一样留下了鲜明的痕迹。在书桌上的那个发亮的东西果然是一封信,一封真正的信。在离开九英尺远的地方,我就看到了,并且由于世界上只有一个人跟我通信,必定是那个人的来信无疑了。他还记得我呢。多么深沉的感激的脉搏啊!它输送新的生命流过我的心脏。

我走近一些,弯下腰去看这封信,身子颤抖着,但是心里几

---

① 英国和欧洲一些部分在冬天常刮东风或北风。

乎可以肯定会看到熟悉的笔迹，可是，相反，命运却让我发现了自己一时认不出来的笔迹——一个妇人的无力而潦草的手书，不是一个男人的坚挺有力的字体。当时我觉得命运对我太刻薄了，我不禁出声地说："这多么残酷。"

不过我还是克服了这阵痛苦。尽管生活中有痛苦，生活仍然是生活。尽管赏心悦目的景色完全被夺走了，尽管宜情悦耳的声音被弄得悄无声息了，我们的眼睛和耳朵以及它们的功能依旧存在。

我打开那封短信，这时，我认出了我完全熟悉的笔迹。信上的地址是"台地别墅"，内容如下：

亲爱的露西，我忽然想要问问你最近一两个月都干了些什么？我想你对于叙述自己的活动不会有丝毫困难。你大概跟我们自己在台地别墅一样忙碌，一样愉快吧。至于格雷厄姆，他的业务上的关系每天都在扩展，有那么多的人要找他，有那么多的预约，我对他说，他会变得骄傲自满的。我就像个地道的好母亲一样，尽最大努力不让他自高自大，我从来不恭维他，这你是知道的。不过，露西，他是个好小伙子，他的母亲一见到他就心花怒放。在整天到处忙碌之后，并且经过了五十种情绪的考验，还要和一百种任性作斗争，有时目睹残酷的苦难——就像我对他说的那样，也许自己偶尔还给别人带来苦难——可是他晚上回家来到我身边的时候，还是带着那样安详、愉快的心情，以至于我似乎生活在一种精神上的对跖地上，在正月里的这些个夜晚，当人家的黑夜开始时，我却正好是曙光初现。

他仍然需要别人督促、矫正和约束，而我正对他做这些好事。可是这孩子是那么开朗，简直没有办法彻底使他恼火。在我以为我终于把他搞得闷闷不乐的时候，他却用笑话来报复我。不过你了解他以及他的种种不义行为，而我只是个上了年纪的傻瓜才把他作为这封信的题材。

至于我，我已经把我的老布列顿产业的代理人请到这儿来暂住，因此从头到脚陷入业务之中，忙得不可开交。我十分希望至少替格雷厄姆取回他父亲留给他的一部分。他却哈哈大笑，觉得我不该对此事着急，叫我看他怎样养活他自己和我两个人，并且问道，一个老太婆还可能需要什么她还没有的东西呢，还暗示那些天蓝色的头巾式女帽，并且责备我有野心，要佩戴金刚钻首饰，雇用穿制服的仆人，住高楼大厦，在维莱特的英国人小集团中开风气之先。

说到天蓝色头巾式女帽，我但愿你那天晚上同我们在一起就好了。他来时累得要命，我把茶拿给他喝了以后，他带着他那习以为常的毫不客气的态度坐到我的椅子上。使我十分高兴的是，他一下子睡着了。（你知道他怎样挖苦我打瞌睡：我从来也不在大白天闭上一只眼睛。）他睡觉时，我觉得他看起来非常可爱，露西。我真是个傻瓜，总为他感到自豪，但是谁能不这样呢？找一个能够跟他相比的人给我看看吧。不管我到哪里找，在维莱特就是看不见一个像他那样的人。嗯，我心血来潮，想同他开一个玩笑，于是取出那顶天蓝色的头巾式女帽，小心翼翼地、战战兢兢地拿着，把这个华贵的装饰品安在他的额头上。我敢担保，这件东西丝毫没有不适合他的地方；他看上去很像东方人，只是肤色太白了。不管怎样，现在可没有人能指责他长了一头红头发了——那是真正的栗色——一种有光泽的深栗色。我把我那块开司米大围巾替他围上，这样一来，就即席装扮成了一个就像你想看到的那样一位年轻、漂亮的土耳其大人、代,①或者帕夏②。

那是很好的消遣，只是没有完全被人享受，因为当时只有我一个人，你要是也在就好了。

---

① 原文为"bey, dey"，是旧时土耳其、埃及、突尼斯、阿尔及尔等地对高位者或统治者的尊称。
② 帕夏，原为土耳其语，"首脑"的意思。转指伊斯兰教国家的高级官衔。

到一定的时候,这位老爷醒来了。放在壁炉架上的镜子立刻就把他的狼狈相告诉了他。你可以想象,我现在生活在他要报复的威胁和恐惧之下。

不过,谈谈我写这封信的主要目的吧。我知道星期四福色特街那儿放半天假,那天下午五点你要做好准备,我会打发马车去接你到台地别墅来。一定要来啊,你会碰到一些旧相识的。再见,我的聪明的、亲爱的、严肃的小教女。你的忠实的

路易莎·布列顿

啊,像这样一封信把我的情绪扭转过来了!看了这封信以后,也许我仍然感到悲伤,可是我却比较镇静了。也许说不上高兴,然而心中觉得安慰。至少我的朋友们都健康和愉快。格雷厄姆没有发生什么意外,他的母亲也没有生病——在我的梦里和思想中这些灾难已经有好长时间了。他们对我的感情也是——像过去一样,没有改变。可是,想起布列顿太太的七个星期跟我的七个星期,对照起来,是多么奇怪啊!同时,人们处在特殊的地位而不吭声,又不鲁莽地声明那种地位使他们多么苦恼,这是多么明智啊!所有的人都理解因为没有食物而饿死的过程;也许很少人能够体会或者懂得由于单独禁闭而发疯的过程。他们看到埋了很久的犯人从土里挖出来,那是一个疯子,或者一个傻瓜!——至于他怎样失去知觉——他的神经开头怎样发炎,经受不可名状的痛苦,然后成为瘫痪——则是一个复杂得难以检查、抽象得一般人难以理解的课题。你说说看吧!那就差不多等于站在欧洲的商业中心地,用那位傲慢的疑病症患者尼布甲尼撒向他的困惑的迦勒底人谈心时的语言和语气,发表那些高深莫测的言论。①对这

---

① 据《圣经》记载,巴比伦王尼布甲尼撒做了一个怪梦,醒来后却又忘得一干二净。他召了迦勒底术士来圆梦,术士们无法解答,尼布甲尼撒便要把巴比伦所有的哲士都杀死。后来但以理从上帝的启示中知道他做的是什么梦,并为之圆梦,使哲士们免于一死。见《圣经·旧约全书·但以理书》第4章。

些主题不觉得神秘——而且对它们的意义还感到共鸣的人——很久、很久以来就不多了,能遇上他们,那就更稀罕了。长期以来,一般都认为,只有肉体上的困苦值得同情,其余则不过是一种虚构!世界比目前更年轻、更强壮的时候,精神上的考验仍然是更深奥的神秘。也许在以色列的整个土地上,只有一个扫罗——肯定只有一个大卫①去安慰他,或者理解他。

早晨那刺骨而稳定的寒气,到后来却变成从俄国荒野上刮来的像刀割一样的冷风。寒带的风呜咽呼啸着掠过温带,很快使温带结冰上冻。一片沉沉欲坠的苍穹,阴郁幽暗,雪意正浓,从北方飘浮而来,笼罩在期待着的欧洲上空。近下午时分,雪就开始降落了。我只怕不会有马车来接,因为暴风夹着白皑皑的雪片,下得那么厚,刮得那么狂野。不过,要相信我的教母啊!她一旦发出邀请,一定会把客人接去的。大约六点钟的时候,我被从马车上抱起来,走过那所大别墅前面的那道已经积雪难行的石级,在台地别墅的大门口,再被放下来。

我跑着穿过门厅,跑到楼上的会客室里,在那儿看到了布列顿太太——她本人就像夏天的日子,即使我比目前再感到多一倍的寒冷,她那慈祥的吻和热诚的握手也会使我温暖起来。长期以来,我已经习惯于待在那些只有光光的木板、黑颜色的长凳、书桌和火炉的房间里,这个蓝色的沙龙客厅在我看来很豪华。但见沙龙客厅里那个燃烧得像圣诞节似的壁炉正闪射着一种清晰明丽的绯红的光彩,使我的眼睛睁都睁不开。

我的教母有一会儿抓住我的手不放,跟我聊天,看见我比上

---

① 扫罗和大卫,都是《圣经》中的人物。扫罗相传为古以色列人的第一位王。后因妄自尊大,立他为王的撒母耳另许大卫继任扫罗王位。扫罗曾宠幸战功赫赫的将领大卫,以女米甲妻之。大卫并善于弹琴,使扫罗心情舒畅爽快,恶魔离去。后来大卫声誉日隆,人心归附,扫罗妒而企图杀害他,但未得逞。扫罗死后,大卫成为古希伯来统一王国的第一任国王。见《圣经·旧约全书·撒母耳记上》第16章。

次见面时瘦些而责备我,她说我的头发被风雪弄得乱七八糟,叫我到楼上去整理一下,并把我的披肩取了下来。

我走到自己的海水绿的小房间里,发现里面也生了很旺的火,还点了几支蜡烛。一面大镜子的两旁也各点燃了一支长长的蜡烛,可是在两根蜡烛中间的镜子面前,却似乎有什么东西在梳妆打扮——一个虚无飘渺的小仙女似的东西——又白又瘦小——一个冬天的精灵。

怪了,有一会儿我想到格雷厄姆,以及他说的关于鬼怪幻觉的话。我带着怀疑的眼光注视这新景象的细节。它穿白衣,稍微带点猩红色的斑点。它的腰带是红的,头发里有一件像叶子似的、然而发亮的东西——那是一只用常绿叶子做装饰的小花环。不管它是不是鬼怪,的确一点也不可怕,于是我向前走去。

这个入侵者一下子朝我转过身来,长睫毛下面的大眼睛滴溜溜地望着我。那睫毛不但长,而且黑,两道细线使它们所保护的眼珠子显得温柔。

"啊,你来了!"她用温柔和恬静的声音说,一面微微一笑,目不转睛地凝视着我。

现在我认出她来了。我只要见过一次这种五官是那么姣美和细巧的脸,我不可能不认出她来。

"德·巴桑皮尔小姐,"我喊出声来。

"不,"她这样回答,"对你来说,不是德·巴桑皮尔小姐。"于是我没有再问她是谁,而等她作自我介绍。

"你变了,不过你还是原来的模样,"她说,一面走近我。"我记得很清楚——你的相貌、头发的颜色,以及脸的轮廓。"

我走到壁炉边,她站在对面,直瞧着我;这样盯着我瞧的时候,她脸上渐渐变得越来越若有所思和感情丰富,直到后来一片模糊遮断了她的清晰的视线。

"去回顾那么远的往事,几乎使我哭出来,"她说。"可是,别以为我是因为难过,或者感伤。正相反,我很高兴和欢快。"

我产生了兴趣，可是完全不知所措，不知道说什么是好。我终于结结巴巴地说道："我想我在几个星期以前，你受了伤的那个晚上，才见过你，过去从来不认识吧……？"

她微笑着说："我曾经坐在你的膝盖上，你把我抱在怀里，我甚至于还跟你同眠共枕，你忘记了吗？那天晚上，我像个淘气的小孩，实际上也正是那样，哭着来到你的床边，你把我抱上床，你也不再记得起来吗？你用安慰和保护来减轻我剧烈的痛苦，这你一点都不记得了吗？回想布列顿镇吧。回忆霍姆先生吧。"

我终于想起了一切。"那么你是小波莱吗？"

"我是波琳娜·玛丽·霍姆·德·巴桑皮尔。"

时间能把人变得多厉害！在小波莱那苍白而小巧的五官、那玲珑可爱的匀称体形，以及那变化多端的表情之中，带着一种有趣的和雅致的发展前景。可是波琳娜·玛丽却变成了美女——不是像一朵玫瑰那样令人眼睛为之一亮的美丽——而是圆圆的、红红的、饱满的。也不像她的那位金发碧眼的表姐姞妮芙拉那样丰腴，带着粉红色的皮肤和浅黄色的头发，但是她的十七岁的年华给她带来了一种并不包含在肤色之中的文雅而温柔的魅力，尽管她的肤色是白净柔嫩的。而且也并不包含在她的轮廓之中，尽管她的面貌生得很甜蜜，她的四肢长得很完美。我倒是认为她的魅力却在于从她的灵魂发出的一种柔和的光辉。它不是一只不透明的不管是多么贵重的材料的花瓶，而是一盏纯洁得透明的灯，它保护着生命的和处女的火焰，使之不至熄灭，然而也不去避免人们对它的敬慕。说到她的吸引力，我不会用夸张的语言来形容；不过，说真的，在我看来，这吸引力是非常真实而又迷人。尽管一切都是小规模的，那又有什么关系呢，是芳香使这朵洁白的紫罗兰出类拔萃，使它超过最大的山茶花——超过世上开得最丰满的大丽花。

"啊！你记得在布列顿镇的那些日子吗？"

"也许比你记得更清楚，"她说。"所有的细节我都记得很清楚。不仅是记得什么时候,就连哪一天和哪一个钟点都记得。"

"有些事情你肯定忘记了吧?"

"我想,很少。"

"那时候你是个敏感的小孩子;十年前印在你脑海里的那些欢乐和悲伤、热情和哀悯的印象,想必早已随你年龄的增长而无影无踪了吧?"

"你以为我已经忘掉了我所喜欢的人,忘掉了我在孩提时代喜欢他们到了那种程度的人了吗?"

"肯定没有当时那么鲜明了——那要点,那深深打动人的地方——那深刻的印象肯定要模糊一些,甚至于被抹掉了吧?"

"对于那些日子,我的记忆力很好。"

她看上去好像是这样。她的眼睛是个能记忆的眼睛;她是个童年不像梦幻那样消失隐去、青春也不像阳光那样化为乌有的人。她对待生活不是杂乱无章的,零零碎碎的,在进入生活的另一个阶段的时候,便让前一个阶段溜走;她会把它留住并且增加;常常从头开始,回顾一遍,以至随着她的年龄的增长,她的一生也变得协调一致。不过我仍然不能完全相信,她能够清晰地看到目前涌现在我的脑海里的所有的图像。她那小鸟依人的样子,她那和一个钟爱的玩耍同伴所作的游戏和竞争、她那孩子心灵里的忍耐和忠诚不渝、她的恐惧、她那微妙的含蓄、她那小小的苦难,以及分别时最后的痛彻肺腑的痛苦……我回顾这些事情,我摇头表示不相信她能记得这一切。可是她坚持她能。"一个七岁的孩子仍然活在一个十七岁的姑娘的身体里面,"她说。

"你曾经过分喜爱布列顿太太,"我说,目的是要试验她一下。她即刻纠正了我。

"不是过分喜爱,"她说;"而是喜欢她。我尊重她,就像我现在应该尊重她那样;在我看来,她很少改变。"

"她变得不多,"我同意。

有几分钟我们都不吭声。她对屋子里环顾一下,说道:

"这儿有几件东西过去都一直放在布列顿镇。我记得那个针插和那面镜子。"

显然,她对自己的记忆的估计还不错;至少到目前为止。

"那么,你认为你会认得布列顿太太吗?"我继续说。

"我完全记得她;她那五官的样子,她那茶青色的肤色和黑色的头发,她的身材、走路的姿势和说话的声音。"

"布列顿医师当然是不包括在内的吧,"我接着说。"的确,因为我看到你第一次和他见面的情况,我觉得,对你来说,他是个陌生人。"

"那第一个晚上,我给弄糊涂了,"她回答说。

"他和你父亲是怎么认识的呢?"

"他们交换了名片。格雷厄姆·布列顿和霍姆·德·巴桑皮尔两人的名字引起了问题和解释。那是在第二天,可是在那之前,我已经开始有些明白起来。"

"怎么样——有些明白起来呢?"

"啊,"她说,"多么奇怪,大多数人感觉到真相似乎那么缓慢——不是说看到,而是说感觉到!布列顿医师来访问过我几次,并且坐在近旁跟我谈话。我看到他眼睛的神气,他嘴角边的表情,他下巴颏的模样,他的头的姿势,以及凡是接近我们的人,我们必然要在他们身上观察到的一切——这时候,我怎么能不联想到格雷厄姆·布列顿呢?格雷厄姆过去比他瘦些,长得也没有那么高,有一张更光滑的脸,更长、颜色也更浅的头发,说起话来——声音不深沉——更像个姑娘。可是他呀正是格雷厄姆,正像我是小波莱,或者你是露西·斯诺一样。"

我也是这样想,不过我觉得奇怪,我的想法竟然跟她的一样。有些事情,我们与那些和我们极相似的人非常难得意见一致;而一旦这种机会发生,便似乎是个奇迹。

"你和格雷厄姆曾经是玩耍同伴。"

"你记得这个吗?"轮到她问了。

"毫无疑问，他也会记得的，"我说。

"我没有问过他；要是他记得，很少事情会比这更使我惊奇。我想他的性格依然是欢欢喜喜、无忧无虑的吧？"

"他过去也是这样吗？当时你就感觉到吗？你是这样记得他的吗？"

"我几乎记不起他另外什么样子。他有时候很用功；有时候兴高采烈。然而，不管他是忙于书本，或者乐意玩耍，他当时想到的主要就是书本或者游戏，不太注意他看书或者自娱时和他在一起的人。"

"可是他对你特别有好感。"

"对我特别有好感吗？啊，不！他还有其他的玩耍同伴——他的同学们。除非在星期天，我在他眼里算不了什么。不错，在星期天，他对我很亲切。我记得跟他手挽手走到圣玛丽教堂去，他在我的祈祷书里找到该念的地方。在星期天晚上，他又是多么友善和多么沉静啊！作为一个自豪、活泼的男孩，他这时候是那么温和。对于我读书中所有的错误，他是那么有耐心。而且他是再可靠也没有，因为那些晚上，他从不离家到外面去玩。我经常害怕他会接受什么邀请而抛弃我们；可是他从来不，似乎也从来不想那么做。当然啰，不可能永远这样。我想现在的星期天是布列顿医师在外面进餐的日子吧……？"

"孩子们，下楼来！"这会儿，布列顿太太在下面喊。波琳娜还想逗留一些时间，可是我要下楼去，于是我们就下去了。

第二十五章
年幼的女伯爵

尽管我的教母天生性格开朗，并且为了我们她特地殷勤款待，但是，在冬夜狂风的吼声送来家人归来的声音之前，那天晚上我们在台地别墅过得并不很愉快。在妇女们和姑娘们舒适地坐在温暖的壁炉边的时候，她们的心和想象力注定要离开围绕着她们的安逸，被黑夜迫使在黑暗的道路上徘徊，去迎战恶劣的气候，去跟一阵阵大风雪作斗争，在狂风暴雨中，在冷冷清清的大门口，在木栅门前等待着、注意着、倾听着，用眼睛和耳朵获得父亲、儿子、大夫回家来的信息；这是经常发生的事。

父亲和儿子终于来到这座大别墅了，因为那天晚上德·巴桑皮尔陪伴着布列顿医师。我不知道我们三个人之中，究竟是谁先听到马蹄的声音。那两位骑马的人进来的时候，气候的严酷无情和暴虐凶恶使我们有理由跑到厅堂里去迎接并问候他们；可是他们警告我们不要走近：两人都是雪白的——就像两座雪山。布列顿太太看到他们的样子，甚至叫他们马上到厨房里去，禁止他们冒险去涉足铺了地毯的楼梯，直到他们各人把此刻伪装的显现节[①]假面具去掉。不管怎么样，我们不得不跟他们走进厨房；那是一间老派荷兰式的大厨房，美观别致，怡人耳目。那位白皮肤的年幼的女伯爵围着她的同样是雪白的父亲跳了一圈舞，一面拍手喊着说：

"爸爸，爸爸，你就像一头巨大的北极熊。"

这头熊摇动着身子，小捣蛋鬼逃得远远的，躲避那一阵冰冷的雪花雨。然而她又走回来，笑着，热情洋溢地要帮他去掉那件北冰洋的伪装。伯爵终于从厚呢大衣里出现,威胁着要用它来像雪崩一般把她淹没。

"那么,你来吧,"她说,弯下腰来做出迎接大雪临头的样子,可是在她的父亲佯装往她头上倒雪的时候,她又像小羚羊那样跳开。

她的动作轻巧柔韧,软绵绵的,仪态万方,像个小猫咪。她的笑声比敲击银子和水晶的声音更清晰。她捧起父亲冷冰冰的双手,磨擦着,又踮起脚尖,好让他的嘴吻得到她,这时候,她的周围似乎闪耀着一轮亲热而喜悦的光环。那位威严的、德高望重的大人先生②俯视着她,就如人们凑着掌上明珠那样瞧着。

"布列顿太太,"他说,"我对我这个女儿或者小千金该怎么办?她既不长智慧,也不长身量。③你是不是觉得她跟十年前几乎没有什么两样呢?"

"她不会比我的这个大孩子更孩子气,"布列顿太太说;这时候她正跟她的儿子对于换衣服有不同的意见:她认为该换,却被他拒绝。他正站在那儿,靠着荷兰式的食具柜,一边笑着,跟她保持着一臂之遥的距离。

"嗳,妈妈,"他说,"为了和解,并且为了使我们获得身心两方面的温暖,让我们有个圣诞节祝酒的杯子,在这里的壁炉边为古老的英国干杯。"

因此,伯爵站在壁炉边,波琳娜仍然在来来回回地跳舞——厨房像个大厅一样宽敞,她感到自由自在,心花怒放——布列顿太太本人则吩咐玛莎在酒里加香料,把酒钵加热,然后把酒倒入一种布列顿酒壶,再用一只小银杯盛着热气腾腾的酒,给大家传

---

① 显现节,原文为 Old Christmas,字面意思为"古圣诞节",是基督教纪念耶稣向世人显现的节日。天主教及新教在1月6日,东正教在1月18日或19日。
② 语出莎士比亚戏剧《奥赛罗》第1幕第3场:"威严无比、德高望重的各位大人。"(据朱生豪译本)
③ 语出《圣经·新约全书·路加福音》第2章第52节:"耶稣的智慧和身量,并神和人喜爱他的心,都一齐增长。"

着喝，我认得那是格雷厄姆受洗礼时用的杯子。

"为'往日的时光'干一杯！"伯爵说；把临时找到的杯子举得高高的。接着，他瞧着布列顿太太，唱道：

> 从朝阳初升一直到中午
> 　我们俩漫步溪上；
> 呼啸的重洋把我们相隔
> 　自从那往日的时光。

> 忠实的朋友，这是我的手；
> 　请给我你那只手掌；
> 我们干一杯友谊之酒，
> 　为了那往日的时光。①

"苏格兰语！苏格兰语！"波琳娜喊道，"爸爸在说苏格兰语；他有几分苏格兰血统。我们是霍姆和德·巴桑皮尔，是苏格兰人和高卢人。"

"你跳的不正是苏格兰的双人对舞吗，你这个苏格兰高地的小妖精？"她的父亲问。"布列顿太太，你的厨房中央不久就会长出一个绿色的圆圈来。②我不能保证她会变得相当好对付的：她是个奇怪的小家伙。"

"爸爸，叫露西跟我一起跳舞，露西·斯诺在那儿。"

霍姆先生（他身上有着同样多的质朴的霍姆先生和自豪的德·巴桑皮尔伯爵的气味）把手伸向我，亲切地说："他完全记得我；

---

① 这是苏格兰诗人罗伯特·彭斯所著《往日的时光》一诗中的最后两段。原文为苏格兰文，译文引自袁可嘉译《彭斯诗抄》。
② 欧洲民间相信，神仙跳过舞的地方会出现一圈深绿色的草。参见莎士比亚戏剧《暴风雨》第5幕第1场。"你们山河林沼的小妖们……在月下的草地上留下了环舞的圈迹。"（据朱生豪译本）

即使他的记忆不怎么靠得住,我的名字也常常挂在他的女儿的嘴唇边,关于我的长篇故事他听了那么多,对他来说,我应该是个老相识了。"

除了波琳娜以外,所有的人都尝到了杯里的酒。没有人想要她喝这不圣洁的酒去打扰她那怪诞的仙女般的舞蹈。可是她不让自己被忽略,或者她的重要利益受到损害。

"让我尝尝,"她对格雷厄姆说,格雷厄姆正在把酒杯放在她的手够不到的食具柜的搁架上。

布列顿太太和霍姆先生这时在谈话。约翰医师不是没有注意到小妖精的舞蹈,他瞧着,而且很喜欢。且不说他那双爱优美的眼睛,对于那柔软和漂亮的舞姿,显然露出喜色,而且他母亲家里那种安逸的气氛也迷住了他,因为它能使他感到安逸。此外,对他来说,她似乎还是个孩子——同时,差不多又是他的游伴。我不知道他会怎样跟她说话,我还没有见到他对她说话呢。他的头几句话证明,这天晚上孩子似的轻松愉快使他记起了往日的"小波莱"。

"小姐是不是要大酒杯呢?"

"我想我是这样说过的。我想我是这样明白表示过的。"

"无论如何也不能同意走到这样一步。对不起,不过没有办法。"

"为什么?我现在很好。它不会再折断我的锁骨,或者使我肩膀脱臼。这是酒吗?"

"不是;不过也不是露水。"

"我不要露水;我不喜欢露水;不过这到底是什么呀?"

"麦芽酒——麦芽烈酒——'老十月'①酒,也许是在我出生的时候酿造的。"

"一定很稀罕;好不好喝呢?"

---

① "老十月",一种在10月份酿造的烈性最大的最好的麦芽酒。

"好得不得了。"

他取下酒来，自己第二次喝下了这种烈性的酒，然后用调皮的眼色来表达他对这种东西的极端满意，然后郑重其事地把杯子放回搁架。

"我想喝一点，"波琳娜说，眼睛朝上看。"我从来没有喝过一点'老十月'；它的味道是甜的吗？"

"甜得可怕，"格雷厄姆说。

她继续对上面看，脸上的表情正如一个孩子渴望什么禁止食用的美味似的。医师终于发慈悲了，取下酒来，让她从他手上品尝，自己感到十分满足。他的眼睛对于流露愉快的感觉总是很有表情，用闪光和微笑来说明那确实是令他十分满足的事。他控制着酒杯的倾斜度，使得每次只能有一滴流到那两片碰到杯沿的红润的、啜饮着的嘴唇里，这样，他就延长他的快乐。

"多给点——多给点，"她说，不耐烦地用食指去碰他的手，要他更慷慨些，更顺从些，把杯子拿得更斜一点。"它闻起来有香料和糖的气味，可是我尝不出来。你的手腕那么僵硬，你是那么吝啬。"

他纵容她，不过严肃地低声说道："别告诉我的母亲，也别告诉露西；她们不会赞成的。"

"我也不赞成，"她说，可是在尝了一大口酒以后，却立刻改变成另一种声调和态度，仿佛这是一种什么清醒剂，对她发生了作用，解除了一个男巫的法术似的。"我觉得它一点也不甜，而是又苦又辣，使我气都喘不过来。你的'老十月'只是在不准喝的时候叫人向往。谢谢你，不再要了。"

她稍微弯一弯腰——轻松自如，就像她的舞姿那样优美——她从他那儿溜走，去跟她父亲待在一起。

我认为她说的是真话：一个七岁的姑娘活在一个十七岁的姑娘的身上。

格雷厄姆瞧着她的背影，感到有点儿迷惑不解。那天晚上的其余的时间里，他常常望着她，可是她似乎没有注意他。

我们走到楼上的客厅去用茶点的时候，她挽着她父亲的胳臂。她的自然形成的位置好像总是在他的身边，她的眼睛和耳朵都是奉献给他的。他和布列顿太太是我们一小群人之中的主要谈话者，波琳娜则是他们最好的聆听者，专心致志地倾听着所谈的一切，老是要人家反复说明这一个特点或者那一件奇遇。

"爸爸，这时候你在哪儿？那么你说了些什么？讲给布列顿太太听，那一次发生了什么事。"她就这样把他的话引出来。

她不再让自己兴高采烈了。当晚，她那孩子气的熠熠光彩都散发掉了，她变得温柔、沉思和听话。她道晚安的样子让人看了觉得喜欢；她对待格雷厄姆的态度颇为端庄：这位女伯爵带着非常轻微的微笑和文静的弯腰来说话，于是格雷厄姆不得不显得严肃，也就鞠躬答礼。我看得出他在思想中不知道怎样把一个跳舞的仙女和一个优雅的淑女统一起来。

第二天，我们大家都围坐在早餐桌边的时候，布列顿太太刚洗过清晨的冷水澡，身上发抖，但是气色很好，她宣布一个命令，说除非要事所迫一定得去，所有的人当天都不许离开她这座房子。

的确，出去看起来简直是不可能的，积雪已经把竖铰链窗下面部分的玻璃都堵暗了，朝外一看，只见天空中乱云涌动，昏昏沉沉，风怒雪猛。现在并不是在下雪，而是短促而尖叫的阵阵大风把地面上的雪刮起来，吹得旋转不已，然后又撒成千奇百怪的形状。

那位女伯爵也支持布列顿太太。

"爸爸不要出去，"她说，在她的父亲的扶手椅旁边给自己放了一个座位。"我会服侍你。你不会进城去的，对吗，爸爸？"

"对，又不对，"这是他的回答。"波莱，如果你和布列顿太太对我非常好，你知道我的意思——很友好、很殷勤；如果你用非常好的方式宠爱我，悉心照顾我，我可能会被吸引在早餐以后等待一个小时,看看像刀锋一样的风是不是会停下来。可是,你瞧,你不给我吃早饭;什么也不给我,叫我饿肚子。"

"快!布列顿太太,请把咖啡倒出来,"波琳娜恳求说。"在其他方面我来照顾德·巴桑皮尔伯爵:既然他已经成为一个伯爵,他就需要这么多的关心。"

她掰开一个面包卷,准备着。

"喂,爸爸——你的'小手枪'是不是上了子弹①?"她说。"那儿有橘子皮果酱——跟我们以前在布列顿吃的橘子皮果酱一模一样,你说过那就像在苏格兰制作的一样好——"

"你这位小姐小时候曾经把那种东西讨来给我的孩子——你记得这件事吗?"布列顿太太插进来说。"你可记得,你走到我的胳臂肘这儿,碰碰我的衣袖,轻声说道:'太太,请拿点好吃的给格雷厄姆——给一点橘子皮果酱,或者蜂蜜,或者别的果酱,好吗?'"

"不对,妈妈,"约翰医师插话说,他笑着,同时脸红起来。"肯定不是这样。我不会喜欢这些东西的。"

"他到底喜欢不喜欢,波琳娜?"

"他喜欢,"波琳娜断然说。

"甭害臊,约翰,"霍姆先生替他鼓劲说。"我到现在还爱吃这些东西呢,过去也一向如此。波莱当时为一个朋友提供物质上的慰问品,说明她懂得事理。是我教她这样懂得规矩的——我也不让她忘掉这些规矩。波莱,给我一小片牛舌头。"

"给你,爸爸;不过你要记住,我这样殷勤服待你是有条件的,那就是你能够接受别人的意见,今天要甘心情愿待在这台地别墅里。"

"布列顿太太,"伯爵说道,"我要把我的女儿打发走——送她去学校。你可知道什么好学校吗?"

---

① 意思是:你的面包卷是不是夹了果酱。

358

"露西那儿不错——贝克夫人的学校。"

"斯诺小姐是在学校里吗?"

"我是个教师,"我说,很高兴有机会说这句话。因为有一阵子,我觉得好像我的地位被误解了。布列顿太太和她儿子知道我的情况,但是伯爵和他女儿可不知道。他们一旦知道我在社会上的地位,也许会改变一些到目前为止他们对我的热情的态度。我当时是爽爽快快地说出口的,但是一大堆我没有预料到的、主观上也没有想要引起的想法随着我的话语而纷至沓来,使我情不自禁地叹息一声。约有两分钟光景,霍姆先生的眼睛一直盯着他的早餐的盆子瞧,不说一句话。也许他没有听清楚我的话——也许他认为,对于我这种性质的自白,礼貌不允许作出评论。英格兰人的自尊心是众所周知的;尽管霍姆先生的相貌平常,习惯和趣味都很朴素,我却始终认为他并非不具有一份他那个民族的气质。表现在他身上的是否属于一种假高傲呢?是不是真的尊严庄重呢?对于这个问题,在广义上我不作出决定。我只能回答同我个人有关的情况:当时,他表现出自己是一位诚实的绅士,而且他一直是这样。

他生来是一位感觉者和思想者;在他的情感和沉思冥想之上,弥漫着一种柔和的忧郁;还不止是柔和,在烦恼和悲伤之中,它变成一阵云雾。他对露西·斯诺知道得不多;他所知道的,他也不能正确地理解。真的,他对我的性格的错误的看法,常常使我觉得好笑。不过他看出我的人生的道路多少是位于山的背阴的一面。对于我努力走一条诚实、正直的道路,他加以赞许,他要是做得到的话,他会给我帮助。尽管没有帮助的机会,他仍然希望我好。他瞧着我的时候,他的眼色是仁慈的;他对我说话的时候,他的声音也是慈祥的。

"你的职业是艰苦的,"他说。"我祝你健康和坚强,在工作上取得胜利——成功。"

他的漂亮的小女儿听进这句话时情绪并不那么镇静。她睁大一双眼睛，好奇地盯着我看——几乎带着一种惊愕的样子。

"你是一位教师吗？"她嚷道。接着，这个令人不快的想法使她停顿一下，然后说，"哦，我从来不知道你做什么工作，也从来不想问。对于我来说，你永远是露西·斯诺。"

"那么我现在是什么呢？"我忍不住要问。

"当然啰，你就是你自己。不过，你真的是在这里，在维莱特教书吗？"

"真的。"

"你喜欢教书吗？"

"不是一直喜欢。"

"那么你为什么继续干下去呢？"

她父亲朝她看看，我怕他是要阻止她，可是他只说："继续讲下去，波莱，用那种盘问法继续讲下去——以证明你自己是个小小的自作聪明的人。要是斯诺小姐涨红了脸，显得慌乱，我就必须叫你闭嘴，你和我就得有些不体面地吃完这顿饭。可是她只不过笑笑，所以你就紧紧逼迫她，加倍盘问吧。说真的，斯诺小姐，你为什么继续干下去呢？"

"我想，主要是为了挣钱吧。"

"那么就不是出于纯粹的慈善的动机啦？波莱和我却咬定这种假设，把这种动机作为解释你的古怪行径的最宽厚的说法。"

"不——不，先生。不如说是为了一个栖身之地，头上有了能够遮蔽风雨的屋顶，又有了使我心情舒展的场所，好让我想到能够自食其力了，不再有因为成为别人的负担而感到的痛苦了。"

"爸爸，不管你怎么说，我同情露西。"

"你去同情吧，德·巴桑皮尔小姐。你去用双手捧起同情，就像你会捧起一只羽毛未生、擅自摇摇摆摆地蹚水越界的小鹅那样吧；把它放回心中的温暖的窝儿里，它就是从那儿溜出来的，你的耳朵就会听到这样的耳语：要是我的波莱有一天能够从经验中懂得这个世界上的好事的变化不定的性质，我将喜欢她像露西那样做人——自食其力,而不成为任何亲戚或朋友的负担。"

"是的,爸爸,"她沉思而温顺地说。"可是,可怜的露西!我以为她是个有钱的女士,她的朋友都很富有呢。"

"你的想法就跟小傻瓜想的一样。我就从不这样想。我不大多想,不过在我有时间考虑到露西的态度和外表的时候,我看出来,她是个必须去保护别人而不是被别人保护的人,是个身体力行而不是被人服侍的人。我料想,这种命运帮她取得经验,如果她活到能够认识它的全部好处的话,她还会为这种经验感谢上帝。不过这所学校,"他继续说,他的声调从严肃变得轻快,"贝克夫人会接纳我的波莱吗?你想会吗,露西小姐?"

我说,那只有去问问她;很快就可以知道:她喜欢英国学生。我加一句说:"先生,要是你就在今天下午用马车把德·巴桑皮尔小姐送去,我想我可以担保那位女杂务工萝芯妮听到铃声以后,会很快给你们开门的。我还可以肯定,夫人会戴上一副最好的手套,到沙龙客厅里来接待你们。"

"既然这样,"霍姆先生回答说,"我认为没有必要拖延时间。赫斯特太太可以把她称为年轻小姐的'东西'随后送去的。波莱在就寝以前,能够安下心来看她的角帖书。露西小姐,我相信,你不会不屑于偶尔照看她一眼,并且常常告诉我她日子过得怎样。我希望你同意我这样安排,怎么样,德·巴桑皮尔女伯爵?"

女伯爵哼了一声,犹豫不决。"我觉得,"她说,"我觉得自己已经结束了我的受教育——"

"那只说明我们的想法有时会犯多大的错误。我的意见完全不同,今天早上听到你所发表的关于生活的渊博知识的大多数人都会有不同的看法。啊,我的小姑娘,你需要学习的东西多着呢,爸爸得比以往更多地教导你。来吧,除了问问贝克夫人以外,别无他法。天气好像稳定下来了,我的早餐也吃完了——"

"可是,爸爸!"

"怎么啦?"

"我看到一个障碍。"

"我一点也看不到。"

"很大的障碍呀,爸爸;怎么也无法克服。就像你穿着大衣,上面又堆着白雪那样大。"

"也像那堆白雪一样是能够融化的吧?"

"不行!那是太——太坚实的肉体。①那正是你自己。露西小姐,请对贝克夫人说,千万别去听从关于接纳我的任何建议,因为这样一来,她最终也要接纳爸爸。他既然爱戏弄别人,我就说说关于他的故事。布列顿太太以及你们所有的人都听着。大约五年以前,我十二岁的时候,他心血来潮,认为他要把我宠坏了,以为我正在变得不能适应这个世界,以及其他令我莫名其妙的事,以致非得把我送到学校里去,才能合他的心,满他的意。我哭了,还有其他等等。可是德·巴桑皮尔先生却硬是表明自己是铁石心肠,坚定不移,冷酷无情,所以我只得上学去了。结果怎么样呢?爸爸以最令人钦佩的方式也来到学校;他每隔一天来看我一次。艾格蕾朵②夫人有了怨言,可是这没有用。到头来爸爸和我两人可以说是被开除了。露西正可以把这小小的特点告诉贝克夫人,让她知道她必须准备看到什么情况,这才公平。

布列顿太太问霍姆先生,对于上述种种有什么话必须表白。他却不为自己辩护,于是裁定他败诉,而波琳娜得胜。

可是她除了调皮和天真以外,还有别种性情呢。用完早餐以后,两位老者离座——我猜想完全是去商量那孩子留下给布列顿太太的某些事务——在一个短暂的时间里,只有这位女伯爵、布列顿医师和我三个人在一起。跟我们两个在年龄上更接近她的伴侣在一起,她所有的孩子气都不见了,即刻变得像一位小贵妇人。她的脸好像变了;她同她父亲说话时那种面部表情,那种坦

---

① 语出莎士比亚剧本《哈姆莱特》第 1 幕第 2 场:"但愿这一个太坚实的肉体会融解、消散,化成一堆露水!"(据朱生豪译本)
② 原文为 Aigredoux,又苦又甜之意。

率的样子,使她的脸变得圆圆的、酒窝深深的;现在,那副尊容却变成若有所思的样子,脸上纹路更清晰,却不那么灵活了。

毫无疑问,格雷厄姆同我一样注意到这种变化。他有几分钟站在窗前,望着外面的雪。然后他走近壁炉,参加我们聊天,不过没有他惯常那样自由自在。他说的话题好像都不适当,他对于话题过分挑剔,瞻前顾后,因而也就弄得不恰当了。他模糊地谈到维莱特——那儿的居民,那儿著名的景色和建筑物。德·巴桑皮尔小姐用一种颇合女子身份的口吻应答他。说得明智得体;神态上还真是不完全没有个人特色。这里来一种声调,那里使一个眼色,摆一种姿态,与其说是谨慎而端庄,倒不如说是生气蓬勃,机敏伶俐,仍然使人回想起小波莱。不过她的一举一动都是那么文雅、稳重而有教养,那么沉着、有礼而优美大方,把她的那些特点镀金饰银,烘云托月,以至于一个不如格雷厄姆那么敏感的人,就不会敢于抓住这些特点,作为对己有利的条件,来向更为明显的亲密关系发展。

不过,在布列顿医师继续被征服,在对于他来说是继续保持沉着冷静的时候,他仍然有敏锐的观察力。没有哪一次那种小小的冲动,或者自然的停顿,能够逃过他的眼睛。他没有漏掉一个特殊的动作、说话时的一次犹豫或者口齿不清。波琳娜说话说得很快的时候,仍然时时要咬舌儿,不过每次发生这种失误,她都会脸红,然后辛辛苦苦、认认真真地更清楚地把那个字再说一遍,那样子就像刚才小小的失误一样有趣。

她这样子每做一次,布列顿医师都微微一笑。他们谈着,彼此之间的拘束渐渐消除。我相信,要是谈话延长,必定会很快变得亲切愉快。波琳娜那种微波荡漾、酒窝时现的微笑①已经回到她的嘴唇边、面颊上了。有一次,她咬字不清,可是忘了纠正自己。我不知道约翰医师他怎么变了,可是他确实变了。他不是变

---

① 引用弥尔顿的《欢乐之歌》第 2 章中的诗句。

得更开心——没有说善意嘲笑的话，脸上也没有闪过轻浮的神色——可是，他现在的情况好像变成对他来说更为愉快一些，他用更为对答如流的话语来表达他的增大了的欣慰感，声调也更为温柔悦耳。十年前，这一对人之间有说不完的话语；这相隔在中间的十年也并没有使他们任何一个的经验变得狭小或者智力变得贫乏；再说，有些人的性格会互相影响，以至于他们的话越是说得多，便越是说不完。对于这些人来说，会从交往产生追随，再从追随产生难解难分。

不过，格雷厄姆不得不离开了。他的职业是那种对于别人的请求既不能忽视也不能推迟的职业。他走出那个房间，可是在能够走出这幢屋子之前，却又走了回来。我肯定他回来的目的——不是为了他书桌上的报纸或者卡片，那是表面上的原因——而是为了再瞧她一眼，好让自己弄清楚波琳娜的面貌真正像他的记忆此刻将带走的那样，弄清楚他刚才瞧着她的时候并没有不知怎么带着一种偏爱的、不自然的眼光，造成一种自己喜欢的错觉。不！他发现自己的印象是正确的——的确可以说，他走回来是有所得而不是有所失。他带走了一种告别的神态——腼腆，然而非常温柔——既美丽又天真，就像一头小鹿从隐蔽的蕨类植物丛中探身出来，或者一只小羔羊从它的青草地的床铺上爬起身来那样。

屋里只剩波琳娜和我两个人的时候，我们有一会儿都不吭声。两人都拿出针线活儿来，静静地、勤奋地干着。从前那个白木头的针线盒儿，这时换了一个里面镶嵌了珍贵的拼花物品、配有金制附件的盒子。她以前那细小的、发抖的、几乎不会用针的手指，现在尽管仍然很小，却又快又巧。她的眉头还是常常皱起来，还是有着同样的优雅的习气，还是有着同样的敏捷的转身和别的一些动作——一会儿把一束披散的头发撸回原处，一会儿把想象中的灰尘或者是什么粘着的线头从绸裙子上掸掉。

那天早上我不爱说话；冬日的严峻的暴风雪对于我有一种使

我敬畏和沉默的作用。1月的狂暴激情，那白茫茫的一片，毫无血色的样子，还没有耗尽；风暴已经吼叫得声音嘶哑了，可是离开精疲力竭还远着呢。要是姞妮芙拉·樊箫现在是我在这间晨室①里的伴侣，她决不会容忍我这样不受干扰地沉思和倾听。刚才离开我们的人会成为她的话题；她在一个题目上翻来覆去地扯淡是多么拿手啊！她会怎样刨根究底地提出问题和推测来纠缠我啊——怎样用评论和推心置腹的话来烦扰我啊，而我却不想听这些，只渴望远远避开。

波琳娜·玛丽用她那双暗黑的大眼睛对我沉静地、但是透彻地望了一两下。她的嘴唇半开着，好像是话到嘴边就要说出来似的。可是她看出我不想说话，并且体贴地尊重我的心意。

"这样不会很久的，"我心里想，因为我不习惯于发现妇女或者姑娘们有自我克制的能力或自我牺牲的力量。据我对她们的了解而言，能够有机会闲聊胡扯她们那些一般是琐琐碎碎的秘闻隐事、她们那些常常是水分过多的不值一提的感情，是一种不能随便放弃的享受。

幼小的女伯爵可是个例外：她一直缝到厌倦了，然后去找来一本书。

说也真巧，她到布列顿医师自己的放书橱的小间里去找书。那是一本布列顿家的旧藏书——插图本的博物学著作。我过去常常见到她站在格雷厄姆的身边，把书放在他的膝盖上，按照他所教的念出声来。课上完了，她要求他，作为特殊照顾，把插图上的所有事物解释给她听。我眼睛直盯着观察她；现在是个真正考验她所曾经夸耀过的记忆力的时候了。她的回忆可靠吗？

可靠吗？这没有怀疑的余地。她把书一张张翻过去，脸上的表情有如一道道闪光，其中最不是那么理解力很高的闪光是对过去的深深的怀念。然后她翻到扉页，瞧着那用小学男生的手写的

---

① 晨室，大宅第中用作上午起居室，以享受阳光的房间。

名字。有好长一段时间,她瞧着那名字,她不满足于仅仅瞧着,还用手指尖轻轻地触摸那名字呢,与此同时还伴以不知不觉的、然而是温柔的微笑,这把她的触摸变成了抚爱。波琳娜热爱那个过去,不过这个小小的场景的特点是她一句话也不说;她能够感觉而不用滔滔不绝的话语来吐露真情。

她现在忙于在书橱里找书,忙了近一个小时,把书一本本拿下来,重新熟悉每一本书的内容。这以后,她坐到一个矮凳上,用一只手托着腮帮子,思考着,仍然不言不语。

楼下传来前门打开的声音,一阵冷风吹了进来,还有她父亲在大厅里同布列顿太太说话的声音,这些,终于使她惊醒过来,她一下子跳起来,不用一秒钟,已经到了楼下。

"爸爸!爸爸!你难道要出去吗?"

"我的宝贝;我得到城里去。"

"可是天气太——太冷了,爸爸。"

接着我听见德·巴桑皮尔先生叫她瞧一瞧,自己对于天气已经有了很好的装备;并且说他是坐马车去,因此会有很舒适的遮挡;总之,保证她不必为了他的安逸而担心。

"不过,你答应我,今晚天黑之前回来——你和布列顿医师两个,坐马车来,行吗?这天气不适合骑马。"

"好吧,要是我见到那位医师,我会告诉他,一位女士命令他注意他宝贵的健康,并且在我的陪同下早些回来。"

"对,你必须说'一位女士';他就会想到那是他的母亲,那样他就会听话。爸爸,要早些回来啊,因为我一定守候着,倾听着。"

门关上了,马车在雪地里轻轻地驶去,那位女伯爵则忧郁而焦虑地走回来。

天色渐黑的时候,她确实倾听着,守候着;不过完全是无声无息的。她用悄没声息的脚步在客厅里走动。她时不时地停止她那软如丝绒的脚步,歪着头倾听夜晚的声音,我应该说夜晚的寂静，因为现在风力终于减弱了。天停止了下雪，变成赤裸裸的一片苍白。透过林荫路上那些光秃秃的树枝，我们能把天空看得很清楚，也注意到新年的月亮的极地的光辉——那个月亮白得就像冰雪结成的世界。在我们看到马车回来的时候，还不算很晚。

这天晚上，波琳娜没有跳舞去欢迎。她的父亲走进房间里来的时候，她以一种严肃的态度，立即支配了他。她马上使他成为她的全部财产，把他领到她替他选择的座位上，像下阵雨似的，柔声柔气地用一大堆甜言蜜语来表扬他多么好，这么快就回家来，这时候，你会觉得那完全是她那双小手的力量，把他放到椅子上，安顿好，处理好。因为那位强壮的男人似乎很乐意使自己完全受她的摆布——只有爱才有这样的力量。

伯爵进来以后过了好几分钟格雷厄姆才出现。波琳娜听到他的脚步声的时候，身子没有完全转过去。两人之间只说了一两句话，彼此的手指碰了一下，很明显是轻微的接触。波琳娜留在父亲身边；格雷厄姆坐到房间另一边的位子上去。

幸好布列顿太太和霍姆先生两人有那么多的话要谈——对旧日的回忆几乎说也说不完；否则，我想，那天晚上我们这批人就成了静物画了。

喝完茶以后，波琳娜的快速的针和漂亮的金顶针箍在灯光下忙碌地来回着，可是她缄默不语，她的眼睛好像不愿意常常抬起那么平滑、睫毛那么浓密细长的眼帘。格雷厄姆在一天劳顿之后，一定也很累了。他顺从地听着前辈和比他年长者谈话，自己很少发言，眼睛跟着波琳娜的顶针箍的金颜色的亮光转，好像那是什么鲜艳的飞蛾在飞，或者是什么黄色的小蛇，那金黄色的头在往前一伸一伸。

第二十六章
葬　礼

从那一天起，我的生活变得丰富多彩了。我取得贝克夫人的完全同意之后，常常出去，她完全赞赏跟我交往的人的等级。这位可尊敬的女主管从一开始对我就没有什么不尊重的，在她发现我有可能常常收到从某个别墅和某个大公馆寄来的请柬之后，尊重便进一步变成了特别垂青。

她在这方面的表现并不是虚伪的；夫人在一切为人处世的事情上，一点也不软弱。即使在她最热烈地追求个人利益的时候，也掌握分寸，不失理智；即使在她把所得抓得最紧最紧的时候，也是不动声色和体谅别人的。因此，她不使自己处于那种让我瞧不起的趋炎附势和谄媚奉承的人的地位，而是得体地注意到，自己很喜欢那些跟她的学校有关系的人员，能够常常和那些必须培养和提高的人们交往，而不是和那些可能会堕落和消沉的人交往。她从来不表扬我，或者我的朋友；只有那一次，她坐在花园里晒太阳，手边放着一杯咖啡，手里拿着一份《公报》，看上去一副怡然自得的样子。我走过去请一个晚上的假，她用这样宽厚谦和的口气说道：

"行，行，我的好朋友，我全心全意地准你的假。自从你来到这地方，你一直工作得很好，既热情又谨慎，你有权利享受一下。你随时都可以出去。我很高兴你对朋友的选择，既恰当、相称，又值得称赞。"

她闭上了嘴，继续看那份《公报》。

请读者别太重视这么一个小事件：大约在这个时候，那包了三道的五封信暂时从我的写字台里不见了。当初发现这一情况，我的第一个感觉当然是心中茫然，不胜沮丧；不过，一会儿之后，我的心便靠恩得坚固了。①

"要有耐心！"我轻声地对自己说。"让我什么也不讲，只安静地等待。那些信会回来的。"

它们真的回来了。它们只在夫人的套间里待了一个短暂的时间，在受到检查并通过以后，及时地、真正地回来了。第二天，我发现它们在原处无误。

我不知道她对我的信有什么看法。她对于约翰·布列顿医师尺牍功力有怎样的估计呢？她怎样看待他那种毫不矫揉造作，而是轻松流畅、生动活泼的文体中的常常透露出来的非常精辟的思想，以及通常是正确的、有时候是别出心裁的见解呢？她会不会喜欢那种使我非常愉快的亲切而半带幽默的风格呢？她对东一句西一句出现的几个亲切的词句有什么看法呢？那些词句并不是像撒在辛巴德②的山谷里的钻石那样到处都是，而是稀稀落落的，像是静卧在并非寓言故事中的河床上的宝石。哦，贝克夫人啊！你对这些事情究竟是怎样看待的呢？

我想贝克夫人对这五封信有一定的好感。有一天，在她把这些信从我这儿借去之后（对于她这样一个文雅的小妇人，只能用文雅的字眼），我发现她目不转睛地用一种思索的眼光注视着我，有点儿迷惑不解，但完全不是恶意的。在课间短短的休息时间里，学生都蜂拥到院子里去做十五分钟自由活动，这时候，只有我跟她在第一班教室里。我偶然瞧着她的眼睛，这时，她的某些想法不禁脱口而出。

---

① 语出《圣经·新约全书·希伯来书》第13章第9节："……因为人心靠恩得坚固才是好的。"
② 辛巴德，《一千零一夜》故事中的人物。他曾经七次航海经商。第二次航海时，掉到一个四面高山的深谷之中，发现遍地都是钻石，原来是"钻石谷"。他拾了许多钻石，放入包内，然后在身上绑了一大块鲜肉。老鹰飞来啄食这块鲜肉的时候，便把辛巴德带出了深谷。

她说,"英国人的性格里有什么东西很奇特。"

"怎样呢,夫人?"

她轻轻一笑,用英语重复了一声"怎样"。

"我没法说'怎样',不过,总之,英国人对友谊、爱情,以及其他的一切,都有他们自己的看法。可是他们不需要人家的监督。"她添了一句,一面站起来,像一匹结实的小马似的快步走开。

"那么我希望,"我暗自咕哝着说,"你今后该懂得礼貌,别再拿我的信。"

哎呀!我忽然想起,以后再也不会有像她看到的那种来信了,这时,不禁热泪涌了上来,使我的眼睛完全模糊了,教室、花园,以及灿烂冬天的太阳都看不见了。那些是我最后看到的信了。那条可爱的河流正在转弯,向另一条河道流去。过去,我曾经在它的岸边逗留,它那使人振奋的浪花有几滴曾经溅到我的嘴唇边。它正在使我的小茅屋和田地变得孤独凄凉,干涸成沙漠,却把它的洪流倾注到远处。这变化是恰当的、公平的、自然的;我无话可说。可是我爱我的莱茵河,我的尼罗河;我几乎崇拜我的恒河,我悲伤,因为那伟大的潮水竟然流开了,竟然像海市蜃楼一般消失不见了。尽管我是个克己制欲的人,但是我还不完全信奉斯多葛学派①。泪水涟涟,不断滴落到我的两只手上,我的书桌上;我泪如雨下,激动地大哭了一场,雨水倾盆,不过很快就停止了。

然而,不久以后,我就对自己说:"我为之悲叹的希望被处了死刑,使我十分难受。它是在经历了长时间的痛苦挣扎,到了最后时刻才死去的,死亡应该受到欢迎。"

我尽量使它受到欢迎。的确,长期痛苦使耐心成为习惯。最

---

① 斯多葛学派,古希腊、罗马时期的一个哲学学派。该学派的伦理学部分,认为人是自然的一部分,也受天命支配,因此人应该克己制欲,顺从天命。

后，我把我的亡故者的眼睛合上了，把它的脸蒙上了，完全无动于衷地把它的四肢放平。

不过，那些信必须拿开，放到人家瞧不见的地方。经受过丧失亲人的痛苦的人，总是小心翼翼地把容易引起回忆的东西集中在一块儿，锁起来；每时每刻被复活过来的悔恨的尖刀猛扎心脏，是叫人受不了的。

有一天，在一个清闲的假日（星期四）下午，我去找我的珍藏，为的是考虑如何把它们处理掉，我发觉——这一次我不禁感到强烈的不快——东西又被人翻动过了。那个纸包确实还在那儿，可是捆扎的缎带却被解开过，然后又捆扎起来。再从其它的迹象看来，我知道我的抽屉被人动过了。

这就有点过分了。贝克夫人本来除了具有人的头脑里所能具有的灵敏的智力和清醒的判断力以外，还是个凡事考虑周到的典型。她一定知道我那个小匣子里的内容使我不愉快，可是还受得了。尽管她是个狡猾的小小的女审问官，她还是能够用正确的眼光看事物，用合乎情理的态度去理解它们。可是，一想到她竟然敢把她这样得到的信息传递给别人；一想到她也许曾经跟一个伙伴拿我认为最神圣的文件开玩笑，这却使我震惊不已。然而，现在我有理由感到害怕的就是这种情况；我甚至能猜出谁是她的知己。她的亲戚保罗·伊曼纽埃尔先生昨天晚上同她在一起；她很习惯于同他商量，和他讨论她跟任何别人都不讲的事情。就在那天早上上课的时候，那位先生曾经惠我以青睐，那神情好像是从女演员瓦实提那里借来的。当时我不理解他那愤怒的眼睛里闪出的蓝色的、可怕的光，可是现在我懂得它的含义了。关于我的事情，我相信，他不容易用公正的眼光来看待，或者用一种宽恕的、坦率的态度来判断。我一直发现他既严厉、又多疑。一想起那些信件，尽管仅仅是友谊的通信，曾经落到、将来还会落到他的手里，我的灵魂都震荡起来了。

我怎样才能防止这一情形呢？在这陌生的房子的哪一个角落

里有找到安全和机密的可能呢？在哪儿，一把钥匙就能够是一个防护设施、或者一把挂锁就能够是一个屏障呢？

顶楼上行吗？不，我不喜欢顶楼。而且，那里大多数的箱子和抽屉都是腐朽的，没有锁可以用。老鼠也把烂木头啃穿了；小老鼠在里面的废物中做窝。我的心爱的信件（仍然是最心爱的，虽然信的纸包上都写了"以迦博"①字样）很可能被害虫蛀光的。可以肯定的是，潮湿不久就会使字迹抹去的。不；顶楼可不行——那么放在哪儿好呢？

我坐在集体寝室的窗下座位上，考虑这个问题。那天下午，天气晴好而严寒，已经西下的冬天的阳光在校园里"禁止行走的小径"旁的灌木顶上暗淡地闪射着。一棵高大的老梨树——那位修女种的梨树——矗立在那儿，就像高高的树仙②的一副骷髅骨架。灰蒙蒙、干巴巴、光秃秃。我心中忽然闪过一个想法来——这一类稀奇古怪的思想，有时会忽然来到一个孤独的人的头脑里的。我戴上软帽，穿上外套，围好围脖，套上毛皮手套，出门到城里去。

我转向城里有历史意义的地区，我情绪不好的时候，总是本能地到那儿去找古老的黯然失色的场所。我从一条街闲荡到另一条街，穿过一个相当荒废的"地方"或者说广场，发现自己来到了一爿像是旧货店的面前。这是一个古老的地方，到处都是古老的东西。

我需要的是一个可以焊合起来的金属盒子，或者一个可以塞紧的或者密封的厚玻璃罐子或者瓶子也好。在一堆五花八门的什物里，我找到并且买下了后一类东西。

---

① 以迦博，男子名，意思是不光彩。典出《圣经·旧约全书·撒母耳记上》第5章第21节："他〔非尼哈的妻〕给孩子起名叫以迦博，说，荣耀离开以色列了。这是因为神的约柜被掳去，又因他〔她〕公公和丈夫都死了。"
② 树仙，原文为dryad，源于希腊神话中的Dryades（德律阿得斯），这是林木女神的统称，她们住在树上，与各自的树木同生死。据说，凡是爱护树木的人，都受到她们的保佑。此处形容那棵梨树。

我于是把我的那些信件卷起来,用油绸①包好,再用麻线捆住,放进瓶子里,让那位旧货商老犹太把它塞紧,封口,并且使它密不透气。他一面按照我的指示办理,一面却用眼睛时不时透过雪白的眼睫毛怀疑地打量我。我相信他以为我在干什么坏事。在这一过程中我产生一种阴郁的感觉——不是愉快——而是一种悲哀的、寂寞的满足感。促使我行动的冲动,以及控制着我的那种情绪,正像那天引导我去告解室去的冲动和情绪一样。我加速步伐,在天刚刚黑下来的时候回到寄宿学校,并且及时赶上用晚餐。

七点钟的时候,月亮升起来了。学生们和老师们都在做功课,贝克夫人同她的母亲及孩子们待在饭厅里,在搭伙走读生们都回家去的时候,萝芯妮已经离开了门厅,四周万籁俱寂——我披上披肩,带着密封的罐子,②偷偷穿过第一班教室的门走到绿廊,再从那里走到"禁止行走的小径"去。

那棵梨树,玛土撒拉③矗立在小径的那一头,靠近我的座位。它模模糊糊、灰蒙蒙的,在周围较矮的灌木中鹤立鸡群。玛土撒拉尽管已经活得很久很久了,现在仍然是很好的木材。只不过靠近根部的地方有一个窟窿,或者不如说是一个深洞。我本来知道有这样一个洞,部分给四周长得厚厚的常春藤和匍匐植物遮盖了;我考虑把我的珍贵的东西在那儿藏起来。可是我不但要藏掉珍宝——我还决定把痛苦也埋葬起来。那个痛苦,在我最近把它包在它的包尸布里的时候,我还为它哭泣,一定要把它埋葬掉。

好吧,我拨开常春藤,找到那个洞,它足够容纳那个罐子,于是我把它塞进深处。在花园尽头,有一间工具棚屋,最近雇来修理部分房屋的石匠们在那儿留下一些用剩的建筑材料。我便从

---

① 油绸,一种防水的丝绸织物。
② 上文说把信放进瓶子(bottle),这里说带着罐子(jar),可能是作者笔误。
③ 玛土撒拉,见第128页注②。

那儿取来一块石板瓦和一些灰泥，用石板瓦盖住洞口，拿水泥封住，再用黑土把这整个封口涂没掉，最后，再把常春藤放回原处。干完了这件事以后，我就倚着梨树休息一阵；然后像任何一个送葬者那样，在新落葬的坟墓边流连忘返。

夜晚的空气非常宁静，可是由于一种特殊的雾霭而显得模糊不清，这雾霭把月光变成发亮的朦胧一片。这空气或者雾霭里，有着某种有特质的东西——也许是电——它对我有一种奇怪的作用。我当时感觉到的就像一年前在英国感觉到的那样——那天夜里，北极光倾泻下来，弥漫整个天空，这时候，我孤身一人，还在荒僻的田野里赶着夜路，我曾经停下脚步，仰望那旌旗招展的大军在集合——仰望密集的长矛在颤动——仰望那些使者从北极星下面迅速飞升起来，直达天堂的苍穹那黑暗的高高的拱顶石。我感到的不是幸福，远远不是，而是感到增加了力量以后的坚强。

如果生活就是战争，我的命运似乎就是单独应战。我现在考虑的是如何拆除我这冬天的营地——离开这没有食物和饲料接济的野营地。也许，为了实现这种变化，还必须同命运再作一次对阵战。果真这样的话，我有心去和它兵戎相见。由于太贫穷，不能输，上帝可能注定我要赢。可是，哪条路是通行无阻的呢？——哪一个计划是可行的呢？

我仍然停留在这个问题上的时候，迄今还是模糊的月亮照出来的光好像比较明亮一些了。有一道白光甚至在我面前闪亮，一个影子变得清晰而明显。我更仔细地瞧着，要弄清楚在这条黑暗的小径上怎么会有那么点儿突然地出现这种明显的对照。我眼前的白变得更白一些，黑则更黑一些。在一眨眼的转变之中它有了形状。离我站立的地方大约三码远，有一个穿黑貂皮袍、罩着雪白的面纱的高个子女人。

五分钟过去了。我既不逃跑也不高声尖叫。她仍然待在那儿。我说话了。

"你是谁？为什么来找我？"

她站在那儿并不吭声。她没有脸蛋——没有五官：额头以下全部用一块白布遮了起来；可是她有眼睛，眼睛打量着我。

我感觉到一种如果不是勇敢精神的话，至少是有一点拼死拼活的冲动。而拼死拼活往往足够填补勇气的职位，并且去做勇气所做的工作。我向前走了一步，伸长手臂，因为我有意去触摸她。她好像向后退缩，我便走得很近，她仍然默不出声，向后退得更迅速。在我以及我跟踪的她之间，隔着一大片灌木丛、绿叶繁茂的常绿植物、月桂树和枝叶浓密的紫杉。我穿过这些障碍，仔细一看，却什么都没有了。我等待着。我说："如果你有话对我说，①那么回来说个明白吧。"她没有回话，也不再出现了。

这一次，我没有约翰医师可以依靠；没有谁我敢于低声吐露这些话："我又见到了那个修女。"

波琳娜·玛丽请求我常常到克莱西街去。在过去的布列顿的日子里，尽管她从来没有表示过她喜欢我，但是同我交往曾经很快就成为她的一种不自觉的需要。我曾经注意到，要是我回到自己的房间里去，她会很快就一路小跑地跟着我来，打开房门，伸进头来窥视，用她那有点命令式的口吻说：

"下楼来。你干吗独个儿坐在那儿呀！你必须到会客室里来。"

现在，她用同样的口气催促我：

"离开福色特街吧，"她说，"搬到这儿来跟我们同住。爸爸给你的会比贝克夫人给你的多得多。"

霍姆先生本人愿意给我一笔可观的报酬——比我目前的薪水多两倍——若是我肯接受当他女儿的伴侣的工作。我拒绝了。我觉得，即使比目前更穷，更没有储蓄，前途更没有指望，我也应该拒绝。我没有那种才能，我能够教书，能够上课，可是对我来说，当一个家庭女教师或者一个伴侣是不合乎自然的。与其在一

---

① 语出《圣经·旧约全书·列王纪下》第9章第5节："将军哪，我有话对你说。"

个大公馆里当女教师，我宁可心甘情愿地去当个女仆，买一副牢固的手套，心安理得，自食其力，去打扫卧室和楼梯，擦净炉灶和铁锁。与其当一个陪伴，我情愿去做衬衫，去挨饿受穷。

我可不是一位光彩照人的小姐的影子——不是德·巴桑皮尔小姐的影子。我的性格常常是够愁肠百结的；我习惯于克己隐忍。不过，这种阴郁和消沉都必须是自觉自愿的——正如在贝克夫人第一班级的那些我现在已经很习惯了的学生们当中我坐在书桌旁那样温顺；或者在她的集体寝室里，我独个儿待在我的床边那样温顺；或者在她的花园里的小径上，以及所谓我的座位上那样温顺，这都是自觉自愿的。我本身具有的条件既不可能转换成别的，也缺乏适应性，不能成为任何宝石的衬底，不能成为任何美的事物的附件，也不能成为基督教世界里任何伟大事物的附属物。贝克夫人和我没有互相融合之处，却互相很了解。我不是她的伴侣，也不是她的孩子们的家庭教师；她让我完全自由，她不把我跟任何东西拴在一起——不跟她自己拴在一起——甚至不跟她的利益拴在一起。有一次，她的一位近亲生病，她被叫去，离开家里两个星期，等到她回来，怀着对她学校充满焦虑和关怀之情，怕她不在的时候发生了什么不测之事——后来她发现一切照常进行，没有明显的疏忽迹象——这时她给每个教师送一件礼物，以感谢教师们的可靠。半夜十二点钟的时候，她来到我的床前，对我说没有带礼物给我。"我必须使忠诚对圣彼埃尔有利，"她说。"要是我试图使忠诚对你有利，那么我们之间就会产生误解——也许是分离。不过，有一件事我能够使你高兴——不干涉你的自由，我会这样做。"

她遵守了诺言。打那以后，她不声不响地撤销了所有她曾经加给我的轻微的束缚。我就这样愉快地、自觉自愿地遵守她的规则；对她交给我负责的学生，我很高兴地花上加倍的时间，用出加倍的精力。

至于玛丽·德·巴桑皮尔，尽管我不愿意和她同住，我还是非常愿意去看望她。我的访问很快告诉我，即使我这种偶然的、自觉自愿的交往，对她来说，却不大像是长期必不可少的。在德·巴桑皮尔先生这方面，他对于这种猜测似乎不予理会，对于这可能性自然不察。就像一个孩子那样对于一桩事情的迹象、可能性、以及那捉摸不定的开始状态都无知无觉一样，事情临到结尾，他却可能不赞成了。

我曾经思考，他会不会衷心地赞成呢？这很难说。他主要兴趣放在科学事业方面。凡是有关他所钟爱的工作的事情，他总是热心、专注，并且有点追根究底、吹毛求疵，可是对于生活上的一般事情却从不猜疑，十分信任。我从各方面观察下来，他把他的"小千金"似乎仍然看作不过是个小孩子，他大概还没有接受这么一种概念，即，别人对她会有不同的看法。他会说："波莱"长大成人以后该怎么怎么办。站在他椅子旁边的这个"波莱"，有时候会微微一笑，用一双小手捧着他那尊贵的脑袋，吻吻他那花白的头发；有时候，她又会噘起嘴巴，把她的鬈发一甩。不过，她从来不说："爸爸，我已经长大了。"

对于不同的人她有不同的态度。对于她父亲，她的确仍然是个孩子，或者孩子般天真、亲热、快快活活、蹦蹦跳跳。对于我，她则一本正经尽她的思想和感情所能做到的那样像个成年妇女。对于布列顿太太，她就变得百依百顺、小鸟依人，然而并不是无拘无束。对于格雷厄姆，她却是腼腆的，目前非常腼腆。有时候，她试图现出冷淡的样子；偶然有几次，她努力躲开他。他的脚步声使她心惊；他走进来，她就沉默起来；他一说话，她的回答就不那么流畅；他离开时，她就跟自己生气，变得心烦意乱。连他的父亲也注意到她这样的态度。

"我的小波莱，"有一回，他说，"你和别人交往太少了。要是你带着这种羞怯的态度长大成人，你将很难适应社交活动。你真的把布列顿医师当作陌生人了，怎么会这样子呢？难道你不记得你小时候一直很喜欢他吗？"

"确实是那样,爸爸,"她附和说,声调有点干巴巴的,然而温和而天真。

"那么你现在不喜欢他了吗?他有什么不对吗?"

"没什么不对。是——是——的,我有点儿喜欢他;可是我们彼此变得陌生了。"

"那么,把它磨掉吧,波莱,把铁锈和陌生磨掉吧。他到这儿来的时候,跟他多聊聊天,打发时间,可别怕他呀!"

"可是他不大说话。你想他怕我吗,爸爸?"

"哦,当然啰,哪一个男人不怕像你这样一个小小的沉默寡言的小姐?"

"那么,哪一天请告诉他,别在乎我的沉默寡言。就说这是我的习惯,我并没有不友好的意思。"

"你的习惯,你这个小唠叨?跟你的习惯差得太远了,那只不过是你忽发奇想罢了!"

"哦,爸爸,我会改进的。"

第二天,她设法遵守诺言而表现出来的优美态度很讨人喜欢。我看见她努力和蔼地跟约翰医师谈论一般性的话题。她的关心使客人喜形于色,满面红光。他小心地应付她,用最温柔的语调回答她的话,好像空气里悬挂着游丝般的幸福,他害怕吸一大口气就会惊扰它。的确,在她羞怯地、然而真诚地向友谊进展的过程中,她无可否认有最精致的和最优美的魅力。

医师离开以后,她走到她父亲的椅子跟前。

"我有没有遵守诺言,爸爸?我表现得好些了吗?"

"我的波莱的举止像个皇后。如果这种进步继续下去,我会变得为她感到相当自豪。我们将渐渐看到她用十分镇静和大方的态度接待我们的客人们。露西小姐和我将不得不四下里好好瞧瞧,把我们的装腔作势改善一下,免得相形见绌。不过,波莱,你还有点儿焦急不安,时不时有点结结巴巴的样子,甚至就像你六岁的时候那样咬舌儿。"

"不，爸爸，"她愤慨地打断他的话，说道，"这不会是真的。"

"我请露西小姐公断。她在回答布列顿医师关于她有没有见过池边森林王子的宫殿时，有没有说'细的①'，她去过'好机次'②？"

"爸爸，你讽刺我，你真坏！字母表上所有的字母我都能念得跟你一样清楚。不过告诉我：你特别要我对布列顿医师客气，那么你自己是不是喜欢他？"

"当然啰；为了老相识的缘故，我喜欢他。再说，他对他母亲非常好；他既是个好心肠的人，在业务上又很出色。对啦，这位少年有出息。"

"少年！啊，苏格兰人！爸爸，你说的是爱丁堡口音，还是阿伯丁口音？"

"都有，我的宝贝，两种都有。毫无疑问，还加上格拉斯哥③的口音。正因为这样，所以我能说很好的法语。凡是苏格兰话说得好的人，那法语总是能说得好。"

"那法语！又是苏格兰话：不可救药的爸爸。你也需要受教育。"

"啊，波莱，你得劝斯诺小姐把咱俩都收下；使你变得稳重和温柔体贴；使我变得优雅和文质彬彬。"

德·巴桑皮尔先生那种明显的用来看待"斯诺小姐"的眼光，曾经使我在内心里产生很多启发性的思想。根据我们被怎样看待，我们有时候发现人家给我们的性格安上多么矛盾的特征啊！贝克夫人认为我是有学问的、性情忧郁的；樊箫小姐把我看成是刻薄的、爱讽刺人的、玩世不恭的；霍姆先生却觉得我是一个模范教师，是安详、谨慎的典型：有点因循守旧，也许太严格拘谨、范围狭窄、步步为营，不过仍然是女教师的正统的化身和

---

① ② 应为"是的"和"好几次"，现在的译法是表明书中人物咬字不准。
③ 爱丁堡、阿伯丁和格拉斯哥，均为英国苏格兰地区的地名。爱丁堡是苏格兰首府。

模范；而另外一位，即那位保罗·伊曼纽埃尔教授，从来也不失掉一个机会来表明，他认为我的脾性是相当火爆和轻率的——桀骜不驯，胆大妄为，我对这些意见只是笑笑。要是有谁真正了解我，那就是波琳娜·玛丽了。

尽管我发现同波琳娜交往很温暖，很融洽，但是我不愿意当她的名义上的和雇用的陪伴，因此，她劝我跟她一起学习某些东西，作为维持来往的一种定期的、稳固的办法。她建议学德语，因为跟我一样，她发现德语很难掌握。我们决定一同到克莱西街上一位女教师那儿上课；这样的安排使我们每星期有几个钟头在一起。德·巴桑皮尔先生好像很高兴，他完全赞成弥涅耳瓦·格莱未泰女士①竟然肯拿一部分空闲时间来跟他那位美丽而可爱的孩子交往。

那位自封为我的审判官的福色特街的教授，通过某种鬼鬼祟祟的侦察手段，发现我不再像以往那样静止不动，而是有规则地在某天某时外出，他就擅自对我监视起来。人们说伊曼纽埃尔先生是在耶稣会教徒当中培养长大的。要是他的花招掩饰得更好些，我会更容易相信这种传说。既然情况如上所述，我就产生了怀疑。从来没有一个比他更加毫不掩饰的策划者，没有一个比他更坦率、更粗疏的阴谋家了。他会剖析自己的阴谋诡计：先精心设计种种策略，随后立刻得意洋洋地炫耀自己计谋的巧妙。有一天，我不知道自己是觉得有趣多于气恼还是相反；那天早上，他走上前来一本正经地低声对我说，他"监视"着我，他至少还会尽一个朋友的责任，而不是完全听任我自行其是。目前我的举动看来很不稳定，他不知道该如何理解我的这些举动，他认为贝克夫人该受到谴责，怎么竟然容忍她的屋子里的一位女教师有这样一种东游西荡的与过去不协调的行为。一个献身于像教育这种严

---

① 原文为：Madame Minerva Gravity。Minerva（弥涅耳瓦）是罗马神话中的智慧女神，司智慧、学问、战争等。等于希腊神话中的雅典娜。Gravity 是认真、严肃、庄重的意思。这里的含意是用"有学问的、庄重的女士"来称呼斯诺小姐。

肃的事业的人，同什么伯爵和女伯爵，以及什么公馆和别墅之类有什么相干？在他看来，我似乎完全是"异想天开"。他深信不疑，我七天之中，有六天往外跑。

我说："先生，你言过其实了。最近我的确体会到稍微改变一下生活的好处，不过，是在有这个必要之后才这样做的，而且我完全没有过分行使这种权利。"

"必要！怎么会有这种必要？你的身体很好了吗？有必要改变一下生活了吗？我想介绍你去向天主教修女们学习她们的生活，她们可不要求改变生活。"

他这样说的时候，我不能判断自己脸上的表情，不过这是一种惹他恼火的表情。他谴责我做事轻举妄动，庸俗世故，贪图享乐，野心勃勃地梦想伟大，如饥似渴地追求生活上的虚荣和浮华。我的性格里似乎没有"献身精神"，也没有"专注意志"；而且没有感恩、信仰、牺牲和自卑精神。我觉得去回答这些指控毫无意义，就闷声不响，继续批改那一堆英语作业。

他说他看不到我心里有任何属于基督教的东西。就像许多其他新教徒一样，我非常喜爱异教徒的骄傲和任性。

我稍微转过身去，背向他，在静默的羽翼下蜷缩得更紧些。

他从牙齿缝里发出模糊的咕哝声，那肯定不是一声"诅咒"，因为他很虔诚，不会做那种事"不过我肯定听到了"该死的"这个字。说起来使我伤心，大约两小时以后，我在过道里同他擦身而过，准备到克莱西街去上德语课的时候，他又重复那个字，并且毫不含糊地加上许许多多什么的。在某些方面，没有人比这小个子保罗先生更好；而在其他某些方面，却也没有任何人比他这个小暴君更刻毒了。

我们的德语女教师安娜·布劳恩小姐约摸四十五岁，是一位可尊敬的、热情爽朗的人。也许她应该生活在伊丽莎白女王时代，因为她经常在第一次和第二次早餐时喝啤酒，吃牛肉，并

381

且，在她称之为我们英国人的克制面前，她那直截了当、彻头彻尾的德国人的性格，似乎痛苦地感到了残酷的约束。尽管我自认为对她很热诚，可是我们并不拍她的肩膀；要是我们同意去吻她的面颊的话，那么就会是文静地一吻，而不会弄出劈啪的咂嘴声来。这些简略的做法使她相当扫兴；不过，总的说来，我们相处得很好。她习惯于教外国女孩子，这些女孩子几乎从来也不自己动脑筋，自己学习——她们根本没有跟困难作斗争以及通过思考和实践的努力去克服困难的观念——因此，我们两人的确实是从容不迫的进步，似乎使她惊讶不已。在她的眼睛里，我们是一对冷若冰霜的奇才，冷淡、傲慢、异乎寻常。

那位年轻的女伯爵是有点儿傲慢，有点儿爱挑剔。也许，由于她天生娇嫩和美丽，她有权利这样傲慢和爱挑剔；可是，我认为把这些缺点归罪于我，则是大错特错了。我从来也不逃避早上的问候，而波琳娜总是能滑就滑过去；在我的防御军械库里，也没有冷漠的蔑视这么一种武器；而波琳娜总是把这种武器保持完好，擦得干干净净，锃亮锃亮，而任何粗鲁的德语俏皮话马上就会使它们闪出钢铁般的亮光。

在某种程度上，老实的安娜·布劳恩感觉到这种不同：她对波琳娜半是害怕，半是崇拜，把她当作一位优美的山林水泽仙女①——一位水精②——与此同时，她却把我看成是一个彻头彻尾的凡人，而且性情较为平和，可以寻求我的庇护。

我们很喜欢念诵和翻译的书是席勒的民谣体的诗歌集。波琳娜很快就念得很好；德国小姐会高兴地听着，笑得合不拢嘴，说她的声音像音乐般动听。她还把诗歌翻译出来，语言轻快流畅，笔调与原著相似，带着诗的激情。她念下去的时候，她的两颊会泛起红晕，嘴唇会颤动着微笑，美丽的眼睛会发亮，或者濡湿起

---

① 山林水泽仙女，希腊、罗马神话中居于河海山林水泽中的数目众多的仙女。
② 水精，神话中的水中女神，相传与凡人结婚生子后能获得灵魂，而这个凡人却要死去。德国作家弗里德里希(1777—1843)著有《水精》一书。

来。最好的诗句她能背出来，只有我们两人在一起的时候，她常常朗诵。她非常喜欢的一首是《少女的悲叹》①，这就是说，她喜欢得要重复这些字句，她在诗句的声调里找到了悲哀的旋律，然而她会批评其意义。有一天傍晚，我们在炉边坐着的时候，她低声念道：

> 您，神圣的，把您的孩子叫回去，
> 尘世的幸福我享够了，
> 我活过了，也爱过了！

"活过了，也爱过了！"她说，"难道那就是世间幸福的顶峰，生活的目的吗——如此就是爱吗？我想不是。那也许是人间痛苦的极点，也许是时间的白白浪费，情感的无结果的折磨。要是席勒说的是被爱的话，那么他可能更接近真理。露西，被爱难道不是另一回事吗？"

"我想也许是；不过你为什么考虑这个问题？对于你来说，爱情是什么呢？关于爱情，你了解多少？"

她脸红了，一半是恼火，一半是害臊。

"啊，露西，"她说，"你可不能对我说这种话。爸爸很可以把我看作一个孩子，我宁可他这样看待我；可是你知道并且应该习惯于承认我都快要十九岁了。"

"即使你快要二十九岁也没有用。我们不通过讨论和交谈来预料感情问题；我们不谈论爱情问题。"

"可不是嘛，可不是嘛！"她说——急急忙忙，情绪激动得很——"你尽管认为自己可以随意控制和限制我吧，可是我曾经谈论过爱情，也听到过人家谈论爱情，而且谈论得很多，而且就是最近，而且说的都是不愉快的、有损害的，而且你多少是不会

---

① 《少女的悲叹》，德国诗人兼剧作家席勒的一首诗。

赞成的。"

这位又恼火又得意洋洋的、秀丽的而又顽皮的小姑娘笑出声来。我不明白她的意思,又不愿意问她;我不知所措。不过,由于看到她脸上现出极其天真的样子——还掺杂着某种一闪而过的故意闹别扭、使性子的神情,我终于说道:

"这类不愉快的和有损害的话是谁对你说的?能够接近你的人里面,是谁敢于这样做?"

"露西,"她较为温柔地回答说,"是一个有时候使我悲伤的人;但愿她离开我——我不需要她。"

"可是,那是谁呢,波琳娜?你使我迷惑得很。"

"是——是我的表姐姞妮芙拉。她每次请假去看望肖尔蒙德莱太太的时候,都到这儿来,只要她看见我是单独一个人,她就谈她的追求者。爱情,说真的!你该听听她忍不住要说的关于爱情的一切。"

"哦,我听到过,"我相当冷静地说。"总的说来,或许你同样也听到过。用不到后悔,没有错。不过,姞妮芙拉的思想肯定不会影响你的思想。在理智和感情两方面你都胜过她。"

"她对我很有影响。她有扰乱我的幸福和动摇我的见解的本领。她通过伤害我最珍爱的情感和人物来中伤我。"

"波琳娜,她究竟说了些什么?让我有个概念。也许对她造成的损害能有个抵消的办法。"

"我一向最敬重的人被她贬低了。她没有放过布列顿太太——也没放过……格雷厄姆。"

"没有,我敢说没有。不过她怎么把这些事情跟她的感情,以及她的……爱情混在一起的呢?我想,她是把它们混在一起的吧?"

"露西,她蛮横无理!我相信,也是虚伪不实的。你是了解布列顿医师的。咱们俩都了解他。他可能粗心、骄傲,可是他什么时候卑鄙下贱或者卑躬屈膝过?她天天对我说他如何跪倒在她的脚下,像影子似的追随着她。而她呢——用侮辱的话拒绝他,他则执迷不悟,向她苦苦哀求。露西,这是真的吗?有一点点真实性吗?"

"他曾经认为她生得漂亮,这可能是真实的。她仍然宣布他是她的追求者吗?"

"她说她随时都可能跟他结婚;他只等待她的同意。"

"是不是这些流言蜚语引起你对格雷厄姆抱着冷淡的态度呢?你的父亲注意到了你这种转变。"

"那些话当然使我相当怀疑他的人格。从姞妮芙拉口中那样说出来的时候,那些事情听上去不像是一点儿都不掺假。我相信她是在夸大其辞——也许是在编造——不过我想要知道不真实到什么程度。"

"假定我们让樊箫小姐来检验一下怎么样?给她一个机会,让她显示一下她自诩拥有的那种力量怎么样?"

"明天我就能这样做。爸爸请了几位绅士来吃晚饭,他们都是学者。爸爸开始发现格雷厄姆也是一位学者——人们说,他不仅仅精于一门科学呢——他也在被邀之列。在这种宴会上,如果餐桌上没有人支持我,我必定很苦恼。我无法跟那些巴黎的院士[①]A先生和Z先生谈话。我新近得到的有礼貌的声誉就会岌岌可危。你和布列顿太太一定要来帮我一把。姞妮芙拉一得到通知就会来的。"

"对;那么我就捎个信去请她,她就有机会来证明她的为人是否诚实。"

[①] 指法兰西学院的院士。这一学院于1635年由法王路易十三的国务秘书黎塞留(1585—1642)枢机主教创建。

第二十七章
克莱西公馆

第二天，结果比我们——或者至少比我——所预料的更为活跃，更为忙碌。那天好像是拉巴色库尔的一位年轻王子的生日——我想是那位长子，丁都诺公爵，因此，为了对他表示敬意，给所有的学校，尤其是那所特出的"Athénée"①也就是专科学校，放假一天。那所专科学校的青年也作了策划，并且准备呈献一篇表示忠诚的演说。为了这一目的，他们被集中在一所每年举行考试和发奖的公共建筑物里。表示忠诚仪式以后，接着就是由一位教师发表演说，或者"讲话"。

德·巴桑皮尔先生的几位朋友——那些学者——由于多少都和这所学院有些关系，可望来参加这个盛会，同时还有代表维莱特市政府的可敬的市长斯它斯骑士先生，以及全体学生的家长和亲戚。德·巴桑皮尔先生的朋友们要他陪伴他们；他那漂亮的女儿当然也在内。她写了一张小纸条给婼妮芙拉和我，请我们早一点去跟她在一起。

樊箫小姐和我在福色特街的集体寝室里穿衣打扮的时候，她（这位樊箫小姐）突然大笑起来。

"怎么啦？"我问；因为她一下子停止了整理盛装的工作，转而凝视着我。

"看来很奇怪，"她带着通常那种半诚实、半无礼的坦率态度回答说，"你和我现在对于很多事情竟然是在同一个水平，现在和我在同一个圈子里活动，有着同样的社会关系。"

"呃，对的，"我说；"我不大瞧得起不久前你交往的主要对象。肖尔蒙德莱太太和那帮人,跟我怎么也合不来。"

"你是什么人啊,斯诺小姐?"她用那么毫无掩饰的、天真无邪的惊奇口吻问,使我不禁笑出声来。

"你过去自称为保育员。你才来的时候,确实曾把这所学校里的孩子们照管好:我曾经看到你怀里抱着小娇姞特,像个保姆似的——很少女教师肯这样屈尊——而现在贝克夫人待你比待那个巴黎人圣彼埃尔更有礼貌。还有那个傲慢的毛头姑娘——我的表妹——竟然把你当作她的知心朋友!"

"好得很!"我同意说,对她的迷惑感到有趣。"我到底是什么人呢?也许是个伪装的大人物吧。可惜我不像。"

"我感到奇怪,你并不因为这一切而感到高兴,"她接着说。"你用特别的沉着冷静的态度来对待。如果你真是我曾经认为的微不足道的人,那么你一定是一个大胆而厚脸皮的人了。"

"你曾经认为我是个微不足道的人!"我重复一遍,我的脸上有点儿发烫,可是我不发怒。一个女学生粗鲁地使用"微不足道的人"和"有相当身份的人"这种说法算得了什么?因此,我只说我刚才受到的不过是有礼貌的对待,并且问她,在与人谈话时把对方"弄得不知所措,十分狼狈,能说这是有礼貌的吗?"

"一个人对于某些事无法不感到奇怪,"她坚持说。

"该说对于你自己的虚构捏造无法不感到奇怪。你算准备好了吗?"

"对;让我挽住你的胳膊。"

她挽住我的胳膊的时候,总是把她全部重量靠在我身上,我既不是个男人,又不是她的情人,所以我不喜欢那样。

"喏,又来啦!"她喊道。"我觉得我挽住你的胳膊,是为了表明嘉许你的服装和整个外表;我把这作为敬意。"

---

① Athénée 一字在比利时和瑞士是指公立中等学校,通常接受 11—19 岁之间的学生。同时也指 college(学院或专科学校)。

"真的吗？简单地说来，你的意思是想表示一下，你并不因为在街上被别人看见同我在一起而觉得可耻，是吗？要是肖尔蒙德莱太太正在哪个窗口抚摸她的叭儿狗，或者德·阿麦尔上校正在哪个阳台上剔牙齿，刚好瞧见我们，你不会因为你的伴侣而感到很脸红，是吗？"

"是的，"她直截了当地说，那是她的最大优点——在她说这样的话的时候，这优点给她那些谎言加上一种诚实的坦率——简言之，那是她性格里的盐，是唯一能起防腐作用的成分，而这一性格在其他状态之下是不会形成和保存的。

我把评论她这声"是的"的麻烦托付给我的脸部表情了。或者不如说，我的下嘴唇自动地抢先于我的舌头的动作。当然啰，表现在我投射给她的目光中的感情，绝不是尊敬和庄严的感情。

"你这个好挖苦、爱嘲笑人的家伙！"她接着说下去，这时我们正穿过一片大广场，进入那座恬静的悦人耳目的公园，那是我们去克莱西街的最近的路。"世界上还从来没有谁像你这个淘气鬼这样对待我！"

"是你给自己找的。别管我；放聪明些，安静下来；我也会不管你的事情。"

"你这话就好像在你是那么特别、那么神秘的时候人家真的能够不管你似的！"

"神秘和特别完全是你自己脑子里的想法——想入非非——不多不少，正是那么回事，还是请你把它们藏起来，我不想知道。"

"可是，你是个什么人物呢？"她咬住不放地说，置我的反对于不顾，硬把手插到我的胳臂下面，她的胳臂毫不客气地紧紧顶住我的腰部，为了不让别人可以挤入。

"不错，"我说，"我是个步步高升的人物：曾经是一位老太太的陪伴，然后是个保育员，现在则是一个学校的教师。"

"务必——务必告诉我你是什么人！我不会说出去的，"她催促着说，荒谬可笑地坚持她自作聪明的想法，即她逮住了一个微服隐名的人。这会儿她正紧紧抓住这个已经被她完全占有了的人的胳臂，又是哄骗，又是恳求，弄得我不得不在公园里停住脚步，哈哈大笑。在我们并肩行走的时候，她从头到尾一直对这个话题提出千奇百怪的想法。以她那种顽固不化的轻信或不轻信来证明，她无法想象，一个没有高贵出身或者万贯钱财垫底的人，一个对于显赫名声或者社会关系没有什么意识的人，怎么竟然能够保持一种相当正直的态度。至于我，在我被人知道这一点具有重要意义的地方人家都知道我，这就足够使我心安理得了，其他的我都淡然处之。门第、社会地位和深奥学识的获取，在我的兴趣和思想之中，占有的差不多是同等的空间和地位；它们算是我的三等房客——只能分派给它们一间小起居室和后面的小卧室。即使餐厅和会客室都空着，我也决不向它们提供，因为我认为较差的居住条件对它们的情况更为合适。我不久就认识到，世人对此具有不同的评价，我毫不怀疑，世人的看法非常正确，然而我也相信，自己的看法并不怎么错。

有些人，低微的地位会使他们心理上觉得卑贱，对他们来说，失去了社会关系就等于失去了自尊心。这些人，把最高的价值放置在地位和社会关系上，这种地位和关系是避免他们的身份被贬低的保护物，这难道没有道理吗？假定有一个人，他觉得要是大家都知道他的祖先出身低微，不属于上流阶层，贫穷而不富有，是工人而不是资本家，他在自己的眼里就会成为可鄙的，那么，严厉责备他回避这些要命的事实——责备他在有暴露这些事实的危险的时刻表现出吃惊、发抖、沮丧，难道是对的吗？我们活得越长久，我们的经验越是丰富，我们就越不那么随便去判断我们邻居的行为，去怀疑世间的智慧。不管在哪儿，只要垒起了一堆小小的防御工事，不管这工事是围绕着一个假正经的女人的德行，还是围绕着一个具有世界声望的男人，都肯定需要这世间的智慧。

我们来到了克莱西公馆。波琳娜已经准备好了；布列顿太太跟她在一起；在她和德·巴桑皮尔先生的陪同下，我们马上被领到开会场所，坐在离讲坛适当距离的好位子上。那所专科学校的年轻人在我们面前列队，市政府官员和市长都坐在荣誉席位上，几位年轻的王子和他们的教师则占有显眼的位置，建筑物的大部分都挤满了这座城市里的贵族和头面人物。

至于哪一位教师去发表讲话，我直到此刻既不关心，也不过问。我模模糊糊地认为会有一位学者站起来发表一篇正式的演说，一半是对学生们的教条主义说教，一半是对王子们的奉承。

我们进去的时候，讲坛还是空的，可是十分钟以后已经站满了人。突然间，在一秒钟里，深红色的桌子之上出现了一个人的头，胸部和胳臂。我认识这个头，樊箫小姐和我两人都很熟悉它的颜色、样子、姿态和表情。那长着浓密的头发的脑壳，那饱满而苍白的前额，以及那炯炯有神的蓝眼睛，在我们的记忆里已经是如此习惯了的细节，并且和许多奇妙怪异的联想交织在一起，因此，它们的骤然出现，就把想象逗弄得忍不住发笑。说真的，我承认，就我来说，我笑得脸上发热，不过，我当时便低下头去，把手帕和垂下来的面纱作为我的欢乐的仅有的知情密友。

我觉得见到保罗先生时我是高兴的。看到他待在那儿，摆出一副凶狠而直率、阴沉而无偏见、暴躁而无所畏惧的样子，就像他君临教室讲台那样，我觉得这时候我的心情是愉快的而不是别的。他的在场是件十分出乎意料的事；尽管我知道他担任学校里的文学教授一职，却一点也没有想到他会来。有他在那个讲坛上，我敢肯定，不论形式主义，还是谄媚奉承，都不会是我们注定要得到的。可是他所赐给我们的东西，他所突然地、迅速地、继续不断地倾注到我们脑子里的东西——我得承认自己毫无准备。

他用他经常对福色特街的三个班级所作长篇大论的演说的那种同样的轻松和几乎同样的尖锐、容易激怒的热情，来对王子们、官员们和市民们讲话。他对那些专科学校的毕业生讲话，不是把他们当作学生，而是当作将来的市民和尚处在萌芽状态的爱国者来看待。自从那时以后降临到欧洲的那个时代①还没有被人预言过,而伊曼纽埃尔的精神对我来说是新颖的。谁能想到拉巴色库尔的平坦和肥沃的土地会产生如此被强烈地表达出来的政见和爱国心呢?这里不需要我特别指出他的见解的倾向;不过,也许能允许我说,我相信这位小个子所说的话其正确性不亚于其真挚认真。尽管他热情似火,然而他严厉而有理智。他把乌托邦的空想理论踩在脚底下,他轻蔑地拒绝荒唐的梦想——可是,在他面对着专制政治的时候——哦,他那双眼睛里就射出值得一看的光芒。在论及不公平的时候,他便发出一点也不含糊的声音,很能使我想起在天色朦胧的时候,从公园里传来的阵阵小号的吹奏声。

我想他的听众一般不那么容易感受到他那样纯粹洁净的激情;不过,有些青年学生,在他雄辩地对他们说,在他们的祖国和欧洲的前途中,他们应该走什么道路,作出怎样的努力,他们也热情高涨。他演讲结束的时候,他们报以长时间的响彻全场的欢呼声。尽管他那么火爆凶猛,却仍然是他们最喜爱的教师。

我们这群人离开大厅时,他站在门口;他瞧见并且认出了我,便举一举帽子致意,我走过他身边,他跟我握手,开口说道:"你觉得怎样?"——一个彰明较著地具有个性的问话,即使在他这个凯旋得胜的时刻,都使我回想起他那老爱刨根问底的踯躅不安的样子,以及缺少那种我认为一个人应该具有的自我克制,这些都是他的缺点的一部分。当时他应该不在乎问我怎么想,或者其他人怎么想;可是他却那么在乎,而且天真未凿得不能隐藏自己的愿望,感情冲动得不能抑制自己的愿望。啊!如果我责备他过分心急,我却喜欢他的质朴无邪。我本来要赞扬他,我心里有许多赞扬的话,可是,天哪!却讷讷地说不出口。谁能在该说话的时候有话好说呢?我结结巴巴地说了一些废话;不过,在别人

---

① 指1848年至1851年的法国二月革命及其后革命风暴席卷整个欧洲大陆的时代。法国二月革命是推翻七月王朝建立第二共和国的革命。

争先恐后地走来向他表示祝贺，以他们的过剩来掩盖我的不足的时候，我真心感到高兴。

一位绅士把他介绍给德·巴桑皮尔先生；这位伯爵同样感到非常满意，邀请他加入他的朋友们（大部分是跟伊曼纽埃尔一样的人），一起到克莱西公馆吃饭。他谢绝了宴请，因为他对有钱人的友好表示总是怀有一点儿戒心。在他的肌肉组织里有一种坚强的独立不倚的力量——这并不突出，但是当你对他的性格有进一步的了解时，会愉快地发现的。不过，他答应在那天晚上同他的朋友A先生，一位法兰西学院院士一起来。

在那天的晚宴上，姞妮芙拉和波琳娜看上去都很美丽，各有自己的特色；前者也许可以夸耀她体形魅力的优点，后者则具有更微妙的精神方面的突出吸引力，这表现在她那双眼睛的波光盈盈，含情脉脉，表现在风度翩翩，表现在表情讨人喜爱，富于变化。姞妮芙拉的深红色的服装很好地衬托出她那金黄色的鬈发，同她那玫瑰般的青春也和谐一致。波琳娜的服装——时新的紧身式样，整洁素雅，一无缺点，质地细净雪白——使人看了舒心悦目，因为它与她的肤色的娇嫩的生气、她脸上的柔和的生机、她的眼睛的深不可测的温柔，以及她的头发浓浓的褐色和潇洒的飘逸相般配——她的头发的颜色比她的撒克逊表姐的头发的颜色还要深些，她的眉毛、眼睫毛、眼珠上那丰满的虹膜和又大又灵活的瞳孔也都让人看了心里高兴。在樊箫小姐身上，大自然轻描淡写地随便把这些细节勾勒出来；而在德·巴桑皮尔小姐身上则把它们造成高超和精致的完美形象。

波琳娜被那些学者们吓住了，不过还没有到哑口无言的程度，她谦虚而胆怯地应对着；并非毫不费劲，然而却是带着真正的妩媚和一种良好而透彻的见识，以致她的父亲不止一次地中断自己的谈话去听她讲，并且以充满自豪的喜悦的目光注视着她。使她加入到谈话里来的，是一位彬彬有礼的法国人，Z先生；他是一位饱学之士，但是相当优雅殷勤。她的法语把我迷住了，毫无缺点——结构正确、成语得当、口音纯正。尽管姞妮芙拉半辈子都在大陆上生活，却远不及她。这位樊箫小姐说话从来没有什么困难，可是她不具有真正的准确性和纯洁性。再住多少年也不会有。在这一点上，德·巴桑皮尔先生也感到满意，因为在语言方面，他很挑剔。

还有另外一位聆听者和观察者；职业上的紧急事务使他不能脱身，因而来晚了。布列顿医师在餐桌旁坐下来的时候，就对两位小姐静静地细看了一番，而这种小心的观察重复了不止一次。他的来到使至今似乎无精打采的樊箫小姐振作起来；这会儿只见她又是微笑，又是昂首挺胸，谈论着——尽管她说的话难得说到点子上——或者不如说，她说的"点子"是使人难堪的，在那个场合是不够格的。也许她的轻松而不连贯的空谈曾经一度使格雷厄姆感到满意过，也许现在仍然使他高兴；也许只不过是爱好使他有以下的想法，即，虽然他的眼睛看到，耳朵听到，可是他的鉴别力、他的激烈的热情、他的活跃的智力却并没有引起相应的考虑和喜悦。可以肯定的是，尽管对他注意力的需求似乎是那么频繁，那么严格，然而他只是有礼貌地屈从一切请求他做的事。他的态度既不显得不高兴，也不显得冷冰冰。用餐的时候，姞妮芙拉坐在他身边，他的注意力几乎全部集中在她身上。她一脸心满意足的样子，走到会客室去的时候，情绪非常好。

可是我们一走到我们的藏身之地，她就马上又无精打采起来。她重重地倒在卧榻上，斥责那场"讲话"和那顿晚餐是两件糟糕的事，并且问她的表妹，怎么受得了聆听她的父亲邀请来聚会的这一批令人兴味索然的"要人们"的言语。一听到这些先生们的走动声音，她的抱怨就停止了。她突然站起身来，飞跑到钢琴那儿，精神抖擞地弹奏起来。布列顿医师和第一批人一起进来，走到她身旁站着。我想他不会在那儿站多久，因为我认为壁炉边有一个位置会吸引他去，然而他只用眼睛扫视了一下那个位置；就在他瞧看的时候，其他人都进来了。波琳娜的文雅和智力迷住了这些富有思考力的法国人；她的美貌的精微细致之处、她的神态中温柔有礼的风度，以及那不成熟的然而是真正天生的机智，很配他们民族的口胃。他们围住她，不是为了跟她谈科学，那样会使她哑然无言，而是跟她谈及文学、艺术和生活上的许多问题。在这些方面，她很快就表现出是既广泛阅读，又经过思考的。我在一旁听着；我可以肯定，尽管格雷厄姆孤零零地站在那儿，他也在听。他的听觉和视觉都是很精细、灵敏和辨别力很强的。我知道他把谈话都听进去了；我感觉继续那种谈话的方式太适合他了——使他高兴到了极点。

无论在感情方面或者在性格方面，波琳娜身上都有比多数人以为的更多的力量——比格雷厄姆自己设想的更多，比她会显示给那些不愿意看到它的人的更多。说真的，读者啊，如果没有同样卓越、同样完满、同样可靠的力量，就不会有卓越的美、完善的优雅和实实在在的高尚。你要是在一个懦弱而散漫的性格里去找持久的魅力，就无异于在无根和枯萎的树上去找甜美的果实和芳香的花朵。在软弱的周围，与美丽相仿的东西会昙花一现，可是它经不起一阵疾风的摧残；即使在最灿烂的阳光下，它也很快就会凋谢。若是有什么善于暗示的精灵对格雷厄姆低声耳语，说到支撑那个娇嫩的性格的体力和毅力，他会感到吃惊；可是我在她孩提时代就了解她，知道或者猜测到她的风度是多么优良而牢固地扎根在现实的坚固的土壤上。

布列顿医师在聆听，在等待这个魔术圈子出现一个缺口，同时他的眼光一次又一次地忙着扫视这个房间，碰巧瞧见了我，我正坐在一个静悄悄的角落里，离我的教母和德·巴桑皮尔先生不远。他像往常一样，正在忙于霍姆先生称作"两人玩的嚼舌"[①]的事，也就是伯爵会翻译为"促膝谈心"[②]的事。格雷厄姆用微笑跟

---

① 原文为"a two-handed crack"。"crack"，英格兰语"闲聊"的意思。
② 原文为 tête-a-tête，法语：面对面，相对密谈。

我打招呼，并且走了过来，向我问候，说我脸色苍白。我脑子里产生自己的想法时，我的微笑也有我自己的意思：自从上次约翰医生对我说话，到现在已经有三个月了——他甚至于没有意识到光阴的流逝呢。他坐下来，变得沉默不语。他心中想的是旁观，而不是谈话。姞妮芙拉和波琳娜这时都正在他的对面：他可以看得心满意足；他打量她们的身材——细看她们的脸。

晚餐开始以后，便有好几位新来的客人，绅士淑女都有，进入了会客室，他们顺便作晚间的闲谈。我附带提一提，在这几位先生们之中，我瞧了几眼，已经注意到一个神态严肃、肤色深暗、教授模样的轮廓，在里面一间沙龙客厅里独自徘徊着，这只不过是从远距离看到的景象。伊曼纽埃尔先生认得许多在场的先生们，可是我想，除了我以外，对于大多数的女士们他是陌生的。他朝壁炉这边望的时候，必然要瞧见我，于是自然而然地打算向我走来。不过，他也看见了布列顿医师，就改变了主意，缩了回去。如果只是如此而已，就不会有吵架的理由；可是他对于缩了回去一事很不高兴，不禁皱起双眉，撅起嘴唇，样子那么难看，以致我把目光移开，不去看那副使人不快的尊容。约瑟夫·伊曼纽埃尔先生像他那位严肃的兄弟一样，也已经来了，就在这一时刻，他继姞妮芙拉之后，在弹钢琴。多么精彩娴熟的演奏接替了他的女学生水平的叮叮咚咚之声啊！这架钢琴是用怎样辉煌的、感激的音调来答谢这位真正的艺术家啊！

"露西，"布列顿医师打破沉默笑着说，这时姞妮芙拉在他面前悄悄地走过去，同时用眼睛扫视一下，"樊箫小姐肯定是个好姑娘。"

我当然表示同意。

"那么，"他继续问，"房间里还有另一位同样可爱的吗？"

"我看再没有哪一个跟她一样漂亮的了。"

"我同意你的看法，露西。我想，在趣味方面，或者至少在判断方面，你同我常常意见一致。"

"是吗?"我有点怀疑地说。

"我想,露西,要是你是个男孩而不是个姑娘——是我母亲的教子而不是教女,那么我们会是很好的朋友。我们的见解会互相融合起来。"

他摆出一副开玩笑的样子,眼睛斜视着,闪出半是哄骗、半是嘲笑的光。啊,格雷厄姆!我孤身独处的时候,不止一次地考虑和推测你对露西·斯诺的评价:这一评价可会总是友善的或者公正的呢?如果露西本身一无改变,但是却拥有了外加的钱财和地位的有利因素,那时,你对她的态度,你对她作出的估价,会完全是实际上应有的那样吗?然而,我对这些问题并非当真包含责怪的意思。不是的;你也许有时候会使我伤心或者烦恼;不过我的性格本来就容易消沉,容易狂乱不宁——如果一朵乌云遮住太阳,性情就会变得抑郁。也许在极其公正的眼光面前,我比你缺点更多。

这时,我努力抑制着使我的心颤抖不已的没有道理的痛苦,种种情况使我感觉到格雷厄姆可以对别人奉献最严肃、最真诚和最有男子气概的关心,而对往日的朋友露西却只报以轻松的讥笑而已。于是,我不动声色地问道:

"我们在哪些问题上那么合拍?"

"我们彼此都具有敏锐的观察能力。也许你认为我不具有,然而我是有的。"

"可是你刚才是说爱好:我们可以看到同样的东西,而对它们的估计却可以不一样,是吗?"

"让我们试验一下吧。当然,你不能不尊敬樊箫小姐的优点。现在,你对房间里其他的人怎样看法?——譬如,我的母亲,或者那边的两位名流,A先生和Z先生,或者,就说那个脸色苍白的德·巴桑皮尔小姐,如何?"

"你知道我对你母亲怎样看法。我没有想过A先生和Z先生。"

"还有另一个人,你怎么看待?"

"我想她就像你所说的,是个脸色苍白的小贵妇人——这会儿当然很苍白,因为她由于过分紧张而累坏了。"

"你不记得她当孩子的时候了吗?"

"有时候,我倒怀疑你是否还记得。"

"我曾经把她忘了;然而值得注意的是,曾经从你的记忆里溜掉的那些环境、人物,甚至言语和模样,在某种条件之下,在某种你自己的或者另外一个人的思想的影响之下,可能会复活起来。"

"那是很可能的。"

"不过,"他继续说,"这种复活是不完全的——它需要证实,它具有梦幻那种模模糊糊的特征,或者幻想那种缥缈的性质,因此,一个证人出来作证,对于证实此事就变成必需的了。十年以前,霍姆先生把他的小姑娘,我们当时叫做'小波莱'的,带来跟妈妈一起住的时候,你不是在布列顿做客吗?"

"她来的那天晚上,以及离开的那天早上,我都在那儿。"

"她是个很特别的女孩子,对吗?我不记得我怎样对待她了。那时候,我喜欢小孩子吗?尽管我那时候是个十足粗心大意的中学生——我身上有没有一点儿文雅和友爱呢?不过,你当然不记得我了吧?"

"你曾经看见你自己的在台地别墅的画像。它跟你一模一样。你今天的样子和昨天的几乎没有什么两样。"

"可是,露西,怎么会呢?这种说法确实激起我的好奇心了。今天的我怎么样?十年前的昨天的我又是怎样的呢?"

"对于使你高兴的一切你很宽厚——对于任何什么你都不残酷或者刻薄。"

"这你就错了;譬如说,我觉得我对你就几乎是一个残酷的人。"

"一个残酷的人!不,格雷厄姆,我决不会耐心地忍受残酷对待。"

"不过,这一点我确实记得:安静的露西·斯诺丝毫没有尝到过我的温文尔雅的对待。"

"也同样没有尝到过你的残酷。"

"嗨,纵使我是尼禄①,我也不能折磨一个不伤害别人的像影子一样的人。"

我微笑了,可是同时我也咽下了一声呻吟。哦!——但愿他让我安静一些——停止提到我。我不要这些表述词语②——不要这些成为特征的东西。他的"安静的露西·斯诺",他的"不伤害别人的影子",我扔还给他,并不是带着蔑视,而是带着极端的疲倦。那些话像铅一样冰冷和沉重。别让他用这样的重量来压倒我。幸运得很,他很快就换了话题。

"'小波莱'和我的关系怎样?除非我记错了,我们还不是冤家……"

"你讲得很含糊。你认为小波莱的记忆也不会更明确吗?"

"哦!我们现在说的可不是'小波莱'啦。请叫她德·巴桑皮尔小姐吧。这样高贵的人物当然不会记得布列顿的任何事情了。瞧她那双大眼睛吧,露西,它们能看懂记忆的书页里的字吗?它们就是我以前指引着去读儿童识字课本的那双眼睛吗?她并不知道我教她读过一些书。"

"在星期天晚上念《圣经》的时候吗?"

"她现在有个恬静的、精致的、很漂亮的轮廓,而过去那曾经是个多么烦躁不宁的娇小的面貌啊!一个孩子的偏爱是什么样的东西啊——是多么像个泡影啊!这位小姐曾经喜欢过我呢!你

---

① 尼禄(37—68),古罗马皇帝,登位时年仅 16 岁。掌权初期尚能施行仁政。及长,以放荡、昏暴出名。与母争权而弑母。又杀妻子和老师塞涅卡。并有纵火焚毁罗马城市之嫌。终遭人民及元老唾弃。一说他以短剑自刎而死;一说他被判处在十字架上受鞭刑而死。

② 表述词语,表述人或事物性质、特征的词语。

相信吗?"

"我觉得她曾经有几分喜欢你。"我说得比较有节制。

"那么你是不记得了吧? 我也曾经忘记过,可是现在我记起来了。在布列顿镇的所有人中间,她当时最喜欢我。"

"你当时是这样想的?"

"我完全记得。我希望自己能把我所有记起来的事情都告诉她,或者不如说,我希望有个人,譬如说你,去了解一下,在她耳朵边悄悄地告诉她一切,而我能够有这种愉快——像我现在这样坐在这儿——观察她听到这些信息以后的脸色。露西,你想想看,你能办到这件事,因而使我永远感激你吗?"

"我能够设法使你永远感激吗?"我说。"不,我不能。"我感觉到我的手指在抽搐,双手十指交叉扣了起来;同时也感觉到身上一股热烘烘的、反抗的勇气。在这件事情上,我不打算满足约翰医师,一点也不。现在带着这种令人高兴的力量,我认识到他完全误解了我的特点和性格。他总是要给我一个不属于我的角色。我的本性反对他。他完全猜不出我的感受,没有从我的眼睛、脸和姿态中看出什么来,尽管我不怀疑它们都有表情。他哄孩子似地朝我凑过身子来,轻轻地说道:"求你满足我吧,露西。"

我本来打算满足他的要求,或者至少使他清楚地明白,好好地叫他懂得,下次可决不要再想让我在一出爱情的戏剧里扮演一个爱管闲事的轻佻侍女①的角色。就在这时候,随着他那温柔而又热切的喃喃低语声,几乎跟他那声哀求的、柔和的话同时——"求你满足我吧,露西!"响起了一阵尖声嘶叫的说话声,从另外一边直刺入我的耳朵。

"小猫儿,你这迷人的卖俏者!"那条突然出现的大蟒蛇用咝咝的声音说道。"你的样子又悲痛、又柔顺、又忧郁;我可以告诉你这可不是你真正的性格,你这残酷成性的人!你心里燃烧着火

---

① 指戏剧或歌剧中风流机灵的侍女。

焰，眼睛里隐藏着闪电。"

"我有燃烧着的心脏，一点不错！"我转身反驳说，理直气壮地生气了；可是伊曼纽埃尔教授已经用呲呲的声音发了一通侮辱性的话之后离开了。

糟糕的是，我已经说过，布列顿医师的耳朵很灵敏，他听见了这个插曲的每一句话；他用一块手帕蒙住脸，笑得身上直抖。

"你做得对，露西，"他喊道；"好极了！小猫儿，小卖俏者！哦，我得告诉我母亲！是真的吗？还是半真半假？我相信是真的：你的脸红得同樊箫小姐的罩袍一个颜色。真的，我现在仔细观察他，我可以保证，他就是那天在演奏会上对你那么粗暴的同一个小个子；就是那同一个人，而在他的灵魂里他这会儿正激动得发狂，因为他看见我在大笑哪。哦！我一定要戏弄他一番。"

格雷厄姆兴致勃勃，对恶作剧的爱好一发而不可收，他又是大笑又是说俏皮话，还不断低声耳语，真使我受不了，弄得我热泪盈眶了。

突然，他安静下来：靠近德·巴桑皮尔小姐的地方出现了一个缺口，围住她的人群好像要散开了。这个动向格雷厄姆马上看到眼里——他即使在大笑的时候也总是警觉着。他站起身来，鼓起勇气，走到房间那头，去利用这个好机会。贯穿约翰医师的整个一生，他都是一个幸运的人——一个成功的人。原因何在呢？就因为他有能够看到他的机会的眼睛，有能够果断地采取及时行动的心，还有去完成一件十全十美的工作的精力。没有蛮不讲理的激情把他往后拖；没有热爱的事物、也没有性格上的弱点使他的道路受到阻碍。此时此刻他看起来有多神气啊！他走到波琳娜身边，她抬起头来望着他的时候，她的目光立刻遇到一个生气勃勃而又谦逊温和的目光。他对她说话的时候脸色变得通红，半是害羞，半是兴奋。他站在她面前，勇敢而又难为情；驯服而又不冒昧，可是目的性很强，热烈的感情很专注。这些我一眼就看出来了。我并没有继续观察——即使想这样做，也没有时间：现在已经很晚，姞妮芙拉和我应该已经在福色特街了。我站起身来，向我的教母和德·巴桑皮尔先生告辞。

我不知道伊曼纽埃尔教授有没有注意到我很勉强地接受布列顿医师开的玩笑，也不知道他有没有觉察到我的痛苦，以及，总的说来，那天对于朝三暮四、贪图享乐的露西小姐，可并不是一连串令人兴高采烈的享受。不过在我正要离开房间的时候他走了过来，问我有没有人陪送我回到福色特街去。教授现在说话可客气了，甚至很恭敬呐。他现出一副感到抱歉和懊悔的样子，但我不能立即赏识他的彬彬有礼，也不能用粗糙的和时机不成熟的忘却来对待他的后悔。迄今为止，我从来都没有对于他的粗暴无礼认真地感觉到发自内心的憎恶，或者在他的凶猛刚烈的样子面前感到心寒。不过，今天晚上他所说的话，我认为是毫无根据的，对于刚才发生的种种，我极端不赞成，这种表情即使很轻微，也一定看得出来。我只说：

"我有人陪。"

这也是实话，因为安排了用自备马车送姞妮芙拉和我回去。我走过他身边的时候，微微行了一下屈膝礼。他在上课时，学生们走过他的讲台，通常就是这样向他行礼的。

我找到自己的披巾以后，就回到门厅。伊曼纽埃尔先生正站在那儿，仿佛在等人。他说，晚上天气很好。

"是吗？"我说，对于自己的声调和态度，其炉火纯青的谨慎小心和冷若冰霜之状，我不能不暗自赞赏。我在痛苦或者伤心的时候，很少很少能够把自己要保持沉默和冷淡的决心装得很像样，因此对于这一次成功的努力，几乎感到很骄傲。那一声"是吗？"听起来就像是别人说话的态度。我曾经听见过几万次这种吞吞吐吐的、藏头藏尾的、干巴巴的细言碎语，从一二十位怡然自得、高傲自满的小姐们和闺秀们的撅起的嫣红的嘴唇里吐露出来。我知道，这位保罗先生不会忍受把这种对话拖延下去的，不过他确实应该尝尝这种粗率无礼、索然寡味。我相信他自己也这么想,因为他不声不响地服下了这杯苦药。他瞧着我的披巾,说它太薄,觉得不行。我斩钉截铁地对他说,它的厚薄正合我的心意。我退避开去,离他远远地站着,靠在楼梯的扶手上,把披巾往身上围拢,眼睛注视着墙上那幅油画,那是沉闷阴郁的宗教画,使墙壁都黯然失色。

姞妮芙拉姗姗来迟,她的磨磨蹭蹭简直使人厌烦。保罗先生还待在那儿,我的耳朵准备听到从他嘴里发出愤怒的声调。他向我走近些。"现在要听到咝咝声了!"我想。我本来可以用手指塞住耳朵,以躲避这令人毛骨悚然的恐怖,只是这个动作太不礼貌了。结果什么都没有像我预期的那样发生:你想听到软语绵绵或者细语喃喃,到头来你却听到折磨或者痛苦的喊叫。你在等待刺耳的尖叫声、愤怒的威胁声,结果却高兴地听到友好的招呼声,一种和善的低声耳语。保罗先生温柔地说话了。

"朋友们,"他说,"不要为了一句话而争吵吧。告诉我,是我,还是这个自高自大的英国人"(他亵渎地指着布列顿医师),"使你的眼睛甚至现在还这么湿,面颊还这么热?"

"先生,我并没有感到你或者任何别人刚才激起了你所说的这种情绪。"这是我的回答。我这样答复,又一次超过了我平常的为人,而且说了一个灵巧而又冷冰冰的谎话。

"可是,我说过什么话呢?"他接着说,"告诉我吧;我当时很生气,我已经不记得自己的话了;我到底说了什么话呀?"

"说的是最好忘掉的那种话!"我说,仍然相当平静、泰然和冷淡。

"这么说来,可见是*我*的话伤了你的心啰?就当我没有说吧,请允许我收回,并且原谅我。"

"先生,我并不生气。"

"那么你比生气更糟——伤心。原谅我,露西小姐。"

"伊曼纽埃尔先生,我原谅你。"

"让我听到你用你自然的声音,而不是用这种陌生的声调说：'我的朋友，我原谅你。'"

他使我笑了起来。面对他那渴望的样子，他那单纯的神色，他那诚恳的表情，谁能忍住不笑呢？

"好啊！"他喊道，"瞧，太阳露出了光彩！说吧，我的朋友。"

"保罗先生，我原谅你。"

"我不要听'先生'，用另一种称呼吧，要不然，我就不相信你的诚意。再作一次努力——mon ami，或者用英语说——'我的朋友'！"

啊，"我的朋友"比起"mon ami"有另外一种声调和意义。它没有那种一家人和亲密无间的感情的味道。我不能对保罗先生说"mon ami"；却能够毫不困难地说"我的朋友"。不过，对他来说，这两者没有区别，因而他对这句英国话很满意。他微笑了。读者啊，你真该看到他那样的微笑；你真该看出他现在的面容和半小时以前他所露出的那副面容之间的不同之处。我不能肯定我过去曾经在保罗先生的嘴唇上或者眼睛里见到过这种高兴的、满足的或者友好的微笑。在他所谓的微笑里，我曾经千百次地见到他所表达的是冷嘲热讽、是轻蔑，以及热情洋溢的眉飞色舞之状，而任何比较温柔或者比较温暖的感觉的鲜明象征，我觉得在他的脸上完全是新的东西。它仿佛把一个面具变成了一张脸。他的五官上的深深的皱纹也消失了；肤色也似乎比较清晰、比较鲜明了一些。他那表明西班牙血统的黝黑的、灰黄色的南方人的肤色，被一种比较浅的肤色所取代。我可以说从来都未见过任何别人的脸上由于类似的原因而发生同样的变形。他现在领我上了自备马车；就在这时，德·巴桑皮尔先生和他的侄女儿一同走了出来。

樊箫小姐的情绪很不好，她觉得那天晚上是个很大的失败。她的心情完全不对头，我们一坐上自备马车，车门一关上，她就大发脾气。她对布列顿医师大加诽谤，有些话是相当恶毒的。既然没有本领迷住他或者刺痛他，那么仇恨他便是她唯一的办法

403

了。这种仇恨她用如此没有分寸的言语，而且如此荒谬的是非观念来表达，以致我在用装出来的不以为意的样子听了一会儿以后，我的受伤害的正义感终于突然地冒火了。继之而来的是爆炸；因为我也能够激情勃发，特别是跟我眼下这位漂亮的、有错误的和有缺点的伙伴在一起的时候，这个伙伴从来都不放弃把我心中最坏的沉渣搅动起来的机会。幸亏自备马车的轮子在这坚硬的维莱特的铺石路上发出震耳欲聋的格嗒格嗒声，因为我可以向读者保证，在车厢里既不是死一般的沉寂，也不是心平气和的相互讨论。我半真半假，自命有责任把姞妮芙拉骂得体无完肤。从克莱西街出来的时候，她暴戾乖张，在我们到达福色特街之前有必要使她驯服下来。为了达到这个目的，揭示她的货真价实的可贵之处，以及很大的优点便必不可少，而这样做就要用一种语言，其忠实和朴素方面能够媲美约翰·诺克斯①对玛丽·斯图亚特②的称赞所表现的。对于姞妮芙拉来说，这是一种正确的训导方法，对她很适合。由于经受过一次见解正确的伦理上的连连敲打，我十分肯定，那天夜里她上床的时候，在思想和情绪上反而更好一些，并且睡得更为香甜。

第 二 卷 完

---

① 约翰·诺克斯(约 1514—1572)，苏格兰宗教改革家。
② 玛丽·斯图亚特(1542—1587)，苏格兰女王(1542—1567)。出生后六天父死即位。1558 年与法国王子结婚。1560 年夫死后返苏格兰亲政。曾企图依靠法、英及西班牙天主教徒推翻英女王伊丽莎白一世以兼并英格兰，未成。1567 年被废黜后逃入英国，被伊丽莎白囚禁。西班牙国王图谋以玛丽取代伊丽莎白，事情败露，玛丽被伊丽莎白处死。

第三卷

第二十八章
挂表链

保罗·伊曼纽埃尔先生在上课的时候，对于不论出于什么原因而造成的中断这一麻烦非常敏感。在这种情况下走过教室，被学校的老师们和同学们，不论是个别还是集体，都认为对于一个女人或姑娘是性命攸关的事。

贝克夫人自己，要是被迫去冒这个险，便会收紧裙子，"哧溜"一下窜过去，而且就像一条船害怕在礁石上溅散的浪花那样，小心翼翼地沿着可怕的讲台走。至于女杂务工萝芯妮——她的可怕的职责是每隔半小时从这个或那个班级的中心区域把学生们喊出来，到祈祷室、大沙龙客厅或小沙龙客厅、餐厅或其他有钢琴的所在去上音乐课——在她第二次或第三次尝试中，她常常会由于过度惊恐而几乎张口结舌——透过一副飞快地转过来的眼镜射向她的那种无法形容的目光引起她产生这一感觉。

有一天早上，我正坐在方形大厅里，做一块刺绣手工，这是一个学生开了头却没有完成的东西，我的手指在框架上忙着，耳朵却很受用地听着隔壁教室里逐渐升高和抑扬顿挫的长篇大论的演讲声音，那调子瞬息之间变得更加吵闹，更加不祥地变化多端。在我与即将爆发的暴风雨之间有一堵坚固的墙壁，万一暴风雨向这边扫过来，还有一条便捷的路径：可以从玻璃门逃到院子里去。因此，我从这些越来越强烈的征兆中得到的乐趣恐怕比惊吓要多。可怜的萝芯妮却不安全，她在这倒霉的早上已经四次走过那段危险的通道，而现在，第五次，她的危险任务可以说是从火中抽出来的一根柴[①]——从保罗先生的鼻子底下抽出来的一个学生。

"我的上帝！我的上帝！"她大声嚷道。"我要变成什么了？我可以肯定，先生会把我杀了，因为他非常恼火。"

她受到从穷途末路中产生的勇气的鼓舞，毅然把门打开。

"拉·玛尔小姐去弹钢琴！"这是她的叫喊。她还没有完全退出去，门也没有完全关好，下面的声音就发出来了：

"从这一刻起，这间教室不准进出。第一个开门或者通过这个班级的人将被吊死——即使是贝克夫人自己。"

这项法令颁布后还不到十分钟，就又听见萝芯妮的法国拖鞋的窸窸窣窣的声音沿着走廊传来。

"小姐，"她说，"即使你给我一个五法郎的硬币，我此刻也不再踏进那间教室了。那位先生的眼镜真是太可怕了；可是有个穿制服的听差从那所专科学校带信来。我已经告诉贝克夫人，我不敢传这个口信，她说让我叫你办这件事。"

"叫我？不，那太糟了！这不属于我的职责范围。好啦，好啦，萝芯妮！你自己的担子自己挑吧。勇敢些——再打一次冲锋吧！"

"我吗，小姐？——不可能！今天我走过他面前已经有五次了。夫人真的应当雇一个宪兵来办这种事。哦，我已经精疲力竭了！"

"呸！你只是个胆小鬼。到底是什么口信？"

"恰恰是那位先生最不愿意别人麻烦他的那种：叫他马上直接到专科学校去，因为来了一位官员——视察人员——我不知道什么人，一定要先生见他不可。你知道他多么憎恨非做不可的事情。"

不错，我知道得很清楚。这位不肯安静的小个子厌恶踢马刺

---

① 从火中抽出来的一根柴，见《圣经·旧约全书·阿摩司书》第4章第11节："我倾覆你们中间的城邑，如同我从前倾覆所多玛、蛾摩拉一样。使你们好像从火中抽出来的一根柴。"这是先知阿摩司传达上帝的话，嘱以色列人悔过自新。"从火中抽出来的一根柴"，或"火里抽薪"，比喻劫后余生。

和勒马绳。他反对任何紧急的或者强制性的事情，因此他肯定要反抗。不过，我接受了这一使命——当然不是毫不惧怕，然而却是惧怕之中混杂了其他的感觉，其中也有好奇心。我开了门，走了进去，尽我这只战战兢兢的手所能做到的那样又快又静悄悄地把门关上。这是因为，如果行动缓慢或者忙乱，使门闩发出声音或者把门开得大大的，便是罪上加罪，其结果往往会比主要的罪过本身所带来的灾难更大。当时，我站在这儿，他坐在那儿。很明显，他的情绪不好——几乎坏到极点。他刚刚上完一堂算术课——因为他爱讲什么课就讲什么课——而算术是一门枯燥的功课，始终不合他的脾胃，他讲到数字的时候，没有一个学生不胆战心惊。他坐着，俯向书桌，这一时刻，他听到声音，但是还不能抬头看看是谁进来，看看发生直截了当地违犯他的意志和法律的事件。这样倒是好得很：好让我得到时间走完这间长长的教室了。按照我的个性，比起忍受像他那样的远距离的脾气爆炸的威胁来，还是遭受他的近距离的脾气爆炸好得多。

就在他的讲台面前我停住了脚步。我当然不值得他马上给予注意，他继续讲课。他不屑于理睬我是不行的：他非听我说不可，而且必须对我的口信给予答复。

由于我不够高，头还伸不到搁在讲台上的他的书桌上面，既然我在目前的处境中如此受到埋没，我便冒险向周围偷看，当初的目的只是想把他的脸看得清楚一些，因为我进来的时候，我一眼瞧见他的脸惟妙惟肖地、形象生动地像一只黑黄色相间的老虎的脸。有两次我泰然自若地从侧面欣赏他的脸，他却没有瞧见我前进或后退。可是，在我第三次眼睛刚刚从书桌的幽暗中露出端倪的时候，就被逮住了，并且被一直穿透了瞳孔——那是被一副眼镜穿透的。萝芯妮说得对，这个用具里包含一种白茫茫的一成不变的恐怖，而这是戴这副眼镜的人那双没有光泽的眼睛里一触即发的怒火以外的东西。

我现在发现跟他接近的好处了。他的近视眼镜对于察看他鼻子底下的一个罪犯毫无用处；因此，他把它取了下来，这样一来，我和他就处于比较平等的地位了。

我很高兴我并不是真的很害怕他——因此，他近在咫尺，我确实没有感到一点恐怖。因为尽管他最近宣布要求用粗绳索和绞刑架来执行判决，我却能够提供他一次所用的绣花线，态度是那么一团和气，礼貌周到，必然至少能减轻他过剩的愤怒的一部分。当然啰，我不在大家面前献这个殷勤，而只是把这根线绕过书桌的一只角递过去，并且打了一个圈套，把它套在这位教授的椅子背后的木条上。

"你要我怎么样？"他咆哮着说，可是那声音完全控制在胸腔和喉咙里，因为他咬紧牙关，并且好像在内心里暗自发誓，无论如何不能使自己脸上露出笑容。我毫不妥协地开始回答说：

"先生，"我说，"我要的是没有听见过的特别的东西。"我想最好还是不要吞吞吐吐地说，而是坚决果断地给他来个"泼冷水。"于是，我低声，但是说得很快地把那所专科学校的口信传达给他，故意用花言巧语来夸张其迫切性。

他当然根本不理睬。"他不会去的，他不会离开他眼下这个班级，即使维莱特所有的官员都派人来召唤他。即使国王、内阁以及上下两院合起来叫他去。他也不会在他的地方移开一英寸。"

不过，我可知道他必须去。尽管他嘴里说大话，他的责任和利益却命令他即刻而且毫不含糊地服从这一召唤。因此，我站在那儿静静地等待着，好像他没有说过话似的。他问我还要什么。

"只不过等先生给那个送信的听差的一句回话。"

他不耐烦地摇摇手。

我冒险伸手想去碰一碰吓人地蹲在窗槛上的那顶希腊式无边圆帽。他的眼睛瞟着这一大胆的动作，对于这种放肆无礼，他无疑又是感到惊讶，又是感到怜悯。

"啊！"他嘟哝着说，"既然事情弄到这个地步——既然露西小姐插手于他的希腊式无边圆帽了——那么她就干脆把它戴在她自己的头上吧,趁此机会变成个小伙子,并且大发慈悲,代替他到专科学校去。"

我恭恭敬敬地把帽子放到书桌上,帽子上的流苏好像对我一躬到地。

"我来写个便条道歉一下——这样就行了!"他说;还是一心一意想逃避。

我很明白这样是不行的,便轻轻地把帽子推到他手边。这样一推,帽子在没有铺桌面呢而上了清漆的书桌的光滑斜坡上滑了下去,顺带着把前面那副轻质的钢架的眼镜也带了下去。说来可怕,眼镜一下子落到讲台上。在这之前,我曾经许多次看见它掉到地上而没有损坏——可是这一次,真该我露西·斯诺倒霉,跌得两块透明的水晶玻璃片都变做四分五裂不成样子的小星星。

现在,我的确震惊得失魂落魄,又懊丧不已。我知道这副眼镜的价值。保罗先生的视力很特别,不容易配眼镜,而这一副却对他很适合。我曾经听见他把它称做他的宝贝呢。我把它拾起来的时候,已经碎成无用之物,我的手不禁颤抖着。看到自己闯下的大祸,我全身的神经都紧张起来,不过我想我是难过多于害怕。有几秒钟,我不敢正视这位遭殃受损的教授的脸。还是他先说话。

"嗨!"他说:"我的眼镜完蛋啦!我想露西小姐现在会承认,她完全赢得了绳子和绞刑架啦。她预见到自己的末日来临而浑身颤抖啦。啊,女叛徒!女叛徒!你决心要我在你手中完全瞎掉,无能为力!"

我抬眼一看:他的脸不但没有怒气冲冲、脸色阴沉、眉头紧皱,反而是笑容可掬,还带着当晚在克莱西公馆里我见到过的那样红光焕发。他没有生气——甚至没有感到心痛。他对于自己这个真正的损失,表现得比较宽宏大量;在这个真正的刺激面前,他却像个圣徒那样耐心。这件似乎很不顺利的事情——我原以为会立刻葬送我对他劝告成功的机会——结果证明倒是帮了我一个大忙。只要我对他没有损害,他便很难应付,可是在我成为一名自觉有罪而幡然悔悟的冒犯者站在他面前的时候,他却立刻变得这样谦和潇洒,通情达理。

他仍然温文尔雅地咒骂我说:"一个坚强的女人——一个可怕的英国妇人——一个小泼妇。"——他宣称,自己不敢不服从一个用实例如此表现了其危险的才能的女人。说此举完完全全像那个"砸碎花瓶以引起别人惊骇的伟大的皇帝"。[①]于是,他终于戴上他那顶希腊式无边圆帽,从我手中接过他那副摔坏的眼镜,还握一握手,以表示慈祥的宽恕和勉励,然后鞠了一躬,带着好得无以复加的心情和精神,离开教室,到那所专科学校去。

在这种亲切友好的交往以后,读者如果听到当天晚上我又一次同保罗先生争吵起来,想必会为我感到难过。可是这件事就是发生了,而我无法避免。

他有时有这种习惯——而且还是一种非常值得称赞的、令人高兴的习惯——他经常突如其来,不打招呼,在某个黄昏光临了,在人家安静的学习时间里闯了进来,对我们和我们所做的事情突然实行专政,叫我们把书都抛开,把针线袋都拿出来,他自己则拿出一本厚厚的书,或者一堆小册子,来代替一个昏昏欲睡的学生拖长嗓音念诵的令人糊里糊涂的"虔诚的读物"。保罗拿出来的或者是一本悲剧,由于朗诵得壮丽而变得壮丽,由于火热的动作而变得热情——或者一本什么戏剧,对于它的内在价值,我难得去探讨。这是因为伊曼纽埃尔先生用它作为发泄感情的工具,用他天生的活力和热情倾注其中,就像把能维持生命的饮料倾注到杯子里一般。不这样的话,他就会用一个更为光明的世界的映像的闪光,照亮我们习以为常的黑暗:给我们看一眼当时流行的文

[①] 指法国与奥地利在1797年10月谈判坎波-福尔米奥条约期间,法国皇帝拿破仑曾打碎一件瓷器,以威胁奥地利帝国:如果不接受他的条件奥国将如此被粉碎。这一条约是第一次意大利战役法国战胜奥国以后签订的。事见司各特著《拿破仑传》第3章。

学，从某一个迷人的故事中念几段给我们听听，或者念在巴黎的一些文艺沙龙里引起哄堂笑声的最近的诙谐幽默的副刊小品。不论是悲剧、情节剧、故事或者随笔，他总是小心地从其中删去他认为对于以"年轻的姑娘"为听众的不适合片段、短语或字眼，我不只一次地注意到，在删节掉的部分，如果没有文字替代便会留下没有意义的空白，或者使作品变得索然无味，他就能够、而且的确做到临时创作出整个段落来，既充满活力又无懈可击。他所添上去的对话——描述——往往比他略去的好得多。

嗯，就在上述那天晚上，我们像修女在"静修"那样安静地坐着，学生们在学习，教师们在工作。我记得我的工作，那是我喜欢的小事情，它使我很感兴趣；这件事是有个目的的，我并不仅仅借它来消磨时间。我想我做好以后作为一件礼物送人，由于送礼的时候快到了，所以得赶快做出来，我的手指在忙碌着。

我们听到了一阵响亮的熟悉的铃声，然后是听惯了的快速的脚步声。大家嘴里刚刚众口一词地吐出"先生来了！"几个字，那两扇相对的门就裂开了（因为他走进来，门总是裂开——说打开就慢了，不足以形容他的动作），他已经站在我们中间。

那儿有两张做功课的桌子，都是长长的，两边放着长条凳；两张桌子的上空各有一盏灯挂在中央，灯下面，桌子的两边各坐着一位教师；女孩子们就坐在老师的左右手；年纪最大的、并且最用功的最接近灯盏，或者说最接近回归线①，懒惰的和年幼的就挨个儿朝南北两极坐过去。那位先生的习惯是有礼貌地端一把椅子给一位教师，多数给那位年长的女教师翟丽·圣彼埃尔，然后坐到她空出来的位子上去；这样，他就可以处在巨蟹座②或摩羯座③的

---

① 回归线，指太阳在地球上的直射点在一年内可能到达的最北点和最南点所在的纬线。分南、北回归线。这里是借喻。
② 巨蟹座，星座，肉眼能见的恒星有六十颗，串连起来，形象如螃蟹。
③ 摩羯座，又称山羊座，星座，肉眼能见的恒星有五十颗，串连起来，形象是长了鱼尾的山羊。此处两个星座喻指两盏灯。

全部光照之下了,他有此需要,因为他的眼睛近视。

像通常那样,翟丽迅速站起身来,笑逐颜开,嘴巴张得大大的,充分展露出上下两排牙齿——这种特别的笑容从一只耳朵延长到另一只耳朵,只有一条又深又细的曲线把它表现出来,却并不扩展到整个面部,既不使双颊出现酒窝,也不使眼睛发亮。我猜想那位先生并没有看见她,或者是一时的兴致,有意不去注意她,因为他反复无常,就像人们所说的女人家的反复无常一样。再说,他的眼镜(他已经有了另外一副)可以作为种种小小的疏忽和缺点的借口。不管出于什么理由吧,他走过翟丽身边,到桌子的那一头去,我还来不及站起来让路,他就悄声说道:"别动,"并站在我和樊箫小姐之间,而樊箫小姐一直是我的邻居,老是把手肘挨在我的腰际,不管我如何常常对她声明:

"姞妮芙拉,我但愿你待在耶利哥①才好。"

"别动。"说说容易;可是我怎么能够不动呢?我必须给他让出地方来,我还必须叫学生们往后退,这样我才能往后退,对于姞妮芙拉说来,这样做当然好得很:照她的说法,她为了"暖和暖和身子",所以在冬天的晚上跟我如胶似漆地粘在一起。她的烦躁不安和戳戳碰碰,使我心烦意乱,因此,说真的,迫使我有时候不得不在我的腰带上特为别上一枚别针,作为防护物,以对付她的胳膊肘儿。可是我料想伊曼纽埃尔先生不会愿意遭受同样的对待。因此我把做针线活儿的什物都推到一边,清出地方来给他放书,我自己也让在一边,挪出地方给他坐。不过我让出的空间不超过一码,只是任何通情达理的人都会认为这是长凳上留出的合适的一段距离。可是伊曼纽埃尔从来都不是通情达理的人,他是打火石和火绒啊!他撞击了一下,马上就冒火了。

"你不要我当邻居,他咆哮着:"你把自己装得大模大样,对

---

① 耶利哥,古地名,约旦河西的重要城市。据《圣经》记载,以色列人曾用呼号声震塌城墙,占领此城。后来英语口语中作为"遥远的地方"之义。

待我像个贱民，"他瞪着眼睛说。"好吧，我来解决这件事！"他就着手干起来了。

"小姐们全都站起来！"他喊道。

女孩子们都站了起来。他叫她们全体排队，走到另一张桌子那儿去。他把我安排在长板凳的一端，稳妥并小心地把我的针线篮、绸子、剪刀等所有这些工具都搬了过来，然后自己坐到另一端。

对于这种安排，尽管异常荒谬，房间里却没有一个人胆敢笑出声来。

要是谁格格地笑，这个格格笑的人就要倒霉。至于我呢，我却完全无动于衷地对待这件事。我坐在那儿，孤立无依，断绝了跟任何人往来。然而我坐着，专心于我的女红，心平气和，一点也没有感到不快。

"这样的距离够远了吗？"他问。

"先生，你该对此负责，"我说。

"你知道不是这样。是你造成这么大的空间。这件事跟我不相干。"

这样断定之后，他就开始朗诵。

他不幸找到一本他说是"一个莎士比亚剧本。"还进一步声称："异教徒酒鬼，英国人的假上帝"的法文译本。要是他没有心情不愉快的话，他会怎样用另一种形象来表现自己的性格，那简直不需要我说了。

因为那是个法文译本，当然非常不能传神；我也不特别费尽心机地去掩盖我的蔑视，书里一些可怜的失误必然会引起我这种感情。并不是说我有义务或者适宜说些什么，可是一个人有时候能用眼睛表达禁止用语言使之具体的意见。这位先生的眼镜警惕不懈，他查明了所有迷惑的表情，我想没有漏掉一个。结果，他的眼睛不久便去掉了那层玻璃屏幕，这样，其中的火焰就能无拘无束地闪耀，而他在那自己把自己放逐前去的北极地区比他如果在巨蟹座直射下来的光线下所可能会感觉到的更热，这是参照房间里的一般温度来说的。

朗诵之后,他究竟会忍着怒气离去呢,还是会爆发出来,这看来是难以逆料的事。隐忍抑制可不怎么是他的习惯,可是,刚才所加之于他的种种情况,不是肯定足够向他提供公开责备的缘由吗?我一声不响,只允许自己的眼睛和嘴巴周围的肌肉比平常稍微多一些自由活动,总不能因此而被公正地认为应该受到呵斥或者处罚吧。

由面包和用温水冲淡的牛奶组成的晚餐被端进来了。考虑到教授在场,要表示尊敬,面包卷和玻璃杯就放在桌子上,而没有马上传递给每个人。

"进餐吧,姑娘们,"他说,似乎正从事于对他的"Williams Shackspire"①做旁注。她们便拿了餐食。我也收到一个面包卷和一杯牛奶,不过由于我现在对于手上的活儿比任何时候都更感兴趣,所以我坐定在受处分的位子上,一面继续工作,一面用力咀嚼面包,啜饮饮料,总的来说,我是怀着从容不迫的沉着冷静,怀着泰然自若的轻松舒服感,说真的,这几乎不是我的习惯,而是一种令我愉快的新鲜感受。这一切,看来仿佛一旦有个像保罗先生那样不安宁的、急躁不安的、棘手多刺的性格的人在场,便像一块磁石那样,将狂热的、不安定的因素都吸了过去,而留给我的只是和平宁静、和谐融洽的影响。

他站起身来。他会不会就此一言不发,离开这里呢?不错,他转身朝房门走去。

不然。他的脚步又转回来了;不过,也许只是去拿他遗忘在桌子上的铅笔盒子吧。

他拿起铅笔盒子——把铅笔放进去,又打开盖子取出来,铅笔尖碰在木头上,折断了,重新削好,放在口袋里,然后……猛

---

① 这是英国戏剧家名威廉·莎士比亚(1564—1616)的法文拼法。英文原名是 William Shakespeare。

然快步朝我走来。

女学生们和教师们都围绕着另一张桌子，正在随心所欲地闲谈，她们吃饭的时候总爱聊天。由于在这时候养成的一直是讲得又快又响的习惯，现在她们的声音也压低不多。

保罗先生来到我的背后，站住了。他问我在干什么，我回答说在做一根表链。

他问道："给谁做的？"我回答说："给一位绅士——我的一位朋友。"

保罗先生弯下腰来，并且开始——就像小说家们说的那样，对他来说，也完全确实是这样——对着我的耳朵"窃窃私语"，说了一些尖酸刻薄的话。

他说，在他所认识的妇人之中，我是能够使我自己令人不快到极点的人；说我是一个最不可能与之有友好关系的女人。说我有"顽固的性格"，并且反常得出奇。说我怎样对付这种性格，或者什么东西迷住了我，就他而言，可不得而知了；可是，不管谁怀着多么和平友好的意图来招呼我——呸！我却把和谐变成了不协调，把善意变成了敌对。他确信，他——保罗先生——希望我好；他从来也没有做过任何他意识到的有损于我的事；他想，他至少可以有权利被看成一个不好不坏的朋友，完全没有敌对的感情。可是，我却怎样对待他啊！我怀着怎样一种刺激人的轻松愉快——怎样一种反抗的力量——怎样一种不公正的"狂暴"啊！

这时候，我不免睁大眼睛，甚至插进一句略带感叹的意见：

"轻松愉快吗？力量吗？狂暴吗？我不曾知道……"

"马上住嘴！哎呀！我可惹事儿啦——像火药一点就炸！他很难过——非常难过；为了我的缘故，他对我不幸的异常之处觉得苦恼。这个'脾气'——这个'热性子'——也许宽宏大量，可是太过分——他怕会给我带来损害。很可惜；他从心底里相信——我不是完全没有优良的品质；只要我肯听道理，变得更稳重、更冷静，而少一些'轻浮'、少一些'卖弄风情'、少一些爱好炫耀、少一些老是给华而不实的东西以不适当的评价——非常重视那些出众的人们的注意,主要是因为他们有那么多英尺的高度、'洋娃娃的脸色','一个多少是长得像样的鼻子',以及不计其数的自以为是的愚蠢——我可能以后成为一个有用的人,或许是一个模范人物。可是,实际上呢——"说到这儿,这位小个子的嗓子憋了一分钟说不出话来。

我原来会抬起头来看他,或者伸出手去,或者说句安慰的话;可是我害怕,如果我一动,我就会笑起来,或者哭出来。奇怪的是,这里面混合着感伤和荒唐。

我以为他就要结束了,然而不是,他坐了下来,这样可以更自在地继续说下去。

"在他——保罗先生——谈这些痛苦的话题时,为了我的好处,他会冒惹我生气的危险,会敢于提起他注意到我换了服装。他毫无顾虑地坦白,自己初次认得我的时候——或者不如说,在养成时不时顺便看我一眼这种习惯的时候——我的服饰使他满意。在这方面,我是明显的严肃、稳重而简朴,使他对我的最大的利益抱有最高的希望。究竟是什么不幸的影响驱使我近来在我的软帽边沿的下面加几朵鲜花,还要穿上'绣花领子',甚至有一次穿了一身鲜红的长袍出现在大庭广众之间——他确实可以猜测猜测,不过,目前暂不公开宣告。"

我又一次打断他的话,这一次稍带着一点儿既愤慨又惊吓的口气。

"鲜红的吗,保罗先生?不是鲜红的!是粉红的,而且是浅粉红的;并且还用黑色的花边调和了一下。"

"粉红色或者鲜红色,黄色或者深红色,嫩绿色或者天蓝色;都是一码事。这些都是招摇夸示、令人眼花缭乱的颜色。至于我所说的花边,那个东西只是个'多余的装饰品'而已。"他对我的堕落叹了一口气。他很遗憾地说,他在这个话题上不能像他所愿意的那样细致,因为他对这些"小玩意儿"的正确名称不熟悉,他在用字方面可能小有错误,这不免会使他暴露在我的讽刺面前,并且引起我不适当地产生突然的和激昂的心情,用一般性的措词说来——这些一般性的措词他知道自己没有用错——他只不过要说我的服装最近显得有些像"华丽的时装",因此他看了很伤心。

我承认自己怎么也猜不出他在我目前穿的冬季的美利奴呢衣和朴素的白领子上究竟发现了什么"华丽的时装"。我这样问他的时候,他说,这身服装的裁制太着重外观——此外,"你脖子上不是还有一个用丝带打的蝴蝶结吗?"

"你如果谴责一个妇女系蝴蝶结,那么你一定不主张一位先生用这一类东西了?"——我举起手里那根漂亮的用丝绸和金线编制的小链条。他的唯一答复是一声呻吟——我想是针对我的轻率。

他静坐了几分钟,我这时比任何时候都更勤快地编制那根链条,他注视着工作的进展,然后,他问道:

"我刚才说的话会不会使你恨透了我?"

我几乎不记得自己怎样回答他,或者事态又发生怎样的转变。我想我什么也没有说,不过我知道我们告别时,关系还是友好的。甚至在保罗先生走到门口以后,他还转过身来,仅仅为了解释:希望不要以为他完全谴责鲜红色的服装("粉红的!粉红的!"我插嘴说);还说,他无意否认它有好看的优点(事实上,伊曼纽埃尔先生明显地倾向于爱好鲜艳颜色的),他只是要劝告我,不论什么时候我穿上这身服装,穿的时候,都要把它的料子当做是"粗哔叽的",把它的颜色当做是"土灰色的"。

"那么我的软帽下面的鲜花呢,请教先生?"我问。"那些花都是非常小的吗?"

"就让它们是很小的吧,"他说。"别让它们开足。"

"还有这个蝴蝶结呢,请教先生——是一小根缎带吗?"

"蝴蝶结我们就让它去!"这是他网开一面的回答。

我们就这样解决了。

"你做得挺不错,露西·斯诺!"我对自己喊道。"你得到了一次很好的教训——你给自己招来了'粗糙的肥皂',而这一切都是由于你邪恶地喜爱世俗的虚荣啊!谁会想得到啊!你认为自己是个够郁郁寡欢的、严肃庄重的人了!那位樊箫小姐更把你看做第二个第欧根尼。那一天,话题谈到那位女演员瓦实提的才能的时候,德·巴桑皮尔先生有礼貌地改换了话题,据他好心地说,这是因为'斯诺小姐看上去不自在。'约翰·布列顿医师只知道你是个'安静的露西'——'一个像影子一样无害的人';他曾经说过,你也亲耳听见他这样说过:'露西的缺点是来源于爱好和态度的过于严肃——在性格和服装上都缺少色彩。'这些正是你自己的印象和朋友们的印象。可是瞧哇!突然蹦出一位小个子男人,他同这些意见截然相反,竟然毫不容情地指责你太轻浮飘逸和活泼好动——太反复无常和三心二意——太花里胡哨和色彩艳丽,这个苛刻严厉的小个子啊——这位冷酷无情的检查员啊——他收集了你的一切可怜的虚荣的零零碎碎的罪过、你的不幸的玫瑰色的薄绸衣裳、你的花环的小流苏、你的一小段丝带、你的没意思的一点儿花边,就为这一切,以及每一项,跟你清算。你已经非常习惯于像'生活'的阳光里的一个影子而被忽视;现在,看到有人因为你用耀眼灼人的光线去戏弄他而心情烦躁地抬起手来蒙住自己眼睛,这可是件新鲜事儿了。"

第二十九章
先生的圣名瞻礼日

第二天，我在天亮之前一小时就起床，在集体宿舍里放在中央的小桌子旁边的地板上跪下来，利用那盏夜明灯在它最后的守望中所提供的奄奄一息、昏黄幽暗的光线，做完了我的表链。

我的所有的材料——我准备好的所有的珠子和绸子——全部都用光了，可是这根表链还没有达到我所预料的长度和富丽的外观。我把它做成双条链，因为我知道，根据相对规律来说，要迎合并考虑去满足一种爱挑剔的口味，夺目耀眼的外表是必不可少的。作为这件装饰品的最后加工，还需要一个小小的金搭扣，幸运的是，我唯一的项链上就安了一个。我稳稳当当地把它拆下来，安上去，然后把整个表链紧密地盘起来，装进一只盒子里，这只盒子我是看中它的鲜艳夺目而买下来的，那是用一些叫做"胭脂红"的颜色的热带产的贝壳做成的，上面用一些闪闪发光的小蓝宝石花冠作为装饰。我在盒子盖的里面用剪刀尖小心翼翼地刻上某个姓名中的大写首字母。

读者也许还记得我对贝克夫人圣名瞻礼日那天的描写；读者也不会忘记每年在这个日子里，学校师生都出钱送她一件漂亮的礼物。每年遵守这个日子，是独一无二地只给予夫人的特殊礼遇，而对于她的亲戚和顾问伊曼纽埃尔先生的圣名瞻礼日，形式上就降低了规格。伊曼纽埃尔先生的圣名瞻礼日的时候，荣誉是自发给予的，事先并没有策划和设计。给他的荣誉是许多证明中的又一个证明——尽管他有偏心、偏见和急躁易怒的脾气——证明学生们对这位文学教授的尊敬。并没有送给他值钱的东西;他曾明确地让大家知道,他既不接受金银奖杯;也不接受珍珠宝贝。然而他喜欢小小的礼品,价格、金钱上的价值他都无所谓。大模大样地送给他一只钻石戒指、一只金的鼻烟盒,还不如简单而诚恳地给他一朵花、或者一张画,这更使他高兴。他的性格就是这样。他在他那一代"今世之子"里不是一个聪明的人,①然而他有资格自称与"高天的清晨的日光"②有一种子女般的感应。

保罗先生的圣名瞻礼日在3月1日,星期四。那天阳光灿烂而且也是通常去做弥撒的早上,另一方面又是不同于平常日子的半天假日,特别允许师生们下午出去买东西或者访问亲友。综合这种种情况,促使人们都要考虑穿着打扮得漂亮和新颖。当时流行整洁的领子;平常上课穿的暗黑色的呢衣衫都换成了比较轻便和清爽的服装。翟丽·圣彼埃尔小姐在这个非同一般的星期四甚至穿上了一件"绸袍子",在崇尚节俭的拉巴色库尔,这被认为是危险的豪华和奢侈的衣着。不仅如此,人家说,那天早上她还请了一位"理发师"来给她做头发。还有些学生真够敏感,发现她的手帕和双手都洒上了一种新出的时髦的香水。可怜的翟丽啊!她已经非常习惯于在这种时候宣称,茕茕孑立、劳劳碌碌的生活她已经厌倦得要死了,她渴望有钱财、有闲暇到哪儿去休养休养,能有个什么人为她工作——有个愿意替她还债的丈夫(她债台高筑,难以自拔),负责她衣橱常满,并且要像她所说的那样让她可以自由"享受乐趣"。早就有谣言说,她看上了伊曼纽埃尔先生。而伊曼纽埃尔先生的眼睛的确是常常望着她。他会坐在那儿目不转睛地瞧着她,一连几分钟。我曾经看见他凝视她有一刻钟之

---

① 语出《圣经·新约全书·路加福音》第16章第8节:"因为今世之子,在世事之上,较比光明之子更加聪明。"
② "高天的清晨的日光",源自《圣经·新约全书·路加福音》第1章第78至79节:"因我们上帝怜悯的心肠,叫清晨的日光从高天临到我们,要照亮坐在黑暗中死荫里的人,把我们的脚引到平安的路上。"

久，在此期间，全班都在静静地做作文，而他则端坐在讲台上，什么事都不干。她经常感觉到这种蛇怪①似的注视，在这种目光之下，她会扭来扭去，半是得意洋洋，半是迷惑不解；先生则会留意着她的感觉，有时候看起来敏锐得惊人；因为在某些情况之下，他具有一种可怕的准确无误的直觉的透视力，能够洞察在人心里的隐藏之处潜伏得最深的思想，并且在花里胡哨的帷幕下面看出心灵的空虚荒芜、寸草不生之地，对啦，还有它反常的倾向，以及它的隐蔽的虚假的曲线——男男女女都不会知道的一切——那些人生来就有的不正直的脊梁骨，畸形的四肢，以及更糟得多的是，人们也许已经给自己沾上的污点，或者造成的丑相。只要对方坦白承认，任何可诅咒的坏事都会得到伊曼纽埃尔先生的怜悯和宽恕；不过，要是他的怀疑的眼睛遇到了不老实的否认——他的无情的追究发现欺骗性的隐瞒——那么，哦，他会变得残酷——我认为是凶恶！他会兴高采烈地把掩蔽物从那些可怜巴巴、畏畏缩缩的人们的身上拉下来，情绪激昂地把他们急急赶到暴露的巅峰，让他们在那儿赤裸裸地原形毕露，完全虚假——那些可怜的、鲜灵活跳的谎言——那个可怕的"真实"的产物，这种"真实"是不能被揭去遮盖让人正眼一瞧的东西。他认为自己这样做很公道；至于我呢，我却怀疑一个人有没有权利对另一个人这样做公道的事。在他的这些制裁之中，作为他的受害者，我不止一次地禁不住泪水盈眶，而对于他本人，则没少怒火填膺，并给以尖锐的谴责。这是他该受的；不过，要动摇他的坚定的信念——他认为自己所作所为是正确的、必需的——那就困难了。

　　早餐结束，弥撒做完以后，学校的钟声响了，各个房间里到处是人；教室呈现一派十分可观的场面。学生们和老师们一排一排整整齐齐地坐着，秩序井然，静静等待，每人手里都捧着一束

---

① 蛇怪，外国古代和中世纪传说中的怪物，说是由蛇孵的公鸡蛋中产出，状如蜥蜴，一双红眼睛，状甚可怖，人触其目光或气息即毙命，其天敌是黄鼠狼及公鸡，一闻鸡啼，蛇即死去。旅行者因而带一只公鸡通过这种蛇怪出没之地。

表示祝贺的东西——娇艳至极的春天的花朵，十分新鲜，使空气充满了香味；只有我没有捧花束。我喜欢欣赏生长在枝头的花朵，一旦被摘下来，它们就不讨人喜爱了。我把这些花看做无根之物，容易凋败。它们貌似有生命的样子使我不胜悲哀。我从来不送鲜花给我所爱的人们，我也从来不愿从厚爱于我的人们的手里接受鲜花。圣彼埃尔小姐注意到我手里空空的——她无法相信我会这样粗心大意，她的眼睛贪婪地在我全身上下四周转来转去。她认为我肯定在什么地方放着什么单个儿的作为象征性的鲜花，比如一小把紫罗兰这类东西，以便能够为我自己赢得格调高雅的赞美和独出心裁的称道。可是事实证明，缺乏想象力的"英国女人"比巴黎女人所担心的来得好：她坐在那儿，确确实实什么都没有带，就像一棵冬天的树那样，既没有花朵，也没有种子。翟丽发现了这一情况之后，笑逐颜开，非常高兴。

"你省了钱，多么聪明啊，露西小姐，"她说。"我为了买一束暖房里的鲜花，扔掉了两个法郎，真够傻的！"

她扬扬得意地给我看她那一束光彩照人、芳香扑鼻的鲜花。

可是，别做声！有脚步声，是那种脚步声，它像往常一样来得迅速果断，而这种迅速果断，我们倾向于认为，并不纯粹是由于神经的紧张和愿望的强烈，而是由于其他感情引起的。我们觉得，今天早晨我们的教授的"步履声"里（说得浪漫一些）带有一种友好的允诺；事实上也确实如此。

他走进来的时候，他的心情使他像是一道新的阳光射进已经照得很亮的第一教室。早晨的阳光在我们的花木之间闪耀，使我们的墙壁分外灿烂，更由于保罗先生的一团和气的招呼而增添了光辉。他像个地道的法国人（尽管我不知道自己为什么要这样说，因为他既不是法国血统，又不是拉巴色库尔人），为了"地位关系"和特殊场合而穿上了礼服。他本人的轮廓不明显，并不是因为他那身漆黑的外套褶缝不挺括、看来不吉祥、穿着像阴谋家似的，相反，他的身材（我不夸口，尽管说不上有多好）却被一件雅致大方的上衣和一件缎子背心衬托得看来相当漂亮。那顶不调和的异教徒的希腊式无边圆帽已经不见了，他光着头走向我们，那戴上手套的手里却拿着一顶基督教徒戴的帽子。这位小个子外表看上去不错，挺不错；他的蓝色的眼睛里闪出和睦友好的清澈的目光，他的深颜色的面容亮着善意，因而完全可以当作美丽英俊。谁都不去注意他那大而没有样子的鼻子、他的瘦削的面颊、他的突出的方前额，以及他的决不像玫瑰蕾朵儿的嘴巴。大家都认可了他生成的样子，并且觉得他的风貌同意气消沉、低三下四的精神正相反。

他一路走到他的书桌跟前来，把帽子和手套放在书桌上。"早安，朋友们，"他说，那声调使我们中间有些人觉得，他过去许多次严厉的申斥和野蛮的咆哮似乎得到了补偿。那不是什么欢乐的、和蔼可亲的声调，更不是那种油嘴滑舌的传道士般的口音，而是他自己特有的声音——就是他的心把语言发送到嘴唇上的时候所用的声音。就是这同样一颗心，有时候的确说起话来。这颗心尽管是急躁易怒的，然而却不是一个僵化如铁石的器官；在它的核心，有个地方比任何人的温柔都更温柔；这个地方使他甘为孺子牛，使他与姑娘们和妇女们联系起来，尽管他会同她们作对，却不能不承认跟她们有缘分，也不能否认，总的来说，他同女人们在一起比同男人们在一起更合适。

"我们都向先生问好，并且在他这个圣名瞻礼日的纪念日子里，向他表达我们的祝贺之意，"翟丽小姐说，她把自己封为这次集会的发言人，并且装模作样地扭动着身子向前走去，这种扭动不多不少正好是完成某种动作所必不可少的，她把她那束所费不赀的鲜花搁在他面前。他在花束之上鞠了一躬。

一长队送礼的人跟着走来了。所有的学生以外国人惯常运用的滑行步子飞飘而过，同时留下她们的礼物。每位姑娘都那么灵巧地把自己的礼物放得恰到好处，使得最后那把花束放到书桌上的时候，形成了一座花团锦簇的金字塔的绝顶——这座金字塔，开着花，向四面伸展，向高处矗立，是那么兴盛繁茂，其结果，是使它后面的英雄被遮蔽得黯然无光了。这个礼仪完毕以后，大家重新就座，我们没有一丝声响地静坐在那儿，等待一场演说。

我估计大约过了五分钟了，可是静默仍然没有被打破。十分钟了——还是没有一点声音。

毫无疑问，许多在场的人开始琢磨，先生究竟在等待什么呢？她们大可以这样想。他仍然在那一堆鲜花的后面守着他的位置，一声不响，一眼不瞧，一动不动，一言不发。

最后，终于从那儿传出了声音，相当深沉，好像是从一个洞穴里传出来的说话声。

"全在这里了吗？"

翟丽小姐向四面张望。

"你们的花束都献上来了吗？"她问学生们。

不错，从年龄最大的到最小的，从个子最高的到最矮的，她们都把手上的花束献上来了。那位年长的女教师作了这样的表示。

"全在这里了吗？"他重复这句话，刚才声调是深沉的，现在则降低了几个音。

"先生，"圣彼埃尔小姐站起来说，而这一次是带着她特有的甜蜜的微笑说的，"我十分荣幸地告诉你，除了一个例外，班级里所有的人都献上了花束。对于露西小姐，先生会好心谅解的。她是一个外国人，可能不知道我们的风俗习惯，或者不懂得这一风俗习惯的意义。露西小姐曾经认为这个礼仪太琐碎，不值得她给予荣幸，加以遵守。"

"了不起！"我咬着牙低声咕哝着说。"翟丽啊，你一开口就是个不坏的演说家。"

从讲台上来的给予圣彼埃尔小姐的回答，是从那座金字塔后面伸出来的一只手所做的手势。这个动作好像是不赞成说话，而命令大家肃静。

不久，跟着这只手，出现了一个人。先生从遮蔽之中冒了出来。他站到讲台前来，目不转睛地凝视对面覆盖着整个墙壁的那

幅巨大的"世界地图",同时作第三次发问,现在是用真正悲伤的声调说话了:

"全在这里了吗?"

如果我站出来,把当时紧紧地捏在手里的那个红颜色的小贝壳盒子塞到他的手里,我还可能会把事情弄得很妥善。我本来完全打算这样做;但是,首先,先生行为举止的滑稽可笑的一面促使我耽搁了一下,而现在,圣彼埃尔小姐的装模作样的干扰又激恼了我,使我偏要顽抗。读者迄今为止没有任何理由认为斯诺小姐的性格之中有那么一丝一毫的自以为完美无缺,便不会惊讶于知道斯诺小姐觉得:这个巴黎女人可能会用含沙射影的手法说出任何诽谤,弄得她必须为自己辩护,这是太使她反感的事。此外,保罗先生又是那么带悲剧性,他把我的背叛看得太认真了,活该让他烦恼。于是,我既把我的盒子抓住不放,又叫我的脸做到面不改色,并且像一块石头那样,无知无觉地坐在那儿。

"倒是好哇!"保罗先生的嘴里终于不经意地说出这句话来;说完了之后,某种突然大发作的阴影——一阵来势汹汹的愤怒、嘲笑、决心——在他的前额掠过,牵动他的嘴唇,使他的双颊出现一道道皱纹。他把打算进一步评论的话咽了下去,开始进行他按照惯例要做的"演讲"。

我完全不记得这篇"演讲"说些什么了。我当时没有去听;他那吞咽进一步评论的前后过程,他那突然打消他的屈辱感或烦恼情绪的样子,给了我一种感觉,这种感觉把他反复说"全在这里了吗?"的滑稽可笑的效果抵消了一半。

演说快要结束的时候,发生了一件有趣的事情。我的注意力又一次被兴味盎然地吸引过去。

由于无意之间做出的小动作——我觉得我的一个顶针掉到了地板上,便弯下腰去拾起来,我的头顶却在自己的书桌的尖尖的角上碰了一下。这件事(如果说要使谁气恼的话,那当然是我)自然引起了轻微的忙乱——保罗先生却被激怒了,把自己强作镇静的神态一扫而光，把个人尊严和自我克制抛到九霄云外去，他是从来不想让这种自我克制把自己拖累得太久的，可是，他开始用能够使他最感舒适的口吻说话了。

我弄不明白，在他那"演讲"的进程之中，他用什么办法横渡了英吉利海峡，在英国的土地上登陆；可是我开始倾听的时候，我发现他竟然在那儿了。

他用愤世嫉俗的目光对房间四周迅速扫视了一遍——这目光接触到我的时候，那是咄咄逼人的，或者是有意要咄咄逼人的——他痛骂起"英国女人"来。

我从来没有听见过有谁对待英国妇女像那天早晨保罗先生那样对待她们。他什么都不放过——不论是她们的智力、道德、礼貌，还是外表。我特别记得他辱骂她们高身材、长脖子、瘦胳臂，说她们穿得邋遢，她们受的是学究式的教育，她们的邪恶的怀疑宗教（！），她们那使人受不了的傲慢不逊，她们那矫揉造作的德行；他对这种矫揉造作的德行切齿痛恨，那副样子就好像他要是敢的话，他会说出语惊四座的话来。哦！他耿耿于怀、怨恨难解、野蛮凶猛，其自然而然的结果，便是丑恶得讨人嫌。

"邪恶的、刻毒的小个子男人啊！"我想，"我是不是要由于怕得罪你或者怕伤害你的感情而折磨我自己呢？肯定不会；对于我来说你是无所谓的，就像你的那座金字塔上一束最萎蔫的鲜花一样。"

说起来很苦恼，我不能完全实行我的这一决定。有一段时间，他辱骂英国和英国人使我处于呆头呆脑状态。大约有十五分钟，我真够坚韧克己地忍受着。可是这条嘶嘶做声的蛇怪却一定要咬人，而且他最后还说出这种话来——不仅咬住我们妇女不放，还咬住我们最伟大的知名人士和最好的男人；玷污不列颠的盾牌，用污泥弄脏英国国旗——这可咬痛了我。他带着恶毒的乐趣谈论最下流的流行于欧洲大陆的关于历史的谎言——简直想像不出还有什么比这些更令人不快的了。翟丽和整个班级全体一致地怀着报仇雪恨的快意露齿而笑；因为，发现这些拉巴色库尔小丑暗地里多么痛恨英国，真是很奇妙的事。我终于用力拍了一下我的书桌，张开嘴喊出这句话来：

"英国、历史和英雄们万岁！打倒法国、捏造和欺骗！"

整个班级震动得慌作一团。我想她们认为我疯了。那位教授拿起他的手帕，蒙住嘴巴，恶魔似地暗笑。凶恶的小妖怪呀！他现在以为自己胜利了，因为他使我发怒了。一秒钟之内，他又变得心情愉快了。他心平气和地重新开始谈他那些鲜花，诗意地和象征性地谈它们的可爱、芬芳、纯洁等等；在"女孩"和他面前的美丽花朵之间做法国式的比较；把圣彼埃尔小姐的花束的优点恭维到天上去了；最后宣告，在春天的头一个真正晴朗的风和日丽的早晨，他打算带领整个班级到乡下去吃早餐。他着重地加了一句说："至少，班级里那些我认为可以算是我的朋友的人。"

"那我就不在内，"我情不自禁地申明说。

"就这样吧！"他这样回答，然后用双臂抱起他的花束，闪电般奔出教室。这时候我把针线活儿、剪刀、顶针箍，以及那个被冷淡的小盒子放到我的书桌上，迅速跑上楼去。我不知道他是不是怒火中烧，可我毫无顾虑地承认我正是这样。

不过，我的愤怒是奇怪的，一发便消的。我坐在自己的床沿上，一再回忆他的样子、态度、话语，不到一个小时，我便对这整个场景哑然失笑。我没有把那只盒子送出去，这使我觉得有点遗憾和痛苦。我原来打算让他满意的，但是命运不让事情这样实现。

那天下午，我想起来，教室里的书桌决不是不可侵犯的贮藏所，我想还是把那只盒子取来为好，因为盒盖上有 P. C. D. E. 几个大写的首字母，代表保罗·卡尔（或卡洛斯）·大卫·伊曼纽埃尔[①]——这是他的名字的全称——这些外国人总是必须有一大串洗礼名——我便下楼到教室里去。

由于放假，那只盒子安安稳稳地躺在那儿。走读学生们都回

[①] 原文是：Paul Carl David Emanuel。

家去了,住宿生们都到外面去走动走动,教师们,除了在那个星期值班的学监以外,也到城里访问或者买东西去了。那几间教室的侧厅也空着;大厅也空着,只有那只严肃庄重的球形大灯罩吊在中间,还有一对有着许多分叉的枝形烛架,以及那架平台式大钢琴,钢琴关着,无声无息,在享受这一周的中间的安息日。我发现第一教室的门半开着,觉得很奇怪;这间房间空的时候通常上锁,而且除了贝克夫人和我自己以外,没有谁能进去,我有一把备用钥匙。更使我奇怪的是,我走近的时候,还听到好像是什么有生命的东西在行动的模糊不清的声音——脚步声,椅子的移动声。以及仿佛打开书桌的声音。

"这只不过是贝克夫人在执行检查职务罢了,"我想了一会,得到这样的结论。那扇半开的门使我有机会来证实这一点。我往里一看,哎呀!见到的不是贝克夫人在检查时所穿的服装——一条披肩和一顶干干净净的帽子——而是那件上衣和一个男人的浅黑色头发剪得短短的头。这个人坐在我的椅子上;他的橄榄色的手打开并支撑着我的书桌盖板,他的鼻子淹没在我的文件之中。他的背朝着我,可是他是谁却不可能有一点疑问。他为圣名瞻礼日的礼仪穿的衣服已经脱掉了,重新换上了他爱穿的墨渍斑斑的宽松外套;那顶怪模怪样的希腊式无边圆帽落在地板上,好像是因为忙于做坏事而刚从手里掉下来的。

现在我知道,其实我早就知道,伊曼纽埃尔先生的那只手和我书桌有着最亲密的关系。那只手抬起和放下那块书桌盖板,乱翻又整理里面的东西,几乎就像我自己的手那么熟悉。这个事实不容置疑,他也不曾想隐瞒这件事,他每次来搜索,都留下显而易见的和不会弄错的迹象。可是,迄今为止,我从来没有当场抓住他。尽管我总是留神在意,我却无法侦查出他究竟几时几刻"临到"。①

---

① 语出《圣经·新约全书·启示录》第 3 章第 3 节:"我必临到你那里如同贼一样。我几时临到,你也决不能知道。"

我曾经看见棕仙①在学生们的习题上做的好事,那些习题前一晚留在那儿还是错误百出,可是第二天早晨一看,却都被细细地改正了;我还得益于他的花样百出的善意,把非常受欢迎的和令人耳目一新的东西借给我;在一本灰黄的字典和翻旧了的文法课本之间,会魔术般地多出一本新鲜有趣的新作品来,或者出现一本已达成熟年代的醇厚、甘芳的古典作品;在我的针线篮里会令人高兴地钻出一本传奇故事,在它下面又会偷偷潜伏着一本小册子或者一本杂志,前一晚上的朗诵就是从那儿摘出来的。这些珍贵东西的来源是用不着怀疑的:如果说没有其他任何迹象,那么,这些东西有一个共同的、使它们可以被定罪的、使它们露出破绽的特点,一下子解决了问题——它们都有雪茄烟的气味。当然啦,这是非常叫人受不了的。我原先这样认为,而且总是急急忙忙把窗户打开,让我的书桌通通风,还嫌恶地用两只手指尖拈起这本会致病的小册子去让能起净化作用的微风吹拂。我这样的做法被突然地纠正过来了。这位先生有一天逮住了我这个做法,懂得其中含义,便马上把我手上的东西夺了过去,并且立刻打算把它扔进烈火熊熊的炉子里去。碰巧那是一本我决心要精研细读的书,所以这一次我证明是同他一样果断,而且比他更迅速;我把被掠夺的东西又抢了回来,以后——既然抢救了这一本——我便不再拿第二本去冒险了。尽管有过这样的过程,我却从来没有能够在他一次次来搜查的时候,当场逮住这个难以捉摸的、友好的、爱吸雪茄烟的幽灵。

　　但是现在我终于逮住了他。他就在那儿——一个棕仙。他的印第安宠物产生的一缕淡青色的轻烟,从他的两片嘴唇中袅袅飘升。他正朝着我的书桌里面吸烟,这很可能使他暴露。这情况叫我恼火,不过我又高兴去吓唬他一下——那是像一个家庭主妇终

---

① 棕仙,苏格兰民间传说中勤劳而又顽皮的小精灵。夜间常为人家打扫、做家务。有时也恶作剧,将房间弄乱。这里指的是伊曼纽埃尔。

于发现她的陌生的小精灵助手在牛奶棚里,在不适当的时间忙着用搅乳桶提制奶油,①不免又惊又喜的那种高兴——我轻轻地、偷偷地走过去,站在他背后,小心翼翼地从他的肩膀上躬身看着。

看到实际情形,我的心软下来了——在那天早晨的敌对状态以后,在我表面上似乎怠慢疏忽以后,在他感情上经受到扎伤以后,在他的脾气经受了怒潮翻滚的波动之后,他却十分愿意忘记和原谅,给我带来了两本漂亮的书,书名和作者足以保证其饶有兴趣。此刻,他坐在那儿,低头面对书桌,翻动书桌里的东西,不过那只手动作是轻巧而又小心的。不错,他把东西弄乱了,但是没有弄坏什么。我弯着身子瞧着他的时候,他一无所知地坐在那儿,尽可能做着对我有好处的事情,并且我看大概对我并非没有好感,我早晨的怒气全消了,我的心软下来了。我也并不是不喜欢伊曼纽埃尔教授。

我觉得他听见了我的呼吸声,便突然回过头来。他的性格是神经质的,不过他从来也不惊慌失措,脸上难得变色,他身上有一种刚毅之气。

"我以为你和其他教师们一起进城去了,"他说,咬紧牙关,强作镇静,却没有完全做到——"你没有去也好。你以为我在乎给人逮住吗?我才不在乎呢。我常来看看你的书桌。"

"先生,这事我知道。"

"你时不时发现一本小册子或者一本书,可是你不愿意看,因为它们有这个气味是吗?"——他碰碰他的雪茄烟。

"是有那种气味,这对于阅读没有好处;不过,我还是阅读了的。"

"不感兴趣吗?"

"人们是不能与先生相反对的。"

---

① 典出莎士比亚剧本《仲夏夜之梦》第 2 幕第 1 场:"你大概便是……淘气的精灵了。你就是惯爱吓唬乡村的女郎,在人家的牛乳上撮去了乳脂,使那气喘吁吁的主妇整天也搅不出奶油来……"(据朱生豪译本)。

"你喜欢那些书，或者喜欢其中任何一本吗？——它们是令人满意的吗？"

"先生曾经瞧见我看这些书不知多少次了，并且知道我没有其他许多娱乐会使我低估他提供的这些书籍的价值。"

"我完全是好意；你如果看出来我是好意，而且从我的尽心尽力之中得到一些乐趣，那么我们为什么不能友好呢？"

"一个宿命论者会说——我们不能。"

"今天早晨，"他接着说，"我带着轻松愉快的心情醒来，来到教室里的时候也高高兴兴的，你却把我的一天弄糟了。"

"不对，先生，只是一天中的一两个小时而已，而且不是故意的。"

"不是故意的！不。今天是我的圣名瞻礼日；除了你，所有的人都祝我幸福。第三班级的小孩子们每个人都送了我一束紫罗兰，每个人都口齿不清地向我祝贺。而你呢——什么都没有。没有一个蓓朵儿、一片叶子、一句悄声细语——连瞧也不瞧我一眼。这难道不是故意的吗？"

"我并没有恶意。"

"那么你真的不知道我们的风俗习惯啰？你是没有做好准备啰？你要是知道我在盼望的话，你就会乐意扔掉几个生丁①去买一朵花来让我高兴啰？你就这样说吧，那么一切我就忘掉了，痛苦也就减轻了。"

"我是知道别人在盼望；我也有所准备；但是我不把生丁扔在鲜花上。"

"这很好——你说老实话，做得很对。你如果说了恭维的话，说了谎话，那么我几乎要恨透你。与其微笑来表示关心，装出亲热的样子，心里却毫无诚意，冷若冰霜，那倒不如立刻这样宣告——'保罗·卡尔·伊曼纽埃尔——我讨厌你，我的小伙子！'

---

① 生丁，法国、比利时、瑞士等国的货币单位，一法郎值一百生丁。

我想你并不虚伪，也不冷淡；不过，我相信，你在生活中犯了一个大错误；我认为你的判断力是乖张的——在你应该感激的事情上，你却漠不关心——在你应该像你的姓氏那样冷冰冰的时候①，你却也许一往情深，执迷不悟。别以为我希望你对我有些热情，小姐；愿上帝保佑你吧！你为什么吓了一跳呢？是因为我说了热情话吗？好吧，我再说一遍。是有这样一个词儿，是有这么一回事儿——虽然不在这四壁之内，谢天谢地！你不是一个孩子，人家不该谈及实际上存在的事情。不过，我只说了这个词儿——我向你保证，这么一回事跟我整个的一生和我的见解是格格不入的。它已经在从前死去了——而现在，它已经被埋葬了——它的坟墓是挖掘得很深的，覆盖得很厚的，寒来暑往经过了许多年份了。我相信，将来它会复活，来抚慰我的灵魂。不过，到了那时候，一切都会改变——形态和感觉；而凡人将得到永生——不是为了这个世界，而是为了天国而升起。②露西·斯诺小姐，我要对你说的仅仅是——你应该合情合理地对待保罗·伊曼纽埃尔教授。

我无法、也没有反对这样一种柔情。

"你的圣名瞻礼日来到的时候，"他接着说，"请告诉我，我不会舍不得花几个生丁买一点小礼物送给你的。"

"你将会跟我一样，先生：这件东西不止值几个生丁，我并不曾舍不得这个代价。"

我从打开的书桌里拿出那只小盒子，放到他的手掌里。

"今天早上我就把它放在裙兜上了，"我继续说，"若是先生当时更有耐心一些，同时圣彼埃尔小姐的干预少一些——也许我还应该说，若是我更心平气和、更头脑清醒一些——那时候我就

---

① 书中人物露西姓"斯诺"，原文 Snowe，即 snow（雪），故云。
② 这一段大意，见《圣经·新约全书·柯林多前书》第 15 章第 45 至 54 节："'首先的人亚当，成了有灵的活人。'末后的亚当，成了叫人活的灵。……我们既有属土的形状，将来也必有属天的形状。……我们也要改变……这必朽坏的既变成不朽坏的；这必死的，既变成不死的，那时经上所记，死被得胜吞灭的话就应验了。"

会把它交了出来。"

他望着那只盒子;我看出它的明净的暖色和那个光亮的天蓝色的环形装饰使他眉开眼笑。我请他把它打开。

"我的姓名的首字母啊!"他说,指着盖子上的几个字母。"谁告诉你我的名字是卡尔·大卫?"

"是一只小鸟,①先生。"

"那只鸟是从我这儿飞到你那儿去的吗?那么,需要的话,可以在它的翅膀底下系一封信捎去了。"

他取出那根表链——价值确实不大,可是缎带油光水滑,珠子玓珠闪亮。他也喜欢得很——像一个孩子那样天真地赞赏着。

"是给我的吗?"

"对,是给你的。"

"你昨天晚上在做的东西,就是这个吗?"

"正是这个。"

"你今天早晨才做完吗?"

"是的。"

"你一开始就打算为我做的吗?"

"毫无疑问。"

"并且在我的喜庆日这天送给我,是吗?"

"是的。"

"你在编制的时候一直是这样想的吗?"

我再次表示同意。

"那么,我就不需要除掉任何一部分了——一边除掉一边说道,这一部分不是我的,因为她在编制的时候是在想着另一个人,并且是为了另一个人的装饰之用的,是不是?"

"完全不需要。那么做既不需要,也不公平。"

---

① 引自《圣经·旧约全书·传道书》第10章第20节:"你不可诅咒君王,也不可心怀此念,在你卧房也不可诅咒富户,因为空中的鸟必传扬这声音,有翅膀的,也必述说这事。"

"那么这件东西完全是我的啦。"

"这件东西完全是你的。"

先生马上敞开他那件宽松外套,把表链金光闪闪地在胸前横挂着,尽可能多地露出来,尽可能少地遮住,因为他一点都不想藏掉他所喜欢的、并觉得可作装饰的东西。至于那只盒子呢,他断定那是个好到极点的漂亮的糖果盒——顺便提一下,他爱吃糖果——而且由于他总是喜欢跟别人分享他自己所喜爱的东西,他会像他豪爽大方地把书借给别人那样,把他的"糖衣果仁"分给别人。那个仁慈的棕仙在我的书桌里留下的礼物之中,我忘了列举还有许多纸包的巧克力糖衣果仁呢。他在这方面的口味是南方人的口味,是我们认为的那种孩子气的。他的简单的午餐吃的常常是一个奶油鸡蛋卷,而且往往和第三班级的某个孩子分着吃。

"这是一件十分完美的礼物,"他说,一面把他的宽松外套整了一整,于是,在这件事情上,我们就再也没什么话好说的了。他浏览了一下他带来的那两本书,用削铅笔的小刀把一些书页裁下来(他通常在书籍出借之前先删除掉一些地方,特别那是小说书的话,有时候我对他那严格的审查制度有一点恼怒,因为这种删节使文章断断续续),然后他站起身来,彬彬有礼地碰一下他的希腊式无边圆帽,客客气气地向我告辞。

"我们现在是友好了,"我想,"说不定下一次还要吵架。"

就在那天晚上,我们本来又会吵架的,可是,说来好奇怪啊!这一次我们竟然没有充分利用这个机会。

完全与大家预料的相反,保罗先生在自修的时间里来了。早上我们见到他的时间那么多,没有想到他晚上还会来。然而,我们刚一坐下自习功课,他就出现了。我承认自己见到他很高兴,高兴得禁不住用微笑来向他打招呼。他向先前曾经引起那么严重的误会的这个座位走来的时候,我谨慎小心地不再给他留出太多的地方了。他用一种满腹狐疑的目光斜睨着,看看我是不是要缩到一边去,可是尽管这条长凳有点挤,我却没有挪动。我原先要从保罗先生身边退缩的冲动,正在渐渐消失。已经习惯于那件宽松外套和那顶希腊式无边圆帽了,贴近这身穿戴似乎已经不再是不舒服的、或者非常可怕的事情了。我现在坐在他身边,并不感到压抑,也不(像他曾经说过的那样)感到"窒息"。我想动一下就动一下,需要咳一声就咳一声,甚至在我疲倦的时候就打一个呵欠——总而言之,我高兴做什么就做什么,盲目地信赖他会纵容我。至少在这天晚上我的轻率没有遇到也许是应得的惩罚,他又宽宏大量又脾气特好,眼睛里没有透出一点不快的目光,嘴里也没有发出一句急躁的话语。直到黄昏时分结束,他的确什么话都没有对我说,可是我觉得,不知怎么,他心中充满了友善之情。静默有各种各样的,低声细语也有不同意义;却没有什么话语比保罗先生的无言的风貌能够唤起一种更为令人愉快的满足。在托盘端进来、晚餐的忙碌开始的时候,他起身离开,只说了一句:他祝我晚安,做个好梦;而我晚上真的过得很好,睡下去美梦绵绵。

第三十章
保罗先生

可是请读者决不要急于做出仁慈的结论，或者带着过于匆忙的宽宏大量，以为从那天起，保罗先生就变了一个人——跟人容易相处，在他周围不再那么一下子就会碰到危险，感到不自在。

不；他当然是个喜怒无常、情绪多变的小个子。他常常过分劳累，这时候，就变得极为烦躁不安；同时，他的血脉就像青黑色的颠茄①那样幽暗，那是妒忌的本色。我不是仅仅指心中的那种温柔的妒忌，而且指根源于头脑中的那种较为严峻、较为狭隘的感情。

保罗先生面对我的某件作业皱着眉头、撅起嘴唇，因为其中没有他所期望的那么多错误（他喜欢我犯错误，对他来说，一堆错误就像一把坚果果仁那么有滋味），在这样的时候，我常常坐在那儿，瞧着他，心中觉得他有些地方像拿破仑·波拿巴。我现在仍然这样想。

在不顾羞耻，对于别人的宽宏大量嗤之以鼻这方面，他活像那位伟大的皇帝②。保罗先生会同二十个有学问的女士口角，会一点也不脸红地同整个首都的各个同人俱乐部进行一系列的小吵小闹和反唇相讥，而从来也不担心自己有失尊严或有损尊严。他会放逐五十个斯塔尔夫人③，要是她们惹他生气，得罪他，在竞争中胜过他，或者反对他。

我很清楚地记得，他跟一位叫做巴那协夫人的一次激烈争吵的插曲——那位夫人是贝克夫人临时请来教历史的。她很聪明——这就是说，她知识丰富，并且对于自己所知道的东西，完全掌握了充分发挥的艺术；她能够毫无困难地运用语言和博得人家的信任。她的外表远不是没有优点的，我相信很多人会称她是个"漂亮的女人"。可是，在她那强壮和丰满的动人之处，以及在她那急急忙忙感情冲动的神态之中，有些地方却似乎叫保罗先生那挑三拣四的和反复无常的口味受不了。她说话的声音穿过方形大厅会使他奇怪地心烦意乱；她那迈得很开的洒脱不拘的步子——几乎是大踏步——沿着走廊走过来，常常会使他抓起他的文件，仓皇撤退。

有一天，他不怀好意地想起闯入她的班上去。他像闪电一样迅速，收集了她的教学方法，那是不同于他自己所钟爱的教案的。他既不讲礼节，更不顾礼貌，就指出他所认为的她的错误。我不知道他是否期待别人服从和注意他，然而，对于他这肯定不能认为是合理的干预，他遇到的是辛辣的对抗，伴随的是直言不讳的谴责。

他本来还可以尊严地撤退，但是他不这样做，却扔下了挑战的长手套④。巴那协夫人则像一个彭忒西勒亚⑤一样好战，马上把它拾起来。她对那位好管闲事者的脸打了个响指，滔滔不绝地冲着他骂。伊曼纽埃尔先生是能说会道的，然而巴那协夫人更是口若悬河。继之而来的则是强烈的敌对情绪，保罗先生没有暗暗窃笑他的美丽的敌人受了伤的自尊心和大声喧哗地坚持己见，却是非常认真地痛恨她。他用热切的狂怒来回敬她。他怀着不可饶恕

---

① 颠茄，灌木状草本植物，一般高约一米五。原产于欧亚大陆中部和南部。叶暗绿色，花紫堇色，浆果樱桃般大小，色黑而亮。
② 指法兰西第一帝国皇帝拿破仑·波拿巴。
③ 斯塔尔夫人（1766—1817），法国女作家。著有《论文学》、《论德国》及小说《黛尔菲娜》等。法国大革命时，她逃往日内瓦。拿破仑执政时因她撰文抨击拿破仑的统治，而被逐出巴黎，直到复辟王朝时，才回来，重建文学沙龙。
④ 欧洲中世纪习俗，武士扔下长手套，表示挑战。拾起对方扔下的长手套，则表示应战。
⑤ 彭忒西勒亚，希腊神话中阿玛宗女人国的女王，曾助特洛亚人作战，阿喀琉斯在愤怒中将她杀死。在解下她的铠甲时，发现她十分美丽，为之悲叹不已。

的深仇大恨盯着她不放，不肯心平气和地躺在床上安息，不肯从餐食中摄取应有的滋补，甚至不肯悠然自得地享受一下雪茄烟的味道，直到她从这个机构里被完全连根拔掉为止。教授胜利了，可是我不能说他的胜利的桂冠给他的太阳穴掩映上了优雅的色彩。有一次，我冒险向他作了这样的暗示，使我惊奇的是，他竟然同意，说我也许是对的，不过他断言，跟那些品性粗鄙、自我陶醉的人，不论是男人或女人打交道的时候——巴那协夫人就是个例子——他就不能控制自己的怒火；一种不可言传的但是十分活跃的反感迫使他进行一场歼灭战。

三个月以后，他听说被他击败的敌人遇到了倒霉事，并且可能因为失业而真正陷入困境，他便忘却了心中的敌意，并且他为善为恶都同样积极，上天入地地想方设法，直到给她找到了一个位置。当她来弥补过去的分歧，并且为他近来的仁爱举动向他道谢时，他那原来的声音——有一点儿响亮——他那原来的态度——有一点儿唐突——对他还是那么有作用，以致在十分钟之内，他便猛然站起身来，对她鞠个躬，或者不如说，怀着一阵神经质的兴奋喜悦之情，对自己鞠个躬，走出了房间。

为了追求一件多少有些大胆的类似事情，在崇尚权力方面，在热衷于攫取无上权威方面，伊曼纽埃尔先生就像波拿巴一样。他是一个你不能总是向他俯首屈从的人，有时候还需要反抗他。这样做是正确的：你站稳脚跟，正视着他的眼睛，告诉他说，他的要求是不合理的——他的专制主义已经到了残暴的边缘。

在他的范围之内，在他的管辖之下，如果出现了特殊才能的初步发展，那种萌芽会奇怪地使他兴奋，甚至使他觉得受到了骚扰。他皱着眉头看它挣扎成长，并不伸出援助之手——也许还会说："要是你有力量，就来吧，"然而却不帮助它的诞生。

在最初的斗争的痛苦和危险已经过去的时候，在它开始了生命的呼吸的时候，在他看到肺部扩张和收缩的时候，在他感到心脏怦怦跳动、并且发现那双眼睛里有了生命的时候，他仍然不愿意去抚养它。

"在我抚育你之前,你得证明自己是真实的,"这是他的法令,而要符合他要求的证明却是多么困难啊!他散布在不习惯于走崎岖道路的人们的小径上,有多少荆棘刺丛,多少坚石硬块啊!他眼中无泪地观看着——他所要求的严峻考验是一定要经过的——而且要毫不惧怕地经过。他跟踪着那一个个脚印,脚印快接近目的地那儿,有时候是血迹斑斑的——他冷酷无情地跟踪着它们,用最严厉的警察的监视注意着那个遭受疼痛煎熬的朝圣者。当他终于允许别人休息一下的时候,在睡眠将会使人眼睑闭上的时候,他毫不留情地用食指和拇指把那个眼睑掰开,透过瞳孔和虹膜,深深地凝视到头脑之中,凝视到心灵之中,去探查是否能发现生存的最深的隐蔽之处有虚荣、傲慢或者欺骗以其最狡猾的形式伪装着。如果他最终让这个新来者入睡的话,那也只不过给他一会儿工夫而已;他会突然把他弄醒,以便对他进行新的考验。在后者还疲惫不堪、步履蹒跚的时候,他却又派他去办恼人的苦差事。他考验他的脾气、理智和体力,只有在最严厉的考验都使用过而且被经受过了,在最有腐蚀性的硝酸都使用过而未能使矿石黯然失色了,他才承认它的货真价实,然后,仍然带着莫测高深的沉默不语的态度,打下标志他认可的深深的烙印。

我说这些话,并不是不知道这些恶行。

直到最后一章结束的那一天,保罗先生都不曾是我的老师——他没有给我上过课,不过大约就在这个时候,有一天,他碰巧听见我承认说,对于某一门学科很无知(我想是算术吧),这一点,正像他很正确地指出的那样,是连一所慈善学校的男孩子都会感到丢脸的,他便负责指导我,先是对我测验了一下,不用说,发现我非常不行,因此给了我一些书,指定我做些作业。

开头他很高兴这样做,的确带着不加掩饰的扬扬得意的样子,用屈尊俯就的态度说,他相信我是"bonne et pas trop faible"(即:相当聪明,也不是完全没有才华的),不过,他猜想是由于恶劣的环境,所以"至今还处于可怜的不完善的智力发展的状态之中"。

对于我来说,所有的努力的开端确实都表明我异常愚笨。即使在和别人建立泛泛之交的关系方面,我也从来不能肯定或者证明自己具有一般水平的机敏。在我一生之中,每翻过新的一页,都先经历过一个抑郁苦闷和艰难困顿的阶段。

只要这个阶段延续不完,保罗先生就非常仁慈,非常善良,非常宽容。他看出我自己的无能感觉所引起的锥心的痛苦,并且感觉到那种感觉所加给我的十分沉重的屈辱的压力。简直没有什么语言能够确切地形容他的温柔体贴和竭力相助。在羞耻和奋力拼搏的眼泪使我的眼睛模糊一片的时候,他的眼睛也会泪汪汪的。尽管他工作的担子那么沉重,他还会从他的短暂的自由活动的时间里偷出一半来给我。

可是,这是多么奇怪的伤心事啊!在阴云压顶的黎明终于开始让位于白天的时候,在我觉得自己为了讨好他而自愿加倍、三倍、四倍地完成他布置我的作业的时候,他的仁慈却变成了苛刻;他的眼睛里的亮光从一束柔光变成了一星火花。他蛮横霸道地烦扰我,反对我,约束我;我越是干得多,越是工作努力,他似乎越是不满意。那些严厉得使我惊奇和迷惑不解的冷嘲热讽折磨着我的耳朵;跟着而来的是一连串反对那种"智力的骄傲"的最辛辣的指桑骂槐。万一我越过适合于我们女性的范围,而对不适合于女性的知识具有违禁的胃口,我便模模糊糊地受到我所不知道那是什么样的灾难的威胁。天晓得!我并没有那种胃口。凡是我喜欢的,我很乐意通过任何努力得到满足。不过,对于抽象的知识的高尚的饥渴——对于新发现的神一般庄严的渴求——这种感觉在我只是昙花一现罢了。

然而,在保罗先生用冷言冷语嘲笑我的时候,我就要更充分地占有这种感觉。他的不公正激起我野心勃勃的愿望——它给了我强烈的刺激——它给凌云壮志插上了翅膀。

开头,在我还未看透他的动机之前,他那莫名其妙的嘲笑使我心痛,可是到后来它渐渐使我血管里的血发热,使我的脉搏加快跳动。无论我有什么能力——妇人的或者相反——都是上帝赐给的,对于上帝所赋予的才能,我坚定不移地不感到羞愧。

有一个时期斗争是很激烈的。我好像失去了保罗先生的喜爱;他对待我很特别。在他最不公正的时候,而我似乎是他所谓的"faible"——也就是无能的时候,他会暗示说,我欺骗了他;他说我是假装无能。还有他会突然转过身来,指责我作了最牵强附会的模仿和不堪忍受的抄袭,断言我是从一些书本里摘录了精髓,其实那些书我连听都没有听见过——他说如果研读那些书,我靠得住会睡得像犹推石①那么熟。

有一次,他提出这样的指责的时候,我同他翻了脸——我起来反抗他。我从书桌里把他的书取出一抱,放在围裙里,拿去倒到讲台上,在他的脚边堆成一堆。

"把它们拿走,保罗先生,"我说,"不要再教我什么了,我从来没有要求变得有学问,你强迫我深深感到学问不是幸福。"

我回到我的书桌旁,把头枕在胳臂上,在以后的两天里都不愿意同他说话。他使我痛苦,感到委屈。他对我的感情本来是很甜蜜和可贵的——是一种新而无与伦比的愉快;可是现在这种感情似乎消失了,我对他讲的课不感兴趣。

然而,那些书没有被拿走,又全部被小心翼翼的手放回了原处,他还和往常一样来教我。他设法和我言归于好了——也许是太容易了;我应该再坚持一段时间,可是当他显得仁慈和善良,和睦友好地伸出手来的时候,记忆便拒绝有力地重现他那暴虐蛮横的时刻。再说,和解总是甜蜜的!

某一天早上,我的教母捎信来,邀请我到前面曾经交代过的

---

① 犹推石,《圣经》中的人物。《圣经·新约全书·使徒行传》第20章第9节:"有一个少年,名叫犹推石,坐在窗台上,困倦沉睡。保罗讲了多时,少年人睡熟了,就从三层楼上掉下去。"

那个公共场所去听某位著名人士的演讲。是约翰医师亲自带来这个信息的，他口头转告给萝芯妮，萝芯妮便无所顾忌地跟在伊曼纽埃尔先生的后面走，一直走进第一教室，并且当着他的面，"毫不客气地"站在我的书桌前面，手插在围裙口袋里，重复了口信，冒冒失失，高声喧哗，并用以下的话做结语——

"小姐，他的确是那么漂亮，那个年轻的医师！怎样的眼睛——怎样的神态啊！看！我的心给它感动了！"

她走了以后，我的教师盯着我问，为什么忍受"那个厚颜无耻的女子，那个不要脸的东西，"他就用这样的字眼跟我说话。

我没有什么安慰的话好回答。那些字眼正好是萝芯妮经常惯用的——她是个脑壳里尊敬和谨慎的器官不大发达①的姑娘。况且，她所说的关于那位年轻的医师的话是够真实的。格雷厄姆确实是漂亮；他有美丽的眼睛和使人激动的目光。她那样的观察竟然在我的嘴里形成了声音，表示了类似的意思。

"她说的只不过是实话罢了，"我说。

"哦！你这样认为吗？"

"嗨，当然啰！"

那一天我们不得不听的课，是那种在结束的时候使我们非常高兴的课。一下课，解放了的学生们就蜂拥而出，又是战栗不已，又是兴高采烈。我也跟着走出去，可是一声留下来的命令拘留了我。我嘟哝着说我非常需要呼吸新鲜的空气——炉子烧得很旺，教室里太热了。一个不容分辨的声音只是忠告我别出声为好，而这条火蛇②——没有什么房间他会嫌太热——正坐在我的书桌和炉子之间——这个位子本来应该使他感到烤得发烫，然而他不觉得——却开始引用一句希腊成语——来对付我！

在伊曼纽埃尔先生的灵魂里长期闷闷不乐地积压着一种猜

---

① 这也是"颅相学"的观点。
② 火蛇，又称火蜥蜴、火精、火怪，西方古代神话传说中的怪物，状似蜥蜴，居于火中，因其体寒能防火。亦喻称不畏热的人。

疑，觉得我既懂希腊语，又识拉丁文。据说猴子都具有说话的能力，只要它们使用这种能力；又据说它们掩盖这一才能，为的是害怕这会转而对它们有害。因此，我也是这样被人认为具有渊博的知识，却罪恶地和狡猾地隐瞒起来。有人暗示，说我曾经享受过"古典式教育"的特权；说我曾经在伊米托斯山①的花丛里饱餐过；说我的记忆中储备着黄金般的存货，现在正不声不响地为我的努力提供后援，偷偷摸摸地给我的才智提供营养。

保罗先生千方百计地用种种手法对我的秘密作突然袭击——用甜言蜜语的哄骗，疾言厉色的威胁，或者乘人不备的惊吓，来使我的天机泄漏。有时候他拿希腊文和拉丁文书籍来，放在我边上，然后注意观察我，就像看守贞德②的狱卒那样，用战士的配备来引诱她，同时在一旁偷看其结果一样。他还引用了一些我不知道什么作家的什么段落，滔滔不绝地朗诵他们那些动人的、铿锵的诗句（古典的声调像音乐一般从他口中发出来——因为他有一副好嗓子——音域宽广，抑扬有致，表情丰富得无与伦比），他一面朗诵，一面会用一种警醒的、直透内心的和常常是不怀好意的目光来盯住我瞧。很明显，有时候他期待我大大表演一番；可是他的如意算盘全落空了。他当然弄不懂啦，我既不会被迷住，也不会被惹恼。

他迷惑不解——几乎怒气冲冲——可是仍然坚持自己的顽固的想法，宣称我的感受性就像大理石一样——我的脸则是个假面具。看样子好像他无法接受朴素的事实，按照我本来的面目对待我。不论男人和女人，想必都怀有某种妄想；如果手边没有现成

---

① 伊米托斯，希腊雅典附近的山。山中曾竖立宙斯神像。古罗马诗人奥维德曾描绘山上花草茂盛，馥郁芬芳。养蜂业自古不衰，所产蜂蜜闻名于世。见弥尔顿的《复乐园》第4章。
② 贞德（1412—1431），一译冉·达克或圣女贞德。英法百年战争时期的法国民族英雄。曾率法军在奥尔良击败围城的英军，被称颂为"奥尔良姑娘"。后被俘，俘获者要她重新穿上男人服装。最后，英军将她交给教会法庭审判，以异端和女巫罪把她烧死在火刑柱上，当时只19岁。

的，他们就会为自己发明创造出浮夸的东西来。

有时候，我倒是但愿他的怀疑有一些事实根据。有几次，我都情愿拿我的右手去换取他说是我所拥有的珍藏，他由于自己性急烦躁的奇思怪想理该受到罪有应得的惩罚。我本来可以得意扬扬地使他相信，他寝食不安、怀疑不解的事令人惊奇地成为事实了。我本来可以兴高采烈地用学识的耀眼光辉来猛然照射他的视线，来对付并且混淆他的眼睛。哦！为什么正当我年轻能学的大好时光里，没有人承担使我聪明的任务呢，如果这样的话，我就可以通过一次辉煌的、突然的、非常人的显示——一次冷酷无情的、所向披靡的胜利——来永远粉碎保罗·卡尔·大卫·伊曼纽埃尔的嘲笑的神气了！

啊！我可没有这个本领呀。今天跟往常一样，他的引用语一点也不起作用。他不久就改变了主意。

"才智出众的妇女"是下一个主题。对于这一问题他很在行。一个"才智出众的妇女"似乎是一种 lusus naturæ①，一个不幸的偶发事件，一件天地万物之中既没有地位，也没有用处的东西，在作为妻子或者工作者的时候都不需要。在第一种职务里，漂亮是优先于才智的。他在心底里相信，可爱、文静和驯服的女性的平庸，才是男子汉的思想和感觉能为其疼痛的太阳穴找到可以休息的唯一的枕头。至于工作嘛，只要是男子的脑袋就能够工作得达到任何良好的实际效果了——嗯？

这一声"嗯？"是旨在从我这边引出反驳或者反对的提示。可是，我只不过说了一句：

"这与我无关；我对此不感兴趣，"马上又加了一句——"我可以走了吗，先生？他们已经打了铃，招呼用第二次'déjeuner'（即午餐）了。"

"那有什么关系？你不是饿了吧？"

---

① 拉丁语：天然的畸形。

"我的确饿了,"我说。"七点用早餐以后我没有吃过东西,要是这会儿打铃不去,要等到下午五点才吃晚餐呢。"

"嗨,他也处在同样的困境之中,不过,我可以同他分享。①"

他就把原来打算作为自己点心的奶油鸡蛋卷一分两半,给了我一半。说真的,他这人叫得凶,咬得轻,可是真正可怕的袭击还在后面呢。我一面吃着他的蛋卷,一面忍不住表达出心中秘藏的希望,即希望自己真能懂得他所指控我的一切。

"我是不是真诚地感到自己是个毫无知识的人呢?"他用一种变得柔和的声调问。

要是我温顺地给他一个无条件肯定的回答,我相信他会伸出手来,而我们就马上成为朋友,可是,我却回答说:

"不完全这样。先生,对于你所说我拥有的知识,我是无知的,但是有时候,而不是经常,我觉得我有自己的知识。"

"我这是什么意思?"他毫不客气地追问。

对于这个问题我一下子回答不出来,便换了一个话题来逃避。他此刻已经吃完了他那一半奶油鸡蛋卷,就像我确实没有满足我的食欲一样,他肯定要觉得那一点点东西不能满足他的胃口。我闻到了公共食堂里远远飘来的烤苹果的香味,随口问他是否也闻到了这股诱人的气味。他承认闻到了。我说,要是他让我从花园的门出去,允许我跑过庭院,我会给他端来满满一盘子;还添了一句说,我相信烤苹果味道极好,因为高膝的烤水果,或者不如说用文火煨炖水果,放一点儿香料、糖和一两杯白葡萄酒,手艺非常高明——我可以去吗?

"小美食家啊!"他微笑着说,"我没有忘记有一次我请你吃奶油馅饼,你是多么喜欢,而此时此刻,你很明白,去替我取苹果,也等于给你自己拿。那么,去吧,不过要快快回来啊!"

他终于凭我的宣誓才让我自由了。我心中的计划是遵守信

---

① 此句中"他"实为"我";"我"实为"你"。下同。

用，快去快回，把盘子放在门口，然后立即溜之大吉，让后果留到将来去解决。

他那敏锐得使人受不了的本能好像预感到我的计谋，他站在门槛上迎我，急忙把我带进房间，立刻使我安坐在原来的位子上。他从我手中接过那盘水果，把他自己要吃的部分分开，叫我吃我的那部分。我很不情愿地照办了；我想，大概由于我勉勉强强的态度，他给惹怒了，揭开了一座伪装的、危险的炮台。迄今为止，我只能把他所说的一切算作不过是声响和怒火而已，并没有什么实际意义；①眼下的攻击可就不同了。

这攻击便是他以前向我提出过的一个使我受不了的建议，那就是说，在下一次大学考试的日子里——尽管我是外国人——我应该保证参加到第一班学生的一年级中去，同她们在一起，不用文法书或者字典的帮助，按照任何旁观者可能口授的任何题目，即席写出一篇法文作文来。

我知道这样一次测验会产生什么效果。我是一个上天不肯赋予即席之才的人，在公共场合，我天生是个无用的人；即使在独自一人的时候，我的思维活动的时间也不是在正午的太阳底下进行的。我需要早晨的新鲜的宁静，或者晚上的寂寞的平安，来从创造的冲动之中赢得一个本人的存在的证明，一个本人的力量的证据。对我来说，这种冲动是最难对付的、最反复无常的、最使人发狂的一个支配者（在我面前他总是例外）——他是一位神明，有时候，在显然诸事如意的情况下，问他，他不答，求他，他不听，找他，他不见踪影，却站在那儿，冷冰冰、硬邦邦、完完全全像一块花岗石，正是一尊黑黢黢的巴力，②两瓣嘴唇是石雕的，两

---

① 语出莎士比亚剧本《麦克白斯》第5幕第5场："它是一个愚人所讲的故事，充满着喧哗和骚动，却找不到一点意义。"（据朱生豪译本）
② 巴力，古代中东许多民族崇奉的神祇。在闪族语中，原意为"主"，是司生生化育的众神之神，与司死亡和不育之神莫特（Mot）为死敌。见《圣经·旧约全书·列王纪上》第18章第17至40节有关于巴力的记载。

个眼球是茫茫然的，胸膛则像一座石墓的石头表面。另外，突然之间，如果有某种变化，某种声音，某种风的长时间的颤抖的啜泣，某种看不见的电流的一闪而过，这个毫无理性的恶魔便会主动醒来，会不可思议地活过来，动起来，像一尊被惊动的大衮①从它的基座上冲下来，号召它的皈依者不管在什么时间里都要去做牺牲——号召它的牺牲者不管在什么情况下、什么场景下都要献出一些鲜血或者一些生命来——它还唤起它的祭司，奸诈地发布许诺的预言，也许用天启神喻的怪异的哼哼声充满它的神殿，可是肯定把一半的意义归于与命运有关的风，而不愿给极其渴望着的听者，甚至可怜的一点残余都不给——只是非常吝啬地让出一点来，好像每一个字都曾经是它自己黑黑的血管里的一滴不死的灵液②。这个暴君我可要强使它就范，叫它在学校的讲台上，在一位贝克夫人的眼皮底下，在一位玛苔尔德和一位柯拉莉之间，为了一个拉巴色库尔的中产阶级市民的乐趣，为了他灵机一动，而去叫它即席演讲一个题目！

在这个问题上，保罗先生和我战斗过不止一次——是激烈的战斗：一方要求，另一方拒绝；一方非要不可，另一方坚拒顽敌，弄成一片混乱嘈杂的声音。

在这特殊的战斗日子里，我被责骂得好凶狠。"整个女性的顽固"似乎都集中在我的身上了。说我有一种"魔鬼般的骄傲"。说我害怕失败，没错！我失败与否有什么关系？我是什么人，竟然像我的上司一样不能失败吗？失败对我有好处。他要亲眼看见我一败涂地（我知道他要）；他停了一会儿，喘了一口气。

"我③现在会说了吧，变得听话了吧？"

"在这件事情上，我永远不会听话。法律本身也决不能强迫

---

① 大衮，古代非利士人的国神。其偶像上身为人形，头、臂俱全，下身缩成鱼尾状。见《圣经·旧约全书·士师记》第16章第23节有关大衮的记载。
② 灵液，希腊神话中传说在神的脉络中流动的液体。
③ 原文为I，实际上是you（你）的意思。下同。见前注。

我。我宁可罚款、坐牢,也不愿意呆呆地待在讲台上,按照别人的意思抛头露面地写给人家看。"

"能不能有较为温柔一些的动机影响我呢?我会为了友谊而让步吗?"

"一点也不,一丁点都不。天下没有任何友谊有权利强求这种让步。真正的友谊决不会这样折磨我。"

于是他猜想,脸上露出冷冷一笑——保罗先生能够冷笑得十分精彩,他撅起嘴唇,张开鼻孔,缩紧眼睑——他以为只有某种请求的方式我会聆听,而他则不是肯利用这种方式的人。

"从某个方面,在某个人的说服之下,我从这儿看见你,"他说,"热切地同意去作牺牲,还为了这一努力而热情地武装自己。"

"努力在一百五十个维莱特的'爸爸们和妈妈们'面前把自己弄成一个傻瓜,一个警钟,一个例子。"

说到这儿,我失去了耐心,重新喊叫我要得到解放——我要到室外去——我几乎热得发烧了。

"咄!"这个不容抗拒的人说,"这只是要想溜之大吉的借口罢了。火炉紧挨他的背后,他却不觉得热嘛;而我有他这个人作屏风,怎么会受不了呢?"

"我不明白他的体质。关于那些火蛇的博物学知识我一点都不懂。至于我呢,我是个感觉迟钝的岛民,坐在与我水火不相容的烘箱里。至少,能不能让我走到井边去,喝上一杯水呢——甜苹果使我口渴了呀。"

"仅仅为了这个的话,他会替我去当差的。"

他去拿水了。我后面有一扇只上了闩的门,我当然没有放弃机会。在他回来之前,他那被折磨得很可以的掠夺品已经逃之夭夭了。

第三十一章
树　仙

春意渐浓，天气突然变得暖和起来。气温的变化给我，也许同样给其他许多人，带来暂时的慵困无力的感觉。这时候，稍微用点力气，就觉得非常疲倦——一些不眠之夜带来的是无精打采的白天。

有一个星期天下午，我走了一英里半之遥，到新教①徒的教堂去做礼拜，回来时就感到全身瘫软、筋疲力尽。我便退避到我那间孤寂落寞的圣所②，即第一班教室里去，不胜欣慰地坐了下来，用书桌作为枕头，我搁上双臂，再搁上我的头。

有一会儿，我聆听着蜜蜂在绿廊里嗡嗡地哼着催眠曲，透过玻璃门和柔嫩的、稀稀拉拉的春天的簇叶，瞧着贝克夫人和一群快乐的朋友在这个开花的季节里，在淡妆浓抹的果园树枝的笼罩下，漫步在中央小径上，身上泛出的光彩就像山上的积雪在朝霞的映照下那样洁净，那样温暖。那些朋友是在当天早晨的弥撒以后，贝克夫人请来吃午饭的。

我记得，这一批客人当中，对我最具有吸引力的，是一个身影——那是一位年轻漂亮的姑娘的身影，她作为贝克夫人的客人，我曾经见到过，并且似乎听说，她是伊曼纽埃尔先生的"filleule"，或者说教女，而且听说，在教授和她的母亲，或者姑妈，或者她的其他什么女性亲戚之间——早就存在一种特殊的友谊。保罗先生不在今天这一批节日客人之内，不过，在这之前我曾经看见过这位年轻姑娘和他待在一起，而且，就远距离的观察所能作出的判断来看，我看出她似乎像一个被监护人跟一个放任

451

的、给予无拘无束的自由的保护人在一起那样,喜欢他的陪伴。我看见她向他跑过去,挽着他的胳臂,偎依着他。有一次,她这样做的时候,一种奇怪的感觉流过我的全身——一种不愉快的预感——我想是一系列有联系的预感之一——不过我拒绝去分析或者细细琢磨。我瞧着这位姑娘,她的名字是苏弗儿小姐,我的眼睛跟随着她那颜色鲜艳的绸长袍的闪光(她总是穿得很富丽,因为人家说她有钱),穿过花丛和娇嫩的绿宝玉石的一亮一亮的叶子,我的眼睛发花了——于是闭上了。我的疲乏,加上这暖洋洋的天气,以及蜜蜂嗡嗡哼和鸟儿唧唧叫的鸣唱声,这一切都催我入睡,终于睡着了。

我不知不觉睡了两个小时。在我醒来之前,太阳已经落到那些高高的房屋后面不见了踪影,那座花园和那个房间已经一片灰蒙蒙的。蜂儿已经回家了,花儿正在缩拢起来。那些客人也都不见了;每一条小径都空荡荡的。

醒来时,我感到舒服得多——不感到寒冷,按理说,在那样稳坐不动至少两个小时以后本来应该觉得寒冷的;我的面腮和双臂也不因压在这张坚硬的桌子上而麻木不仁。这并不奇怪。因为我的双臂不是搁在光光的木头上,我发现有一条厚披肩,细心地折起来,给我做了垫子,另外一条披肩(这两条都是从过道里挂这种东西的地方取下来的)则裹在我身上,很暖和。

这是谁做的好事啊?谁是我的好朋友啊?是哪一位教师呢?是哪一位学生吗?除了圣彼埃尔以外,没有人对我抱有敌意;可是,她们之中究竟是谁具有这样的艺术、这样的思想、这样的习惯,来如此温柔地加惠于人呢?她们之中究竟是谁有着这么十分

---

① 新教,基督教中的一派,与天主教、正教并称为基督教三大派别。这个派别不承认罗马主教的教皇地位,对罗马公教(即天主教)持抗议态度。又称"抗议宗"。我国常以"基督教"一词单指新教。
② 圣所,古代以色列人向上帝祭献的场所,设在圣殿内部,分内外两层。外层为一般圣所;内层为至圣所,与外界隔离。基督教教堂的最里面部分亦有此称。

悄无声息的脚步声、这么十分轻巧的手呢？否则的话，在我昼寝的时候，她走近我，或者碰到我，我一定会听见，或者感觉到的。

至于姑妮芙拉·樊萧呢，那个快快活活的年轻家伙一点儿也不文雅，如果她曾经与此事有关的话，那么肯定会把我从我的椅子上拖起来的。因此，我终于说："这是贝克夫人做的事；她刚才走了进来，看见我睡着了，怕我会着凉。她认为我是一架有用的机器，非常符合当初雇用它的目的，所以不要让我受到不必要的损害。"现在，我心想，"我要去散散步；晚上的空气很新鲜，气候也不怎么冷。"

因此我打开玻璃门，走到绿廊里去。

我走到我自己的那条小径上；要是天黑或者甚至是黄昏时刻，我就不敢冒险走到那儿去，因为我仍然没有忘记几个月以前在那个地方看见那个奇怪的幻象的经历（如果那是幻象的话）。可是一抹落日的余晖照亮了圣徒施洗约翰教堂的灰色的圆顶。花园里的小鸟也都还没有消失在密密的灌木丛中和浓浓的墙上常春藤里它们的窝里去。我来回踱步，心中所想跟那天晚上埋藏我的玻璃罐的时候几乎是同样的思想——在生活里，我该怎样取得一些进展，朝独立的地位再迈进一步；因为这一系列的想法，虽然近来没有多加琢磨，但是从来也没有被我完全放弃；每当有什么人避而不正眼瞧我，有什么人带着非善意的和非公正的神态变得阴沉下来，这时候，我的思路马上就转到那个方向；因此，渐渐地，我设想出一个不成熟的计划。

"待在这个讲究经济的维莱特城里，"我对自己这样说，"生活费用很省，这里的人们比我所了解的可爱而古老的英国那儿的人们更为明智——他们丝毫不在乎外表，不讲究排场——在这儿，没有人会因朴实和节约而有一点点感到丢脸，因为他认为那样是合适的。只要慎重地选择了地点，房租不需要高昂的。等我一旦积蓄了一千个法郎，我就租一个大间和两三个小一点的房间，大间里放几张板凳和课桌，一块黑板和一个给我自己用的讲台，那上面放一张椅子和一张桌子,以及海绵和一些白粉笔。开始的时候收走读生,这样一面工作,一面使自己的事业发展起来。贝克夫人的开头——就如我常常听到她所说的那样——也是从低起点出发的,而现在她达到了什么样的地位啦?这些房屋和这座花园都是她的,是她用自己的钱买的。她已经有了相当多的资产,可以安度晚年,同时有了一所兴旺发达的学校在她的指导之下,并且还将为她的孩子们提供一条平坦的道路。

"鼓起勇气,露西·斯诺!目前刻苦自励、勤俭节约,加上将来坚定不移地努力奋斗,人生的目标是决不会不实现的。不要冒昧地去抱怨这样一种目标太自私、太狭隘,缺少兴味。且安心为独立而勤奋工作吧,直到你通过赢得这一奖赏来证明你有权利向更高处仰望。可是,在这以后,生活对于我难道就没有更多的东西了吗?——没有真正的归宿——没有东西比我自己更贵重,并且会以其至高无上的珍贵来从我的身上吸引出更好的东西胜过我仅仅愿意为我自己所培养的那些,是吗?也没有什么东西能够使我心甘情愿在它的面前放下凡人的利己主义的全部重担,并且荣耀地承担起为了别人的生活和工作的较为崇高的职责,是吗?露西·斯诺,我想,你的人生轨道不会是圆满无缺的;对你来说,新月形相位①就必须满足了。完全不错。我看见一大群一大群和我同属人类的人身处不比你好的环境之中。我看见许许多多男人和更多的女人都是在自我克制和贫困艰难的条件下度过一生。我找不出理由来说明为什么我非要成为少数得天独厚的人不可。我相信希望和阳光的交融使得最坏的命运变得有甜味。我相信此生并不等于一切;它既不是开头,也不是结束。我一面相信,一面战惊②;一面信赖,一面流泪。"

所以这个问题算是解决了。我们应该时常勇敢地正视我们的

---

① 相位,天文学名词,指月球圆缺的某种形状。
② 语出《圣经·新约全书·雅各书》第2章第19节:"你信神只有一位,你信的不错。鬼魔也信,却是战惊。"

人生的账目，老老实实地结算清楚。要是一个人在算账的时候，把苦难算在幸福的一栏的名下，他就是一个对自己说谎的可怜的自我欺骗者。把苦恼叫做——苦恼，把绝望叫做——绝望；把这两者都用决心之笔写成粗黑的字体，那么你就会更好地在最后审判日[①]偿还你的债务。如果在你该写上"处分"的地方都写上"权利"；就看看你那非凡的债权人会不会让你的欺骗过关，或者会不会接受你那枚用来诈骗他的钱币吧。奉献给那个最强大的——如果他是上帝的天兵天将中最邪恶的天使——是水，而他要的却是血——难道他会接受吗？全部苍白的海中的水不能替代一滴血啊。

于是我清理了另外一笔账。

我在玛土撒拉[②]——花园里的那棵巨人和族长——面前停住脚步，我的前额靠在它多节的树干上，我的脚放在它的根部那块封住小坟茔的石头上。我回忆起埋在里面的情感的详细情节；我回忆起约翰医师，以及我对他的热情、对他的美德的信心、对他的优雅风度的欣赏。那种奇特的单方面的友好表示，那半是大理石，半是生命的东西，结果怎么样了呢？只不过一方面是真实的，而另一方面也许是个笑话吧？

这种情感已经死去了吗？我不知道，不过它已经被埋葬了。有时候，我感觉到这个坟茔不太平，奇怪地梦见泥土被人翻动过了，梦见一蓬仍然是金黄色的、有生命力的头发从棺材的裂缝里钻出来。

我是不是太性急了呢？我曾经这样问自己。这个问题，在一次短时间的偶然和约翰医师会谈之后，又痛苦而尖锐地发生出来。他看来仍然那么仁慈，手仍然那么温暖。叫起我的名字来，

---

① 最后审判日，基督教认为现世将有最后的终结，所有世人将接受上帝的审判，称为最后的审判，蒙拯救者得升天堂；受惩罚者判下地狱。这个日子叫做最后审判日。
② 玛土撒拉，此处指一棵古梨树，见第134页注①。

他的声音仍然那么讨人喜欢。我从来没有在他唤"露西"这两个字的时候那么喜欢这个名字。可是我及时明白,这种温和、这份亲切、这声好听的声音跟我毫不相干。这是他的一部分,是他的性情的蜜糖,是他的柔美温存的情绪的香油。他把它分给别人,就像成熟的果实带着香甜的滋味酬劳忙着掠夺的蜜蜂一样。他把它在他四周散发,就像芬芳的植物散发香气一样。难道油桃给蜜蜂或者小鸟吃花蜜是因为爱上了它们吗?难道多花蔷薇是对空气倾心迷恋吗?

"晚安,约翰;你真好,你真漂亮,然而你不是我的。晚安,上帝祝福你!"

我就这样结束了我的沉思。"晚安,"从我嘴里发出了声音。我听见自己说出这两个字,接着我竟然听见了回声——在相当近的地方。

"晚安,小姐,或者不如说,傍晚好——因为太阳还没有下山;我希望你睡得很好吧?"

我吃了一惊,不过只有片刻心神不宁。我熟悉这个声音和这位说话的人。

"睡嘛,先生!是什么时候?在什么地方?"

"亏你问得出是什么时候——在什么地方。你好像把日夜颠倒了,把桌子当枕头。是相当坚硬的住宿处吧?"

"我睡着以后,它就为我变得软绵绵的了,先生。那个出没于我的书桌的看不见的、送礼物来的东西记着我。不管我怎么样睡着,我一觉醒来,总是发现有枕头枕着,有衣物盖着。"

"那些披肩够使你暖和吗?"

"非常暖和。你要为此讨几声谢谢吗?"

"不。在你熟睡的时候,脸色显得苍白。你患了想家病了吗?"

"一个人必须有一个家才能患想家病,可是我没有家。"

"那么你就更需要有一个细心的朋友了。露西小姐,我简直不知道有任何人比你更绝对地需要一个朋友。你存在的那些缺点迫切需要一个朋友。你缺少那么多的核查、管理和控制。"

这一"控制"的想法从来没有离开过保罗先生的头脑，而就我的情况来说，最为习惯性的臣服都不能使他解除控制。不要紧；这有什么关系呢？我听他的，但并不勉强自己太顺从他；如果我未曾落下什么东西好让他"控制"的话，那么他的事业就已经完了。①

"你需要监视，以及监护，"他接着说，"我看出这一点，并且尽力负起这两重责任，对你很有好处。我监视着你和别的一些人，是相当严密、相当经常的，比你和他们所认为的更为贴近，更为经常。你可看见那扇亮着灯光的窗子？"

他指着那所专科学校的一幢寄宿舍的一扇格子窗。

"那是我租住的一间房间，"他说，"名义上是作为一间书房——实际上则是一个观察哨所。我坐在那里看书，一坐就是几个小时。这是我的习惯——我的爱好。我的书就是这座花园；它的内容就是人性——妇女的人性。我记住了你们所有的人。啊！我对你们了解得很——圣彼埃尔，那个巴黎人——以及那个能干的有魄力的女人，我的表亲贝克夫人本人。"

"这样做不对，先生。"

"怎么啦？这样做不对吗？根据谁的信条呢？难道是加尔文②或者路德③的教条谴责这样做吗？那跟我有什么相干？我可不是新教徒。我的父亲是富有的（因为，尽管我一直受穷，曾经一度在罗马的一间顶楼上挨饿挨了一年——饿得好惨，常常一天只吃一顿饭，有时候连一顿也没有——然而我是生于富裕之家的）——我的父亲是富有的，是个很好的天主教徒；他曾经请了一位神父，是

---

① 语出莎士比亚戏剧《奥瑟罗》第3幕第3场："永别了，奥瑟罗的事业已经完了。"
② 加尔文（1509—1564），欧洲宗教改革家，法国人，曾著书否认罗马教会的权威。加尔文派是基督教新教主要宗派之一。
③ 马丁·路德（1483—1546），欧洲宗教改革运动的发难者，德国人。路德派为基督教新教主要宗派之一。

一位耶稣会会士，做我的家庭教师。我至今都记住他的教诲；最高的上帝呀！这是怎样的发现，那些教诲对我竟然没有帮助！"

"在我看来，靠鬼鬼祟祟得来的发现是不光彩的发现。"

"清教徒！我不怀疑你这句话。你该看看我的耶稣会会士的方式是怎样的。你认得那个圣彼埃尔吗？"

"某些方面。"

他笑出声来。"你说得对——'某些方面'；而我可是彻头彻尾地了解她；这就不一样了。她在我面前扮演成亲切可爱的样子；向我伸出把利爪收拢的脚；拥抱我，用甜言蜜语奉承我。现在，我是很容易受一个女人的奉承的影响的——容易违背我的理智。我初次认识她的时候——尽管她一点都不好看——可是年轻，或者说知道怎样使自己显得年轻。像她所有的女同胞那样，她很会打扮——她有一种冷静的、无拘无束的社交自信心，这使我能够避免受窘迫的痛苦。"

"先生，那肯定没有必要。我这辈子从来没有见过你受窘。"

"小姐，你太不了解我了；我能够像一个小小的寄宿生那样受窘呢；我的性格里有的是谦卑和缺乏自信的感觉。"

"先生，我可从来没有见到过呀。"

"小姐，就在那儿。你应该见到过。"

"先生，我曾经观察过你在公共场合的样子——在讲台上，在论坛上，在贵族面前，在国王和王后面前——你就像在三班一样泰然自若。"

"小姐，不论贵族还是国王和王后都不能引起我的谦卑；我在公共场所真是如鱼得水。我很喜欢大庭广众的公开性，在这种地方我十分自由地呼吸。不过——不过——简单地说，在这一时刻，是感情起了作用；可是我不屑于被它击败。小姐，如果我是个打算结婚的人（我却不是；你可能因此而考虑嘲笑我，请你不必费这个精力吧），并且觉得需要问一位小姐，她是否能把我看作未来的丈夫，那样就能证明我是我所说的那样——谦卑。"

现在我完全相信他；在相信中，我用诚恳的尊敬来尊重他，这种尊敬却使我心痛。

"至于那个圣彼埃尔，"他恢复了原来的神态，接着说，因为他刚才的声音有点两样，"她曾经有意要做伊曼纽埃尔夫人。要不是那边亮着灯光的格子窗，我真不知道自己会被带到哪儿去了。啊，魔术般的格子窗啊！你带来了怎样的奇迹般的发现啊！一点不错，"他继续说，"我看到了她的积怨，她的虚荣，她的轻浮——不但在这儿，而且在其他的地方。我亲眼看见的事物可以使我防御她所有的诡计，我已经没有落入可怜的翟丽·圣彼埃尔之手的危险了。"

"至于我的那些学生，"他不久又开始说，"那些金发姑娘们——那么柔和温顺的——我却看到了最矜持的姑娘像男孩子那样欢蹦乱跳；最娴静的姑娘把葡萄从墙上拽下来，把梨子从树上摇下来。这位英语教师来的时候，我也看见她，注意到她很早就对那条花园小径有兴趣，观察到她喜欢独处，早在她和我成为泛泛之交以前，我就已经长期地、仔细地监视她了。你可记得，我们还很陌生的时候，我有一次曾经默不作声地前来献给你一小束白色的紫罗兰？"

"我记得。我把紫罗兰花晒干了，保存起来，直到现在还在那儿呢。"

"我当时很高兴，因为你马上安静地接了过去，一点都没有假正经的样子——我向来怕引起这种情绪。这种样子在眼睛或者姿态上显露出来的时候，我简直深恶痛绝。回到原话上来吧。不仅仅是我在监视你，而且常常——特别在黄昏时分——有另外一位守护天使也无声无息地在附近徘徊。夜复一夜，我的表姐贝克从那儿的台阶上偷偷地走下来，在你见不到她的时候，飘然滑行，跟随着你的行动。"

"可是，先生，你不能在晚上，从那么远的窗户，看到这座花园里发生的事情吧？"

"在月光下,用望远镜,我有可能看到——我用一只望远镜——不过花园对我是开放的。在花园尽头的那所小棚屋里有一扇门,通到一个庭院里,那儿和那所专科学校相通。我有那扇门的钥匙,所以能随意进出。今天下午我就是穿过那扇门走来,发现你在教室里睡着了;今儿晚上,我又一次利用了那个入口。"

我不得不说:"假如你是个诡计多端的坏人,这一切会是多么可怕啊!"

对于问题的这种看法似乎不能左右他的注意。他点燃一支雪茄,倚靠着一棵树,吐着烟,用他在情绪平静时所特有的冷静和感到饶有兴趣的神情瞧着我,这时候,我觉得正该继续向他作一番说教。他常常整个小时不停地教训我——我看不出自己为什么就不能把我的看法坦率地说一次。因此,我便对他说了我对他的耶稣会会士的方式的印象。

"你为它给你带来的知识所花的代价太大了,先生;这样鬼鬼祟祟地来来去去有损你的尊严。"

"我的尊严!"他笑着喊道;"你什么时候见过我为自己的尊严伤脑筋?你,露西小姐,才是'配得上的'。在你的高尚的岛国性格面前,我曾经多么频繁地乐意践踏你所喜欢称之为我的尊严的东西。我把它撕得粉碎,让它在风中播散,我在这疯狂的魂不守舍的状态中的时候,你却那么傲慢地瞧着。我知道你觉得我那样子是像一个伦敦的第三流演员的胡言乱语。"

"先生,我告诉你,你从那扇格子窗往外瞧的每一眼,对于你自己的性格中好的一面来说,都是一种错误的行为。如此研究人的内心,等于是偷偷摸摸地和亵渎神圣地大吃夏娃的苹果一样。①我但愿你是个新教徒才好呢。"

他对于我的愿望不感兴趣,只是继续吸着烟。有一段时间,

---

① 夏娃,据《圣经·旧约全书·创世记》载,亚当和夏娃是人类始祖。夏娃在乐园中受蛇的引诱而偷吃了上帝禁止采食的果子,并给亚当吃,两人便有了智慧。这里借指用违禁的手段去侦知别人的情况。

他微笑不语，若有所思，然后他相当突然地说：

"我还看见了其他一些事情。"

"一些什么事情呢？"

他把嘴里的雪茄烟拿开，把烟灰扔到灌木丛里，昏暗的夜色中，烟灰的余烬还在那儿亮了片刻。

"瞧那个东西，"他说，"那颗火星不正像是监视着你和我的眼睛吗？"

他沿着步道蹓跶了一段路；一会儿又走了回来，继续说道：

"露西小姐，我曾经看到一些对我来说是无法解释的事情，而为了得到一个答案，这就使我整夜监视着，可是我至今尚未找到解答。"

他的声调很特别；我的血管都震颤起来；他瞧见我正在抖抖索索。

"你害怕了吗？到底是害怕我的言语，还是害怕那个刚刚自己眨了几下便熄灭掉的疑神疑鬼的红眼睛呢？"

"我觉得冷；夜晚已经很黑、很迟了，空气也变了；该是进屋去的时候了。"

"现在八点钟才过一点，不过你可以很快就进屋去。只要你回答我这个问题。"

可是他停了一会儿才提出来。花园里确实变得黑沉沉的；阴云带来了阴暗，雨点开始穿过树枝滴滴答答地淋下来。我希望他会感觉到这雨点，可是，此时此刻，他好像那样全神贯注、已经感觉不到天气的变化了。

"小姐，你们新教徒可相信超自然现象呢！"

"在新教徒之间，就像在其他教派的信徒们之间一样，对于这个问题存在不同的理论和信仰，"我回答说。"先生，你为什么问这样一个问题？"

"你为什么畏畏缩缩的，而且有气无力地说话呢？难道你迷信什么吗？"

"我天生是神经质的。我不喜欢讨论这样的话题。我尤其不喜欢它,因为——"

"你相信?"

"不是。不过我曾经碰巧亲身感受到一些印象——"

"是自从你来这儿以后吗?"

"是的;在不多几个月以前。"

"是在这儿吗?——在这所房屋里吗?"

"对。"

"好哇!我听到这话很高兴。不知怎么回事,在你告诉我以前,我就知道了这一点。我意识到在你与我之间有精神感应。你是有耐心的,我则是性情急躁;你是安静而苍白的,我则是晒黑的脸,火暴的心;你是个严格的新教徒,我则是属于一般信徒的耶稣会士。可是我们很相像——在我们之间有一种姻亲关系。小姐,你照镜子的时候,看到这一点了吗?你可曾注意到,你的前额的形状和我的一样——你的眼睛的样子也像我的眼睛?你可听出来,你的声音里有一些我的声调?你可知道,你有很多我的外表?我察觉到这一切,相信你是在我的星宿下诞生的[①]?不错,你是在我的星宿下诞生的!颤抖吧!因为凡是涉及世人的事情,他们的命运的线索是难解难分的;这里发生的结和牵挂的问题——突然地断线则使那张网络受到损害。不过,说到这些'印象',就像你带着英国人的小心谨慎所说的,我也有过我的'印象'。"

"先生,把你的印象告诉我吧。"

"我再愿意不过了,我正要这样做。你已经知道关于这幢房屋和这座花园的传说了吧?"

"我知道。是的。他们说,几百年前,有一位修女就在这棵树下,在我们现在脚踩的地底下,被人活埋了。"

"还说有一位修女的幽灵过去经常在这儿出没。"

[①] 西方古代星相家认为,星宿影响人的生活和命运。这里说两人命运相似。

"先生，要是它现在仍然在这儿出没会怎么样呢？"

"是有什么东西还在这儿出没；有个人影常常在夜里到这幢房子里来，它跟光天化日之下显露出来的任何形象都不一样。我无可置疑地不止一次地看见过一个什么东西。对我来说，它的修女的丧服是个奇观，对于任何其他活着的东西来说，再也没有比这身丧服更能说明问题的了。那是一位修女！"

"先生，我也见到过它。"

"我预料到这一点。不管这位修女是血肉之躯，或者是血已干、肉已腐的什么残骸，她大概跟你有事，就像跟我有事一样。嗯，我打算把这件事弄清楚；到目前为止，它一直使我迷惑不解，不过，我打算把这件神秘的事情弄个水落石出。我打算——"

他没有说出他打算干什么，却突然抬起头来。我在这同一瞬间做了同样的动作。我们两人都对一个焦点望去——那棵大树，它遮蔽了宽大的绿廊，它的一些粗枝横架在第一班级的屋顶上。刚才正是从那一隅传来了奇怪的、无以名状的声音，就好像那棵树的枝干自动地摇晃起来，使它的簌叶的重量冲撞和打击着那根粗大的主干。是的，当时几乎一丝风都没有，但是那棵笨重的树却震撼不已，同时，那些羽毛般轻软的灌木则纹丝不动。有几分钟时间，在树林和簌叶之中继续响着一阵撕裂什么和抬起什么的声音。尽管天黑了，在我看来，好像有什么比夜的暗影或者树枝的暗影更实在的东西，黑魆魆的，透过树干钻了出来。最后那种挣扎停止了。继这种阵痛之后生下什么东西来了呢？这生产的痛苦中诞生了什么树仙了呢？我们目不转睛地注视着。屋子里却突然响起了铃声——是祷告的铃声。霎时间从绿廊里冒出了一个幽灵，全身黑白相间，进入我们这花园小径里来。带着一种怒气，匆忙走来——近了，很近地在我们的面前经过——迅速地掠过的就是那位修女本人。我从来没有如此清晰地看见她。她个子显得很高，姿态则很凶猛。她走过去的时候，风呜咽地吹起来，冷雨狂暴地倾泻下来，整个黑夜似乎都感受到她的到来。

第三十二章
第一封信

波琳娜·玛丽在哪儿呢？现在到了该问一声的时候了。我和克莱西公馆的交往又有什么进展呢？那交往由于他们的离开而中断了一个时期。巴桑皮尔先生和小姐外出旅行去了，他们把几个星期分别用在法国各省和首都。他们刚回来不久，就碰巧有人告知我这个消息。

一个温和的下午，我在寂静的林荫大道上散步，慢慢地闲逛，享受着暖洋洋的四月温暖的太阳，以及一些并非不愉快的想法。就在这时候，我看到前面有一群骑马的人，他们停在宽阔、平坦、路边种着菩提树的小径的中央，仿佛刚刚相遇，彼此寒暄。他们一边是一位中年绅士和一位年轻小姐，另一边是一位漂亮的青年男子。小姐的风度十分优雅，骑马的全副装备都很考究，整个模样既文质彬彬，又雍容华贵。我瞧着他们的时候，老是觉得面熟，再走近一点看去，他们每一个人我都完全熟悉。原来是霍姆·德·巴桑皮尔伯爵、他的女儿和格雷厄姆·布列顿医师。

格雷厄姆的脸是多么神采奕奕！脸上所表现的欢乐是多么真实、多么热烈、然而又是畏畏缩缩！这就是当时的事态。这一细节的组合状况，在吸引约翰医师的同时又束缚着他，在征服约翰医师的同时，又刺激着他。他所艳羡的珍珠本身是价值连城的，是纯而又纯一无瑕疵的，可是，他不是那种在欣赏宝石的时候能够忘记镶嵌宝石的框子的人。要是他看到波琳娜同样是如此年轻貌美，文雅大方，然而却是茕茕孑立、无人护卫，而且穿着朴素，是一个靠别人生活的人，一个女工，一个小女店员，那么他会觉得她是个可爱的小人儿,并且会爱慕地注视她的举止和风度,可是必须有比这些更多的东西才能征服他,才能够像现在这样把他顺服地置于支配之下,同时无损于、甚至有益于他那大丈夫的荣誉——人们看得出他是被征服的。在约翰医师周围的是世界上各色各样的人;单单满足他自己还不够;还需要社会的认可——必须世人都赞美他的所作所为,否则他就会认为自己的做法是错误的或者是无益的。在他的女征服者的身上,他要求所有已具备的优点都让世人看见——比如有高度教养的特征;细心和可靠的保护人的心血,"时下名流"所颁布的、"财富"所能买到的、以及"鉴赏口味"所调准了的那些附加物。在他的心灵屈服以前,是坚持以这些为条件的;在这儿,这些条件得到了最大限度的满足;因此他现在既感到自豪,又充满热情,然而同时也觉得害怕,于是他把波琳娜当作他的君主来尊敬。至于她,与其说那是她意识到了自己的力量,还不如说那是她的感情的微笑,脉脉蕴含在她的美目里。

他们道别了。他飞快地从我身旁驰过,几乎没有感觉到他所飞掠而过的土地,也看不见两旁的任何东西。他看上去非常英俊,那种气概和意志已经在他的心里被充分地激发起来了。

"爸爸,露西在那儿!"一个动听的、友好的声音在响。"露西,亲爱的露西——快些过来呀!"

我赶忙走到她面前。她把面纱向后面一撩,从马鞍上弯下腰来吻我。

"我原来打算明天去看你,"她说。"不过,如今请你明天来看我吧。"

她说定时间,我答应依从她的话。

第二天晚上,我便和她待在一起了——她和我两人关在她自己的房间里。记得那次他们拿她和姞妮芙拉·樊箫的条件互相对比,而她明显地占有优势,自此以后,我就一直没有再看见她。她在这期间出外旅行,现在正有很多见闻要告诉我。在促膝谈心的对话之中,她是个精力最旺盛、口才最敏捷的演说者,一个语言最生动的叙述者。然而听着她那一种朴实无华的措词以及清晰柔和的声音,决不会觉得她说得太快,或者太多。我想我的注意力不会马上减退,然而,不久之后,她自己却好像需要换个话题,忽然草草收场,不再讲下去了。可是她为什么简略地终止一个故事梗概的原因,却没有立刻显露出来。随之而来的是沉默——令人烦躁不安的沉默,不无神不守舍的征兆。然后,她转过头来,用一种缺乏自信的、半带恳求的声音对我说:

"露西——"

"嗯,我正在听着哪。"

"我的表姐姞妮芙拉还在贝克夫人的学校里吗?"

"你的表姐还在那儿。你一定非常想看见她吧。"

"不——不很想。"

"你要再邀请她来度过一个夜晚吗?"

"不……我猜想她还是在谈论要结婚的事吧?"

"不是跟你所喜欢的任何人结婚。"

"不过她当然仍在想念布列顿医师啰?在这一点上,她不会改变主意的,因为两个月之前,事情已经是那么确定了的。"

"啊,你知道,那不要紧。你早就看出他们之间是什么关系了。"

"当然啦,那天晚上确实有点小误会。她现在看来还不高兴吗?"

"她不会这样。换一个话题吧。在你们离开以后那段时间里,就从来没有看到格雷厄姆,听到关于他的事,或者从他那儿得到什么消息吗?"

"有一两次爸爸收到他的信,我想是有关事务方面的。我们离开期间,他接手管理一些需要照料的事情。布列顿医师好像很尊重爸爸,乐意为他效劳。"

"对,昨天你在林荫大道上遇到他;你可以从他的外表来判断,他的朋友们不需要为他的健康过分担心吧?"

"爸爸好像跟你有同样的想法。我禁不住要笑。你知道,他的观察力并不特别敏锐,因为他常常在想别人的一些事情,忽视那些打他眼前经过的事情。不过,在布列顿医师骑马离开的时候,他说:'真的,看到那个孩子有如此的精神和体力,真叫人高兴。'他管布列顿医师叫孩子;我相信他几乎认为他真是个孩子,就像他认为我是个小姑娘一样。他当时不是在对我说话,而是随便地对自己说出来的。露西……"

她又用那种恳求的口音说话,而与此同时,离开了她的椅子坐到我脚边的小凳子上来。

我喜欢她。在这本书的写作过程中,我并不常常对我所认识的人发表这样的声明,请读者容忍这一次。密切的交往,仔细的观察,只能发现波琳娜的文雅、聪明和诚恳,因此我对她深怀敬意。一种比较肤浅的爱慕可能会感情比较外露;而我的爱慕是平静无波的。

"你要露西做什么事呢?"我问,"勇敢地说出来吧。"

可是她的眼色缺乏勇气,一碰上我的视线,她就低下了眼睛,腮帮子上显得不冷静——并不是一瞬间泛起一阵红晕,而是内心的激动集聚起来,把它的颜色和温度涌上了她的脸。

"露西,我真想知道你对布列顿医师的看法。请你务必把你对他的声誉——他的性情的真正的看法告诉我。"

"他的声誉很高,理所当然是高的。"

"还有他的性情呢?告诉我他的性情怎么样,"她催促说;"你对他很了解。"

"我对他相当了解。"

"你还知道他家庭方面的情况。你曾经看见他跟他的母亲在一起;谈谈他作为一个儿子的情况吧。"

"他是个好心肠的儿子;是他母亲的安慰和希望,是他母亲的骄傲和喜悦。"

她用两只手夹着我的一只手,我每说一个赞美的字眼,她就把我的手轻轻抚摸一下。

"他还好在哪些方面呢,露西?"

"布列顿医师是慈善为怀的——他对所有的人都一视同仁。布列顿医师连对最低微粗野的人,或者最坏的罪犯都心地宽厚。"

"我听见有些绅士,我父亲的朋友们谈到他的时候,也这样说他。他们说医院里许多可怜的病人,在那些无情而自私的外科医师面前胆战心惊,却欢迎他。"

"他们很对;我亲眼见到同样的情况。有一次,他带我参观一所医院,我看见他是怎样被人接待的。你的父亲的朋友们说得对。"

她把眼睛抬起一会儿,最温柔的感激之情使那双眼睛熠熠生辉。她还有更多的话要说,不过似乎对于这样的时间和地点感到犹豫不决。黄昏开始笼罩一切,她的起居室里的炉火已经与红彤彤的暮色一起发出红色的光亮。不过我认为她希望这房间更昏暗一些,时间更晚一些。

"我们感觉到这里是多么安静和隐蔽呀,"我说,为了使她放心。

"是吗?对,这是个寂静的夜晚,我不会被叫下去喝茶;爸爸要出去吃晚饭。"

她仍然握着我的手,无意识地玩弄我的手指,一会儿把她自己的戒指戴到我的手指上,一会儿又把她那美丽的头发绕我的手指。她用我的手掌在自己发热的面颊上轻轻拍着,最后她清了清嗓子,用百灵鸟一样流转自然、柔和清脆的声音说——"你一定认为我很奇怪,竟然谈起这么多关于布列顿医师的事情,提出这么多问题来,有这么浓厚的兴趣,可是——"

"一点儿也不奇怪;完完全全自然;你喜欢他嘛。"

"假定我喜欢他,"她说得有点快,"那便是我为什么要谈他的理由吗?我想你觉得我懦弱,像我的表姐姑妮芙拉一样吧?"

"要是我觉得你有一丁点儿像婼妮芙拉小姐的话，我就不会坐在这儿，等待你传给我信息了，我会站起身来，自由自在地在房间里走动，抢先用毫不客气的一顿训话来对待你必然要说的一切。你讲下去吧。"

"我是要讲下去，"她回嘴说，"你以为我打算做别的什么事情吗？"她——这位布列顿镇的小波莱——看起来以及说起话来都是爱使性子、感觉灵敏。"假定，"她加重语气说，"假定我喜欢约翰医师，喜欢到可以因此去死的地步，单单这样并不能放任我变成哑巴以外的东西——而要像坟墓那样哑然无声——像你露西·斯诺那样哑然无声——你明白这一点——你明白如果我控制不了自己，并且哭鼻子诉说完全是一厢情愿的站不住脚的单相思，你就会看不起我。"

"的确如此，对那些妇女或者姑娘，她们喋喋不休，不是夸耀胜利，就是悲叹感情上的创伤，我很少敬意。不过，对于你呐，波琳娜，说吧，因为我诚心诚意地愿意听。把所有一说便能使你愉快或者如释重负的话都告诉我吧：我只要求这一点。"

"你喜欢我吗，露西？"

"喜欢，我喜欢你，波琳娜。"

"我爱你。我还是个讨厌的、不听话的小姑娘的时候，就同你在一起了，我感到一种奇怪的满足。那时候我把顽皮和怪念头一股脑儿都加到你身上，使我高兴极了。现在你是很合我心意的，我喜欢跟你谈谈，并且信任你。因此，听吧，露西。"

于是，她使自己安顿下来，倚靠着我的胳臂——轻轻地倚靠着，而不像那位坦率的樊箫小姐那样把疲倦的身体自顾自地压着我。

"几分钟之前，你问我在我们外出期间，我们有没有收到格雷厄姆的信，我说收到他两封给爸爸的有关业务的信。这是确实的，不过我没有把全部情况都告诉你。"

"你避开不谈了吗？"

"你知道,我是含含糊糊、躲躲闪闪地说的。可是,我现在要说明真实情况了。天色变得更黑,可以敞开胸怀来谈。爸爸常常让我去打开信袋,把里面的信件拿给他。大约三个星期以前的一天早上,你不知道我是多么惊奇地发现,在给德·巴桑皮尔先生的一打信件之中,有一封是写给德·巴桑皮尔小姐的。在其他所有信件中间我一眼就看出来了,上面的字迹可不是陌生的,它即刻吸引了我的注意。我原打算说:'爸爸,这儿有布列顿医师另外一封来信',可是'小姐'两个字打动了我,使我沉默下来。实际上,我过去从来没有收到一封绅士写来的信。我是不是该拿去给爸爸看,让他打开来先看看呢?我说什么也不能那样做,露西。我非常知道爸爸对我的看法:他忘记了我的年龄,觉得我只不过是个女学生,没有意识到人家看到我已经长大,身高已经到了我该有的限度了。因此,带着一种奇怪的混合的感情,一方面是自我责备,一方面是无法描述的那么惶惶不安和强烈坚定,我给了爸爸他的十二封信——他所拥有的羊群——而留下了我自己的那封,那是我的小母羊羔。①在吃早餐那段时间里,它躺在我的膝头上,用一种无法说明的意义仰面对我望着,使我感到自己是一种双重存在的事物——对亲爱的爸爸来说,我是个孩子,但是对我自己来说则不再是个孩子了。早餐以后,我把信带到楼上去,把钥匙一转,锁上了房门,自己感到安全了,才开始仔细研究我的珍宝的外层;我看着信封上的姓名住址,拆着封蜡,要花好几分钟才能处理完毕。正如打围攻仗者所说的那样,人们不是用速战速决的猛攻办法来占领这类坚固据点的——人们先要有会儿功夫安营扎寨才去围攻它。露西,格雷厄姆的手迹就像他本人,他的封蜡也是这样——完全是清清楚楚、遒劲有力、圆润丰满

---

① 典出《圣经·旧约全书·撒母耳记下》第 12 章第 1 至 4 节:"在一座城里有两个人,一个是富户,一个是穷人。富户有许多牛群羊群,穷人除了所买来养活的一只小母羊羔之外,别无所有。……有一客人来到这富户家里,富户舍不得从自己的牛群羊群中取一只预备给客人吃,却取了那穷人的羊羔,预备给客人吃。"

的——封蜡也不是邋邋遢遢的一摊——而是完整、实在、牢固的一滴——加上很清晰的压印。字写得没有尖硬的转角叫你的视神经刺激难受,而是干干净净、圆熟浑成、赏心悦目,使你看的时候觉得很舒服。这就像他的脸——就像他的五官,轮廓那么清晰。你熟悉他亲笔写的字吗?"

"我看见过,说下去呀!"

"那个封蜡太美了,我舍不得把它弄碎,因此用剪刀沿着四周剪了下来。在我终于打算看那信的当口,我又一次自动退缩了。把这酒一饮而尽尚非其时——杯子里泛起的气泡是多美呀——我还要再瞧一分钟。这时候,我忽然想起来,那天早晨我没有做祷告。我听见爸爸比平常早一些下楼去吃早饭,怕他等我,于是刚梳洗完毕就匆匆忙忙赶到他那儿去,心想把祈祷推迟到以后再做也无妨。有的人会说我应该先侍奉上帝,再侍奉人;不过,我觉得上天不会因为我为爸爸做什么事而妒忌的。我相信我是迷信的。这时候,好像有一个声音在说,孝顺之心以外,还有另一种感觉尚待考虑——它催促我,在我胆敢去看我那么渴望去看的东西之前,先去做祷告——要自我克制一会儿,首先记住一项重大的功课。自从我能记事起,我就有着这种感情冲动。我放下信来,做了祷告,在祷告词的末尾还加了一句,衷心恳求,不论发生什么事,我都不会受到引诱,或者结果导致爸爸受到任何痛苦,并且永远不会因为关心别人而忽视了他。一想到有这种可能性,我的心就针刺般疼痛,我不禁哭了起来。不过,露西,我觉得到时候应该让爸爸知道真相,设法、并且劝说,使他顺应事理。

"我看了那封信。露西,据说生活中充满失望。我可不失望。在看那封信之前,在我看那封信的当时,我的心不止是怦怦跳动——它简直是快速地抖着——每一下震颤就像一头口渴的野兽匍匐在一处泉水边喝水时那样气喘心跳。事实说明泉水是满满的,清澈见底,凭它本身的喷涌力慷慨地升上来。露西,我透过喷涌而出的水看见了阳光,在这经过再三过滤的金黄色的汩汩泉流之中没有一点尘埃,也没有青苔,没有虫豸,没有微粒。"

"生活,"她接着说,"据说对某些人是充满痛苦的。我曾经读过一些传记,书里面的旅途跋涉者好像是从一个苦难走向另一个苦难,而'希望'却在他面前迅速飞掉,从来都不那么近地降落下来,或者那么久地徘徊不去,好让他能够有机会实现一次用手抓住'希望'。我曾经读到书上记载那些人流着眼泪播种,而他们的收获却远远不是在欢乐中刈割的,①而是被来得太早的寒冷天气摧毁殆尽了,或者被突然刮起来的旋风卷走了。唉!他们有些人谷仓里空空的来迎接冬天,在一年之中最黑暗、最寒冷的时候,因极端贫困而死去。"

"波琳娜,你所说的这样地死去的人们,是不是由于他们自己的过错呢?"

"并不总是他们的过错。有些是真正努力的人。我并不努力,也不主动地成为优秀,可是上帝却让我成长在阳光下,适当的湿度中,同时受到亲爱的父亲的安全的保护、庇佑、培育和教养。可是现在——现在——来了另外一个人。格雷厄姆爱我。"

在这个高潮上,咱们俩都停顿了几分钟。

"你的父亲知道吗?"我压低声音问道。

"格雷厄姆十分恭敬地谈到爸爸,不过暗示说他目前还不敢接近那个方面;他首先必须证明他的价值。他又说,关于这件事情,在敢于冒险采取别的步骤之前,他必须先对我本人以及我的感情有所了解。"

"你是怎么回答的呢?"

"我作了简单的答复,可是并没有回绝他。不过,我差不多全身颤抖,只怕自己的回答太亲热了:格雷厄姆的品味要求是十分讲究的。我写了三遍——每次重写,都把字句反复推敲,降低调子;最后,直到在我看来已经把它炮制成像是一小块加过真正

---

① 语出《圣经·旧约全书·诗篇》第126篇第5节:"流泪撒种的,必欢呼收割。"

一点点水果和蔗糖味道的冰,我才敢把它封上蜡,寄了出去。"

"妙极了,波琳娜!你的直觉了不起;你真了解布列顿医师。"

"可是我怎样应付爸爸才行呢?在这方面我至今还是感到痛苦。"

"完全不必应付。现在且等着吧。只不过在你的父亲知道一切情况、并且给予认可之前,不要再通信联系。"

"他会赞成吗?"

"时间会说明的。等着吧。"

"布列顿医师又曾写来过一封信,对我冷静而简洁的短信表示深深的感谢。可是我在你的劝告之前就已经回信了,说尽管我的感情依然如旧,我却不能在父亲还不知道的情况下再给他写信。"

"你做了你该做的事;布列顿医师会感到这一点;这会增加他因你引起的自豪感,以及对你倾注的爱意,如果这两者还有可能增加的话。波琳娜,你那四周环绕如此纯洁和美丽的火焰的色彩柔和的白霜,是性格方面金钱所买不到的特权。"

"你看出我感觉到格雷厄姆的性情了,"她说。"我感觉到对他来说,无论怎么样的审慎周到都不会是过于细腻的。"

"你了解他,这一点已经完全得到了证明,那么——不管布列顿医师的性情怎样,如果他这个人期待有更进一步的接触——你仍然要诚实地、坦率地、温柔地对待你的父亲。"

"露西,我相信我将永远这样对待他。哦,要是把爸爸从他的美梦中唤醒,告诉他我不再是个小姑娘,那将是痛苦的事情啊!"

"别急于这样做,波琳娜。让时间和你的慈祥的命运来揭露此事吧。我也注意到命运对你的温柔的眷顾,不要怀疑,它会仁慈地安排好种种情况,并恰到好处地定出时间。是的,我曾经仔细思考过你的一生,就像你自己曾经仔细思考过一样,我曾经作过像你所提到的那些比较。我们不知道将来,可是过去是吉祥如意的。

"你小的时候，我很替你担心：没有什么有生命的东西比你幼年时期的性格更敏感的了：要是处于恶劣的或者受疏忽的情况下，无论你的外在的或者内在的本质都不会成熟到像你现在这样子。很多的痛苦，很多的恐惧，很多的斗争会搅扰你的面貌上的纹路，打破它们的规律，会折磨你的神经，使你经常处于极度烦躁之中。你会失去健康和欢乐，文雅和温柔。然而上天保护和培养了你，不仅是为了你自己的缘故，而且我相信也是为了格雷厄姆的缘故。他的星宿也是幸运的；他性格的最好的方面得到了充分的发展，正需要像你这样一位伴侣：你们是天生的一对。你们必须结合起来。我头一天在台地别墅看见你们俩在一起的时候，我就知道了这一点。关于你和格雷厄姆互相之间的事情，据我看来完全只是许诺、计划、协调一致。我不认为两人当中任何一方的阳光灿烂的青春会结果证明那是狂风暴雨的年代的前奏。我认为你们能够和平幸福地生活是件好事——不是像天使那样，而是像凡人之中极少数幸福的人那样。有些人是这样受到祝福的，这是上帝的旨意：这是伊甸乐园的证实的痕迹和延续下来的见证。其他的人们从一开始就走上了另一条道路。其他的旅行者们遇上的天气是反复无常的、大风阵阵的、雨骤风狂的、变化多端的——他们迎着逆风，被天很早就黑下来的冬夜笼罩，还在赶夜路。若不是上帝许可，这也是不可能发生的；我知道，上帝在他的无穷无尽的工作之中的什么地方，存放着这一最后的命运审判的秘密。我知道，上帝的宝藏里包含着证明许诺这一审判的仁慈的证据。"

第三十三章
保罗先生遵守诺言

5月1日,我们全体——也就是二十位寄宿生和四位教师——接到通知,要在早晨五点钟起床,穿戴停当,六点钟完全准备好,以便让伊曼纽埃尔教授先生率领我们从维莱特出发去郊外,因为他提出过要在这一天履行他的诺言,带我们在乡村用早餐。读者也许会记得,这个短途旅行计划第一次提出来的时候我并没有享受接受邀请的荣幸——倒不如说是相反。可是当我现在提起这一事实并且希望弄明白到底是怎么一回事的时候,我的耳朵被人扯了一下,我便不敢制造更多的困难来引起耳朵再被人扯一次了。

"我劝你不要让人一请再请,"伊曼纽埃尔先生说,他威严地威胁着我的另一只耳朵。那一句拿破仑式的恭维[①]已经够意思了,因此我决定参加这次聚会。

那天早晨像夏天一样晴朗无风,鸟儿在花园里歌唱,薄薄的露水形成的雾气说明天气要变热。我们大家都说会暖和起来,大家都把厚衣服折起来放在一边,穿上适合在阳光烂漫的季节穿的服装,感到很高兴。干净的崭新的印花连衣裙和轻便草帽就像唯有法国的女工能够缝制和装饰的,为的是把彻底的不装模作样同完完全全的恰如其分结合起来,乃是这个场合人们当然会穿的服装。没有人穿了褪色的丝绸的衣服来招摇;也没有人穿了二手货的最漂亮的衣服。

六点钟,铃声令人愉快地响了,我们蜂拥着跑下楼来,穿过方形大厅,沿着走廊,来到门厅里。我们的教授正站在那儿,穿的并不是他那件看来落拓不羁的宽松外套，戴的也不是那顶严肃的希腊式无边圆帽，而是一件青年式样的腰间束带的工作衣和一顶讨人喜欢的草帽。他用最亲切的口气向我们全体道了早安，我们大多数也报以感谢的微笑。他使我们排列整齐，然后立刻出发。

街道上依然寂静无声，一条条林荫大道就像田野上那样空气清新、平和安宁。我相信我们一路走来心情是十分快乐的。我们的首领在他高兴做的时候，具有一种能促进快乐的秘诀，就像他在相反的情绪支配下，能够使人害怕得毛骨悚然一样。

他既不率领我们，也不跟在我们的后面，而在队伍的旁边走，对每个人都有话说，对自己喜欢的人说得多，对他即使不喜欢的人也不完全忽略。出于某种理由，我倒是宁愿离他稍微远些，不使人注意。我和姞妮芙拉·樊箫两人一对并排走，这个天使的并非柔若无骨的胳臂的可观的重量压在我的胳臂上——（她的健康状况一直很好，我可以向读者保证，要承受她那可爱的身体的重量，可不是一件小事情。在那暖和的一天里，我有许多次真心诚意地希望少来点这种迷人的货色）——不过，正如我说过的那样，既然有了她，我就尽量利用她，一直把她置于我自己和保罗先生之间。随着听见他是从右边走来，还是从左边走来而更换我的位置。我这种策略的私下的动机，可以追溯到我因为那件印花连衣裙是粉红色的而特意穿上的那个情况——这个事实，在我们目前的结伴行走的情况下，使我产生一种有点儿像我曾经有过的那种感觉：有一次我披着一条镶红边的披肩，必须走过一片有一头公牛在吃草的草地。

我这种更换位置的办法，加上理一理我的黑绸围巾使它端正一些的做法，暂时可以达到我的目的。可是，渐渐他就察觉到这

---

① 拿破仑式的恭维，据拿破仑传记作品中说，拿破仑有时用拍拍下属的面颊或拉拉他们的耳朵的方式来表达对他们的感情。

一点：不管他走到这边来或者走到那边去，樊箫小姐总是与他为邻。在姞妮芙拉和他之间的交往过程，从来都不是融洽平静的，以至于每当他听到她说的英国话，他的心情总要经受一个起疙瘩的时刻。他们两人的性格没有一点合得来的地方；他们一接触就要发生龃龉，他把她看成是没有头脑的、矫揉造作的；她则认为他是粗鲁笨拙的、爱管闲事的、令人讨厌的。

最后，在他换到大约第六个位置的时候，发现他的尝试的结果依然是同样的不称心——他便向前伸出了头，眼睛对我瞧着，不耐烦地责问道：

"怎么回事？你在捉弄我？"

不过，他的话还没有讲完，他就像习惯的那样迅速，抓住了这一过程的根源。我把围巾的长长的流苏抖落开来，使围巾宽的一头展开，可是徒劳无功。"啊—哈—哈！那是一件玫瑰红色的衣服！"他脱口而出，使我感到非常像那一头草地上的大王突然发出的激怒的哞哞叫声。

"这只不过是棉布做的，"我赶忙声明，"也比较便宜，而且比其他任何颜色都经洗。"

"露西小姐有十个巴黎女人那样多的卖弄风情，"他回答说。"谁看见这样一个英国女人？只要看她的帽子、手套和靴子！"这些服饰正像我的同伴们穿戴的一样，肯定一丁点儿也不更为漂亮——也许比大多数的还朴素一些呢！——可是这位先生现在抓住这个题目大做文章，我在这预料之中的训导之下开始感到恼火。不过，训导不一会儿就温和地过去了，就像夏天有时候来了又去的暴风雨的威胁那样。我只得到片状闪电的一下闪光，那是从他的眼睛里发出来的以仅有的一次开玩笑的微笑为形状的；然后，他说道：

"鼓起勇气来！——实际上我不懊恼，也许还由于你为了这小小游乐而打扮得漂亮而高兴。"

"可是，我的衣服不漂亮，先生——它只是整齐。"

"我喜欢整齐，"他说。总之，他没有感到不满意，在这吉祥如意的早晨，情绪甚佳的太阳胜利了。它在飞驰的乌云还没有玷污它的光轮之前就把它们消灭了。

我们现在已经在乡村里了，处于他们称之为"树林和小径"之中。一个月以后，这些树林和小径只能提供尘土飞扬的、不太好的隐秘之所；然而，现在，它们在5月的一片青翠和早晨的宁静之中，使人觉得非常赏心悦目。

我们走到一个泉水边，泉水周围，按照拉巴色库尔人的情趣，有规则地种了一圈欧椴树：到了这儿必须止步了。那位先生命令我们在围绕这个泉水的隆起来的绿茵地上坐下来，他自己则坐在我们中间，并且允许我们大家在他四周收拢成一小圈。那些喜欢他胜过怕他的人挨近他，而这些人主要是年纪小的。那些怕他胜过喜欢他的人则多少离得远些；还有那些人，在她们身上的许多感情，即使是剩下的害怕，都已经转化为愉快的热情了，她们则坐在最远处观看。

他开始给我们讲故事。他能够讲得十分生动，遣词用语是孩子们爱听的，也是有学问的人要仿效的。这种遣词用语，其力量在于它的单纯，其纯真则在于它的有力。在那篇小故事里有着美丽的格调。感情的甜蜜闪现和描述的缤纷色彩，我在聆听的时候就深深沉入我的心中，而且从那以后永远没有淡褪。他把光影朦胧的景物着色上彩——我现在记忆犹新——这种图画我还从来没有看见从艺术家的画笔里画出来过。

至于我自己，我曾经说过，不具有即席讲话的本领，也许就因为这方面的欠缺才更使我对一位完美地具有这项本领的人感到惊叹。伊曼纽埃尔先生不是个著书立说的人；可是我听到过他带着那种随口而出、若不经意的才情豪气，滔滔不绝地挥洒出如此出色的精神财富，这在一些书本上都是少有的。他的头脑确实是我的图书馆，它不论什么时候向我敞开，我就进入无比幸福之境。尽管我在智力方面很不完善，我却不能多看书。很少有几本装订成册、印出文字的卷帙不使我厌倦——或者仔细研读它不会使我感到疲劳和眼睛发花——然而，他的思想的声调是精神的眼睛和洗眼液；越过它们所包含的内容去看，内心的视野就变得清晰和实在。我曾经这样想：对一个爱他胜过他爱他自己的人来说，如果能够把他如此毫不在乎地向高空大风抛去的一把把金粉收集和储存起来，该是多么令人高兴的事呀！

他讲完了故事，走近我和姞妮芙拉分开坐的小土丘。他用他通常征求意见的方式（他不会默默等待别人自动把意见告诉他）问道：

"你感兴趣吗？"

我按照自己通常不动声色的样子，简单地回答说：

"不错。"

"讲得好吗？"

"非常好。"

"可是我不能把它写下来，"他说。

"为什么不，先生？"

"我不喜欢机械性的劳作。我不喜欢弯腰伏案静坐不动。但是，我能够高高兴兴地把故事口述给一个合我心意的听写员听。要是我请露西小姐担任此事，她会愿意吗？"

"先生会讲得太快，他会催促我，要是我的笔跟不上他的嘴唇的速度，他会发怒的。"

"哪一天试试看吧。让我们看看，在那种情况下，我会把自己变成怎样的一个怪物。不过，眼下听写是不可能的事。我打算在另一项职务上使用你。你看见那边那所农庄住宅吗？"

"绿树围绕中的那所吗？看见。"

"我们要上那儿去吃早点；在那位好心的农庄女主人用一口大锅给我们烧加牛奶的咖啡的时候，你，以及我将挑选的另外五个人去在五十只面包卷上抹黄油。"

他把他这支队伍再次排列好，便带领我们直向那个农庄逼进，这农庄一见到我们这么多人，就无条件投降了。

干净的刀和盘子，以及新鲜的黄油端了出来，我们的教授挑选了我们半打人，在他的指导之下，开始准备一大篮子的面包卷当作早点，那是在我们到来之前，事先吩咐面包师供应给农庄的。咖啡和巧克力都已经烧热了；外加奶油和新鲜鸡蛋款待我们。伊曼纽埃尔先生总是很大方，本来除这些以外还要订购大量"火腿"和"果酱"的，可是我们之中有些人也许是注意我们的影响，坚持说，那将是太暴殄天物，浪费食品了。我们辛辛苦苦，反倒遭他责骂，把我们叫做"吝啬的家庭妇女们"。但是我们让他去说，依然按照我们自己的办法把这顿膳食尽量弄得经济一些。

他是带着多么心满意足的神情站在这农庄厨房炉灶边观看啊！他是个看到人家高兴他也高兴的人；他喜欢他的周围有动作，有生气，有富足，有欢乐。我们问他愿意坐在哪儿。他说我们很清楚他是我们的奴隶，而我们是他的暴君；说不得我们允许，他连选择一张椅子的胆量都没有。于是我们把他安顿在那张长桌子的一头，叫他坐在农庄主人的大椅子上。

尽管他有时会勃然大怒，风暴骤起，但是有时能像现在这样宽厚和温驯，所以我们还是非常喜欢他。说真的，在最坏的情况下，他也不过是神经容易激动，而不是脾气真正恶劣。哄着他，理解他，安慰他，他就是一头小羊羔子，连一只苍蝇都不会伤害。只不过对于非常愚蠢、反常或者无恻隐之心的人，他才有那么一点危险。

他总是不忘他的宗教，这时候，他叫我们中间最年轻的一个在开始用早餐之前做一次简短的祈祷，他自己则像一个女人那样虔诚地在胸前画十字。我以前从来没有看见过他做祷告，或者做那种虔诚的手势。他那么简单地带着孩子般的信仰做了，我眼睁睁地瞧着的时候，禁不住开心地笑起来；他的眼睛瞧见了我的微笑，他便伸出手来说：

"把你的手给我！我知道我们崇拜同一位上帝，虽然礼仪不同,精神还是一样的。"

伊曼纽埃尔先生的许多教授同行之中,大多数是不为习俗约束的自由思想家、不信宗教者、无神论者,他们之中有许多人的生活是经不起仔细检查的。伊曼纽埃尔先生倒像是一个旧时代的骑士,有他自己的信仰,而且享有白璧无瑕的声誉。天真的少年儿童和美丽的青春年华在他身边都是安全的。他有鲜明的热情、敏锐的感觉,然而他那纯洁的荣誉感和毫不做作的虔诚心,则是能叫狮子们昂首蹲伏下来的强大的魅力。

这次早餐是一顿欢乐的聚餐,而这种欢乐并不仅仅是喋喋不休的空谈:保罗先生发起、领导、控制并且提高了它。他那爱交际的活泼的性格得到了无拘无束、无遮无盖的发挥。周围就只有妇女和儿童,没有什么会来拂逆和挫败他的心意,他尽可以按他自己的想法行事,而那确实是令人愉快的想法。

吃完早饭,我们这些人就自由自在地在草地上玩耍。有几个人留下来帮农庄主的妻子收拾碗盏。保罗先生把我从这几个人之中唤了出去,叫我靠近他坐在一棵树下——他从那儿能够看到大伙儿在一片广阔的草地上嬉戏玩乐——他吸着雪茄烟,让我念书给他听。我念的时候,他坐在一张粗木长凳上,我坐在一个树根上。那是一本袖珍本古典作品——高乃依①的著作——我不喜欢这部作品,可是他却在其中发现了我从来都领会不到的美,觉得很喜欢,他带着一种安详宁静的其乐融融的神色聆听着,由于他总体上是个性格火爆的人,这种神色就更令人感动。深不可测的幸福感充满了他的蓝色的眼睛,使他那宽大的前额变得平滑。我也感到快乐——这光明灿烂的日子使我快乐,有他在场使我更加快乐;他的慈祥和蔼使我无比快乐。

不久以后,他问我,比起坐在这儿,是否更愿意跑到我的同

---

① 高乃依(1606—1684),法国剧作家,写有诗剧《熙德》等四大悲剧。作品体现古典主义文学特征,主题多表现忠君爱国思想。

伴那儿去？我说不；跟他在一起我觉得很满意。他问道，如果我是他的妹妹，跟他这样一个哥哥待在一起，我是否一直感到满意。我说相信自己会这样，也感觉到是这样。他又问我，如果他离开维莱特，到遥远的地方去，我会不会感到难过。我放下高乃依的作品，没有回答。

"小妹妹，"他说，"要是我们分离了，你会记住我多长时间？"

"先生，这一点我完全说不上来，因为我不知道需要多长的时间才能把所有的世俗的事情都忘掉。"

"万一我到海外去两年——三年——五年，在我回来的时候，你还会欢迎我吗？"

"先生，在此期间，我怎么能过日子？"

"可是我对你很严厉，很苛求。"

我用书遮住自己的脸，因为我已经泪流满腮了。我问他为什么这样讲，他说以后不再这样讲了，并且用最亲切的话鼓励我，使我高兴。那一天的其余时间里，他用以对待我的和颜悦色，不知怎么更是深深打动了我的心。那简直太温柔了。它使我感到辛酸凄楚。我倒情愿他像他习惯的那样态度生硬、举止异常、脾气暴躁。

到了炎热的中午时分——因为那天果然像我们预料的那样，像6月里的天气那么暖烘烘的——我们的牧羊人把他的绵羊都从草地上赶到一起，准备带领我们乖乖地回家去。可是我们得整整步行三英里路，我们在那儿用早餐的农庄离维莱特就是这么远。特别是孩子们玩耍得已经很累了；她们大多数人眼看要在这个中午走过尘土飞扬的、坚硬而耀眼的车行道，大伙儿都无精打采。这种情况是早已预见到的，而且有所准备。就在这个农庄的地界那一边，我们看见有两辆车体宽敞的车辆来接我们——就是那种专门为了学校师生们的方便而出租的交通工具。这里，由于安排得好，车子容纳了所有的人，一小时以后，保罗先生便把他负责的一批人安全地运交到福色特街。那一天过得很愉快；要是没有那么一点令人感伤的事使得阳光暂时黯淡下来的话，本来会是十分完美的。

那种黯然失色的情况当天晚上却又重复出现了。

就在夕阳西下的当口，我瞧见伊曼纽埃尔先生由贝克夫人陪伴从前门走了出来。他们在庭院的中央小径上慢慢踱了将近一个小时，认真地交谈着。他——看上去神情严肃，然而很不安静；她——一副惊讶、规劝、告诫的样子。

我不知道他们在讨论什么；因为天色已晚，贝克夫人回到屋子去的时候，她的亲戚保罗依然留在花园里徘徊，我暗自思量：

"今儿早上他叫我'妹妹'。如果他真是我的哥哥，我现在会多么愿意来到他跟前，问问他怀着什么心事。瞧他怎样倚靠着那棵树，抱着双臂，低着头。我知道，他需要安慰。夫人没有安慰他，只不过给予忠告。现在该怎么办？"

保罗先生由静止状态忽然行动起来，他挺直身子，迈开大步，迅速走到花园这头。通往方形大厅的门还开着。我以为他大概是要按照他有时候的习惯那样，来给一些栽在木桶里的柑橘树浇浇水；可是他一走到院子里，却来一个急转弯，向绿廊和第一班教室的玻璃门走去。我就待在这第一班教室里面，从那里望着他直到现在，但是我没有勇气等着他走来。他刚才转身转得那么突然，大步流星地走得那么快，样子是那么奇怪；我心中的胆怯鬼变得脸色苍白，退缩不前了，于是——也不等一等听听他的理由，却一听到他向前走来时灌木丛的折裂声，以及铺路石子的喀嚓喀嚓声——她就惊慌失措，展翅飞逃掉了。

我一直逃到现在已空无一人的祈祷室，得到庇护，才停住了脚步。我的脉搏跳得厉害，心中怀着一种无法解释的、难以言宣的恐惧感，倾听着，只听见他一路穿过所有的教室，不耐烦地把一扇扇门碰得乒乒乓乓响。我听见他闯进了那间公共食堂，那里，现在正在被视为神圣的束缚中举行"虔诚的朗读"。我听见他说的话：

"露西小姐在哪里?"

正在我鼓起勇气,准备走过去,做我毕竟是最最愿意做的事情——那就是去会见他的时候——却听见圣彼埃尔的又尖又硬的声音口齿流利地、虚应故事地回答说:"她去睡了。"于是他迈开烦躁不安的脚步走到走廊里去了。在那儿,贝克夫人遇上他,逮住他,责备他,把他护送到那扇沿街的门,终于打发他走了。

沿街的门关上以后,对于我自己这种反常做法的一种突然产生的惊异感,像猛然一拳打在我身上。我发觉从一开始他需要的就是我——他刚才在寻找的就是我——而我难道不也需要他吗?那么,究竟是什么冲昏了我的头脑啦?究竟是什么勾去了我的魂使他找不到我呢?他有事情要说呀;他正打算把那件事情告诉我。我的耳朵绷紧了神经去探听,而我却使得这种推心置腹成为不可能。在我觉得成为倾听者和安慰者都是没有希望的事情的时候,我渴望着去倾听和安慰什么人——可是一到机会突然地、完全称心地来临,我却会像躲避死神瞄准着我的箭那样躲开了。

好吧,我这精神错乱的自相矛盾的行为已经有了报应。我没有赢得心境舒坦这种我本来可以得到的某种满足——只要我能把惊慌硬压下去,稳稳地站立两分钟就行——现在得到的却是死一样的空空荡荡、黑暗幽深的怀疑和令人忧郁的悬念不安。

我把我的报应交给了我的枕头,心中念叨着过了一整夜。

第三十四章
玛勒伏拉①

贝克夫人在星期四下午来找我,问我手上是不是有事情,能否替她进城去,到店铺子去买些小东西。

我正好有空,愿意为她效劳,她就立刻给了我一张购物单,上面写着绒线、绣花线等等,是给学生们干活用的。由于天色看上去阴云密布,又很闷热,我带好了与此相适应的装备。我正在拉开沿街那扇门的弹簧插销,打算走出去的时候,贝克夫人的声音又一次召唤我到餐厅里去。

"对不起,露西小姐!"她好像临时想起了什么,急忙喊道,"我刚才想起,要请你再办一件差事,也许你的好脾气不会认为这是负担过重吧?"

当然,我"不胜惶恐",怎能有断然反对的表示呢。"岂敢造次"地断然拒绝呢;于是夫人就跑到那间小沙龙客厅里,拎出一只可爱的篮子,里面装满了温室里生长的水果佳品,那么红润熟透,那么撩人垂涎,衬以深绿色的、蜡质一样的叶子以及一种淡黄色的星形植物,我不知道那是什么外来品种。

"喏,"她说,"这不重,也不会像是用人干的家庭琐事那样,使你穿着这身漂漂亮亮的服装觉得难堪。劳您驾,请把这小篮子送到沃尔拉文斯太太家,并且祝贺她的圣名瞻礼日。她住在老城里,占星术士街,三号。我恐怕你会觉得这次路程相当长,不过你有整整一下午的时间可以利用,不必匆忙的。要是你来不及回来吃晚饭的话,我会吩咐替你留一客饭菜,要不然,那个很喜欢你的高腾,她会高兴地特别照顾你,为你临时弄点屈莱弗甜食②。不会把你给忘掉的,我的好小姐,哦,等一等!"(又把我叫回去)"你怎么样也一定要见到沃尔拉文斯太太本人,把篮子交到她本人手里,这样就不会弄错了,因为她是一位相当拘泥于细节的人。再见!回头见!"

于是我终于出发了。买东西的任务得花一些时间去完成,那种为绒线和丝线挑挑拣拣、配配颜色的事从来都是令人厌烦的,可是我终于把购物单上的东西都办到了。拖鞋上的花样,拉钟用的绳子、草包都挑好了——钱包上用的搭扣和流苏也都选好了——总而言之,整个"乱七八糟的事"都已经不摆在我心上了,剩下的就只是送水果和祝贺的事还得去做。

我喜欢走那么长的路程,深入到那个古老、阴森的下城区里,而当笼罩这城市的黄昏的天空逐渐形成一大块蓝墨色的铸铁熔液,四边热气腾腾,再慢慢燃烧成红彤彤的颜色的时候,我也同样喜欢走这段路。

我怕大风,因为风暴需要用尽力气和采取行动、而我总是只能痛苦地放弃努力。可是阴沉郁闷的大阵雨、铺天盖地的飞雪或者天昏地暗的倾盆大雨,却只需要听天由命便行——不声不响地听凭衣服和身体给淋个湿透。换来的是,它把你的前面打扫得一干二净;它为你清出了一条宁静的道路去穿过宽阔的、堂皇的街道;它仿佛用东方的妖术使一座生气勃勃的城市变成了化石;它把一座维莱特变成了一座塔德木尔[3]。那么,让雨水淋下来吧,让洪水冲下来吧[4]——只是我首先得打发掉这一篮水果。

---

[1] 玛勒伏拉,原文为 Malevola,按照拉丁文的字面含意是"诅咒者"(evilwisher)。此处作专有名词。
[2] 屈莱弗甜食,一种以果酱松蛋糕浸酒,上敷奶油等的布丁食品。
[3] 塔德木尔,又名巴尔米拉,叙利亚中部城市,位于沙漠绿洲之中。据《圣经》记载为所罗门所建(译为"达莫")。公元前一世纪曾为贸易中心。公元前3世纪曾为一王国首都。现存有巴力神庙等著名古迹。
[4] 语出《圣经·新约全书·马太福音》第7章第24至27节:"……好比一个聪明人,把房子盖在磐石上。雨淋,水冲,风吹,撞着那房子,房子总不倒塌……好比一个无知的人,把房子盖在沙土上。雨淋,水冲,风吹,撞着那房子,房子就倒塌了……"

我到达贝克夫人给我的地址上的那条街和那所房屋的时候，从一个不知名的钟楼里的不知名的钟传来打五点三刻的钟声（施洗约翰教堂的钟声现在已经远得听不见了）。那地方根本不是一条街，倒像是一个广场的一部分。那儿很安静，青草从一大块、一大块灰色的石板缝里长了出来，一幢幢房屋都很高大，样子很古老——房屋后面露出树梢来，说明屋后有着花园。古老的气息笼罩着这一地区，因而商业买卖就给排除在外了。富有者们曾经一度占有这个地方，"豪华"曾经一度坐守此地。那所教堂，它的晦暗的、半坍毁的一些塔楼矗立在广场上空，是占星术士们的令人肃然起敬的、昔日曾经是富丽堂皇的神殿。可是财富和伟大早就展开镀金的翅膀，一去不复返了，只留下了它们的老巢，也许让"贫穷"栖身一个时期，也许就冷冰冰地空关着，在许多年里都无人居住，一任其朽坏霉烂。

我穿过这片荒凉的"场地"的时候，有五法郎货币那样大小的雨点正打下来，这时已经把铺石路慢慢都弄湿了。在这整个地方，我都看不见一点生活的象征，或者痕迹，除了在一位老态龙钟的神父身上才看到一点。他走过去，弯着腰，拄着一根拐杖——一种古代式样的破旧不堪的拐杖。

他刚才是从我正好要找的那所房屋里走出来的。我站在他走出来以后关上的门前，拉了一下门铃，他回过头来看着我。他并不马上移开他的视线，也许是他看到我提着一篮子夏天的水果，缺少年龄所带来的尊严，觉得在这种场景之中是个很不协调的人物。如果是一个脸色红扑扑的年轻女仆开门让我进去，我知道，自己一定会认为这样一个人跟她的房子是很不相配的。可是，我发现站在我面前的是一个很老的妇女，穿着一件很古老的农家服装，戴了一顶一方面很难看一方面又很值钱的帽子，帽子上用当地的花边做长长的飘带，还穿着一条布裙子和一件布短上衣，脚上是一双更像小船而不像鞋子的木鞋，这看起来就很对头了，在性质上使人感到恰到好处。

她脸上的表情可没有她服装的裁剪那么恰到好处；我难得见到任何比她更专爱唱反调的更坏脾气的人了，我向她打听沃尔拉文斯太太，她简直懒得回答一声。要不是那位老神父蹒跚地走过来制止她，并且自己侧耳倾听别人要我带来的口信的话，我相信她已经从我手里一把抢走了那一篮水果。

老神父明显的耳聋产生了一点儿困难：他不能完全懂得我必须亲眼见到沃尔拉文斯太太，把水果交到她本人手里。不过，他终于明白这是别人如此吩咐我的，这项任务要求不折不扣地完成。他对那个上了年纪的女用人说话不用法语，而用拉巴色库尔土语，他终于说服她让我跨过这个不好客的门槛，并且亲自护送我上楼，把我引进一个像沙龙客厅的房间，让我待在那里。

房间很大，有着漂亮的老式天花板，以及几乎像教堂里的那种彩色花玻璃窗。然而房间里景象凄凉，在即将来临的暴风雨的阴影中，看上去特别阴森沉闷，里面有一间小一些的房间，不过，那里唯一的一扇窗户的百叶窗关着，透过这片深浓的朦胧几乎看不出里面的陈设的细部。我迷惑不解因而饶有兴味地要去弄明白这些细部是些什么，特别是墙上的那幅画的轮廓吸引着我。

这幅画却似乎在渐渐往后退。使我惊讶不已的是，它在摇晃，它在下沉，它退却到无影无踪了。它的隐没所剩下的是一个敞开的拱形的东西，通向一个拱形的出入口，里面有着一道神秘的、曲折的楼梯；这出入口和楼梯都是冷冰冰石头砌成的，既没有铺地毯，也没有油漆。从这道城堡主塔的楼梯上像是一根手杖点地的嗒、嗒声传了下来；不久，石阶蒙上了一个影子，直到最后，我意识到那儿有一个实体。

然而，这个向我迎面而来的幻象是不是真的实体呢？这个把拱形出入口遮暗了一部分的障碍物呀？

它走近了，我看得很清楚了。我开始明白我处在什么场所。把这个古老的广场叫做占星术士的地段是有道理的——矗立在这个广场上的那三座塔楼用身怀已经失传的莫明其妙的巫术的神秘圣贤们的名字来命名，一些教父承认这是有道理的。①一种发霉的魔法弥漫在这里，一种符咒向我打开精灵的世界——那个牢房似的房间、那幅消失了的画、那个拱门和出入口，以及石砌的楼梯，都是神话故事中的东西。比这些背景的细节甚至更为清晰的是那儿站着的主要人物——女巫居内贡德②——妖怪玛勒伏拉。她怎么样啦？

她可能有三英尺高，可是她没有个样子。那双皮包骨的手上下重叠，搁在一根魔杖似的象牙拐杖的金圆头上。她的脸很大，不长在肩膀上，而突在胸前；她看上去没有脖子；我应该说，她的面貌是饱经了一百年的风霜，也许她的眼睛显得更是这样——她那双眼睛充满恶意，很不友好，那上面的灰白色的眉毛长得浓浓的，四周则是一圈青灰色。那双眼睛带着一种阴沉呆滞的不高兴的神色瞅着我。

这个物体穿着一件织锦缎的袍子，染成鲜蓝色，完全像是无茎龙胆③花的颜色，上面缀满大花样的缎纹簇叶。袍子外面又罩上一条很值钱的披肩，镶有华丽的花边。她披上这条披肩显得太大了，以致那五颜六色的流苏在地板上拖着。不过，她主要的特点是她的那些珠宝。她戴着长长的、亮晶晶的耳环，闪耀出来的光芒不可能是模仿的或者虚假的。那双枯骨般的手上戴着许多戒指，厚重的金箍上，镶嵌着宝石——紫色的、绿色的和红色的。腰弯背驼、又矮又小、老迈昏愦，她那样打扮，活像个野蛮部落的王后。

"你找我干什么？"她说，声音沙哑，与其说是老太婆的，倒更像是老头子的。说真的，她的下巴颏上还有一根银白色的胡

---

① 据《圣经·旧约全书·马太福音》，耶稣诞生时，东方有三博士由巨星引路到伯利恒去敬拜。三博士即三占星术士。此处所言当与此记载有关。
② 居内贡德，法国作家伏尔泰(1694—1778)的哲学讽刺故事《天真汉》中的女主人公。
③ 无茎龙胆，又译假龙胆，是有一千多种龙胆科的植物中的一种。花美丽，蓝色，偶有黄、白、红或紫色。生长于阴湿草甸，尤见于山区。

子呢。

我交出了篮子,传述了口信。

"就是这些吗?"她问。

"就是这些,"我说。

"一点不错,这么做是很值得的,"她回答说。"回去告诉贝克夫人,我要水果的时候自己会买,至于她的祝贺,我一笑置之!"这个有礼貌的老妇人回头就走。

就在她一转身的时候,一阵隆隆的雷声忽然响起来,①同时一下耀眼的闪电照彻沙龙客厅和闺房。这个不可思议的魔法故事似乎与相应的自然威力配合着进行。被诱骗而误入这座妖魔蛊惑的城堡里去的迷途者,这时听见外面用符咒唤来的暴风骤雨越来越猛烈。

发生了这一切,我对贝克夫人产生了什么看法呢?她有多么奇怪的朋友啊。她把口信和礼物送到一个多么奇特的神殿里来。她所崇拜的那粗野的东西的举止似乎是不吉祥的。那个阴阳怪气的西多妮②正在踉踉跄跄、颤颤巍巍地走去,像是瘫痪的化身,一面用她那根象牙手杖喀嗒喀嗒地敲击着马赛克镶木地板,在她从我视野里消失时,嘴里恶毒地咕哝着什么。

大雨倾盆而下,天空低低地压下来,刚才还红彤彤的云朵,这会儿透过它们的一片黑暗,变得死灰般的惨白,仿佛大惊失色似的。尽管我不久之前自夸过不怕阵雨,我却不愿意顶着这阵哗哗直泻的暴雨跑到外面去。这时,闪电的强光非常耀眼,炸雷般的轰鸣非常接近。这场暴风雨直接聚集在维莱特的上空,它似乎在天顶上爆发开来,俯冲而下。那一道道分叉的斜刺下来的电光

---

① 上文"一根魔杖似的象牙拐杖",此处"雷声",以及本章一些其他细节描写源于英国诗人济慈的长诗《圣阿格妮丝之夜》。
② 西多妮,德国作家迈因霍尔德(J.W. Meinhold, 1797—1851)的《女巫西多妮》(1847)中的人物,这一人物年轻时美貌动人,年老时是个跛脚丑陋的巫婆,并且因施巫术犯罪而被处死。

横穿过垂直倾泻的急流;那一道道颜色发红的锯齿与变得苍白失色像白色金属的从天而降的雨水交织在一起,而这一切都是从那个由于其饱胀丰沛的积累而变得黑沉沉的天空逃出来的。

我离开沃尔拉文斯太太的不好客的沙龙客厅,向她那冷冰冰的楼梯走去,在楼梯平台上有个座位——我就坐在那儿等着。就在我的上面,有个人沿着走廊悄没声儿地走来,原来是那位老神父。

"小姐真不该坐在这儿,"他说。"要是我们的恩人知道一个陌生人在这屋子里受到这样的待遇,他会不高兴的。"

他是那么诚恳地请求我回到沙龙客厅里去,因此我不得不从命,以免失礼。那间小一些的房间比那间大的陈设要好些,也更适合于起居,他带领我走了进去。他打开一部分百叶窗,亮出的那个地方与其说是闺房,倒更像是间祈祷室,是一间非常庄重肃穆的小套间,看来与其说是为了眼前使用和舒服而设计的,倒更像是为了供奉遗物和纪念物之用。

那位好心的神父坐了下来,似乎为了陪陪我;可是他不但不说话,还拿出一本书,把眼睛盯在书本上,嘴里轻声念着,听来像是在念一篇祈祷文或者连祷文。天空中射下来的一道黄色的电光把他的光秃秃的头顶镀上一层金黄色;他的身子仍然那副样子——深沉的,紫红色的,像一尊雕像那样坐着,纹丝不动。他好像专心祈祷而忘记了我这个人。只是来了一下更猛烈的闪电或者更刺耳更近的格格响声,说明危险来临的时候,他才抬起头来看看。即使这时他抬起眼睛来,眼中也无惊恐之色,而是带着一种好像很敬畏的表情。我也感到畏惧;不过,由于我心中不怀有那种奴性的恐怖感的压力,我的思想和观察力是自由自在的。

说实话,我开始想象这位老神父很像那位希拉斯神父,我曾经在贝居安女修会[①]的教堂里,跪在他的面前。这个印象很模糊,因为我只是在昏暗之中看见我的听忏悔的神父的侧影,不过我还

---

① 贝居安女修会,参见第 229 页注①。

是似乎看得出相似之处；而且我觉得辨别得出声音来。在我仔细观察他的时候，他一抬头，便暴露出他感觉到我在仔细打量。我转过头去端详这个房间，它倒也有半带神秘的趣味。

房间里有一只十字架，用象牙雕刻得形象古怪，因时间久而发黄，它成斜坡状地放置在一张暗红色的祈祷桌的上面，适当地配置着气派豪华的弥撒书和黑檀木念珠，在十字架旁边，挂着那幅其模糊的轮廓刚才曾引起我注意的画像——那幅画曾经同墙壁一起移动起来，消失不见，让幽灵显现出来。由于看不清楚，我曾经以为是一幅圣母画像；在比较明亮的光线下，让人看出它原来是一个穿了修女服装的女人的肖像画。她的脸虽然不美，却很讨人喜欢；苍白、年轻，由于痛苦或者患病而蒙上沮丧的阴影。我现在再说一遍，那张脸并不美，甚至并不聪明；它的那种和蔼可亲是一种体形虚弱、情感不热、惯于默许顺从的和蔼可亲。然而，我还是久久地瞧着这幅画像，而且也只能这样瞧着。

我原先以为耳朵很聋、体质很差的这位老神父，他的生理官能想必保养得还很不错。尽管他似乎专心致志地沉浸在书本之中，一次也不抬头，或者据我所知，眼睛也不转动一下，可是他却觉察到我的注意力被吸引到哪一点，于是用缓慢而清晰的声音无意中漏出以下四句有关这幅肖像的话来。

"她非常受人喜爱。

"她把自己献给了上帝。

"她年轻早逝。

"她仍然被人记住，使人流泪。"

"是不是那位老妇人沃尔拉文斯太太仍然记着她，仍然为她流泪？"我问他，认为自己发现，那个老妇人的极端恶劣的脾气，关键原因在于丧失亲人的无法治愈的创伤。

神父摇摇头，似笑不笑。

"不，不，"他说，"一位祖母对她的孩子们的孩子们的爱心也许是伟大的，失去他们的痛苦也许是强烈的；但是，只有一位订了婚的情人，在'命运'、'信仰'和'死亡'三者都拒不让他享受与心上人结合这一幸福的时候，才会为他所失去的哀悼得像纤丝蒂纳·玛丽现在仍然被哀悼那样。"

我想神父很希望我向他提问题，因此我就问他，是谁失去了亲人，是谁还在哀悼"纤丝蒂纳·玛丽"。我得到的回答是带有相当多浪漫色彩的故事，伴随着现在正在平静下来的暴风雨，他讲得使人听了印象颇深。我必须说，如果讲故事的人少用些法语，少带些卢梭[①]式的感伤情调，减少些冗长琐细，多一些合理的不讲究效果，那么这个故事或许会给人以真正深刻得多的印象。然而这位可尊敬的神父显然是在法国生、法国长的人（我越来越觉得他就像我那位听忏悔的神父）——他是一位忠实的天主教徒；他抬起眼睛从眼角里瞟着我的时候，带着那种难以捉摸的微妙的表情，人们会觉得想不到一个经历过七十年的风霜雨露的人，眼睛里竟然还会存在这么多、这么敏锐的表情。不过，我相信，他是个好老头儿。

他的故事中的男主角是他过去的某个学生，现在他却把他称做恩人。这个人似乎曾经爱过这位脸色苍白的纤丝蒂纳·玛丽；这位少女的父母很富有，而他自己当时各方面前景都不错，有理由找一个嫁妆丰厚的妻子。这个学生的父亲——曾经一度是个富有的银行家——已经潦倒了，死了，遗留给他的只不过是一批债务和一贫如洗。于是这个做儿子的被禁止去想玛丽了；特别是我刚才看见的那位老巫婆似的祖母沃尔拉文斯太太，她反对这门亲事，简直是怒火万丈，暴跳如雷，由于身体畸形，那种发火的脾气有时就像恶魔一般。那位温柔的玛丽对她的情人既没有背信弃义而变得不忠诚，也没有那种力量来表现得十分坚定不移。她放弃了这第一个求婚者，然而又拒不接受钱包比较充实的那第二个，便

[①] 卢梭（1712—1778）：法国思想家、文学家，著有《民约论》、《爱弥儿》、《忏悔录》等作品。

退避到一所女修道院里去,而在见习期间就在那儿去世了。

持久的痛苦似乎曾经占据了那颗崇拜她的忠诚的心,同时这种爱情和痛苦的真相在一定程度上被描摹了出来,连我听了都深受感动。

纤丝蒂纳·玛丽死后,过了几年,她的家庭也破落了。她的父亲名义上是个珠宝商,可是也在证券交易所里做大宗证券买卖,曾经与某些金融交易有牵连,而这些交易后来被人揭露,处以毁灭性的罚款。经济损失带来的痛苦,加上身败名裂的耻辱,使他送了命。他没有给他的驼背的老母亲和他的遗孀留下分文;她们本来很可能因贫困而死;但是,曾经被她们瞧不起的、已故玛丽的真心实意的追求者,听到这两位女士的情况之后,怀着少见的痴情前来援助。他用最纯洁的宽宏大量来报答她们过去蛮横无理的傲慢——给她们房子住,有人照顾,亲切对待,做到比自己的儿子来得更温柔,更好。那位做母亲的——总的说来,是位好女人——死的时候还祝福他。那个奇怪的、不虔诚的、没有爱心的、厌世的祖母仍然活着,完全由这个自我牺牲的男人供养。她曾经是他一生中的灾星,摧毁了他的希望,奖给他的不是爱和家庭幸福,而是长期的哀悼和郁郁寡欢的孤独;对她这样一个女人,他却像一个孝顺的儿子尊敬一位仁慈的母亲那样对待她。是他把她送到这所房子里来的,"而且,"神父继续说,这时,真诚的泪水涌上他的眼眶,"他也让我、作为他的家庭老教师,还有他父亲家里一个因老弱而被辞退的女用人阿格妮丝在这里栖身。我知道他用收入的四分之三来维持我们的生活和用于其他善行,只花四分之一来为自己买面包和支付最简单的膳宿费。这样安排之下,他自己就一直不可能结婚。他把自己献给了上帝和他的'天使新娘',就仿佛他像我一样是一个神父。"

在说出最后这句话之前,这位神父已经擦掉了眼泪,在讲述这段情节的时候,在一个很短暂的时间里,他抬起眼瞧了我一下。尽管他的目光是隐蔽的,我可瞧见了;这一刹那闪烁的微光中的含意使我吃惊。

这些天主教徒都是奇特的人物。其中这一位——就像你不认识的秘鲁的最后一个印加帝国①国王,或者中国的第一个皇帝——却了解你和你的一切事情;你天真地认为他的话起于一时冲动脱口而出,然而他对你说这样那样的话却是有道理在。他计划好设法使你在这样一天、在如此这般的情况之下,到这样一个地方来,而你用淳朴的理解去看,这整个安排似乎是机会注定的事,或者是什么急事的后果。贝克夫人忽然想起来的信和礼物、我到占星术士场所来的自然而然的差使、这位老神父碰巧走下石阶并且穿过广场、他为了我阻止了那个本来会把我打发掉的女仆、他在楼梯间重新出现、我被领进这个房间、那幅肖像画、那么殷勤自愿地向我讲述的故事——这一切细枝末节的事情在一件一件地发生的时候,看来似乎前后各不相关,就像一把散开的珠子。可是,如果通过那位耶稣会会士的眼睛一瞬间的诡诈的目光把它们串连起来,它们就会像祈祷椅上的那挂念珠,一长串地垂挂下来。这连接的环节究竟在哪里,这副修道士的项圈的小钩子究竟在哪里呢?我看到或者感觉到有联系,可是一时又找不到具体的地方,或者指出其联系的方法来。

也许我这时所陷入的一种沉思状态,那样神情恍惚,显得有点可疑,他便用轻声细语打断了我的冥想:

"小姐,"他说,"你走过这些满是积水的街道,我希望用不着走很远的路吧?"

"要走一英里半多些。"

"你住在——"

"福色特街。"

"你不是,"(他颇为兴奋)"你不是住在贝克夫人的寄宿学校

---

① 印加帝国,南美洲西南部的古国,其君主称"印加",国民称印加人。16 世纪时国力最盛,疆域广袤;1533 年被西班牙殖民者所灭。

里吧?"

"正是住在那儿。"

"那么,"(他轻轻拍着手)"那么,你应该认得我的尊贵的学生,我的保罗吧?"

"那位文学教授保罗·伊曼纽埃尔先生吗?"

"正是他,没别人。"

接下来是一阵短暂的沉默。连接的弹簧似乎一下子变得触摸得到了;我感觉到它在经受压力。

"你刚才在谈的就是保罗先生的事吗?"我立刻问道。"而他既是你的学生,又是沃尔拉文斯太太的恩人吗?"

"对了,也是那老用人阿格妮丝的恩人;不仅如此,"(他用一种强调语气)"他曾经是、现在仍然是天上那位圣徒——纤丝蒂纳·玛丽的情人,忠贞不渝、永不变心。"

"那么,神父,你是谁?"我继续说,尽管我加重声音提出这个问题,其实这句话可以说是多余的;在这之前,我对果然如此的回答已经做了充分的准备。

"好姑娘,我就是希拉斯神父;我就是神圣的教会里那个微不足道的儿子,你曾经给了我荣幸,把高尚而又动人的秘密向我吐露,给我看到一颗心的核心和一个精神世界的内心神殿,严格地、实实在在地,为了唯一的真正的信仰,我非常渴求这样一种思想倾向。我没有一天忘掉你,也没有一个小时不对你怀着根深蒂固的兴趣。我是经过在天主教会的教规的训诫的,受过它高度训练的铸造,又被灌输了它的有益的教条,得到只有它能激起的热情的鼓舞——我理解那时你的超凡脱俗的品格和你的实际价值可能是什么;我妒忌异教①所拥有的战利品。"

这使我觉得情况很特殊——我依稀意识到自己也处在这种情况之中。经过教规的训诫、铸造、训练、灌输等等。"不是这样

---

① 异教,此处指非天主教。

的,"我想,但是我抑制住了这个反对意见,颇为安静地坐着。

"我想保罗先生不在这儿住吧?"我继续说,提出一个我觉得比任何叛教的胡思乱想更为削切中肯的话题。

"不;他只是偶然到这里来,崇拜他所爱的圣徒,来向我忏悔,以及向他称做他的母亲的她请安。他自己的住处只有两间,不用仆人,可是他不答应沃尔拉文斯太太卖掉你看见她戴在身上的那些流光溢彩的珠宝,她把这些珠宝看作她年轻时的首饰而怀有一种孩子气的自豪感,因为那是她青年时期的装饰品,并且是她的做珠宝商的儿子的财富的最后的遗物。"

"在我看来,"我对自己喃喃地说,"这个人,这位伊曼纽埃尔先生似乎常常对小事情缺乏雅量,而在大事情上又是多么伟大!"

我承认,在他的伟大行为的证据之中,我不把他作忏悔之举算在内,而且也不把他崇拜圣徒之举计算在内。

"那位小姐已经死了多久?"我问,望着纡丝蒂纳·玛丽的肖像。

"二十年。她比伊曼纽埃尔先生年长几岁。当时他很年轻,因为他现在也不过四十岁多一点。"

"他还哭她吗?"

"他的心将会永远为她流泪:伊曼纽埃尔先生的本性是——坚贞不渝。"

这句话他是用明显的强调语气说的。

这时候,破云而出的太阳苍白而没有血色,显得湿漉漉的。雨还在下,然而暴风雨已不再肆虐:那热气腾腾的苍穹已经裂开过,并且倾泻过它的一道道电光。再耽搁下去,我回去的时候天就不大亮了,所以我站起身来,向神父道谢他的好客和他的故事,他仁慈宽厚地答以"pax vobiscum"①,对此我表示衷心欢迎,

---

① 拉丁文:祝你们平安。

因为这句话看来是带着真正的仁爱之心说出来的;不过我比较不喜欢他接下来说的神秘的短句:

"姑娘,你将成为你将成为的!"这个预言使我一走出门口就耸耸肩膀。我们很少有人知道我们将来肯定会怎么样,但是根据迄今为止所发生的一切,我很有希望作为一个头脑清醒的新教徒而活着,而死去:"神圣教会"有着一种内在的空虚和外在的兴旺景象,对我仅仅稍微有一点引诱力。我边走路边思索许多问题。不管天主教怎么样,总是有着好的天主教徒:伊曼纽埃尔这个人看来就属于最好的之中的一个。他有点儿迷信,又受了神职人员权术的影响,然而他在对自己钟爱的信仰、虔诚的献身、自我牺牲和宽大无比的博爱众生这些方面是了不起的。就看天主教通过它的代理人如何对待这些品质了:是为了他们自身和上帝的缘故而珍惜这些品质,还是把这些品质拿出去谋取利益,并且赚得利息的好处。

我回到家的时候,太阳已经落下去了。高滕好心地给我留下一客饭菜,那的确是我的需要。她叫我到一个小房间里去进餐,不久,贝克太太就进来了,还带来一杯葡萄酒。

"啊,"她格格地笑着,开始说,"沃尔拉文斯太太用什么样的方式接待了你啦?她很滑稽,对吗?"

我把发生过的事情都告诉了她,并且一点儿也不走样地转达了我所承担了要转达的那个礼貌的口信。

"哦,那个古怪的小驼背!"她笑着说。"你想想,她因为以为我爱上我的表哥保罗,恨透了我!此外……"(她继续说)"即使他这么想要结婚——是我也好,是别人也好——他也办不到,他的背上已经有一个太大的家庭——沃尔拉文斯妈妈、希拉斯神父、阿格妮丝老妇人和一大帮无名无姓的穷人。从来没有一个人像他那样把超过自己力所能及的负担拉到身上来,自愿招徕不必要的责任。此外,他还对那么一位脸色苍白的纤丝蒂纳·玛丽怀着一种罗曼蒂克的想法——她是个在我看来够愚蠢的人。"(贝克夫人大不恭敬的原话就是这样的)"这二十年来,她已经是天堂里的或者其他地方的一位天使了,而他却打算超脱尘世的一切牵挂到她那儿去,根据他的说法,像百合花那样纯洁。哦,你只要知道伊曼纽埃尔先生的异想天开的念头和希奇古怪的脾气的一半,你就会大笑不止!不过,我耽搁你吃饭了,我的好小姐,你一定需要吃了。你用晚餐吧,你喝酒吧,忘掉天使,驼背,尤其是那些教授——晚安!"

第三十五章
博　爱

"忘掉那些教授。"贝克夫人这么说。贝克夫人是个聪明的女人，但是她不应该说这样的话；这样做是错误的。那天晚上她留给我的本来应该是平静——而不是激动，不是无动于衷——不是孤立地只想到对我自己的评价和对别人的评价，只对此感到兴趣——也不是，即使在思想上，跟这个我该忘掉的第二个人发生联系。

忘掉他？啊！他们想出一个高明的计划使我忘掉他——这些自以为无所不知的人啊！他们先是给我看他是多么好；他们把我亲爱的小个儿说成是个白璧无瑕的小英雄。然后他们唠唠叨叨地谈论他的恋爱方式。在这一天之前，我有什么办法可以确定他究竟是能恋爱的呢，还是不能恋爱？

我过去知道他好妒忌，爱猜疑；我曾经看见他具有某种柔情蜜意，某种忽冷忽热的态度——那是一种来时像暖空气一样的温情，去时又像在他的急躁的怒火中烧干的朝露一样的同情心：这些就是我曾经见到的一切了。希拉斯神父和摩德斯特·玛丽亚·贝克他们两人（我无法不相信这两位是一拉一唱配合着干的）打开了他的心灵的内殿——给我看到了一个伟大的爱，看到了这位南方大自然的赤子，他生来就是这么强壮和完美，以至于曾经嘲笑过死神这东西，蔑视过死神对于物质的卑鄙的掠夺，始终对不朽的精神抱有希望，并且，带着胜利感和信心，在一座坟墓旁守望了二十年之久。

他做了这样的事——不是随随便便的：这并非仅仅是情感的假仁假义的放纵而已；他把他最好的精力献祭给一个无私的目的，以此来证明他的忠诚，并且用无限度的自我牺牲来表明这一点。对于她曾经念念不忘的人，他也十分珍视——他已经放下了仇恨，背起了十字架。

至于那位纤丝蒂纳·玛丽，我对她的了解就像是见过她一样清楚。我知道她算得上是个不错的人。贝克夫人的学校里有不少姑娘像她那样——冷漠而不动感情——脸色苍白，动作缓慢，泥塑木雕似的，可是秉性善良，既说不上坏，也不特别显著地好。

如果她长了天使的翅膀，我知道会是谁的诗人的想象力把翅膀安在她身上的。要是她的前额由于光环的反射而发亮，我也知道那是在谁的眼睛虹膜的火光里产生了这个神圣火焰的小圆圈。

那么难道我被纤丝蒂纳·玛丽吓住了吗？难道一幅苍白的已故的修女的画像会活起来，成为一个永恒的障碍吗？耗费掉他的尘世财物的乐善好施的行为又怎样呢？他发誓终身童贞的那颗心又怎样呢？

贝克夫人——希拉斯神父——你们可不该暗示地提出这些问题。它们既是最深奥的难题，同时又是最坚强的阻碍，也是我所曾经感觉到的最尖锐的刺激。整整七天七夜我都是昏昏沉沉的——对于这两个问题，我梦中也想，醒来也想。找遍全世界也找不到答案，除非是在那小个子身上，他站着、坐下、散步、讲课，头上戴着一顶恶棍似的希腊式无边圆帽，身上穿着一袭破旧的宽松外套，上面沾着斑斑点点的墨水渍和不少的灰尘。

在访问了占星术士街以后，我的确想再见到他。我觉得，似乎——据我现在所知——他的面貌会提供比过去任何时候都更为清晰、更为有趣的一页。我觉得，自己渴望在那里面寻找出那种原始的一往情深的印痕，以及那种半是骑士式半是圣徒式的侠义精神的迹象，这些品质，在神父的叙述里，都被归之于他的性格。他已经变成了我的基督徒英雄[①]了：我要把他看做这样一个

[①] 基督徒英雄，可能典出英国散文兼戏剧作家斯梯尔（1672—1729）的一篇论文：《基督徒英雄：论证唯有宗教原则方能造就伟人》（1701），论文称赞对待女士们的骑士般的态度。

人物。

好机会来得倒也不慢。我的新的印象在第二天就经受了考验。不错,我被允许跟我的"基督徒英雄"会面——并不是怎样的英雄的、感伤的或者恪守《圣经》精义的会面,然而它本身自有生动活泼之处。

大约下午三点钟,在第一班教室里,那似乎是在贝克夫人不动声色的操纵之下才安全可靠地巩固下来的和平安宁中——她正在 propria persona① 讲授她的一堂有条有理并且有用的课程——这一和平安宁,我得说,却由于一件横冲直撞地闯进来的宽松外套而突然遭到了破坏。

在那个时刻里,没有人比我自己更镇定自如的了。贝克夫人的在场减轻了我的责任,那整齐划一的声调给了我安慰,她把正在阐释的主题讲解得清清楚楚,使我心悦,并深受启迪(因为她讲得很好),我坐在我的课桌边,低着头画画——这是说,在描摹一张精心制作的线雕铜版画,枯燥无味地临摹原作,直到描完为止,因为这就是我对艺术的实践观念。说来好怪,这一苦工我倒是极其喜欢,我甚至能够制作钢版的或者网纹版的细节讲究得出奇的中国摹写本——这些事情差不多像在精纺毛纱活儿上干出多少成绩就有多少价值一样,不过,在那些日子里,我对这种事情却是乐此不疲的。

这是怎么一回事啊?我的画、我的铅笔、我的珍贵的摹写本,被人一把抓在一起,从我眼前消失了。我本人也仿佛从我的椅子上被摇出来,或者倒出来,就像孤单一个干瘪的肉豆蔻②被一个激动的厨师从香料盒里倒出来一样。这个狂暴的宽松外套,一只袖子抓住我的椅子,另一只袖子抓住我的课桌,搬到远处去了。我立刻跟着这两件教室用具走。两分钟以后,它们和我都被

---

① 拉丁文:亲自。
② 肉豆蔻,热带常绿乔木,其种子多用于食品调料。干肉豆蔻灰棕色、卵形,表面有皱纹。

安顿在宽敞的大厅的中央——那是除了上跳舞和合唱课以外很少使用的在隔壁的大房间——显著地安顿在中央,似乎要打消我和教室用具最渺茫的希望,我们是不会被允许在那儿再动一下了。

我受到惊吓的理智部分地恢复过来以后,我发现自己面前站着两个男子,也许我应该说两位绅士——一位黑色头发,一位浅色头发——其中一位具有直挺挺的、半似军人的气派,穿着一件镶边的紧身长外衣;另外一位,在服装和举止方面,更具有学生或者艺术家一类人的随随便便的样子。两人都留着浓密的唇髭、连鬓胡子和帝髯①,一副仪表堂堂的样子。伊曼纽埃尔先生站得离他们远些;他的面容和眼睛露出怒气冲冲的神色;他带着在讲坛上的那种姿势伸出手来。

"小姐,"他说,"你有责任向这两位先生证明我不是说谎者。你要尽最大能力回答他们将要提出的那些问题。你还要写出他们将要选择的题目的答案。在他们的眼睛里,我的地位仿佛是个无原则的骗子。说我写了多少文章;而且有意弄虚作假,在文章上写上我的学生们的名字,作为她们的作品来吹嘘。你要对这一指责给以反证。"

天啊!这是摆样子公审②,逃避了好久,现在却像一下晴天霹雳似的向我打来。这两位时髦的、穿镶边服装的、满脸胡髭的、嗤笑不已的人物,无非是学院里的花花公子般的教授而已——不洼湿客和落石莫得③先生——一对冷血的纨袴子弟和好卖弄学问的人、怀疑论者和爱嘲弄人的人。事情似乎是保罗先生曾经鲁莽地向他们展示过我写的什么东西——他从来没有称赞过、或者我甚至没有听见他提起过、而且我认为已经忘了的什么文章。这篇文章写得一点也不出色,只是同其他外国女学生的一般水平的作品比较起来,它似乎出色。在一所英国学校里,它几乎会自生自

---

① 帝髯,下唇下边的一小绺胡须,因拿破仑三世蓄过而得名。
② 摆样子公审,原意指为宣传目的而举行的对政治反对派等的公审。
③ 原文为法语:Boissec 和 Rochemorte,意为干木头和死石块。当系作者调侃之笔。

灭，没人注意。不洼湿客先生和落石莫得先生却觉得应该追问真相，并且暗示其中有诈。现在就是要我来证明实际情况，经受他们考试的折磨。

接下来的就是一个难以忘怀的场面。

他们开始考我古典作品。我一无所知。继而问我法国历史。我几乎分辨不清墨洛维和法拉蒙①这两个人。他们又考问我关于各种学科的问题，依然只得到我摇头作答，以及一成不变的"我一点儿也不知道。"

在一阵富有意味的停顿以后，他们就开始问一般的知识，提出一两个我颇为熟悉的也是我常常思考的问题来讨论。至今站在一旁观看的伊曼纽埃尔先生，那张像冬至时刻一样阴暗的脸上多少露出了亮色，他觉得我现在把自己表现得至少不是个傻瓜了。

他结果发现了自己的错误。尽管对于问题的答案像泉水那样喷涌而上，一下子充满了我的头脑，各种想法都有了，可是我却找不到表达的语言。我不是无法说出来，就是不愿意说出来——自己肯定不了究竟是哪一样。我想，部分原因是我的神经不对头，部分原因是我的情绪给破坏了。

我听见我的主考人——穿镶边紧身长外衣的那一位——对他的教授同事轻声耳语："那么她是个白痴吗？"

"不错，"我心中想，"对于你们这类人，她是个白痴，而且将永远是这样。"

不过我忍受着痛苦——痛苦得简直受不了。我看见保罗先生的前额上沁出了汗珠，他的眼睛在说一种满含激情然而又伤心可怜的指责我的话。他不相信我竟然完全缺乏一般人的聪明才智；他认为要是我愿意的话，就能够立即作出反应的。

最后，为了给他、给那两位教授和我自己松一口气，我结结

---

① 墨洛维，古代撒利克法兰克人的国王（448—457），墨洛温王朝的祖先。法拉蒙，传说中的人物，墨洛维的一个先辈。

巴巴地说：

"先生们，你们还是让我走的好；你们从我这儿得不到什么好处；就像你们说的，我是个白痴。"

我多么希望我说的时候是冷静的和庄严的，要么，我真希望自己的理智有足够的能力管住我的舌头；那背叛我的舌头说不出话来，支支吾吾的。我看见那两位审判官用扬扬得意的鄙夷的眼光打量着伊曼纽埃尔先生，又听到我自己的声音在不胜苦恼地震颤着，不禁一下子抽抽搭搭地涌出一阵眼泪来。这种情绪之中是愤怒多于忧伤；如果我是个男人并且身强力壮的话，我就会当场要求跟那一对决斗——不过那只是情绪而已，我宁可受到鞭笞，而不愿暴露出来。

两位无用之徒啊！在他们称之为弄虚作假的那篇作品当中，他们难道不能一眼看出一个初学者的粗疏的手笔吗？题目是古典的。在保罗口述决定我那篇文章的这个题目的特点的时候，我才初次听到这个题目；内容对我是陌生的，我没有材料来处理它。不过我搞到了一些书籍，便用功研读，弄清事实，费了九牛二虎之力把真情实况的枯骨残骸拼凑成一副骷髅骨架，然后给它穿上衣服，并且试着吹一口气，叫它活起来，最后这个企图使我兴趣盎然。对我来说，在把事实弄清楚、经过筛选和恰到好处地连接起来之前，日子是很不好过的，心里焦急不安。在我觉得骨骼拼得正确，感到满意之前也不能放弃研究和努力。对于谬误或者虚妄的观念，我内心深处的反感的力量非常强烈，有时候，这使我避免了令人咋舌的大错误；可是我的头脑里就是没有透彻了解的、深思熟虑过的知识。它并不是在春天播种、夏天生长、秋天收割、又贮藏过一冬的东西。不论我需要什么，我必须走出去采集新鲜的。掇拾满满一裙兜野生的药草，趁其碧绿青翠之际，切成碎条，投入锅里。不注湿客先生和落石莫得先生却觉察不到这一点。他们误将我的文章看作一位成熟的学者的文章了。

他们仍然不肯放过我，我必须当着他们的面坐在那儿。我用颤抖的手拿起笔来蘸墨水，我热泪盈眶，眼前一片模糊，朝着那张白纸望去，这时候，我的审判官之一装模作样地开口为自己引起的痛苦表示歉意。

"我们是为了真理才这样做。我们并不想使你痛苦，"他说。

藐视给了我胆量。我只回答一声：

"说吧，先生。"

落石莫得提出了这样一个题目：《人类的正义》①。

人类的正义！我对此有什么好说的呢？空空洞洞，冷冷冰冰的抽象对我一点都引不起神思飞动的意念来。伊曼纽埃尔先生侍立在那儿，像扫罗那么悲哀，像约押②那么严峻，而他的控告者们却洋洋得意。

我瞧着他们两人。我正在聚集起我的勇气来，准备告诉他们，我既不打算写，也不打算再说一个字来教他们满意，准备对他们说，他们的题目不适合我，他们两人的在场也不会使我有灵感，还想说，不管怎么样，谁要是在伊曼纽埃尔先生的名誉上投下怀疑的阴影，谁就亵渎了真理，而他们自称是真理的捍卫者。我正打算把这些话全部说出来，这时候，却突然在记忆中闪现了一道亮光。

这两张尊容从长头发、八字须和络腮胡子的森林之中露出来——这两副冷漠无情而又鲁莽放肆的、不可信任而又自以为是的面容——正是我孤单凄凉地到达维莱特的那天夜晚在光亮的煤气灯的照耀下，从门廊的圆柱后面伸出来把我吓得半死的两张脸，就是那两张脸。我觉得确确实实可以肯定，就是这两条好汉，曾经把一个举目无亲的外国女人弄得晕头转向，弄得精疲力竭，叫她

---

① 作者夏洛蒂就读于布鲁塞尔埃热夫人寄宿学校时，曾于1842年用法文写过一篇《人类的正义》论文。
② 约押，大卫手下将领，曾击败扫罗之子的军队。后被提拔为元帅。大卫之子押沙龙反叛时，又率兵反击，杀死叛逆者。最后出于嫉妒杀死将领亚玛撒，而被护卫长比拿雅杀死于旷野之中。见《圣经·旧约全书·列王纪上》。

上气不接下气地在这座城市的四分之一的面积里东奔西走。

"两位虚伪的导师①啊!"我心里想。"青年人的纯洁的向导啊!如果'人类的正义'真的像她所应有的样子的话,你们两个就很难保住你们现在的位置,也不能享有你们现在的声望了。"

一旦抓住这个概念,我就开始工作起来。"人类的正义"换上新的装束打扮在我面前匆匆而过,那是一个双手叉腰、涨红了脸的朝三暮四的丑老太婆。我在她的家里见到她,那是一个乱七八糟的窝儿:仆人们请求她发号施令或者给予帮助,她却置之不理。叫化子们站在她家门口等待着,饥肠辘辘,却不被注意。一大群病病歪歪、吵吵闹闹的孩子绕着她的脚爬来爬去,对着她的耳朵大声呼叫,吁请给予关心、同情、医治、挽救。这位有声誉的女人对这些呼声却一点都不关心。她在壁炉边有一个属于她自己的温暖舒适的座位;她在她那一只黑色的短烟斗之中,以及一瓶斯微内太太的镇静糖浆之中有属于她自己的安慰;她抽一口烟,呷一口糖浆,在她的天堂里好不逍遥自在,而无论何时,她周围的受苦受难的人们的一声呼叫太尖锐地刺激了她的耳朵——我的这位生来乐呵呵的老太婆便一把抓起拨火棍或者壁炉刷子。要是冒犯者是个体弱多病、饱受冤屈的人,她就有效地使他规规矩矩;万一他是个身强力壮、神定气足、性格狂暴的人,她就只不过威吓一下,然后把手伸进她的深深的钱袋里,掏出一大把小糖果②,慷慨大方地抛撒出去。

这就是关于"人类的正义"的速写,我匆匆急就地写在纸上,奉呈给不洼湿客先生和落石莫得先生,听凭发落,伊曼纽埃尔先生从我的肩膀后面读过一遍。我不等他们评论,就向他们三人弯了弯身子告退了。

那天放学以后,我又遇见了保罗先生。当然,这次会面开头的

---

① 导师,原文为mentors,源于希腊神话中的Mentor(门托尔)。他是奥德修斯的挚友,又为其子的导师。
② 小糖果原文为sugar-plums,又有贿赂、甜头的意思。

时候并不风平浪静;我可有疙瘩要同他理论理论①;那种强加于人的考试我一下子无法咽下去。于是展开了一场磕磕碰碰的对话,最后以我被称为"一个瞧不起人的没有心肝的人"同时这位先生暂时走开而告终。

我并不希望他就这样走开,我只希望他能够感觉到,像他那天那样毫无控制地感情冲动,是不能被纵容而完全不受惩罚的。因而,过了不久,他在绿廊里栽培植物,我看见他的时候,并不感到不高兴。他走到玻璃门边,我也走近那儿。我们谈论绿廊周围生长的鲜花。过了一会儿,他放下手中的铁铲,又过了一会儿,他重新开始了会谈,转到其他的话题,最后接触到令人感兴趣的一点上来。

保罗先生意识到自己那天的做法特别容易招惹过分越轨的指责,因而他一半表示歉意,同时也一半感到懊悔,懊悔自己的情绪不稳定,总是一阵阵发作,不过,他暗示应该对他有所谅解。"但是,"他说,"露西小姐,我几乎不能希望从你那儿得到谅解;你既不了解我,也不知道我的处境,更不知道我的历史。"

他的历史。我马上接过这个词儿来,心中继续琢磨着这个概念。

"不,先生,"我反驳说。"当然,像你所说的,我既不知道你的历史,也不知道你的处境、你的牺牲,更不知道你的悲苦、或者磨难、或者感情、或者忠诚。哦,不!我对你的事情一点都不了解;对我来说,你完全是个陌生人。"

"嗯?"他咕哝着说,两道眉毛由于惊讶而拱了起来。

"你知道,先生,我只在上课的时候见到你——严峻、武断、急急忙忙、飞扬跋扈。我在市镇里只听说你活跃而又固执、敏于创新、急于带头,可是缓于听劝、难于低头。一个像你这样的男人,如果无拘无束,就会无情无义;如果无牵无挂,就会无责无心。我们所有跟你有接触的人,全都是机器而已,你把这些机器

---

① 原文为:there was a crow to pluck with him,是一句英国成语。

摆在这儿，放在那儿，从不考虑它们的感情。你在傍晚的枝形吊灯的亮光下、在大庭广众前寻欢作乐；这所学校和那边的专科学校是你的两个车间，在车间里你制作被称为学生的物品。连你住在哪儿我都不知道；你认为没有家，也不需要一个家，是很自然的事，理所当然的事。"

"你在审判我，"他说。"你对我的看法正是我自己认为的那样。对你来说，我既不是一个男子汉，也不是一个基督徒。你觉得我没有感情，也没有宗教；朋友或者家庭都与我无关，原则或者信仰都不是我的指导。这样很好，小姐，这就是生活给予我们的报酬。"

"你是个哲学家，先生；一个玩世不恭的哲学家，"（我瞧着他的宽松外套，他马上用手掸一掸那颜色晦暗的袖子。）"瞧不起人性的弱点——超越于人性所要求的享受——无求于人性所要求的安慰。"

"你，小姐，你很整洁、雅致，而且心肠硬得可怕。"

"可是总而言之，先生，现在我想到，你总得住在什么地方吧？请告诉我是在哪儿；你拥有怎样一个包括仆从在内的家庭？"

他的下嘴唇可怕地撅出来，暗示其中含有一股最明确的轻蔑的冲力，他脱口而出：

"我住在洞穴里！小姐，我住在一个小窝儿里——一个洞穴，你绝不会把你优雅的鼻子伸进去。有一次，我曾经由于不好意思说出全部真情，就说是专科学校里我的一间'书房'。现在让你明白这间'书房'就是我整个住处；那儿既是我的卧室，又是我的起居室。至于我的包括仆从在内的家庭么，"（他模仿我的声音）"一共有十个仆从；就是这些。"

他冷酷无情地把十个指头直伸到我的眼睛前面。

"我自己用黑鞋油擦靴子，"他粗暴地说下去。"我自己刷我的宽松外套。"

"不，先生，这衣服太不显眼了；你从来也不刷的，"我插嘴说。

"我自己收拾床铺，做家务；我在一家餐馆里吃中饭；我的晚餐则随便对付。我白天过得辛苦劳累，没有爱情；夜晚是长夜漫漫，孤孤单单。我是令人望而生畏的，我还留着胡须，又像个苦行僧。现在活在这个世界上的任何东西都不爱我，除了像我一样心力交瘁的一些老年人，还有几个穷困潦倒、受苦受难、囊中无钱、精神空虚的人，这个世界上的王国都不要他们，可是不容争论的遗嘱和证书却已经把天国遗留给了他们①。"

"啊，先生；可是我知道！"

"你知道什么呢？我的确相信，你知道许多事情；然而你不了解我，露西！"

"我知道你在下城区的一个可爱的古老的广场那儿拥有一幢可爱的古老的房屋——你为什么不到那儿去住呢？"

"Hein？"他又咕哝着说。

"我很喜欢那幢房屋，先生；有一级级石阶通到大门口，前面铺着灰色的石板，屋后是摇曳生姿的树木——真正的树木，而不是灌木丛——是黑魆魆的高大古老的植物。还有那间闺房里的祈祷室——你应该把那个房间改成你的书房；那儿是那么安静和庄严。"

他仔细打量着我，半带微笑，半是涨红了脸。"你从哪儿听到这一切的？是谁告诉你的？"他问道。

"没有人告诉我。你可认为我是梦见的呢，先生？"

"我难道能够进入你的梦幻吗？我难道能够猜出一个女人清醒时的思想吗？更甭提她睡着时的幻梦了。"

"要说我是梦见的话，我在梦里不止一次看见了一幢房屋，我还看见了人物呢。我看见了一个老教士，头发灰白，弯腰曲

---

① 语出《圣经·新约全书·马太福音》第5章第3节："虚心的人有福了，因为天国是他们的。"

背,以及一个家仆——也很老,而且很有特点;还有一个夫人,珠光宝气的,但是希奇古怪,她的头几乎还不到我的胳臂肘儿——她的豪华富丽可以把一个公爵赎回来。她穿的袍子像杂青金石①那样光彩熠熠——一条披肩值一千法郎。她用那么光辉耀眼的装饰品打扮起来,我从来没有见过谁佩戴过那么美丽的、闪光的玩意儿。可是她的身材看上去好像一断为二,折叠在一起似的。她似乎已经比一般人的寿命活得更长,并且已经达到只感觉劳苦愁烦的年龄②。她已经变得性情孤僻——几乎心怀恶意;不过,好像有那么一个人在照顾年老体弱的她——有那么一个人原谅她的罪过,也希望他自己的罪过被人原谅。他们三人住在一起——女主人、教士和仆人——都是年老的、都是弱不禁风的、都是托庇于同一个仁慈的翅膀之下的。"

他用一只手蒙住了脸的上半部,没有遮住他的嘴,我瞧见他挂在嘴边的我所喜欢的那种表情。

"我看出你已经探察到我的秘密之中去了,"他说,"不过,你是怎么知道的?"

于是我就告诉他是怎么一回事——我被差遣去办的事情,使我耽搁在那儿的暴风雨、那个妇人的唐突无礼、那位神父的好意。"我坐在那儿等待雨停下来的时候,希拉斯神父讲一个故事给我听,以消磨时间,"我说。

"讲一个故事!什么故事啊?希拉斯神父可不是一个传奇作家。"

"要不要我把那个故事讲给你听呢?"

"好吧,从头开始。让我听听露西小姐讲的一些法语吧——她最好的或者最坏的方面——我不在乎是哪一种。就让我们好好

---

① 杂青金石,一种装饰物质,由青金石染色的岩石,色彩深蓝,有光泽。
② 语出《圣经·旧约全书·诗篇》第90篇第10首:"我们一生的年日是七十岁,若是强壮可到八十岁,但其中所矜夸的,不过是劳苦愁烦。转眼成空,我们便如飞而去。"

听一下若干用词不当的法语和慷慨流露的不列颠岛国的口音。"

"先生是不会满足于听一个关于野心勃勃的计划的故事,以及叙述者在故事中频频出现的场面。不过,我可以把那个故事的题目告诉他——《神父的学生》。"

"哼!"他嚷道,那股黑黝黝的红潮又一次给他那黑不溜秋的面颊染上颜色。"那位好心的老神父选择这个对象真是糟糕透顶了;这是他的失策之处。可是'神父的学生'怎么样呢?"

"哦!有许多事情好说。"

"你不妨讲清楚有哪些事情。我很想知道。"

"比如关于那个学生的青年时代、那个学生长大成人以后——他的贪得无厌、他的忘恩负义、他的铁石心肠、他的变化无常。先生啊——一个如此恶劣的学生——如此不知感恩、冷酷无情、不讲义气、不肯饶恕人!"

"后来呢?"他说,一面拿出一支雪茄烟来。

"后来,"我继续说,"他经受了许多谁也不怜悯的灾难——以谁也不羡慕的那种精神忍受了那些灾难——忍受了谁也不同情的委屈;最后他采用了不合基督教教义的报复方法:把炭火堆在敌手的头上。①"

"你还没有把全部故事都告诉我,"他说。

"我想几乎是全部了。我已经把希拉斯神父叙述的章节的主要部分都指出来了。"

"你忘记了一点——没有谈到那个学生缺乏感情的方面——没有谈到他的冷酷无情的修道士的心肠这一方面。"

"的确;我现在记起来了。希拉斯神父是说过,他的职业几乎就是一个教士的职业——认为他是奉献了他的一生。"

---

① 典出《圣经》:"把炭火堆在头上"(heap coals of fire on somebody's head)。见《圣经·旧约全书·箴言》第 25 章第 21 至 22 节:"你的仇敌,若饿了就给他饭吃,若渴了就给他水喝,因为你这样行,就是把炭火堆在他的头上。"后来这句话被用来喻指以德报怨,使对方羞愧和后悔,以达到以善胜恶的目的。

"那是由于什么契约或者义务呢？"

"由于过去的牵挂和现在的乐善好施。"

"那么你知道了整个情况啰？"

"我现在已经把别人对我讲的一切都奉告先生了。"

有几分钟时间大家在沉思中过去。

"现在，露西小姐，瞧着我，并且用我相信你从不会去违背的真理回答我一个问题。把眼睛向上看，正对着我眼睛瞧；不要犹豫不决；放心大胆信任我——我是一个可以信赖的男子汉。"

我把眼睛朝上看着。

"现在，你既然已经彻底了解了我——我所有的经历，我所有的责任——你既然早就了解了我的缺点，我们仍然能够成为朋友吗？"

"如果先生需要我作为一个朋友，我也愿意把他当作一个朋友。"

"可是，我的意思是指一个亲密的朋友——真心的知己——除了血缘以外，一切都同心同德同宗同族，怎么样？露西小姐愿意做一个非常贫穷的有束缚、有负担、有累赘的人的妹妹吗？"

我不能用话语回答他，不过，我想我还是回答了他了。他握住我的手，在他的手心的庇护里，我的手感到舒适。他的友谊决不是令人疑窦丛生的、摇摆不定的恩典——一种冷漠的、疏远的希望——一种连一个指头的压力都经不起的那么脆弱的感情。我马上感觉到（或者自以为感觉到）它就像磐石那样支持着我。

"我说到友谊的时候，我指的是真实的友谊，"他加强语气重复地说；我几乎不能相信那么诚挚的话语竟然有幸灌入我的耳朵里来。我几乎不能相信他流露的那么亲切而又急切的神情的真实性。要是他真的希望取得我的信任和关心，真的会把他的信任和关心给我——哎呀，在我看来，生活不可能提供比这更多和更好的东西了。那样的话，我就会变得更坚强、更富有；只一转眼工夫就使我得到实实在在的幸福了。为了弄清事实真相，把它固定下来，打上印章，我问道：

"阁下是十分认真的吗？他真的认为他需要我，而且能够有兴趣把我当作一个妹妹来对待吗？"

"一定的，一定的，"他说，"像我这样孤独的人，没有姐妹，要是在一个女人的心中找到一个姐妹的纯洁的感情，那必定只能是叫人高兴的。"

"我敢于信赖阁下的关怀吗？在我十分想向他讲的时候，我敢于向他讲吗？"

"我的小妹妹得自己去试验，"他说，"我不预先许下诺言。她必须逗弄和折磨他的刚愎自用的兄长，才能把他训练成她所希望的模样。在某些人的手中，他到底不是桀骜不驯的材料。"

他说话的时候，那声音的调子，以及此刻充满深情的眼光，给了我过去肯定没有感觉过的快乐。我没有羡慕过任何一个姑娘的情人、任何一个新娘的新郎、任何一个妻子的丈夫；我对于我的这位自愿的、自动奉献的朋友感到心满意足。只要他证明是可以信赖的，看起来也是可以信赖的，那么，除了他的友谊之外，我究竟还能贪求些什么呢？可是，如果这一切都像梦一样消失得无影无踪，就像过去曾经发生过的那样……？

"怎么一回事？"他说，由于这一思想沉甸甸地压在我的心上，它的阴影便投射在我的脸上。我告诉了他；停了一会儿，他带着沉思的表情微微一笑，然后告诉我说，同样的恐惧——唯恐我对他这样一个脾气如此执拗和多变的人感到厌倦——也曾经不止一天、不止一个月地缠绕心间。

听了这句话以后，一种平静沉着的勇气使我感到精神振奋。我大胆地说出一个使他恢复信心的字。这个字他不仅加以容忍，而且还殷勤地要求我重复一遍。我变得十分幸福——奇怪的幸福——因为我使他放心、满足、宁静。昨天，我还不能相信这个地球或者生活会提供像我现在正在经历的几个片刻。有无数次，我的命运曾经是眼睁睁地瞧着令人忐忑不安的痛苦阴森森地逼近；

可是，忽然看到出乎意料的幸福随着分分秒秒的飞逝而成形、而就位，并且变得更为真实，倒的确是一个新鲜的体验。

"露西，"保罗先生仍然握着我的手低声说道，"你有没有看到老房子里的那间闺房中挂着的一幅画？"

"我看到的；一张画在镶板上的画。"

"是一个修女的肖像。"

"是的。"

"你听说过她的历史吗？"

"听说过。"

"你记得那天晚上，在绿廊里，我们见到的东西吗？"

"我决不会忘记。"

"你没有把这两件事情联系起来想，那该是很迟钝的吧？"

"我看见那幅肖像画的时候，是想起那个幽灵的，"我说；情况确实如此。

"你没有想到，也不会去想到，"他继续说，"一个天上的圣者，她会为了世上的情敌而自寻烦恼吧？新教徒很少迷信；这一类病态的幻想不会使你困扰吧？"

"对于这件事我不知道该怎样想才好。不过，我相信总有一天会水落石出、自然而然地解开这个表面上看来神秘的谜团。"

"毫无疑问，毫无疑问。况且，没有一位活着的善良的女人——更不用说一位纯洁的、无忧无虑的幽灵——会扰乱像我们这样亲密无间的关系——难道这不是真的吗？"

我还没有来得及回答，菲菲妮·贝克突然闯了进来，她涨红了脸，急急忙忙，高声喊着要找我。她的母亲要到城里去探望一个英国人的家庭，他们提出要一份学校简介小册子，因此需要我当差去做翻译人员。这样来打断倒并非不合理：这一天老是碰到坏事，已经够受的了；这一小时里，这一天中的好事也足够受用。不过，我倒是想问问保罗先生，他刚才提醒我要警惕的"病态的幻想"有没有在他的脑海里作祟。

第三十六章
不和的金苹果[①]

在那友谊的盟约能够被别人认可之前,除了菲菲妮·贝克的母亲之外,还有一股力量对保罗先生和我有话要说呢。我们处于那种从不休眠的眼睛的监视之下:天主教会正嫉妒地注视着她的儿子,她是透过那扇神秘的格子窗望着的,我曾经有一次在那儿下跪过,而伊曼纽埃尔先生则月复一月接近它——那告解室的滑动窗格。

"你为什么这么喜欢与保罗先生友好呢?"读者会这样问。"他岂不早已是你的朋友了吗?他岂不一再证明过他对你怀有某种特别深厚的感情吗?"

是的,他是这样;但是我还是喜欢听他认真地对我这么说——说他是我的亲密的真心的朋友。我喜欢他那种谦虚的疑虑不安,以及温柔的恭顺服从——那种渴望寻找寄托之所、并且一旦被人指点如何做到便深深感激的信赖。他曾经称我为"妹妹",这很好。是的;只要他对我推心置腹,无论他高兴怎样称呼我都行。我准备心甘情愿地做他的妹妹,条件是他不诱使我把这种关系转变成为他的什么未来的妻子;既然他在心中暗暗发誓要抱独身主义,这么一种会使我进退两难的困境看来是很少有出现的危险。

随后,在那天夜里,我几乎一宿没睡,尽思量着傍晚的那次会见。我眼巴巴地盼望着天亮,然后又侧耳等着打铃声。起床和穿衣梳理以后,我觉得祈祷和早餐的时间过得太慢,而且每时每刻都拖得老长,然后才终于到来上文学课的时候。我所希望的是更清楚地理解一下这种手足之情的结盟是怎么一回事;我要注意一下,我们再次见面的时候,他会表现出多少像个兄长的样子;也要验证一下我自己的感情有多少像个做妹妹的人;还要展示一下我是否能够鼓起作为一个妹妹的勇气,而他是否能够拿出一个兄长的坦率真诚来。

他来了。生活是那样构成的:事情并非、或者无法、或者不会按照人们预期的那样发生。那天的一整天他始终没有走近我,同我聊一聊。他授课比平时冷静、温和,同时也比平时严肃。他对待学生们像一位父亲,可是对待我却并不像一位兄长。在他离开教室之前,我以为他如果不同我讲一句话的话,至少会对我笑一笑的;结果两者都没有。我所得到的只是点一点头——匆促而又腼腆的。

我把这种疏远辩解为事出偶然——那不是有意的。忍耐一下吧,它会消失的。可是它没有消失;一连几天依然如故,而且更疏远了。我强忍住心头惊讶的感觉,把开始冒出来的其他所有的感情都吞咽了下去。

在他奉献手足情谊的那时候,我很可以问一问——"我能放胆信赖你吗?"他无疑有自知之明,因此很可能不作任何保证。不错,他曾经嘱咐我去做我自己的实验——逗弄和考验他。不切实际的训谕啊!这不过是有名无实的、不生效用的特权罢了。有些女人可能会利用它!可是在我的力量和天性里,却决没有什么东西会使我置身于这个勇敢的团伙之中。我被孤单单地撇在一边,便意气消沉了;我碰了壁,便退缩不前了;我被人遗忘了——我的嘴不会声张出来,我的眼睛也不会投射出提醒别人的目光。看来我的打算在什么地方出了差错,我等待时间来揭露吧。

不过,这一天是在他通常给我上课的时候来到的。好久以来,每隔七天他慷慨地为我花一个夜晚,专门用来检查我过去一

---

① 不和的金苹果,喻为引起争端、仇恨、动乱的起因。参见第175页注①。

周里在各门学科中所做过的工作,以及我为下一周所做的准备工作。在这种时候,任何场所都可以充当我的课堂,只要碰巧那儿有一些学生和别的教师,或者在靠近他们的地方;那常常是在宽敞的第二班级里。熙熙攘攘的走读生已经离校,而只有不多的寄宿生三五成群地聚集在监督者的讲台附近的时候,容易在那里找到一个安静的角落。

在习以为常的傍晚,一听到那习以为常的按时敲响的钟声,我便收拾起我的书本和纸张、钢笔和墨水,朝那间宽敞的班级教室走去。

这时教室里空无一人,完全沉浸在清凉的浓浓的阴影之中。不过从那打开的双扇门望过去,可以望见那间方形大厅,那里有许多学生,有明亮的光线。西下的夕阳在大厅和人影的上端抹上一层绯红的色彩。颜色是红得那么鲜明和艳丽,使得墙壁的颜色和那些连衣裙的缤纷斑驳的色泽仿佛全都融化在一团热烘烘的霞光之中。姑娘们坐成一圈,有的在做女红,有的在念书。在她们的中央,站着伊曼纽埃尔先生,他正在心情愉快地对一位教师说话。他那深色的宽松外套和乌黑发亮的头发,渲染着一束束、一丝丝深红色的反光。他那像西班牙人的面庞在转过来的一瞬间,用欢畅的微笑回答夕阳的欢畅喜悦的亲吻。我在一张课桌旁坐了下来。

一些柑橘树和几棵其他植物鲜花盛开,娇艳夺目,同样沐浴在慷慨的夕阳的笑容之中。它们享受阳光已经有一整天了,这会儿正吁求清水。伊曼纽埃尔先生爱好园艺,喜欢照料和栽培花木。我一向认为,拿着一把铁铲,或者提着一把洒水壶,在灌木丛中操劳能够使他的神经放松一下,他常常借助于此来调剂精神。这会儿他在侍弄柑橘树、天竺葵和绚丽的仙人掌,用它们解渴所亟需的饮料使它们全体复苏过来。在此期间他的嘴里一直咬着他当做宝贝的雪茄烟,那是(对他来说)生活的第一需要和头等重要的奢侈品。那一阵阵蓝色的烟圈在花丛中、在暮色里相当优美地袅袅上升。他不再对学生们和女教师们说话,却对一只小小的雌獚犬①说着许多亲热的话(如果谁能杜撰言语的话)。那只小犬在名义上属于这所学校,但是实际上它却认他为主人,因为它喜欢他胜过喜欢学校里的任何人。它是一只娇滴滴、毛茸茸、对人亲热、讨人喜欢的小小犬儿,在他身旁蹦蹦跳跳,用富于表情的眼睛,摇尾乞怜地望着他的脸。有时,他拿着他的希腊式无边圆帽或者手帕逗着它玩儿,每一次一失手掉下来,它都跑去蹲在那东西旁边,神态活像一头具体而微的狮子,守卫着一面王国的国旗。

那儿有许多花花草草,所有的花木都是这位业余园艺家自己用灵巧的双手从庭院中那口井里汲水浇灌的,因此,他这项活儿拖了相当长的时间。学校的大时钟滴答滴答不断地响着。又一个钟点敲响了。落日造成的幻象从方形大厅里,以及那一群年轻人身上消失了。白昼眼看就要过去。我看出我今晚的功课必定为时很短;不过,这时候,一株株柑橘树、仙人掌、山茶花全部都侍候过了,是该轮到我了吧?

天哪!花园里还有树木需要照料——他所特别喜爱的蔷薇树和某些名贵的花卉。小西尔维的高兴的吠叫声和呜呜哀诉声跟随着远去的宽松外套在庭院的小径上一路响过去。我把几本书收了起来,我将不会都用上了。我坐在那儿沉思着,等待着,不由自主地反对那悄没声息地偷袭而来的暝暝暮色。

欢蹦乱跳的西尔维又出现在前面了,这预示着宽松外套的归来。洒水壶被搁在井旁,它已经完成了它的任务;我多么高兴啊!那位先生在一只小石钵里洗洗手。现在已经不再有时间上一课了;要不了多久,晚祷的钟声必定会敲响的;不过,我们仍然应该见见面;他会愿意谈谈的。这会提供一个机会,让我在他的眼睛里读解出他为什么那么腼腆之谜。洗手礼结束了,他站在那儿,慢条斯理地重新把袖口整理停当,仰望着那一弯月牙儿,在

---

① 獚,一种长毛垂耳短足小犬,又称西班牙猎狗。

乳白色的天空中,它显得黯然失色,在施洗约翰教堂的凸肚窗上闪烁着微弱的光。西尔维若有所思地注视着这种气氛;这种寂静使它厌烦;它呜呜哀诉着,跳起来打破这种气氛。那位先生低下头来看着它。

"你这个苛求的小东西!"他说,"你似乎一刻也不能容忍被人忘记。"

他弯下腰去把它提起来抱在怀里,漫步穿过庭院,离开那一排窗子不及一码远,我正在其中一扇窗子近旁坐着。他流连忘返地漫步,抚摸着怀中那头小猎犬,用温柔的声音呼唤着它的温柔的名字。他走到前门的台阶上,转过身来,又一次望望月亮,望望那座灰色的大教堂,望到更远处,一直越过那些渐渐消失在夜雾的蓝色海洋之中的尖塔和屋顶。他闻闻在幽暗中散发的芬芳的气息,注意地看看花园中闭合起来的花朵。他忽然掉头回顾,眼睛里那道锐利的光芒掠过一间间教室的白色的正面,扫过那一长排框格窗①。我觉得他鞠了一躬,如果他的确如此,我却来不及回礼。他一转眼工夫便不见了。在紧闭了的正门前面,被月光照亮的门槛横在那儿,颜色惨白,光洁无阴影。

我把摊放在我面前课桌上所有的东西都抱在怀里,把这一大堆没有用上的东西拿回到第一教室里它们原来的地方。晚祷的钟声响了,我服从了这一传唤声。

第二天他得把整天的时间花在他的专科学校里,因此不会回到福色特街来。我教完了我的课,度过了中间的一段时间,眼见傍晚临近了,便把自己武装起来,去打发那沉重的百无聊赖之感。是跟同住在宿舍里的人待在一起更难受呢,还是独个儿坐着更无聊,我没有加以考虑。却自然而然地作出后一种抉择。要说有得到那么片刻的慰藉的希望的话,在这所学校里却没有谁的心

---

① 框格窗,一种上下拉动的窗子。

肠或者头脑能够给予这一希望。那种慰藉只有在我的课桌盖板下面才可能找到,它夹在哪本书的书页之间舒舒服服地蜷缩着,把一支铅笔头、一个钢笔尖镀上金光,或者给一只墨水玻璃瓶里的黑色的液体染上色彩。我心情沉重地打开我的课桌盖板,用疲乏无力的手把里面的东西翻看了一遍。

这些朝夕相处的书籍,这些用平常的封面装订起来的卷册我一本又一本地拿了出来,然后失望地一本又一本地放了回去。它们毫无可爱之处,不能给我慰藉。这一本淡紫色的小册子是不是什么新的东西呢?我以前没有看见过这本小册子,再说,我就在今天重新整理过我的课桌的——就在今天下午。这个小本子一定是在过去一小时之内放进来的,那时我们大家都在吃晚饭。

我打开那本东西。那是什么呀?它会对我说什么呢?

它既不是一本故事书,也不是一本诗集;既不是一本小品文集,也不是一本历史书;它既不唱,也不讲,又不辩论什么。它是一本神学作品,书中循循布道,劝人信奉。

我十分愿意聆听它讲的道理,因为尽管它篇幅短小,却具有它自己的魔力,马上把我吸引住了。它布讲天主教教义,劝人皈依天主教。这本娓娓狡辩的小书的声调是一种甜言蜜语的声调;它的口音里全都敷过圣油,抹过香膏。这里没有天主教会发出的隆隆雷声,没有她表示不满时所喷射的那种雷霆万钧的气息。新教徒所以要改宗为天主教徒,与其说是因为害怕异教徒的地狱,不如说是为了可以享受神圣教会所提供的舒适、沉迷和温情:恐吓或者胁迫离她十万八千里,她的愿望是引导和赢得人心。她搞宗教迫害吗?哎呀,不!不管怎样都不!

这本软语温存娓娓道来的书并非专为铁石心肠和世俗之辈写的;它甚至不是给硬邦邦的人吃的硬邦邦的干粮[①];它是婴儿吃的

---

① 语出《圣经·新约全书·希伯来书》第5章第12至14节:"……并且成了那必须吃奶,不能吃干粮的人。凡只能吃奶的,都不熟练仁义的道理,因为他是婴孩。惟独长大成人的,才能吃干粮,他们的心窍习练得通达,就能分辨好歹了。"

奶；是一位母亲对她最娇嫩、最幼小的孩子灌注的一股爱的冲淡的流质；它完全而且仅仅打算为了那些通过他的心能够达到他的头脑的人写的。它的呼吁并不是针对智力的；它寻求通过他的感情来赢得深情，通过他的同情心来赢得同情：圣味增爵·德·保罗①把孤儿们收容在自己周围的时候，也从来没有像这本书说得如此悦耳动听。

我记得，诱使人叛教的最大理由，体现在这样一个事实之中：死亡使他失去好友的天主教徒可以通过向上帝祈祷，让上帝准许他的好友们脱离炼狱，来感受无以言喻的安慰。小册子的作者没有触及那些信仰可以完全把炼狱排除在外的人们的较为坚定的平静心情；可是我却想到了这一点，而且，大体上说来，我觉得还是比较赞成后面一种教义，认为它能够使人得到最大的安慰。

这本小书使我颇感兴趣，而没有叫我心烦'使我不快。它是一本貌似虔诚的矫揉造作的、浮浅平庸的小书，然而它里面却含有什么东西使我从忧郁之中兴奋起来，还微微一笑了。见到这只未经舐过的狼崽子身披羊毛，模仿一只老实巴交的羊羔咩咩直叫、欢蹦乱跳，我觉得很有趣。其中有一部分内容使我想起自己幼时读过的某些卫斯理循道宗②的一些宣传品；它们都给加了差不多是同样的能使人激动以至狂热的味道的佐料。编写文章的人并非坏人，尽管我不断地把其中训练有素的花言巧语泄露出来——叫他那一套体系露出马脚——然而真要指责他本人不诚恳，我就要犹豫不决了。可是不管怎样说，他的判断需要外科手术的支撑，那是患了佝偻病的判断。

于是，我对来自"罗马七丘"上那位红光满面的老妇人③的一

---

① 圣味增爵·德·保罗（1576—1660），法国天主教辣匝禄会（遣使会）和仁爱社团创建者，曾设立多所育婴堂和医院。
② 卫斯理循道宗，基督教新教主要宗派之一卫斯理宗的别称。
③ 罗马七丘，原文为 Seven Hills，指 Seven Hills of Rome。罗马七座小丘，古罗马原建于其上，故有七山之城之称。此处指天主教会，"老妇人"当指圣母马利亚。

服母亲般的柔情药剂微笑,也嘲笑我自己不那么情愿、更不用说无力去接触这些温柔的恩宠。我朝标题页望了一眼,发现印有"希拉斯神父"的名字。扉页上则有纤小但是清晰并且很眼熟的铅笔字写着"给 L-y,P. C. D. E.赠。①我一看见这一行字便哈哈一笑,但是我的心情跟先前不一样了。我的精神为之一振。

一件极大的迷惑不解的事突然从我的头脑和想象中消失了。斯芬克斯②谜语已经得到解答了。希拉斯神父和保罗·伊曼纽埃尔两个名字同在一本书上提供了解答一切的钥匙。悔罪者已经跟他指导神父谈过了,不允许隐瞒任何事情,不能容忍他保留他那颗奉献给上帝和他自己的那颗心的任何一个角落;他把我们最近一次会面的情况源源本本地交代了出来;他坦率地承认了那种兄妹盟约并且也说出了关于他的结拜妹妹的事。如此盟约,如此结拜关系教会怎么可能准许呢?居然同一个异教徒搞什么兄妹情谊的感情交流!我仿佛听见希拉斯神父在宣告这一亵渎的契约无效,对他的赎罪者警告其危险性,又恳求又责成他要严肃对待。不仅如此,而且凭着他的职务的权威,同时以伊曼纽埃尔先生的名义,凭着伊曼纽埃尔先生视为最珍贵、最神圣的记录来下命令,要强制执行那一项冷若冰霜、寒气直透我的骨髓的新的人际关系。

这些假设可能并不令人感到愉快;然而,比较起来还是受欢迎的。比起害怕保罗先生身上自然而然发生的那种变化来,那个在背景中徘徊不去的幽灵般的烦人的幻象,便算不上什么了。

由于事情至今已经隔了这么长一段时间,我无法肯定上述推测究竟有多少是自我暗示而生成的;或者换句话说,究竟有多少

---

① P .C. D. E.是伊曼纽埃尔原文姓名的首字母缩写。L-y 是露西(Lucy)的缩略形式。
② 斯芬克斯,希腊语意为"女扼杀者"。源自埃及希腊神话中的怪物。上半身为女人,下半身是狮子、蛇尾、鹰翅,蹲坐于忒拜城外的巉崖上,向过路人提出谜语,猜不出者都被她吃掉。俄狄浦斯路过时,解答出她的谜语"早晨四脚走路,中午两脚走路,晚上三脚走路"为"人",她便跳崖自尽。斯芬克斯谜语,喻难解之谜或难题。

是从对方得来并且为其所证实的。然而这并不需要弄清楚。

这一天的傍晚,夕阳并不光辉灿烂。自西徂东一片云翳。不见那蓝蓝的、然而染成玫瑰色的夏夜的薄雾使远景变得那么温柔,却有着从那些沼泽地飘来的冷森森、黏糊糊的灰色的浓雾在维莱特到处蠕动。今夜,洒水壶可以闲置在水井旁的壁龛里了吧;小雨曾经淅淅沥沥下了一下午,此刻仍然酣畅地、静静地下着。这样的天气可不是在滴滴答答的树荫下漫步于湿漉漉的庭院小径上的时候,然而我惊讶地听见西尔维在花园里突然发出的吠叫声——那是它欢迎的吠叫声。不错,并没有人跟它在一起,可是,除非对一个人的到来表示敬意,它是从来不像这样高兴而又急速地吠叫的。

透过玻璃门和拱形的绿廊我可以统览那条禁止行走的小路的深深的远景。西尔维直向那里奔去,像一束白色的欧洲荚蒾①一闪一闪地在朦胧的夜色中穿过。它奔过来又奔过去,呜呜哀诉,蹦蹦跳跳,把矮树丛中的小鸟骚扰得不得安宁。我注视了五分钟,却不见跟随这预兆的应验出现。于是我继续看我的书;西尔维的尖锐的吠叫声却突然停住了。我再抬头望望,看见它正站在没有几码远的地方,正使足了劲,用最快的速度摆动着它那条绒毛般的白尾巴,目不转睛地注视着一双坚持不懈的手在急速地用力挥动一把铁铲的动作。原来伊曼纽埃尔在那儿,正弯腰掘土,他站在雨水淋湿又往下滴水的灌木丛中的烂泥地上掘着,干得十分辛苦,仿佛他一天的微薄收入确实要靠额上的汗水来赚取似的。

在这一迹象之中,我觉察到一种烦躁的心情。在内心受到痛苦情感的冲击时,不论那是神经上激动,还是良心责备引起的思想负担,他就会在这个最寒冷的冬日里在冰冻的积雪中这样掘土。他会一小时一小时地掘下去,皱着眉头,咬紧牙关,头也不抬,口也不开。

---

① 欧洲荚蒾,一种开一束束如雪球一般白花的植物。

西尔维一直瞧着，瞧到厌倦为止，便又迂回曲折地乱奔乱跑起来，一下子跳到这边，一下子又冲到那边，这里闻闻，那里嗅嗅，最后，它发现我待在教室里。它立即扑向玻璃窗格，汪汪吠叫起来，好像在催促我去与它同乐或者与它的主人一同苦干似的。它有时曾经看见我和保罗先生在那条庭院小径上散步，因此我不怀疑，它认为我现在同样有责任去和他做伴，尽管这是个雨天。

它那么闹闹嚷嚷，忙个不休，终于使保罗先生抬头一看，自然就发现它为什么并且是对谁吠叫。他吹起口哨叫它走开，它却吠叫得更响了。它似乎一定要别人把玻璃门打开。我想他是被它的胡搅蛮缠弄得不耐烦了，便扔下铁铲，走了过来，把门推开一点儿。西尔维猛孤丁地一下子冲进来，跳上了我的衣兜，把脚爪搭在我的脖子上，它的小鼻子和小舌头则忙着在我的脸上、嘴上、眼睛上乱嗅乱舔，简直叫人受不了；那条毛茸茸的尾巴在课桌上掸来掸去，把那些书本和纸张拨弄得四处飞散。

伊曼纽埃尔先生走上前来，制止了这阵喧闹，并且把乱糟糟的东西整理好。他理齐了书本之后，便一把抓住西尔维，把它藏在他的宽松外套里面，它在那儿舒舒服服地偎依着，安静得像一只耗子，只探出一个脑袋来。它娇小玲珑，那张天真无邪的脸是世上最漂亮的，那对长耳朵是世上最像丝绸一样光洁柔软的，那双黑眼睛则是世上最好看的。我看见它的时候，没有一次不想到波琳娜·德·巴桑皮尔。读者，请原谅我作此联想，这个联想自会发生的。

保罗先生轻轻抚摸着它，又轻轻拍着它；它如此得宠是并不奇怪的；它的美丽和它的灵动活泼的生气真惹人喜爱。

他一边爱抚着这条小猾犬，一边打量着刚才放回原处的那些纸张和书本；他的目光停留在那本宗教小册子上。他的嘴唇翕动着，欲言又止，控制住说话的冲动。怎么回事！难道他已经答应决不再和我说话了吗？果真如此的话，那么他的更好的天性在发出这样的誓言："遵守这习惯不如违犯更光彩。"①因为，他又作了第二次努力，说道：

"想来你还没有看过这本小册子吧？它不够吸引人，是吗？"

我回答说我已经看过了。

他等着，似乎希望我不待询问而自愿地发表一通对那本小册子的意见。然而，既然没有人询问，我也就没有心情去做或者讲什么了。如果必须做出任何让步——如果需要任何和好的表示——那可是这位希拉斯神父的驯服的门生的事，而不是我的事。他的眼睛温柔地望着我，他那蓝色的目光此刻显得很温和——蕴含着关怀——带有一点伤感情绪。这里有着混合而成、又彼此形成对照的含义——责备别人化成为自我责备了。此刻，他可能会乐于看出我的内心里有着什么动了感情的东西。我可不能暴露出来啊。然而，在下一分钟里，要不是我自己想起从我的课桌里拿出几支鹅毛笔来，从容不迫地动手把笔头削尖的话，我的慌乱心情一定会暴露无遗的。

我知道我的这个动作会使他的心情起一种变化。他从来都不喜欢看见我削鹅毛笔尖；我的刀刃总是钝的——我的手也不灵巧。我乱劈乱削。这一次，我把自己的手指割破了——有一半是故意的。我要使他恢复他的自然状态，使他感到无拘无束，使他大声呵斥。

"笨手笨脚！"他终于喊叫了起来，"她简直会把自己的手切成肉糜的。"

他把西尔维放下，让它安静地躺在他那顶希腊式无边圆帽旁，一把夺走我手里的鹅毛笔和削笔刀，开始削呀削的，把笔尖削得尖尖的，干得像一台机器那样精确和敏捷。

"我②可喜欢那本小书呢？"他现在这样问我。

---

① 引自莎士比亚戏剧《哈姆雷特》第 1 幕第 4 场，但原文与莎剧稍有出入。译文根据林同济译本《丹麦王子哈姆雷特的悲剧》（中国戏剧出版社，1982 年版）。
② 原文是 I 和 me，实际上是"你"的意思。下同。

我忍住一个呵欠,回答说自己几乎说不上来是否喜欢。

"那本书感动我①了吗?"

"我觉得它曾经使我有点儿昏昏欲睡。"

(他停顿了片刻以后)"那么,我们走吧!用这种口气同他②说话是没用的。尽管我这个人坏——要是必须一口气历数我的全部缺点的话,他一定会感到内疚——然而上帝和自然给了我'丰富的情感和同情心',对于那么感人肺腑的呼吁不会不深深感动。"

"真的!"我立刻激动起来,回答说,"我根本没有受感动——一点也不。"

为了提出证明,我从口袋里取出一块完全干的手帕,还是干干净净的,折得好好的。

于是我成为一连串苛责的对象,那些责难的话是尖刻的,而不是有礼貌的。我饶有兴趣地聆听着。在这两天反常的沉默之后,听见保罗先生完全像他的老样子那样高谈阔论起来,真是比音乐更悦耳。我聆听着,与此同时,用糖果盒里边的东西来安慰自己和西尔维。伊曼纽埃尔先生总是使糖果盒里一直有巧克力糖果充分供应。他亲手干的即使是一件小事,只要见到有人恰如其分地欣赏,他便很高兴。我和小獚犬在分享着这件掠夺物的时候,他望着我们;他收起了他的小折刀,用刚削好的一把鹅毛笔触一下我的手,说道:

"那么告诉我,小妹妹——老老实实地说——最近两天里你对我有什么想法?"

除了这个问题,其他我是一点也不加以注意的。这句问话的含义顿时使我热泪盈眶。我把西尔维抚摸个不停。保罗先生把身子探过课桌,朝我弯下腰来。

"我把自己称作你的哥哥,"他说。"我几乎不知道自己是什

---

① 原文是 I 和 me,实际上是"你"的意思。下同。
② 原文是 him,实际上是"我"的意思。下同。直接引语中人称代词的这种特别用法在本书中多处出现。

么——哥哥——朋友——我弄不清楚。我知道自己想着你——我感到自己在内心里祝愿你好——可是我必须控制住自己;我对你感到害怕。我的一些最好的朋友向我指出这种危险,私下告诫我要小心。"

"你听从你的朋友们的话是对的。一定得小心。"

"是你的宗教——你的那种奇怪的、相信依靠自己的、无懈可击的宗教信条,它的影响似乎使你穿戴了我不知道那是怎样一种不幸的全副盔甲。你很善良,希拉斯神父说你很善良,而且爱你——可是你那可怕的、妄自尊大的、有决心的新教教义——却是危险所在。它有时候在你的眼睛里流露出来;它又使你具有某种语气,某种手势,叫我毛骨悚然。你不是感情外露的。可是,刚才——你那样对待那本小册子的时候——我的上帝啊!我觉得魔鬼在笑了。"

"我当然是不尊敬那本小册子的——那又怎样呢?"

"不尊敬那本小册子吗?然而它是信仰、爱和宽容的纯粹的精髓啊!我原以为它会感动你的;以它那循循善诱的笔调,我本来深信它不可能失败。我心中祈祷以后,才把它放在你的课桌里的。我一定确实是个罪人。上帝不听发自我心底的最强烈的祈求。你藐视我的小小的奉献。哦,这使我好痛心啊!"

"先生,我并没有藐视它——至少,由于是你赠送的,我没有藐视它。先生,请你坐下来,听我说。我不是一个异教徒,不是铁石心肠的人,我不是不信仰基督的,我并不危险,像他们对你说的那样。我不会扰乱你的信仰。你相信上帝、基督和《圣经》,我也相信。"

"可是你真的相信《圣经》吗?你承认《启示录》上的话吗?你的国家和教派那种狂热的轻率的大胆行径有什么限制呢?希拉斯神父曾经透露出了模模糊糊的暗示。"

在我的劝说之下,他半清不楚地解释了这些暗示;它们无非是机巧的耶稣会会士的诽谤而已。那天晚上,保罗先生与我作了认真而亲密的谈话。他又是恳求又是争辩。我不会争辩——这是幸运的无能;因为仅仅需要理直气壮的、合乎逻辑的反对意见,就能够完全起到指导神父所希望起到的影响。不过我可以用我自己的方式谈话——那是保罗先生所习惯的方式——他听得懂我那种委婉曲折的语言,并且为我补上脱节疏漏之处,还会原谅他已经见怪不怪的我那种奇怪的口吃病。与他无拘无束地待在一块儿,我可以用我自己的口吻来为我的信条和信仰作辩护。或多或少,我能够缓和一些他的偏见。他离开的时候,不感到满意,几乎也没有息怒;不过我已经使他彻底地感觉到新教徒未必像他的指导神父曾经含沙射影地说的是不虔诚的异教徒。我使他领悟了一些他们尊敬"光"、"生命"和"道"①的做法;使他部分地理解;尽管他们对于可崇敬的事物的崇敬,并不十分像他的教会所培养出来的那样,然而却具有它自身的、也许是更深沉的力量——它自身的更为严肃的敬畏感。

我发现希拉斯神父(我必须重复说,虽然他是一项坏事业的拥护者,他本人却不是坏人)用奇怪的名称暗中污辱了一般的新教徒,对我则是凭推论,曾经把种种"主义"加到我们头上。伊曼纽埃尔先生以他的坦率作风泄露了这一切,这种作风是不懂得遮遮掩掩的手法的。他在说话的时候,带着一种友爱而又真正害怕的眼光望着我,他几乎发抖了,唯恐别人对他的指责实有其事。看来希拉斯神父曾经严密地观察过我,已经查明我不加区别地轮流去过维莱特的三个新教小教堂——法国的、德国的和英国的——也就是长老会的、路德会的和主教制教会的。神父把这种心胸宽大的行动看作是深沉的满不在乎——他的道理是:凡容忍一切者

---

① "光"、"生命"和"道",原文为 the Light, the Life, the Word,在基督教中都用来指上帝。见《圣经·新约全书·约翰福音》第 1 章第 1 至 5 节:"太初有道,道与上帝同在,道就是上帝。这道太初与上帝同在。万物是借着他造的;凡被造的,没有一样不是借着他造的。生命在他里头,这生命就是人的光,光照在黑暗里,黑暗却不接受光。"

便不能有所归属。而我呢，常常暗自对这三个教派之间的差异在性质上是那么细小和不重要这一点感到惊讶——对它们在至关重要的教义上的整体性和一致性感到惊讶；尽管我觉得它们在形式上、在磕磕绊绊和琐琐碎碎的事情上都存在着各自的缺点，然而我看不出有什么会阻碍它们有一天融合为一个规模宏大的"神圣联盟"，而且我对它们全都尊重。我把自己的想法源源本本地告诉了伊曼纽埃尔先生，并向他阐明：我自己最终向之吁请的、我所仰望的领路人，以及我所承认的导师，必须永远是《圣经》本身，而不是任何名称的或者任何国家的教派。

他离开我的时候，我的心中很平静，然而充满着忧虑之情，口中轻声地许了一个愿，如祈祷一般强烈，我说，倘若我错了，仰望上帝引领我到正确的道路上来。我听见直冲到门口来的几声对"马利亚天后"发出的热情的喃喃低语，是深沉的愿望，说他的希望迟早也会成为我的希望。

好奇怪啊！我可并没有那种要把他从他的祖先们的信仰转变过来的热切愿望。我认为天主教教义是错误的，是一尊黄金和泥土混合的巨大偶像而已；不过我觉得，这一位天主教徒似乎在上帝必定垂爱的他的清白心灵中保持着他的宗教信条里比较纯洁的成分。

上面这段谈话是于晚上八到九点钟之间、在寂静的福色特街上一间教室里进行的，那间教室通往一座与外界隔绝的花园。次日傍晚，在可能与此相同或者稍晚一些的时间里，出于神圣的驯服精神，这一番话被集中起来，在占星术士街的那所古老教堂中的一间告解室的镶板前回响着，逐字逐句地轻声送入一只聚精会神地聆听着的耳朵。[①]结果是希拉斯神父访问了贝克夫人，并且受到我不知道是什么复杂的动机的驱使，说服贝克夫人给他一段时间承担对这位离经叛道的英国女士作宗教指导的任务。

---

① 语出《圣经·旧约全书·历代志下》第 7 章第 15 节："我必睁眼看，侧耳听在此处所献的祷告。"

于是给我安排了一项阅读课程——那就是说，我仅仅把借给我看的一本本书浏览了一遍，它们跟我毫不相干，没有必要细细研读、做记号、精通，或者了然于心。①再说，我自己有一本书在楼上，放在我的枕头下面，里面有好几章能够满足我在有关宗教知识的文章方面的需要，为我的内心深处提供了我确信不可能再好的规矩和榜样。

接着，希拉斯神父给我看天主教会的美好的一面，她的卓越的工作，还盼咐我要凭一棵树的果实来判断一棵树。②

我回答说，我觉得，同时我断言，这些工作并非天主教的果实，而只不过是她的繁盛的花朵，只不过是她向世界显示的美好的许诺而已。那种花朵结成果实的时候，并不含有仁爱的滋味；长得十分圆熟的苹果则是无知、卑微和盲从。从人们的苦恼和情感里锻造出来的是他们的奴役的铆钉。"贫穷潦倒"得到了吃、穿、住，这样它就被对"教会"的感恩束缚了手脚。"孤哀幼子"得到了养育和教育的帮助，这样就可以要它在"教会"的怀抱之中长大成人；"病痛疾患"受到护理，为的是使之可以按照"教会"的常规和宗教仪式去死；男人们都操劳过度地工作，过分劳累，女人们作出最要命的牺牲；所有的人都要放弃上帝为他的创造物的利益而造的愉快世界，去扛起沉重得擦破皮肉的巨大十字架，为的是可以要他们为天主教服役，证明她的圣洁，肯定她的权力，以及扩张她那专横的"教会"的统治领域。

她为人类造福的事做得很少；为上帝的荣耀所做的则更少。成千条道路是用痛苦、用血汗、用浪费生命开辟的。群山被齐胸劈掉，岩石被一斩到底，这一切是为的什么呢？为的是好让神职人员可以通行无阻，直上青云，达到支配一切的显赫地位，由

---

① "研读、做记号、精通，或者了然于心"一句出自英国国教《祈祷书》中的《基督复临安息日特用短祷文》。
② 语出《圣经·新约全书·马太福音》第7章第17至20节："凡好树都结好果子，唯独坏树结坏果子……所以凭着他们的果子就可以认出他们来。"

此，他们终于可以伸长他们那根摩洛①"教会"的节杖。

这可不行，上帝并不与天主教同在；只要人类仍然为救世主感到悲伤，那么救世主难道不会为天主教的残酷和野心而感到痛心，就像救世主曾经为遭厄运的耶路撒冷的罪恶和灾难而感到痛心一样吗？②

哦，热衷于权力的人们啊！哦，戴着主教冠的渴望拥有这个世界的众多王国的人们啊！即使对于你们，有一个时刻终会来到，那时候，对于你们的心会是有益的——你们的心随着每一次中断的跳动都会暂时衰竭一下——它们会明白：存在着一种胜过人类的同情心的慈悲；存在着一种比强大的死亡更强大的爱，这强大的死亡连你们也必须面对，而且在它面前倒下去；存在着一种比任何罪恶、即使是你们的罪恶更有影响力的仁爱；还存在着一种救赎世人的怜悯③——不，它会赦免教士们的罪孽。

我受到的第三个诱惑是来自天主教的盛大壮观的场面——它的王国的光荣。我是在庄严隆重的时刻被带到一些教堂里去的——那是在圣徒纪念日和国家庆典的日子里。他们让我参观教堂的宗教仪式和典礼。我就去看了一下。

许多人——有男有女——在许多许多方面无疑都胜过我，他们对这种炫耀留下了深刻的印象，宣称虽然他们的"理智"提出异议，但是他们的"想象"却被征服了。我则无法苟同。全部的列队行进仪式也好，非常正式的望弥撒也好，密密麻麻的细枝小蜡

---

① 摩洛，古代腓尼基宗教对重要男性大神的称谓。旧时解释其原意为"王"；近世有考证家认为，原为当时的宗教术语，专指以焚烧婴儿为祭品献祭的仪式。摩洛又是民间崇拜的太阳神巴力的别名。《圣经》中《利未记》和《列王纪》等处提到摩洛。
② 见《圣经·新约全书·路加福音》第19章第41至44节："耶稣快到耶路撒冷看见城，就为他哀哭……因为日子将到，你的仇敌必将……四面困住你，并要扫灭你……"。耶路撒冷城曾于公元70年被罗马人毁灭。
③ 见《圣经·旧约全书·以赛亚书》第63章第9节："他以慈爱和怜悯救赎他们。"

烛也好，荡来荡去的小香炉也好，修女戴的帽子也好，人间少有的奇珍异宝也好，全都不能触动一点我的想象力。我所看到的种种给我的印象是花里胡哨，并不宏伟壮丽；是粗俗的物质，而不是富于诗意的精神。

我没有把这种想法告诉希拉斯神父，他已经上了年纪，道貌岸然；他在每一次没有结果的试验之后，在每一次又感到失望之余，个人待我仍然很友善，因此我生怕伤了他的感情。不过，有一天晚上，他们带我到一幢高大的房屋的阳台上，观看由全体教徒会和军队混合组成的一个庞大的列队行进的行列——教士们捧着圣物，军人们扛着武器，一位过分肥胖的年老的大主教，身穿披着网眼织物的麻纱修道服，看上去出奇地像一只披着极乐鸟羽毛的灰色的寒鸦，还有一群年轻姑娘们，奇形怪状地穿着长袍、戴着花环——直到这时候，我才把我的想法告诉保罗先生。

"我不喜欢这个场面，"我对他说。"我对这种典礼没有敬意，我但愿不再看到。"

既然用这一宣言透露了我的真心话，我就能够继续说下去，而且说得比我平常习惯的更流利和清楚，让他明白，我执意要遵守我的宗教改革派的信念。我对天主教越是看得多，就越是对新教教义依附得紧。毫无疑问，每个教会都有其错误之处，可是我现在发觉，我自己的宗教是多么严格，多么纯洁啊。你们从天主教涂脂抹粉的、华而不实的脸上揭去了面纱让我赞美，我却作了对比，得出这样的结论。我告诉他我们如何在自己和上帝之间举行较少的形式；实际上，也许只保留了在望弥撒的时候人类的本性认为必须遵循的形式。我告诉他，在如此的时刻，如此的环境之下，我必须专心致志地抬起奥秘的视觉仰望上帝，他的家就是无限，他的本质则是——永恒；在这样的时候，我无法怔怔地瞧着那些鲜花和金箔银箔，瞧着那些蜡烛和绣制品。我还告诉他，我一想到罪恶和不幸，想到人间的败坏、世人的堕落和沉重的世间悲哀，我就无法对那些唱赞美诗的教士们或者哑口无言的官员们感兴趣。我还说，在生存的痛苦和寿终的恐怖紧紧逼近我的时候——在对于未来的极大希望和无限怀疑在眼前升起的时候——在这种时候，即使是经过科学训练的素质，或者用有学问的死的语言所作的祈祷，都会因为制造了障碍而不断侵扰一颗渴望呼喊的心，它仅仅渴望呼喊一声：

"上帝啊，开恩可怜我这个罪人！[①]"

我如此这般说完了这番话，如此这般宣布了我的信仰，如此这般把我自己同听我说话的他远远地断开——这时候，终于传来了一个和谐一致的音调，一个响应的回声，一个在两个互相冲突的心灵之间的融洽协调的和音。

"不管教士们或者能言善辩者们说些什么，"伊曼纽埃尔先生软语轻声地说，"上帝是善良的，并且爱所有真诚的人。所以你能相信什么就相信什么吧；你能相信到什么地步就相信到什么地步吧。至少，我们有一句共同的祈祷词；我也这样呼喊——'哦，愿上帝宽恕这个罪人！'"

他把身子靠在我的椅背上。沉思了一会儿以后，他又说道：

"上帝创造了全部苍穹，从他的鼻孔里所产生的生命，无论是在这里或者是在那边闪闪发光的星辰上，在他的眼睛里是怎么看的呢？——对于人与人之间的差异，他是怎么看的呢？不过，正像'时'和'空'不能对上帝来说一样，所以'衡量'和'比较'也不能对上帝来说。我们因我们的微不足道使我们自己谦卑，这样做是对的。然而，也有可能，一颗心的坚贞不移，以及遵照上帝所指示的圣灵的亮光而行动的一种精神的正直和忠诚，以一种只有上帝能感受得到的奇异的精神力量，对于上帝具有意义，就像卫星围绕行星、行星围绕恒星、恒星环绕那不可思议又无法达到的中心所做的正规运行具有意义一样。

"上帝引导我们所有的人吧！上帝保佑你吧，露西！"

[①] 引自《圣经·新约全书·路加福音》第18章第13节。

第三十七章
阳　光

波琳娜只是在得到她的父亲同意她和格雷厄姆交往之后，才和他继续通信，这是很正确的。但是布列顿医师的住处离克莱西公馆近在咫尺，叫他如何不想方设法常常去拜访呢。我相信，在开头的时候，这对情人双方都有意彼此疏远，他们只限于尽力保持着表露互相爱慕这种意图，可是在感情上，他们却很快就难舍难分了。

格雷厄姆的本性中最好的品质全都向波琳娜献殷勤；他内心里所有高尚的东西都觉醒过来，而且在她面前不断增长。过去他对于樊箫小姐的爱慕之情，我想与他的智力没有什么关联，而如今，他的全部智力，以及他最高度的审美力都发挥作用了。这些，一如他的全部官能一样，都变得很活跃，渴望得到促进生长的东西，而一旦得到便会很快地觉得心满意足。

我不能说波琳娜故意引他谈论书本方面的事，或者有那么一会儿工夫正式地给自己提出任务，要赢得他去考虑，或者打算去改善他的心灵，或者认为他的心灵在任何一个方面还可能改善。因为她觉得他是十全十美的。那是格雷厄姆自己，开始时全属偶然，提起自己曾经看过一本书，她的回话之中听来有欣然赞同的和声，使他打心底里欣喜不已，于是他便谈开了，谈得更多，更精彩，也许超过他过去任何时候谈这个话题的情况。她兴味盎然地听着，兴致勃勃地应答。在每一句应对的答话之中，格雷厄姆都听见使他感觉到越来越优美的音乐；在每一句之中，他还发现一种使人产生联想的、有说服力的、有魔力的音调，在他心里打开一个鲜为人知的宝库，使他意识到自己脑子里有着未被料想到的力量，而且更可贵的是，他有着潜在的善心。他们彼此都着迷地欣赏对方语言风趣的韵味，彼此都能出奇迅速地理解对方话中的意思，他们的思想常常像经过仔细挑选的珍珠那样互相般配。格雷厄姆有着天赋的高高兴兴的好性子；波琳娜则并不拥有这种内在的活泼的气质——她不易激动，却喜欢沉思默想——不过，她现在显得像一只云雀一样欢乐，在她的情人跟前，舒适自在，她的眼睛里有一种柔和的令人欣喜的光。她沉浸在幸福之中的时候变得多么美丽，我简直无法描述，但是我见了惊讶不已。至于她那种温柔的冰块——她曾经依恃的那种矜持态度，如今到哪儿去了呢？啊！对此，格雷厄姆是受不了的；他身上具有的豁达大度的影响，不久便使那腼腆的、自己强加给自己的约束冰雪消融了。

此刻，他们正在寻根究底地谈论他们在布列顿镇的早年时代；开头可能是断断续续地谈，带着微笑，犹犹豫豫；然后，便开诚布公，并且谈得越来越知心了。格雷厄姆为自己创造了机会，比他希望我提供的机会更好。他已经获得独立行事的能力，不依赖于袖手旁观的露西所拒绝给予的从旁帮助了。他对"小波莱"的所有的回忆，都用他自己那张令人愉悦的、长得好看的嘴，在他自己的悦耳的音调之中，找到了恰当的表达方式；这比起如果由我来表达那不知要好多少倍。

我和波琳娜单独相处的时候，她曾经不止一次地告诉我说，她发现他对这件事的回忆是那样完整和准确，她感到多么奇妙和希罕；他望着她的时候，往事又怎样仿佛突然在他的脑海中活跃起来。他提醒她说，她曾经有一次把他的头抱在怀里，抚摸他那狮子般蓬松的美发，大声喊道："格雷厄姆，我真喜欢你！"他还告诉她说，她从前怎样端来一张脚凳，放在他身旁，从这张凳子爬到他的膝盖上。他说，至今还能记得她那双小手抚摸他的面颊、伸进他那一头浓密的长发中的感觉。他还记得她那根小小的食指在他脸上划着，半是抖抖索索，半是心中好奇，把食指伸进他的下巴颏的肉缝里；也记得她口齿不清的话语，她那种神情，把肉缝称做"好看的酒窝"，还把眼睛盯着他的眼睛瞧，问为什么他的目光如此锐利，还对他说他有一张"漂亮而又奇怪的脸，比他的妈妈或者露西·斯诺的脸都漂亮得多，奇怪得多。"

"虽然当时我是个孩子，"波琳娜说，"我不懂自己怎么敢那么冒失行事。我现在觉得他看来神圣得很，他的头发是不可触摸的，而且，露西，望着他那结实的下巴颏儿，望着他那端正的希腊人的脸型，我觉得有点儿害怕。露西，对于女人，是用美丽这个词儿来形容的；可是他不像一个女人，因此我想他不是美丽的，可是该用什么词儿来形容他呢？别人是不是用我的眼光来看待他呢？你爱慕他吗？"

"让我告诉你我是怎么办的，波琳娜，"有一次，我对她的许多问话如此作答。"我从来都不真正地看见他。约摸一年以前，我瞧过他两三次，后来他认出了我，我以后就闭上了眼睛。如果每天在日落和日出之间，他打我的眼球前经过十二次，除非事后回忆，我必然简直不知道从我眼前经过的，究竟是什么样的形象。"

"露西，你这话是什么意思？"她压低着嗓音问道。

"我的意思是我对视觉很看重，深恐给弄得完全瞎掉。"最好是立刻给她一个强烈的答复，从而永远制止这些温柔的、热情的知心话，这些话在她的嘴唇上留下了甜甜的蜜，而有时候落入我的耳朵里——却是熔化了的铅水。她果然不再在我面前评论她的情人的英俊了。

不过，她仍然要谈到他。有时候，她羞羞答答地低声吐露片言只字；有时候，她用抑扬顿挫的娇柔声调，以及嗓音天然优美的曲调般的话语；可是，这时不时地使我烦躁得好苦；于是，我知道，我声色俱厉地对待了她，可是那万里无云的幸福使她那天生清晰的眼睛昏花了，使她只觉得露西这人——反复无常。

"斯巴达①式的姑娘啊!骄傲的露西啊!"她笑着对我这么说。"格雷厄姆说你是他所认识的最特别的、变化多端的小妇人;然而你是很杰出的;我们俩都如此认为。"

"你们俩都根本就不知道自己认为什么,"我说。"请你们行行好,尽量别把我作为你们俩的谈话资料和考虑的题目吧。我有我的生活,跟你们的那种生活不相干。"

"不过,露西,我们的生活是美好的生活,或者将会如此;而你将与我们分享。"

"像你所理解的那种分享,我是不会去分享这个世界上哪个男人或女人的生活的。我想我拥有一位自己的朋友,不过这还不能肯定。在这一点确定之前,我将独个儿生活。"

"但是孤独是可悲的。"

"不错,是可悲的。然而,生活中有比孤独更糟糕的事。埋得比忧郁更深的是令人心碎的事。"

"露西,我不知道会不会有什么人能够完全了解你。"

在恋爱的人身上都有某种自私自利的痴迷不悟;他们总要有一个对于他们的幸福的见证人,不管要为那种见证付出多大的代价。波琳娜曾经禁止过书信来往,可是布列顿医师却写了信。她曾经打定主意反对通信,可是却回了信,尽管写信只不过是责备对方。她让我看那些信,带着几分给宠坏了的孩子的任性和女继承人的专横跋扈的态度要我非看不可。我看了格雷厄姆的信,便对她死活要我看几乎不感到诧异,对于她的得意也有所理解了。那些信确实写得很出色——既有男子气概又充满柔情,既谦恭文雅又殷勤体贴。她的信在他眼中也一定是优美的。她写那些信并非在于炫耀自己的才能,我觉得更非在于表白自己的爱情。正好相反,她似乎对自己提出任务,要掩饰那份感情,并且约束她的

---

① 斯巴达,古希腊的重要城邦,建于公元前9世纪。统治者推行严格的军事教育,成年男子皆成战士。简朴、刻苦、坚忍和黩武精神是这个城邦的特点。

情人的激情。可是这样的信怎么能达到这种目的呢？格雷厄姆已经变得像她自己的生命一样可贵了。他像一块强有力的磁铁一般吸引着她。凡是他说的、写的、想的或者看上去的一切，对她都有着无法形容的影响。她的信有着这种没有供认出来的供状，因而显得光彩照人。这种供状使她的信激情迸发，从起首问候到末尾告别都是火热火热的。

"我希望爸爸知道；我巴不得爸爸知道！"她这会儿开始焦急不安地低声说道。"我希望，但是我又害怕。我几乎无法拦住格雷厄姆去告诉他。我最渴望的事莫过于把这件事情安排定当——去大胆地直言相告，可是我又害怕这个关键时刻。我知道，我肯定，开头爸爸会发怒的；我担心，他差不多要讨厌我的。他会觉得这似乎是一件不幸的事情；他会感到意外，感到震惊。我简直无法预见这件事对他的全部影响将会怎样。"

事实是——她的父亲长期以来心情一直是平静的，如今有点儿波动起来。长期以来，对于一件事视而不见，如今一直搅扰不休的亮光开始弄得他的眼睛难受了。

她的父亲对她什么也没有说；可是当她不朝她的父亲看，或者可能并不想着他的时候，我瞧见他怔怔地盯着她看，并且为她陷入沉思。

有一天晚上——波琳娜在她的梳妆室里写信，我相信是写给格雷厄姆的。她撇下了我，让我独个儿待在书房里看书——这时候，德·巴桑皮尔先生走进书房。他坐了下来，我正打算退出去，他却要求我待在那儿——态度温文尔雅，可是显出希望别人遵从的样子。他是坐在靠近窗户的位子上，离我有一段距离。他打开书桌的抽屉，从里面取出一个像是备忘录的本子。他把这个本子里的某一项记载细细看了好几分钟。

"斯诺小姐，"他把本子放下，说道，"你知道我的小姑娘有多大了吗？"

"大约十八岁，不是吗，先生？"

"看来是这样。我从这个旧笔记本里看到她生于一八××年5月5日,也就是十八年以前。真是怪事,我竟然未能正确估计她的年龄,还以为她才十二岁——十四岁——把日子记得模糊不清。不过她看上去像个孩子啊。"

"她差不多十八岁了,"我重又说道。"她已经长大了;不会再长高了。"

"我的小宝贝!"德·巴桑皮尔先生说话的口音有些像他女儿的口音那样尖利。

他坐在那儿深深地沉思着。

"先生,别伤心,"我说,因为我了解他的感触,尽管他一点儿都没有说出来。

"她是我仅有的一颗明珠,"他说。"现在人们会发现她纯洁无瑕,是无价之宝,他们对她会垂涎欲滴。"

我没有回答他。这天晚上格雷厄姆·布列顿曾经跟我们一起吃了晚饭,在谈吐和容貌两方面都光彩熠熠。我不明白是什么样的青春自豪感装饰了他的外表,炼成了他的人际交往的本事。在一个强烈的希望刺激之下,他的整个态度之中展露出了某种东西,使人不得不加以注意。我觉得他有意要在这一天表明他这番苦心的起因和他一心追求的目标。德·巴桑皮尔先生发现自己在某种意义上被迫去辨认方向,去弄明白他的敬意的性质。他尽管作出结论来是迟缓的,在推理方面却有逻辑头脑。一旦让他抓住线索,这线索就引导他穿过长长的迷宫。①

"她在哪儿?"德·巴桑皮尔先生问道。

"在楼上,"我说。

---

① 典出希腊神话。克里特岛国王弥诺斯之子被雅典人杀害,国王要求雅典人每年进贡七对童男童女给住在迷宫里的人身牛首的弥诺陶洛斯(弥诺斯的妻子和海牛所生的怪物)食用。雅典城邦的英雄忒修斯前去除怪,进入迷宫遇险。弥诺斯的女儿阿里阿德涅爱上忒修斯,给了他一个线团,因而得救。忒修斯又靠了这一端拴在迷宫门口的线团才走出迷宫。

"她在做什么？"

"在写信。"

"她写信，是吗？那么她收到什么信了吗？"

"除了她可以给我看的信之外，没有其他的信。而且——先生——她——他们早就要跟你商量了。"

"啐！他们可没有想到我——这个年迈的父亲！我碍事呢。"

"啊，德·巴桑皮尔先生——不是这样的——不可能是这样的！不过波琳娜必须为自己表白一下；而布列顿医师也必须成为他自己的辩护者。"

"有点儿迟啦。看来事情已经进展到一定的程度了。"

"先生，在没得到你的许可之前，什么事都还没有个准儿呢——他们只不过彼此相爱着。"

"只不过是！"他也跟着说。

既然命运安排我充当人家的知己和调解人，我不得不继续说下去：

"先生，布列顿医师曾经千百次差点儿开口向你恳求，可是，尽管他这个人具有超凡的勇气，却怕你怕得要命。"

"他倒是完全有可能——完全有可能怕我的。他已经碰到了我的心肝宝贝了嘛。要是他没有去打扰她，在几年之内，她会仍然是个孩子。就是这样！他们订婚了没有？"

"没有得到你的许可，他们不可能订婚的。"

"斯诺小姐，你完全可以说得这样得体，想得如此周到，这一直符合你的性格。可是这件事对我来说，实在令人伤心。我的小姑娘是我的一切。我没有别的女儿，也没有儿子。布列顿满可以到别处去物色；又富有又漂亮的女人有的是，我敢说她们不会不喜欢他的。他品貌双全，又有地位。难道除了我的波莱以外，就什么也不能使他满足吗？"

"要是他从来没有见到你的'波莱'，别人可能会使他中意——譬如说吧，你的外甥女樊箫小姐。"

"啊！我打心底里愿意把姑妮芙拉给他；可是，说到波莱！——我可不能让他得到她。不——我不能。他配不上她，"他斩钉截铁、相当粗暴地说。"在哪一点上他跟她般配呢？人们尽谈财产！我不是一个贪得无厌的人，或者一个带有偏见的人，可是世人就是考虑这些事情——而且波莱将会富有。"

"是的，这一点大家都知道，"我说。"整个维莱特都知道她是一个女继承人。"

"他们用这种眼光来谈论我的小姑娘吗？"

"他们正是这样，先生。"

他深深地陷入了沉思。于是我放胆问道：

"先生，你是否认为有谁配得上波琳娜呢？在你的心目中是不是有个胜过布列顿医师的人选呢？你是否认为更高的地位和更多的财富会使你在感情上对未来的女婿大有不同呢？"

"你这话触痛了我，"他说。

"就看看维莱特的贵族们吧——先生，你是不会喜欢他们的吧？"

"我决不会喜欢——这整个儿公爵、男爵或者子爵什么的，我一个都不喜欢。"

"先生，我听人家说他们之中有许多人爱慕她，"我发现他没有表示反感，而是留心地听我说话，便有了勇气继续往下说。"因此，如果布列顿医师被拒绝了，其他的求婚者会接踵而来的。我觉得，不论你们走到哪儿，追求者都不会缺少。据我看来，波琳娜使见到她的大多数人着迷，这与她的女继承人的地位无关。"

"她是这样的吗？怎么会呢？我的小姑娘不是被别人看做一个美人儿了吧？"

"先生，德·巴桑皮尔小姐长得非常美。"

"胡说！——对不起，斯诺小姐，不过我认为你太偏袒她了。我是喜欢波莱，我喜欢她的一举一动，她的整个外表——可是话说回来，我是她的父亲；即使是我都从来没有觉得她美不美。对我说来，她带来欢乐，像个小仙女，十分有趣。你认为她漂亮吗？你肯定错了吧？"

"她很吸引人，先生。没有你的财富和地位这些有利条件，她会照样吸引人。"

"我的财富和地位！难道这些东西对于格雷厄姆是诱饵吗？要是我这样想的话——"

"德·巴桑皮尔先生，你可以肯定布列顿医师完全知道这些情况，并且会像任何绅士一样重视它们——正像你自己在同样的情况下也会重视的那样——不过，它们对他并不是诱饵。他深深地爱着你的女儿，感觉到她的最美好的品质，这些品质给了他可贵的影响。"

"什么！我的小宝贝儿有'最美好的品质'吗？"

"啊，先生！那天晚上，有许多地位显赫、学问渊博的人士在这儿进晚餐的时候，你有没有注意她？"

"那天我见到她有那样的风度，确实使我觉得印象深刻，感到很惊讶。那种女人家的气派使我颔首微笑。"

"你有没有瞧见她在客厅里被那些多才多艺的法国先生们围在中间？"

"我瞧见了；不过我以为那是为了放松一下——就像一个人会去逗弄一个活泼美丽的婴孩玩儿似的。"

"先生，她表现得卓尔不群，我听见那些法国绅士们说她是'才智与优美的混合'。布列顿医师也这样认为。"

"她是个可爱的好孩子，这是肯定的；而且我确实相信她具有某些好品格。我现在回想这方面，想起有一次我病了，波莱护理我。他们都以为我好不了啦，我记得在我病情加重的时候，她却立即变得更为坚强，更为体贴。我的身体复元以后，她多么像我的病房里的一道阳光啊！是的，她就像光那样在我的椅子周围无声无息地、令人愉快地闪来闪去。而如今，人家要向她求婚了！我可不让她离开我，"他说，不禁呜呜地呻吟起来。

"你认识布列顿医师和布列顿太太已经很久了,"我提醒他说,"把她嫁给他比嫁给别人,像是别离的程度会少一些。"

他有点儿神色沮丧,心中思考着。

"这倒是真的。我认识路易莎·布列顿已经很久了,"他喃喃地说。"她和我确实是很老很老的朋友。他年轻的时候是个又可爱又和蔼的姑娘。斯诺小姐,你谈到美!要谈漂亮的话,她才美呢——高高的个子,苗条的身材,充满青春活力——并不像我的心目中的波莱那样,仅仅是个孩子,或者是个小精灵。路易莎十八岁的时候,那种仪态万方的样子简直适合做个公主。如今她是一位秀丽的、一位好心的妇人。那个小伙子正像她,我向来这么认为,并且喜爱他,祝愿他顺心如意。而现在倒好,他用这种强盗行径来报答我!我的小宝贝儿过去一直亲密地、忠实地爱着她的老爸爸。毫无疑问,现在全完了——我是个累赘了。"

房门被打开——他的"小宝贝儿"走了进来。看她一身打扮,可以这样说,是夜晚的美人儿。有时候在昼夜交替时会出现的兴奋情绪使她的眼睛和面颊都变得火热。一抹夏日的绯红色彩更加深了她的面色。她的鬈发完全松开,长长地披在她的百合花般的脖子上。她的白色的连衣裙对于6月的炎热是很合适的。她原以为我只是一个人待着,手里拿着一封她刚写好的信——信折了起来,但是没有封住,是准备让我看的。一看到她的父亲也在那儿,她的轻快的脚步缩回了一下,站住了一会儿——她的面颊上的红晕泛起,把整个脸蛋儿都染成了玫瑰红。

"波莱,"德·巴桑皮尔先生面带严肃的微笑,放低声音说道,"你是看见爸爸而脸红的吗?这可是件新鲜事儿。"

"我没有脸红——我从来不脸红的,"她这样断言,可是同时心中的另一阵旋涡把它的红潮又升了上来。"不过我以为你在餐厅里呐。我要找的是露西。"

"我猜想,你原以为我是跟约翰·格雷厄姆·布列顿在一起,是吗?不过他刚刚被人叫出去了,一会儿就会来的,波莱。

他可以替你寄信，这样便可以像他所说的那样，好省掉玛太'跑一趟'。"

"我不是要寄信，"她有点儿生气地说道。

"那么你写了那些信干吗？——走过来，告诉我。"

她的内心和姿态似乎都踌躇了一会儿——然后说："我得走过来吗？"——可是她还是走了过去。

"波莱，你变成一位书信作家有多久了？那仿佛只不过是昨天的事，你两只手抓住一支笔，用尽吃奶的力气写出歪歪扭扭的字来。"

"爸爸，我写的可不是要放到你的信袋里送出去邮寄的信；我写的只不过是一些短笺，我偶尔写了亲手交给一个人，就是为了让人满意。"

"一个人！我想你指的是斯诺小姐吧？"

"不是，爸爸——不是露西。"

"那么是谁呢？也许是布列顿太太吧？"

"不是，爸爸——不是布列顿太太。"

"那么，是谁呢，我的小女儿？把实情告诉爸爸。"

"哦，爸爸！"她真心实意地叫喊道，"我会的——我会把实情告诉你的——全部实情。我现在就乐意告诉你——乐意，虽然我哆嗦了。"

她果真在哆嗦着。那在增长的兴奋、在燃烧的感情，还有那在鼓起的勇气，都使她激动不已。

"爸爸，我不愿意对你隐瞒我的行为。除了上帝，我怕你和爱你超过任何事物。请看这封信吧，看那上面的地址。"

她把信搁在他的膝盖上。他拿起来从头看到尾，其间手一直在颤颤发抖，眼睛在闪闪发光。

他把信重新折好，带着惊奇、温柔和悲悲切切的愕然的神色，打量着这位写信者。

"她能够这么写吗？——这个不过是昨天还绕膝偎傍我的小

东西呀?她能有这样的感觉吗?"

"爸爸,这事做错了吗?这事使你痛苦吗?"

"这件事情没有错,我的天真烂漫的小玛丽;可是它使我痛苦。"

"可是,爸爸,你听我说!你决不会因我而痛苦的。我会放弃一切的——几乎是"(她纠正了自己的话。)"我宁可死,也不愿使你不快活;因为那样做太没良心了!"

她说着打了个寒战。

"这封信教你不高兴吗?这封信必须不发出去吗?必须把它撕掉吗?我会为了你这么做的,只要你吩咐。"

"我什么也不吩咐。"

"爸爸,吩咐我做什么吧;把你的希望说出来。只是不要伤害格雷厄姆,不要使他伤心。我不能,不能忍心。爸爸,我爱你;但是我也爱格雷厄姆,因为——因为——要我不爱他是不可能的。"

"波莱,这个了不起的格雷厄姆是个剪径强盗——这是我目前对他的看法。你听了这句话会感到大吃一惊,而在我这方面来说,我是一点儿也不爱他。啊!多年以前,我在这个小伙子的眼睛里看到了一种我怎么也无法探测其底蕴的东西——那是他的母亲所没有的——一种深度,它告诫别人要是在那条河流中涉足,可不要蹚水蹚得太远。如今,我突然发现自己已经灭顶了。"

"爸爸,你并没有——你还未曾跌进去呢。你平平安安地待在河岸上呢。你尽可以按照你的心意去做,你有的是暴君的权力,要是你喜欢这么残酷的话,明天就可以把我关进女修道院,把格雷厄姆弄得魂飞心碎。喂,独裁者,喂,沙皇,你要这么干吗?"

"让他滚到西伯利亚去,那红色的髭须等等统统都滚。波莱,我说我不喜欢他,我不懂你为什么偏偏会喜欢他。"

"爸爸,"她说,"你可知道你是非常会瞎胡闹的吗?我过去从来没有见过你这么讨厌,这么不公正,这么差不多是怀恨在心的样子。你脸上的表情不像是属于你的。"

"滚他的蛋!"霍姆先生继续大声说,看上去他确实非常生气和恼怒——甚至带点儿仇恨。"可是,我想,如果他走了,波莱是会打点行装去追随他的。她的心已经完全被逮走了——逮走了,并且跟她的老爸爸断绝了。"

"爸爸,我说这样讲话是瞎胡闹,明摆着是错的。我并没有跟你断绝,而且没有一个人、也没有任何世间的力量能够使我断绝。"

"你结婚去吧,波莱!嫁给那个红胡子。不再做一个女儿,去做一个妻子吧!"

"红胡子!我不知道你这话是什么意思,爸爸。你得注意不要抱有偏见。你有时候对我说你所有的苏格兰同胞是偏见的牺牲品。现在我觉得你这句话得到证明了,因为你把红色和深棕色混为一谈。"

"离开我这个抱有偏见的苏格兰老头儿,走吧。"

她站在那儿盯着他瞧了一会儿。她要显示出她的坚定沉着,超然于这些挖苦讥刺的话之上。她曾经料到现在正在发生的这样一幕,因为她了解她父亲的脾气,猜到他近来的一些小毛病。她并不感到大吃一惊,只希望尊严地让事情过去,这一点要依靠如何作出反应。可是她的尊严对她没有用处。突然之间,她的心灵在她的眼睛里融化了,她一下子抱住他的脖子,喊道:

"爸爸,我不离开你;我永远也不离开你。我不想使你痛苦!我永远不想使你痛苦!"

"我的小羔羊!我的好宝贝!"这位虽然严峻然而慈爱的父亲轻声叫唤道。此时此刻,他不再说话了;说真的,刚才那两句词儿他吐音是沙哑的。

这会儿,房间里在暗下来。我听得有动静,屋外有脚步声。我想可能是有个仆人送蜡烛来,为了防止他的闯入,我把门轻轻打开。连接正厅的前厅里并没有仆人,却见一个高身材的绅士正站在那儿,把帽子放在桌子上,慢条斯理地脱去手套——我觉得他是故意延长时间,在等待着。他招呼我既不是用手势,也不是开口,然而他的眼睛在说话:

"露西,到这儿来。"我就走了过去。

他朝下望着我的时候,面露笑容。只有他那种性格脾气会用一个微笑来表达那种此时此刻在使他火烧火燎似的焦虑不安了。

"德·巴桑皮尔先生在这儿——不是吗?"他指着图书室,问道。

"是的。"

"吃晚饭的时候他注意到我了吧?他了解我了吧?"

"是的,格雷厄姆。"

"那么我被提出来审查了,她也被审查了吧?"

"那位霍姆先生"(我们现在称呼他霍姆先生,有时也一直继续这样称呼他)"正在和他的女儿谈话。"

"哈!露西,这可是个严峻的时刻哪!"

他心里七上八下的,那双年轻人的手哆嗦着;一种生命所系的(我刚想写上要命的,可是这一类词儿用在像他这样生龙活虎的人身上,显得不够恰当)——一种生命所系的悬念一会儿使他屏住呼吸,一会儿又使他气喘吁吁。在这种种的折磨之中,他的笑容始终都没有收敛。

"他非常生气吗,露西?"

"她非常忠诚,格雷厄姆。"

"我会受到怎样的对待呢?"

"格雷厄姆,你必定会吉星高照的。"

"必定会这样吗?仁慈的预言家!我受到如此鼓舞,如果还畏畏缩缩,那么我真是个懦夫了。我想我发现所有的女人都是忠诚的,露西。我应当爱她们,而且我是爱她们的。我的妈妈是善良的——她是神圣的;而你像钢铁一般坚实可靠,不是吗?"

"是的,格雷厄姆。"

"那么把你的手给我吧,我的小教妹。对我说来,这是一只友好的小手,而且一直都是这样。现在在助我干伟大的冒险,愿上帝与正义同在。露西,说声'阿门!'①"

他转过身来静候我说"阿门!"——为了使他高兴,我就说了。我按他所吩咐的做了之后,先前的魔力又回来了。我祝他成功,我也知道他会成功的。他生来就是个胜利者,正如有些人生来就是被征服者一样。"跟我来!"他说;于是我便跟着他走进去,来到霍姆先生的面前。

"先生,"他问道,"给我的判决是什么?"

那位做父亲的望着他;那位做女儿的一直蒙住自己的脸。

"咳,布列顿,"霍姆先生说,"你对于我的殷勤好客给了通常惯见的报答。我款待了你,你却已经拿去了我最最好的东西。我过去见到你总是很高兴;你则是见到我所拥有的一件宝贝而很高兴。你对我说话的态度彬彬有礼;与此同时,我就不说你掠夺了我,可是我蒙受了失女之痛;而且看来,我之所失,正是你之所得。"

"先生,对此我不感到后悔。"

"后悔!要后悔的可不是你!毫无疑问,你胜利了。约翰·格雷厄姆,你有一部分是继承了一位苏格兰高地人并且是一位首领的血统,在你的全部外貌、言语和思想之中,都有着凯尔特人②的痕迹。你既有这一人种的机灵精巧,又有其迷人魅力。那红色的——(好吧,波莱,那金色的)头发,那花言巧语的舌头,那诡计多端的头脑,全都是遗传得来的。"

"先生,我觉得自己是够正直的,"格雷厄姆说,一阵真正英国人的红晕漫布于他整个脸蛋儿,为他的真诚笃实提供了热烘烘的证据。"然而,"他补充说道,"我不否认在有些方面你对我的

---

① 阿门,基督教徒祈祷时的结束语,意为:诚心所愿。原为希伯来语。
② 凯尔特人,其人种以体格高大、皮肤白皙、身强力壮、爱好冒险为特征。

指责是公正的。在你面前,我一直有一个不敢向你公开的想法。这个世界为我而诞生的那件最珍贵的宝贝,我的确认为你是其所有者。我希望得到它;我努力争取得到它。先生,我现在向你请求。"

"约翰,你的请求太过分了。"

"非常过分,先生。必须出于你的宽宏大量,作为礼物给我才行;必须出于你的公正,作为奖赏给我才行。单靠我自己是怎么也得不到的。"

"哎!听听这种苏格兰高地的巧言利口啊?"霍姆先生说。"波莱,抬起眼睛来看看!回答这位'好得邪行的①求爱者'吧,把他撵走。"

她抬起眼睛来,羞答答地看一眼她的那位渴望着的漂亮的求婚者,然后又温柔地凝视着她的那位满脸皱纹的父亲。

"爸爸,你们俩我都爱,"她说,"你们俩我都能照料。我无须把格雷厄姆撵走——他可以住在这儿;他不会引起什么不方便,"她十分肯定地说,用的是有时往往叫她的父亲和格雷厄姆两人不禁哑然失笑的那种纯朴坦率的措词。这会儿他们又笑了起来。

"他会对我极其不方便,"霍姆先生仍然坚持说。"波莱,我不要他,他个子长得太高,他挡着我的道儿。叫他开步走吧。"

"爸爸,你会对他慢慢习惯的。开头我也觉得他个子高得吓人——我抬头朝他望去的时候,他像是一座塔楼,可是,总的说来,我宁可他不是另外的模样。"

"波莱,我彻头彻尾地反对他;我没有女婿也过得挺好。我怎么也不会要求国内哪个最好的男子同我建立起这种亲属关系来。把这位绅士打发走吧。"

"可是他认识你已经这么久了,爸爸,而且跟你这么合

---

① 原文为 braw,是苏格兰语"极好的"之意。

得来。"

"跟我合得来,千真万确!不错,他假装我的见解和爱好就是他的见解和爱好。他如此迎合我当然大有道理啰,波莱,我觉得你和我都应该向他道一声再见。"

"只不过是明天再见。爸爸,跟格雷厄姆握手吧。"

"不,我不想这样做,我跟他可不是朋友。你们俩别想合计着哄我。"

"真的,真的,你们是朋友——格雷厄姆,伸出你的右手。爸爸,伸出你的右手。好啦,让两只手接触吧。爸爸别这样僵硬,把手指握拢来,柔顺些——对啦!可是这不是握手啊——这是抓手!爸爸,你像一把老虎钳一样抓住不放。你把格雷厄姆的手捏得骨头都要碎了;你伤了他了!"

他想必已经伤了他,因为他戴着一只粗大的戒指,上面镶着一圈多面形钻石,那些尖利的刻面扎进格雷厄姆的肉里,扎出血来了。可是疼痛却仅仅使约翰医师大声笑起来,正如刚才焦虑不安曾经使他微微一笑一样。

"跟我到我的书房里来吧,"霍姆先生终于对这位医师说。他们便去了。他们的会谈时间不长,但是我猜想那是有决定意义的。那位求婚者不得不经受对许多事情的讯问和详细审查。不管布列顿医师是否有时在神态和言谈之中显得狡猾,他在根底上却有着坚实的基础。我事后得知他的答话表明了既有智慧又很诚恳。他把自己的事情处理得很好。他从难以脱身的纠缠之中挣扎出来了,他的运气正在恢复途中;他证明自己有条件结婚。

那位父亲和那位情人又一次出现在图书室里了。德·巴桑皮尔先生把门关上,朝他的女儿指着。

"娶她吧,"他说。"娶她吧,约翰·布列顿;愿上帝对待你就像你对待她那样吧!"

不久以后,也许是两个星期,我瞧见德·巴桑皮尔伯爵、他的女儿和格雷厄姆·布列顿医师，他们三个人在池边森林那座宫殿的庭院里，坐在一棵枝叶低垂、浓荫铺展的树下的一张凳子上。他们来此消磨夏日的黄昏；气派宏伟的大门外，停着等待送他们回家的自备马车；一大片、一大片绿油油的草皮在他们周围延伸开去，安安静静，朦朦胧胧；那座宫殿在远处矗立着，像彭特利库斯山①的巉崖一样雪白；那颗金星在宫殿的上空闪烁着；一片花团锦簇的灌木丛林使这一地带的空气里都弥漫着芬芳；这个时辰是静悄悄的、甜蜜蜜的；这个场景，要是没有这三个人，是冷清落寞的。

波琳娜坐在两位绅士中间。他们两人交谈的时候，那双小手在忙着干什么活儿。开头我还以为她在扎一束鲜花。不是；只见一把小剪刀在她的裙兜上闪闪发光，原来她刚才从每一位男士的头上都剪下一绺珍藏品，这时候正忙于把一绺白发和一绺金色的鬈发编在一起。辫子编成了——手边却没有丝线把它扎起来——她自己的一绺头发便弄下来移作此用。她把它扎得像一个花结，然后搁在一只纪念品盒②里，合上，贴着她的心放着。

"好啦，"她说，"一个护身符已经做成了，它具有使你们俩永远友好的功效。只要我佩戴着这个护身符，你们俩就决不能吵嘴了。"

一个护身符果真做成了，它形成一个符咒，使得敌意不可能发生。她变成了他们两人的一根纽带，一种能左右他们两人的影响力，一项共同的协约。她从他们获得自己的幸福，她所借来的东西，她都连本带利地给予偿还。

在世间真有这样的幸福吗？我注视着如今结合在一起的那位父亲、那位女儿和那位未来的丈夫的时候，如此问着——他们全

---

① 彭特利库斯山，希腊雅典东北部的一座山，高1109米，产白色大理石；著名的雅典娜女神殿堂建于此山顶上。
② 纪念品盒，用以珍藏亲人头发或小照片等物的金或银制成的盒子，通常悬挂在项链上。

都蒙受福佑,并且感恩不已。

是的;是这样的。没有加以任何浪漫色彩的渲染,也没有任何幻想的夸张的手法,事情就是这样的。某些现实生活中的人——在某些日子里,或者年份里——的确在实际上先于别人得到天堂里的幸福;而且,我相信,一旦让善良的人们感受到这种完善的幸福(它永远不会降临到邪恶的人身上的),它那甘美的作用便决不会完全消失。不管随之而来的考验,不管是什么样的疾病的痛苦或者死亡的阴影,那先前的光轮依然射穿那苦难而大放光芒,使剧烈的痛苦得到安慰,给厚厚的云层染上色彩。

我还要进一步谈谈。我确实相信人类中有些人从柔软的摇篮到宁静的、人生终期的坟墓,如此诞生,如此受培养抚育,如此被引领指导,以致始终没有极度的苦难来侵入他们的命运,也没有狂风暴雨的沉沉黑暗来笼罩他们的旅途。这些人,往往倒并不是娇生惯养的、自私自利的,而是上天所挑选的人,他们随和融洽、宽厚仁慈;这些男男女女有仁爱之心因而性情温和,是上帝的善良特性的善良的代理人。

让我不要耽搁了这件喜事的真情实况吧。格雷厄姆·布列顿同波琳娜·德·巴桑皮尔结了婚,布列顿医师确实证明了自己是这样一位代理人。他并不因天长日久而蜕化变质;他的缺点渐趋衰退;他的优点日益成熟。他在理智的通晓练达方面成长起来;他在道德的利益方面所得匪浅。渣滓全部滤尽了,清澈的酒被净化得又明亮又沉静。他的可爱的妻子的命运同样是明亮的。她保持着丈夫的爱情,她帮助丈夫的事业发展——她是他的幸福的基石。

这一对夫妇确实受到上帝的保佑,因为年复一年给他们带来了极大的兴旺昌盛,也带来了极大的善良德性;他们慷慨大方地、然而是明智地给人以关怀。不用说,他们也经历了种种磨难、失意和困顿,不过这一切他们都承受过来。而且,不止一次,他们必须仰望着那芸芸众生几乎不能在活着的时候看见他的脸的上帝。他们还不得不向惊吓的王①进贡。在注定的年月,德·巴桑皮尔先生被带走了;路易莎·布列顿则在高龄的时候老成凋谢。有一次,甚至在他们的厅堂里响起了哭声,一如拉结为她的孩子哭泣②那样。布列顿医师在一个儿子的身上看见自己又重新开始生活,这个儿子酷肖他的外貌和气质。他还有几位像他自己一样稳重端庄的女儿。他温文尔雅、却又严格要求地栽培他们;他们按照遗传和环境因素成长起来。

总而言之,格雷厄姆和波琳娜这两位的生活幸福美满,就像雅各③所喜欢的儿子那样,有"天上所有的福,地里所藏的福",我这样说的时候,不过是说出了真情实况而已。事情正是如此,因为上帝认为这样好。

---

① 惊吓的王,即"死神"。见《圣经·旧约全书·约伯记》第18章第14节:"他要从所倚靠的帐棚被拔出来,被带到惊吓的王那里。"
② 拉结,《圣经》中的人物;雅各之妻,约瑟和便雅悯之母。据《圣经·旧约全书·耶利米书》第31章第15节记载:"耶和华如此说,在拉玛听见号咷痛哭的声音,是拉结哭他儿女不肯受安慰;因为他们都不在了。"
③ 雅各,见第31页注①。雅各与妻妾四人生十二子和一女;他最宠爱的儿子是约瑟。《圣经·旧约全书·创世记》第49章第25节,雅各对约瑟说:"你父亲的神必帮助你,那全能者必将天上所有的福、地里所藏的福,以及生产乳养的福,都赐给你。"

第三十八章
阴　云

可是并非所有的人都是这样的。那么又怎样呢？神的意旨必得成全，无论我们是否谦卑恭谨地顺从，也确实无疑，必得成全。创世的冲力推动它向前；肉眼看得见的或看不见的神威的力量主管着它的完全实现。对于来世必须有一个证明。只要有需要，哪怕是有血有火①，也必须把这个证明写下来。哪怕是有血有火，我们都要寻遍整个大自然，去追索证明。它确实是有血有火，与我们自己的经验相违背。受苦受难的人啊，决不要眼见这烈火熊熊的见证而恐怖，以致昏厥吧。困乏的徒步旅行者啊，束好你的腰带②，准备行动吧，仰望苍天，迈步向前。朝圣者们和公开忏悔的教友们，友爱地结伴前进吧。贯穿着这个世界的旷野③上的一片混沌伸展在我们大多数人的道路上，让我们的步伐平稳而坚定；让我们把我们的十字架作为我们的旗帜。我们有神的允许作为拐杖，他的"话是净炼的，他的道是完全的"；④我们目前的盼望是天意，"你把你的救恩给我作盾牌，你的温和使我为大。"⑤我们最后的家是他的怀抱，他"住在高天"⑥，至高无上的奖赏是极大而永恒的荣耀。让我们向前奔去，才可以获得；让我们像好兵丁一样含辛茹苦；让我们走完我们的道路，保持信仰，在结局时，我们将不止是征服者而已："耶和华我的神，我的圣者啊，你不是从亘古而有么？我们必不致死！"⑦

在一个星期四的早上，我们都聚集在班级里，等待上文学课。时间到了，我们期待教师的到来。

第一班级的学生们十分安静地坐着；上次课堂上布置的作文

已经字迹工整地写成，用缎带整齐地扎好，放在各自面前，等待那位教授快步沿着各张课桌走一圈的时候亲手收去。现在是7月，这天早上天气晴朗，那扇玻璃门半开着，打那儿吹进来一阵清新的微风；养在门框过梁上的花草摇曳着，飘垂下来，向教室里窥探，仿佛在窃窃私语，传布消息。

伊曼纽埃尔先生并不总是很准时的，因此对于他迟到一会儿我们并不感到诧异，然而门终于打开的时候，我们看到进来的并不是那位行动敏捷、风风火火的伊曼纽埃尔先生，却是那位谨慎小心的贝克夫人，她不声不响地出现在面前，我们不禁感到意外。

她朝保罗先生的课桌走去，在那儿站住，把那条披在肩膀上的轻薄的披肩裹得紧一些，开始说话，声调是低沉的，然而坚定有力；她目不转睛，直直地朝前看。

"今天上午不上文学课了。"

过了约摸两分钟的停顿之后，她才接着讲第二段话。

"可能这门功课要暂停一个星期。我需要这么一段时间去找一位能胜任的人来代替伊曼纽埃尔先生。在这期间，我们研究一下怎样好好利用这一段空白。

---

① 语出《圣经·新约全书·使徒行传》第2章第19节："在天上我要显出奇事，在地下我要显出神迹，有血、有火、有烟雾。"
② 源出《圣经》成语：gird up the loins。见《圣经·新约全书·彼得前书》第1章第13节："所以要约束你们的心，谨慎自守，专心盼望，耶稣基督显现的时候所带来给你们的恩。"后来这一成语用作"准备旅行"或"准备行动"之意。
③ "这个世界的旷野"引自英国作家班扬（1628—1688）寓言式作品《天路历程》的第一句。
④ 源出《圣经·旧约全书·撒母耳记下》第22章第31节，以及《圣经·旧约全书·诗篇》第18篇第30节，原句是："至于上帝，他的道是完全的。耶和华的话是净炼的。"
⑤ 源出《圣经·旧约全书·撒母耳记下》第22章第36节："你把你的救恩给我作盾牌。你的温暖使我为大。"
⑥ 源出《圣经·旧约全书·约伯记》第22章第12节，原句是："上帝岂不在高天么。你看星宿何其高呢。"
⑦ 全句引自《圣经·旧约全书·哈巴谷书》第1章第12节。

"小姐们，"她继续说，"你们的教授说，有可能的话，到时候他要来向你们告别。目前他没时间顾及这一礼节。他正在为出远门做准备。一项非常突然的紧急任务的召唤，要求他到十分遥远的地方去。他已经决定无限期地离开欧洲。也许他会亲自告诉你们更多的情况。小姐们，今天早上不再上伊曼纽埃尔先生通常教的课了，而是由露西小姐来教你们英语。"

她谦恭有礼地点一点头，把披肩往身上拉得更紧一些，便离开这个班级，走了出去。

整个教室陷入了一片深深的寂静，接着四下里响起了喃喃低语声。我觉得有些学生在暗暗地流泪。

一些时间又过去了。嘈杂声、低语声和偶然发出的嘤嘤啜泣声增长起来。我意识到纪律松懈了，可以说秩序越来越乱了，似乎我的女学生们觉得警戒已经被解除，监管实际上在这个班级里已经不存在。习惯和责任感使我能够很快地精神振作，使我像平时那样站起来，使我用平时的语调说话，使我责令并且终于使学生们安静下来。我安排了长篇的时间紧凑的英语阅读，使她们整个上午都得花在这上面。我记得自己对那些呜咽抽噎的学生产生一种不耐烦的情绪。说实在的，她们的感情冲动没有多大价值；那只不过是一种歇斯底里的激动而已。我毫不客气地对她们讲出来，半是嘲笑她们。我的态度很严厉。事实是，我无法忍受她们的眼泪，以及那种抽抽搭搭的哭泣声；我实在受不了。在别人都止住不哭的时候，有一个智力相当低下、精神相当委靡的学生却依旧哭个不停。横下心来，非这样不可的想法迫使我、并且帮助我向她走过去，使她不敢继续流露这种情感，使她强行克制自己的浑身抽动。

那个姑娘原该可以恨我的，不过，在放学以后，她的同学们陆续走掉的时候，我吩咐她留下来，等到她们都走光了，我做了一件去对她们中间任何一个从来都没有做过的事——我把她紧紧抱在怀里，吻了她的面腮。在屈从了自己这一冲动之后，我急急忙忙把她从教室里推出去,因为经过这样剧烈的感情激变,她哭得比以前更伤心了。

那一天,我无时无刻不忙着工作,而且如果能够一直点燃蜡烛的话,我是会愿意通宵熬夜的。可是事实证实那一夜是难受的一夜,留下了不好的影响,使我难以泰然对待第二天的那些教人受不了的流言蜚语的折磨。这一消息理所当然地引起人们议论纷纷。随着开头的惊讶而来的是暂时的矜持,但是不久便渐渐松弛下来,每一张嘴都张开了,每一根舌头都动起来了;老师们,学生们,就连仆人们嘴上都挂着"伊曼纽埃尔"的名字。从学校创办时候起,他便与它一直有着关系,竟然这么突然离去!大家都觉得很奇怪。

他们的谈论如此之多,如此之久,又如此之频繁,因此,从他们不计其数的言语和谣传之中,终于冒出了一些信息。大概在第三天,我听说,一星期之后他就要乘船启程;接着是——他要驶往西印度群岛①。我朝贝克夫人的脸瞅着,紧盯住她的眼睛;想要得到关于这一传闻的反驳或者证实。为了得到消息,我把她从头到脚整个儿打量了又打量,可是她身上任何一处流露的都仅仅是镇定自若和平淡无奇的神态而已。

"他这一走,对我来说是莫大的损失,"她声称。"我真不知道如何填补这一空缺。我与这位亲属彼此相处得那么熟悉,他已经成了我的左右手了。没有了他,我可怎么办啊?我反对过他走这样一步,但是保罗先生说服了我,说那是他的责任。"

这些话,她当着大伙儿说,在班级里说,在餐桌上说,清晰可闻地对翟丽·圣彼埃尔也这么说。

"为什么这是他的责任呢?"我原本可以这么问她。她在班级里不动声色地走过我的身边的时候,我一次次情不自禁地要猛然

---

① 西印度群岛在墨西哥湾、加勒比海与大西洋之间,由一万二千个岛屿组成,距离欧洲遥远。当时蛮荒未开,为欧洲多国殖民及流放之地。

抓住她，要伸出手去，把她紧紧抓住，说道："站住。让我听听这整个事情的结论。究竟为什么让他去流放是他的责任？"可是贝克夫人每次总是对其他教师说话，连看都没有朝我看一眼，似乎联想到我可能关心这个问题都没有。

一个星期的时光在消逝。伊曼纽埃尔先生要来向我们告别的事不见再提起，没有什么人似乎渴望他的到来；没有什么人在问他会不会来；也没有什么人因为他不再见面、不告而别而流露出痛苦的样子；他们是在不断地谈论，可是在所有的谈论中一点都不触及这个极其重要的一点。至于那位夫人嘛，不用说，只要她高兴，随时都可以见到他，同他谈话。她又何必关心他在不在教室里露面呢？

一个星期过完了。我们听说他将在某日启程，并且说他的目的地是"瓜德罗普岛①的巴斯特尔城"，要他到国外去是有关一位朋友的利益的事务，而不是为了他自己。我原来就这么猜想的。

"瓜德罗普岛的巴斯特尔城。"这一阵子我难得入睡，而如果真的睡着了，我便一定会猛然惊醒，同时"巴斯特尔"，"瓜德罗普"这两个地名的声音在我的枕头上响起来，或者在我的四周或者面前现出一个个红色或紫罗兰色亮光的锯齿形字母，横贯过漆黑的深夜。

我产生什么样的感觉是由不得自己的，我怎么能不让自己去感觉呢？伊曼纽埃尔先生近来待我非常和善；他对我的好感与和善是与时俱增的。自从我们解决在神学方面的分歧意见以来，现在已经有一个月了，在这整整一个月里，没有发生过争吵。这种和平宁静也不是分离的冷漠的产物；我们并没有互不相关地过日子。他来得勤快起来，跟我交谈比以前更多。他一连几个小时地和我待在一起，心平气和，眼睛里带着心满意足的神情，态度上

---

① 瓜德罗普岛，加勒比海东部小安的列斯群岛中的岛，包括巴斯特尔和格朗德特尔两个较大的岛。17世纪初，法国人在此建立殖民地，后被英国占领。19世纪初，法国收回。后建为法国的海外省。首府为巴斯特尔城。

亲如家人，温柔体贴。我们之间交谈的话题变得亲密了。他已经问到我的生活的计划了，我便把我的打算告诉了他；他赞赏那项办学方案。他虽然把它称为阿勒阿沙①的梦想，却要我不止一次地详谈。磕磕碰碰的矛盾已经过去了。相互之间的了解正在确定和稳固起来。融洽一致和怀抱希望的感情自然而然地深入心中。爱慕之心、深深的尊敬之情，以及开始萌生的信任之感，已经加固了各自的绳结。

那一阵子我的每堂课都是多么安静啊！不再有人奚落我的"才智"，不再有令人气恼的当众出丑的威胁！多么舒心啊，因为妒忌的冷嘲热讽，以及妒忌多于真心诚意的颂扬已经被取代，现在是一种默默无言的、百依百顺的帮助、一种满心欢喜的引导，以及一种充分谅解而决不赞美的温柔体贴的宽容。有些时候，他会坐在那儿好一阵子，一句话都不说；等到天黑下来，或者他有事不得不离去的时候，他便起身离别，说一句这样的话："宁静是多么甜蜜！寂静的幸福是多么可贵啊！"

不到短短的十天的一个傍晚，我正在我的那条庭院小径上散步的时候，他走来同我做伴。他握住我的手；我抬头望着他的脸。我觉得他特意要吸引住我的注意力。

"我的好小朋友！"他温柔地说；"甜蜜的给人安慰的人儿！"可是，经由他的接触，听到他的话语，一种前所未有的感觉和一种新奇的想法不禁油然而生。是不是有可能他正在变得比朋友或者哥哥更进一步了呢？难道他的神色表达出一种超过手足情谊或者友好关系的爱情了吗？

他那充满表情的神色说明还有更多的话要讲，他的手把我向他拉过去，他的吐露心曲的嘴唇在翕动着。不行；这会儿不行。

---

① 阿勒阿沙，《一千零一夜·理发匠第五个兄弟的故事》中的人物。他是个被人割掉耳朵的乞丐。后来继承遗产，得到一百个银币，便用这些钱购买玻璃器皿，放在篮子里贩卖。他梦想靠此发财，娶大臣的女儿为妻，他沉浸在自己的白日梦中，趾高气扬，脚踢新娘，不料把一篮子的玻璃器皿踢翻，摔成碎片。

因为有什么障碍物闯进了薄暮中这条昏暗的庭院小径。来的是一个双重的阴森森的预兆:我们正面对着两个不祥的黑影——一个是女人的,一个是神父的——原来是贝克夫人和希拉斯神父。

希拉斯神父当时的脸色我将一辈子都不会忘记。在最初的一阵冲动之中,那脸色现出让·雅克[①]的敏感,而这是由刚才使人感到意外的那种亲热的迹象所引起的;然后,那种出于传教士的妒忌心的猜疑顿时在脸上笼罩了一片阴霾。他对我以宗教的热忱说话;对他的学生则目光似剑地瞧着。至于贝克夫人嘛,当然啰,她是什么也没有看见——一点儿也没有,虽然她的亲属当着她的面仍然握着这只异教徒的手,不但不让它抽回去,反而握得更紧,更用力。

发生了这些事情以后,跟着突然宣布他离职的消息,开头曾经使我觉得难以置信。说真的,那只是一而再、再而三地听到谈论此事,以及被我周围的一百五十个头脑所证实,才迫使我完全接受这一事实。至于那令人悬念的一个星期,那一片空白的、然而是火烧火燎的一段日子,始终没有得到他一个字的解释——我是记得的,可是却无法描摹其细节。

最后一天来临了。这下子该是他来看我们了。这下子他该会来告别了,不然的话,他就会默默无言地消失不见,我们要永远看不到他了。

可是这两种可能的情况,在这所学校里似乎没有一个人放在心上。所有的人全都按照平时的钟点起身;全都像平时一样用早餐;全都不提、也看不出她们这时候是想到了她们原来的那位教授,却带着习以为常的那种木然无情的态度去干各自的分内事。

这整个学校里的人是那么健忘,它的日常事务进行得那么服服帖帖,那么训练有素,它的外貌是那么一无所求——我简直不

[①] 让·雅克,即让·雅克·卢梭,见第493页注①。他的名字往往使人与敏感联系起来。

知道在如此呆滞、如此窒息的气氛之中怎样呼吸。难道没有人愿意对我讲一点什么吗？难道没有人有一个祝愿，没有人有一个字，没有人有一声祈祷，让我能够对它说一声——阿门吗？

我曾经见到过她们为了一点鸡毛蒜皮的小事而全体一致地提出要求——比如一场招待啦、一次休假啦、少上一堂课啦。而现在呢，她们却不能，她们也不想纠集成一伙去围攻贝克夫人，坚决要求去最后见一面那位她们确实曾经爱过的、至少是有些人曾经爱过的老师——像她们所能够爱的那样爱他——可是，哦！芸芸众生的爱究竟是什么东西呢？

我知道他住在哪儿；我知道在哪儿可以听到他的消息，或者同他联系。那地方距此尚不到一箭之遥。可是即使是在隔壁房间里——没有被邀请，我也不能利用我了解的情况。至于去跟踪，去钻头觅缝，去提醒提醒、去唤起回忆——我可没有本事干这些事情。

伊曼纽埃尔先生也许会在我伸手可及的近处走过去，倘若他不言不语、不理不睬地走过去，那么我也会不言不语、不惊不扰地让他走过去。

上午过去了，下午来到了；我想一切都完了。我的心在我的胸腔里颤抖，血液循环也乱了规律。我觉得自己病得不轻，几乎不知道如何守住自己的岗位或者进行工作。然而在我四周的这个小小的世界却无动于衷，依然步履沉重地前进。大伙儿似乎都那么乐呵呵的，无忧无虑，无畏无惧，什么心事都没有。就是那些女学生，七天以前听到这一惊人消息的时候还歇斯底里地嘤嘤啜泣，如今看来已经忘记了这一消息，它的重要性，以及她们自己的感情冲动。

散学是在五点钟，快到这一时刻，贝克夫人差人来叫我到她的单人套间去，为她通读一遍一封她收到的英文信，要我从头到尾读一遍、翻译出来，还要为她写一封回信。在安顿下来做这一项工作之前，她轻手轻脚地把她的套间的两扇房门关上，甚至把那扇竖铰链窗也关上并且闩上,尽管那天很热,而且她平时总是认为让空气自由流通是必不可少的。那么为什么这次如此小心戒备呢?一种强烈的怀疑,一种几乎是极端的不信任,使人与这样的问题联想起来。她莫非要隔绝外面的声音吗?那么,是什么声音呢?

我侧耳倾听着,过去从来都没有这样倾听过。就像严冬傍晚时分的狼那般倾听,在雪地上嗅着,搜寻猎物的踪迹,同时要听着远处旅行者的重重步伐。然而我是能够同时用耳听用手写的。信写到差不多一半的时候,我听见——使我停下了笔的声音——门厅里响起的脚步声。门铃没有响,萝芯妮——她无疑遵照吩咐行事——在这样的起床号响起之前便开了门。夫人看见我停笔凝神,便咳嗽一声,手忙脚乱了一阵,还提高嗓音说话。脚步声已经一路响着,直向教室而去。

"继续进行,"夫人说,可是我的手好像被捆住了,我的耳朵被拽住了,我的思想活动失魂落魄似的被带走了。

教室都集中在另外一幢建筑物里,那间大厅把它们与住宅隔开来。尽管有一大段距离,还有隔墙阻挡,我还是听见突然之间人群骚动、整个班级同时起立的声音。

"他们下课了,"夫人说道。

确实是下课的时间了,可是为什么又突然鸦雀无声了呢——那一阵喧闹声为什么顷刻之间就压下去了呢?

"等一等,夫人——我要去看看是怎么一回事。"

我便放下了笔,离她而去。离开她了吗?没有:她不让我离开她。既然无法留住我,她便站起身来跟随我,跟得犹如我的影子一般紧。我踏在楼梯的最后一级的时候,回过头来——

"你也去吗?"我问。

"是的,"她答道,投过对望的眼光,脸色好奇怪——满面阴云,然而又义无反顾的样子。于是我们继续向前走,不是一起走而是她亦步亦趋地跟着我。

他果然来了。我走进第一班教室便瞧见了他。在那儿,再次出现了那个最熟悉的人影。我想,他们一定曾经想尽办法不让他来,可是他还是来了。

姑娘们站成半个圆圈;他正在她们面前挨次走过去,说着告别的话,握着每个人的手,轻轻吻过每一张面颊。这最后一种仪式,按照外国人的风俗习惯,在这样的别离情况下是被允许的——如此庄严,一别如此之久啊。

贝克夫人竟然这样缠着我不放,紧紧尾随,严密监视,真叫我受不了。她呼出的气息使我的脖子和肩膀热得缩起来,我芒刺在背,难受极了。

他正在走近我;那半个圆圈他几乎都走遍了;他走到最后一个学生跟前,他转过身来了。可是贝克夫人却挡在我前面,她是出其不意地站出来的。她似乎放大了她的身体的比例,也放大了她的衣裙。她遮蔽了我,我被藏了起来。她很了解我的弱点;她能够估算出精神瘫痪症——那种自我肯定意识的彻底欠缺——的程度,由此而来,在一件重大事件上,我就能够承受打击。于是,她赶快抢到她的亲戚跟前,口若悬河地同他拉呱起来,控制住他的注意力,把他弄得匆匆忙忙朝门口走去——朝那扇通向花园的玻璃门走去。我觉得他四下里张望着,只要我当时引起了他的注意,我想,勇气就会喷涌而来,支援感情,我就会猛扑过去,而事情也许就可以挽回了。可是那时候教室里混乱不堪了,那半个圆圈散成了三五成群,我的身体被湮没在三十个更为显眼的人之中。夫人如愿以偿了;是啊,她把他带走了,他没有瞧见我,他以为我没有来。钟敲五点了,散学的铃声大作,全体学生四散而去,教室里空荡荡的。

我回想起来,当时我孤单单地度过的分分秒秒,似乎眼前是一片漆黑,心中是一团乱麻——对于一种无法忍受的损失的一种无以言喻的悲痛。我该怎么办呢?啊!我该怎么办呢?现在我整个一生的希望就这样从我这颗被撕裂、受伤害的心中连根拔去了!

我真不知道当时我究竟会怎么办了,要不是来了一个小孩子——全校最小的孩子——她单纯无知,浑然无觉,突然闯进了我这内心冲突的怒涛翻腾然而表面平静的中央。

"小姐,"她那童音尖嗓子口齿不清地说道,"我来把这个交给你的。保罗先生嘱咐我要找遍这整幢房子,从顶楼找到地窖,一找到你,就把这个交给你。"

这孩子交给我一纸短笺;那只小鸽子把它用嘴采摘下来的橄榄叶抛在我的膝盖上了①。我发现信上既没有地址,也没有姓名,只有这样一些话:

> 我并没有打算在向其他人告别的时候,也向你告别,但是我心中希望在教室里同你见面。结果我大失所望。这次会见被推迟了。准备好同我见面吧。开船之前,我一定要用充分的时间见见你,跟你详详细细地谈谈。准备好,我的时间很有限,而且眼下全部排满了。此外,我手头还有一件私事,这事我不愿对任何人说,也不能转告——即使是对你。
>
> 保罗

"准备好!"那么一定是说今天晚上了。他是明天就要动身了吗?是的,对于这一点,我可以肯定。我曾经看见他那艘船只的启程日期公布出来了。哦!我会准备好的,那个渴望中的会面真的能够实现吗?时间如此紧迫,诡计多端的人们似乎又如此警戒,如此活跃,如此怀有敌意。我们两人接近的道路看来窄得像一条沟渠,深得像一座峡谷——亚玻伦②口吐火舌,叉开双腿站立其上。我的大无畏③能战胜么?我的领路人能与我接触上么?

---

① 典出《圣经》,见第111页注①。
② 亚玻伦,恶魔之名,为凶猛的蝗虫之王。见第126页注①。此处亚玻伦站立的形象源自班扬的《天路历程》。
③ 大无畏,《天路历程》中的勇士。参见第4页注①。

谁会知道呢？然而我开始鼓起一些勇气，使我心中舒坦一些。我似乎感觉到他的心脏的搏动与我整个心脏的搏动更为合拍了。

我等待着我的武士。亚玻伦身后拖带着他的地狱正在走来呢。我认为假如"永生"中也含有痛苦，那么其形式将不会是烈火的煎熬，其性质也不是叫人绝望的。我认为，在将来既无日出又无日落的那些日子里，总有那么一天，会有一位天使来到阴间——站在那儿，金光四射，笑容可掬，宣布一项有条件的赦免的预言，点燃起天堂之福乐终将降临的难以置信的希望。并不是现在就降临，而是在没有人知道的那日子、那时辰，①在他自己的荣光和辉煌之中，揭示他这一诺言有多么崇高，多么深广。说了这些——于是翱翔直上九霄云外，变成一颗星星，然后消失在他自己的天国之中。他的遗产是令人苦苦盼望——这是比绝望更糟糕的恩赐。

那天，整个晚上我都在等着，深信那片由鸽子送来的橄榄叶，然而在这深信之中却又夹着极度的担心害怕。这担心害怕之感沉重地压在我的心头，又冷又特别，我明白这是很少落空的不祥预感的伴随者。开头几个小时似乎很长，过得极慢。我在精神上紧紧抓住前一小时的飞逝而去的衣裙不放。它们像流云一样匆匆掠过——像飞云团一样被暴风刮得急急奔逃。②

它们流逝过去了。这漫长的、炎热的夏天的整个白昼像一大根圣诞节原木③一样焚烧净尽了；深红的落日余晖已经消失了；我被抛弃在黑夜的惨白和铁灰色的微光之上，清凉的青灰的阴影之中，我低下头来。

祈祷时间已经过了；现在正是就寝时间；我的同寝室里的人

---

① 语出《圣经·新约全书·马太福音》第24章第36节："但那日子、那时辰，没有人知道，连天上的使者也不知道，人子也不知道，唯独父知道。"
② 语出英国诗人柯尔律治(1772—1834)的《小淘气之歌》中的诗句。
③ 圣诞节原木，西方人在圣诞节前夜放入壁炉中燃烧的一根大原木。

都睡了。我仍然留在这黑沉沉的第一班教室里,忘记、或者至少是不顾校规,过去我从来也没有忘记或者不遵守校规的。

我不知道自己在那个教室里踱步踱了多久;我走来走去一定已有好几个小时了。我刚才机械地把课桌和长凳都往旁边挪开,为自己腾出从这头到那头的一条通道来。我在那儿走着,我在那儿确信整幢房子里的人都已上床,完全听不见声响了——我终于在那儿哭了起来。依赖这个黑夜,信托这个孤寂,我因而不再控制我的眼泪,不再止住我的呜咽了。它们使我的心里翻江倒海;它们一泻无余地夺路而去。在这幢房子里,有什么悲痛能够做到神圣庄重而不逾矩呢?

十一点钟过后不久——对于福色特街来说,这是很晚的时间——门被打开了——静悄悄的,但不是偷偷摸摸的。一盏灯的光线侵入了月光,贝克夫人进来了,依然带着她那副不动声色的形态,仿佛在一个平平常常的时候参加一个平平常常的聚会似的。她并没马上对我说话,却走到她的课桌前,取出她的钥匙,似乎寻找什么东西。她这种装模作样的寻寻觅觅,消磨的时间很长,简直太长了。她沉着冷静,简直太沉着冷静了。我此刻的心境难以承受这般矫揉造作。由于被挤逼到一般的范围之外了,两个小时以来,我已经把习以为常的尊敬和畏惧之心全都抛诸脑后。在平常的情况之下只要碰一碰我就可以指挥我,只要一句话就可以支配我,现在,可什么牛轭都不能加在我头上,什么马勒也无法叫我顺从了。

"就寝时间已经超过了,"夫人说,"违反校规的时间太长了。"

夫人没有得到答复,我没有停止踱步。她走过来挡住我的路,我把她赶开。

"让我劝你平静下来吧,小姐;让我领你到你的套间里去吧,"她尽量用和蔼的语气说。

"不!"我说;"不论是你,还是其他任何人都别想劝我,或者领我。"

"你的床一定会被熨得暖暖的。高滕还没有睡呢。她会把你侍候得舒舒服服的,一定会给你一剂镇静药。"

"夫人,"我突然大声叫嚷,"你是个纵欲主义者。在你种种温文尔雅、种种和平宁静、种种端庄稳重的外表之下,骨子里你是一个否定不了的纵欲主义者。把你自己的床弄得暖和和的、软绵绵的吧;去吃镇静药,去吃肉去吧,去喝又香又甜的酒去吧,放开肚子去吃,去喝。你如果有什么伤心或者什么失意的事儿——你也许有——不,我知道你有——在你自己选择的应付办法当中去寻找你自己的姑息剂①去吧。不管怎样,别碰我,我告诉你,别碰我!"

"我一定得派个人来照看你,小姐;我一定得叫高滕来。"

"我不准你这么做。让我一个人待着。你的手别来碰我,别来碰我的生活,我的烦恼。哦,夫人!你的手既寒气逼人,又捏着毒药。你毒害别人,使人瘫痪。"

"我做了些什么啦,小姐?你决不可以跟保罗结婚。他不能结婚。"

"霸占食槽的狗!"②我说,因为我知道她心中暗暗需要他,曾经一直需要他。她把他叫做"受不了的人",还责骂他是个"偏执的人"。她并不是出于爱,但是她需要和他结婚,这样,她就可以把他跟她自己的利益绑在一起。我已经深入到夫人的一些秘密之中了——我不知道自己怎么会这样的。是凭一种直觉或者凭一种心血来潮的灵感吧——我不知道是从哪儿来的。还有,同她一起生活的这些日子里,我已经慢慢地了解到,她除非跟一个不如她的人在一起,否则非得总是跟别人作对不可。她是我的对头,一心一意要与我作对,尽管是暗暗进行的,表面上风度优雅,十

---

① 姑息剂,医学中姑息治疗时所用的药物。
② 源出《伊索寓言》:一只狗躺在食槽里,不让牛去吃干草。牛说:"这只狗很自私,自己不吃干草,也不让别人吃。"

二分的大方，除了她和我自己之外，任何人都丝毫觉察不到。

足足有两分钟，我定睛注视着夫人，感到这个女人已经整个儿在我的控制之中了，因为，处于某种精神状态之中，比如眼下的——以及处于某种感觉受到刺激的情况之下，像此刻这样——她所习惯的伪装，她的假面具，以及她的化装舞会的打扮，①在我看来仅仅是百孔千疮的网眼织物而已。我看见那下面掩盖的是一个没有心肝的、放纵自己的、卑鄙可耻的东西。她静悄悄地从我跟前往后退，虽然显得很不自在，然而却是温良恭顺和沉着镇静的。她说道：如果我不愿听从劝告去休息的话，她必须无可奈何地离开我了。她真的那么仓促地走了，也许比起我叫她狼狈地离开，她更高兴自己走开。

这是我和贝克夫人两人之间发生的唯一的一次突然闪现、逼出真情的冲突；这出夜里的短暂的一幕后来从未重演。这事丝毫没有改变她对我的态度。我并不知道她对我进行了报复。我并不知道她由于我那番令人心惊肉跳的直言无讳而对我更加怀恨于心。我想她是靠她那顽强的心灵中的秘密的哲学来防卫自己，并且下决心去忘掉使她想起来就感到恼火的事。我知道，直到我们在一起生活的最后的日子，不会重复发生、也不会重新提起这场激烈的交火。

那天的黑夜过去了。所有的黑夜——甚至那寂灭之前的星宿无光的黑夜②——都一定要消失的。大约六点钟，在唤醒全体师生员工的时候，我走出屋子，到庭院中去，用阴凉清净的井水洗了脸。我经由方形大厅走进屋子，那儿镶在栎木陈列柜上的一面镜子映照出我的影像。它说明我的模样已经变了，我的双颊和嘴唇白得毫无血色，我的目光呆滞失神，我的眼睑浮肿、发紫。

我重新回到我的同伴们当中去的时候，我知道她们个个都望

---

① 指化装舞会上穿的连帽斗篷，以及黑色的半截面具。
② 语出《圣经·旧约全书·约珥书》第 2 章第 10 节："他们（蝗虫）一来，地震天动，日月昏暗，星宿无光。"

着我——我的心似乎被她们看穿了。我相信这是我自我暴露了。看来是令人惊骇不已地肯定了:连学校里最最年幼的学生都必定猜出了我为什么、并且为什么人而如此绝望。

有一次我曾经护理过她的病的那个孩子伊莎贝儿走到我的身边来。难道她也要嘲笑我不成?

"你的脸多么苍白啊!你一定病得不轻了,小姐!"她说着把一只手指头伸进嘴里,愁眉苦脸,呆若木鸡地睁大眼睛瞧着我,此时此刻,那种样子我觉得比最灵敏的聪明才智还要美丽。

伊莎贝儿独个儿处在这种毫不知情的优越地位上并不很久。那天还未完全过去,我便已经获得了应该对整个被蒙在鼓里的师生们表示感激之情的理由了。广大群众要做的事多着呢,不光是揣摩别人的心事和解释别人的含义不明的话语。谁要决意把自己的意图藏而不露都可以做到——成为自己的秘密的主宰。在这一天之中,一个证据又一个证据告诉我,不仅我目前的悲痛的原因没有人猜测,就是过去六个月以来的全部内心经历也都仍然只属于我自己。没有人知晓——没有被人注意过——我把它视作所有的生命之中特别珍视的一个生命。流言蜚语曾经打我身边飘过去;好奇心曾经把我察看;而这两种微妙的影响力一直在上空盘旋飞翔,却从来没有把注意力真正集中到我身上。一个特定的有机体可以生活在住满热病病人的医院里而免于染上斑疹伤寒。伊曼纽埃尔先生来了又去了。我曾经受他指教,被他追寻。他不管什么时候都召唤我,我则唯命是从。"保罗先生需要露西小姐"——"露西小姐跟保罗先生在一起"——这曾经是永恒的公报,对此,没有人加以评论,更没有人加以谴责。没有人暗示过,也没有人打趣过。贝克夫人却猜出了这个谜语,还没有别人解答出来呢。我现在所忍受的痛苦被说成是疾病——头痛。我接受了这一命名。

可是有什么肉体上的疾病像这种痛苦一样难受呢?这样明白无误地知道他没有说一句告别的话就已经走了——这样残酷无情地被命运和紧紧追赶的复仇之神——一个女人的妒忌和一个神父

的偏见——所制定,将要使我遭受再也见不到他的痛苦;肉体的病痛像这样吗?因此,我在第二天晚上像头一天晚上一样——难以自持,苦恼不堪,怀着凄凉孤寂而又坚定不移的深情,在这间冷落僻静的房间里,又一次踱来踱去,这有什么奇怪呢?

那天晚上,贝克夫人并没有亲自唤我去睡觉——她没有来到我的跟前,而是派姞妮芙拉·樊箫来的——她无法雇到一个更有能力的代理人来做这件事情。她的第一句话——"你今晚头痛得厉害吗?"(因为姞妮芙拉像其他人一样,以为我犯了头痛病——头痛得受不了,弄得我脸色苍白得怕人,双脚像疯子似的停不下来)——我说,她的第一句话激起我一阵冲动,想立刻逃跑,到任何地方去,只要没有人能碰到我就行。过了一会儿,接着发生的事情——她叫苦说自己也头痛——便结束了这件事情。

我走到楼上去了;不一会儿工夫就上了床——我的令人愁苦的床——被刷刷抽打的蝎尾鞭①弄得扰攘不安。我躺下来还不到五分钟,另一个使者便到来了,那是高滕,她给我送饮料来。我正渴得要命——一口气喝了下去。饮料是甜的,不过我尝了觉得像是药水。

"夫人说,你喝了就睡得着,宝贝儿,"高滕收回空杯子的时候说。

啊!给我服了镇静药了。事实上,她们拿给我的是一服浓烈的鸦片酊剂。我要被麻醉得整夜安静了。

全校人都已上床睡觉,夜明灯点亮了,集体宿舍内一片寂静。睡眠不久便成了主宰;在那些枕头上,睡眠轻而易举地赢得了霸主地位,成为那些不痛的头和心的心满意足的统治者——它放过了不平静的心。

---

① 蝎尾鞭,《圣经》中作"蝎子鞭"。见《旧约全书·列王纪上》第12章。罗波安在其父所罗门去世后即位。百姓向他要求减轻负担,他却回答说:"我的小拇指头比我父亲的腰还粗。我父亲叫你们负重轭,我必使你们更重的轭;我父亲用鞭子责打你们,我要用蝎子鞭责打你们。"

药起作用了。我不知道夫人给的分量是过多还是不足；后果却有违她的本意。因为发生在我身上的不是不省人事，而是兴奋异常。我变得头脑里充满了新奇的念头——充满了色彩希奇古怪的幻想。召集的号令传遍全校各部门，他们的军号吹响了，他们的喇叭奏起了不是时候的召唤令。正在休息的想象被唤醒了，它急躁地、大胆地冲上前来，用蔑视的目光瞪着它那叫做"实体"的同伴。

"起来！"它嚷道，"懒骨头！今晚我将要达到我的目的；连你也拗不过我。"

"向前看，瞧瞧今晚的夜色！"它高声喊道；我把近在咫尺的厚厚的遮帘从竖铰链窗上提起来的时候——它以其特有的君王似的手势向我指着一轮照耀在一片深邃而光辉灿烂的自然环境之中的至高无上的明月。

它使得这微光闪烁的昏暗、这狭窄的空间、这集体寝室里的闷热叫人受不了，真使我在感觉上透不过气来。它引诱我离开这个牢笼，跟随它向前进发，走到露水、清凉和永恒境界里去。

它给我带来午夜的维莱特的奇妙的景象。它特地展现了那座公园，那座夏季的公园，公园里面长长的庭院小径，静寂无声，阒无人影，安全保险。在这一条条小径之中有一只巨大的石头的水池——我熟悉这水池，我曾经常常站在它旁边——它是深深地隐藏在树木的浓荫之中，清澈的凉水漫到池边，池底则一片青绿，铺满落叶，长满灯心草。看到这一切又怎么样呢？公园的大门关着，上了锁，还有人站岗放哨：这地方进不去。

真的进不去吗？一个值得考虑的问题。我一边反复思考，一边机械地穿好衣服。既然压根儿没法入睡，也没法安静地躺着——从头到脚异常兴奋——那么除了穿衣服，我还有什么更好的事情可做呢？

大门上了锁，有几名士兵在门前站岗，这样说来，那么，就没有办法进公园了吗？

几天以前，我走过那儿，当时并没有特别注意周围环境，只瞅见桩篱上有一个豁口——有一根篱笆桩倒了下来。现在，我在回忆中又看见了那个豁口——看得清清楚楚——那插得整整齐齐像一排柱廊似的椴树干之间，可以看见有一个不规则的缺口。一个男人无法从这个缺口钻进去，壮实的女人也不行，贝克夫人多半是不行的。不过我想我可能做到。我设想自己要去试一试，一旦钻了进去，在这个时刻，整个公园就会是我的了——这个月色溶溶的半夜三更的公园！

集体寝室里的人们睡得多么香甜啊！呼吸是多么均匀！这整幢大房子是多么寂静无声！现在几点钟了？我感到坐立不安，急于知道。楼下教室里放着一个钟。有什么东西会阻碍我冒险下楼去看看钟！在这样的月光中，它那么大的白色的脸和乌黑的数目字必定是明明白白，清清楚楚的。

并没有像铰链的吱吱嘎嘎声和门闩的咔嗒咔嗒声之类的事来阻碍我采取这一步骤。在7月份的日子里，这些炎热的夜晚，闷热的气候是叫人受不了的，因此，套房的门大开着。这集体寝室的地板能够承受得了我的脚步而不暴露我吗？是的，因为哪一块木板松动我都清楚，可以绕着避开。我走下楼的时候，栎木楼梯有点儿嘎吱嘎吱响，不过响声不大——我现在是在方形大厅里了。

大教室的一扇扇的门都关得严严的，也都闩上了。另一方面，通向走廊的出入口倒是打开着的。在我感觉里，那一间间教室仿佛是一间间阴森凄惨的大囚室，湮没在远离通衢大道之外的地方，而且对我说来，充满着鬼影憧憧的、难以忍受的许多记忆，它们被悲惨地放置在它们的稻草之中，戴着脚镣手铐。那条走廊则勾勒出一幅令人愉快的远景图像，通往一个高高的门厅，从那儿出去便直通街道。

嘘！——时钟敲响了。只不过十一点钟，这所女修道院就已经安静得如此死气沉沉的了。我的耳朵正在静默之中倾听着最后一下钟声的渐渐轻下去的嗡嗡声的时候，我隐隐听得从楼宇密集、建筑成群的首都传来的一阵像是钟声又像是一支管乐队的奏乐声——一种其中包含甜蜜，包含胜利，又包含哀痛的混合的声音。哦，同这音乐声离得近一些吧，到那个长满灯心草的水池旁边去独个儿聆听吧！让我去吧——哦，让我去吧！什么东西在作梗呢？什么东西不肯帮助自由呢？

走廊那儿挂着我的园艺工作服、一顶大遮阳帽和一条披肩。那扇又大又重的能通过马车的大门没有上锁，因此没有钥匙要找。门是由一种弹簧闩闩着的，从外边无法打开，不过可以从里边毫无声响地拉开来。我能把它拉开来吗？它服从了我的手，顺顺当当、灵巧轻易地服从了。在这扇门看来几乎是自动地打开的时候，我感到迷惑不解——越过门槛，踏上铺筑平整的街道的时候，我感到迷惑不解，对于这所监狱竟然这样出奇地轻松就被冲破，我感到迷惑不解。看来，似乎有一个无形的力量在为我开路，似乎有一种能溶解一切的力量在我的前面推进，因为我本人几乎不费吹灰之力。

安静的福色特街啊！我在这儿的人行道上发现了我在所想着的、漫游者们所追求的夏夜，我看见夏夜的明月当空，我感觉到夏夜的空气中的露水。可是我不能在这里逗留，我离开自己原来的老住处仍然太近了，在土牢的下面近得我都能听见囚犯们的悲叹声。这种阴沉的平静可不是我所要寻求的，这可不是我受得了的。在我看来，那一片天空的面貌带着一个世界之死的神色。公园里也会是静谧的——我知道，世间的宁静安详笼罩着每一个角落——然而还是让我去探索那座公园吧。

我挑了一条熟悉的路，向巍峨壮观、气派堂皇的高级住宅区走去，我刚才听见的音乐声肯定是从那里飘拂过来的。音乐现在停下来了，不过可能还会再响起来。我继续向前走去，没有管乐队的音乐，也没有钟乐的乐声迎着我飘来；只有另一种声响，像是一阵大潮水汹涌澎湃；我越继续往前走，声音越变得低沉。突然一片亮光，活动逐渐增多起来，教堂钟乐声阵阵敲响——我正在来到什么地方啦？我进入一个广场的平坦的地方，发现自己突然中了魔法一般，卷入了一群彩衣翩翩、生气勃勃、喜笑颜开的人群之中。

维莱特是一团火焰，是一大片灿烂的光辉，整个世界似乎都在外面，月光和天空被驱逐出境。这个城市凭借她自己的无数火炬瞧见她自己的壮观奇景——灯火辉煌的大街小巷挤满了五彩斑斓的服饰、豪华高大的香车宝马，以及英武豪侠的骑手们。我甚至还看见许许多多假面具。这是一幕奇异的景象，比梦境还要奇异。可是那座公园在哪儿呢？——我应当离它很近才是。那座公园坐落在这个炫目的亮光之中，必定是浓荫覆盖，安详宁静——至少在那儿既没有火炬、灯盏，也没有拥挤的人群吧？

我正在问这个问题的时候，一辆敞篷自备马车在我身旁驶过，车上坐满了我很面熟的人们。要穿过密密麻麻的人群，马车只能缓缓而行，那几匹精神抖擞的马由于激情受制于马勒而显得很烦躁不安。马车里的人我看得很清楚，而他们却看不见我，或者，至少是认不出我，因为我用大披肩裹得紧紧的，大草帽又遮住了我的脸（在这个色彩斑驳的人群之中、没有什么衣着是奇特得引人注意的）。我看见了德·巴桑皮尔伯爵，看见了我的教母，她穿戴得漂漂亮亮，端庄秀丽，神态愉快；我还看见了波琳娜·玛丽，她的头上环绕着她的美丽、她的青春和她的幸福所形成的三道光轮。瞧着她那乐滋滋的面容和闪着喜气洋洋的光彩的眼睛，教人几乎想不到去注意她那身雅致的节日盛装。我只晓得她周身飘拂的织品是一片雪白的、轻柔的新娘穿的薄纱。我还看见格雷厄姆·布列顿坐在她对面。在她抬起眼睛来看他的时候，脸上亮起了熠熠的光辉——那是先从他的眼睛里闪出来的光由她的眼睛反射着。

这样不见形迹地跟随这些朋友使我感到一种奇特的乐趣，而且我想我确实跟随他们到公园来了。我望着他们下了马车（马车是禁止进入公园的）站在新的、料想不到的灿烂景象之中。看哪！那铁门框两边各有一座石柱，正面横架着一个用密集在一起的星星构成的光芒四射的拱顶;在那道拱顶下面小心翼翼地跟随着他们,他们是在哪儿,我又是在哪儿呢?

是在一个令人着迷的境地里:是在一座无比华丽的花园里;是在一个五颜六色的流星闪闪烁烁亮着的平原上;是在一座簇叶上镶满了闪出紫、红、金三色光芒的宝石的森林里;是在一个不属于树木和阴影,而是有着最奇异的建筑上的财富的区域——有着圣坛、神殿、金字塔、方尖碑,以及狮身人面像的区域。说来令人难以置信,埃及的奇观和象征大量存在,遍布这座维莱特的公园。

尽管在五分钟以后,我便发现了那个秘密——找到了解答奥秘的钥匙,揭开了它的幻象——尽管我很快就识破了庄严肃穆的零星片断的材料是些什么——木材、油漆和硬纸板而已——然而这些不可避免的发现,并不能完全破坏那天夜晚的魅力,或者逐渐冲淡那天夜晚的不可思议的奇事。尽管我现在已经明白了关于这整个盛大的喜庆节日的由来——这条修道院似的福色特街并没有亲历这一节日盛会,虽然这个节日盛会在拂晓时分就开始,直到近午夜时分还是热闹非凡。

根据历史记载,过去,拉巴色库尔的命运曾经出现过严重的危机,牵涉到其国内勇敢的公民们的利益和自由所面临的某种我不知道的危险。如果并没有真正发生战争的话,那么确实有过关于"打仗的风声"[①]。在街头巷尾进行过一种斗争——一种纷乱,人们奔过来,跑过去,垒起了一些障碍物,发生了一些市民暴乱,召来了一些军队,有许多用碎石破砖投掷的情况,甚至还有几起枪击事件。传闻说是爱国者们当时失败了。在老下城区可以看到一块围起来的场地,那是后来庄严地建造在下城区内的,并

---

① 语出《圣经·新约全书·马太福音》第24章第6节:"你们也要听见打仗和打仗的风声,总不要惊慌,因为这些事是必须有的,只是末期还没有到。"文中所指的"危机"是1830年8月25日布鲁塞尔街头发生反抗荷兰统治者的暴乱,当时比利时附属于荷兰王国。1831年,比利时终于脱离荷兰统治而独立。

且与别处隔开,据说那儿埋葬着那些烈士的神圣骸骨。这样做了还不够,另外又把每年的某一天定为节日,以纪念上述那些爱国者和烈士,他们存在于真实性多少有些可疑的记忆之中——那天的上午安排人们在圣徒施洗约翰教堂唱庄严的感恩赞[①];晚上则专门用于盛大的场面,张灯结彩,火树银花,正如我刚才看见的这些盛况。

就在我抬头仰望固定在一根石柱上的一只白鹮塑像的时候——就在我目测一条林荫路上纵深的、点燃着火把的在其尽头蹲着一尊狮身人面像的透视效果的时候——我找不到自己从大广场中央便开始跟随的那几位人影了——或者不如说他们是像一群幽灵一般消失了。在这整个景象上烙上了一种梦幻似的性质;每个形象都是晃晃荡荡的,每一个动作都飘浮不定,每一个声音都像是回声——半带嘲弄味儿,半带犹豫。波琳娜和她的朋友们既然不见了,我就几乎不能断言自己刚才真的见到过他们;对于没有他们领路带我穿过这一片混乱,我也并不感到嗒然若失;对于没有他们在深更半夜保护我,我更不感到遗憾。

那个节日的夜晚,即使对于一个孩子来说都会是安全的。住在远离维莱特中心的周围地区的农民有一半都蜂拥而来,体面的城市居民则万人空巷到处涌动,全都穿上最漂亮的服装。我的大草帽在那些便帽、短上衣、短裙子和白棉布的长披风之中穿过,而也许没有引起一点注意。我只是为了小心起见,才另外用了一根缎带,按照吉卜赛人的方式,把宽宽的帽边往下压着绑起来——这一来我就觉得好像戴上了面具一样安全。

我平安无事地走过一条条林荫路——平安无事地混迹在最稠密的人群之中。想停下来,却由不得我,要想安安静静地观察一番,也做不到。我陶醉在这个狂欢的场景里;我畅饮这个膨胀开来的夜晚的空气中——那高涨的音响,那变幻莫测的、忽明忽暗

[①] 感恩赞,原文为拉丁文,开始句为,"赞美你,主啊",基督教赞美颂歌。

的亮光。至于"幸福"和"希望",它们俩已经同我握了手,单单就目前来说——我藐视"失望"。

我一路走着的时候,我的模模糊糊的目的是要去寻找那个用石头造的水池,它那清澈的池水,它那碧绿的衬底。我带着不自觉的狂热,热切的渴望,想象着它是如何清凉,如何青翠。虽然周围亮光耀眼,游客熙熙攘攘,人声嘈杂,我心中却仍然暗暗地、主要地渴望到那一面水晶似的圆镜那儿,去把在其中映照一轮珍珠般的面庞的月亮吓得一跳。

我知道这条路该怎么走,然而我似乎被什么东西阻碍着不能径直前往。一会儿有什么景物、一会儿有什么声音把我引开,诱使我顺着这条小径或那条小径走去。就在我已经看见我那片密林围绕的这一面水波颤颤、涟漪荡漾的圆镜的时候,却听见从右边一片林中空地那儿突然传来唱诗班的合唱声,这样一种声音使我觉得只有天堂的门打开的时候才能听得见——当年,在那个带来大喜的信息的夜晚,人们听见伯利恒平原上空传来的声音,①也许就是这样一种声音吧。

这歌声,这美妙的音乐声,在远处升起,但是展开一下子就坚硬起来的翅膀疾速向前冲去——这股如此猛烈的和谐的暴风从那些树荫中间飞掠而过,要是近旁没有这棵树让我倚靠的话,我想我一定已经跌倒了。我觉得似乎有无数的人放声高唱;乐器也各种各样,数不胜数——我听出有军号、羊角号和小号。这音响的效果犹如大海倾其全部波涛于歌声之中。

时起时落的潮水朝这边冲刷过来,接着又退了回去,我也随着退去。它把我引向一座拜占庭建筑②——那是一座凉亭似的建

---

① 典出《圣经》,见《新约全书·路加福音》第 2 章第 8 至 13 节:"在伯利恒之野地里有牧羊的人,夜间按着更次看守羊群……那天使说……我报给你们大喜的信息,是关乎万民的,因今天在大卫的城里为你们生了救主,就是主基督……忽然有一大队天兵同那天使赞美神……"

② 拜占庭,罗马帝国在中世纪史上别称拜占庭帝国。拜占庭艺术风格的特点是突出正规的宗教象征,色彩华丽耀眼。这一特点也反映在其建筑艺术上。

筑，位于近公园中心的地方。几千个人挤在一起，站在它的四周，为了参加这次盛大的露天音乐会。我想自己刚才听见的是一首狂热的《猎人合唱曲》[1]；这个黑夜、这个空间、这个场景，以及我自己的心情，只是加强了乐声的嘹亮和印象。

女士们聚集在一起，在这样的光线之下她们显得美极了。她们的连衣裙有的是薄纱如云雾，有的是锦缎闪光泽。在那支天使军一般的合唱队用它全力迸发出来的声音冲破头上的天空的时候，女士们的花朵和淡黄色的绸带抖动着，面纱在精心装饰过的软帽四周飘动着。这些女士们大多数坐在轻巧的公园小椅子上，她们背后或者身边侍立着护卫的绅士们。人群的外面一圈则是由庶民百姓和治安警察组成。

我就是待在这外面一圈的人群之中。我更喜欢看到自己是个沉默无言、不为人知、从而可以与那些穿短裙和木底鞋的人为邻而不交谈，只是远远地凝视着那些丝绸长袍、天鹅绒斗篷和用羽毛装饰的帽子。尽管周围是如此活跃和欢乐，我还是喜欢孤单一个人待着——非常孤单啊。我既不想、也没有力量硬是穿过如此密不通风的人群朝前挤，因而我的立足点就只好在最外面的边缘，在那儿，我的确可以听见，却简直看不见什么。

"小姐这位置可不好啊，"紧挨在我身旁的一个人说。谁胆敢跟我搭话？我这会儿可没有什么心思跟别人交际。我转过头去，与其说要回答，不如说要回绝。那个男人——是个一般市民——我打量了一眼，觉得他完全陌生，但是再一瞧，却认出他是某个商人——一个书商，他的店铺为福色特提供书籍和文具。他在我们寄宿学校里声名狼藉，因为他的脾气一触即发，态度上经常没个好嘴脸，即使对待我们这些老主顾也是如此。不过，唯独我一个人对他倒是一直倾向于怀有好感，并且经常受到他礼貌对待，有

---

[1]《猎人合唱曲》，在欧洲民间传说中原指由亡灵组成的猎人在夜间打猎时的喧闹，此处借以形容音乐会的气氛。

时还是好心对待。有一次，他曾经出过力为我解决兑换一小笔外国货币的困难。他是个聪明的人；在表面粗暴的态度下，他的心肠却是好的。有时候我乍然生起一种想法，觉得他的一部分性格近似伊曼纽埃尔先生的一部分性格（他们俩很熟悉，我常常看见伊曼纽埃尔先生坐在宓雷书店的柜台上，翻阅当月的出版物）；正是在这种近似之处里，我找到自己为什么对他本能地产生那种调和之感的原因。

说来也怪，尽管我戴着草帽，又紧裹着披肩，这个人还是认出了我；而且，尽管我不赞成他为我出力，他仍然坚持为我在人群中开出一条路来，给我找了一个较好的位置。还更进一步地发挥他那无私的修养，不知从哪儿给我弄来了一把椅子。我一再发现，脾气最执拗倔强的人决不是人类中最坏的人；地位最卑微的人也不是感情上最不完美的人。这个人在殷勤对待我的时候，似乎并不觉得我独自一人待在这里有什么奇怪，只反而成了他尽其所能地向我提供一种怯生生的、然而有效率的照顾的理由。他给我找到了地方和座位之后，便走掉了，没有提出一个问题，没有妄加评论，也没有多说一句不必要的话。难怪伊曼纽埃尔教授喜欢在宓雷先生的书店抽抽雪茄烟，懒散地泡着，阅读报刊上他所爱看的通俗文艺作品——他们俩一定很合得来。

我坐下还不到五分钟，便发觉机遇和我那位可敬的市民朋友又一次把我带到了可以看见我所熟悉的那一大家人的地方。在我右前方坐着的是布列顿家的人和德·巴桑皮尔家的人。在我伸手可及的地方——如果我愿意伸出手去的话——坐着一个像仙后一般的身影。她的盛装似乎给人以百合花和百合花的叶子这样的印象。除了这一尘不染的洁白的颜色以外，四周全都是森林的黑绿色了。我的教母也坐在很近的地方，我只要向前倾一些，我的呼吸就会吹动她的软帽上的缎带。她们离我太近了，我刚刚被一个比较陌生的人认出来，现在同亲近的人挨得这么近，使我感到很不自在。

这时候，布列顿太太转过头来出于一种好心的情不自禁的回忆对霍姆先生说的话使我相当吃惊，她说：

"如果我的那位稳重的小露西在这儿，我不知道她对这一切会说些什么呢？我们要是把她带来了，那该多好啊，她会非常欣赏的。"

"她会这样，她会这样，她会带着她那又严肃又敏感的神态欣赏。多可惜我们没有约她来，"那位和蔼的绅士回答说，紧接着又添了一句，"我很喜欢看见她如此文静地喜悦的神情；如此很少动感情，然而又如此心满意足。"

他们两人待我都很亲切；直到今天，回想起他们的善意厚爱，我感到他们对我还是那么亲切。可是他们并不知道那种撕心裂肺的痛苦把露西逼得几乎生病发烧，还把她逼出校门，无人指引，横冲直撞，由于被迫喝了镇静药而弄到了发狂的边缘。我有点儿想挨近这两位长辈的肩膀，用感激的目光来表达我对他们的善良的谢意。德·巴桑皮尔先生并不很了解我，但是我很了解他，并且尊敬和钦佩他的性格直率真诚，热情洋溢，以及完全自然的热心待人。我本来可能要开口说话的，可是正在此时，格雷厄姆转过身来。他以他常有的那种庄严的、强有力的姿势转过身来，这同一个脾气暴躁、身材矮小的人的姿势如此不同。在他后面，人群多达一百层，有几千人会碰上他的视线，分散他的注意力——那么，他的目光为什么完全集中在我的身上呢——为什么用那双圆圆的、蓝蓝的、直愣愣的眼珠的全部力量咄咄逼人呢？要是他要看，为什么看一眼不够呢？为什么要在椅子上转过身来，把胳臂肘搁在椅背上，好整以暇地观察我呢？他看不见我的脸，因为我低着头。他确实无法认出我来，我弯下腰，我转过身，我不愿意被认出来。他站起来了，想方设法要走近我，再过两分钟，他就会识破我的秘密了，我本人就要落在他那双决不是暴君似的残暴、却总是强而有力的双手里了。要避开他，或者制止他只有一个办法了。我摆出一副祈求的姿势，暗示我在祷告，不得打搅。要是他坚持的话，祷告之下，他可能会见到露西激怒的景象。并不是他身上所有崇高的、或者善良的、或者仁爱的东西（对此，露西深有感受）必定会使她总是百依百顺，或者绝对不敢冒犯，如影随形似的。他在望着，但是断了走近之想。他摇摇他那个漂亮的脑袋，然而默不作声。他重新坐下，既不再转身，也不再瞥我一眼来打扰我，只确实有过那么一瞬间，与其说是出于好奇心，不如说是由于不放心，朝我的方向偷看了一眼——表达出一种有点儿像要使我的心静下来的情感，就像"南风使地寂静"①一般。在格雷厄姆的思想里，对于我毕竟并不是完全冷若冰霜、漠不关心的。我相信，在那幢精美的大厦里，即他那颗心里，他保留了天窗底下的一席之地，假如露西决定去拜访的话，便可以在那儿受到款待。那一席之地不如他留他的男朋友们住宿的套间那么漂亮；既不像他容纳他的慈善事业的大厅，也不像他珍藏他的知识的图书室，更不像富丽豪华地摆着他的结婚喜宴的馆阁。然而，经过长期的友爱对待，他渐渐向我证明他保留着一间小小的密室，门楣之上写着"露西的房间"。我为他保留着一个位置——那块地方我从未用尺或者圆规丈量过。我想它像贝莉-巴奴②的帐篷。我一辈子都把它折叠着握在手掌心里——然而，一旦从这种掌握和压缩之中释放出来，我知道它固有的张大开来的能力肯定会把它放大得变成足以容纳许多人的临时居所。

尽管今天晚上他克制着自己，我也不能在这附近再待下去。这个危险的地方和座位都得放弃。我等候着机会，站了起来，悄悄地溜走了。他可能会想，甚至可能相信，露西是包裹在那块披

---

① 语出《圣经·旧约全书·约伯记》第37章第17节："南风使地寂静，你的衣服就如火热，你知道么。"
② 贝莉-巴奴，《一千零一夜·王子阿迈德和仙女贝莉-巴奴》故事中的仙女。阿迈德是印度苏丹的第三个儿子。他在与两个哥哥争娶某公主的竞赛中失败后出走，却遇到仙女贝莉-巴奴，并和她结婚。苏丹猜忌阿迈德，给他出了难题，要他弄来一顶帐篷，小可以捏在掌心中，大可以容纳千军万马。仙女贝莉-巴奴便从库房里取出这样一顶帐篷。

肩里面，遮蔽在那顶草帽下边；但是他怎么也无法肯定，因为他没有瞧见我的脸。

想必那忐忑不安的精神状态到这时候总该平静下来了吧？我不是已经有了足够的冒险经历了吗？我不是已经开始萎下来，战战兢兢，渴望安全地待在一个屋顶下面吗？并非如此。对于学校的集体寝室里我的那张床，我仍然厌恶得无法用言语来表达。只要能分散我的心思的想法，我都紧紧抓住。不知怎么，我总觉得，那场夜晚的戏剧只不过刚刚开始，开场白还没有说出来呢。在这个树木葱茏、绿草如茵的剧场中，到处受着一种神秘的阴影的支配；意想不到的演员们和插曲在后台等待上演。我想是如此，预兆也这样向我显示。

我漫无目的地东游西荡，每一次偶然相碰的胳臂肘推我往哪儿我便往哪儿，我被推到一个地方，那儿树木栽种成一簇簇的，也有一株一株独自孑然高耸，这样，就把密密层层的人群后面的那些人多少有些拆开，使之形成一种比较分散的特点。这一区域离音乐声很远，甚至离开那些灯盏也稍远，不过仍有足够的音响飘来慰藉，还有那皓月高挂天空，灯盏也就不怎么需要了。待在这儿的，主要是一个个的家庭以及市民的家长们。尽管夜已深，一些家长的身边还围绕着子女们，他们认为不宜冒险把孩子们带进更拥挤的人群。

有三棵挺拔高大的树彼此离得很近，这根树干几乎和那根树干交相缠绕起来，它们在一个绿草芊绵的土墩上空张开了一顶树荫的厚密的华盖。土墩顶上有一个座位——原可供数人落座，却似乎任由一个人坐在那儿，其余占有这个场地的幸运者们却毕恭毕敬地站在周围；然而在这一圈可尊敬的人士中间，有一位妇女搀着一个小女孩。

我一眼瞧见这个小女孩的时候，她正在一会儿用脚后跟站着打转转，一会儿悬挂在她那位女指挥的手上荡来荡去，一会儿又忽左忽右地摇摆着、淘气而怪模怪样地旋着圈圈。这些别扭的动作引起我的注意，使我想起一个极其熟悉的人的动作。细细察看之下，这个孩子的装备也同样显得非常熟悉。那件淡雪青色的毛皮领绸大衣、小小的天鹅羽绒长围巾和白色的软帽——总而言之，那全部的节日打扮是一个非常熟悉的小天使的、也就是那个法国小伢儿迪西蕾·贝克的节日盛装——她正是迪西蕾·贝克——就是她，要不然就是酷似她的一个小怪物。

我本来要把这一发现形容为一个晴天霹雳，但是只怕这一夸张还不够成熟。任何发现，在达到它的最高潮之前，必然要经过不止一次的逐步增长。

如果那不是迪西蕾的妈妈的手套、胳臂和连衣裙，那么这可爱的迪西蕾能够抓着谁的手如此自私自利地荡来荡去呢？能够把谁的手套如此漫不经心地拉扯呢？能够把谁的胳臂如此使劲地拉扯而不受惩罚呢？又能够把谁的连衣裙的绲边如此蛮横无理地乱翻乱踩呢？而在那儿，有一个人围着一条印度披肩，戴着一顶浅绿色绉布软帽——在那儿，精神饱满、躯体庞大、漠不关心、怡然自得——站在那儿的正是贝克夫人。

真是怪事！我本来想当然地认为，在这个幸福的时刻，夫人正安睡在她的床上，迪西蕾正安睡在她那有围栏的童床上，两人在福色特街上那神圣的四墙之内，十分幽静的环境之中，享受着理应享受的美梦。可以十拿九稳地肯定的是，她们也不会想到"露西小姐"同样没有睡觉。原来我们三个都在半夜三更，在这儿灯火辉煌的节日游园会里"玩耍"呢！

实际上，夫人只是按照她无可非议的惯常做法行事罢了。此刻，我想起，我听见教师们中间有过议论——尽管当时我并没有注意那些流言蜚语——说是在我们以为夫人待在自己的套间里睡觉的时候，她却已经穿着晚礼服到外面去了，在歌剧院、戏院或者盛大的舞会上寻欢作乐。夫人对于隐居般的生活根本不喜欢，却总是留意——主要地、虽然是谨慎小心地留意——用一些尘世的美味佳肴来增添她的生活的滋味。

她的朋友中的五六个绅士站在她的周围,其中,有两三个我不难认出来。有她的哥哥维克托·金特先生;另外一个人蓄着八字须,长头发——一个不动声色、寡言少语的人,但是他的性格具有一种特征以及与什么人相似之处,使我见了不由得产生感情。在那矜持拘谨和冷淡迟钝的神情之中,在他的性格与面部表情所形成的对照之中,依然有着什么东西使我联想起一张脸——富于表情、炽热如火、十分敏感——那张脸变化多端,一会儿阴云密布,一会儿光彩熠熠——那张脸,已从我的世界里给带走了,从我的眼前消失了,但是在那张脸上,我一生中最美好的青春时光时而阴影重重、时而红光灿灿地显现出来;在那张脸上,我曾经常常看见那么接近于天才迹象的活动,使我怎么也想不明白,为什么那一蓬毋庸置疑的火、那特征本身、那样的心灵,以及那个奥秘本身却为什么没有充分地发出光辉来。是的,这位约瑟夫·伊曼纽埃尔——这位平静安宁的人——使我想起了他的那位热情洋溢的哥哥来。

在这群人中,除了维克托先生和约瑟夫先生之外,我还认得另外一个人。这第三个人站在后面的树荫下,他的身躯也是弯腰曲背的,然而他的衣着和秃顶白发的头使他成为这一群人之中最引人注目的。他是一位神职人员,他是希拉斯神父。读者啊,不要认为神父光临这个节日盛会这件事有任何不协调之处。人们并不把这个盛会看做一场"名利场"①的游乐活动,而是看做一个追念为国牺牲者的纪念会。教会赞助这个盛会,甚至还炫耀地公开表示。那天晚上,公园里有着一批又一批的神父。

希拉斯神父弯着身子,朝着前面只坐着一个人的座位,就是那条土里土气的长凳和坐在上面的东西。那是一堆奇形怪状的包袱——说不出是什么形状,却显得富贵华丽。说真的,你瞧见了一张脸和五官的轮廓,可是这些东西是如此形同死尸,又安放得

---

① 名利场,源自班扬的《天路历程》,由鬼王别西卜和亚玻伦开设的市场。

如此特里特别,你几乎可以想象那是一颗身首异处的人头,被人随手扔在一堆贵重的商品之上。远处的灯光照在明晃晃的首饰上,照在粗大的戒指上,一亮一亮的。不管是皎洁的月光还是远处的火炬,都不能使那些纺织品的绚烂多彩的颜色黯然失色。好啊!沃尔拉文斯夫人!我觉得你比过去任何时候更像女巫了。而这位好太太立刻就证明确实不是尸体,也不是鬼魂,而是一个严酷无情而又敢作敢为的老妇人;因为在迪西蕾·贝克吵吵闹闹,越吵越凶,要求她的母亲到茶亭去买糖果吃的时候,这个驼背老媪忽然抡起手中那根金圆头的手杖,狠狠地向她打去。

那么,那里有着沃尔拉文斯夫人、贝克夫人、希拉斯神父——那全部的魔法,那秘密的阴谋集团了。见到他们如此纠集在一起的情况,对我倒是有好处。在他们面前,我不能说自己感到软弱无力,或者感到难以为情,或者感到沮丧失望。在数量上我寡不敌众,我被击败了,被他们踩在脚下;然而,到目前为止,我还没有死。

第三十九章
旧雨新知

我仿佛被一只三头蛇怪摄住了魂魄,竟然无法动弹,离不开这个小集团;他们近旁的地面似乎拽住了我的双足。由那几棵互相缠绕的树组成的华盖投下阴影,黑夜悄悄地发誓要保护我,一盏过分殷勤的灯只闪亮了一下,让我瞧见一眼朦胧处一个安全的座位,便马上消失了。让我此刻简单地跟读者谈谈吧,在过去那黑暗的两个星期里,我曾经默默地从流言蜚语中搜集有关伊曼纽埃尔先生离去的起因与目的的说法。说来话并不长,也并不新鲜,故事的开宗明义是"玛门"①,而最后结尾又是"利益"。

如果说沃尔拉文斯夫人像一尊印度教的偶像那样可怕的话,看起来她在她的这些崇拜者的心目中还占有着一尊偶像的重要性。事实是,她曾经是富有的——非常富有;而且,虽然眼前她不能动用她的钱,有一天还是很可能再富有起来。她在瓜德罗普的巴斯特尔岛上拥有一座大庄园,那是在六十年前她结婚时新郎送给她的财礼,后来丈夫破产而被扣押。但是现在人们猜想,在清偿债务以后,如果由一个能胜任的廉正诚实的代理人好好照料,那么,不消几年工夫,人们认为就有可能把那儿变得丰饶多产。

希拉斯神父对于这一盼望中的改进颇感兴趣,也是为了宗教和教会的缘故,而玛格萝娃尔·沃尔拉文斯正是其虔诚的女圣徒。贝克夫人是这个驼背的远亲,知道她没有亲生子女,因而早就以一个慈母般的深谋远虑盘算着将来可能发生的事,所以尽管沃尔拉文斯夫人对待她总是粗声恶气的,但是看在这项利益的份上,她从来都没有停止去巴结她。贝克夫人和神父两人都这样为了金钱的理由,同等地、衷心地对这块在西印度的庄园的照管问题感到兴趣。

可是那地方很远②,而且气候恶劣,因此所需要的一位既能胜任又很正直的代理人,必须是有献身精神的人。正好有这么一个人由沃尔拉文斯夫人一直保持着为她服务达二十年之久,像一株多年的真菌那样摧残着他的生命,然后又靠他过活。这样一个人也正是希拉斯神父所训练和教导出来,并且用感激之情、习惯之力和信仰之心的绳结同他捆绑在一起。这样一个人正是贝克夫人所了解并且在一定程度上可以施加影响的。"如果我的学生,"希拉斯神父说,"他继续待在欧洲的话,就有叛教的危险,因为他已经变得跟一个异教徒纠缠不清了。"贝克夫人也发表了她的个人意见,不过她更愿意把希望他流放国外的诡秘的原因深藏在自己的心里。她自己得不到的东西,她不愿意落到别人手里;她宁可把它毁掉也不愿意。至于沃尔拉文斯夫人呢,她正需要自己的金钱,自己的土地,她很了解保罗,只要保罗高兴去做,就会成为"那忠心有见识的管家"③。因此,这三个追求私利的人联合起来,围攻这个无私的人。他们向他解释,向他求助,向他哀求;他们把自己交托给他的善心,他们深信不疑地把自己的利益交托在他的手掌之中。他们只不过要求他为此献身两三年罢了——那段时间以后,他就可以为自己安排生活了。也许,他们三人之中的一个巴不得他在那段时间里死去拉倒。

对于任何人谦卑地把自己的利益放在伊曼纽埃尔先生的脚下,或者深信不疑地交托在他的手掌里,他从来都不轻蔑地拒绝这种信任,或者断然回绝这种寄托。至于他私下里会多么痛苦,

---

① 玛门,《圣经》词汇,意为"金钱财利"。见《圣经·新约全书·马太福音》第6章第24节:"你们不能又侍奉上帝又侍奉玛门。"西方文学中借用为利欲和贪婪的代称。
② 指瓜德罗普,在南美加勒比海,距西欧6 000多公里。
③ 语出《圣经·新约全书·路加福音》第12章第42节:"主说,谁是那忠心有见识的管家,主人派他管理家里的人,按时分粮给他们呢。"

或者内心里多么不愿意离开欧洲——对于自己的未来又有什么打算——则无人过问,无人了解,也无人报告。对于我来说,这一切都是一片空白。他跟他的告解神父之间如何商谈我可能猜得出来;在他们的劝说开导之中让责任和宗教所扮演的角色,我也可能揣摩出来。总之,他已经走了,而且什么表示也没有。我所知道的不过到此为止。

我坐在密集的树干和枝桠纷披的灌木丛之中,低着头,双手捧着前额。只要我想听,就能听见附近的人们讲些什么话,我同他们挨得很近。可是有一段时间,我简直没有心思去注意。他们闲谈衣着、音乐、灯彩和这耿耿良宵。我倾听着,希望听到他们说:"对于他的远航,这真是好天气;安提瓜①号(他所乘的船)的航行会是很顺利的。"但是并没有听到这类的话;既没有提到那艘安提瓜号,也没谈起它的航线和乘客。

可能那位老沃尔拉文斯夫人对于那种闲言碎语的聊天比我更不感兴趣。她显得坐立不安了,把头一会儿转到这边,一会儿转到那边,从树与树之间望过去,在人群中搜寻着什么,似乎在期待什么人,并且因为迟迟不见人来而感到不耐烦。"他们在哪儿呀?他们为什么还不来?"我听见她不止一次地咕哝着;最后,她仿佛拿定了主意,非要人回答她的问题不可——这个问题到目前为止似乎没人关心,于是她大声说出这么一句话——这句话是够短的,够简单的,可是却使我从头到脚寒毛直竖。

"先生们,女士们,"她说,"那么纤丝蒂纳·玛丽在哪儿呢?"

"纤丝蒂纳·玛丽!"这是什么名字呀?纤丝蒂纳·玛丽——那个死去的修女——她在哪儿?怎么,她在坟墓里呀,沃尔拉文斯夫人——你能有什么事要找她呢?你将来会上她那儿去的,可

---

① 安提瓜,拉丁美洲岛国安提瓜和巴布达的主岛。这里用作船名。

是她不会上你这儿来。

要是该由我来回答她的话,我是会这么回答的,但是似乎没有人想法同我一样,似乎没有人感到意外,或者大吃一惊,或者不知所措。忽然传来一声最冷静的平淡无奇的话答复了这个驼背的、奇怪的、惊扰死者的隐多珥女巫①的询问。

"纤丝蒂纳·玛丽,"有一个人说道,"她就要来了。她这会儿在茶亭里,马上就要到这儿来了。"

这个一问一答使他们的闲聊骤然起了变化——闲聊仍然进行着——随随便便的、漫无条理的、熟不拘礼的饶舌。暗示、影射和评论在人群里传开了,不过全都讲得那么断断续续的,又那么有赖于对于没有提出名字的人物和没有清楚说明的环境的了解,以至于即使我愿意专心致志地聆听——我现在确实怀着一种命中注定的兴趣聆听着——我也仅仅能够听懂某项计划正在实行之中,这项计划是与这位鬼影幽灵纤丝蒂纳·玛丽——不论是死是活——有关。这个家庭阴谋集团似乎正在为了什么原因要紧紧抓住她。似乎是一桩婚姻问题,一笔财产问题,而为了什么人,我则无法弄得很清楚——也许是为了维克托·金特,也许是为了约瑟夫·伊曼纽埃尔——他们两个都是单身汉。有一次,我觉得他们那些暗示和玩笑是冲着这群人之中一个金头发的外国小伙子来的,他们唤他海因里希·米勒尔。在大家开着玩笑彼此逗趣声中,沃尔拉文斯夫人仍然时不时地说些嘶哑的、执拗逆耳的话,硬是插进来打岔。她的急躁脾气只有在毫不留情地监视迪西蕾的时候才有所转移,迪西蕾只要一动,那个老太婆就用她的手杖威吓她。

"她来了!"其中一位绅士突然喊道,"纤丝蒂纳·玛丽来了!"

---

① 隐多珥女巫,隐多珥是《圣经》中一城镇名,据记载,以色列第一位国王扫罗曾微服私访隐多珥的一个女巫,要她招来撒母耳之魂,以询问战事。撒母耳现形,指责扫罗违背上帝旨意,明日必战死沙场。预言后来果然应验。事见《圣经·旧约全书·撒母耳记上》第28章。

这一时刻对我来说是很奇怪的。这使我回想起那幅挂在镶板上的画中的修女。呈现在我心中的是那则悲哀的爱情故事；我看见脑海里出现的那个顶楼的幻象，那条庭院小径上的鬼影和那个绿廊的奇怪的出现。我经受了即将有所发现的不祥的预感，深信不久就会真相大白。啊！我们的想象力一旦如脱缰的野马，则将伊于胡底？冬季的什么树是这么光秃秃的，不存枝桠？在路边津津有味地咀嚼着树篱的，那是一头什么牲口呢？它这么谦卑，使得"幻想"、那朵正在掠过的云，以及那道挣扎欲出的月光，不给它披上灵性的外衣，而把它处理成一个幽灵。

我感到心头有一种庄严肃穆的沉重感，盼望弄明白的秘密就要揭晓了。迄今为止，我只对着一面镜子模模糊糊地看到这个鬼怪；现在我要面对面地注视它了。①我朝前面探着身子，望着。

"她来了！"约瑟夫·伊曼纽埃尔大声喊道。

那一圈人走开了，仿佛为一个他们所欢迎的新成员打开一个口子。就在此刻，刚巧有人擎着一个火炬走过，熊熊的火焰帮助惨白的月光使这个重大关头原样显露，把这个步步进逼的结局照得纤毫不爽。当然，我身边的那些人必定也感到了几分我所感到的焦虑不安，只不过在程度上大相径庭。在这群人当中，最冷静的人"也屏住呼吸，有那么一个时刻！②"而我呢，我的生命都停了摆。

事情结束了。那个时刻和那位修女都已经来过。那个重大关头和那幕真相揭示都已经过去了。

一个公园看守人高举着火炬，火光仍然照亮一码以内的地方；它那窜来窜去的长长的火舌几乎舐到那个"众人期待者"的身上——就在那儿——她就站在那儿，从头到脚都在我眼前！她是

---

① 语出《圣经·新约全书·哥林多前书》第13章第12节："我们如今仿佛对着镜子观看，模糊不清。到那时，就要面对面了。"
② 语出英国诗人汤玛斯·坎姆贝儿(1777—1844)的《波罗的海之战》中的诗句："死一般的静寂笼罩四周，／最勇敢的人也屏住呼吸／有那么一个时候。"

什么模样呢？她穿什么衣服呢？她的面貌如何？她是谁啊？

今晚公园是有许多人带着假面具，由于夜已深，一种多么奇怪的狂欢和神秘的气氛开始向四处弥漫，因此，如果我说，她很像那个顶楼上的修女，说她穿着黑裙子，包着白色包头布，说她看上去像肉体的死而复生，说她是一个爬起来的鬼魂，我的读者，想必你不大会怀疑我吧。

全都是谎言——全都是向壁虚构的事！我们可不参与这档子事情。让我们老老实实，正如直到此时为止，从平淡无奇的真相之网络中取材吧。

然而，平淡无奇是用词不当。因为我所见到的并非实实在在的平淡无奇。站在那儿的是一位维莱特的姑娘——刚从她的寄宿学校出来的姑娘。她长得很漂亮，具有当地姑娘的美貌。她看来得到很好的营养，雪白的皮肤、胖胖的身体，圆圆的面腮，秀美的双目，浓密的金发。她打扮得漂漂亮亮的。她并不是独自一人来的，有三个人陪伴——有个年龄较大，她称呼"我的舅舅"，"我的姑妈"。她有说有笑，心情欢快，健美而又活泼，充满青春活力，从一切方面来看，她都是位资产阶级的美人儿。

关于"纤丝蒂纳·玛丽"就到此为止了；关于鬼魂和神秘之事也就到此为止。这并不是说这个神秘之事已经得到解决——这位姑娘肯定不是我所说的那位修女。我在顶楼上和花园里见到的人，个子肯定要高出一个头。

我们已经把那个城市美人儿打量了一番，我们已经对可尊敬的老舅舅和老姑姑草草地扫了一眼。那么我们的目光是否远离此处，而对这一伙人之中的第三个成员瞧上一眼呢？难道我们能够不对他注意那么一会儿工夫吗？读者啊，我们应该尊敬他到这个程度。他现在正要求我们如此；我们此刻不是第一次遇见他。我把双手握得紧紧的，深深吸一口气。我强忍住哭泣，把要冲口而出的叫喊声吞咽下去，我不让自己惊跳起来，我让自己像一块石头一样不说话，不动弹。不过我明白自己在看着什么。我哭了许多个夜晚,眼睛变得模糊了,透过这片模糊我还认得他。他们说他要乘安提瓜号远航。是贝克夫人这么说的。她在说谎,要不然,她原先说的是事实,后来情况变得不正确的时候,她没有纠正过来。安提瓜号已经开走了,而保罗·伊曼纽埃尔却站在那儿。

我喜出望外吗?我心中掉下了一块沉重的石头。这是一个有理由让我感到快乐的事实吗?我不知道。我先得问问究竟是什么情况跟这痛苦的暂时缓解联系在一起?这一行期延迟跟我有多大关系?难道此事不可能跟其他的人们有着更密切的关系吗?

说到底,这位年轻的姑娘,这位纤丝蒂纳·玛丽,究竟是谁呢?我的读者,她可不是一个陌生的人,对我来说,她是个面熟的人;她来福色特街做客,常常参加贝克夫人举办的星期日社交聚会。她跟贝克一家和沃尔拉文斯一家都有亲戚关系。她受浸礼后的名字是得自那位已进了天国的修女,修女要是活着的话,可能是她的姨妈。她的父系的姓是苏弗尔。她父母双亡,是个女继承人,伊曼纽埃尔先生是她的监护人,有人说是她的教父。这个家族集团希望这个女继承人嫁给他们自己圈子里的人——那人是谁呢?至关重要的问题——那人是谁呢?

我现在感到非常高兴,给我服用的那一剂调在甜水里的药,曾经在我身体里注入了魔力,使得床铺和卧室成为不可容忍的东西。我整个一生,从来都喜欢深透地认识到事物的真相。我喜到女神的神殿里去寻找女神,触摸那个面纱,①敢于直视那种可怕的眼色。哦,众巨神之中的女提坦②啊!你那掩盖起来的面貌的轮廓,常常因为模糊不清而使人觉得厌烦。不过只要向我们显示一点点,让我们瞅见一丝轮廓,清清楚楚,真真切切,那么我们就

---

① 语出德国诗人兼剧作家席勒(1759—1805)的《赛伊斯的蒙着面纱的神像》中的诗句。这首诗写一青年为求一见"真理",在埃及一神庙中撩开一座巨大塑像的面纱,竟惊惧而死。
② 女提坦,希腊神话中的女神。提坦诸神是天神乌剌诺斯和地神盖亚所生子女的总称。提坦生六男六女。六女神名忒提斯、提亚、欧律比亚、福柏、瑞亚和忒弥斯,分别象征大海、太阳、记忆、月亮、收获和行星。

可能吓得无法形容，吓得透不过气来，不过在透不过气来的同时，我们也还深深吸入了一股你的神灵之气。我们的心抖动起来，心潮像被震动激起的河水那样动荡，但是我们已经吞下了力量。看见并且了解最坏的事情就意味着从"惧怕"之中吸取它的主要的好处。

沃尔拉文斯家族的一群人，队伍扩大了，现在变得热闹非凡。绅士们从茶亭里拿来了茶点，全体都坐在树荫下的草皮上，互相为健康和其他情义举杯；他们纵声大笑，他们讲着俏皮话。伊曼纽埃尔先生遭到了一些逗弄，半是友好的玩笑，半是我认为出于恶意，特别是贝克夫人的所作所为。不久我便得到消息说，他曾经暂时推迟了行期，这出于他的自愿，并没有得到他的朋友们的赞同，甚至还违反了他们的劝告。他曾经不顾安提瓜号开走，买了保尔和薇吉妮①号船的舱位，定于两星期之后起航。他们戏弄他，要他讲出来的，就是他作出这项决定的原因，而他只愿含糊其辞地说，为的是"有一桩他下决心要解决的小事"。这究竟是什么事情呢？没有人知道。对了，有一个人似乎至少部分地参与了他的机密；因为他和纤丝蒂纳·玛丽两人彼此传递了意味深长的眼色。"小姑娘会来帮我的，不是吗？"他说道。天晓得，回答是多么干脆！

"啊，会的，我会全心全意地帮助你。你要我怎样我就怎样，我的教父。"

这位亲爱的"教父"握住她的手举起来，感激地吻了一下。我看出那个浅肤色的条顿人②海因里希·米勒尔对于这种感情的表露变得心情不安，好像不喜欢这种做法。他甚至还咕哝了几句，

---

① 法国作家贝尔纳丹·德·圣皮埃尔(1737—1814)的代表作《保尔和薇吉妮》曾产生巨大影响。写的是一对青年男女的恋爱故事。结局是薇吉妮从海外回来时，忽遇狂风暴雨，船沉人亡，保尔哀伤过度，一病不起。夏洛蒂似有意用此书名作为船名，以暗示本书的结局。
② 条顿人，相传为日耳曼人的一支，泛指日耳曼人及其后裔。

对此，伊曼纽埃尔先生竟然当面嘲笑他，而且还把他的受监护人拉得更靠近自己，摆出胜券在握的征服者那种无情的得意神态。

伊曼纽埃尔先生那天夜晚确实十分高兴。他似乎并没有因为情景的改变和正在逼进的行动而自我克制一丝一毫。他是这个聚会的真正的生命力；也许有点儿专制，他决意像在工作中一样，要在欢乐中也以他为主，然而他一次又一次无可置疑地证明自己有权当领导。他的话最诙谐，他谈的轶事最有趣，他笑得最坦诚。他一刻不停地以他的方式殷勤招待大家；可是，哦！我看见哪一个是他最喜爱的人了。我看见他在草皮上躺在谁的脚边，我看见他小心翼翼地帮谁把衣服裹紧在身上，以免夜晚寒气的侵袭，我看见他怎样体贴、照料那个人，像爱护自己的眼珠一般爱护那个人。

暗示和逗弄仍然频繁地进行着，我则依然收集着信息。得知为那些人工作的保罗先生必须离开这里的时候，那些人并非不领情，他们将会替他保护他留在欧洲的宝贝的。如果他给他们带来一笔西印度群岛的财产，他们就会送他一位新娘和一大笔遗产作为报答。至于圣徒似的奉献和坚贞不渝的誓言，都已忘得一干二净了：繁花似锦的迷人的"现在"战胜了"过去"；而且，他的那位修女最后确实被埋葬了。

事实想必就是如此。真相的揭示确实已经降临了。不祥的预感在其冲动之中并没有弄错；世上有一种不祥的预感从来就是没有弄错的；反而是我自己曾经一时估计错误了；我没有弄清楚神谕的真正意义，我曾经以为她喃喃而语，说的是幻象，殊不知事实上她的预言触及的是现实。

对于我亲眼所见的事情，我本来可以多停留片刻；在我作结论之前，我本来可以仔细考虑一下。也许有些人会认为这些前提未必可信，这些证据尚嫌不足。有些迟于决断的怀疑论者先要满心疑惑地调查一下，然后才能最终相信一个不谋私利的四十岁穷男人同他所监护的十八岁的富有的姑娘两人结婚的这一计划。但是我不要这样的权宜之计和缓和办法，不要这样在确凿的事实面前暂时回避，这样怯懦地逃避这可怕的、长着飞毛腿似的、能追上一切的"事实"，我不要这样软弱无能、犹豫不决，不肯对事实这位唯一的君王屈服，不要这样对"权力"作结结巴巴、闪烁其词的抗辩，"权力"的使命就是要为了克敌制胜而进军：就是要去克敌制胜；我不要这样做叛徒，不要背叛真理。

决不。我急忙接受了那整个计划。我伸长了手去抓，把它全部接受下来。我怀着一种心急火燎的激情把它搜集起来，包裹我的全身，就像战场上的士兵把他的军旗绕在自己的前胸后背那样。尽管我拥抱了"确实无疑"，却不憎恶它，然而我还是祈求"深信"把"确实无疑"钉在我的身上，祈求"深信"用尽全力，以最猛烈的击打，用最坚硬的大钉子钉牢它，等到那根铁链深深扎进我的心灵的时候，①我便和我自己所想的那样，精神为之一振地站立起来。

我在迷离惝恍的状态之中说道："'事实'啊，你是你忠实仆从的好女主人！在一个谎言压着我的时候，我是多么痛苦啊！即使在'虚妄'仍然甜蜜，仍然使幻想喜不自胜，使感觉温暖兴奋的时候，它却时时刻刻折磨着我，使我筋疲力尽。那种已经赢得别人对自己的爱慕的信念并不能摆脱担忧，只怕命运之轮再一次转动，就可能得而复失。'事实'剥去了'虚妄'、'谄媚'和'期待'的伪装了，于是我便站在这儿了——自由地站在这儿！"

现在没什么事了，剩下要干的就是把我的这份自由带回我的套间去，带到我的床上去，看看我有了这样的自由能干些什么。那出戏确实还没有全部演完。②我本来可以多待一会儿，多瞧一眼那一幕树荫下的爱情，那一场田园求爱。如果在那种表演之中并

---

① 语出《圣经·旧约全书·诗篇》第105篇第18节："人用脚镣伤他的脚，他被铁链捆拘。"
② 语出英国作家萨克雷(1811—1863)的小说《名利场》的最后一句："戏已经演完了。"

没有什么关于爱情的东西，凭我此刻这么丰富、这么具有创造性的幻想，也能为那种表演塑造出最显著的轮廓特征，赋予它最深厚的生命，以及色彩最强烈的热情。可是当时我不愿意看；我曾经打定主意，但是又不愿意违背自己的天性。再者——我的披肩下面，有什么东西那样残酷地撕扯着我，有什么东西那样深地捅进我的胁部，就像是一只兀鹫用那样尖利的喙和爪在袭击，而我必须孤立无援地同它搏斗。我想我直到现在为止从来也没有尝到过妒忌的滋味。这次可不像容忍约翰医师和波琳娜之间的缱绻缠绵，尽管我对之闭起我的眼睛，蒙住我的耳朵，尽管我吩咐自己不去想他们的事，然而我的平静和谐的意识仍然承认其中有一种令人陶醉之处。这次可是一种凌辱感情的事了。那种从美貌中产生的爱情不属于我；我与之毫无共同之处；我不可能胆敢掺和到那里边去。但是，另外一种爱情：它在双方相识很久之后，胆怯地冒险闯进了生活中来，经过痛苦的熔炉的冶炼①，打上了坚贞的烙印，用感情的纯粹而耐久的合金加固，由理智对它加以检验，到最后，按照爱情自己的制作方法，逐步精心制作出它自己的毫无瑕疵的完美的东西来。这种爱情嘲笑激情，嘲笑激情的那种一哄而起的疯狂，以及激情的那种热火冲天，然后一下子灰飞烟灭。就是在这种爱情之中，我有着既得利益。对于无论是培育它还是破坏它的倾向，我都不能无动于衷地袖手旁观。

我转身离开那一片树林和树荫下的"欢乐的一群人"②。午夜早已过去；音乐会也已结束；人群渐渐稀疏。我跟随离去的人们走着，离开了那座光辉灿烂的公园和灯火通明的高级住宅区（这会儿那儿仍然灯火通明，这使它看来像是维莱特的"白夜"）③，往

---

① 语出《圣经·旧约全书·诗篇》第12篇第6节："耶和华的言语，是纯净的言语，如同银子在泥炉中炼过七次。"
② 欢乐的一群。这是出自英国诗人乔叟（约1340—1400）著《坎特伯雷故事》的《总引》中的一句。
③ 白夜，夏季在高纬度地区所见的一种自然景象。

那昏暗的较低级住宅区走去。

　　我不该说这里是昏暗的，因为美丽的月光——尽管在公园里被人遗忘了——在这里却使人感觉到它再一次流泻清辉。明月高悬天空，平静而又皎洁地照耀着。在过去的一小时里，这场喜庆节日的音乐声和欢笑声、那熊熊的火光和那些灯盏发射出来的光明的色彩，曾经比月亮照得更亮，可是现在，月亮的光辉和沉默又一次占了上风。那些与她争辉的灯盏正在渐渐熄灭；月亮却像一位白色的命运女神那样坚定地沿着自己的路线前进。鼓、喇叭和小号在发出铿锵哐啷的响声之后，已经被人遗忘了。月光在天空中和大地上写下了永久保存的档案记录。她和那些星星，在我看来，既是统领万物的真理的象征，又是它的见证。夜空照亮了她的领域：好像它的缓缓向前的进程一样，推进着她的胜利——那向前行进的运动曾经是、现在是、将来也是从永恒通向永恒。①

　　这一条条油光闪闪的街道十分静寂；我喜欢它们的平凡和安宁。不时有回家去的市民打我身边走过；不过这些同伴都是步行的，无声无息，而且转眼便不见了。我极其喜爱维莱特眼前的这种景象，很不愿意进屋去，可是我存心要使自己这场奇异的冒险经历有个圆满的结局，并且要在贝克夫人返回学校之前悄悄地回到那间大集体寝室里自己的床上去。

　　在我和福色特街之间，现在只剩下一条街了。在我走上这条街道的时候，第一次听到一辆马车声划破了这个地区的沉静和安宁。马车朝我这个方向驶来——飞速地驶来了。它在铺石路上碾过去，发出多么响的声音啊！街道很窄，我小心翼翼地走在石子铺筑的人行道上。马车轰隆隆地开过我身边，可是在它一掠而过的时候，我瞧见了，或者自以为瞧见了什么啦？确实有个什么白色的东西从马车的窗口伸出来舞动着——确实是一只手挥舞着一方手帕。那是向我示意吗？那个人认识我吗？谁可能认得出我

---

① 语出英国国教《祈祷书·晨祷》。

呀？那不是德·巴桑皮尔先生的马车，也不是布列顿太太的马车；再说，克莱西公馆和台地别墅两处都不在马车前往的方向。算了，我可没时间去推测，我必须赶快回去。

我走到了福色特街，来到了寄宿学校，那儿一切都是静悄悄的。载着夫人和迪西蕾的出租马车还没有到达。我离校的时候，是让大门半开着的，现在会不会仍然如此？也许会有风或者其他想不到的事把大门推回去，其力量足以把锁簧闩碰上吧？要是那样的话，我就进不了门了，我的冒险行径势必引起一场灾难了。我轻轻地推动沉重的门扇，能推得开吗？

推开了。毫无声响、毫无阻力地开了，仿佛里面的门厅里有一位吉祥的神魔在等待着一声芝麻开门的咒语似的。我屏息、走了进去，蹑手蹑脚地快步走着，脱了鞋子走上楼梯，往集体寝室走去，来到了我的床边。

是啊！我来到了我的床边，我又一次深深地吸了一口气。可是，紧接着我几乎尖声大叫起来——是几乎，可是并没有，谢天谢地！

这时候，整个集体寝室里，整幢房子里，是一片死一般的静寂。所有的人都入睡了，而且似乎没有人在这种静寂之中做梦。摊手摊脚地躺在十九张床上的是十九个人形的东西，都是直挺挺地躺着，一动也不动。在我的床上——那第二十张床上——原不该有什么人躺着的，我离开的时候，那儿空着，我此刻就该看到那儿是空着的。那么，在两块没有完全拉拢的帷幔中间，我瞧见了什么啦？那个黑色的、侵占了这张床的长长的奇怪的人形，仰面躺着，究竟是什么呀？是不是从开着的沿街大门溜进来的一个盗贼，在那儿躺下等着呢？它看上去非常黑，我觉得它看上去——不像一个人。会不会是一条野狗，从街上钻了进来，爬上床来舒舒服服地安卧了呢？如果我走近它，它会不会惊跳起来、蹦下床去呢？可是我必须走近它。鼓起勇气！跨出一步！

我顿时感到一阵眩晕,因为凭借夜明灯的微光,我看见躺在我床上的是那个老幽灵——那个修女。

要是在此刻叫喊起来,那我就完蛋了。不论见到的是什么东西,我可决不能惊恐万状,厉声尖叫,或者晕厥过去。再说,我并没有被吓倒。经过最近一些事件的锻炼,我的神经蔑视歇斯底里。刚才的灯彩、音乐和数达成千上万的人群使我此刻仍感兴奋,而且又受到一个新的苦难的鞭笞,因此我也敢于和幻象相对抗。在一眨眼的工夫里,我没有喊叫,便猛然冲到这张闹鬼的床上去,却没有什么东西跳出来,或者往上蹦,或者扭动。所有的动作都是我的动作,而活力、现实、物质、力量这一切也完全只是我的,正像我的直觉所感觉到的那样。我把她撕成碎片——把那个梦淫妖①!我把她高高举起来——那个女妖魔!我把她抖落松散开来——这个不可思议的东西!于是她便落下来了——落在我的四周围——落成碎布条,落成小布块——于是我把她踩在脚底下。

又出现了——瞧那棵没有枝桠的树,那匹颤颤巍巍的罗西南特②;那一片流云,那闪闪烁烁的月光。那个长长的修女原来竟然是一个长长的枕头,外面套着一件长长的黑色长袍,还巧妙地罩上一块白色的面纱。尽管这事显得很奇怪,可是那些服装实实在在是真的修女服装,而且为了要造成假象,由什么人故意作了如此安排。这些法衣是从哪儿来的呢?是谁策划了这个诡计的呢?这些问题仍然存在。在那根束发带上,别着一张纸条,上面有用铅笔写的这样一些嘲弄人的话:

顶楼上的修女把她的全套服装遗赠给露西·斯诺。她将从此再也不在福色特街出现。

---

① 梦淫妖,欧洲古代传说中的妖魔有男女之分,趁人熟睡时与人交合。女人与这种男妖交合,会生女巫、妖精或丑人。
② 罗西南特,西班牙作家塞万提斯(1547—1616)所著小说《堂吉诃德》中主人公的瘦马的名字。

那个曾经纠缠我的她，究竟是什么东西，是什么人呢？我实际上曾经看见过三次的她是谁呢？我所认识的女人之中，没有一个有跟那个鬼魂一样的身材。她的身材不像是女性的。一时间，我无法把这个阴谋诡计归之于我所认识的哪一个男人。

我虽然仍旧感到困惑得无法用言语形容，但是我豁然开朗地、彻底地从一切鬼怪和可怖的感觉之中解脱了出来；对于这种无法解释然而又微不足道的谜，我认为不值得为之苦恼，为之伤脑筋，于是我只把长袍、面纱和带子统统捆扎在一起，往枕头底下一塞，便躺了下来，侧耳倾听着，直到听见夫人的出租马车辘辘地返回学校，然后我转过身去，由于许多天来夜不成寐而疲乏不堪，或许也由于镇静药此时正在起作用，我一下子便呼呼入睡了。

第四十章
幸福的一对

紧接着这个奇异的仲夏夜之后的一天是很不平常的一天。我并不是说在这一天天空中出现了什么迹象，或者地面上有什么不祥之兆；我也并非指气象学方面的现象，并非指风暴、洪水，或者旋风。正相反，太阳带着7月的面庞乐呵呵地升起。早晨用红宝石装饰自己的美貌，在她的裙兜里放满了那么多的玫瑰花，以至于花朵像阵雨一般掉落下来，使她的道路一片绯红。"时序女神"①醒来了，像山林水泽仙女一样清新；她们把盛在小瓶里的露水全部倒在清早的小山上，她们从被驱散的云雾中走出来；她们没有影子，一片蔚蓝，灿烂辉煌，率领着太阳的骏马奔驰在一条万丈火焰、万里无云的道路上。

总之，这一天是最美好的夏季所能夸耀的美好的一天，不过我想，在福色特街上恐怕只有我一个居民关心或记得去注意这一令人愉快的事实。另外一个想法占据了所有其他的人的头脑，也确实在我的沉思中占有一席之地。但这一主要的考虑，对于我来说，并不像大部分也在想着此事的人们那样，感到完全是那么新奇、那么因为突然而令人不知所措，尤其是那么神秘得难以理解，这就多少使我比别人易于作一些冷眼旁观，获得一些印象。

我在校园里散步，感受到阳光的温暖，注意到那些茁壮生长的繁花似锦的草木，这时候，我默思着整个学校议论纷纷的同一话题。

什么话题呢？

只是这么一回事。在作晨祷的时候，在寄宿生们座位的头一排有一个座位空在那儿。摆出早饭的时候,在一张床铺上发现了一个长枕头,笔直地放在中间,还给戴着一顶便帽,穿着一件晨衣;在姞妮芙拉·樊箫的音乐女教师像平常那样一早就来上晨课的时候,她的学生,那个有才能、有前途的年轻姑娘,始终没有出现。

楼上楼下,大家到处寻找樊箫小姐;东西南北,整幢房子都寻遍了,一无所获,毫无踪迹,也没有任何迹象,就连一小张便条那样的东西也没有让人找到。这位仙女失踪了,在头一天晚上被吞没了,就像一颗流星那样被黑暗吞没了。

那些监管的教师对此惊愕至极,那位疏忽大意的女主管更是惊恐万状。我从来没有见过贝克夫人这么脸色苍白,这么魂不附体。这是对她的痛处、她的弱点的一个打击,也是对她的利益的损害。再说,这件倒霉的事究竟是怎么发生的呢?这次逃亡是通过什么途径实现的呢?经查没有一扇竖铰链窗不是闩住的,也没有一块窗玻璃是给打碎的;所有的门都闩得牢牢的。直到今天为止,贝克夫人对这个问题从来都没有得到过圆满的解答,而除了一个人即露西·斯诺以外,也确实没有其他任何人关心这一点。我倒是真的不能忘记为了便于去做那么一桩冒险的事,确实有那么一扇大门曾经被轻轻地向过梁拉开,然后再关上,但是既没有闩上,也没有关紧。此刻,我同样想起了我半路碰见的那辆雷鸣般驶过的双马车,还想起那个令人费解的信号:那块挥动的手帕。

从这些除了我没有别人知道的前提,以及其他一两点,我只能得出一个结论:这是一件私奔案。由于对此深信不疑,并且看见贝克夫人那副十分尴尬的样子,我终于把我的想法告诉了她。我提及德·阿麦尔先生的求婚,发觉正如我所预料的那样,贝克

---

① 时序女神,见第 196 页注③。荷马史诗上说她们是宙斯的女仆,负责启闭天门,并清除门口的云雾。

夫人对于此事完全了解。她早就跟肖尔蒙德莱太太讨论过这件事了，并把她自己对这件事的责任推在那位太太的身上。她现在已经向肖尔蒙德莱太太和德·巴桑皮尔先生求助了。

我们发现克莱西公馆已经觉察到发生的事情了。姞妮芙拉曾经写信给她的表妹波琳娜，含糊其辞地表示结婚的意愿。德·阿麦尔家的人也曾经来过信。德·巴桑皮尔先生追踪那两个逃亡者，可是已经太晚，追不上了。

在这个星期里，邮递员给我送来了一封短信。我不妨把它照抄如下，信中包含有对于不止一个方面的解释：

亲爱的老泰姆（这是泰门[①]的简称）：

我走了，你瞧——飞快地走了。阿尔弗莱德和我开头就打算用这种方式结婚；我们从来都不打算按照别人那种单调乏味的方式结合在一起。阿尔弗雷德这个人生龙活虎的，受不了那种婚礼，我也是这样——感谢上帝！你可知道，过去管你叫做"龙[②]"的阿尔弗莱德，在近几个月里与你有了不少接触以后，开始对你感到很友好了。他现在已经走了，他希望你不要再惦记他；他请你原谅他可能给你造成的任何麻烦。他恐怕有一次太打扰你了，当时他偶然来到顶楼里，正好看见你在读一封似乎极感兴趣的信。但是，他看见你对写信的人显得那么着迷的样子，他忍不住要吓你一跳的冲动。他还说，作为回报你有一次也吓了他一下，那次他正在等我，擦了一根火柴，打算静静地吸一口雪茄烟，你却冲进屋来，取一件连衣裙，或者一条披肩，或者其他雪纺绸衣物。

现在，你是否开始明白了？德·阿麦尔伯爵先生就是顶

[①] 泰姆，原文为Tim；泰门，原文为Timon。见第304页注[①]。
[②] 见第134页注[①]。

楼的那个修女，他是来看望你的谦卑的仆人的。我来告诉你，他是怎样设法办到这样的事情的。你知道他有权可以进入那所专科学校，因为他的两三个外甥，也就是他的大姐德·梅尔希夫人的儿子，是那儿的学生。你也知道，那所学校的院子就在沿着你散步的小路即那条 allée défendue 而筑起的高墙的另一边。而阿尔弗莱德攀登的本领就像他跳舞或者击剑的本领一样好。他喜欢攀登我们的宿舍，首先爬上那堵高墙，然后——借助那棵大树，它覆盖住高大的绿廊，有几根粗枝长在我们的校舍中那些较矮的建筑的屋顶上——他设法攀登上第一班教室和大厅。顺便说一句，有一天夜里，他从这棵树上摔了下来，折断了一些枝桠，差点儿折断脖子，最后，在逃跑的时候，吓了一大跳，险些被两个在小径上散步的人逮住，他觉得那两个人大概是贝克夫人和伊曼纽埃尔先生。从大厅那儿往上爬，便不难登上建筑物中最高的一组，最终爬到那个大顶楼上。你知道，为了通气，那扇天窗无论日夜都是半开着的，他便从那扇天窗爬进顶楼里来。将近一年以前，我偶然把我们的修女传奇讲给他听过，这使他产生了装神弄鬼的浪漫想法，对此，我想你一定认为他表演得非常聪明伶俐吧。

要是没有那个修女的黑长袍和白面纱，想必他会一次又一次地被你和那位凶猛如虎的耶稣会会士保罗先生逮住的。他认为你们俩是了不起的鬼怪观察家，并且非常勇敢。我所惊服的，与其说是你的胆量，还不如说是你竟然那样守口如瓶。你怎么会几次三番地忍受那个高大的幽灵的出现而不大声喊叫，而不逢人便说，并且惊动整个学校和四邻呢？

哦，和那个修女抵足而眠，你觉得如何？是我给她打扮起来的，难道我的手艺不好吗？你见到她的时候，尖声叫喊了没有？换作我的话，一定会吓疯的；不过你就是具有那样的胆量——是真正的铁块，是最好的皮革！我相信你必然是无动于衷。像我这样素质的人所具有的神经过敏你是没有的。在我看来,你似乎对痛苦、恐惧和悲伤都不敏感。你是一位真正的老第欧根尼[1]。

可是,亲爱的老奶奶啊!你不是对于我的月夜逃离和私奔婚配非常生气吗?我向你保证这件事情是再有趣也没有的,而且我这么做的部分原因是为了气气那个轻佻的少女波琳娜和那头粗鲁的熊约翰医师,让他们明白,尽管他们架子十足,我也能与他们一样风光地结婚。德·巴桑皮尔先生开头对阿尔弗莱德异乎寻常地发怒。他威胁说要告发他"诱拐幼女",以及我不知道的其他什么罪名。他是认真得令人讨厌,我发现自己不得不做一下传奇剧的表演——双膝下跪,又是哭,又是喊,泪水湿透了三条手帕。当然啦,"我的姨父"不久便让步了。真是小题大做,有什么好处呢?我已经结婚了,就是这么一回事而已。他仍然说我们的结婚不合法,因为我还不到结婚年龄,这倒是真的呢!好像这有什么关系似的!我就像是一个百岁老人那样结婚了哩。不过,我们还要再一次结婚,我得要有一份嫁妆,而肖尔蒙德莱太太正在监督这件事;还存有希望,德·巴桑皮尔先生将会给我一笔可观的财产,这可是来得正好,因为亲爱的阿尔弗莱德除了他生来的和遗传的高尚品质,以及他的薪水之外,就什么也没有了。我只希望姨父不附加任何条件,而以一种宽宏大量的绅士风度处理事情。可是他给我的嫁妆费是那么不爽快,竟然先要阿尔弗莱德立下字据,保证自那笔嫁妆费交付的一天起,永远不碰纸牌和骰子。他们指责我的小天使有嗜赌的倾向。对此,我一无所知,但是我确实知道他是个叫人喜、令人爱的人。

对于德·阿麦尔安排我们逃跑的本领,我怎么赞美也嫌

---

[1] 见第105页注[1]。

不够。他多么聪明呀，选择了那个喜庆节日的夜晚，当时，像他所说的那样，夫人（因为他了解她的习惯）肯定会离校去参加公园里的音乐会的。我猜想你一定同她一起去吧。我注意到你在约摸十一点钟的时候离开了集体寝室。至于你怎么独个儿回来，而且是走回来的，我则百思不得其解。在那条狭窄、古老的圣约翰街上，我们碰到的肯定是你吧？你可曾瞧见我从马车窗口向外挥动手帕呀？

再见啦！为我的好运气而高兴吧，为我的至高无上的幸福而祝贺我吧，而且请相信我，亲爱的愤世嫉俗者，厌恶人类者。你的身体极佳的、心情极好的

婼妮芙拉·劳拉·德·阿麦尔
娘家姓：樊萧

再者——请记住，如今我是一位伯爵夫人了。爸爸、妈妈和家里的女孩们知道了会高兴的。"我的女儿是一位伯爵夫人！我的姐姐是一位伯爵夫人！"妙啊！这可要比约翰·布列顿太太好听一些吧？

在结束樊萧女士的回忆录的时候，读者无疑会希望听到说，由于她年轻时的轻率，最终受到痛苦的报应。当然啰，是有大量的磨难等在那儿让她将来去经受呢。

再说几句话就可以具体说明我所知道的关于她后来的一些情况。

我在她快度完蜜月的时候见到她的。她来拜访贝克夫人，叫人来请我到沙龙客厅里去。她大声笑着扑到我的怀中。她看上去青春焕发、十分美丽。她的鬈发比先前长了些，双颊比任何时候都更红润了；她戴着白色软帽和佛兰德面纱，佩着白色香橙花，①

---

① 白色香橙花，在欧美习俗中常由新娘佩戴，或扎为花束捧在手中。

穿着新娘的盛装，这些把她衬托得分外美丽。

"我已经得到我的嫁妆费了！"她马上喊了起来，（姞妮芙拉总是牢牢钉住物质的东西；我一向觉得在她的品质里有着一种善于经商的元素，尽管她很瞧不起"中产阶级的女人"。）"巴桑皮尔姨父已经和我们言归于好了。我不在乎他把阿尔弗莱德叫做'笨蛋'——那只不过是出于他的粗鲁的苏格兰教养罢了。我相信波琳娜羡慕我，约翰医师则妒忌得要发疯了——几乎要使他的脑袋炸开花啦——我真得意啊！我真的觉得自己几乎什么都不要了——除了想要一辆自备马车和一座公馆以外。哦！我一定得介绍你认识认识'我的丈夫'——阿尔弗莱德，到这儿来！"

于是阿尔弗莱德从里面的沙龙客厅走出来，他刚才在那儿跟贝克夫人谈话，接受那位女士的羼和在一起的祝贺与训斥。我是被她用我的各种各样的名字介绍的：什么"龙"啊，"第欧根尼"啊，"泰门"啊。那位年轻的上校彬彬有礼，对于那些鬼魂出现等等的事向我道歉，说得委婉动听，用词干净利落，结束的时候，说道："对于自己一切的恶劣行为的最好的辩解就在那儿！"他指着他的新娘。

接着那位新娘叫他回到贝克夫人那儿去，由她独占了我，用她那不加约束的情绪、她那女孩子家的轻率任性的胡言乱语，继续十十足足地把我弄得透不过气来。她眉飞色舞地给我看她的戒指；她自己称自己德·阿麦尔伯爵夫人，并且向我问了二十次这个称呼听来怎么样。我很少说话，只把我的性格的外壳和表面姿态给了她。这不要紧，因为她所寄希望于我的也不过如此而已——她太了解我了，并不期待会得到我的恭维——我的干巴巴的冷嘲热讽的话够使她高兴了，我的态度越是无动于衷和淡而无味，她越是开怀大笑。

德·阿麦尔先生结婚不久以后便经别人劝说，脱离了军队，这是作为使他断绝与某些无益的同僚的交往和除去某些恶习的最稳妥的办法。别人替他谋得了一个使馆武官的职位，于是他和他的年轻妻子便到国外去了。我以为这一来她会把我忘掉的，可是没有。以后许多年里，她同我维持着一种心血来潮的、时断时续的通信关系。开头一两年，她在信中只是谈谈她自己和阿尔弗莱德的事；接着，阿尔弗莱德退到背景中去了；她自己和某一位新来者则居于主要地位。一位阿尔弗莱德·樊箫·德·巴桑皮尔·阿麦尔开始替代他的父亲而占了统治地位。她大夸特夸这位大人物，竭力夸耀他聪慧早熟的种种奇迹，信中还夹杂着破口痛骂我对这些了不起的事所持的冷淡无情的怀疑态度。她说我不了解"当母亲是怎么一回事"；说我是个"没有感情的东西"，"一个母亲心中的感受"对我来说就像是"对牛弹琴①"，如此等等。在正常的自然生长的进程中，这位幼年绅士在各个阶段长了牙、得了麻疹、患了百日咳。那一阵子真叫我受不了——那位妈妈的来信成了不折不扣的诉苦的哀号。从来没有一个女人像她那样成为灾难的牺牲品；从来没有一个人处在这样需要同情的境地。开头我被吓坏了，怜悯地写了回信，但是不久便发现，在这类事情上她实在是虚张声势，言过其实，于是我故态复萌，恢复我那残酷的麻木不仁的本来面目。至于那个年幼的受苦者呢，他像英雄一般战胜了每一次的暴风雨。那个小家伙五度面临"articulo mortis②"，又五度奇迹般地活了过来。

在那几年期间，响起了一阵阵不满于阿尔弗莱德一世的不祥的窃窃私议声，于是不得不向德·巴桑皮尔先生求援，债务不得不偿还，其中一部分属于不体面的一类，被人称作"信用债务"③。不光彩的控诉和困难变得频繁起来了。一有阴云遮来，不管那是属于什么性质的，姞妮芙拉都一如既往，精力充沛地拼命呼吁同

---

① 原文为"…were Greek and Hebrew to me"，照字面意思是："对我来说，乃希腊语和希伯来语。"这两种语言，在英语中又有"全然不解"（be Greek to）和"晦涩难懂"之意。
② 拉丁文：死亡的关头。
③ 指赌债。

情和援助。她一点都不打算凭一己的力量去对付任何不幸的事。她总是相当有把握地以某种形式，从某个方面，得到她所想得到的东西，她就如此生活下去——让别人为她进行人生的战斗，而且，总的说来，她所受的苦，跟我所认识的任何人一样少。

第四十一章
克罗提尔德郊区

在我搁笔之前,我是否必须把自己在那个节日之夜所赢得的"自由"和"重新振作"的情况叙述一下呢?我是否必须提一下自己,以及我从灯火辉煌的公园里带回学校来的这两位健壮的同伴,如何经受了亲密朋友的考验呢?

就在第二天我便考验了它们。在它们把我从爱情和爱情的束缚之中解脱出来的时候,曾对自己的力量大肆吹嘘,可是在我向它们要求实际行动,而不是空话,要求一些更好的安慰的证据,要求一些苦尽甘来的人生经验的时候——"自由"却寻找借口,说它目前一贫如洗,无力相助,至于"重新振作"则始终一言不发,它在昨夜已经猝然身亡了。

于是,我对此没什么好干,唯有暗地里相信,"猜测"可能已经把我推逼太快又太远,以至于回想起扭曲变形的和淡退变色的妒忌的魔术时,承受不了那使我感到压抑的时刻。经过一番短暂的、枉费心机的内心斗争之后,我发现自己又被抓了回去,成为过去的悬念的拉肢刑架①上的俘虏,给捆绑起来,重新绷得紧紧的。

在他动身之前,我还要去见见他吗?他还会把我放在心上吗?他会不会打算来看我呢?他会在今天——在下一小时里到来吗?或者,我是不是必须再试试长时间期待的一点一点地受折磨那种痛苦——那种和友好关系最终决裂的剧痛,那种默默无声的、难受得要死的绞痛呢?这种绞痛把希望和怀疑一起连根拔掉的时候,动摇着生命。而那只横施暴虐的手无法被人抚摩,使之手下留情,因为互不见面已经设置了障碍。

这天是圣母升天节②,学校里不上课。早上望过弥撒之后,寄宿生们和教师们都到乡下去远足,要在某个农庄住宅里用午茶,或者叫下午餐。我没有随同前往,因为离保尔和薇吉妮号必定要启航的日子只剩下两天了,我正要紧紧抓住我的最后的机会,犹如一艘沉船上一息尚存的漂流者紧紧抓住他的最后的一块木筏或者缆索似的。

在第一班教室里放着一些细木工待做的活儿,有些长凳和课桌要修理。一些假日往往被利用来做这些事情,因为教室里都是学生的时候是无法办到的。我独个儿坐着,心里打算换个地方,到校园里去,以便为那里排除障碍,可是我又那么无精打采,懒得照自己的意思去做,这时,我听见工人们来了。

外国的手艺人和仆人们不论做什么事都是成双成对的。我相信,如果要拉巴色库尔的木匠来钉一根钉子,他们也得两个人一起动手。直到这时,我的无所事事的手一直拎着我的软帽上的缎带,正当我戴上帽子,系好缎带的时候,我模模糊糊地、短暂地纳闷自己怎么只听见一个"工人"的脚步声我还注意到——就像一个被关在地牢里的人,有时候在百无聊赖的闲暇中会侧耳倾听到最细小的琐事一样——这人穿的是鞋子,而不是木底鞋。于是我便断定来者一定是位木匠师傅,在派他的学徒工来干活之前,先自行查看一下。我把围巾随手朝身上一裹。那人走来了,打开了门。我是背朝着门的,只觉得身上有一点儿震颤——是一阵奇怪的感觉,只一会儿,转瞬即逝,因而就无从分析。我转过身来,站在我所猜想的这位有手艺的师傅面前,朝门口望去,只见有一个人影嵌在门框里,而我的眼睛在我的脑海里印上了保罗先

---

① 拉肢刑架,欧洲古代一种刑具,受刑者双手双脚被缚在装有滚轮的木架上,行刑时转动滚轮,受刑者四肢关节可被拉脱臼。
② 圣母升天节,天主教和东正教相信耶稣的母亲马利亚死后灵体被上帝接进天堂。天主教定每年 8 月 15 日、东正教为 8 月 27 或 28 日为纪念"圣母荣召升天"的纪念节日。

生的肖像。

我们使上帝听得厌烦了的千百次的祈祷,并没有给恳求者带来实现的满足。在一生当中,却会偶然有一次一件金制的礼品直落到你的衣兜里——一件丰满圆润、光彩照人的恩赐,一件从"果实"的制造所里出来的至善至美的产品。

伊曼纽埃尔先生穿着一件他大概准备远行时候穿的衣服——一件用丝绒镶边的紧身长外衣。我想他是做好了马上就出发的准备,然而,据我所知,还得过两天才开船。他看上去又健康又愉快;他看上去又亲切又宽厚,急切热情地走了进来,只一转眼工夫就近在我眼前,态度和蔼可亲至极。可能是他的将成为新郎的心情使他如此喜形于色吧。不管是什么原因,我可不能用一阵阴云来迎接他的一派阳光啊。如果这是我和他相会的最后时刻,我可不愿意在勉强的、不自然的冷淡气氛中浪费这一时刻。我很爱他——爱得甚至如果"嫉妒"小姐大驾亲临来阻挡一次亲切的告别的话,我要扇她一巴掌,并打开我的道路。从他的嘴里吐出的一个热情友好的字,或者从他的眼睛射出的一道温柔体贴的目光,都会在我今后的余生里一直使我不胜欣喜,都会在最后的一段孤独难熬的日子里成为安慰。我要得到这个安慰——我要喝下这剂灵丹妙药,自尊心可不要把杯子里的药水泼掉啊。

当然,这将是一次短暂的会见,他将要对我说的话,只不过是他曾经对集合起来的所有的学生所说过的话而已。他会把我的手拿起来握两分钟。他会第一次、最后一次、唯一的一次用嘴唇轻轻碰一下我的面颊——然后——再也不碰了。然后,当然是最后的离别,然后,是那距离遥远的阔别,那我无法跨过去寻找他的巨大的鸿沟——而他又不会从鸿沟那边偶然对这边望一眼,回想起我来。

他的一只手握住了我的一只手;他的另一只手把我的软帽往后推去,细细端详我的脸,他的光彩熠熠的微笑消失了;他的嘴唇表达着某种语言,几乎像一位母亲发现她的孩子被疾病击垮,或者被贫困磨损而发生巨大和意外的变化时嗫嚅着无词的语言——

样。正在此时,这些都突然被制止了。

"保罗,保罗!"从后面传来一个女人的仓促的声音,"保罗,到沙龙客厅里来,我还有许多话要跟你说——要有一整天的话要谈呢——维克托也有话要说;而且约瑟夫也在这儿。来啊,保罗,到你的这些朋友们这儿来。"

也许是由于时刻警惕着,也许是由于一种不可思议的本能,贝克夫人来到此地,逼得很近,几乎把自己插在我和伊曼纽埃尔先生之间。"来啊,保罗!"她反复说着,紧盯着我的目光像一把钢的管心针。她推搡着他的亲戚。我觉得他朝后退去;我觉得他就要走了。管心针刺得我超过了可以忍受的限度,使我产生一种反抗压迫的感觉,我大声喊叫起来:

"我的心要碎了!"

我所感觉到的似乎是我的心真的碎了;不过,在这极度紧张的状态下,另一个喷泉的封口溃决了。传来保罗先生的声息,悄悄的一声低语:"相信我吧!"这卸掉了我的重负,打开了一个出口。我抽抽搭搭地哭个不停,震颤不已,四肢冰凉地哆嗦,再猛烈地浑身发抖,然而最后松了一口气——我哭了。

"把她交给我;这是精神崩溃;我让她喝一点有兴奋作用的饮料,这就会好的,"这位沉着冷静的贝克夫人说。

在我看来,把我交给她和她的兴奋剂,那就像是把我交给下毒者和她的大酒杯了。这时,保罗先生深沉地、严厉地、生硬简短地回答了。

"别管我!"在那令人生畏的声调里,我感觉到一阵奇怪的、强烈的、但是能使人恢复生气的音乐。

"别管我!"他重复了一次,说话的时候鼻孔翕张,整个脸上的肌肉都颤动起来。

"可是这绝对不行,"贝克夫人厉声说。她的亲戚却用更严厉的声音反驳她:

"离开这里!"

"我要请希拉斯神父来;马上去请他来,"她执拗地威胁道。

"女人!"这位教授喝道!这会儿他的嗓音不再是深沉的;他是在用他最高的、最激动的调门嘶喊,"女人!马上离开这里!"

他被惹火了,我怀着以前从未有过的激情爱他勃然大怒的样子。

"你这么干是错的,"夫人继续说道;"这是一种像你这样具有靠不住的、富于想象力的性格的男人所特有的行为;一种出自一时冲动的、很欠考虑的、前后不一贯的步骤——在性格较为稳健、较为果断的人们看来,这是一种叫人心烦的、不能令人尊重的做法。"

"你不知道我身上具有怎样稳健和果断的品性,"他说,"不过你会明白的;事实会教育你。摩德斯特,"他接着说,口气不那么凶猛了,"要温柔些,要怜悯人,要有一副女人心肠。看看这张可怜的脸蛋儿,宽容吧。你知道我是你的朋友,也是你朋友们的朋友:尽管你说这些奚落的话,你还是十分清楚地知道我这个人是可以信赖的。说到牺牲我自己,我没有什么困难;但是我眼睛瞧见的情景使我心如刀绞。我的心必须得到并且付出安慰。离开我吧!"

这一次,"离开我吧"这句话的语调是那么痛苦和没有商量余地,我想即使贝克夫人本人听了恐怕也要毫不迟疑地服从的吧。可是她却一动也不动地站在那儿,毫无惧色地盯着他瞧。他的双眼僵如顽石;她迎着他那令人望而生畏的目光。她张开嘴巴,打算反驳,我却看见保罗先生整个脸上突然升起的亮光和怒火。我简直不知道他怎么掌握好这一举动的。那样子看上去并不激烈,还保持着一种谦恭有礼的形式,他还向她伸出手去,我觉得那只手几乎没有碰到她,她拔腿就跑,一阵风似的溜出了房间;只一秒钟时间,她不见了,门也关上了。

这一阵感情激动的火光很快就消失得无影无踪了。他微笑着叫我把眼泪擦干,心平气和地等待我镇静下来,不时说一两句使我平静、让我宽慰话。没过多久,我便坐在他身边,情绪已经恢复了——重新有了自信心,不再绝望,不再感到孤独,不再觉得没有朋友,没有希望,不再厌倦人生,寻求死亡了。

"那么,失去了朋友你感到非常伤心吗?"他问道。

"先生,我被人遗忘了,真让我难过极了,"我说。"在这些令人心烦意乱的日子里,你音讯杳然,我反复琢磨你可能会连一句再见都不说便悄然离去,后来觉得你肯定会如此,这叫我的心都碎了。"

"难道我必须把我对摩德斯特·贝克说的话也对你说——说你并不了解我吗?难道我必须向你揭示并且教会你认识我的性格吗?你一定要得到我能够成为一个坚定不移的朋友的证据吗?如果没有清清楚楚的证据,你这只手就不肯安安稳稳地搁在我的手上,也不相信我的肩膀是个可靠的支柱吗?好吧。这个证据已经准备好了。我来为自己作证吧。"

"先生,不论你要说什么,要教我什么,要证明什么,我现在能够听信了。"

"那么,首先,你必须跟我一同出去,到城里很远的一个地方去。我是特地来接你的。"

我没有查问他的意图,没有试探他的计划,也没有假意提出反对的意见,便又把软帽的带子系好。我已经准备好了。

他选择了沿着一条条林荫大道走去的路线,有好几次,他让我坐在欧椴树下设置的座位上歇歇脚;他并不问我是否觉得累了,只是先对我瞧瞧,然后自己作出结论。

"在这些令人心烦意乱的日子里,"他重复了我的话,而且是温柔而和蔼地模仿我的声音和外国口音。他这样说话并不是新鲜事,而且他如此逗乐从来都不伤人,甚至在这样逗乐的时候他还常常断言,不管我能够把法语写得怎样,但是我过去说得不好,说得不流畅,将来也将这样,即使在这种时候他的话也不伤人。"'在这些令人心烦意乱的日子里',我一小时也没有忘记你。忠心耿耿的女人们在这方面犯了错误,她们以为自己是上帝的创造物之中惟一忠心耿耿的人。以前我不管从哪个角度都不敢这样想,直到最近,我才敢依赖一种对自己的非常热烈而生气勃勃的忠诚;可是——你对我看看吧。"

我抬起我的幸福的眼睛。它们现在确实是幸福的,否则它们便不是我的心灵的窗户了。

"唔,"他仔仔细细地瞅了我几秒钟,然后说道,"那个签名是不能否定的:是'永不变心'亲笔签署的;她的笔力刚劲似铁。这记载是不是痛苦的呢?"

"痛苦到极点,"我老老实实地说。"先生,把她的手拿开吧,我不能再忍受那只手的千钧笔力了。"

"她的脸色很苍白,"他自言自语地说;"这脸色使我看了心疼。"

"啊!我的脸不好看吧——?"

我禁不住要这么说;这句话是脱口而出的。我不记得有什么时候自己不是忐忑不安地担心自己外貌上的缺陷究竟达到什么程度,这种担心在这种时刻以特殊的力量逼迫着我。

一阵深深的柔情蜜意在他的脸上掠过。他那双紫罗兰色的眼睛,在浓浓的西班牙人的睫毛下热泪盈眶,波光闪闪。他猛然站起身来,说道:"让我们继续走吧。"

"我使你的眼睛看了非常不愉快吗?"我鼓起勇气追问道。这一点对于我来说是至关重要的。

他停住脚步,给了我一个简短有力的回答——一个使我沉默和克制,然而又非常满意的回答。从此以后,我知道了自己在他的心目中是怎样一个人;于是在世上其余的人们的心目中我可能是怎样一个人,我便不再苦苦地惴惴不安了。如此看重别人对于自己外表的评价,是不是太软弱了呢?我怕可能是这样——我怕的确是这样;如果是这样,我必须坦率承认自己身上的弱点不算轻微。我必须承认自己怀有一种惟恐不被别人喜欢的深深的惧怕——怀有强烈的让保罗先生感到高兴的愿望。

我们漫步到哪儿去,我简直一无所知。我们走了漫长的道路,但是似乎很短;路上景物宜人,天气风和日丽。伊曼纽埃尔先生谈着他的航行的事——他打算在外边待三年。他喜滋滋地盼望,在从瓜德罗普岛回来以后,卸掉责任,一身轻松,了无挂碍地再奔向前程。那么在他不在这里的这段时期里,我打算做些什么呢?他问我。他提醒我说,我有一次曾经谈到过想自力更生,要自己办一个小学校;现在有没有放弃这个想法呢?

"当然啦,我没有放弃过。我正在尽量省吃俭用,以便有朝一日能够实现自己的愿望。"

他不愿意把我一个人丢在福色特街;他担心我待在那儿会十分思念他吧——我会感到寂寞吧——我会越来越悲伤吧?

这是肯定的;不过我答应他我要尽力忍受。

"可是,"他小声说,"你目前居住的地方还有另一个缺点。我将来希望有时候能给你写写信,要是对信件的传递是否安全可靠没有把握,这可不好;而在福色特街——简而言之,我们的天主教的教规在某些事情上——尽管是无可非议的,有必要的——可是在某些特殊情况之下却有可能被误用——也许被滥用。"

"但是如果你写的话,"我说,"我一定要得到你的信,而且我一定会得到你的信。哪怕有十个男校长,二十个女校长,都不能扣留你给我的信。我是个新教徒;我不容忍那一类的教规,先生,我决不。"

"小点声——小点声,"他回答说;"让我们来想个对策。我们有我们的应付办法;别急。"

这么说了以后,他暂时停住了。

我们现在正要从漫长的散步往回走。我们已经走到一个清洁的市郊的中心地带来,那儿的房屋都很矮小,但是小巧玲珑。保罗先生是在一个十分干净的住所门口的白色台阶前站住的。

"我来这儿拜访,"他说。

他并不敲门,而是从口袋里取出一把钥匙,打开了门,马上走了进去。他把我引进屋里,便把门关上。没有见到仆人。门厅像房子一样,也是小小的,然而油漆一新,色调高雅,门厅的远景终止于一扇落地长窗,修整过的葡萄藤攀爬在窗格上,卷须和绿油油的叶子轻轻地吻着窗玻璃。整个住宅一片寂静。

保罗先生打开屋内的一扇门,出现了一间会客室,或者叫沙龙客厅——非常小,可是我认为非常漂亮。精致的四壁给淡淡地抹上颜色,仿佛是羞得脸绯红似的;地板上打了蜡;一块方形的华丽夺目的地毯;一张小圆桌,光亮得就像壁炉上方的那面镜子一样;还有一张小卧榻和一口小五斗柜——它那用深红色绸子蒙在外面的柜门半开着,可以瞧见里面的搁板上搁着的瓷器;还有一只法国式的时钟和一盏灯;一些淡褐色的陶瓷装饰品;屋子里那个唯一宽敞的窗户的凹进去的地方嵌入一张绿色的小架子,上面搁着三只绿色的花盆,各栽着一株美丽的植物,盛开鲜花;一个墙角里,有一张独脚小圆桌,桌面是大理石的,桌上放着一个针线盒和一只盛着水、插着紫罗兰的玻璃器皿。这间屋子的格子窗是开着的;室外清新的空气徐徐吹入,紫罗兰则散发着芬芳。

"多么漂亮啊,多么漂亮的地方啊!"我说。保罗先生看见我这么高兴,不禁微笑起来。

"我们得在这儿坐下来等吗?"这一片深沉的寂静使我有点儿肃然起敬,悄声问道。

"我们首先要窥探一下这个螺蛳壳里的其他一两个角落,"他回答。

"你竟然敢擅自走遍这整幢房子吗?"我问。

"是的,我敢,"他若无其事地说。

他走在前面带路,让我看了一间小小的厨房,里面有一个小小的炉灶和烤炉,黄铜器皿虽然不多,却都擦得锃亮,还有两把椅子和一张桌子。一只小碗柜里放着一套虽属小型但使用方便的陶器。

"在沙龙客厅里有一套吃咖啡用的瓷器,"保罗先生说,这时我在看那六只绿白相间的正餐盘子、四只碟子,以及与之相配的杯子和壶。

接着他领我走上虽然狭窄却很干净的楼梯,允许我瞧一眼那作为卧室的两间漂亮的小房间。最后,我再一次被带到楼下来,于是,我们以某种讲究礼节的神态站在比我们已经打开过的门更大的一扇门前。

伊曼纽埃尔先生掏出了第二把钥匙,对准了这扇门的锁,把门打了开来,让我比他先走进去。

"这就是了!"他大声嚷道。

我发现自己待在一个相当大的房间里,这儿干净得一尘不染,虽然与我到现在为止所看见的那些房间比较起来显得朴实无华。擦洗得十分彻底的地板上没有铺地毯。房间里放了两排绿色的长凳和课桌,当中留着一条通道直达一个讲台,一把教师的椅子和一张桌子;后面放着一块黑板。两边墙上各挂着一张地图;每个窗口都有几株盛开花朵的耐寒植物。总而言之,这里是一间小型的教室——设备一应俱全、整齐清洁、叫人赏心悦目。

"那么,这是一所学校喽?"我说。"谁办的?我从未听说在这个市郊有一所学校呢。"

"你能好心为我的一位朋友接受几份供分发的学校简介吗?"他一面问,一面从他的紧身长外衣的口袋里拿出几叠这样的文件来,放在我的手上。我看了看,嘴里念着——是用漂亮的字体印刷的:

"女子走读学校。克罗提尔德郊区,7号。女校长:露西·斯诺。"

我对保罗·伊曼纽埃尔先生说了些什么呢?

在我们一生之中,某些关键时刻必定总是难以使人回忆起来。某些转折点、某些危急关头、某些情感——或喜、或悲、或惊讶不已——我们加以回顾的时候,必定会使我们觉得那些都是令人困惑不解、头晕目眩的事情,就像一个飞速旋转的轮子那样模糊不清。

我现在已经想不起来在发现那件事情十分钟之后,自己是怎样讲的,正如我无法追溯我生命最初一年的经历一样。然而,我很清楚的头一件事是,我知道自己当时说话说得又急又快,一遍又一遍地重复着:

"保罗先生,这件事是你做的吗?这幢房子是你的吗?是你置办这些家具的吗?是你叫人印刷这些文件的吗?你指的是我吗?我是那个女校长吗?是不是另外还有一位露西·斯诺呢?告诉我吧;你说话呀。"

可是他一言不发。他那得意洋洋的沉默,他那满面笑容的俯视,这一切如今都历历在目。

"这是怎么一回事啊?我得全部弄明白——全部,"我大声嚷着。

那一叠纸掉在地板上了。他当时伸出手去,而我当时立即把他的手按住,其他任什么都不在意了。

"啊!你说在这些令人心烦意乱的日子里,我曾经把你忘了,"他说。"可怜的老伊曼纽埃尔呀!对于那没完没了差不多三个星期的苦挨苦磨——从找房屋油漆匠到室内装潢商,从找细木工人到女清洁工——这些就是他所得到的感谢了。在他的脑子里想的只是露西和露西的小屋啊!"

我真不知道该怎么办了。我先是抚摩他袖口上的丝绒,然后抚摩由丝绒围起来的手。是他的深谋远虑、他的善良——他那沉默的、强有力的、有效果的善良,用它们所证实了的现实,使我感动得不能自已。他对我确实是每时每刻地关注着,这一信念像是一束从天而降的光芒,使我顿时眼明心亮;是他的(我将敢于这么说)他的深情的、温柔的神色这会儿难以形容地使我颤抖起来。在所有这些感受当中,我迫使自己朝实际问题看看。

"多么麻烦啊!"我大声嚷道,"多少费用啊!你有钱吗,保罗先生?"

"有许多钱!"他亲切地说。"我妥善利用了自己广泛的教学关系使我拥有一笔相当可观的款子。我决定用其中一部分给我自己以空前绝后的最大享受。我喜欢这么做。最近,我日日夜夜都盼望着这个时刻的到来。我不想走近你,是因为我不想事情没办成就夭折了。沉默寡言既不是我的美德,也不是我的恶习。不过,如果我当时把自己交在你的控制之下,而你那时的眼神和嘴唇都开始发出疑问来——保罗先生,你这一向都到哪儿去啦?你在干些什么呀?你有什么事这么神秘啊!——那么,我从头到尾独自保守的秘密,就会马上在你的眼皮底下露馅了。好啦,"他继续说,"你得在这儿住下来,办一所学校;在我离去的这段时间里,你得忙于工作;你得有时候想念想念我;你得为了我的缘故自己保重身体,过得快快活活,等到我回来的时候……"

说到这里,他留下了空白。

我答应要按照他的吩咐完全做到,答应他要勤奋努力并且高高兴兴地去做。"我要成为你的忠实的管家,"我说。"我相信,你回来的时候,账目随时可以请你过目。①先生,先生,你太好啦!"

我的感情竭力要在这么不充分的语言之中表达出来,可就是表达不出来。我说出来的话是干巴巴的,直愣愣的,冷得像冰块一样,在我的艰苦努力之中融化开来,或者颤抖不已。他默默地注视着我,缓缓地举起手来抚摩我的头发。他的手掠过的时候碰着我的嘴唇,我把它紧紧地按在我的嘴唇上,我向它奉献敬意。他是我的国王。那只手曾经做过的慷慨大方之举对我来说就是君王般的高贵,向它表示崇敬之意既是一件乐事又是一项责任。

下午的几个小时过完了,傍晚更为寂静的时间笼罩着这个静

---

① 典出《圣经·新约全书·路加福音》第12章第41至48节和第12章,耶稣对门徒讲忠心的管家和不忠心的管家的故事。一个管家把账目交代清楚,受到主人夸奖。

悄悄的市郊。保罗先生提出要我好好款待他。从一早起，他忙这忙那，又走了不少路，正需要吃些东西了。他说我应当用我那套金色和白色相间的漂亮瓷器弄些巧克力饮料①给他喝。他走了出去从餐馆里叫来需要的食品，然后把那张小 guéridon 和两把椅子搬到落地窗外的阳台上，搁在葡萄藤叶的遮蔽下。我怀着多么难为情的满心欢喜接受了充当女主人的角色，把托盘准备好，端上食物给这位施惠予人的客人。

这个阳台在房子的后部，郊区一些园圃围绕在我们四周，再过去是一片田野伸展到远处。空气恬静、温馨、清新。在白杨树、月桂树、柏树和玫瑰的上空，一轮明月显得那么可爱，那么祥和美好，在她的笑容下面，她那颗心震颤着；一颗星星犹如她的臣民似的，在她身旁照耀着，发出纯洁爱情的与世无争的光芒。在离我们很近的一座大园圃里，在一口井里竖起一个喷嘴，一尊灰白色的雕像欠着身子，面对那四处喷洒的水花。

保罗先生对我说着话。他的嗓音变得那么委婉动听，那是与银铃般的低语、滔滔不绝的热情话，以及音调悦耳的叹息声和谐地混合起来的嗓音，其中，有着那轻柔的微风、那汩汩的泉水和那沙沙的簇叶吟咏它们那催人入睡的晚祷曲的声音。

幸福的时刻啊——停留一会儿吧！低垂那些色彩斑斓的羽毛吧，让翅膀休息休息；愿上帝的前额垂顾我的前额吧！纯洁的天使啊！让你的光辉稽留不去，把它的反光留在随后飘来的乌云上吧；把它的欢愉遗留给那段时光吧，它需要一道光芒来进行回顾！

我们的饭食很简单。巧克力饮料、面包卷、一盘新鲜的夏季水果、用绿叶垫底的樱桃和草莓，这些就是一顿饭的全部了；可是我们两人喜欢这顿饭胜过一次盛筵，而且伺候保罗先生使我高兴得无以言喻。我问他，他的朋友希拉斯神父和贝克夫人是不是知道他所做的事——他们是不是见过我的房子了？

---

① 巧克力饮料，用热牛奶或水加糖冲成的饮料。与现在的不同。

"我的朋友，"他说，"没有一个人知道我所做的事，这事只有你和我知道。这份神圣的快乐是奉献给我们两人的，没有人分享，没有人亵渎。说实话，在这件事情里边，我曾经享有一种十分雅致的乐趣，我可不愿意由于传了出去而变得庸俗。此外，"（他微微一笑）"我还曾想要向露西小姐证明，我这个人能够保守秘密。她曾经如何常常奚落我缺乏矜持的神态和必要的谨慎小心啊！有过多少次她没规没矩地旁敲侧击，说我的所作所为都是叵力乞奈尔①的秘密！"

他可真没说错；在这个问题上，我可没少说过他，也许在其他任何可以攻击的问题上我都没有放过。胸襟宽广、光明磊落、亲爱的、有缺点的矮个子男子汉啊！你应该得到善意的对待，而且一直都从我这儿得到。

我继续提出我的疑问，探询这所房子是属于谁的，房东是谁，我该付多少房租。他立即交给我一张纸，上面写着有关这些事情的细节；他曾经预料到这一切，做好了准备。

这所房屋不是保罗先生的——我猜到了这一点，他可不像是会成为业主的那种人呢。我不止是怀疑他可悲地缺乏存钱的本事；他能赚钱，但是留不住钱；他缺少一个保管钱财的人。话说回来；保罗先生说，这幢住宅是属于下城区里的一个居民——一个有资产的人。他接着又说了一句话，却叫我十分惊讶："露西小姐，他是你的一位朋友，一位非常敬重你的人。"于是我惊喜地发现，我的房东不是别人，却是那位急性子、好心肠的书商宓雷先生，那个多事的夜晚在公园里替我找一个座位的就是他。看来宓雷先生所处的地位既富有又十分受人尊敬，而且在市郊拥有几所房屋。那租金是适中的，几乎不到一所同样大小、离维莱特市中心较近的一些房屋的租金的一半。

---

① 叵力乞奈尔，法国早期木偶戏中的滑稽木偶名，常在戏台上向观众悄声吐露秘密，因而"叵力乞奈尔"的秘密便是公开的秘密。

"再说，"保罗先生说道，"虽然我想命运之神会特别眷顾你，尽管万一她不这样的话，我想到你是被托付在一个好人的手里，我也是深感满意的。宓雷先生是不会过分索取的。头一年的房租在你的存款里已经有了；这以后的事，露西小姐必须信赖上帝和她自己了。然而眼下呢，你打算为学生们做些什么？"

"我必须去分发我的学校简介。"

"对啦！为了抓紧时间，昨天我给了宓雷先生一份。你不会反对由三位小资产阶级女士，三位宓雷小姐开个头吗？她们听从你的吩咐。"

"先生，你想得周到极了；你真了不起。反对吗？大概我真的该反对呢！我想在我这小小的走读学校开张的时候我是不指望会收到贵族学生的；如果根本没有这样的学生来，我并不在意。我将为接纳宓雷先生的三位千金而感到自豪。"

"除了这几位，"他接着说，"还有一个学生想来，她打算每天来上英语课；由于她很富有，她会支付很大一笔学费。我说的是我的教女和受监护人纤丝蒂纳·玛丽·苏弗尔。"

名字又有什么关系？[①]——连名带姓这三个组合又有什么关系？直到此刻之前，我一直欢欣鼓舞、兴致勃勃地听着——一直高高兴兴地随问随答。可是这个名字倒是把我冰冻了起来；那三个组合使我哑口无言。这种结果是隐瞒不起来的，而且我确实也并不想隐瞒。

"你怎么啦？"保罗先生问道。

"没什么。"

"没什么！你脸上的神色变了；你的脸色苍白，眼睛都失神了，还说没什么！你一定是病了；你有什么心事折磨你了；告诉我是什么事啊？"

我没什么好说的。

---

① 引自莎士比亚戏剧《罗密欧与朱丽叶》第2幕第2场第43行。

他把自己坐的椅子拉近我。尽管我仍然默不作声、冷若冰霜,他却并不恼火。他尽力逗我说话,他锲而不舍地恳求,极有耐心地等待。

"纤丝蒂纳·玛丽是个好姑娘,"他说,"性情温和可爱,头脑并不很灵敏——不过你会喜欢她的。"

"我不这么想。我觉得她一定不要到这儿来才好,"我说。

"你存心要把我搞糊涂吗?你认识她吗?不过,事实上确实有什么问题。你又变得像那尊雕像一样苍白了。信赖保罗·卡洛斯吧,把你的悲痛跟他讲吧。"

他的椅子碰到了我的椅子;他的手缓缓地伸过来,使我的身子朝向他转过去。"你认识纤丝蒂纳·玛丽吗?"他又问。

从他的嘴里重又发出的这个名字的声音莫名其妙地压倒了我。它并没有使我趴下来——没有,它反而使我激动起来;它带着热量在我的四肢百脉里急急地奔流着——使我回想起那一个小时的切肤之痛,那许许多多日日夜夜的心情沮丧。尽管此刻他坐在靠我这么近的地方,尽管他早已把自己的生命同我的生命这么牢固、这么紧密地缠绕在一起——尽管我们两人的心灵和感情的交融已经进展到这么深的程度,已经如此接近完成——但是外来的干扰和心灵隔阂的迹象还是能从一种热血沸腾的激动、一种猛烈的剧痛、一种带蔑视的决心、一种激怒和一种反抗之中听得出来;对于所有这种种激情,没有哪个人的眼睛或者面颊能够掩饰其火焰,也没有哪个习惯于说实话的舌头能够抑止其呼喊。

"我要把一些情况告诉你,"我说;"我要把全部情况告诉你。"

"说吧,露西;靠近我;说吧。如果我不如此珍视你,那还有谁呢?如果伊曼纽埃尔不是你的朋友,那么谁才是呢?说吧!"

我说了。所有的事情都从我的嘴巴里冒了出来,我现在不缺言词;我飞快地讲述着,流畅地说出我的故事,它滔滔不绝地流淌到我的舌尖上来。我追溯到在公园里的那个夜晚。我提到那加了药的水——为什么会拿来给我喝——药水的刺激作用——它怎样使我寝不安席,怎样把我从我的卧榻上撵下来,用一种活龙活现然而又庄重严肃的幻象引诱我,把我带出了学校——那是一个夏天的夜晚,我孤单单地待在草地上,待在树下,靠近一个水深而凉爽宜人的小湖边。我绘声绘色地谈了那个场景:人群啊,假面舞会啊,音乐啊,彩灯啊,辉煌的场面啊,远处的炮声轰鸣啊,以及响彻云霄的钟声啊,等等。凡是我那天碰到的,凡是我那天认出来的人,以及我耳朵听见、眼睛看见的,我都一一详告。我怎样看见了他,注视着他;我怎样留意听着,听到了许多话,作了什么样的猜测;简言之,把他作为知心人那样吐露了全部经过情况,向他老老实实、原原本本、热情而又辛酸地尽情倾诉衷肠。

在我叙述的时候,他仍然并不制止,而是怂恿我继续往下说;他用手势、用微笑、用只言片语激励我。在我还没有说到一半的时候,他握住我的双手,用一种最尖锐的目光审视我的眼睛。他的脸上有着一种表情,既不像有意使我平静下来,也不像打算叫我戛然而止;他忘却了自己的清规戒律,在我进行最猛烈的挑战要他运用自己的压抑制度的时候,他竟然抛弃了它。我觉得自己应该受到严厉的责备;但是我们什么时候受到过我们应该受到的东西呢?我应该得到严格对待的时候,他却显得宽宏大量。我觉得自己飞扬跋扈、蛮不讲理,因为我不许纤丝蒂纳·玛丽上门,在这种时候他却微笑,流露出喜悦的心情。直到现在,我才知道自己的性格中竟然存在着容易激动、有妒忌心、傲慢不逊这一类情绪。他使我跟他的心贴近了。我这个人充满缺点,他却对这些缺点连同我全都充分理解。对于那个最为大逆不道的叛变的时刻,他保持着一段时间的深沉的平静。我听到耳边响起了这些温存的话:

"露西,接受我的爱吧。将来同我生活在一起。做我最心爱的人吧,首先在人世间。"

我们向福色特街走回去,明月高照——就像当年照耀着伊甸园的月亮一样——她穿过那座大花园的树荫泻下清辉,有时把一条小径渲染得荧光四射,为的是那神圣的一步,为的是一位没有名字的"神灵"。有些男男女女,在他们一生之中,会有那么一次回到我们的男女始祖的最初那些清新的日子里——品尝那无比甘美的晨露——沐浴在黎明的阳光之中。

保罗先生边走边告诉我,他始终是以一般的父女之情对待纤丝蒂纳·玛丽·苏弗尔的——而且在他的同意之下,她已经在好几个月以前与一位德国年轻的富商海因里希·米勒尔订了婚,而且在一年之内就要结婚。伊曼纽埃尔先生的某些亲友似乎确实高兴他跟她结婚,目的是这样可以得到她家的财产。可是他本人对此计谋非常反感,觉得这个主意完全不能接受。

我们走到了贝克夫人的学校的门前。施洗约翰教堂的钟在敲九点钟。十八个月以前,就在这个钟点,就在这幢房子里,就是这个男人曾经在我身边,弯下身来,盯着我的脸和眼睛瞧,并且裁决了我的命运。就在今天晚上,他又弯下腰来凝视着我,作出了决定。那样子是多么不同——命运的改变是多么巨大啊!

他认为我生来就处于他的命运星之下:他似乎把他的光芒像一面旗子似的覆盖着我。有一度——我还不了解他,也不爱他,认为他严酷无情,性格古怪;他那矮小的个子,瘦而肌肉结实的体形,棱角突出,肤色黝黑,以及那种神态,我都不喜欢。现在呢,我已经深受他的影响,靠他的爱情生活,凭我的理智认识了他的价值,凭我的心灵感觉到他的善良——我在所有的人之中选择了他。

我们分手了:他给了我山盟海誓,然后他向我说声再见。我们分手了;第二天——他乘船走了。

第四十二章
尾　声

人不能作预言。爱情决不是神谕①。担惊受怕的心有时候会谋算虚妄的事。②这些年的杳无踪影啊！这些年的期待使我多么厌倦啊！这些年必然会带来的痛苦似乎肯定会像死亡一样。我了解这些岁月的进程的特性；我从来都没有怀疑过在它们碾过的时候会如何折磨人。那位世界主宰③高高矗立在他的大车上，显示那阴森可怖的形象。眼见他渐渐驶近了，宽阔的车轮沉重地压着泥土，深陷了下去——我，这个五体投地的崇拜者——已经预先感觉到车轮碾过身上发出的使人绝灭的嘎吱嘎吱的声音。

说来奇怪——虽然奇怪，然而却是事实，而且由于自己拥有许多在人生历程中遇到的类似的事情——那个预先感觉到的辗压证实了所有的——不错——几乎是所有的痛苦折磨都是如此。那尊伟大的世界主宰矗立在他的伟大的庄严堂皇的彩车上，崇高伟岸、怒容满面，轰轰隆隆地一路驶来。然后他却无声无息地驶过去了，就像一个黑影在中午时分掠过天空。除了一阵令人不寒而栗的朦胧以外，什么也看不见，什么也感觉不到。我抬眼望去，那辆彩车和乘在彩车上的魔怪都已经消失了；而崇拜者仍然活着。

伊曼纽埃尔先生离开已经有三年了。读者啊，这三年是我一生当中最快活的日子。你不相信这个看似自相矛盾的说法吗？那么请听。

我把我的学校办起来。我开始工作——努力工作。我把自己看做他的财产的管理员，并且如果上帝允许的话，我决意将来要拿出一个好的交代来。学生们陆续来了——最初是中产阶级市民——不久之后就来了高阶层的人。约摸在第二年的年中，一个意想不到的机会把一笔额外的一百英镑扔到我手里来。那是有一天，我收到一封从英国寄来的内含这笔款子的信。那是马趣门特先生寄来的，他是我的亲爱的已故女主人的表弟兼继承人，他生了一场很危险的病，刚刚复元，支付这笔钱是为了求得良心上的平安。原来他的这位女亲戚去世以后，他发现我说不清楚是什么书信文件或备忘便条——上面指定或者举出了露西·斯诺的名字——这件事使他感到内疚。巴锐特太太曾经把我的地址给了他。他的良心究竟受到多么深重的责备，我一点都没有查究过，什么问题都没有提出来，只不过收下钱款，用在当用的地方。

用这一百英镑，我大胆地买下了在我隔壁的一幢房屋。我不愿意离开保罗先生所选择的、从这里离别的、并期望在这里和我重逢的这所房屋。于是我的走读学校变成了寄宿学校，而且这所学校也办得很成功。

我获得成功的秘密并不在于我本人：并不在于我的任何资金，或者任何能力，而是在于身处一个崭新的环境之中，生活上发生了美妙的变化，心情宽松舒畅。使我的活力充分发挥出来的源泉远在重洋之外，是在一个西印度的小岛上。在分手的时候，他给我留下了这笔财产；这使我对于现在有着种种想法，对于将来抱着种种希望，如此这般的希望，对于一件必须坚持不懈、辛勤努力、勇于进取、具有耐心、富于胆略的事业得到了如此这般的动力——所以我是不能委靡不振的。如今，没有什么能够使我

---

① 神谕，古希腊巫师在神示所中回答求问吉凶者时所说的"神旨"，类似占卜师所作的宣示。神谕一般是由祭司记录下来的含混的诗句，有时可解，有时无法解释。
② 语出《圣经·新约全书·使徒行传》第4章第25节："外邦为什么争斗，万民为什么谋算虚妄的事。"
③ 世界主宰，一译"世界之主"，印度婆罗门教和印度教三大神之一毗湿奴的称号之一。相传每年例节用巨车载其皮肤深蓝、有四只各持一法宝的手的神像游行时，往往有善男信女甘愿投身轮下被车碾死，相信如此可以升天。

动摇；没有什么重要得足以触怒我、吓退我，或者压垮我的东西了。大多数的事情是赏心悦目的——连微不足道的琐碎小事都有其迷人之处了。

不要以为这种令人快慰的火焰是自燃不息的，也不要以为它完全是靠一个留下来的希望、或者一句临别时的诺言维持着的。那实在是一位慷慨大方的供应者提供了十分充足的燃料。这使我不受任何寒冷和任何必须节衣缩食之苦；这使我免遭害怕穷愁潦倒的折磨；这使我避去焦虑不安的考验。每条船都带来他写的信；他写信正如他送礼，正如他恋爱一样，掏心掏肺，满捧满怀。他所以要写是因为他喜欢写；他没有省略什么话是因为他不想省略什么。他坐下来，拿出笔和纸，是因为他爱露西，有许许多多话要对她说，是因为他对她是忠实的，是体贴入微的，是因为他温柔多情，一片真心。他的身上没有虚伪，没有欺骗，没有花言巧语、虚情假意。他的嘴唇从来不让油滑的认错讨饶溜出来——他的笔也从来不让怯懦的做作和一文不值的虚无缥缈的道歉流露出来。他既不会给人以石头，①也不向人表歉意——既不给人以蝎尾鞭，也不使人失望；他的一封封来信是真正的营养滋补的食物，是使人提神醒脑的活水。②

那么我感激他吗？上帝知道的！我相信，凡是有生命的人，如此被别人记住，如此受别人支持，又得到别人如此一种忠贞不渝的、尊敬如贵人的对待，可以说几乎没有一个能够不感激得要命。

尽管他笃信他自己的宗教（他身上没有泰然自若的叛教者的那种素质），却丝毫不干涉我的纯正的信仰。他不取笑我，也不诱惑我。他说：

"继续当一个新教徒吧。我的英国的小清教徒，我爱你身上

---

① 语出《圣经·新约全书·马太福音》第7章第9至10节："你们中间，谁有儿子求饼，反给他石头呢；求鱼，反给他蛇呢。"
② 语出《圣经·新约全书·约翰福音》第4章第1至14节："……你必早求他，他也必早给了你活水。……我所赐的水，要在他里头成为泉源，直涌到永生。"

的新教教义。我承认它有极大的魅力。在它的仪式中,有着一种我自己无法接受的东西,然而它却是露西的唯一的宗教信条啊!"

即使是整个天主教会都无法使他盲从;即使是天主教传信部①本身也不能使他成为一名真正的耶稣会会士。他生来是一个诚实的人,不会虚假——不会矫揉造作,不会狡猾诡诈——他是一个自由民,不是一个奴隶。他的柔情曾经使自己变得软软的捏在一个神父的手里,他的感情、他的献身精神、他的真诚的虔敬的热忱有时候会使他的仁慈的眼睛分辨不清,使他放弃公正地对待自己而去干耍手腕的事情,去为自私自利的目的而效忠尽力;不过这些是很难得发生的毛病,对于纵容自己去犯这些毛病的人来说,代价又是如此之大,以至于我们简直不知道,将来某一天它们会不会被人算作珍珠宝贝。

现在,三年已经过去了,伊曼纽埃尔的归期已定。此时正是秋季;在11月的雾霭笼罩之前他就要与我相聚了。我把我的学校办得很兴旺,我的房屋已经准备就绪:给他布置了一间小小的图书室,书架上摆满了他当时留交给我照管的书籍。出于对他的爱,我栽培了他特别喜欢的植物(我自己生来不是一个花卉栽培家),其中有些这时还在开花呢。他离开的时候,我觉得自己很爱他,如今我爱他达到了另外一种深度:他更是我自己的人了。

太阳已经移过了二分点;白昼短了,草木的叶子渐渐枯萎了;不过——他就要来了。

晚上出现了寒霜,11月提早送来了它的迷雾,寒风呜咽着它的秋之呻吟;不过——他就要来了。

整个天空黑压压地低垂着——一大块飞云团从西方飘来,那些碎云朵把自己塑造成种种奇形怪状——许多拱门,许多宽阔的

---

① 传信部,一译传道总部。1622年由教皇格里高里十五世创建的由红衣主教对外传教的机构。

辐射带。光辉灿烂的黎明一个接一个地在天边升起——气象万千,庄严高贵,紫色映空①,就像最高统治者在他的领土上一样。苍穹是一片火光,那么狂暴粗野,可以比得上最激烈的战争——那么鲜血淋漓,可以让"胜利"在她骄傲的时候感到羞愧。对于天气的征兆我知道一些;我打小时候起就开始注意了。上帝啊,留心那艘航船吧!哦!保护它吧!

风向转了,从西面刮来。安静下来吧,安静下来吧,报丧女妖②——在每一扇窗前发出"恸哭哀号声"的报丧女妖!这哭声将要升高——它将要增强——它发出了长长尖利的声音:今晚,尽管我在整幢房子里走来走去,我无法使这阵狂风平息下来。时间越是过去,风越是刮得猛烈,到半夜时分,所有熬夜守候着的人们都听到了,都害怕一阵从西南方刮来的大风暴。

那场大风暴发狂似地吼叫了七天七夜。直到大西洋的洋面上漂散着许多沉船的漂浮物才停息下来,直到大海洋狼吞虎咽地吞饱了食物才平静下来。掌管暴风雨的毁灭天使非到彻底完成他的工作,是不肯合拢他的翅膀的,那些翅膀一扇动就是雷鸣——那些羽毛一抖动就是大风暴。

住了吧,静了吧!③哦!千百位哀哭的人们,在期待的海岸边心痛如绞地祷告着,留心地倾听着那个声音,可是那个声音没有发出来——没有发出来,直到死寂来临,有些人已经不能感觉它的时候;直到太阳重又出来,而它的光对于有些人来说只是黑夜的时候!

就此搁笔吧,立刻搁笔。说得够多了。不要打扰安宁的、仁慈的心吧;且给充满阳光的想象力留下希望。让它怀着希望去设

---

① 欧洲帝王、主教等人身穿紫红袍,以示显贵,一如我国古代以"紫袍玉带"喻高官显贵。此处当是喻指上帝。
② 见第43页注②。
③ 语出《圣经·新约全书·马可福音》第4章第39节:"耶稣醒了,斥责风,向海说,住了罢,静了罢。"

想喜不自胜的愉快吧，这种愉快是刚从极大的恐惧之中摆脱出来而重新诞生的；让它怀着希望去设想从危险中获救的狂喜吧，去设想在担惊受怕之后得到的了不起的暂时解救吧，去设想归来终于实现吧。让它去描摹终成眷属和随后的幸福生活的景象吧。

贝克夫人整个一生都吉星高照；希拉斯神父也是如此；沃尔拉文斯夫人活到九十岁才去世。再见了。

全 书 终

附录
夏洛蒂·勃朗特生平大事记

1816.4.21.　夏洛蒂·勃朗特诞生于英国约克郡布拉德福市桑顿村。父亲巴特里克·勃朗特，1777 年 3 月 17 日出生于爱尔兰一个贫困农民家庭，他刻苦求学，29 岁时毕业于剑桥大学，任副牧师。出版过诗集及散文小册子。时年 39 岁。母亲玛丽亚·勃兰威尔，英格兰西南部康威尔郡彭赞斯人。时年 33 岁。夏洛蒂是勃朗特家第三个女儿。大姐玛丽亚生于 1814 年 4 月 23 日。二姐伊丽莎白生于 1815 年 2 月 8 日。

1817.6.26.　弟弟巴特里克·勃兰威尔·勃朗特生。中名勃兰威尔是母亲的姓氏。

1818.7.30.　妹妹艾米莉·简·勃朗特生。

1820.1.17.　最小的妹妹安妮·勃朗特生。

　　4.20.　举家迁居约克郡基思利市附近的霍沃思村由教会提供的牧师寓所。此后一直居于此处。父亲巴特里克任霍沃思教区牧师，年薪 200 英镑。

1821.9.15.　母亲患癌症去世，终年 38 岁。

1823.　父亲拟续弦，写信给过去恋人玛丽·伯德小姐，被拒绝。此后终身鳏居。

1823.　姨母伊丽莎白·勃兰威尔来霍沃思照料家务。

1824.7.1.　11 岁的玛丽亚、9 岁的伊丽莎白被送往兰开夏郡柯文桥入教士女儿学校。

　　8.10.　8 岁的夏洛蒂也被送入此校。

11.15.	6岁的艾米莉也被送来。四姐妹同校住读。
1825.5.6.	玛丽亚因患结核病于2月14日被从学校接回家后只两个月便病逝。
6.1.	夏洛蒂与艾米莉退学回霍沃思。
6.15.	伊丽莎白因患结核病于5月31日被接回家后终于不治而夭折。
1826.	夏洛蒂及弟、妹四人开始练习写作，并自编自演小戏剧。
1831.1.17.	可能由菲尔斯小姐资助，夏洛蒂去离家约二十英里的罗海德进入伍勒小姐的学校就读。当时英国这类私人学校规模很小，学生不到十名。在学校里结识埃伦·纳西和玛丽·泰勒。后来她们成为夏洛蒂的终生挚友。
1832.6.	夏洛蒂离别罗海德。
1835.7.29.	重返罗海德，在伍勒小姐的学校中任教师。艾米莉同去，求学，费用在夏洛蒂工资中扣除。不久艾米莉因不胜思家之苦被送回，由安妮来校接替。
1837.5.	伍勒小姐的学校迁至丢斯伯里荒原，夏洛蒂随往。
1838.6.	弟弟勃兰威尔在布拉德福当肖像画家，惜未取得成就。
1838.12.	夏洛蒂离开丢斯伯里荒原伍勒小姐的学校。
1839.3.5.	夏洛蒂拒绝埃伦·纳西之兄亨利·纳西牧师的求婚。
5.	在罗塞斯岱尔的斯基普顿附近的斯通盖普的西奇威克夫人家当家庭教师。
7.19.	离开斯通盖普。
7.	拒绝爱尔兰教士詹姆斯·普赖斯副牧师的求婚。
8.—9.	与埃伦·纳西在伊斯赖和布赖林顿的伊斯顿农庄度假。

1840.	夏洛蒂与艾米莉待在霍沃思家中。勃兰威尔在布劳顿—因—弗内斯当家庭教师。9月份起至1841年在利兹—曼彻斯特铁路上索维比桥担任管理员。
5—1845.6.	安妮在梭普格林府的罗宾森家当家庭教师。
1841.3.2.	夏洛蒂在布拉德福市附近罗登城的厄珀伍德府怀特先生家当两个孩子的家庭教师，兼做针线活，年薪20英镑。
7.	勃兰威尔在拉登登福特车站当售票员。
12.24.	姨母勃兰威尔小姐同意借钱给夏洛蒂和艾米莉去比利时布鲁塞尔求学，夏洛蒂离开厄珀伍德府。
1842.2.24.	父亲陪送夏洛蒂与艾米莉去布鲁塞尔埃热夫人寄宿学校，数日后，父亲返回。夏洛蒂在校中主要学法、德语言及文学课；后来同时担任英语教师，年薪16英镑。课余给康斯坦丁·埃热先生和他的妻弟上英语课。 埃热先生(1809—1896)的第一个妻子死于1833年；1836年与克莱尔·卓埃·巴朗女士(1804—1890)结婚，她便是埃热夫人寄宿学校校长。
4.	勃兰威尔因玩忽职守被拉登登福特车站辞退，回到霍沃思。
10.29.	姨母勃兰威尔小姐在霍沃思病逝。夏洛蒂与艾米莉应父亲召于11月28日回霍沃思。姨母遗赠三外甥女每人约值300英镑的财产。三人用此钱款托伍勒小姐购铁路股票。
1843.1.28.	应埃热先生函请，夏洛蒂只身返布鲁塞尔；艾米莉留在家中陪伴父亲。 安妮回家奔姨母丧后，与勃兰威尔同去罗宾森先生家当家庭教师。
1844.1.1.	因父亲眼疾加重，夏洛蒂辞别埃热夫妇，返回家

乡。在布鲁塞尔两年中，她开阔了眼界，丰富了阅历，增进了语言和文学修养，对后来的创作大有裨益。

与艾米莉在这一年中积极筹备在霍沃思家中办寄宿学校，发出简章，招收少儿学童，但是由于地点偏僻，无人报名，终未成功。

1844—1845　夏洛蒂写了多封热情书信给埃热先生。后来只有四封留存下来，使后世得以窥知两人之间的一段隐情。

1845.　父亲新任命的副牧师亚瑟·贝尔·尼科尔斯先生到霍沃思。

6.　安妮离开梭普格林府回霍沃思。

7.24.　弟弟勃兰威尔因迷恋罗宾森夫人，言行有失检点，被辞退，回霍沃思。从此酗酒、服鸦片酊，精神一蹶不振。

1846.5.　夏洛蒂、艾米莉、安妮三人用笔名出版《柯勒、埃利斯、阿克顿·贝尔诗集》，自费30畿尼（即30多英镑）。每册4先令，一年内只售出两册。

1846.6.　夏洛蒂第一部小说《教师》脱稿。后来与出版商联系多年，前后九次，均遭拒绝，生前未能问世。

7.　艾米莉完成《呼啸山庄》；安妮完成《艾格妮丝·格雷》。

8.　夏洛蒂陪同父亲前往曼彻斯特手术治疗白内障时开始写作《简·爱》。

1847.10.19.　《简·爱》由伦敦史密斯—埃尔德公司出版，距交稿仅六星期。仍署笔名柯勒·贝尔。稿酬500英镑。

12.　艾米莉的《呼啸山庄》和安妮的《艾格妮丝·格雷》由伦敦纽比公司以作者负担部分出版费用为条件出版。

	《简·爱》大获成功，再版。
	夏洛蒂开始写作《谢利》。
1848.6.	安妮著《怀尔德菲尔府的房客》（一译《女房客》）由纽比公司出版。
7.	一美国出版公司与纽比公司及史密斯—埃尔德公司两方面洽谈出版柯勒·贝尔的作品美国版。为澄清关于作者身份的猜测，夏洛蒂与安妮初访伦敦，受到史密斯—埃尔德公司业主乔治·史密斯先生盛情款待。
9.24.	弟弟勃兰威尔因肺结核病不治去世。
10.	史密斯—埃尔德公司自纽比公司处购得勃朗特三姐妹诗集版权，再版。
12.19.	艾米莉因肺结核病不治去世。
1849.5.28.	安妮因肺结核病恶化去海滨城市斯卡博罗疗养时去世，葬于该地。
10.26.	《谢利》由史密斯—埃尔德公司出版，仍署笔名柯勒·贝尔。稿酬500英镑。
11.—12.	夏洛蒂去伦敦求医，住在史密斯先生家中数星期。与作家萨克雷和玛蒂诺等人会面。
1850.5.6.	三去伦敦。史密斯先生请画家乔治·里奇蒙为夏洛蒂绘出炭笔肖像画，后世常见之夏洛蒂肖像即由此帧摄制。
6.3.	与史密斯兄妹去苏格兰爱丁堡作三日游。
8.	应医师詹姆斯·凯·沙特沃思爵士邀请去温德密尔湖区别墅，得见另一客人盖斯凯尔夫人。
9.—11.	为《呼啸山庄》和《艾格妮丝·格雷》合集再版作编订工作，写序言及两位妹妹的生平事略。
1851.4.	拒绝史密斯—埃尔德公司合伙人詹姆斯·泰勒先生的求婚。泰勒已追求五年，在公司派往印度建立分

	公司之前,再度提婚。
5.—6.	应史密斯先生邀请四去伦敦参观第一届国际工业博览会。出席萨克雷演讲会;与诗人罗杰斯会见。与史密斯访晤一颅相学家。返霍沃思途中在曼彻斯特盖斯凯尔夫人家中小住。
6.	开始写作《维莱特》。
1852.11.	《维莱特》脱稿。
12.	拒绝父亲的副牧师尼科尔斯的求婚。
1853.1.	应史密斯邀请,最后一次去伦敦。阅《维莱特》校样。史密斯已与一位女士订婚。夏洛蒂一人去监狱、医院等处参观。
1.28.	《维莱特》出版,仍署柯勒·贝尔笔名,稿酬 500 英镑。返霍沃思。
4.	又去曼彻斯特访问盖斯凯尔夫人。
5.	尼科尔斯辞职离开霍沃思,拟去澳大利亚,未果。
9.	盖斯凯尔夫人来霍沃思回访。
1854.4.	父亲改变反对态度,夏洛蒂本人也在长期犹豫以后下定决心,与尼科尔斯订婚。
6.29.	夏洛蒂与尼科尔斯举行婚礼。数日后双双去爱尔兰尼科尔斯家乡度蜜月。
1855.2.	84 岁的女仆塔比去世。她从 1825 年起在勃朗特家工作三十多年。
3.31.	夏洛蒂患感冒卧床多日,终因妊娠败血症(据朱虹、文美惠主编《外国妇女文学词典》)不治在霍沃思去世。享年仅 39 岁!
6.	父亲勃朗特先生向盖斯凯尔夫人建议为夏洛蒂作传。
1857.3.	盖斯凯尔夫人著《夏洛蒂·勃朗特传》出版。
6.6.	《教师》由史密斯—埃尔德出版。尼科尔斯先生作序。
1860.	夏洛蒂未完成作品《爱玛》出版。

1861.6.7.	父亲勃朗特牧师去世,终年 84 岁。尼科尔斯先生离霍沃思去爱尔兰。
1893.12.6.	英国勃朗特学会成立。
1895.5.18.	勃朗特纪念馆在霍沃思开馆。
1899—1900	玛丽·沃德等编辑《勃朗特姐妹生平与作品》七卷本文集出版。
1906.12.2.	尼科尔斯先生逝于爱尔兰,享年 88 岁。
1913.	埃热先生的子女将夏洛蒂生前致埃热先生的四封法文信捐赠不列颠博物馆。7 月 29 日《泰晤士报》全文发表,并附英译文。

(吴钧陶编写)